Insel-Bibliothek

JOHANN WOLFGANG GOETHE

DIE WAHLVERWANDTSCHAFTEN

Ein Roman

Erläuterungen von Hans-J. Weitz

Mit einem Essay von Walter Benjamin

»Goethes Wahlverwandtschaften«

Insel Verlag

Insel Verlag Frankfurt am Main 1981

Inhalt

Die Wahlverwandtschaften

EIN ROMAN

Erster Teil

ERSTES KAPITEL

Eduard – so nennen wir einen reichen Baron im besten Mannesalter – Eduard hatte in seiner Baumschule die schönste Stunde eines Aprilnachmittags zugebracht, um frisch erhaltene Pfropfreiser auf junge Stämme zu bringen. Sein Geschäft war eben vollendet; er legte die Gerätschaften in das Futteral zusammen und betrachtete seine Arbeit mit Vergnügen, als der Gärtner hinzutrat und sich an dem teilnehmenden Fleiße des Herrn ergötzte.

Hast du meine Frau nicht gesehen? fragte Eduard, indem er sich weiterzugehen anschickte.

Drüben in den neuen Anlagen, versetzte der Gärtner. Die Mooshütte wird heute fertig, die sie an der Felswand, dem Schlosse gegenüber, gebaut hat. Alles ist recht schön geworden und muß Euer Gnaden gefallen. Man hat einen vortrefflichen Anblick: unten das Dorf, ein wenig rechter Hand die Kirche, über deren Turmspitze man fast hinwegsieht; gegenüber das Schloß und die Gärten.

Ganz recht, versetzte Eduard; einige Schritte von hier konnte ich die Leute arbeiten sehen.

Dann, fuhr der Gärtner fort, öffnet sich rechts das Tal, und man sieht über die reichen Baumwiesen in eine heitere Ferne. Der Stieg die Felsen hinauf ist gar hübsch angelegt. Die gnädige Frau versteht es; man arbeitet unter ihr mit Vergnügen.

Geh zu ihr, sagte Eduard, und ersuche sie, auf mich zu warten. Sage ihr, ich wünsche die neue Schöpfung zu sehen und mich daran zu erfreuen.

Der Gärtner entfernte sich eilig, und Eduard folgte bald.

Dieser stieg nun die Terrassen hinunter, musterte im Vorbeigehen Gewächshäuser und Treibebeete, bis er ans Wasser, dann über einen Steg an den Ort kam, wo sich der Pfad nach den neuen Anlagen in zwei Arme teilte. Den einen, der über den Kirchhof ziemlich gerade nach der Felswand hinging, ließ er liegen, um den andern einzuschlagen, der sich links etwas weiter durch anmutiges Gebüsch sachte hinaufwand; da, wo beide zusammentrafen, setzte er sich für

einen Augenblick auf einer wohlangebrachten Bank nieder, betrat sodann den eigentlichen Stieg und sah sich durch allerlei Treppen und Absätze auf dem schmalen, bald mehr bald weniger steilen Wege endlich zur Mooshütte geleitet.
An der Türe empfing Charlotte ihren Gemahl und ließ ihn dergestalt niedersitzen, daß er durch Tür und Fenster die verschiedenen Bilder, welche die Landschaft gleichsam im Rahmen zeigten, auf Einen Blick übersehen konnte. Er freute sich daran, in Hoffnung, daß der Frühling bald alles noch reichlicher beleben würde. Nur Eines habe ich zu erinnern, setzte er hinzu: die Hütte scheint mir etwas zu eng.
Für uns beide doch geräumig genug, versetzte Charlotte.
Nun freilich, sagte Eduard, für einen Dritten ist auch wohl noch Platz.
Warum nicht? versetzte Charlotte, und auch für ein Viertes. Für größere Gesellschaft wollen wir schon andere Stellen bereiten.
Da wir denn ungestört hier allein sind, sagte Eduard, und ganz ruhigen heiteren Sinnes: so muß ich dir gestehen, daß ich schon einige Zeit etwas auf dem Herzen habe, was ich dir vertrauen muß und möchte, und nicht dazu kommen kann.
Ich habe dir so etwas angemerkt, versetzte Charlotte.
Und ich will nur gestehen, fuhr Eduard fort, wenn mich der Postbote morgen früh nicht drängte, wenn wir uns nicht heut entschließen müßten, ich hätte vielleicht noch länger geschwiegen.
Was ist es denn? fragte Charlotte freundlich entgegenkommend.
Es betrifft unsern Freund, den Hauptmann, antwortete Eduard. Du kennst die traurige Lage, in die er, wie so mancher andere, ohne sein Verschulden gesetzt ist. Wie schmerzlich muß es einem Manne von seinen Kenntnissen, seinen Talenten und Fertigkeiten sein, sich außer Tätigkeit zu sehen und – ich will nicht lange zurückhalten mit dem, was ich für ihn wünsche: ich möchte, daß wir ihn auf einige Zeit zu uns nähmen.
Das ist wohl zu überlegen und von mehr als einer Seite zu betrachten, versetzte Charlotte.
Meine Ansichten bin ich bereit dir mitzuteilen, entgegnete ihr Eduard. In seinem letzten Briefe herrscht ein stiller Ausdruck des tiefsten Mißmutes; nicht daß es ihm an irgendeinem Bedürfnis fehle: denn

er weiß sich durchaus zu beschränken, und für das Notwendige habe ich gesorgt; auch drückt es ihn nicht, etwas von mir anzunehmen: denn wir sind unsre Lebzeit über einander wechselseitig uns so viel schuldig geworden, daß wir nicht berechnen können, wie unser Credit und Debet sich gegeneinander verhalte – daß er geschäftlos ist, das ist eigentlich seine Qual. Das Vielfache, was er an sich ausgebildet hat, zu andrer Nutzen täglich und stündlich zu gebrauchen, ist ganz allein sein Vergnügen, ja seine Leidenschaft. Und nun die Hände in den Schoß zu legen oder noch weiter zu studieren, sich weitere Geschicklichkeit zu verschaffen, da er das nicht brauchen kann, was er in vollem Maße besitzt – genug, liebes Kind, es ist eine peinliche Lage, deren Qual er doppelt und dreifach in seiner Einsamkeit empfindet.

Ich dachte doch, sagte Charlotte, ihm wären von verschiedenen Orten Anerbietungen geschehen. Ich hatte selbst um seinetwillen an manche tätige Freunde und Freundinnen geschrieben, und soviel ich weiß, blieb dies auch nicht ohne Wirkung.

Ganz recht, versetzte Eduard; aber selbst diese verschiedenen Gelegenheiten, diese Anerbietungen machen ihm neue Qual, neue Unruhe. Keines von den Verhältnissen ist ihm gemäß. Er soll nicht wirken; er soll sich aufopfern, seine Zeit, seine Gesinnungen, seine Art zu sein, und das ist ihm unmöglich. Je mehr ich das alles betrachte, je mehr ich es fühle, desto lebhafter wird der Wunsch, ihn bei uns zu sehen.

Es ist recht schön und liebenswürdig von dir, versetzte Charlotte, daß du des Freundes Zustand mit so viel Teilnahme bedenkst; allein erlaube mir, dich aufzufordern, auch deiner, auch unser zu gedenken.

Das habe ich getan, entgegnete ihr Eduard. Wir können von seiner Nähe uns nur Vorteil und Annehmlichkeit versprechen. Von dem Aufwande will ich nicht reden, der auf alle Fälle gering für mich wird, wenn er zu uns zieht; besonders wenn ich zugleich bedenke, daß uns seine Gegenwart nicht die mindeste Unbequemlichkeit verursacht. Auf dem rechten Flügel des Schlosses kann er wohnen, und alles andre findet sich. Wie viel wird ihm dadurch geleistet, und wie manches Angenehme wird uns durch seinen Umgang, ja wie mancher Vorteil! Ich hatte längst eine Ausmessung des Gutes und der Gegend gewünscht; er wird sie besorgen und leiten. Deine Absicht ist, selbst die Güter künftig zu verwalten, sobald die Jahre der gegenwärtigen Pächter verflossen sind. Wie bedenklich ist ein solches Unternehmen! Zu wie manchen Vorkenntnissen kann er uns nicht verhelfen! Ich fühle nur zu sehr, daß mir ein Mann dieser Art abgeht. Die Landleute haben die rechten Kenntnisse; ihre Mitteilungen aber sind konfus und nicht ehrlich. Die Studierten aus der Stadt und von den Akademieen sind wohl klar und ordentlich, aber es fehlt an der unmittelbaren Einsicht in die Sache. Vom Freunde kann ich mir beides versprechen; und dann entspringen noch hundert andre Verhältnisse daraus, die ich mir alle gern vorstellen mag, die auch auf dich Bezug haben und wovon ich viel Gutes voraussehe. Nun danke ich dir, daß du mich freundlich angehört hast; jetzt sprich aber auch recht frei und umständlich und sage mir alles, was du zu sagen hast; ich will dich nicht unterbrechen.

Recht gut, versetzte Charlotte: so will ich gleich mit einer allgemeinen Bemerkung anfangen. Die Männer denken mehr auf das einzelne, auf das Gegenwärtige, und das mit Recht, weil sie zu tun, zu wirken berufen sind; die Weiber hingegen mehr auf das, was im Leben zusammenhängt, und das mit gleichem Rechte, weil ihr Schicksal, das Schicksal ihrer Familien an diesen Zusammenhang geknüpft ist und auch gerade dieses Zusammenhängende von ihnen gefordert wird. Laß uns deswegen einen Blick auf unser gegenwärtiges, auf unser vergangenes Leben werfen, und du wirst mir eingestehen, daß die Berufung des Hauptmanns nicht so ganz mit unsern Vorsätzen, unsern Planen, unsern Einrichtungen zusammentrifft. Mag ich doch so gern unserer frühsten Verhältnisse gedenken! Wir liebten einander als junge Leute recht herzlich; wir wurden getrennt: du von mir, weil dein Vater, aus nie zu sättigender Begierde des Besitzes, dich mit einer ziemlich älteren reichen Frau verband; ich von dir, weil ich, ohne sonderliche Aussichten, einem wohlhabenden, nicht geliebten, aber geehrten Manne meine Hand reichen mußte. Wir wurden wieder frei; du früher, indem dich dein Mütterchen im Besitz eines großen Vermögens ließ; ich später, eben zu der Zeit, da du von Reisen zurückkamst. So fanden wir uns wieder. Wir freuten uns der Erinnerung, wir liebten die Erinnerung, wir konnten ungestört zusammen leben. Du drangst auf eine Verbindung; ich willigte nicht gleich ein: denn da wir ungefähr von denselben Jahren sind, so bin ich als Frau wohl älter geworden, du nicht als Mann. Zuletzt wollte ich dir nicht versagen, was du für dein einziges Glück zu halten schienst. Du wolltest von allen Unruhen, die du bei Hof, im Militär, auf Reisen erlebt hattest, dich an meiner Seite erholen, zur Besinnung kommen, des Lebens genießen; aber auch nur mit mir allein. Meine einzige Tochter tat ich in Pension, wo sie sich freilich mannigfaltiger ausbildet, als bei einem ländlichen Aufenthalte geschehen könnte; und nicht sie allein, auch Ottilien, meine liebe Nichte, tat ich dorthin, die vielleicht zur häuslichen Gehülfin unter meiner Anleitung am besten herangewachsen wäre. Das alles geschah mit deiner Einstimmung, bloß damit wir uns selbst leben, bloß damit wir das früh so sehnlich gewünschte, endlich spät erlangte Glück ungestört genießen möchten. So haben wir unsern ländlichen Aufenthalt angetreten. Ich übernahm das Innere, du das Äußere und was ins Ganze geht. Meine Einrichtung ist gemacht, dir in allem entgegenzukommen, nur für dich allein zu leben; laß uns wenigstens eine Zeitlang versuchen, inwiefern wir auf diese Weise miteinander ausreichen.

Da das Zusammenhängende, wie du sagst, eigentlich euer Element ist, versetzte Eduard: so muß man euch freilich nicht in einer Folge reden hören, oder sich entschließen, euch recht zu geben, und du sollst auch recht haben bis auf den heutigen Tag. Die Anlage, die wir bis jetzt zu unserm Dasein gemacht haben, ist von guter Art; sollen wir aber nichts weiter darauf bauen, und soll sich nichts weiter daraus entwickeln? Was ich im Garten leiste, du im Park, soll das nur für Einsiedler getan sein?

Recht gut! versetzte Charlotte, recht wohl! Nur daß wir nichts Hinderndes, Fremdes hereinbringen. Bedenke, daß unsre Vorsätze, auch was die Unterhaltung betrifft, sich gewissermaßen nur auf unser beiderseitiges Zusammensein bezogen. Du wolltest zuerst die Tagebücher deiner Reise mir in ordentlicher Folge mitteilen, bei dieser Gelegenheit so manches dahin Gehörige von Papieren in Ordnung bringen und unter meiner Teilnahme, mit meiner Beihülfe aus diesen unschätzbaren, aber verworrenen Heften und Blättern ein für uns und andre erfreuliches Ganze zusammenstellen. Ich versprach dir an der Abschrift zu helfen, und wir dachten es uns so bequem, so artig, so gemütlich und heimlich, die Welt, die wir zusammen nicht sehen sollten, in der Erinnerung zu durchreisen. Ja der Anfang ist schon gemacht. Dann hast du die Abende deine Flöte wieder vorgenommen, begleitest mich am Klavier; und an Besuchen aus der Nachbarschaft und in die Nachbarschaft fehlt es uns nicht. Ich wenigstens habe mir aus allem diesem den ersten wahrhaft fröhlichen Sommer zusammengebaut, den ich in meinem Leben zu genießen dachte.

Wenn mir nur nicht, versetzte Eduard, indem er sich die Stirne rieb, bei alledem, was du mir so liebevoll und verständig wiederholst, immer der Gedanke beiginge, durch die Gegenwart des Hauptmanns würde nichts gestört, ja vielmehr alles beschleunigt und neu belebt. Auch er hat einen Teil meiner Wanderungen mitgemacht; auch er hat manches, und in verschiedenem Sinne, sich angemerkt: wir benutzten das zusammen, und alsdann würde es erst ein hübsches Ganze werden.

So laß mich denn dir aufrichtig gestehen, entgegnete Charlotte mit einiger Ungeduld, daß diesem Vorhaben mein Gefühl widerspricht, daß eine Ahnung mir nichts Gutes weissagt.

Auf diese Weise wäret ihr Frauen wohl unüberwindlich, versetzte Eduard: erst verständig, daß man nicht widersprechen kann, liebevoll, daß man sich gern hingibt, gefühlvoll, daß man euch nicht wehtun mag, ahnungsvoll, daß man erschrickt.

Ich bin nicht abergläubisch, versetzte Charlotte, und gebe nichts auf diese dunklen Anregungen, insofern sie nur solche wären; aber es sind meistenteils unbewußte Erinnerungen glücklicher und unglücklicher Folgen, die wir an eigenen oder fremden Handlungen erlebt haben. Nichts ist bedeutender in jedem Zustande, als die Dazwischenkunft eines Dritten. Ich habe Freunde gesehen, Geschwister, Liebende, Gatten, deren Verhältnis durch den zufälligen oder gewählten Hinzutritt einer neuen Person ganz und gar verändert, deren Lage völlig umgekehrt wurde.

Das kann wohl geschehen, versetzte Eduard, bei Menschen, die nur

dunkel vor sich hin leben, nicht bei solchen, die schon, durch Erfahrung aufgeklärt, sich mehr bewußt sind.
Das Bewußtsein, mein Liebster, entgegnete Charlotte, ist keine hinlängliche Waffe, ja manchmal eine gefährliche, für den, der sie führt; und aus diesem allen tritt wenigstens so viel hervor, daß wir uns ja nicht übereilen sollen. Gönne mir noch einige Tage; entscheide nicht!
Wie die Sache steht, erwiderte Eduard, werden wir uns auch nach mehreren Tagen immer übereilen. Die Gründe für und dagegen haben wir wechselsweise vorgebracht; es kommt auf den Entschluß an, und da wär es wirklich das beste, wir gäben ihn dem Los anheim.
Ich weiß, versetzte Charlotte, daß du in zweifelhaften Fällen gerne wettest oder würfelst; bei einer so ernsthaften Sache hingegen würde ich dies für einen Frevel halten.
Was soll ich aber dem Hauptmann schreiben? rief Eduard aus: denn ich muß mich gleich hinsetzen.
Einen ruhigen, vernünftigen, tröstlichen Brief, sagte Charlotte.
Das heißt so viel wie keinen, versetzte Eduard.
Und doch ist es in manchen Fällen, versetzte Charlotte, notwendig und freundlich, lieber nichts zu schreiben, als nicht zu schreiben.

ZWEITES KAPITEL

Eduard fand sich allein auf seinem Zimmer, und wirklich hatte die Wiederholung seiner Lebensschicksale aus dem Munde Charlottens, die Vergegenwärtigung ihres beiderseitigen Zustandes, ihrer Vorsätze sein lebhaftes Gemüt angenehm aufgeregt. Er hatte sich in ihrer Nähe, in ihrer Gesellschaft so glücklich gefühlt, daß er sich einen freundlichen, teilnehmenden, aber ruhigen und auf nichts hindeutenden Brief an den Hauptmann ausdachte. Als er aber zum Schreibtisch ging und den Brief des Freundes aufnahm, um ihn nochmals durchzulesen, trat ihm sogleich wieder der traurige Zustand des trefflichen Mannes entgegen; alle Empfindungen, die ihn diese Tage gepeinigt hatten, wachten wieder auf, und es schien ihm unmöglich, seinen Freund einer so ängstlichen Lage zu überlassen.
Sich etwas zu versagen, war Eduard nicht gewohnt. Von Jugend auf

das einzige, verzogene Kind reicher Eltern, die ihn zu einer seltsamen, aber höchst vorteilhaften Heirat mit einer viel ältern Frau zu bereden wußten, von dieser auch auf alle Weise verzärtelt, indem sie sein gutes Betragen gegen sie durch die größte Freigebigkeit zu erwidern suchte, nach ihrem baldigen Tode sein eigner Herr, auf Reisen unabhängig, jeder Abwechselung, jeder Veränderung mächtig, nichts Übertriebenes wollend, aber viel und vielerlei wollend, freimütig, wohltätig, brav, ja tapfer im Fall – was konnte in der Welt seinen Wünschen entgegenstehen!

Bisher war alles nach seinem Sinne gegangen, auch zum Besitz Charlottens war er gelangt, den er sich durch eine hartnäckige, ja romanenhafte Treue doch zuletzt erworben hatte; und nun fühlte er sich zum ersten Mal widersprochen, zum ersten Mal gehindert, eben da er seinen Jugendfreund an sich heranziehen, da er sein ganzes Dasein gleichsam abschließen wollte. Er war verdrießlich, ungeduldig, nahm einigemal die Feder und legte sie nieder, weil er nicht einig mit sich werden konnte, was er schreiben sollte. Gegen die Wünsche seiner Frau wollte er nicht, nach ihrem Verlangen konnte er nicht; unruhig wie er war, sollte er einen ruhigen Brief schreiben; es wäre ihm ganz unmöglich gewesen. Das natürlichste war, daß er Aufschub suchte. Mit wenig Worten bat er seinen Freund um Verzeihung, daß er diese Tage nicht geschrieben, daß er heut nicht umständlich schreibe, und versprach für nächstens ein bedeutenderes, ein beruhigendes Blatt.

Charlotte benutzte des andern Tags, auf einem Spaziergang nach derselben Stelle, die Gelegenheit, das Gespräch wieder anzuknüpfen, vielleicht in der Überzeugung, daß man einen Vorsatz nicht sicherer abstumpfen kann, als wenn man ihn öfters durchspricht.

Eduarden war diese Wiederholung erwünscht. Er äußerte sich nach seiner Weise freundlich und angenehm: denn wenn er, empfänglich wie er war, leicht aufloderte, wenn sein lebhaftes Begehren zudringlich ward, wenn seine Hartnäckigkeit ungeduldig machen konnte; so waren doch alle seine Äußerungen durch eine vollkommene Schonung des andern dergestalt gemildert, daß man ihn immer noch liebenswürdig finden mußte, wenn man ihn auch beschwerlich fand.

Auf eine solche Weise brachte er Charlotten diesen Morgen erst in

die heiterste Laune, dann durch anmutige Gesprächswendungen ganz aus der Fassung, so daß sie zuletzt ausrief: Du willst gewiß, daß ich das, was ich dem Ehemann versagte, dem Liebhaber zugestehen soll.
Wenigstens, mein Lieber, fuhr sie fort, sollst du gewahr werden, daß deine Wünsche, die freundliche Lebhaftigkeit, womit du sie ausdrückst, mich nicht ungerührt, mich nicht unbewegt lassen. Sie nötigen mich zu einem Geständnis. Ich habe dir bisher auch etwas verborgen. Ich befinde mich in einer ähnlichen Lage wie du, und habe mir schon ebendie Gewalt angetan, die ich dir nun über dich selbst zumute.
Das hör ich gern, sagte Eduard; ich merke wohl, im Ehestand muß man sich manchmal streiten, denn dadurch erfährt man was voneinander.
Nun sollst du also erfahren, sagte Charlotte, daß es mir mit Ottilien geht, wie dir mit dem Hauptmann. Höchst ungern weiß ich das liebe Kind in der Pension, wo sie sich in sehr drückenden Verhältnissen befindet. Wenn Luciane, meine Tochter, die für die Welt geboren ist, sich dort für die Welt bildet, wenn sie Sprachen, Geschichtliches, und was sonst von Kenntnissen ihr mitgeteilt wird, so wie ihre Noten und Variationen vom Blatte wegspielt; wenn bei einer lebhaften Natur und bei einem glücklichen Gedächtnis sie, man möchte wohl sagen, alles vergißt und im Augenblicke sich an alles erinnert; wenn sie durch Freiheit des Betragens, Anmut im Tanze, schickliche Bequemlichkeit des Gesprächs sich vor allen auszeichnet und durch ein angebornes herrschendes Wesen sich zur Königin des kleinen Kreises macht; wenn die Vorsteherin dieser Anstalt sie als eine kleine Gottheit ansieht, die nun erst unter ihren Händen recht gedeiht, die ihr Ehre machen, Zutrauen erwerben und einen Zufluß von andern jungen Personen verschaffen wird; wenn die ersten Seiten ihrer Briefe und Monatsberichte immer nur Hymnen sind über die Vortrefflichkeit eines solchen Kindes, die ich denn recht gut in meine Prose zu übersetzen weiß, – so ist dagegen, was sie schließlich von Ottilien erwähnt, nur immer Entschuldigung auf Entschuldigung, daß ein übrigens so schön heranwachsendes Mädchen sich nicht entwickeln, keine Fähigkeiten und keine Fertigkeiten zeigen wolle. Das

wenige, was sie sonst noch hinzufügt, ist gleichfalls für mich kein Rätsel, weil ich in diesem lieben Kinde den ganzen Charakter ihrer Mutter, meiner wertesten Freundin, gewahr werde, die sich neben mir entwickelt hat, und deren Tochter ich gewiß, wenn ich Erzieherin oder Aufseherin sein könnte, zu einem herrlichen Geschöpf heraufbilden wollte.

Da es aber einmal nicht in unsern Plan geht, und man an seinen Lebensverhältnissen nicht so viel zupfen und zerren, nicht immer was Neues an sie heranziehen soll: so trag ich das lieber, ja ich überwinde die unangenehme Empfindung, wenn meine Tochter, welche recht gut weiß, daß die arme Ottilie ganz von uns abhängt, sich ihrer Vorteile übermütig gegen sie bedient und unsre Wohltat dadurch gewissermaßen vernichtet.

Doch wer ist so gebildet, daß er nicht seine Vorzüge gegen andre manchmal auf eine grausame Weise geltend machte? Wer steht so hoch, daß er unter einem solchen Druck nicht manchmal leiden müßte? Durch diese Prüfungen wächst Ottiliens Wert; aber seitdem ich den peinlichen Zustand recht deutlich einsehe, habe ich mir Mühe gegeben, sie anderwärts unterzubringen. Stündlich soll mir eine Antwort kommen, und alsdann will ich nicht zaudern. So steht es mit mir, mein Bester. Du siehst, wir tragen beiderseits dieselben Sorgen in einem treuen freundschaftlichen Herzen. Laß uns sie gemeinsam tragen, da sie sich nicht gegeneinander aufheben.

Wir sind wunderliche Menschen, sagte Eduard lächelnd. Wenn wir nur etwas, das uns Sorge macht, aus unserer Gegenwart verbannen können, da glauben wir schon, nun sei es abgetan. Im ganzen können wir vieles aufopfern, aber uns im einzelnen herzugeben, ist eine Forderung, der wir selten gewachsen sind. So war meine Mutter. Solange ich als Knabe oder Jüngling bei ihr lebte, konnte sie der augenblicklichen Besorgnisse nicht los werden. Verspätete ich mich bei einem Ausritt, so mußte mir ein Unglück begegnet sein; durchnetzte mich ein Regenschauer, so war das Fieber mir gewiß. Ich verreiste, ich entfernte mich von ihr, und nun schien ich ihr kaum anzugehören.

Betrachten wir es genauer, fuhr er fort, so handeln wir beide töricht und unverantwortlich, zwei der edelsten Naturen, die unser Herz so nahe angehen, im Kummer und im Druck zu lassen, nur um uns keiner Gefahr auszusetzen. Wenn dies nicht selbstsüchtig genannt werden soll, was will man so nennen! Nimm Ottilien, laß mir den Hauptmann, und in Gottes Namen sei der Versuch gemacht!

Es möchte noch zu wagen sein, sagte Charlotte bedenklich, wenn die Gefahr für uns allein wäre. Glaubst du denn aber, daß es rätlich sei, den Hauptmann mit Ottilien als Hausgenossen zu sehen, einen Mann ungefähr in deinen Jahren, in den Jahren – daß ich dir dieses Schmeichelhafte nur gerade unter die Augen sage – wo der Mann erst liebefähig und erst der Liebe wert wird, und ein Mädchen von Ottiliens Vorzügen?

Ich weiß doch auch nicht, versetzte Eduard, wie du Ottilien so hoch stellen kannst! Nur dadurch erkläre ich mirs, daß sie deine Neigung zu ihrer Mutter geerbt hat. Hübsch ist sie, das ist wahr, und ich erinnre mich, daß der Hauptmann mich auf sie aufmerksam machte, als wir vor einem Jahre zurückkamen und sie mit dir bei deiner Tante trafen. Hübsch ist sie, besonders hat sie schöne Augen; aber ich wüßte doch nicht, daß sie den mindesten Eindruck auf mich gemacht hätte.

Das ist löblich an dir, sagte Charlotte, denn ich war ja gegenwärtig; und ob sie gleich viel jünger ist als ich, so hatte doch die Gegenwart der ältern Freundin so viele Reize für dich, daß du über die aufblühende, versprechende Schönheit hinaussahest. Es gehört auch dies zu deiner Art zu sein, deshalb ich so gern das Leben mit dir teile.

Charlotte, so aufrichtig sie zu sprechen schien, verhehlte doch etwas. Sie hatte nämlich damals dem von Reisen zurückkehrenden Eduard Ottilien absichtlich vorgeführt, um dieser geliebten Pflegetochter eine so große Partie zuzuwenden: denn an sich selbst, in Bezug auf Eduard, dachte sie nicht mehr. Der Hauptmann war auch angestiftet, Eduarden aufmerksam zu machen; aber dieser, der seine frühe Liebe zu Charlotten hartnäckig im Sinne behielt, sah weder rechts noch links und war nur glücklich in dem Gefühl, daß es möglich sei, eines so lebhaft gewünschten und durch eine Reihe von Ereignissen scheinbar auf immer versagten Gutes endlich doch teilhaft zu werden.

Eben stand das Ehepaar im Begriff, die neuen Anlagen herunter nach dem Schlosse zu gehen, als ein Bedienter ihnen hastig entgegenstieg und mit lachendem Munde sich schon von unten herauf vernehmen ließ: Kommen Euer Gnaden doch ja schnell herüber! Herr Mittler ist in den Schloßhof gesprengt. Er hat uns alle zusammengeschrieen, wir sollen Sie aufsuchen, wir sollen Sie fragen, ob es not tue? Ob es not tut, rief er uns nach: hört ihr? aber geschwind, geschwind!

Der drollige Mann! rief Eduard aus: kommt er nicht gerade zur rechten Zeit, Charlotte? Geschwind zurück! befahl er dem Bedienten; sage ihm: es tue not, sehr not! Er soll nur absteigen. Versorgt sein Pferd, führt ihn in den Saal, setzt ihm ein Frühstück vor; wir kommen gleich.

Laß uns den nächsten Weg nehmen, sagte er zu seiner Frau und schlug den Pfad über den Kirchhof ein, den er sonst zu vermeiden pflegte. Aber wie verwundert war er, als er fand, daß Charlotte auch hier für das Gefühl gesorgt habe. Mit möglichster Schonung der alten Denkmäler hatte sie alles so zu vergleichen und zu ordnen gewußt, daß es ein angenehmer Raum erschien, auf dem das Auge und die Einbildungskraft gerne verweilten.

Auch dem ältesten Stein hatte sie seine Ehre gegönnt. Den Jahren nach waren sie an der Mauer aufgerichtet, eingefügt oder sonst angebracht; der hohe Sockel der Kirche selbst war damit vermannigfaltigt und geziert. Eduard fühlte sich sonderbar überrascht, wie er durch die kleine Pforte hereintrat; er drückte Charlotten die Hand, und im Auge stand ihm eine Träne.

Aber der närrische Gast verscheuchte sie gleich. Denn dieser hatte keine Ruh im Schloß gehabt, war spornstreichs durchs Dorf bis an das Kirchhoftor geritten, wo er stillhielt und seinen Freunden entgegenrief: Ihr habt mich doch nicht zum besten? Tuts wirklich not, so bleibe ich zu Mittage hier. Haltet mich nicht auf: ich habe heute noch viel zu tun.

Da Ihr Euch so weit bemüht habt, rief ihm Eduard entgegen, so reitet noch vollends herein; wir kommen an einem ernsthaften Orte zusammen, und seht, wie schön Charlotte diese Trauer ausgeschmückt hat.

Hier herein, rief der Reiter, komm ich weder zu Pferde, noch zu Wagen, noch zu Fuße. Diese da ruhen in Frieden, mit ihnen habe ich nichts zu schaffen. Gefallen muß ich mirs lassen, wenn

man mich einmal die Füße voran hereinschleppt. Also ists Ernst?
Ja, rief Charlotte, recht Ernst! Es ist das erste Mal, daß wir neuen Gatten in Not und Verwirrung sind, woraus wir uns nicht zu helfen wissen.
Ihr seht nicht darnach aus, versetzte er: doch will ichs glauben. Führt ihr mich an, so laß ich euch künftig stecken. Folgt geschwinde nach; meinem Pferde mag die Erholung zugut kommen.
Bald fanden sich die Dreie im Saale zusammen; das Essen ward aufgetragen, und Mittler erzählte von seinen heutigen Taten und Vorhaben. Dieser seltsame Mann war früherhin Geistlicher gewesen und hatte sich bei einer rastlosen Tätigkeit in seinem Amte dadurch ausgezeichnet, daß er alle Streitigkeiten, sowohl die häuslichen als die nachbarlichen, erst der einzelnen Bewohner, sodann ganzer Gemeinden und mehrerer Gutsbesitzer, zu stillen und zu schlichten wußte. Solange er im Dienste war, hatte sich kein Ehepaar scheiden lassen, und die Landeskollegien wurden mit keinen Händeln und Prozessen von dorther behelliget. Wie nötig ihm die Rechtskunde sei, ward er zeitig gewahr. Er warf sein ganzes Studium darauf und fühlte sich bald den geschicktesten Advokaten gewachsen. Sein Wirkungskreis dehnte sich wunderbar aus, und man war im Begriff, ihn nach der Residenz zu ziehen, um das von oben herein zu vollenden, was er von unten herauf begonnen hatte, als er einen ansehnlichen Lotteriegewinst tat, sich ein mäßiges Gut kaufte, es verpachtete und zum Mittelpunkt seiner Wirksamkeit machte, mit dem festen Vorsatz, oder vielmehr nach alter Gewohnheit und Neigung, in keinem Hause zu verweilen, wo nichts zu schlichten und nichts zu helfen wäre. Diejenigen, die auf Namensbedeutungen abergläubisch sind, behaupten, der Name Mittler habe ihn genötigt, diese seltsamste aller Bestimmungen zu ergreifen.
Der Nachtisch war aufgetragen, als der Gast seine Wirte ernstlich vermahnte, nicht weiter mit ihren Entdeckungen zurückzuhalten, weil er gleich nach dem Kaffee fort müsse. Die beiden Eheleute machten umständlich ihre Bekenntnisse; aber kaum hatte er den Sinn der Sache vernommen, als er verdrießlich vom Tische auffuhr, ans Fenster sprang und sein Pferd zu satteln befahl.
Entweder ihr kennt mich nicht, rief er aus, ihr versteht mich nicht,

oder ihr seid sehr boshaft. Ist denn hier ein Streit? ist denn hier eine Hülfe nötig? Glaubt ihr, daß ich in der Welt bin, um Rat zu geben? Das ist das dümmste Handwerk, das einer treiben kann. Rate sich jeder selbst und tue, was er nicht lassen kann. Gerät es gut, so freue er sich seiner Weisheit und seines Glücks; läufts übel ab, dann bin ich bei der Hand. Wer ein Übel lossein will, der weiß immer, was er will; wer was Bessers will, als er hat, der ist ganz starblind –, ja ja! lacht nur – er spielt Blindekuh, er ertappts vielleicht; aber was? Tut, was ihr wollt: es ist ganz einerlei! Nehmt die Freunde zu euch, laßt sie weg: alles einerlei! Das Vernünftigste habe ich mißlingen sehen, das Abgeschmackteste gelingen. Zerbrecht euch die Köpfe nicht, und wenns auf eine oder die andre Weise übel abläuft, zerbrecht sie euch auch nicht. Schickt nur nach mir, und euch soll geholfen sein. Bis dahin euer Diener!

Und so schwang er sich aufs Pferd, ohne den Kaffee abzuwarten.

Hier siehst du, sagte Charlotte, wie wenig eigentlich ein Dritter fruchtet, wenn es zwischen zwei nah verbundenen Personen nicht ganz im Gleichgewicht steht. Gegenwärtig sind wir doch wohl noch verworrner und ungewisser, wenns möglich ist, als vorher.

Beide Gatten würden auch wohl noch eine Zeitlang geschwankt haben, wäre nicht ein Brief des Hauptmanns im Wechsel gegen Eduards letzten angekommen. Er hatte sich entschlossen, eine der ihm angebotenen Stellen anzunehmen, ob sie ihm gleich keineswegs gemäß war. Er wollte mit vornehmen und reichen Leuten die Langeweile teilen, indem man auf ihn das Zutrauen setzte, daß er sie vertreiben würde.

Eduard übersah das ganze Verhältnis recht deutlich und malte es noch recht scharf aus. Wollen wir unsern Freund in einem solchen Zustande wissen? rief er: du kannst nicht so grausam sein, Charlotte!

Der wunderliche Mann, unser Mittler, versetzte Charlotte, hat am Ende doch recht. Alle solche Unternehmungen sind Wagestücke. Was daraus werden kann, sieht kein Mensch voraus. Solche neue Verhältnisse können fruchtbar sein an Glück und an Unglück, ohne daß wir uns dabei Verdienst oder Schuld sonderlich zurechnen dürfen. Ich fühle mich nicht stark genug, dir länger zu widerstehen. Laß uns den Versuch machen. Das einzige, was ich dich bitte: es sei nur auf kurze Zeit angesehen. Erlaube mir, daß ich mich tätiger als bisher für ihn verwende und meinen Einfluß, meine Verbindungen eifrig benutze und aufrege, ihm eine Stelle zu verschaffen, die ihm nach seiner Weise einige Zufriedenheit gewähren kann.

Eduard versicherte seine Gattin auf die anmutigste Weise der lebhaftesten Dankbarkeit. Er eilte mit freiem, frohem Gemüt, seinem Freunde Vorschläge schriftlich zu tun. Charlotte mußte in einer Nachschrift ihren Beifall eigenhändig hinzufügen, ihre freundschaftlichen Bitten mit den seinen vereinigen. Sie schrieb mit gewandter Feder gefällig und verbindlich, aber doch mit einer Art von Hast, die ihr sonst nicht gewöhnlich war; und was ihr nicht leicht begegnete, sie verunstaltete das Papier zuletzt mit einem Tintenfleck, der sie ärgerlich machte und nur größer wurde, indem sie ihn wegwischen wollte.

Eduard scherzte darüber, und weil noch Platz war, fügte er eine zweite Nachschrift hinzu: der Freund solle aus diesen Zeichen die Ungeduld sehen, womit er erwartet werde, und nach der Eile, womit der Brief geschrieben, die Eilfertigkeit seiner Reise einrichten.

Der Bote war fort, und Eduard glaubte seine Dankbarkeit nicht überzeugender ausdrücken zu können, als indem er aber und abermals darauf bestand: Charlotte solle sogleich Ottilien aus der Pension holen lassen.

Sie bat um Aufschub und wußte diesen Abend bei Eduard die Lust zu einer musikalischen Unterhaltung aufzuregen. Charlotte spielte sehr gut Klavier; Eduard nicht ebenso bequem die Flöte: denn ob er sich gleich zuzeiten viel Mühe gegeben hatte, so war ihm doch nicht die Geduld, die Ausdauer verliehen, die zur Ausbildung eines solchen Talentes gehört. Er führte deshalb seine Partie sehr ungleich aus, einige Stellen gut, nur vielleicht zu geschwind; bei andern wieder hielt er an, weil sie ihm nicht geläufig waren, und so wär es für jeden andern schwer gewesen, ein Duett mit ihm durchzubringen. Aber Charlotte wußte sich darein zu finden; sie hielt an und ließ sich wieder von ihm fortreißen, und versah also die doppelte Pflicht eines guten Kapellmeisters und einer klugen Hausfrau, die im ganzen immer das Maß zu erhalten wissen, wenn auch die einzelnen Passagen nicht immer im Takt bleiben sollten.

DRITTES KAPITEL

Der Hauptmann kam. Er hatte einen sehr verständigen Brief vorausgeschickt, der Charlotten völlig beruhigte. So viel Deutlichkeit über sich selbst, so viel Klarheit über seinen eigenen Zustand, über den Zustand seiner Freunde gab eine heitere und fröhliche Aussicht.
Die Unterhaltungen der ersten Stunden waren, wie unter Freunden zu geschehen pflegt, die sich eine Zeitlang nicht gesehen haben, lebhaft, ja fast erschöpfend. Gegen Abend veranlaßte Charlotte einen Spaziergang auf die neuen Anlagen. Der Hauptmann gefiel sich sehr in der Gegend und bemerkte jede Schönheit, welche durch die neuen Wege erst sichtbar und genießbar geworden. Er hatte ein geübtes Auge und dabei ein genügsames; und ob er gleich das Wünschenswerte sehr wohl kannte, machte er doch nicht, wie es öfters zu geschehen pflegt, Personen, die ihn in dem Ihrigen herumführten, dadurch einen üblen Humor, daß er mehr verlangte, als die Umstände zuließen, oder auch wohl gar an etwas Vollkommneres erinnerte, das er anderswo gesehen.
Als sie die Mooshütte erreichten, fanden sie solche auf das lustigste ausgeschmückt, zwar nur mit künstlichen Blumen und Wintergrün, doch darunter so schöne Büschel natürlichen Weizens und anderer Feld- und Baumfrüchte angebracht, daß sie dem Kunstsinn der Anordnenden zur Ehre gereichten. – Obschon mein Mann nicht liebt, daß man seinen Geburts- oder Namenstag feire, so wird er mir doch heute nicht verargen, einem dreifachen Feste diese wenigen Kränze zu widmen.
Ein dreifaches? rief Eduard. Ganz gewiß! versetzte Charlotte: unseres Freundes Ankunft behandeln wir billig als ein Fest; und dann habt ihr beide wohl nicht daran gedacht, daß heute euer Namenstag ist. Heißt nicht einer Otto so gut als der andere?
Beide Freunde reichten sich die Hände über den kleinen Tisch. Du erinnerst mich, sagte Eduard, an dieses jugendliche Freundschaftsstück. Als Kinder hießen wir beide so; doch als wir in der Pension zusammenlebten und manche Irrung daraus entstand, so trat ich ihm freiwillig diesen hübschen lakonischen Namen ab.
Wobei du denn doch nicht gar zu großmütig warst, sagte der Hauptmann. Denn ich erinnere mich recht wohl, daß dir der Name Eduard

besser gefiel, wie er denn auch, von angenehmen Lippen ausgesprochen, einen besonders guten Klang hat.
Nun saßen sie also zu dreien um dasselbe Tischchen, wo Charlotte so eifrig gegen die Ankunft des Gastes gesprochen hatte. Eduard in seiner Zufriedenheit wollte die Gattin nicht an jene Stunden erinnern; doch enthielt er sich nicht, zu sagen: Für ein Viertes wäre auch noch recht gut Platz.
Waldhörner ließen sich in diesem Augenblick vom Schloß herüber vernehmen, bejahten gleichsam und bekräftigten die guten Gesinnungen und Wünsche der beisammen verweilenden Freunde. Stillschweigend hörten sie zu, indem jedes in sich selbst zurückkehrte und sein eigenes Glück in so schöner Verbindung doppelt empfand.
Eduard unterbrach die Pause zuerst, indem er aufstand und vor die Mooshütte hinaustrat. Laß uns, sagte er zu Charlotten, den Freund gleich völlig auf die Höhe führen, damit er nicht glaube, dieses beschränkte Tal nur sei unser Erbgut und Aufenthalt; der Blick wird oben freier, und die Brust erweitert sich.
So müssen wir diesmal noch, versetzte Charlotte, den alten, etwas beschwerlichen Fußpfad erklimmen; doch, hoffe ich, sollen meine Stufen und Steige nächstens bequemer bis ganz hinauf leiten.
Und so gelangte man denn über Felsen, durch Busch und Gesträuch zur letzten Höhe, die zwar keine Fläche, doch fortlaufende fruchtbare Rücken bildete. Dorf und Schloß hinterwärts waren nicht mehr zu sehen. In der Tiefe erblickte man ausgebreitete Teiche; drüben bewachsene Hügel, an denen sie sich hinzogen; endlich steile Felsen, welche senkrecht den letzten Wasserspiegel entschieden begrenzten und ihre bedeutenden Formen auf der Oberfläche desselben abbildeten. Dort in der Schlucht, wo ein starker Bach den Teichen zufiel, lag eine Mühle halb versteckt, die mit ihren Umgebungen als ein freundliches Ruheplätzchen erschien. Mannigfaltig wechselten im ganzen Halbkreise, den man übersah, Tiefen und Höhen, Büsche und Wälder, deren erstes Grün für die Folge den füllereichsten Anblick versprach. Auch einzelne Baumgruppen hielten an mancher Stelle das Auge fest. Besonders zeichnete zu den Füßen der schauenden Freunde sich eine Masse Pappeln und Platanen zunächst an dem

Rande des mittleren Teiches vorteilhaft aus. Sie stand in ihrem besten Wachstum, frisch, gesund, empor und in die Breite strebend. Eduard lenkte besonders auf diese die Aufmerksamkeit seines Freundes. Diese habe ich, rief er aus, in meiner Jugend selbst gepflanzt. Es waren junge Stämmchen, die ich rettete, als mein Vater, bei der Anlage zu einem neuen Teil des großen Schloßgartens, sie mitten im Sommer ausroden ließ. Ohne Zweifel werden sie auch dieses Jahr sich durch neue Triebe wieder dankbar hervortun.

Man kehrte zufrieden und heiter zurück. Dem Gaste ward auf dem rechten Flügel des Schlosses ein freundliches geräumiges Quartier angewiesen, wo er sehr bald Bücher, Papiere und Instrumente aufgestellt und geordnet hatte, um in seiner gewohnten Tätigkeit fortzufahren. Aber Eduard ließ ihm in den ersten Tagen keine Ruhe: er führte ihn überall herum, bald zu Pferde, bald zu Fuße, und machte ihn mit der Gegend, mit dem Gute bekannt; wobei er ihm zugleich die Wünsche mitteilte, die er zu besserer Kenntnis und vorteilhafterer Benutzung desselben seit langer Zeit bei sich hegte.

Das erste, was wir tun sollten, sagte der Hauptmann, wäre, daß ich die Gegend mit der Magnetnadel aufnähme. Es ist das ein leichtes, heiteres Geschäft, und wenn es auch nicht die größte Genauigkeit gewährt, so bleibt es doch immer nützlich und für den Anfang erfreulich; auch kann man es ohne große Beihülfe leisten und weiß gewiß, daß man fertig wird. Denkst du einmal an eine genauere Ausmessung, so läßt sich dazu wohl auch noch Rat finden.

Der Hauptmann war in dieser Art des Aufnehmens sehr geübt. Er hatte die nötige Gerätschaft mitgebracht und fing sogleich an. Er unterrichtete Eduarden, einige Jäger und Bauern, die ihm bei dem Geschäft behülflich sein sollten. Die Tage waren günstig; die Abende und die frühsten Morgen brachte er mit Aufzeichnen und Schraffieren zu. Schnell war auch alles laviert und illuminiert, und Eduard sah seine Besitzungen auf das deutlichste, aus dem Papier, wie eine neue Schöpfung hervorgewachsen. Er glaubte sie jetzt erst kennen zu lernen; sie schienen ihm jetzt erst recht zu gehören.

Es gab Gelegenheit, über die Gegend, über Anlagen zu sprechen, die man nach einer solchen Übersicht viel besser zustande bringe, als wenn man nur einzeln, nach zufälligen Eindrücken, an der Natur

herumversuche. Das müssen wir meiner Frau deutlich machen, sagte Eduard.
Tue das nicht! versetzte der Hauptmann, der die Überzeugungen anderer nicht gern mit den seinigen durchkreuzte, den die Erfahrung gelehrt hatte, daß die Ansichten der Menschen viel zu mannigfaltig sind, als daß sie, selbst durch die vernünftigsten Vorstellungen, auf Einen Punkt versammelt werden könnten. Tue es nicht! rief er: sie dürfte leicht irre werden. Es ist ihr, wie allen denen, die sich nur aus Liebhaberei mit solchen Dingen beschäftigen, mehr daran gelegen, daß sie etwas tue, als daß etwas getan werde. Man tastet an der Natur, man hat Vorliebe für dieses oder jenes Plätzchen; man wagt nicht, dieses oder jenes Hindernis wegzuräumen, man ist nicht kühn genug, etwas aufzuopfern; man kann sich voraus nicht vorstellen, was entstehen soll, man probiert, es gerät, es mißrät, man verändert, verändert vielleicht, was man lassen sollte, läßt, was man verändern sollte, und so bleibt es zuletzt immer ein Stückwerk, das gefällt und anregt, aber nicht befriedigt.
Gesteh mir aufrichtig, sagte Eduard, du bist mit ihren Anlagen nicht zufrieden.
Wenn die Ausführung den Gedanken erschöpfte, der sehr gut ist, so wäre nichts zu erinnern. Sie hat sich mühsam durch das Gestein hinaufgequält und quält nun jeden, wenn du willst, den sie hinaufführt. Weder nebeneinander, noch hintereinander schreitet man mit einer gewissen Freiheit. Der Takt des Schrittes wird jeden Augenblick unterbrochen; und was ließe sich nicht noch alles einwenden!
Wäre es denn leicht anders zu machen gewesen? fragte Eduard.
Gar leicht, versetzte der Hauptmann; sie durfte nur die eine Felsenecke, die noch dazu unscheinbar ist, weil sie aus kleinen Teilen besteht, wegbrechen: so erlangte sie eine schön geschwungene Wendung zum Aufstieg und zugleich überflüssige Steine, um die Stellen heraufzumauern, wo der Weg schmal und verkrüppelt geworden wäre. Doch sei dies im engsten Vertrauen unter uns gesagt: sie wird sonst irre und verdrießlich. Auch muß man, was gemacht ist, bestehen lassen. Will man weiter Geld und Mühe aufwenden, so wäre von der Mooshütte hinaufwärts und über die Anhöhe noch mancherlei zu tun und viel Angenehmes zu leisten.

Hatten auf diese Weise die beiden Freunde am Gegenwärtigen manche Beschäftigung, so fehlte es nicht an lebhafter und vergnüglicher Erinnerung vergangener Tage, woran Charlotte wohl teilzunehmen pflegte. Auch setzte man sich vor, wenn nur die nächsten Arbeiten erst getan wären, an die Reisejournale zu gehen und auch auf diese Weise die Vergangenheit hervorzurufen.

Übrigens hatte Eduard mit Charlotten allein weniger Stoff zur Unterhaltung, besonders seitdem er den Tadel ihrer Parkanlagen, der ihm so gerecht schien, auf dem Herzen fühlte. Lange verschwieg er, was ihm der Hauptmann vertraut hatte; aber als er seine Gattin zuletzt beschäftigt sah, von der Mooshütte hinauf zur Anhöhe wieder mit Stüfchen und Pfädchen sich emporzuarbeiten, so hielt er nicht länger zurück, sondern machte sie nach einigen Umschweifen mit seinen neuen Einsichten bekannt.

Charlotte stand betroffen. Sie war geistreich genug, um schnell einzusehen, daß jene recht hatten; aber das Getane widersprach, es war nun einmal so gemacht; sie hatte es recht, sie hatte es wünschenswert gefunden, selbst das Getadelte war ihr in jedem einzelnen Teile lieb; sie widerstrebte der Überzeugung, sie verteidigte ihre kleine Schöpfung, sie schalt auf die Männer, die gleich ins Weite und Große gingen, aus einem Scherz, aus einer Unterhaltung gleich ein Werk machen wollten, nicht an die Kosten denken, die ein erweiterter Plan durchaus nach sich zieht. Sie war bewegt, verletzt, verdrießlich: sie konnte das Alte nicht fahren lassen, das Neue nicht ganz abweisen; aber entschlossen, wie sie war, stellte sie sogleich die Arbeit ein und nahm sich Zeit, die Sache zu bedenken und bei sich reif werden zu lassen.

Indem sie nun auch diese tätige Unterhaltung vermißte, da indes die Männer ihr Geschäft immer geselliger betrieben und besonders die Kunstgärten und Glashäuser mit Eifer besorgten, auch dazwischen die gewöhnlichen ritterlichen Übungen fortsetzten, als Jagen, Pferde-Kaufen, -Tauschen, -Bereiten und -Einfahren: so fühlte sich Charlotte täglich einsamer. Sie führte ihren Briefwechsel, auch um des Hauptmanns willen, lebhafter, und doch gab es manche einsame Stunde. Desto angenehmer und unterhaltender waren ihr die Berichte, die sie aus der Pensionsanstalt erhielt.

Einem weitläufigen Briefe der Vorsteherin, welcher sich wie gewöhnlich über der Tochter Fortschritte mit Behagen verbreitete, war eine kurze Nachschrift hinzugefügt, nebst einer Beilage von der Hand eines männlichen Gehülfen am Institut, die wir beide mitteilen.

Nachschrift der Vorsteherin

Von Ottilien, meine Gnädige, hätte ich eigentlich nur zu wiederholen, was in meinen vorigen Berichten enthalten ist. Ich wüßte sie nicht zu schelten, und doch kann ich nicht zufrieden mit ihr sein. Sie ist nach wie vor bescheiden und gefällig gegen andre; aber dieses Zurücktreten, diese Dienstbarkeit will mir nicht gefallen. Euer Gnaden haben ihr neulich Geld und verschiedene Zeuge geschickt. Das erste hat sie nicht angegriffen; die andern liegen auch noch da, unberührt. Sie hält freilich ihre Sachen sehr reinlich und gut und scheint nur in diesem Sinn die Kleider zu wechseln. Auch kann ich ihre große Mäßigkeit im Essen und Trinken nicht loben. An unserm Tisch ist kein Überfluß; doch sehe ich nichts lieber, als wenn die Kinder sich an schmackhaften und gesunden Speisen satt essen. Was mit Bedacht und Überzeugung aufgetragen und vorgelegt ist, soll auch aufgegessen werden. Dazu kann ich Ottilien niemals bringen. Ja sie macht sich irgendein Geschäft, um eine Lücke auszufüllen, wo die Dienerinnen etwas versäumen, nur um eine Speise oder den Nachtisch zu übergehen. Bei diesem allen kommt jedoch in Betrachtung, daß sie manchmal, wie ich erst spät erfahren habe, Kopfweh auf der linken Seite hat, das zwar vorübergeht, aber schmerzlich und bedeutend sein mag. So viel von diesem übrigens so schönen und lieben Kinde.

Beilage des Gehülfen

Unsere vortreffliche Vorsteherin läßt mich gewöhnlich die Briefe lesen, in welchen sie Beobachtungen über ihre Zöglinge den Eltern und Vorgesetzten mitteilt. Diejenigen, die an Euer Gnaden gerichtet sind, lese ich immer mit doppelter Aufmerksamkeit, mit doppeltem Vergnügen: denn indem wir Ihnen zu einer Tochter Glück zu wünschen haben, die alle jene glänzenden Eigenschaften vereinigt, wo-

durch man in der Welt emporsteigt, so muß ich wenigstens Sie nicht minder glücklich preisen, daß Ihnen in Ihrer Pflegetochter ein Kind beschert ist, das zum Wohl, zur Zufriedenheit anderer und gewiß auch zu seinem eigenen Glück geboren ward. Ottilie ist fast unser einziger Zögling, über den ich mit unserer so sehr verehrten Vorsteherin nicht einig werden kann. Ich verarge dieser tätigen Frau keinesweges, daß sie verlangt, man soll die Früchte ihrer Sorgfalt äußerlich und deutlich sehen; aber es gibt auch verschlossene Früchte, die erst die rechten kernhaften sind und die sich früher oder später zu einem schönen Leben entwickeln. Dergleichen ist gewiß Ihre Pflegetochter. Solange ich sie unterrichte, sehe ich sie immer gleichen Schrittes gehen, langsam, langsam vorwärts, nie zurück. Wenn es bei einem Kinde nötig ist, vom Anfange anzufangen, so ist es gewiß bei ihr. Was nicht aus dem Vorhergehenden folgt, begreift sie nicht. Sie steht unfähig, ja stöckisch vor einer leicht faßlichen Sache, die für sie mit nichts zusammenhängt. Kann man aber die Mittelglieder finden und ihr deutlich machen, so ist ihr das Schwerste begreiflich.
Bei diesem langsamen Vorschreiten bleibt sie gegen ihre Mitschülerinnen zurück, die mit ganz andern Fähigkeiten immer vorwärts eilen, alles, auch das Unzusammenhängende, leicht fassen, leicht behalten und bequem wieder anwenden. So lernt sie, so vermag sie bei einem beschleunigten Lehrvortrage gar nichts; wie es der Fall in einigen Stunden ist, welche von trefflichen, aber raschen und ungeduldigen Lehrern gegeben werden. Man hat über ihre Handschrift geklagt, über ihre Unfähigkeit, die Regeln der Grammatik zu fassen. Ich habe diese Beschwerde näher untersucht: es ist wahr, sie schreibt langsam und steif, wenn man so will, doch nicht zaghaft und ungestalt. Was ich ihr von der französischen Sprache, die zwar mein Fach nicht ist, schrittweise mitteilte, begriff sie leicht. Freilich ist es wunderbar: sie weiß vieles und recht gut; nur wenn man sie fragt, scheint sie nichts zu wissen.
Soll ich mit einer allgemeinen Bemerkung schließen, so möchte ich sagen: sie lernt nicht als eine, die erzogen werden soll, sondern als eine, die erziehen will; nicht als Schülerin, sondern als künftige Lehrerin. Vielleicht kommt es Euer Gnaden sonderbar vor, daß ich selbst als Erzieher und Lehrer jemanden nicht mehr zu loben glaube,

als wenn ich ihn für meinesgleichen erkläre. Euer Gnaden bessere Einsicht, tiefere Menschen- und Weltkenntnis wird aus meinen beschränkten, wohlgemeinten Worten das Beste nehmen. Sie werden sich überzeugen, daß auch an diesem Kinde viel Freude zu hoffen ist. Ich empfehle mich zu Gnaden und bitte um die Erlaubnis, wieder zu schreiben, sobald ich glaube, daß mein Brief etwas Bedeutendes und Angenehmes enthalten werde.

Charlotte freute sich über dieses Blatt. Sein Inhalt traf ganz nahe mit den Vorstellungen zusammen, welche sie von Ottilien hegte; dabei konnte sie sich eines Lächelns nicht enthalten, indem der Anteil des Lehrers herzlicher zu sein schien, als ihn die Einsicht in die Tugenden eines Zöglings hervorzubringen pflegt. Bei ihrer ruhigen, vorurteilsfreien Denkweise ließ sie auch ein solches Verhältnis, wie so viele andre, vor sich liegen; die Teilnahme des verständigen Mannes an Ottilien hielt sie wert: denn sie hatte in ihrem Leben genugsam einsehen gelernt, wie hoch jede wahre Neigung zu schätzen sei, in einer Welt, wo Gleichgültigkeit und Abneigung eigentlich recht zu Hause sind.

VIERTES KAPITEL

Die topographische Karte, auf welcher das Gut mit seinen Umgebungen, nach einem ziemlich großen Maßstabe, charakteristisch und faßlich durch Federstriche und Farben dargestellt war und welche der Hauptmann durch einige trigonometrische Messungen sicher zu gründen wußte, war bald fertig: denn weniger Schlaf als dieser tätige Mann bedurfte kaum jemand, so wie sein Tag stets dem augenblicklichen Zwecke gewidmet und deswegen jederzeit am Abende etwas getan war.

Laß uns nun, sagte er zu seinem Freunde, an das übrige gehen, an die Gutsbeschreibung, wozu schon genugsame Vorarbeit dasein muß, aus der sich nachher Pachtanschläge und anderes schon entwickeln werden. Nur Eines laß uns festsetzen und einrichten: trenne alles, was eigentlich Geschäft ist, vom Leben. Das Geschäft verlangt Ernst und Strenge, das Leben Willkür; das Geschäft die reinste Folge, dem Leben tut eine Inkonsequenz oft not, ja sie ist liebens-

würdig und erheiternd. Bist du bei dem einen sicher, so kannst du in dem andern desto freier sein; anstatt daß bei einer Vermischung das Sichre durch das Freie weggerissen und aufgehoben wird.
Eduard fühlte in diesen Vorschlägen einen leisen Vorwurf. Zwar von Natur nicht unordentlich, konnte er doch niemals dazu kommen, seine Papiere nach Fächern abzuteilen. Das, was er mit andern abzutun hatte, was bloß von ihm selbst abhing, es war nicht geschieden; so wie er auch Geschäfte und Beschäftigung, Unterhaltung und Zerstreuung nicht genugsam voneinander absonderte. Jetzt wurde es ihm leicht, da ein Freund diese Bemühung übernahm, ein zweites Ich die Sonderung bewirkte, in die das eine Ich nicht immer sich spalten mag.
Sie errichteten auf dem Flügel des Hauptmanns eine Repositur für das Gegenwärtige, ein Archiv für das Vergangene; schafften alle Dokumente, Papiere, Nachrichten aus verschiedenen Behältnissen, Kammern, Schränken und Kisten herbei, und auf das geschwindeste war der Wust in eine erfreuliche Ordnung gebracht, lag rubriziert in bezeichneten Fächern. Was man wünschte, ward vollständiger gefunden, als man gehofft hatte. Hierbei ging ihnen ein alter Schreiber sehr an die Hand, der den Tag über, ja einen Teil der Nacht, nicht vom Pulte kam, und mit dem Eduard bisher immer unzufrieden gewesen war.
Ich kenne ihn nicht mehr, sagte Eduard zu seinem Freund, wie tätig und brauchbar der Mensch ist. Das macht, versetzte der Hauptmann, wir tragen ihm nichts Neues auf, als bis er das Alte nach seiner Bequemlichkeit vollendet hat, und so leistet er, wie du siehst, sehr viel; sobald man ihn stört, vermag er gar nichts.
Brachten die Freunde auf diese Weise ihre Tage zusammen zu, so versäumten sie abends nicht, Charlotten regelmäßig zu besuchen. Fand sich keine Gesellschaft von benachbarten Orten und Gütern, welches öfters geschah, so war das Gespräch wie das Lesen meist solchen Gegenständen gewidmet, welche den Wohlstand, die Vorteile und das Behagen der bürgerlichen Gesellschaft vermehren.
Charlotte, ohnehin gewohnt, die Gegenwart zu nutzen, fühlte sich, indem sie ihren Mann zufrieden sah, auch persönlich gefördert. Verschiedene häusliche Anstalten, die sie längst gewünscht, aber nicht

recht einleiten können, wurden durch die Tätigkeit des Hauptmanns bewirkt. Die Hausapotheke, die bisher nur aus wenigen Mitteln bestanden, ward bereichert und Charlotte, sowohl durch faßliche Bücher als durch Unterredung, in den Stand gesetzt, ihr tätiges und hülfreiches Wesen öfter und wirksamer als bisher in Übung zu bringen.

Da man auch die gewöhnlichen und dessenungeachtet nur zu oft überraschenden Notfälle durchdachte, so wurde alles, was zur Rettung der Ertrunkenen nötig sein möchte, um so mehr angeschafft, als bei der Nähe so mancher Teiche, Gewässer und Wasserwerke öfters ein und der andere Unfall dieser Art vorkam. Diese Rubrik besorgte der Hauptmann sehr ausführlich, und Eduarden entschlüpfte die Bemerkung, daß ein solcher Fall in dem Leben seines Freundes auf die seltsamste Weise Epoche gemacht. Doch als dieser schwieg und einer traurigen Erinnerung auszuweichen schien, hielt Eduard gleichfalls an, so wie auch Charlotte, die nicht weniger im allgemeinen davon unterrichtet war, über jene Äußerungen hinausging.

Wir wollen alle diese vorsorglichen Anstalten loben, sagte eines Abends der Hauptmann; nun geht uns aber das Notwendigste noch ab, ein tüchtiger Mann, der das alles zu handhaben weiß. Ich kann hiezu einen mir bekannten Feldchirurgus vorschlagen, der jetzt um leidliche Bedingungen zu haben ist, ein vorzüglicher Mann in seinem Fache, und der mir auch in Behandlung heftiger innerer Übel öfters mehr Genüge getan hat als ein berühmter Arzt; und augenblickliche Hülfe ist doch immer das, was auf dem Lande am meisten vermißt wird.

Auch dieser wurde sogleich verschrieben, und beide Gatten freuten sich, daß sie so manche Summe, die ihnen zu willkürlichen Ausgaben übrig blieb, auf die nötigsten zu verwenden Anlaß gefunden.

So benutzte Charlotte die Kenntnisse, die Tätigkeit des Hauptmanns auch nach ihrem Sinne und fing an, mit seiner Gegenwart völlig zufrieden und über alle Folgen beruhigt zu werden. Sie bereitete sich gewöhnlich vor, manches zu fragen, und da sie gern leben mochte, so suchte sie alles Schädliche, alles Tödliche zu entfernen. Die Bleiglasur der Töpferwaren, der Grünspan kupferner Gefäße hatte ihr schon manche Sorge gemacht. Sie ließ sich hierüber belehren, und

natürlicherweise mußte man auf die Grundbegriffe der Physik und Chemie zurückgehen.
Zufälligen, aber immer willkommenen Anlaß zu solchen Unterhaltungen gab Eduards Neigung, der Gesellschaft vorzulesen. Er hatte eine sehr wohlklingende tiefe Stimme und war früher wegen lebhafter, gefühlter Rezitation dichterischer und rednerischer Arbeiten angenehm und berühmt gewesen. Nun waren es andre Gegenstände, die ihn beschäftigten, andre Schriften, woraus er vorlas, und eben seit einiger Zeit vorzüglich Werke physischen, chemischen und technischen Inhalts.
Eine seiner besondern Eigenheiten, die er jedoch vielleicht mit mehrern Menschen teilt, war die, daß es ihm unerträglich fiel, wenn jemand ihm beim Lesen in das Buch sah. In früherer Zeit, beim Vorlesen von Gedichten, Schauspielen, Erzählungen, war es die natürliche Folge der lebhaften Absicht, die der Vorlesende so gut als der Dichter, der Schauspieler, der Erzählende hat, zu überraschen, Pausen zu machen, Erwartungen zu erregen; da es denn freilich dieser beabsichtigten Wirkung sehr zuwider ist, wenn ihm ein Dritter wissentlich mit den Augen vorspringt. Er pflegte sich auch deswegen in solchem Falle immer so zu setzen, daß er niemand im Rücken hatte. Jetzt zu dreien war diese Vorsicht unnötig; und da es diesmal nicht auf Erregung des Gefühls, auf Überraschung der Einbildungskraft angesehen war, so dachte er selbst nicht daran, sich sonderlich in acht zu nehmen.
Nur eines Abends fiel es ihm auf, als er sich nachlässig gesetzt hatte, daß Charlotte ihm in das Buch sah. Seine alte Ungeduld erwachte, und er verwies es ihr, gewissermaßen unfreundlich: Wollte man sich doch solche Unarten, wie so manches andre, was der Gesellschaft lästig ist, ein für allemal abgewöhnen. Wenn ich jemand vorlese, ist es denn nicht, als wenn ich ihm mündlich etwas vortrüge? Das Geschriebene, das Gedruckte tritt an die Stelle meines eigenen Sinnes, meines eigenen Herzens; und würde ich mich wohl zu reden bemühen, wenn ein Fensterchen vor meiner Stirn, vor meiner Brust angebracht wäre, so daß der, dem ich meine Gedanken einzeln zuzählen, meine Empfindungen einzeln zureichen will, immer schon lange vorher wissen könnte, wo es mit mir hinaus wollte? Wenn mir

jemand ins Buch sieht, so ist mir immer, als wenn ich in zwei Stücke gerissen würde.
Charlotte, deren Gewandtheit sich in größeren und kleineren Zirkeln besonders dadurch bewies, daß sie jede unangenehme, jede heftige, ja selbst nur lebhafte Äußerung zu beseitigen, ein sich verlängerndes Gespräch zu unterbrechen, ein stockendes anzuregen wußte, war auch diesmal von ihrer guten Gabe nicht verlassen. Du wirst mir meinen Fehler gewiß verzeihen, wenn ich bekenne, was mir diesen Augenblick begegnet ist. Ich hörte von Verwandtschaften lesen, und da dacht ich eben gleich an meine Verwandten, an ein paar Vettern, die mir gerade in diesem Augenblick zu schaffen machen. Meine Aufmerksamkeit kehrt zu deiner Vorlesung zurück; ich höre, daß von ganz leblosen Dingen die Rede ist, und blicke dir ins Buch, um mich wieder zurechtzufinden.
Es ist eine Gleichnisrede, die dich verführt und verwirrt hat, sagte Eduard. Hier wird freilich nur von Erden und Mineralien gehandelt, aber der Mensch ist ein wahrer Narciß: er bespiegelt sich überall gern selbst; er legt sich als Folie der ganzen Welt unter.
Jawohl! fuhr der Hauptmann fort: so behandelt er alles, was er außer sich findet; seine Weisheit wie seine Torheit, seinen Willen wie seine Willkür leiht er den Tieren, den Pflanzen, den Elementen und den Göttern.
Möchtet ihr mich, versetzte Charlotte, da ich euch nicht zu weit von dem augenblicklichen Interesse wegführen will, nur kürzlich belehren, wie es eigentlich hier mit den Verwandtschaften gemeint sei.
Das will ich wohl gerne tun, erwiderte der Hauptmann, gegen den sich Charlotte gewendet hatte; freilich nur so gut, als ich es vermag, wie ich es etwa vor zehn Jahren gelernt, wie ich es gelesen habe. Ob man in der wissenschaftlichen Welt noch so darüber denkt, ob es zu den neuern Lehren paßt, wüßte ich nicht zu sagen.
Es ist schlimm genug, rief Eduard, daß man jetzt nichts mehr für sein ganzes Leben lernen kann. Unsre Vorfahren hielten sich an den Unterricht, den sie in ihrer Jugend empfangen; wir aber müssen jetzt alle fünf Jahre umlernen, wenn wir nicht ganz aus der Mode kommen wollen.
Wir Frauen, sagte Charlotte, nehmen es nicht so genau; und wenn

ich aufrichtig sein soll, so ist es mir eigentlich nur um den Wortverstand zu tun: denn es macht in der Gesellschaft nichts lächerlicher, als wenn man ein fremdes, ein Kunst-Wort falsch anwendet. Deshalb möchte ich nur wissen, in welchem Sinne dieser Ausdruck eben bei diesen Gegenständen gebraucht wird. Wie es wissenschaftlich damit zusammenhänge, wollen wir den Gelehrten überlassen, die übrigens, wie ich habe bemerken können, sich wohl schwerlich jemals vereinigen werden.

Wo fangen wir aber nun an, um am schnellsten in die Sache zu kommen? fragte Eduard nach einer Pause den Hauptmann, der, sich ein wenig bedenkend, bald darauf erwiderte:

Wenn es mir erlaubt ist, dem Scheine nach weit auszuholen, so sind wir bald am Platze.

Sein Sie meiner ganzen Aufmerksamkeit versichert, sagte Charlotte, indem sie ihre Arbeit beiseite legte.

Und so begann der Hauptmann: An allen Naturwesen, die wir gewahr werden, bemerken wir zuerst, daß sie einen Bezug auf sich selbst haben. Es klingt freilich wunderlich, wenn man etwas ausspricht, was sich ohnehin versteht; doch nur indem man sich über das Bekannte völlig verständigt hat, kann man miteinander zum Unbekannten fortschreiten.

Ich dächte, fiel ihm Eduard ein, wir machten ihr und uns die Sache durch Beispiele bequem. Stelle dir nur das Wasser, das Öl, das Quecksilber vor, so wirst du eine Einigkeit, einen Zusammenhang ihrer Teile finden. Diese Einung verlassen sie nicht, außer durch Gewalt oder sonstige Bestimmung. Ist diese beseitigt, so treten sie gleich wieder zusammen.

Ohne Frage, sagte Charlotte beistimmend. Regentropfen vereinigen sich gern zu Strömen. Und schon als Kinder spielen wir erstaunt mit dem Quecksilber, indem wir es in Kügelchen trennen und es wieder zusammenlaufen lassen.

Und so darf ich wohl, fügte der Hauptmann hinzu, eines bedeutenden Punktes im flüchtigen Vorbeigehen erwähnen, daß nämlich dieser völlig reine, durch Flüssigkeit mögliche Bezug sich entschieden und immer durch die Kugelgestalt auszeichnet. Der fallende Wassertropfen ist rund; von den Quecksilberkügelchen haben Sie selbst

gesprochen; ja ein fallendes geschmolzenes Blei, wenn es Zeit hat, völlig zu erstarren, kommt unten in Gestalt einer Kugel an.
Lassen Sie mich voreilen, sagte Charlotte, ob ich treffe, wo Sie hinwollen. Wie jedes gegen sich selbst einen Bezug hat, so muß es auch gegen andere ein Verhältnis haben.
Und das wird nach Verschiedenheit der Wesen verschieden sein, fuhr Eduard eilig fort. Bald werden sie sich als Freunde und alte Bekannte begegnen, die schnell zusammentreten, sich vereinigen, ohne aneinander etwas zu verändern, wie sich Wein mit Wasser vermischt. Dagegen werden andre fremd neben einander verharren und selbst durch mechanisches Mischen und Reiben sich keinesweges verbinden; wie Öl und Wasser, zusammengerüttelt, sich den Augenblick wieder auseinander sondert.
Es fehlt nicht viel, sagte Charlotte, so sieht man in diesen einfachen Formen die Menschen, die man gekannt hat; besonders aber erinnert man sich dabei der Sozietäten, in denen man lebte. Die meiste Ähnlichkeit jedoch mit diesen seelenlosen Wesen haben die Massen, die in der Welt sich einander gegenüberstellen: die Stände, die Berufsbestimmungen, der Adel und der dritte Stand, der Soldat und der Zivilist.
Und doch, versetzte Eduard, wie diese durch Sitten und Gesetze vereinbar sind, so gibt es auch in unserer chemischen Welt Mittelglieder, dasjenige zu verbinden, was sich einander abweist.
So verbinden wir, fiel der Hauptmann ein, das Öl durch Laugensalz mit dem Wasser.
Nur nicht zu geschwind mit Ihrem Vortrag, sagte Charlotte, damit ich zeigen kann, daß ich Schritt halte. Sind wir nicht hier schon zu den Verwandtschaften gelangt?
Ganz richtig, erwiderte der Hauptmann, und wir werden sie gleich in ihrer vollen Kraft und Bestimmtheit kennen lernen. Diejenigen Naturen, die sich beim Zusammentreffen einander schnell ergreifen und wechselseitig bestimmen, nennen wir verwandt. An den Alkalien und Säuren, die, obgleich einander entgegengesetzt und vielleicht eben deswegen, weil sie einander entgegengesetzt sind, sich am entschiedensten suchen und fassen, sich modifizieren und zusammen einen neuen Körper bilden, ist diese Verwandtschaft auffallend

genug. Gedenken wir nur des Kalks, der zu allen Säuren eine große Neigung, eine entschiedene Vereinigungslust äußert. Sobald unser chemisches Kabinett ankommt, wollen wir Sie verschiedene Versuche sehen lassen, die sehr unterhaltend sind und einen bessern Begriff geben als Worte, Namen und Kunstausdrücke.
Lassen Sie mich gestehen, sagte Charlotte, wenn Sie diese Ihre wunderlichen Wesen verwandt nennen, so kommen sie mir nicht sowohl als Blutsverwandte, vielmehr als Geistes- und Seelenverwandte vor. Auf ebendiese Weise können unter Menschen wahrhaft bedeutende Freundschaften entstehen: denn entgegengesetzte Eigenschaften machen eine innigere Vereinigung möglich. Und so will ich denn abwarten, was Sie mir von diesen geheimnisvollen Wirkungen vor die Augen bringen werden. Ich will dich – sagte sie zu Eduard gewendet – jetzt im Vorlesen nicht weiter stören und, um so viel besser unterrichtet, deinen Vortrag mit Aufmerksamkeit vernehmen.
Da du uns einmal aufgerufen hast, versetzte Eduard, so kommst du so leicht nicht los: denn eigentlich sind die verwickelten Fälle die interessantesten. Erst bei diesen lernt man die Grade der Verwandtschaften, die nähern stärkern, entferntern geringeren Beziehungen kennen; die Verwandtschaften werden erst interessant, wenn sie Scheidungen bewirken.
Kommt das traurige Wort, rief Charlotte, das man leider in der Welt jetzt so oft hört, auch in der Naturlehre vor?
Allerdings, erwiderte Eduard. Es war sogar ein bezeichnender Ehrentitel der Chemiker, daß man sie Scheidekünstler nannte.
Das tut man also nicht mehr, versetzte Charlotte, und tut sehr wohl daran. Das Vereinigen ist eine größere Kunst, ein größeres Verdienst. Ein Einigungskünstler wäre in jedem Fache der ganzen Welt willkommen. – Nun so laßt mich denn, weil ihr doch einmal im Zuge seid, ein paar solche Fälle wissen.
So schließen wir uns denn gleich, sagte der Hauptmann, an dasjenige wieder an, was wir oben schon benannt und besprochen haben. Zum Beispiel was wir Kalkstein nennen, ist eine mehr oder weniger reine Kalkerde, innig mit einer zarten Säure verbunden, die uns in Luftform bekannt geworden ist. Bringt man ein Stück solchen Steines in verdünnte Schwefelsäure, so ergreift diese den Kalk und erscheint

mit ihm als Gips; jene zarte luftige Säure hingegen entflieht. Hier ist eine Trennung, eine neue Zusammensetzung entstanden, und man glaubt sich nunmehr berechtigt, sogar das Wort Wahlverwandtschaft anzuwenden, weil es wirklich aussieht, als wenn ein Verhältnis dem andern vorgezogen, eins vor dem andern erwählt würde.
Verzeihen Sie mir, sagte Charlotte, wie ich dem Naturforscher verzeihe; aber ich würde hier niemals eine Wahl, eher eine Naturnotwendigkeit erblicken, und diese kaum: denn es ist am Ende vielleicht gar nur die Sache der Gelegenheit. Gelegenheit macht Verhältnisse, wie sie Diebe macht; und wenn von Ihren Naturkörpern die Rede ist, so scheint mir die Wahl bloß in den Händen des Chemikers zu liegen, der diese Wesen zusammenbringt. Sind sie aber einmal beisammen, dann gnade ihnen Gott! In dem gegenwärtigen Falle dauert mich nur die arme Luftsäure, die sich wieder im Unendlichen herumtreiben muß.
Es kommt nur auf sie an, versetzte der Hauptmann, sich mit dem Wasser zu verbinden und als Mineralquelle Gesunden und Kranken zur Erquickung zu dienen.
Der Gips hat gut reden, sagte Charlotte, der ist nun fertig, ist ein Körper, ist versorgt, anstatt daß jenes ausgetriebene Wesen noch manche Not haben kann, bis es wieder unterkommt.
Ich müßte sehr irren, sagte Eduard lächelnd, oder es steckt eine kleine Tücke hinter deinen Reden. Gesteh nur deine Schalkheit! Am Ende bin ich in deinen Augen der Kalk, der vom Hauptmann, als einer Schwefelsäure, ergriffen, deiner anmutigen Gesellschaft entzogen und in einen refraktären Gips verwandelt wird.
Wenn das Gewissen, versetzte Charlotte, dich solche Betrachtungen machen heißt, so kann ich ohne Sorge sein. Diese Gleichnisreden sind artig und unterhaltend, und wer spielt nicht gern mit Ähnlichkeiten? Aber der Mensch ist doch um so manche Stufe über jene Elemente erhöht, und wenn er hier mit den schönen Worten Wahl und Wahlverwandtschaft etwas freigebig gewesen, so tut er wohl, wieder in sich selbst zurückzukehren und den Wert solcher Ausdrücke bei diesem Anlaß recht zu bedenken. Mir sind leider Fälle genug bekannt, wo eine innige, unauflöslich scheinende Verbindung zweier Wesen durch gelegentliche Zugesellung eines dritten aufgehoben

und eins der erst so schön verbundenen ins lose Weite hinausgetrieben ward.
Da sind die Chemiker viel galanter, sagte Eduard: sie gesellen ein viertes dazu, damit keines leer ausgehe.
Jawohl! versetzte der Hauptmann: diese Fälle sind allerdings die bedeutendsten und merkwürdigsten, wo man das Anziehen, das Verwandtsein, dieses Verlassen, dieses Vereinigen gleichsam übers Kreuz, wirklich darstellen kann; wo vier, bisher je zwei zu zwei verbundene Wesen, in Berührung gebracht, ihre bisherige Vereinigung verlassen und sich aufs neue verbinden. In diesem Fahrenlassen und Ergreifen, in diesem Fliehen und Suchen glaubt man wirklich eine höhere Bestimmung zu sehen; man traut solchen Wesen eine Art von Wollen und Wählen zu und hält das Kunstwort Wahlverwandtschaften für vollkommen gerechtfertigt.
Beschreiben Sie mir einen solchen Fall, sagte Charlotte.
Man sollte dergleichen, versetzte der Hauptmann, nicht mit Worten abtun. Wie schon gesagt! sobald ich Ihnen die Versuche selbst zeigen kann, wird alles anschaulicher und angenehmer werden. Jetzt müßte ich Sie mit schrecklichen Kunstworten hinhalten, die Ihnen doch keine Vorstellung gäben. Man muß diese totscheinenden und doch zur Tätigkeit innerlich immer bereiten Wesen wirkend vor seinen Augen sehen, mit Teilnahme schauen, wie sie einander suchen, sich anziehen, ergreifen, zerstören, verschlingen, aufzehren und sodann aus der innigsten Verbindung wieder in erneuter, neuer, unerwarteter Gestalt hervortreten: dann traut man ihnen erst ein ewiges Leben, ja wohl gar Sinn und Verstand zu, weil wir unsere Sinne kaum genügend fühlen, sie recht zu beobachten, und unsre Vernunft kaum hinlänglich, sie zu fassen.
Ich leugne nicht, sagte Eduard, daß die seltsamen Kunstwörter demjenigen, der nicht durch sinnliches Anschauen, durch Begriffe mit ihnen versöhnt ist, beschwerlich, ja lächerlich werden müssen. Doch könnten wir leicht mit Buchstaben einstweilen das Verhältnis ausdrücken, wovon hier die Rede war.
Wenn Sie glauben, daß es nicht pedantisch aussieht, versetzte der Hauptmann, so kann ich wohl in der Zeichensprache mich kürzlich zusammenfassen. Denken Sie sich ein A, das mit einem B innig ver-

bunden ist, durch viele Mittel und durch manche Gewalt nicht von ihm zu trennen; denken Sie sich ein C, das sich ebenso zu einem D verhält; bringen Sie nun die beiden Paare in Berührung: A wird sich zu D, C zu B werfen, ohne daß man sagen kann, wer das andere zuerst verlassen, wer sich mit dem andern zuerst wieder verbunden habe.

Nun denn! fiel Eduard ein: bis wir alles dieses mit Augen sehen, wollen wir diese Formel als Gleichnisrede betrachten, woraus wir uns eine Lehre zum unmittelbaren Gebrauch ziehen. Du stellst das A vor, Charlotte, und ich dein B: denn eigentlich hänge ich doch nur von dir ab und folge dir, wie dem A das B. Das C ist ganz deutlich der Capitän, der mich für diesmal dir einigermaßen entzieht. Nun ist es billig, daß, wenn du nicht ins Unbestimmte entweichen sollst, dir für ein D gesorgt werde, und das ist ganz ohne Frage das liebenswürdige Dämchen Ottilie, gegen deren Annäherung du dich nicht länger verteidigen darfst.

Gut! versetzte Charlotte; wenn auch das Beispiel, wie mir scheint, nicht ganz auf unsern Fall paßt, so halte ich es doch für ein Glück, daß wir heute einmal völlig zusammentreffen, und daß diese Natur- und Wahlverwandtschaften unter uns eine vertrauliche Mitteilung beschleunigen. Ich will es also nur gestehen, daß ich seit diesem Nachmittage entschlossen bin, Ottilien zu berufen: denn meine bisherige treue Beschließerin und Haushälterin wird abziehen, weil sie heiratet. Dies wäre von meiner Seite und um meinetwillen; was mich um Ottiliens willen bestimmt, das wirst du uns vorlesen. Ich will dir nicht ins Blatt sehen, aber freilich ist mir der Inhalt schon bekannt. Doch lies nur, lies! Mit diesen Worten zog sie einen Brief hervor und reichte ihn Eduarden.

FÜNFTES KAPITEL

Brief der Vorsteherin

Euer Gnaden werden verzeihen, wenn ich mich heute ganz kurz fasse: denn ich habe nach vollendeter öffentlicher Prüfung dessen, was wir im vergangenen Jahr an unsern Zöglingen geleistet haben, an die sämtlichen Eltern und Vorgesetzten den Verlauf zu melden; auch darf ich wohl kurz sein, weil ich mit wenigem viel sagen kann. Ihre Fräulein Tochter hat sich in jedem Sinne als die Erste bewiesen. Die beiliegenden Zeugnisse, ihr eigner Brief, der die Beschreibung der Preise enthält, die ihr geworden sind, und zugleich das Vergnügen ausdrückt, das sie über ein so glückliches Gelingen empfindet, wird Ihnen zur Beruhigung, ja zur Freude gereichen. Die meinige wird dadurch einigermaßen gemindert, daß ich voraussehe, wir werden nicht lange mehr Ursache haben, ein so weit vorgeschrittenes Frauenzimmer bei uns zurückzuhalten. Ich empfehle mich zu Gnaden und nehme mir die Freiheit, nächstens meine Gedanken über das, was ich am vorteilhaftesten für sie halte, zu eröffnen. Von Ottilien schreibt mein freundlicher Gehülfe.

Brief des Gehülfen

Von Ottilien läßt mich unsre ehrwürdige Vorsteherin schreiben, teils weil es ihr, nach ihrer Art zu denken, peinlich wäre, dasjenige, was zu melden ist, zu melden, teils auch, weil sie selbst einer Entschuldigung bedarf, die sie lieber mir in den Mund legen mag.

Da ich nur allzuwohl weiß, wie wenig die gute Ottilie zu äußern imstande ist, was in ihr liegt und was sie vermag, so war mir vor der öffentlichen Prüfung einigermaßen bange, um so mehr als überhaupt dabei keine Vorbereitung möglich ist und auch, wenn es nach der gewöhnlichen Weise sein könnte, Ottilie auf den Schein nicht vorzubereiten wäre. Der Ausgang hat meine Sorge nur zu sehr gerechtfertigt: sie hat keinen Preis erhalten und ist auch unter denen, die kein Zeugnis empfangen haben. Was soll ich viel sagen? Im Schreiben hatten andere kaum so wohlgeformte Buchstaben, doch viel freiere Züge; im Rechnen waren alle schneller, und an schwierige Aufgaben, welche sie besser löst, kam es bei der Untersuchung nicht. Im Französischen überparlierten und überexponierten sie manche; in der Geschichte waren ihr Namen und Jahrzahlen nicht gleich bei der Hand; bei der Geographie vermißte man Aufmerksamkeit auf die politische Einteilung. Zum musikalischen Vortrag ihrer wenigen bescheidenen Melodien fand sich weder Zeit noch Ruhe. Im Zeichnen hätte sie gewiß den Preis davongetragen: ihre Umrisse waren

rein, und die Ausführung bei vieler Sorgfalt geistreich. Leider hatte sie etwas zu Großes unternommen und war nicht fertig geworden.
Als die Schülerinnen abgetreten waren, die Prüfenden zusammen Rat hielten und uns Lehrern wenigstens einiges Wort dabei gönnten, merkte ich wohl bald, daß von Ottilien gar nicht und, wenn es geschah, wo nicht mit Mißbilligung, doch mit Gleichgültigkeit gesprochen wurde. Ich hoffte, durch eine offne Darstellung ihrer Art zu sein, einige Gunst zu erregen, und wagte mich daran mit doppeltem Eifer, einmal, weil ich nach meiner Überzeugung sprechen konnte und sodann, weil ich mich in jüngeren Jahren in ebendemselben traurigen Fall befunden hatte. Man hörte mich mit Aufmerksamkeit an; doch als ich geendigt hatte, sagte mir der vorsitzende Prüfende zwar freundlich, aber lakonisch: Fähigkeiten werden vorausgesetzt, sie sollen zu Fertigkeiten werden. Dies ist der Zweck aller Erziehung, dies ist die laute, deutliche Absicht der Eltern und Vorgesetzten, die stille, nur halbbewußte der Kinder selbst. Dies ist auch der Gegenstand der Prüfung, wobei zugleich Lehrer und Schüler beurteilt werden. Aus dem, was wir von Ihnen vernehmen, schöpfen wir gute Hoffnung von dem Kinde, und Sie sind allerdings lobenswürdig, indem Sie auf die Fähigkeiten der Schülerinnen genau achtgeben. Verwandeln Sie solche bis übers Jahr in Fertigkeiten, so wird es Ihnen und Ihrer begünstigten Schülerin nicht an Beifall mangeln.
In das, was hierauf folgte, hatte ich mich schon ergeben, aber ein noch Übleres nicht befürchtet, das sich bald darauf zutrug. Unsere gute Vorsteherin, die wie ein guter Hirte auch nicht eins von ihren Schäfchen verloren oder, wie es hier der Fall war, ungeschmückt sehen möchte, konnte, nachdem die Herren sich entfernt hatten, ihren Unwillen nicht bergen und sagte zu Ottilien, die ganz ruhig, indem die andern sich über ihre Preise freuten, am Fenster stand: Aber sagen Sie mir, ums Himmels willen! wie kann man so dumm aussehen, wenn man es nicht ist? Ottilie versetzte ganz gelassen: Verzeihen Sie, liebe Mutter, ich habe gerade heute wieder mein Kopfweh, und ziemlich stark. Das kann niemand wissen! versetzte die sonst so teilnehmende Frau und kehrte sich verdrießlich um.
Nun, es ist wahr: niemand kann es wissen; denn Ottilie verändert

das Gesicht nicht, und ich habe auch nicht gesehen, daß sie einmal die Hand nach dem Schlafe zu bewegt hätte.

Das war noch nicht alles. Ihre Fräulein Tochter, gnädige Frau, sonst lebhaft und freimütig, war im Gefühl ihres heutigen Triumphs ausgelassen und übermütig. Sie sprang mit ihren Preisen und Zeugnissen in den Zimmern herum und schüttelte sie auch Ottilien vor dem Gesicht. Du bist heute schlecht gefahren! rief sie aus. Ganz gelassen antwortete Ottilie: Es ist noch nicht der letzte Prüfungstag. Und doch wirst du immer die Letzte bleiben! rief das Fräulein und sprang hinweg.

Ottilie schien gelassen für jeden andern, nur nicht für mich. Eine innere unangenehme, lebhafte Bewegung, der sie widersteht, zeigt sich durch eine ungleiche Farbe des Gesichts. Die linke Wange wird auf einen Augenblick rot, indem die rechte bleich wird. Ich sah dies Zeichen, und meine Teilnehmung konnte sich nicht zurückhalten. Ich führte unsre Vorsteherin beiseite, sprach ernsthaft mit ihr über die Sache. Die treffliche Frau erkannte ihren Fehler. Wir berieten, wir besprachen uns lange, und ohne deshalb weitläufiger zu sein, will ich Euer Gnaden unsern Beschluß und unsre Bitte vortragen: Ottilien auf einige Zeit zu sich zu nehmen. Die Gründe werden Sie sich selbst am besten entfalten. Bestimmen Sie sich hiezu, so sage ich mehr über die Behandlung des guten Kindes. Verläßt uns dann Ihre Fräulein Tochter, wie zu vermuten steht, so sehen wir Ottilien mit Freuden zurückkehren.

Noch eins, das ich vielleicht in der Folge vergessen könnte: ich habe nie gesehen, daß Ottilie etwas verlangt, oder gar um etwas dringend gebeten hätte. Dagegen kommen Fälle, wiewohl selten, daß sie etwas abzulehnen sucht, was man von ihr fordert. Sie tut das mit einer Gebärde, die für den, der den Sinn davon gefaßt hat, unwiderstehlich ist. Sie drückt die flachen Hände, die sie in die Höhe hebt, zusammen und führt sie gegen die Brust, indem sie sich nur wenig vorwärts neigt und den dringend Fordernden mit einem solchen Blick ansieht, daß er gern von allem absteht, was er verlangen oder wünschen möchte. Sehen Sie jemals diese Gebärde, gnädige Frau, wie es bei Ihrer Behandlung nicht wahrscheinlich ist, so gedenken Sie meiner und schonen Ottilien.

Eduard hatte diese Briefe vorgelesen, nicht ohne Lächeln und Kopfschütteln. Auch konnte es an Bemerkungen über die Personen und über die Lage der Sache nicht fehlen.
Genug! rief Eduard endlich aus: es ist entschieden, sie kommt! Für dich wäre gesorgt, meine Liebe, und wir dürfen nun auch mit unserm Vorschlag hervorrücken. Es wird höchst nötig, daß ich zu dem Hauptmann auf den rechten Flügel hinüberziehe. Sowohl abends als morgens ist erst die rechte Zeit, zusammen zu arbeiten. Du erhältst dagegen für dich und Ottilien auf deiner Seite den schönsten Raum.
Charlotte ließ sichs gefallen, und Eduard schilderte ihre künftige Lebensart. Unter andern rief er aus: Es ist doch recht zuvorkommend von der Nichte, ein wenig Kopfweh auf der linken Seite zu haben; ich habe es manchmal auf der rechten. Trifft es zusammen und wir sitzen gegeneinander, ich auf den rechten Ellbogen, sie auf den linken gestützt, und die Köpfe nach verschiedenen Seiten in die Hand gelegt: so muß das ein paar artige Gegenbilder geben.
Der Hauptmann wollte das gefährlich finden; Eduard hingegen rief aus: Nehmen Sie sich nur, lieber Freund, vor dem D in acht! Was sollte B denn anfangen, wenn ihm C entrissen würde?
Nun, ich dächte doch, versetzte Charlotte, das verstünde sich von selbst.
Freilich, rief Eduard: es kehrte zu seinem A zurück, zu seinem A und O! rief er, indem er aufsprang und Charlotten fest an seine Brust drückte.

SECHSTES KAPITEL

Ein Wagen, der Ottilien brachte, war angefahren. Charlotte ging ihr entgegen; das liebe Kind eilte, sich ihr zu nähern, warf sich ihr zu Füßen und umfaßte ihre Kniee.
Wozu die Demütigung! sagte Charlotte, die einigermaßen verlegen war und sie aufheben wollte. Es ist so demütig nicht gemeint, versetzte Ottilie, die in ihrer vorigen Stellung blieb. Ich mag mich nur so gern jener Zeit erinnern, da ich noch nicht höher reichte als bis an Ihre Kniee und Ihrer Liebe schon so gewiß war.
Sie stand auf, und Charlotte umarmte sie herzlich. Sie ward den Männern vorgestellt und gleich mit besonderer Achtung als Gast be-

handelt. Schönheit ist überall ein gar willkommner Gast. Sie schien aufmerksam auf das Gespräch, ohne daß sie daran teilgenommen hätte.

Den andern Morgen sagte Eduard zu Charlotten: Es ist ein angenehmes, unterhaltendes Mädchen.

Unterhaltend? versetzte Charlotte mit Lächeln: sie hat ja den Mund noch nicht aufgetan.

So? erwiderte Eduard, indem er sich zu besinnen schien: das wäre doch wunderbar!

Charlotte gab dem neuen Ankömmling nur wenige Winke, wie es mit dem Hausgeschäfte zu halten sei. Ottilie hatte schnell die ganze Ordnung eingesehen, ja, was noch mehr ist, empfunden. Was sie für alle, für einen jeden insbesondere zu besorgen hatte, begriff sie leicht. Alles geschah pünktlich. Sie wußte anzuordnen, ohne daß sie zu befehlen schien, und wo jemand säumte, verrichtete sie das Geschäft gleich selbst.

Sobald sie gewahr wurde, wieviel Zeit ihr übrig blieb, bat sie Charlotten, ihre Stunden einteilen zu dürfen, die nun genau beobachtet wurden. Sie arbeitete das Vorgesetzte auf eine Art, von der Charlotte durch den Gehülfen unterrichtet war. Man ließ sie gewähren. Nur zuweilen suchte Charlotte sie anzuregen. So schob sie ihr manchmal abgeschriebene Federn unter, um sie auf einen freieren Zug der Handschrift zu leiten; aber auch diese waren bald wieder scharf geschnitten.

Die Frauenzimmer hatten untereinander festgesetzt, französisch zu reden, wenn sie allein wären; und Charlotte beharrte um so mehr dabei, als Ottilie gesprächiger in der fremden Sprache war, indem man ihr die Übung derselben zur Pflicht gemacht hatte. Hier sagte sie oft mehr, als sie zu wollen schien. Besonders ergötzte sich Charlotte an einer zufälligen, zwar genauen, aber doch liebevollen Schilderung der ganzen Pensionsanstalt. Ottilie ward ihr eine liebe Gesellschafterin, und sie hoffte, dereinst an ihr eine zuverlässige Freundin zu finden.

Charlotte nahm indes die älteren Papiere wieder vor, die sich auf Ottilien bezogen, um sich in Erinnerung zu bringen, was die Vorsteherin, was der Gehülfe über das gute Kind geurteilt, um es mit ihrer

Persönlichkeit selbst zu vergleichen. Denn Charlotte war der Meinung, man könne nicht geschwind genug mit dem Charakter der Menschen bekannt werden, mit denen man zu leben hat, um zu wissen, was sich von ihnen erwarten, was sich an ihnen bilden läßt, oder was man ihnen ein für allemal zugestehen und verzeihen muß.
Sie fand zwar bei dieser Untersuchung nichts Neues, aber manches Bekannte ward ihr bedeutender und auffallender. So konnte ihr zum Beispiel Ottiliens Mäßigkeit im Essen und Trinken wirklich Sorge machen.
Das nächste, was die Frauen beschäftigte, war der Anzug. Charlotte verlangte von Ottilien, sie solle in Kleidern reicher und mehr ausgesucht erscheinen. Sogleich schnitt das gute tätige Kind die ihr früher geschenkten Stoffe selbst zu und wußte sie sich, mit geringer Beihülfe anderer, schnell und höchst zierlich anzupassen. Die neuen, modischen Gewänder erhöhten ihre Gestalt: denn indem das Angenehme einer Person sich auch über ihre Hülle verbreitet, so glaubt man sie immer wieder von neuem und anmutiger zu sehen, wenn sie ihre Eigenschaften einer neuen Umgebung mitteilt.
Dadurch ward sie den Männern, wie von Anfang so immer mehr, daß wir es nur mit dem rechten Namen nennen, ein wahrer Augentrost. Denn wenn der Smaragd durch seine herrliche Farbe dem Gesicht wohltut, ja sogar einige Heilkraft an diesem edlen Sinn ausübt, so wirkt die menschliche Schönheit noch mit weit größerer Gewalt auf den äußern und inneren Sinn. Wer sie erblickt, den kann nichts Übles anwehen; er fühlt sich mit sich selbst und mit der Welt in Übereinstimmung.
Auf manche Weise hatte daher die Gesellschaft durch Ottiliens Ankunft gewonnen. Die beiden Freunde hielten regelmäßiger die Stunden, ja die Minuten der Zusammenkünfte. Sie ließen weder zum Essen, noch zum Tee, noch zum Spaziergang länger als billig auf sich warten. Sie eilten, besonders abends, nicht so bald von Tische weg. Charlotte bemerkte das wohl und ließ beide nicht unbeobachtet. Sie suchte zu erforschen, ob einer vor dem andern hiezu den Anlaß gäbe; aber sie konnte keinen Unterschied bemerken. Beide zeigten sich überhaupt geselliger. Bei ihren Unterhaltungen schienen sie zu bedenken, was Ottiliens Teilnahme zu erregen geeignet sein möchte,

was ihren Einsichten, ihren übrigen Kenntnissen gemäß wäre. Beim Lesen und Erzählen hielten sie inne, bis sie wiederkam. Sie wurden milder und im ganzen mitteilender.
In Erwiderung dagegen wuchs die Dienstbeflissenheit Ottiliens mit jedem Tage. Je mehr sie das Haus, die Menschen, die Verhältnisse kennen lernte, desto lebhafter griff sie ein, desto schneller verstand sie jeden Blick, jede Bewegung, ein halbes Wort, einen Laut. Ihre ruhige Aufmerksamkeit blieb sich immer gleich, so wie ihre gelassene Regsamkeit. Und so war ihr Sitzen, Aufstehen, Gehen, Kommen, Holen, Bringen, Wiederniedersitzen, ohne einen Schein von Unruhe, ein ewiger Wechsel, die ewige angenehme Bewegung. Dazu kam, daß man sie nicht gehen hörte, so leise trat sie auf.
Diese anständige Dienstfertigkeit Ottiliens machte Charlotten viel Freude. Ein einziges, was ihr nicht ganz angemessen vorkam, verbarg sie Ottilien nicht. Es gehört, sagte sie eines Tages zu ihr, unter die lobenswürdigen Aufmerksamkeiten, daß wir uns schnell bücken, wenn jemand etwas aus der Hand fallen läßt, und es eilig aufzuheben suchen. Wir bekennen uns dadurch ihm gleichsam dienstpflichtig; nur ist in der größern Welt dabei zu bedenken, wem man eine solche Ergebenheit bezeigt. Gegen Frauen will ich dir darüber keine Gesetze vorschreiben. Du bist jung. Gegen höhere und ältere ist es Schuldigkeit, gegen deinesgleichen Artigkeit, gegen jüngere und niedere zeigt man sich dadurch menschlich und gut; nur will es einem Frauenzimmer nicht wohl geziemen, sich Männern auf diese Weise ergeben und dienstbar zu bezeigen.
Ich will es mir abzugewöhnen suchen, versetzte Ottilie. Indessen werden Sie mir diese Unschicklichkeit vergeben, wenn ich Ihnen sage, wie ich dazu gekommen bin. Man hat uns die Geschichte gelehrt: ich habe nicht so viel daraus behalten, als ich wohl gesollt hätte: denn ich wußte nicht, wozu ichs brauchen würde. Nur einzelne Begebenheiten sind mir sehr eindrücklich gewesen; so folgende: Als Karl der Erste von England vor seinen sogenannten Richtern stand, fiel der goldne Knopf des Stöckchens, das er trug, herunter. Gewohnt, daß bei solchen Gelegenheiten sich alles für ihn bemühte, schien er sich umzusehen und zu erwarten, daß ihm jemand auch diesmal den kleinen Dienst erzeigen sollte. Es regte sich niemand;

er bückte sich selbst, um den Knopf aufzuheben. Mir kam das so schmerzlich vor, ich weiß nicht, ob mit Recht, daß ich von jenem Augenblick an niemanden kann etwas aus den Händen fallen sehn, ohne mich darnach zu bücken. Da es aber freilich nicht immer schicklich sein mag und ich, fuhr sie lächelnd fort, nicht jederzeit meine Geschichte erzählen kann, so will ich mich künftig mehr zurückhalten.

Indessen hatten die guten Anstalten, zu denen sich die beiden Freunde berufen fühlten, ununterbrochenen Fortgang. Ja täglich fanden sie neuen Anlaß, etwas zu bedenken und zu unternehmen.

Als sie eines Tages zusammen durch das Dorf gingen, bemerkten sie mißfällig, wie weit es an Ordnung und Reinlichkeit hinter jenen Dörfern zurückstehe, wo die Bewohner durch die Kostbarkeit des Raums auf beides hingewiesen werden.

Du erinnerst dich, sagte der Hauptmann, wie wir auf unserer Reise durch die Schweiz den Wunsch äußerten, eine ländliche sogenannte Parkanlage recht eigentlich zu verschönern, indem wir ein so gelegenes Dorf nicht zur Schweizer Bauart, sondern zur Schweizer Ordnung und Sauberkeit, welche die Benutzung so sehr befördern, einrichteten.

Hier zum Beispiel, versetzte Eduard, ginge das wohl an. Der Schloßberg verläuft sich in einen vorspringenden Winkel herunter; das Dorf ist ziemlich regelmäßig im Halbzirkel gegenüber gebaut; dazwischen fließt der Bach, gegen dessen Anschwellen sich der eine mit Steinen, der andre mit Pfählen, wieder einer mit Balken und der Nachbar sodann mit Planken verwahren will, keiner aber den andern fördert, vielmehr sich und den übrigen Schaden und Nachteil bringt. So geht der Weg auch in ungeschickter Bewegung bald herauf, bald herab, bald durchs Wasser, bald über Steine. Wollten die Leute mit Hand anlegen, so würde kein großer Zuschuß nötig sein, um hier eine Mauer im Halbkreis aufzuführen, den Weg dahinter bis an die Häuser zu erhöhen, den schönsten Raum herzustellen, der Reinlichkeit Platz zu geben und durch eine ins Große gehende Anstalt alle kleine unzulängliche Sorge auf einmal zu verbannen.

Laß es uns versuchen, sagte der Hauptmann, indem er die Lage mit den Augen überlief und schnell beurteilte.

Ich mag mit Bürgern und Bauern nichts zu tun haben, wenn ich ihnen nicht geradezu befehlen kann, versetzte Eduard.
Du hast so unrecht nicht, erwiderte der Hauptmann: denn auch mir machten dergleichen Geschäfte im Leben schon viel Verdruß. Wie schwer ist es, daß der Mensch recht abwäge, was man aufopfern muß gegen das, was zu gewinnen ist! wie schwer, den Zweck zu wollen und die Mittel nicht zu verschmähen! Viele verwechseln gar die Mittel und den Zweck, erfreuen sich an jenen, ohne diesen im Auge zu behalten. Jedes Übel soll an der Stelle geheilt werden, wo es zum Vorschein kommt, und man bekümmert sich nicht um jenen Punkt, wo es eigentlich seinen Ursprung nimmt, woher es wirkt. Deswegen ist es so schwer, Rat zu pflegen, besonders mit der Menge, die im Täglichen ganz verständig ist, aber selten weiter sieht als auf morgen. Kommt nun gar dazu, daß der eine bei einer gemeinsamen Anstalt gewinnen, der andre verlieren soll, da ist mit Vergleich nun gar nichts auszurichten. Alles eigentlich gemeinsame Gute muß durch das unumschränkte Majestätsrecht gefördert werden.
Indem sie standen und sprachen, bettelte sie ein Mensch an, der mehr frech als bedürftig aussah. Eduard, ungern unterbrochen und beunruhigt, schalt ihn, nachdem er ihn einigemal vergebens gelassener abgewiesen hatte; als aber der Kerl sich murrend, ja gegenscheltend, mit kleinen Schritten entfernte, auf die Rechte des Bettlers trotzte, dem man wohl ein Almosen versagen, ihn aber nicht beleidigen dürfe, weil er so gut wie jeder andere unter dem Schutze Gottes und der Obrigkeit stehe, kam Eduard ganz aus der Fassung.
Der Hauptmann, ihn zu begütigen, sagte darauf: Laß uns diesen Vorfall als eine Aufforderung annehmen, unsere ländliche Polizei auch hierüber zu erstrecken. Almosen muß man einmal geben; man tut aber besser, wenn man sie nicht selbst gibt, besonders zu Hause. Da sollte man mäßig und gleichförmig in allem sein, auch im Wohltun. Eine allzu reichliche Gabe lockt Bettler herbei, anstatt sie abzufertigen; dagegen man wohl auf der Reise, im Vorbeifliegen, einem Armen an der Straße in der Gestalt des zufälligen Glücks erscheinen und ihm eine überraschende Gabe zuwerfen mag. Uns macht die Lage des Dorfes, des Schlosses eine solche Anstalt sehr leicht, ich habe schon früher darüber nachgedacht.

An dem einen Ende des Dorfes liegt das Wirtshaus, an dem andern wohnen ein Paar alte gute Leute; an beiden Orten mußt du eine kleine Geldsumme niederlegen. Nicht der ins Dorf Hereingehende, sondern der Hinausgehende erhält etwas; und da die beiden Häuser zugleich an den Wegen stehen, die auf das Schloß führen, so wird auch alles, was sich hinaufwenden wollte, an die beiden Stellen gewiesen.

Komm, sagte Eduard, wir wollen das gleich abmachen; das Genauere können wir immer noch nachholen. Sie gingen zum Wirt und zu dem alten Paare, und die Sache war abgetan.

Ich weiß recht gut, sagte Eduard, indem sie zusammen den Schloßberg wieder hinaufstiegen, daß alles in der Welt ankommt auf einen gescheiten Einfall und auf einen festen Entschluß. So hast du die Parkanlagen meiner Frau sehr richtig beurteilt und mir auch schon einen Wink zum Bessern gegeben, den ich ihr, wie ich gar nicht leugnen will, sogleich mitgeteilt habe.

Ich konnte es vermuten, versetzte der Hauptmann, aber nicht billigen. Du hast sie irre gemacht; sie läßt alles liegen und trutzt in dieser einzigen Sache mit uns: denn sie vermeidet, davon zu reden, und hat uns nicht wieder zur Mooshütte geladen, ob sie gleich mit Ottilien in den Zwischenstunden hinaufgeht.

Dadurch müssen wir uns, versetzte Eduard, nicht abschrecken lassen. Wenn ich von etwas Gutem überzeugt bin, was geschehen könnte und sollte, so habe ich keine Ruhe, bis ich es getan sehe. Sind wir doch sonst so klug, etwas einzuleiten. Laß uns die englischen Parkbeschreibungen mit Kupfern zur Abendunterhaltung vornehmen, nachher deine Gutskarte. Man muß es erst problematisch und nur wie zum Scherz behandeln; der Ernst wird sich schon finden.

Nach dieser Verabredung wurden die Bücher aufgeschlagen, worin man jedesmal den Grundriß der Gegend und ihre landschaftliche Ansicht in ihrem ersten rohen Naturzustande gezeichnet sah, sodann auf andern Blättern die Veränderung vorgestellt fand, welche die Kunst daran vorgenommen, um alles das bestehende Gute zu nutzen und zu steigern. Hievon war der Übergang zur eigenen Besitzung, zur eignen Umgebung und zu dem, was man daran ausbilden könnte, sehr leicht.

Die von dem Hauptmann entworfene Karte zum Grunde zu legen, war nunmehr eine angenehme Beschäftigung, nur konnte man sich von jener ersten Vorstellung, nach der Charlotte die Sache einmal angefangen hatte, nicht ganz losreißen. Doch erfand man einen leichtern Aufgang auf die Höhe; man wollte oberwärts am Abhange vor einem angenehmen Hölzchen ein Lustgebäude aufführen; dieses sollte einen Bezug aufs Schloß haben, aus den Schloßfenstern sollte man es übersehen, von dorther Schloß und Gärten wieder bestreichen können.

Der Hauptmann hatte alles wohl überlegt und gemessen und brachte jenen Dorfweg, jene Mauer am Bache her, jene Ausfüllung wieder zur Sprache. Ich gewinne, sagte er, indem ich einen bequemen Weg zur Anhöhe hinaufführe, gerade soviel Steine, als ich zu jener Mauer bedarf. Sobald eins ins andre greift, wird beides wohlfeiler und geschwinder bewerkstelligt.

Nun aber, sagte Charlotte, kommt meine Sorge. Notwendig muß etwas Bestimmtes ausgesetzt werden; und wenn man weiß, wieviel zu einer solchen Anlage erforderlich ist, dann teilt man es ein, wo nicht auf Wochen, doch wenigstens auf Monate. Die Kasse ist unter meinem Beschluß; ich zahle die Zettel, und die Rechnung führe ich selbst.

Du scheinst uns nicht sonderlich viel zu vertrauen, sagte Eduard.

Nicht viel in willkürlichen Dingen, versetzte Charlotte. Die Willkür wissen wir besser zu beherrschen als ihr.

Die Einrichtung war gemacht, die Arbeit rasch angefangen, der Hauptmann immer gegenwärtig, und Charlotte nunmehr fast täglich Zeuge seines ernsten und bestimmten Sinnes. Auch er lernte sie näher kennen, und beiden wurde es leicht, zusammenzuwirken und etwas zustande zu bringen.

Es ist mit den Geschäften wie mit dem Tanze: Personen, die gleichen Schritt halten, müssen sich unentbehrlich werden; ein wechselseitiges Wohlwollen muß notwendig daraus entspringen, und daß Charlotte dem Hauptmann, seitdem sie ihn näher kennen gelernt, wirklich wohlwollte, davon war ein sicherer Beweis, daß sie ihn einen schönen Ruheplatz, den sie bei ihren ersten Anlagen besonders ausgesucht und verziert hatte, der aber seinem Plane entgegenstand, ganz gelassen zerstören ließ, ohne auch nur die mindeste unangenehme Empfindung dabei zu haben.

SIEBENTES KAPITEL

Indem nun Charlotte mit dem Hauptmann eine gemeinsame Beschäftigung fand, so war die Folge, daß sich Eduard mehr zu Ottilien gesellte. Für sie sprach ohnehin seit einiger Zeit eine stille, freundliche Neigung in seinem Herzen. Gegen jedermann war sie dienstfertig und zuvorkommend; daß sie es gegen ihn am meisten sei, das wollte seiner Selbstliebe scheinen. Nun war keine Frage: was für Speisen und wie er sie liebte, hatte sie schon genau bemerkt; wieviel Zucker er zum Tee zu nehmen pflegte, und was dergleichen mehr ist, entging ihr nicht. Besonders war sie sorgfältig, alle Zugluft abzuwehren, gegen die er eine übertriebene Empfindlichkeit zeigte und deshalb mit seiner Frau, der es nicht luftig genug sein konnte, manchmal in Widerspruch geriet. Ebenso wußte sie im Baum- und Blumengarten Bescheid. Was er wünschte, suchte sie zu befördern, was ihn ungeduldig machen konnte, zu verhüten, dergestalt, daß sie in kurzem wie ein freundlicher Schutzgeist ihm unentbehrlich ward und er anfing, ihre Abwesenheit schon peinlich zu empfinden. Hiezu kam noch, daß sie gesprächiger und offner schien, sobald sie sich allein trafen.

Eduard hatte bei zunehmenden Jahren immer etwas Kindliches behalten, das der Jugend Ottiliens besonders zusagte. Sie erinnerten sich gern früherer Zeiten, wo sie einander gesehen; es stiegen diese Erinnerungen bis in die ersten Epochen der Neigung Eduards zu Charlotten. Ottilie wollte sich der beiden noch als des schönsten Hofpaares erinnern; und wenn Eduard ihr ein solches Gedächtnis aus ganz früher Jugend absprach, so behauptete sie doch besonders einen Fall noch vollkommen gegenwärtig zu haben, wie sie sich einmal, bei seinem Hereintreten, in Charlottens Schoß versteckt, nicht aus Furcht, sondern aus kindischer Überraschung. Sie hätte dazusetzen können: weil er so lebhaften Eindruck auf sie gemacht, weil er ihr gar so wohl gefallen.

Bei solchen Verhältnissen waren manche Geschäfte, welche die bei-

den Freunde zusammen früher vorgenommen, gewissermaßen in Stocken geraten, so daß sie für nötig fanden, sich wieder eine Übersicht zu verschaffen, einige Aufsätze zu entwerfen, Briefe zu schreiben. Sie bestellten sich deshalb auf ihre Kanzlei, wo sie den alten Kopisten müßig fanden. Sie gingen an die Arbeit und gaben ihm bald zu tun, ohne zu bemerken, daß sie ihm manches aufbürdeten, was sie sonst selbst zu verrichten gewohnt waren. Gleich der erste Aufsatz wollte dem Hauptmann, gleich der erste Brief Eduarden nicht gelingen. Sie quälten sich eine Zeitlang mit Konzipieren und Umschreiben, bis endlich Eduard, dem es am wenigsten vonstatten ging, nach der Zeit fragte.
Da zeigte sich denn, daß der Hauptmann vergessen hatte, seine chronometrische Sekunden-Uhr aufzuziehen, das erste Mal seit vielen Jahren; und sie schienen, wo nicht zu empfinden, doch zu ahnen, daß die Zeit anfange, ihnen gleichgültig zu werden.
Indem so die Männer einigermaßen in ihrer Geschäftigkeit nachließen, wuchs vielmehr die Tätigkeit der Frauen. Überhaupt nimmt die gewöhnliche Lebensweise einer Familie, die aus den gegebenen Personen und aus notwendigen Umständen entspringt, auch wohl eine außerordentliche Neigung, eine werdende Leidenschaft in sich wie in ein Gefäß auf, und es kann eine ziemliche Zeit vergehen, ehe dieses neue Ingrediens eine merkliche Gärung verursacht und schäumend über den Rand schwillt.
Bei unsern Freunden waren die entstehenden wechselseitigen Neigungen von der angenehmsten Wirkung. Die Gemüter öffneten sich, und ein allgemeines Wohlwollen entsprang aus dem besonderen. Jeder Teil fühlte sich glücklich und gönnte dem andern sein Glück.
Ein solcher Zustand erhebt den Geist, indem er das Herz erweitert, und alles, was man tut und vornimmt, hat eine Richtung gegen das Unermeßliche. So waren auch die Freunde nicht mehr in ihrer Wohnung befangen. Ihre Spaziergänge dehnten sich weiter aus, und wenn dabei Eduard mit Ottilien, die Pfade zu wählen, die Wege zu bahnen, vorauseilte, so folgte der Hauptmann mit Charlotten in bedeutender Unterhaltung, teilnehmend an manchem neuentdeckten Plätzchen, an mancher unerwarteten Aussicht, geruhig der Spur jener rascheren Vorgänger.

Eines Tages leitete sie ihr Spaziergang durch die Schloßpforte des rechten Flügels hinunter nach dem Gasthofe, über die Brücke gegen die Teiche zu, an denen sie hingingen, soweit man gewöhnlich das Wasser verfolgte, dessen Ufer sodann, von einem buschigen Hügel und weiterhin von Felsen eingeschlossen, aufhörte gangbar zu sein.
Aber Eduard, dem von seinen Jagdwanderungen her die Gegend bekannt war, drang mit Ottilien auf einem bewachsenen Pfade weiter vor, wohl wissend, daß die alte, zwischen Felsen versteckte Mühle nicht weit abliegen konnte. Allein der wenig betretene Pfad verlor sich bald, und sie fanden sich im dichten Gebüsch zwischen moosigem Gestein verirrt, doch nicht lange: denn das Rauschen der Räder verkündigte ihnen sogleich die Nähe des gesuchten Ortes.
Auf eine Klippe vorwärts tretend, sahen sie das alte schwarze wunderliche Holzgebäude im Grunde vor sich, von steilen Felsen sowie von hohen Bäumen umschattet. Sie entschlossen sich kurz und gut, über Moos und Felstrümmer hinabzusteigen: Eduard voran; und wenn er nun in die Höhe sah und Ottilie, leicht schreitend, ohne Furcht und Ängstlichkeit, im schönsten Gleichgewicht von Stein zu Stein ihm folgte, glaubte er ein himmlisches Wesen zu sehen, das über ihm schwebte. Und wenn sie nun manchmal an unsicherer Stelle seine ausgestreckte Hand ergriff, ja sich auf seine Schulter stützte, dann konnte er sich nicht verleugnen, daß es das zarteste weibliche Wesen sei, das ihn berührte. Fast hätte er gewünscht, sie möchte straucheln, gleiten, daß er sie in seine Arme auffangen, sie an sein Herz drücken könnte. Doch dies hätte er unter keiner Bedingung getan, aus mehr als einer Ursache: er fürchtete sie zu beleidigen, sie zu beschädigen.
Wie dies gemeint sei, erfahren wir sogleich. Denn als er nun, herabgelangt, ihr unter den hohen Bäumen am ländlichen Tische gegenübersaß, die freundliche Müllerin nach Milch, der bewillkommende Müller Charlotten und dem Hauptmann entgegengesandt war, fing Eduard mit einigem Zaudern zu sprechen an.
Ich habe eine Bitte, liebe Ottilie: verzeihen Sie mir die, wenn Sie mir sie auch versagen. Sie machen kein Geheimnis daraus, und es braucht es auch nicht, daß Sie unter Ihrem Gewand, auf Ihrer Brust ein

Miniaturbild tragen. Es ist das Bild Ihres Vaters, des braven Mannes, den Sie kaum gekannt, und der in jedem Sinne eine Stelle an Ihrem Herzen verdient. Aber vergeben Sie mir: das Bild ist ungeschickt groß, und dieses Metall, dieses Glas macht mir tausend Ängste, wenn Sie ein Kind in die Höhe heben, etwas vor sich hintragen, wenn die Kutsche schwankt, wenn wir durchs Gebüsch dringen, eben jetzt, wie wir vom Felsen herabstiegen. Mir ist die Möglichkeit schrecklich, daß irgendein unvorgesehener Stoß, ein Fall, eine Berührung Ihnen schädlich und verderblich sein könnte. Tun Sie es mir zuliebe, entfernen Sie das Bild, nicht aus Ihrem Andenken, nicht aus Ihrem Zimmer; ja geben Sie ihm den schönsten, den heiligsten Ort Ihrer Wohnung: nur von Ihrer Brust entfernen Sie etwas, dessen Nähe mir, vielleicht aus übertriebener Ängstlichkeit, so gefährlich scheint.

Ottilie schwieg und hatte, während er sprach, vor sich hingesehen; dann, ohne Übereilung und ohne Zaudern, mit einem Blick, mehr gen Himmel als auf Eduard gewendet, löste sie die Kette, zog das Bild hervor, drückte es gegen die Stirn und reichte es dem Freunde hin, mit den Worten: Heben Sie mir es auf, bis wir nach Hause kommen. Ich vermag Ihnen nicht besser zu bezeugen, wie sehr ich Ihre freundliche Sorgfalt zu schätzen weiß.

Der Freund wagte nicht, das Bild an seine Lippen zu drücken, aber er faßte ihre Hand und drückte sie an seine Augen. Es waren vielleicht die zwei schönsten Hände, die sich jemals zusammenschlossen. Ihm war, als wenn ihm ein Stein vom Herzen gefallen wäre, als wenn sich eine Scheidewand zwischen ihm und Ottilien niedergelegt hätte.

Vom Müller geführt, langten Charlotte und der Hauptmann auf einem bequemeren Pfade herunter. Man begrüßte sich, man erfreute und erquickte sich. Zurück wollte man denselben Weg nicht kehren, und Eduard schlug einen Felspfad auf der andern Seite des Baches vor, auf welchem die Teiche wieder zu Gesicht kamen, indem man ihn mit einiger Anstrengung zurücklegte. Nun durchstrich man abwechselndes Gehölz und erblickte, nach dem Lande zu, mancherlei Dörfer, Flecken, Meiereien mit ihren grünen und fruchtbaren Umgebungen; zunächst ein Vorwerk, das an der Höhe, mitten im Holze, gar vertraulich lag. Am schönsten zeigte sich der größte

Reichtum der Gegend, vor- und rückwärts, auf der sanfterstiegenen Höhe, von da man zu einem lustigen Wäldchen gelangte und beim Heraustreten aus demselben sich auf dem Felsen dem Schlosse gegenüber befand.

Wie froh waren sie, als sie daselbst gewissermaßen unvermutet ankamen. Sie hatten eine kleine Welt umgangen; sie standen auf dem Platze, wo das neue Gebäude hinkommen sollte, und sahen wieder in die Fenster ihrer Wohnung.

Man stieg zur Mooshütte hinunter und saß zum ersten Mal darin zu vieren. Nichts war natürlicher, als daß einstimmig der Wunsch ausgesprochen wurde, dieser heutige Weg, den sie langsam und nicht ohne Beschwerlichkeit gemacht, möchte dergestalt geführt und eingerichtet werden, daß man ihn gesellig, schlendernd und mit Behaglichkeit zurücklegen könnte. Jedes tat Vorschläge, und man berechnete, daß der Weg, zu welchem sie mehrere Stunden gebraucht hatten, wohlgebahnt in einer Stunde zum Schloß zurückführen müßte. Schon legte man in Gedanken unterhalb der Mühle, wo der Bach in die Teiche fließt, eine wegverkürzende und die Landschaft zierende Brücke an, als Charlotte der erfindenden Einbildungskraft einigen Stillstand gebot, indem sie an die Kosten erinnerte, welche zu einem solchen Unternehmen erforderlich sein würden.

Hier ist auch zu helfen, versetzte Eduard. Jenes Vorwerk im Walde, das so schön zu liegen scheint und so wenig einträgt, dürfen wir nur veräußern und das daraus Gelöste zu diesen Anlagen verwenden: so genießen wir vergnüglich auf einem unschätzbaren Spaziergange die Interessen eines wohlangelegten Kapitals, da wir jetzt mit Mißmut, bei letzter Berechnung am Schlusse des Jahrs, eine kümmerliche Einnahme davon ziehen.

Charlotte selbst konnte als gute Haushälterin nicht viel dagegen erinnern. Die Sache war schon früher zur Sprache gekommen. Nun wollte der Hauptmann einen Plan zu Zerschlagung der Grundstücke unter die Waldbauern machen; Eduard aber wollte kürzer und bequemer verfahren wissen. Der gegenwärtige Pachter, der schon Vorschläge getan hatte, sollte es erhalten, terminweise zahlen, und so terminweise wollte man die planmäßigen Anlagen von Strecke zu Strecke vornehmen.

So eine vernünftige, gemäßigte Einrichtung mußte durchaus Beifall finden, und schon sah die ganze Gesellschaft im Geiste die neuen Wege sich schlängeln, auf denen und in deren Nähe man noch die angenehmsten Ruhe- und Aussichtsplätze zu entdecken hoffte.
Um sich alles mehr im einzelnen zu vergegenwärtigen, nahm man abends zu Hause sogleich die neue Karte vor. Man übersah den zurückgelegten Weg, und wie er vielleicht an einigen Stellen noch vorteilhafter zu führen wäre. Alle früheren Vorsätze wurden nochmals durchgesprochen und mit den neuesten Gedanken verbunden, der Platz des neuen Hauses, gegen dem Schloß über, nochmals gebilligt und der Kreislauf der Wege bis dahin abgeschlossen.
Ottilie hatte zu dem allen geschwiegen, als Eduard zuletzt den Plan, der bisher vor Charlotten gelegen, vor sie hinwandte und sie zugleich einlud, ihre Meinung zu sagen, und, als sie einen Augenblick anhielt, sie liebevoll ermunterte, doch ja nicht zu schweigen: alles sei ja noch gleichgültig, alles noch im Werden.
Ich würde, sagte Ottilie, indem sie den Finger auf die höchste Fläche der Anhöhe setzte, das Haus hieher bauen. Man sähe zwar das Schloß nicht: denn es wird von dem Wäldchen bedeckt; aber man befände sich auch dafür wie in einer andern und neuen Welt, indem zugleich das Dorf und alle Wohnungen verborgen wären. Die Aussicht auf die Teiche, nach der Mühle, auf die Höhen, in die Gebirge, nach dem Lande zu ist außerordentlich schön; ich habe es im Vorbeigehen bemerkt.
Sie hat recht! rief Eduard: wie konnte uns das nicht einfallen? Nicht wahr, so ist es gemeint, Ottilie? – Er nahm einen Bleistift und strich ein längliches Viereck recht stark und derb auf die Anhöhe.
Dem Hauptmann fuhr das durch die Seele: denn er sah einen sorgfältigen, reinlich gezeichneten Plan ungern auf diese Weise verunstaltet; doch faßte er sich nach einer leisen Mißbilligung und ging auf den Gedanken ein. Ottilie hat recht, sagte er: macht man nicht gern eine entfernte Spazierfahrt, um einen Kaffee zu trinken, einen Fisch zu genießen, der uns zu Hause nicht so gut geschmeckt hätte? Wir verlangen Abwechselung und fremde Gegenstände. Das Schloß haben die Alten mit Vernunft hieher gebaut: denn es liegt geschützt vor den Winden und nah an allen täglichen Bedürfnissen; ein

Gebäude hingegen, mehr zum geselligen Aufenthalt als zur Wohnung, wird sich dorthin recht wohl schicken und in der guten Jahrszeit die angenehmsten Stunden gewähren.
Je mehr man die Sache durchsprach, desto günstiger erschien sie, und Eduard konnte seinen Triumph nicht bergen, daß Ottilie den Gedanken gehabt. Er war so stolz darauf, als ob die Erfindung sein gewesen wäre.

ACHTES KAPITEL

Der Hauptmann untersuchte gleich am frühsten Morgen den Platz, entwarf erst einen flüchtigen und, als die Gesellschaft an Ort und Stelle sich nochmals entschieden hatte, einen genauen Riß nebst Anschlag und allem Erforderlichen. Es fehlte nicht an der nötigen Vorbereitung. Jenes Geschäft wegen Verkauf des Vorwerks ward auch sogleich wieder angegriffen. Die Männer fanden zusammen neuen Anlaß zur Tätigkeit.
Der Hauptmann machte Eduarden bemerklich, daß es eine Artigkeit, ja wohl gar eine Schuldigkeit sei, Charlottens Geburtstag durch Legung des Grundsteins zu feiern. Es bedurfte nicht viel, die alte Abneigung Eduards gegen solche Feste zu überwinden: denn es kam ihm schnell in den Sinn, Ottiliens Geburtstag, der später fiel, gleichfalls recht feierlich zu begehen.
Charlotte, der die neuen Anlagen, und was deshalb geschehen sollte, bedeutend, ernstlich, ja fast bedenklich vorkamen, beschäftigte sich damit, die Anschläge, Zeit- und Geldeinteilungen nochmals für sich durchzugehen. Man sah sich des Tages weniger, und mit desto mehr Verlangen suchte man sich des Abends auf.
Ottilie war indessen schon völlig Herrin des Haushaltes, und wie konnte es anders sein, bei ihrem stillen und sichern Betragen. Auch war ihre ganze Sinnesweise dem Hause und dem Häuslichen mehr als der Welt, mehr als dem Leben im Freien zugewendet. Eduard bemerkte bald, daß sie eigentlich nur aus Gefälligkeit in die Gegend mitging, daß sie nur aus geselliger Pflicht abends länger draußen verweilte, auch wohl manchmal einen Vorwand häuslicher Tätigkeit suchte, um wieder hineinzugehen. Sehr bald wußte er daher die ge-

meinschaftlichen Wanderungen so einzurichten, daß man vor Sonnenuntergang wieder zu Hause war, und fing an, was er lange unterlassen hatte, Gedichte vorzulesen, solche besonders, in deren Vortrag der Ausdruck einer reinen, doch leidenschaftlichen Liebe zu legen war.

Gewöhnlich saßen sie abends um einen kleinen Tisch, auf hergebrachten Plätzen: Charlotte auf dem Sofa, Ottilie auf einem Sessel gegen ihr über, und die Männer nahmen die beiden andern Seiten ein. Ottilie saß Eduarden zur Rechten, wohin er auch das Licht schob, wenn er las. Alsdann rückte sich Ottilie wohl näher, um ins Buch zu sehen: denn auch sie traute ihren eigenen Augen mehr als fremden Lippen; und Eduard gleichfalls rückte zu, um es ihr auf alle Weise bequem zu machen; ja er hielt oft längere Pausen als nötig, damit er nur nicht eher umwendete, bis auch sie zu Ende der Seite gekommen.

Charlotte und der Hauptmann bemerkten es wohl und sahen manchmal einander lächelnd an; doch wurden beide von einem andern Zeichen überrascht, in welchem sich Ottiliens stille Neigung gelegentlich offenbarte.

An einem Abende, welcher der kleinen Gesellschaft durch einen lästigen Besuch zum Teil verloren gegangen, tat Eduard den Vorschlag, noch beisammenzubleiben. Er fühlte sich aufgelegt, seine Flöte vorzunehmen, welche lange nicht an die Tagesordnung gekommen war. Charlotte suchte nach den Sonaten, die sie zusammen gewöhnlich auszuführen pflegten, und da sie nicht zu finden waren, gestand Ottilie nach einigem Zaudern, daß sie solche mit auf ihr Zimmer genommen.

Und Sie können, Sie wollen mich auf dem Flügel begleiten? rief Eduard, dem die Augen vor Freude glänzten. Ich glaube wohl, versetzte Ottilie, daß es gehn wird. Sie brachte die Noten herbei und setzte sich ans Klavier. Die Zuhörenden waren aufmerksam und überrascht, wie vollkommen Ottilie das Musikstück für sich selbst eingelernt hatte, aber noch mehr überrascht, wie sie es der Spielart Eduards anzupassen wußte. ›Anzupassen wußte‹ ist nicht der rechte Ausdruck: denn wenn es von Charlottens Geschicklichkeit und freiem Willen abhing, ihrem bald zögernden, bald voreilenden Gatten zuliebe hier anzuhalten, dort mitzugehen, so schien Ottilie, welche die Sonate von jenen einigemal spielen gehört, sie nur in dem Sinne eingelernt zu haben, wie jener sie begleitete. Sie hatte seine Mängel so zu den ihrigen gemacht, daß daraus wieder eine Art von lebendigem Ganzen entsprang, das sich zwar nicht taktgemäß bewegte, aber doch höchst angenehm und gefällig lautete. Der Komponist selbst hätte seine Freude daran gehabt, sein Werk auf eine so liebevolle Weise entstellt zu sehen.

Auch diesem wundersamen, unerwarteten Begegnis sahen der Hauptmann und Charlotte stillschweigend mit einer Empfindung zu, wie man oft kindische Handlungen betrachtet, die man wegen ihrer besorglichen Folgen gerade nicht billigt und doch nicht schelten kann, ja vielleicht beneiden muß. Denn eigentlich war die Neigung dieser beiden ebensogut im Wachsen als jene, und vielleicht nur noch gefährlicher dadurch, daß beide ernster, sicherer von sich selbst, sich zu halten fähiger waren.

Schon fing der Hauptmann an zu fühlen, daß eine unwiderstehliche Gewohnheit ihn an Charlotten zu fesseln drohte. Er gewann es über sich, den Stunden auszuweichen, in denen Charlotte nach den Anlagen zu kommen pflegte, indem er schon am frühesten Morgen aufstand, alles anordnete und sich dann zur Arbeit auf seinen Flügel ins Schloß zurückzog. Die ersten Tage hielt es Charlotte für zufällig, sie suchte ihn an allen wahrscheinlichen Stellen; dann glaubte sie ihn zu verstehen und achtete ihn nur um desto mehr.

Vermied nun der Hauptmann, mit Charlotten allein zu sein, so war er desto emsiger, zur glänzenden Feier des herannahenden Geburtsfestes die Anlagen zu betreiben und zu beschleunigen: denn indem er von unten hinauf, hinter dem Dorfe her, den bequemen Weg führte, so ließ er, vorgeblich um Steine zu brechen, auch von oben herunter arbeiten und hatte alles so eingerichtet und berechnet, daß erst in der letzten Nacht die beiden Teile des Weges sich begegnen sollten. Zum neuen Hause oben war auch schon der Keller mehr gebrochen als gegraben, und ein schöner Grundstein mit Fächern und Deckplatten zugehauen.

Die äußere Tätigkeit, diese kleinen freundlichen, geheimnisvollen Absichten, bei innern mehr oder weniger zurückgedrängten Empfindungen, ließen die Unterhaltung der Gesellschaft, wenn sie beisammen war, nicht lebhaft werden, dergestalt daß Eduard, der etwas Lückenhaftes empfand, den Hauptmann eines Abends aufrief, seine Violine hervorzunehmen und Charlotten bei dem Klavier zu begleiten. Der Hauptmann konnte dem allgemeinen Verlangen nicht widerstehen, und so führten beide, mit Empfindung, Behagen und Freiheit, eins der schwersten Musikstücke zusammen auf, daß es ihnen und dem zuhörenden Paar zum größten Vergnügen gereichte. Man versprach sich öftere Wiederholung und mehrere Zusammenübung.

Sie machen es besser als wir, Ottilie! sagte Eduard. Wir wollen sie bewundern, aber uns doch zusammen freuen.

NEUNTES KAPITEL

Der Geburtstag war herbeigekommen, und alles fertig geworden: die ganze Mauer, die den Dorfweg gegen das Wasser zu einfaßte und erhöhte, ebenso der Weg an der Kirche vorbei, wo er eine Zeitlang in dem von Charlotten angelegten Pfade fortlief, sich dann die Felsen hinaufwärts schlang, die Mooshütte links über sich, dann nach einer völligen Wendung links unter sich ließ und so allmählich auf die Höhe gelangte.

Es hatte sich diesen Tag viel Gesellschaft eingefunden. Man ging zur Kirche, wo man die Gemeinde im festlichen Schmuck versammelt antraf. Nach dem Gottesdienste zogen Knaben, Jünglinge und Männer, wie es angeordnet war, voraus; dann kam die Herrschaft mit ihrem Besuch und Gefolge; Mädchen, Jungfrauen und Frauen machten den Beschluß.

Bei der Wendung des Weges war ein erhöhter Felsenplatz eingerichtet; dort ließ der Hauptmann Charlotten und die Gäste ausruhen. Hier übersahen sie den ganzen Weg, die hinaufgeschrittene Männerschar, die nachwandelnden Frauen, welche nun vorbeizogen. Es war bei dem herrlichen Wetter ein wunderschöner Anblick. Charlotte fühlte sich überrascht, gerührt, und drückte dem Hauptmann herzlich die Hand.

Man folgte der sachte fortschreitenden Menge, die nun schon einen Kreis um den künftigen Hausraum gebildet hatte. Der Bauherr, die

Seinigen und die vornehmsten Gäste wurden eingeladen, in die Tiefe hinabzusteigen, wo der Grundstein, an einer Seite unterstützt, eben zum Niederlassen bereitlag. Ein wohlgeputzter Maurer, die Kelle in der einen, den Hammer in der andern Hand, hielt in Reimen eine anmutige Rede, die wir in Prosa nur unvollkommen wiedergeben können.

Drei Dinge, fing er an, sind bei einem Gebäude zu beachten: daß es am rechten Fleck stehe, daß es wohl gegründet, daß es vollkommen ausgeführt sei. Das erste ist eigentlich die Sache des Bauherrn: denn wie in der Stadt nur der Fürst und die Gemeine bestimmen können, wohin gebaut werden soll, so ist es auf dem Lande das Vorrecht des Grundherren, daß er sage: hier soll meine Wohnung stehen und nirgends anders.

Eduard und Ottilie wagten nicht, bei diesen Worten einander anzusehen, ob sie gleich nahe gegen einander über standen.

Das dritte, die Vollendung, ist die Sorge gar vieler Gewerke; ja wenige sind, die nicht dabei beschäftigt wären. Aber das zweite, die Gründung, ist des Maurers Angelegenheit und, daß wir es nur keck heraussagen, die Hauptangelegenheit des ganzen Unternehmens. Es ist ein ernstes Geschäft, und unsre Einladung ist ernsthaft: denn diese Feierlichkeit wird in der Tiefe begangen. Hier, innerhalb dieses engen ausgegrabenen Raums, erweisen Sie uns die Ehre, als Zeugen unseres geheimnisvollen Geschäftes zu erscheinen. Gleich werden wir diesen wohl zugehauenen Stein niederlegen, und bald werden diese mit schönen und würdigen Personen gezierten Erdwände nicht mehr zugänglich, sie werden ausgefüllt sein.

Diesen Grundstein, der mit seiner Ecke die rechte Ecke des Gebäudes, mit seiner Rechtwinkligkeit die Regelmäßigkeit desselben, mit seiner wasser- und senkrechten Lage Lot und Waage aller Mauern und Wände bezeichnet, könnten wir ohne weiteres niederlegen: denn er ruhte wohl auf seiner eignen Schwere. Aber auch hier soll es am Kalk, am Bindungsmittel nicht fehlen: denn so wie Menschen, die einander von Natur geneigt sind, noch besser zusammenhalten, wenn das Gesetz sie verkittet, so werden auch Steine, deren Form schon zusammenpaßt, noch besser durch diese bindenden Kräfte vereinigt; und da es sich nicht ziemen will, unter den Tätigen müßig zu sein, so werden Sie nicht verschmähen, auch hier Mitarbeiter zu werden.

Er überreichte hierauf seine Kelle Charlotten, welche damit Kalk unter den Stein warf. Mehreren wurde ein Gleiches zu tun angesonnen, und der Stein alsobald niedergesenkt; worauf denn Charlotten und den übrigen sogleich der Hammer gereicht wurde, um durch ein dreimaliges Pochen die Verbindung des Steins mit dem Grunde ausdrücklich zu segnen.

Des Maurers Arbeit, fuhr der Redner fort, zwar jetzt unter freiem Himmel, geschieht wo nicht immer im Verborgnen, doch zum Verborgnen. Der regelmäßig aufgeführte Grund wird verschüttet, und sogar bei den Mauern, die wir am Tage aufführen, ist man unser am Ende kaum eingedenk. Die Arbeiten des Steinmetzen und Bildhauers fallen mehr in die Augen, und wir müssen es sogar noch gutheißen, wenn der Tüncher die Spur unserer Hände völlig auslöscht und sich unser Werk zueignet, indem er es überzieht, glättet und färbt.

Wem muß also mehr daran gelegen sein, das, was er tut, sich selbst recht zu machen, indem er es recht macht, als dem Maurer? Wer hat mehr als er das Selbstbewußtsein zu nähren Ursach? Wenn das Haus aufgeführt, der Boden geplattet und gepflastert, die Außenseite mit Zieraten überdeckt ist, so sieht er durch alle Hüllen immer noch hinein und erkennt noch jene regelmäßigen sorgfältigen Fugen, denen das Ganze sein Dasein und seinen Halt zu danken hat.

Aber wie jeder, der eine Übeltat begangen, fürchten muß, daß, ungeachtet alles Abwehrens, sie dennoch ans Licht kommen werde, so muß derjenige erwarten, der insgeheim das Gute getan, daß auch dieses wider seinen Willen an den Tag komme. Deswegen machen wir diesen Grundstein zugleich zum Denkstein. Hier in diese unterschiedlichen gehauenen Vertiefungen soll verschiedenes eingesenkt werden, zum Zeugnis für eine entfernte Nachwelt. Diese metallnen zugelöteten Köcher enthalten schriftliche Nachrichten; auf diese Metallplatten ist allerlei Merkwürdiges eingegraben; in diesen schönen gläsernen Flaschen versenken wir den besten alten Wein, mit Bezeichnung seines Geburtsjahrs; es fehlt nicht an Münzen verschiedener Art, in diesem Jahre geprägt: alles dieses erhielten wir durch die Freigebigkeit unseres Bauherrn. Auch ist hier noch man-

cher Platz, wenn irgendein Gast und Zuschauer etwas der Nachwelt zu übergeben Belieben trüge.
Nach einer kleinen Pause sah der Geselle sich um; aber wie es in solchen Fällen zu gehen pflegt, niemand war vorbereitet, jedermann überrascht, bis endlich ein junger munterer Offizier anfing und sagte: Wenn ich etwas beitragen soll, das in dieser Schatzkammer noch nicht niedergelegt ist, so muß ich ein paar Knöpfe von der Uniform schneiden, die doch wohl auch verdienen, auf die Nachwelt zu kommen. Gesagt, getan! und nun hatte mancher einen ähnlichen Einfall. Die Frauenzimmer säumten nicht, von ihren kleinen Haarkämmen hineinzulegen; Riechfläschchen und andre Zierden wurden nicht geschont: nur Ottilie zauderte, bis Eduard sie durch ein freundliches Wort aus der Betrachtung aller der beigesteuerten und eingelegten Dinge herausriß. Sie löste darauf die goldne Kette vom Halse, an der das Bild ihres Vaters gehangen hatte, und legte sie mit leiser Hand über die anderen Kleinode hin, worauf Eduard mit einiger Hast veranstaltete, daß der wohlgefugte Deckel sogleich aufgestürzt und eingekittet wurde.
Der junge Gesell, der sich dabei am tätigsten erwiesen, nahm seine Rednermiene wieder an und fuhr fort: Wir gründen diesen Stein für ewig, zur Sicherung des längsten Genusses der gegenwärtigen und künftigen Besitzer dieses Hauses. Allein indem wir hier gleichsam einen Schatz vergraben, so denken wir zugleich, bei dem gründlichsten aller Geschäfte, an die Vergänglichkeit der menschlichen Dinge: wir denken uns eine Möglichkeit, daß dieser festversiegelte Deckel wieder aufgehoben werden könne, welches nicht anders geschehen dürfte, als wenn das alles wieder zerstört wäre, was wir noch nicht einmal aufgeführt haben.
Aber eben, damit dieses aufgeführt werde, zurück mit den Gedanken aus der Zukunft, zurück ins Gegenwärtige! Laßt uns, nach begangenem heutigen Feste, unsre Arbeit sogleich fördern, damit keiner von den Gewerken, die auf unserm Grunde fortarbeiten, zu feiern brauche, daß der Bau eilig in die Höhe steige und vollendet werde und aus den Fenstern, die noch nicht sind, der Hausherr mit den Seinigen und seinen Gästen sich fröhlich in der Gegend umschaue, deren aller sowie sämtlicher Anwesenden Gesundheit hiermit getrunken sei!

Und so leerte er ein wohlgeschliffenes Kelchglas auf einen Zug aus und warf es in die Luft: denn es bezeichnet das Übermaß einer Freude, das Gefäß zu zerstören, dessen man sich in der Fröhlichkeit bedient. Aber diesmal ereignete es sich anders: das Glas kam nicht wieder auf den Boden, und zwar ohne Wunder.

Man hatte nämlich, um mit dem Bau vorwärts zu kommen, bereits an der entgegengesetzten Ecke den Grund völlig herausgeschlagen, ja schon angefangen, die Mauern aufzuführen, und zu dem Endzweck das Gerüst erbaut, so hoch, als es überhaupt nötig war.

Daß man es besonders zu dieser Feierlichkeit mit Brettern belegt und eine Menge Zuschauer hinaufgelassen hatte, war zum Vorteil der Arbeitsleute geschehen. Dort hinauf flog das Glas und wurde von einem aufgefangen, der diesen Zufall als ein glückliches Zeichen für sich ansah. Er wies es zuletzt herum, ohne es aus der Hand zu lassen und man sah darauf die Buchstaben E und O in sehr zierlicher Verschlingung eingeschnitten: es war eins der Gläser, die für Eduarden in seiner Jugend verfertigt worden.

Die Gerüste standen wieder leer, und die leichtesten unter den Gästen stiegen hinauf, sich umzusehen, und konnten die schöne Aussicht nach allen Seiten nicht genugsam rühmen: denn was entdeckt der nicht alles, der auf einem hohen Punkte nur um ein Geschoß höher steht. Nach dem Innern des Landes zu kamen mehrere neue Dörfer zum Vorschein; den silbernen Streifen des Flusses erblickte man deutlich; ja selbst die Türme der Hauptstadt wollte einer gewahr werden. An der Rückseite, hinter den waldigen Hügeln, erhoben sich die blauen Gipfel eines fernen Gebirges, und die nächste Gegend übersah man im ganzen. Nun sollten nur noch, rief einer, die drei Teiche zu einem See vereinigt werden; dann hätte der Anblick alles, was groß und wünschenswert ist.

Das ließe sich wohl machen, sagte der Hauptmann: denn sie bildeten schon vorzeiten einen Bergsee.

Nur bitte ich, meine Platanen- und Pappelgruppe zu schonen, sagte Eduard, die so schön am mittelsten Teich steht. Sehen Sie – wandte er sich zu Ottilien, die er einige Schritte vorführte, indem er hinabwies – diese Bäume habe ich selbst gepflanzt.

Wie lange stehen sie wohl schon? fragte Ottilie. Etwa so lange, versetzte Eduard, als Sie auf der Welt sind. Ja, liebes Kind, ich pflanzte schon, da Sie noch in der Wiege lagen.

Die Gesellschaft begab sich wieder in das Schloß zurück. Nach aufgehobener Tafel wurde sie zu einem Spaziergang durch das Dorf eingeladen, um auch hier die neuen Anstalten in Augenschein zu nehmen. Dort hatten sich, auf des Hauptmanns Veranlassung, die Bewohner vor ihren Häusern versammelt; sie standen nicht in Reihen, sondern familienweise natürlich gruppiert, teils, wie es der Abend forderte, beschäftigt, teils auf neuen Bänken ausruhend. Es ward ihnen zur angenehmen Pflicht gemacht, wenigstens jeden Sonntag und Festtag diese Reinlichkeit, diese Ordnung zu erneuen.

Eine innere Geselligkeit mit Neigung, wie sie sich unter unseren Freunden erzeugt hatte, wird durch eine größere Gesellschaft immer nur unangenehm unterbrochen. Alle vier waren zufrieden, sich wieder im großen Saale allein zu finden; doch ward dieses häusliche Gefühl einigermaßen gestört, indem ein Brief, der Eduarden überreicht wurde, neue Gäste auf morgen ankündigte.

Wie wir vermuteten! rief Eduard Charlotten zu: der Graf wird nicht ausbleiben, er kommt morgen.

Da ist also auch die Baronesse nicht weit, versetzte Charlotte.

Gewiß nicht! antwortete Eduard: sie wird auch morgen von ihrer Seite anlangen. Sie bitten um ein Nachtquartier und wollen übermorgen zusammen wieder fortreisen.

Da müssen wir unsre Anstalten beizeiten machen, Ottilie! sagte Charlotte.

Wie befehlen Sie die Einrichtung? fragte Ottilie.

Charlotte gab es im allgemeinen an, und Ottilie entfernte sich.

Der Hauptmann erkundigte sich nach dem Verhältnis dieser beiden Personen, das er nur im allgemeinsten kannte. Sie hatten früher, beide schon anderwärts verheiratet, sich leidenschaftlich liebgewonnen. Eine doppelte Ehe war nicht ohne Aufsehn gestört; man dachte an Scheidung. Bei der Baronesse war sie möglich geworden, bei dem Grafen nicht. Sie mußten sich zum Scheine trennen, allein ihr Verhältnis blieb; und wenn sie Winters in der Residenz nicht zusammensein konnten, so entschädigten sie sich Sommers auf Lustreisen und in Bädern. Sie waren beide um etwas älter als Eduard und Charlotte und sämtlich genaue Freunde aus früher Hofzeit her. Man hatte immer ein gutes Verhältnis erhalten, ob man gleich nicht alles an seinen Freunden billigte. Nur diesmal war Charlotten ihre Ankunft gewissermaßen ganz ungelegen, und wenn sie die Ursache genau untersucht hätte: es war eigentlich um Ottiliens willen. Das gute reine Kind sollte ein solches Beispiel so früh nicht gewahr werden.

Sie hätten wohl noch ein paar Tage wegbleiben können, sagte Eduard, als eben Ottilie wieder hereintrat, bis wir den Vorwerksverkauf in Ordnung gebracht. Der Aufsatz ist fertig; die eine Abschrift habe ich hier, nun fehlt es aber an der zweiten, und unser alter Kanzellist ist recht krank. – Der Hauptmann bot sich an, auch Charlotte; dagegen waren einige Einwendungen zu machen. Geben Sie mirs nur! rief Ottilie mit einiger Hast.

Du wirst nicht damit fertig, sagte Charlotte.

Freilich müßte ich es übermorgen früh haben, und es ist viel, sagte Eduard. Es soll fertig sein, rief Ottilie und hatte das Blatt schon in den Händen.

Des andern Morgens, als sie sich aus dem obern Stock nach den Gästen umsahen, denen sie entgegenzugehen nicht verfehlen wollten, sagte Eduard: Wer reitet denn so langsam dort die Straße her? Der Hauptmann beschrieb die Figur des Reiters genauer. So ist ers doch, sagte Eduard: denn das einzelne, das du besser siehst als ich, paßt sehr gut zu dem Ganzen, das ich recht wohl sehe. Es ist Mittler. Wie kommt er aber dazu, langsam, und so langsam zu reiten?

Die Figur kam näher, und Mittler war es wirklich. Man empfing ihn freundlich, als er langsam die Treppe heraufstieg. Warum sind Sie nicht gestern gekommen? rief ihm Eduard entgegen.

Laute Feste lieb ich nicht, versetzte jener. Heute komm ich aber, den Geburstag meiner Freundin mit euch im Stillen nachzufeiern.

Wie können Sie denn so viel Zeit gewinnen? fragte Eduard scherzend.

Meinen Besuch, wenn er euch etwas wert ist, seid ihr einer Betrachtung schuldig, die ich gestern gemacht habe. Ich freute mich recht herzlich den halben Tag in einem Hause, wo ich Frieden gestiftet

hatte, und dann hörte ich, daß hier Geburtstag gefeiert werde. Das kann man doch am Ende selbstisch nennen, dachte ich bei mir, daß du dich nur mit denen freuen willst, die du zum Frieden bewogen hast. Warum freust du dich nicht auch einmal mit Freunden, die Frieden halten und hegen? Gesagt, getan! Hier bin ich, wie ich mir vorgenommen hatte.
Gestern hätten Sie große Gesellschaft gefunden, heute finden Sie nur kleine, sagte Charlotte. Sie finden den Grafen und die Baronesse, die Ihnen auch schon zu schaffen gemacht haben.
Aus der Mitte der vier Hausgenossen, die den seltsamen willkommenen Mann umgeben hatten, fuhr er mit verdrießlicher Lebhaftigkeit heraus, indem er sogleich nach Hut und Reitgerte suchte. Schwebt doch immer ein Unstern über mir, sobald ich einmal ruhen und mir wohltun will! Aber warum gehe ich auch aus meinem Charakter heraus! Ich hätte nicht kommen sollen, und nun werd ich vertrieben. Denn mit jenen will ich nicht unter einem Dache bleiben; und nehmt euch in acht: sie bringen nichts als Unheil! Ihr Wesen ist wie ein Sauerteig, der seine Ansteckung fortpflanzt.
Man suchte ihn zu begütigen; aber vergebens. Wer mir den Ehstand angreift, rief er aus, wer mir durch Wort, ja durch Tat diesen Grund aller sittlichen Gesellschaft untergräbt, der hat es mit mir zu tun; oder wenn ich sein nicht Herr werden kann, habe ich nichts mit ihm zu tun. Die Ehe ist der Anfang und der Gipfel aller Kultur. Sie macht den Rohen mild, und der Gebildetste hat keine bessere Gelegenheit, seine Milde zu beweisen. Unauflöslich muß sie sein: denn sie bringt so vieles Glück, daß alles einzelne Unglück dagegen gar nicht zu rechnen ist. Und was will man von Unglück reden? Ungeduld ist es, die den Menschen von Zeit zu Zeit anfällt, und dann beliebt er, sich unglücklich zu finden. Lasse man den Augenblick vorübergehen, und man wird sich glücklich preisen, daß ein so lange Bestandenes noch besteht. Sich zu trennen, gibts gar keinen hinlänglichen Grund. Der menschliche Zustand ist so hoch in Leiden und Freuden gesetzt, daß gar nicht berechnet werden kann, was ein Paar Gatten einander schuldig werden. Es ist eine unendliche Schuld, die nur durch die Ewigkeit abgetragen werden kann. Unbequem mag es manchmal sein, das glaub ich wohl, und das ist eben recht. Sind wir nicht auch

mit dem Gewissen verheiratet, das wir oft gerne lossein möchten, weil es unbequemer ist, als uns je ein Mann oder eine Frau werden könnte?

So sprach er lebhaft und hätte wohl noch lange fortgesprochen, wenn nicht blasende Postillions die Ankunft der Herrschaften verkündigt hätten, welche wie abgemessen von beiden Seiten zu gleicher Zeit in den Schloßhof hereinfuhren. Als ihnen die Hausgenossen entgegeneilten, versteckte sich Mittler, ließ sich das Pferd an den Gasthof bringen und ritt verdrießlich davon.

ZEHNTES KAPITEL

Die Gäste waren bewillkommt und eingeführt; sie freuten sich, das Haus, die Zimmer wieder zu betreten, wo sie früher so manchen guten Tag erlebt, und die sie eine lange Zeit nicht gesehn hatten. Höchst angenehm war auch den Freunden ihre Gegenwart. Den Grafen so wie die Baronesse konnte man unter jene hohen schönen Gestalten zählen, die man in einem mittlern Alter fast lieber als in der Jugend sieht: denn wenn ihnen auch etwas von der ersten Blüte abgehn möchte, so erregen sie doch nun mit der Neigung ein entschiedenes Zutrauen. Auch dieses Paar zeigte sich höchst bequem in der Gegenwart. Ihre freie Weise, die Zustände des Lebens zu nehmen und zu behandeln, ihre Heiterkeit und scheinbare Unbefangenheit teilte sich sogleich mit, und ein hoher Anstand begrenzte das Ganze, ohne daß man irgendeinen Zwang bemerkt hätte.

Diese Wirkung ließ sich augenblicks in der Gesellschaft empfinden. Die Neueintretenden, welche unmittelbar aus der Welt kamen, wie man sogar an ihren Kleidern, Gerätschaften und allen Umgebungen sehen konnte, machten gewissermaßen mit unsern Freunden, ihrem ländlichen und heimlich leidenschaftlichen Zustande eine Art von Gegensatz, der sich jedoch sehr bald verlor, indem alte Erinnerungen und gegenwärtige Teilnahme sich vermischten, und ein schnelles lebhaftes Gespräch alle geschwind zusammen verband.

Es währte indessen nicht lange, als schon eine Sonderung vorging. Die Frauen zogen sich auf ihren Flügel zurück und fanden daselbst, indem sie sich mancherlei vertrauten und zugleich die neusten Formen und Zuschnitte von Frühkleidern, Hüten und dergleichen zu mustern anfingen, genugsame Unterhaltung, während die Männer sich um die neuen Reisewagen, mit vorgeführten Pferden, beschäftigten und gleich zu handeln und zu tauschen anfingen.

Erst zu Tische kam man wieder zusammen. Die Umkleidung war geschehen, und auch hier zeigte sich das angekommene Paar zu seinem Vorteile. Alles, was sie an sich trugen, war neu und gleichsam ungesehen und doch schon durch den Gebrauch zur Gewohnheit und Bequemlichkeit eingeweiht.

Das Gespräch war lebhaft und abwechselnd, wie denn in Gegenwart solcher Personen alles und nichts zu interessieren scheint. Man bediente sich der französischen Sprache, um die Aufwartenden von dem Mitverständnis auszuschließen, und schweifte mit mutwilligem Behagen über hohe und mittlere Weltverhältnisse hin. Auf einem einzigen Punkt blieb die Unterhaltung länger als billig haften, indem Charlotte nach einer Jugendfreundin sich erkundigte und mit einiger Befremdung vernahm, daß sie ehstens geschieden werden sollte.

Es ist unerfreulich, sagte Charlotte, wenn man seine abwesenden Freunde irgendeinmal geborgen, eine Freundin, die man liebt, versorgt glaubt: eh man sichs versieht, muß man wieder hören, daß ihr Schicksal im Schwanken ist, und daß sie erst wieder neue und vielleicht abermals unsichre Pfade des Lebens betreten soll.

Eigentlich, meine Beste, versetzte der Graf, sind wir selbst schuld, wenn wir auf solche Weise überrascht werden. Wir mögen uns die irdischen Dinge, und besonders auch die ehlichen Verbindungen, gern so recht dauerhaft vorstellen, und was den letzten Punkt betrifft, so verführen uns die Lustspiele, die wir immer wiederholen sehen, zu solchen Einbildungen, die mit dem Gange der Welt nicht zusammentreffen. In der Komödie sehen wir eine Heirat als das letzte Ziel eines durch die Hindernisse mehrerer Akte verschobenen Wunsches, und im Augenblick, da es erreicht ist, fällt der Vorhang, und die momentane Befriedigung klingt bei uns nach. In der Welt ist es anders; da wird hinten immer fortgespielt, und wenn der Vorhang wieder aufgeht, mag man gern nichts weiter davon sehen noch hören.

Es muß doch so schlimm nicht sein, sagte Charlotte lächelnd, da man

sieht, daß auch Personen, die von diesem Theater abgetreten sind, wohl gern darauf wieder eine Rolle spielen mögen.
Dagegen ist nichts einzuwenden, sagte der Graf. Eine neue Rolle mag man gern wieder übernehmen, und wenn man die Welt kennt, so sieht man wohl: auch bei dem Ehestande ist es nur diese entschiedene ewige Dauer zwischen so viel Beweglichem in der Welt, die etwas Ungeschicktes an sich trägt. Einer von meinen Freunden, dessen gute Laune sich meist in Vorschlägen zu neuen Gesetzen hervortat, behauptete: eine jede Ehe solle nur auf fünf Jahre geschlossen werden. Es sei, sagte er, dies eine schöne ungrade heilige Zahl und ein solcher Zeitraum eben hinreichend, um sich kennen zu lernen, einige Kinder heranzubringen, sich zu entzweien und, was das Schönste sei, sich wieder zu versöhnen. Gewöhnlich rief er aus: Wie glücklich würde die erste Zeit verstreichen! Zwei, drei Jahre wenigstens gingen vergnüglich hin. Dann würde doch wohl dem einen Teil daran gelegen sein, das Verhältnis länger dauern zu sehen, die Gefälligkeit würde wachsen, je mehr man sich dem Termin der Aufkündigung näherte. Der gleichgültige, ja selbst der unzufriedene Teil würde durch ein solches Betragen begütigt und eingenommen. Man vergäße, wie man in guter Gesellschaft die Stunden vergißt, daß die Zeit verfließe, und fände sich aufs angenehmste überrascht, wenn man nach verlaufenem Termin erst bemerkte, daß er schon stillschweigend verlängert sei.
So artig und lustig dies klang, und so gut man, wie Charlotte wohl empfand, diesem Scherz eine tiefe moralische Deutung geben konnte, so waren ihr dergleichen Äußerungen, besonders um Ottiliens willen, nicht angenehm. Sie wußte recht gut, daß nichts gefährlicher sei als ein allzu freies Gespräch, das einen strafbaren oder halbstrafbaren Zustand als einen gewöhnlichen, gemeinen, ja löblichen behandelt; und dahin gehört doch gewiß alles, was die eheliche Verbindung antastet. Sie suchte daher nach ihrer gewandten Weise das Gespräch abzulenken; da sie es nicht vermochte, tat es ihr leid, daß Ottilie alles so gut eingerichtet hatte, um nicht aufstehen zu dürfen. Das ruhig aufmerksame Kind verstand sich mit dem Haushofmeister durch Blick und Wink, daß alles auf das trefflichste geriet, obgleich ein paar neue ungeschickte Bedienten in der Livree staken.

Und so fuhr der Graf, Charlottens Ablenken nicht empfindend, über diesen Gegenstand sich zu äußern fort. Ihm, der sonst nicht gewohnt war, im Gespräch irgend lästig zu sein, lastete diese Sache zu sehr auf dem Herzen, und die Schwierigkeiten, sich von seiner Gemahlin getrennt zu sehen, machten ihn bitter gegen alles, was eheliche Verbindung betraf, die er doch selbst mit der Baronesse so eifrig wünschte.

Jener Freund, so fuhr er fort, tat noch einen andern Gesetzvorschlag. Eine Ehe sollte nur alsdann für unauflöslich gehalten werden, wenn entweder beide Teile oder wenigstens der eine Teil zum dritten Mal verheiratet wäre. Denn was eine solche Person betreffe, so bekenne sie unwidersprechlich, daß sie die Ehe für etwas Unentbehrliches halte. Nun sei auch schon bekannt geworden, wie sie sich in ihren frühern Verbindungen betragen, ob sie Eigenheiten habe, die oft mehr zur Trennung Anlaß geben als üble Eigenschaften. Man habe sich also wechselseitig zu erkundigen; man habe ebensogut auf Verheiratete wie auf Unverheiratete achtzugeben, weil man nicht wisse, wie die Fälle kommen können.

Das würde freilich das Interesse der Gesellschaft vermehren, sagte Eduard: denn in der Tat, jetzt, wenn wir verheiratet sind, fragt niemand weiter mehr nach unsern Tugenden noch unsern Mängeln.

Bei einer solchen Einrichtung, fiel die Baronesse lächelnd ein, hätten unsre lieben Wirte schon zwei Stufen glücklich überstiegen und könnten sich zu der dritten vorbereiten.

Ihnen ists wohlgeraten, sagte der Graf: hier hat der Tod willig getan, was die Konsistorien sonst nur ungern zu tun pflegen.

Lassen wir die Toten ruhen, versetzte Charlotte, mit einem halb ernsten Blicke.

Warum, versetzte der Graf, da man ihrer in Ehren gedenken kann? Die waren bescheiden genug, sich mit einigen Jahren zu begnügen, für mannigfaltiges Gute, das sie zurückließen.

Wenn nur nicht gerade, sagte die Baronesse mit einem verhaltenen Seufzer, in solchen Fällen das Opfer der besten Jahre gebracht werden müßte.

Jawohl, versetzte der Graf: man müßte darüber verzweifeln, wenn nicht überhaupt in der Welt so weniges eine gehoffte Folge zeigte. Kinder halten nicht, was sie versprechen; junge Leute sehr selten, und wenn sie Wort halten, hält es ihnen die Welt nicht.

Charlotte, welche froh war, daß das Gespräch sich wendete, versetzte heiter: Nun! wir müssen uns ja ohnehin bald genug gewöhnen, das Gute stück- und teilweise zu genießen.

Gewiß, versetzte der Graf, Sie haben beide sehr schöner Zeiten genossen. Wenn ich mir die Jahre zurückerinnere, da Sie und Eduard das schönste Paar bei Hof waren: weder von so glänzenden Zeiten noch von so hervorleuchtenden Gestalten ist jetzt die Rede mehr. Wenn Sie beide zusammen tanzten, aller Augen waren auf Sie gerichtet, und wie umworben beide, indem Sie sich nur ineinander bespiegelten!

Da sich so manches verändert hat, sagte Charlotte, können wir wohl so viel Schönes mit Bescheidenheit anhören.

Eduarden habe ich doch oft im Stillen getadelt, sagte der Graf, daß er nicht beharrlicher war: denn am Ende hätten seine wunderlichen Eltern wohl nachgegeben; und zehn frühe Jahre gewinnen ist keine Kleinigkeit.

Ich muß mich seiner annehmen, fiel die Baronesse ein. Charlotte war nicht ganz ohne Schuld, nicht ganz rein von allem Umhersehen; und ob sie gleich Eduarden von Herzen liebte und sich ihn auch heimlich zum Gatten bestimmte, so war ich doch Zeuge, wie sehr sie ihn manchmal quälte, so daß man ihn leicht zu dem unglücklichen Entschluß drängen konnte, zu reisen, sich zu entfernen, sich von ihr zu entwöhnen.

Eduard nickte der Baronesse zu und schien dankbar für ihre Fürsprache.

Und dann muß ich eins, fuhr sie fort, zu Charlottens Entschuldigung beifügen: der Mann, der zu jener Zeit um sie warb, hatte sich schon lange durch Neigung zu ihr ausgezeichnet und war, wenn man ihn näher kannte, gewiß liebenswürdiger, als ihr andern gern zugestehen mögt.

Liebe Freundin, versetzte der Graf etwas lebhaft: bekennen wir nur, daß er Ihnen nicht ganz gleichgültig war, und daß Charlotte von Ihnen mehr zu befürchten hatte als von einer andern. Ich finde das einen sehr hübschen Zug an den Frauen, daß sie ihre Anhänglichkeit an irgendeinen Mann so lange noch fortsetzen, ja durch keine Art von Trennung stören oder aufheben lassen.

Diese gute Eigenschaft besitzen vielleicht die Männer noch mehr, versetzte die Baronesse; wenigstens an Ihnen, lieber Graf, habe ich bemerkt, daß niemand mehr Gewalt über Sie hat als ein Frauenzimmer, dem Sie früher geneigt waren. So habe ich gesehen, daß Sie auf die Fürsprache einer solchen sich mehr Mühe gaben, um etwas auszuwirken, als vielleicht die Freundin des Augenblicks von Ihnen erlangt hätte.

Einen solchen Vorwurf darf man sich wohl gefallen lassen, versetzte der Graf; doch was Charlottens ersten Gemahl betrifft, so konnte ich ihn deshalb nicht leiden, weil er mir das schöne Paar auseinandersprengte, ein wahrhaft prädestiniertes Paar, das, einmal zusammengegeben, weder fünf Jahre zu scheuen noch auf eine zweite oder gar dritte Verbindung hinzusehen brauchte.

Wir wollen versuchen, sagte Charlotte, wieder einzubringen, was wir versäumt haben.

Da müssen Sie sich dazuhalten, sagte der Graf. Ihre ersten Heiraten, fuhr er mit einiger Heftigkeit fort, waren doch so eigentlich rechte Heiraten von der verhaßten Art; und leider haben überhaupt die Heiraten – verzeihen Sie mir einen lebhafteren Ausdruck – etwas Tölpelhaftes: sie verderben die zartesten Verhältnisse, und es liegt doch eigentlich nur an der plumpen Sicherheit, auf die sich wenigstens ein Teil etwas zugute tut. Alles versteht sich von selbst, und man scheint sich nur verbunden zu haben, damit eins wie das andre nunmehr seiner Wege gehe.

In diesem Augenblick machte Charlotte, die ein für allemal dies Gespräch abbrechen wollte, von einer kühnen Wendung Gebrauch; es gelang ihr. Die Unterhaltung ward allgemeiner, die beiden Gatten und der Hauptmann konnten daran teilnehmen; selbst Ottilie ward veranlaßt, sich zu äußern, und der Nachtisch ward mit der besten Stimmung genossen, woran der in zierlichen Fruchtkörben aufgestellte Obstreichtum, die bunteste, in Prachtgefäßen schön verteilte Blumenfülle den vorzüglichsten Anteil hatte.

Auch die neuen Parkanlagen kamen zur Sprache, die man sogleich

nach Tische besuchte. Ottilie zog sich unter dem Vorwande häuslicher Beschäftigungen zurück; eigentlich aber setzte sie sich wieder zur Abschrift. Der Graf wurde von dem Hauptmann unterhalten; später gesellte sich Charlotte zu ihm. Als sie oben auf die Höhe gelangt waren und der Hauptmann gefällig hinuntereilte, um den Plan zu holen, sagte der Graf zu Charlotten: Dieser Mann gefällt mir außerordentlich. Er ist sehr wohl und im Zusammenhang unterrichtet. Ebenso scheint seine Tätigkeit sehr ernst und folgerecht. Was er hier leistet, würde in einem höhern Kreise von viel Bedeutung sein.
Charlotte vernahm des Hauptmanns Lob mit innigem Behagen. Sie faßte sich jedoch und bekräftigte das Gesagte mit Ruhe und Klarheit. Wie überrascht war sie aber, als der Graf fortfuhr: Diese Bekanntschaft kommt mir sehr zu gelegener Zeit. Ich weiß eine Stelle, an die der Mann vollkommen paßt, und ich kann mir durch eine solche Empfehlung, indem ich ihn glücklich mache, einen hohen Freund auf das allerbeste verbinden.
Es war wie ein Donnerschlag, der auf Charlotten herabfiel. Der Graf bemerkte nichts: denn die Frauen, gewohnt, sich jederzeit zu bändigen, behalten in den außerordentlichsten Fällen immer noch eine Art von scheinbarer Fassung. Doch hörte sie schon nicht mehr, was der Graf sagte, indem er fortfuhr: Wenn ich von etwas überzeugt bin, geht es bei mir geschwind her. Ich habe schon meinen Brief im Kopfe zusammengestellt, und mich drängts, ihn zu schreiben. Sie verschaffen mir einen reitenden Boten, den ich noch heute Abend wegschikken kann.
Charlotte war innerlich zerrissen. Von diesen Vorschlägen so wie von sich selbst überrascht, konnte sie kein Wort hervorbringen. Der Graf fuhr glücklicherweise fort, von seinen Planen für den Hauptmann zu sprechen, deren Günstiges Charlotten nur allzusehr in die Augen fiel. Es war Zeit, daß der Hauptmann herauftrat und seine Rolle vor dem Grafen entfaltete. Aber mit wie andern Augen sah sie den Freund an, den sie verlieren sollte! Mit einer notdürftigen Verbeugung wandte sie sich weg und eilte hinunter nach der Mooshütte. Schon auf halbem Wege stürzten ihr die Tränen aus den Augen, und nun warf sie sich in den engen Raum der kleinen Einsiedelei und überließ sich ganz einem Schmerz, einer Leidenschaft, einer Ver-

zweiflung, von deren Möglichkeit sie wenig Augenblicke vorher auch nicht die leiseste Ahnung gehabt hatte.
Auf der andern Seite war Eduard mit der Baronesse an den Teichen hergegangen. Die kluge Frau, die gern von allem unterrichtet sein mochte, bemerkte bald in einem tastenden Gespräch, daß Eduard sich zu Ottiliens Lobe weitläufig herausließ, und wußte ihn auf eine so natürliche Weise nach und nach in den Gang zu bringen, daß ihr zuletzt kein Zweifel übrig blieb, hier sei eine Leidenschaft nicht auf dem Wege, sondern wirklich angelangt.
Verheiratete Frauen, wenn sie sich auch untereinander nicht lieben, stehen doch stillschweigend miteinander, besonders gegen junge Mädchen, im Bündnis. Die Folgen einer solchen Zuneigung stellten sich ihrem weltgewandten Geiste nur allzu geschwind dar. Dazu kam noch, daß sie schon heute früh mit Charlotten über Ottilien gesprochen und den Aufenthalt dieses Kindes auf dem Lande, besonders bei seiner stillen Gemütsart, nicht gebilligt und den Vorschlag getan hatte, Ottilien in die Stadt zu einer Freundin zu bringen, die sehr viel an die Erziehung ihrer einzigen Tochter wende und sich nur nach einer gutartigen Gespielin umsehe, die an die zweite Kindesstatt eintreten und alle Vorteile mitgenießen solle. Charlotte hatte sichs zur Überlegung genommen.
Nun aber brachte der Blick in Eduards Gemüt diesen Vorschlag bei der Baronesse ganz zur vorsätzlichen Festigkeit, und um so schneller dieses in ihr vorging, um desto mehr schmeichelte sie äußerlich Eduards Wünschen. Denn niemand besaß sich mehr als diese Frau, und diese Selbstbeherrschung in außerordentlichen Fällen gewöhnt uns, sogar einen gemeinen Fall mit Verstellung zu behandeln, macht uns geneigt, indem wir so viel Gewalt über uns selbst üben, unsre Herrschaft auch über die andern zu verbreiten, um uns durch das, was wir äußerlich gewinnen, für dasjenige, was wir innerlich entbehren, gewissermaßen schadlos zu halten.
An diese Gesinnung schließt sich meist eine Art heimlicher Schadenfreude über die Dunkelheit der andern, über das Bewußtlose, womit sie in eine Falle gehen. Wir freuen uns nicht allein über das gegenwärtige Gelingen, sondern zugleich auch auf die künftig überraschende Beschämung. Und so war die Baronesse boshaft genug,

Eduarden zur Weinlese auf ihre Güter mit Charlotten einzuladen und die Frage Eduards, ob sie Ottilien mitbringen dürften, auf eine Weise, die er beliebig zu seinen Gunsten auslegen konnte, zu beantworten.

Eduard sprach schon mit Entzücken von der herrlichen Gegend, dem großen Flusse, den Hügeln, Felsen und Weinbergen, von alten Schlössern, von Wasserfahrten, von dem Jubel der Weinlese, des Kelterns usw., wobei er in der Unschuld seines Herzens sich schon zum voraus laut über den Eindruck freute, den dergleichen Szenen auf das frische Gemüt Ottiliens machen würden. In diesem Augenblick sah man Ottilien herankommen, und die Baronesse sagte schnell zu Eduard, er möchte von dieser vorhabenden Herbstreise ja nichts reden: denn gewöhnlich geschähe das nicht, worauf man sich so lange voraus freue. Eduard versprach, nötigte sie aber, Ottilien entgegen geschwinder zu gehen, und eilte ihr endlich, dem lieben Kinde zu, mehrere Schritte voran. Eine herzliche Freude drückte sich in seinem ganzen Wesen aus. Er küßte ihr die Hand, in die er einen Strauß Feldblumen drückte, die er unterwegs zusammengepflückt hatte. Die Baronesse fühlte sich bei diesem Anblick in ihrem Innern fast erbittert. Denn wenn sie auch das, was an dieser Neigung strafbar sein mochte, nicht billigen durfte, so konnte sie das, was daran liebenswürdig und angenehm war, jenem unbedeutenden Neuling von Mädchen keineswegs gönnen.

Als man sich zum Abendessen zusammen gesetzt hatte, war eine völlig andre Stimmung in der Gesellschaft verbreitet. Der Graf, der schon vor Tische geschrieben und den Boten fortgeschickt hatte, unterhielt sich mit dem Hauptmann, den er auf eine verständige und bescheidene Weise immer mehr ausforschte, indem er ihn diesen Abend an seine Seite gebracht hatte. Die zur Rechten des Grafen sitzende Baronesse fand von daher wenig Unterhaltung; ebensowenig an Eduard, der, erst durstig, dann aufgeregt, des Weines nicht schonte und sich sehr lebhaft mit Ottilien unterhielt, die er an sich gezogen hatte, wie von der andern Seite neben dem Hauptmann Charlotte saß, der es schwer, ja beinahe unmöglich ward, die Bewegungen ihres Innern zu verbergen.

Die Baronesse hatte Zeit genug, Beobachtungen anzustellen. Sie bemerkte Charlottens Unbehagen, und weil sie nur Eduards Verhältnis zu Ottilien im Sinn hatte, so überzeugte sie sich leicht, auch Charlotte sei bedenklich und verdrießlich über ihres Gemahls Benehmen, und überlegte, wie sie nunmehr am besten zu ihren Zwecken gelangen könne.

Auch nach Tische fand sich ein Zwiespalt in der Gesellschaft. Der Graf, der den Hauptmann recht ergründen wollte, brauchte bei einem so ruhigen, keineswegs eitlen und überhaupt lakonischen Manne verschiedene Wendungen, um zu erfahren, was er wünschte. Sie gingen miteinander an der einen Seite des Saals auf und ab, indes Eduard, aufgeregt von Wein und Hoffnung, mit Ottilien an einem Fenster scherzte, Charlotte und die Baronesse aber stillschweigend an der andern Seite des Saals nebeneinander hin und wider gingen. Ihr Schweigen und müßiges Umherstehen brachte denn auch zuletzt eine Stockung in die übrige Gesellschaft. Die Frauen zogen sich zurück auf ihren Flügel, die Männer auf den andern, und so schien dieser Tag abgeschlossen.

ELFTES KAPITEL

Eduard begleitete den Grafen auf sein Zimmer und ließ sich recht gern durchs Gespräch verführen, noch eine Zeitlang bei ihm zu bleiben. Der Graf verlor sich in vorige Zeiten, gedachte mit Lebhaftigkeit an die Schönheit Charlottens, die er als ein Kenner mit vielem Feuer entwickelte: Ein schöner Fuß ist eine große Gabe der Natur. Diese Anmut ist unverwüstlich. Ich habe sie heute im Gehen beobachtet; noch immer möchte man ihren Schuh küssen und die zwar etwas barbarische, aber doch tief gefühlte Ehrenbezeugung der Sarmaten wiederholen, die sich nichts Bessers kennen, als aus dem Schuh einer geliebten und verehrten Person ihre Gesundheit zu trinken.

Die Spitze des Fußes blieb nicht allein der Gegenstand des Lobes unter zwei vertrauten Männern. Sie gingen von der Person auf alte Geschichten und Abenteuer zurück und kamen auf die Hindernisse, die man ehemals den Zusammenkünften dieser beiden Liebenden entgegengesetzt, welche Mühe sie sich gegeben, welche Kunstgriffe sie erfunden, nur um sich sagen zu können, daß sie sich liebten.

Erinnerst du dich, fuhr der Graf fort, welche Abenteuer ich dir recht freundschaftlich und uneigennützig bestehen helfen, als unsre höchsten Herrschaften ihren Oheim besuchten und auf dem weitläufigen Schlosse zusammenkamen? Der Tag war in Feierlichkeiten und Feierkleidern hingegangen; ein Teil der Nacht sollte wenigstens unter freiem liebevollen Gespräch verstreichen.

Den Hinweg zu dem Quartier der Hofdamen hatten Sie sich wohl gemerkt, sagte Eduard. Wir gelangten glücklich zu meiner Geliebten.

Die, versetzte der Graf, mehr an den Anstand als an meine Zufriedenheit gedacht und eine sehr häßliche Ehrenwächterin bei sich behalten hatte; da mir denn, indessen ihr euch mit Blicken und Worten sehr gut unterhieltet, ein höchst unerfreuliches Los zuteil ward.

Ich habe mich noch gestern, versetzte Eduard, als Sie sich anmelden ließen, mit meiner Frau an die Geschichte erinnert, besonders an unsern Rückzug. Wir verfehlten den Weg und kamen an den Vorsaal der Garden. Weil wir uns nun von da recht gut zu finden wußten, so glaubten wir auch hier ganz ohne Bedenken hindurch und an dem Posten, wie an den übrigen, vorbeigehen zu können. Aber wie groß war beim Eröffnen der Türe unsere Verwunderung! Der Weg war mit Matratzen verlegt, auf denen die Riesen in mehreren Reihen ausgestreckt lagen und schliefen. Der einzige Wachende auf dem Posten sah uns verwundert an; wir aber im jugendlichen Mut und Mutwillen stiegen ganz gelassen über die ausgestreckten Stiefel weg, ohne daß auch nur einer von diesen schnarchenden Enakskindern erwacht wäre.

Ich hatte große Lust zu stolpern, sagte der Graf, damit es Lärm gegeben hätte: denn welch eine seltsame Auferstehung würden wir gesehen haben!

In diesem Augenblick schlug die Schloßglocke zwölf.

Es ist hoch Mitternach, sagte der Graf lächelnd, und eben gerechte Zeit. Ich muß Sie, lieber Baron, um eine Gefälligkeit bitten: führen Sie mich heute, wie ich Sie damals führte; ich habe der Baronesse das Versprechen gegeben, sie noch zu besuchen. Wir haben uns den ganzen Tag nicht allein gesprochen, wir haben uns so lange nicht gesehen, und nichts ist natürlicher, als daß man sich nach einer vertraulichen Stunde sehnt. Zeigen Sie mir den Hinweg, den Rückweg will ich schon finden, und auf alle Fälle werde ich über keine Stiefel wegzustolpern haben.

Ich will Ihnen recht gern diese gastliche Gefälligkeit erzeigen, versetzte Eduard; nur sind die drei Frauenzimmer drüben zusammen auf dem Flügel. Wer weiß, ob wir sie nicht noch beieinander finden, oder was wir sonst für Händel anrichten, die irgendein wunderliches Ansehn gewinnen.

Nur ohne Sorge! sagte der Graf; die Baronesse erwartet mich. Sie ist um diese Zeit gewiß auf ihrem Zimmer und allein.

Die Sache ist übrigens leicht, versetzte Eduard und nahm ein Licht, dem Grafen vorleuchtend eine geheime Treppe hinunter, die zu einem langen Gang führte. Am Ende desselben öffnete Eduard eine kleine Türe. Sie erstiegen eine Wendeltreppe; oben auf einem engen Ruheplatz deutete Eduard dem Grafen, dem er das Licht in die Hand gab, nach einer Tapetentüre rechts, die beim ersten Versuch sogleich sich öffnete, den Grafen aufnahm und Eduard in dem dunklen Raum zurückließ.

Eine andre Türe links ging in Charlottens Schlafzimmer. Er hörte reden und horchte. Charlotte sprach zu ihrem Kammermädchen: Ist Ottilie schon zu Bette? Nein, versetzte jene; sie sitzt noch unten und schreibt. So zünde Sie das Nachtlicht an, sagte Charlotte, und gehe Sie nur hin: es ist spät. Die Kerze will ich selbst auslöschen und für mich zu Bette gehen.

Eduard hörte mit Entzücken, daß Ottilie noch schreibe. Sie beschäftigt sich für mich! dachte er triumphierend. Durch die Finsternis ganz in sich selbst geengt, sah er sie sitzen, schreiben; er glaubte zu ihr zu treten, sie zu sehen, wie sie sich nach ihm umkehrte; er fühlte ein unüberwindliches Verlangen, ihr noch einmal nahe zu sein. Von hier aber war kein Weg in das Halbgeschoß, wo sie wohnte. Nun fand er sich unmittelbar an seiner Frauen Türe, eine sonderbare Verwechselung ging in seiner Seele vor; er suchte die Türe aufzudrehen, er fand sie verschlossen, er pochte leise an, Charlotte hörte nicht.

Sie ging in dem größeren Nebenzimmer lebhaft auf und ab. Sie wiederholte sich aber und abermals, was sie seit jenem unerwarteten Vorschlag des Grafen oft genug bei sich um und um gewendet hatte.

Der Hauptmann schien vor ihr zu stehen. Er füllte noch das Haus, er belebte noch die Spaziergänge, und er sollte fort, das alles sollte leer werden! Sie sagte sich alles, was man sich sagen kann, ja sie antizipierte, wie man gewöhnlich pflegt, den leidigen Trost, daß auch solche Schmerzen durch die Zeit gelindert werden. Sie verwünschte die Zeit, die es braucht, um sie zu lindern; sie verwünschte die totenhafte Zeit, wo sie würden gelindert sein.
Da war denn zuletzt die Zuflucht zu den Tränen um so willkommner, als sie bei ihr selten stattfand. Sie warf sich auf den Sofa und überließ sich ganz ihrem Schmerz. Eduard seinerseits konnte von der Türe nicht weg; er pochte nochmals, und zum drittenmal etwas stärker, so daß Charlotte durch die Nachtstille es ganz deutlich vernahm und erschreckt auffuhr. Der erste Gedanke war: es könne, es müsse der Hauptmann sein; der zweite: das sei unmöglich! Sie hielt es für Täuschung; aber sie hatte es gehört, sie wünschte, sie fürchtete, es gehört zu haben. Sie ging ins Schlafzimmer, trat leise zu der verriegelten Tapetentür. Sie schalt sich über ihre Furcht: wie leicht kann die Baronesse etwas bedürfen! sagte sie zu sich selbst und rief gefaßt und gesetzt: Ist jemand da? Eine leise Stimme antwortete: Ich bins. Wer? entgegnete Charlotte, die den Ton nicht unterscheiden konnte. Ihr stand des Hauptmanns Gestalt vor der Tür. Etwas lauter klang es ihr entgegen: Eduard! Sie öffnete, und ihr Gemahl stand vor ihr. Er begrüßte sie mit einem Scherz. Es ward ihr möglich, in diesem Tone fortzufahren. Er verwickelte den rätselhaften Besuch in rätselhafte Erklärungen. Warum ich denn aber eigentlich komme, sagte er zuletzt, muß ich dir nur gestehen. Ich habe ein Gelübde getan, heute Abend noch deinen Schuh zu küssen.
Das ist dir lange nicht eingefallen, sagte Charlotte. Desto schlimmer, versetzte Eduard, und desto besser!
Sie hatte sich in einen Sessel gesetzt, um ihre leichte Nachtkleidung seinen Blicken zu entziehen. Er warf sich vor ihr nieder, und sie konnte sich nicht erwehren, daß er nicht ihren Schuh küßte und daß, als dieser ihm in der Hand blieb, er den Fuß ergriff und ihn zärtlich an seine Brust drückte.
Charlotte war eine von den Frauen, die, von Natur mäßig, im Ehestande ohne Vorsatz und Anstrengung die Art und Weise der Lieb-

haberinnen fortführen. Niemals reizte sie den Mann, ja seinem Verlangen kam sie kaum entgegen; aber ohne Kälte und abstoßende Strenge glich sie immer einer liebevollen Braut, die selbst vor dem Erlaubten noch innige Scheu trägt. Und so fand sie Eduard diesen Abend in doppeltem Sinne. Wie sehnlich wünschte sie den Gatten weg: denn die Luftgestalt des Freundes schien ihr Vorwürfe zu machen. Aber das, was Eduarden hätte entfernen sollen, zog ihn nur mehr an. Eine gewisse Bewegung war an ihr sichtbar. Sie hatte geweint, und wenn weiche Personen dadurch meist an Anmut verlieren, so gewinnen diejenigen dadurch unendlich, die wir gewöhnlich als stark und gefaßt kennen. Eduard war so liebenswürdig, so freundlich, so dringend; er bat sie, bei ihr bleiben zu dürfen, er forderte nicht, bald ernst-, bald scherzhaft suchte er sie zu bereden, er dachte nicht daran, daß er Rechte habe, und löschte zuletzt mutwillig die Kerze aus.

In der Lampendämmerung sogleich behauptete die innre Neigung, behauptete die Einbildungskraft ihre Rechte über das Wirkliche. Eduard hielt nur Ottilien in seinen Armen; Charlotten schwebte der Hauptmann näher oder ferner vor der Seele, und so verwebten, wundersam genug, sich Abwesendes und Gegenwärtiges reizend und wonnevoll durcheinander.

Und doch läßt sich die Gegenwart ihr ungeheures Recht nicht rauben. Sie brachten einen Teil der Nacht unter allerlei Gesprächen und Scherzen zu, die um desto freier waren, als das Herz leider keinen Teil daran nahm. Aber als Eduard des andern Morgens an dem Busen seiner Frau erwachte, schien ihm der Tag ahnungsvoll hereinzublikken, die Sonne schien ihm ein Verbrechen zu beleuchten; er schlich sich leise von ihrer Seite, und sie fand sich, seltsam genug, allein, als sie erwachte.

ZWÖLFTES KAPITEL

Als die Gesellschaft zum Frühstück wieder zusammenkam, hätte ein aufmerksamer Beobachter an dem Betragen der einzelnen die Verschiedenheit der innern Gesinnungen und Empfindungen abnehmen können. Der Graf und die Baronesse begegneten sich mit dem hei-

tern Behagen, das ein Paar Liebende empfinden, die sich, nach erduldeter Trennung, ihrer wechselseitigen Neigung abermals versichert halten; dagegen Charlotte und Eduard gleichsam beschämt und reuig dem Hauptmann und Ottilien entgegentraten. Denn so ist die Liebe beschaffen, daß sie allein Recht zu haben glaubt und alle anderen Rechte vor ihr verschwinden. Ottilie war kindlich heiter, nach ihrer Weise konnte man sie offen nennen. Ernst erschien der Hauptmann; ihm war bei der Unterredung mit dem Grafen, indem dieser alles in ihm aufregte, was einige Zeit geruht und geschlafen hatte, nur zu fühlbar geworden, daß er eigentlich hier seine Bestimmung nicht erfülle und im Grunde bloß in einem halbtätigen Müßiggang hinschlendere. Kaum hatten sich die beiden Gäste entfernt, als schon wieder neuer Besuch eintraf, Charlotten willkommen, die aus sich selbst herauszugehen, sich zu zerstreuen wünschte; Eduarden ungelegen, der eine doppelte Neigung fühlte, sich mit Ottilien zu beschäftigen; Ottilien gleichfalls unerwünscht, die mit ihrer auf morgen früh so nötigen Abschrift noch nicht fertig war. Und so eilte sie auch, als die Fremden sich spät entfernten, sogleich auf ihr Zimmer.
Es war Abend geworden. Eduard, Charlotte und der Hauptmann, welche die Fremden, ehe sie sich in den Wagen setzten, eine Strecke zu Fuß begleitet hatten, wurden einig, noch einen Spaziergang nach den Teichen zu machen. Ein Kahn war angekommen, den Eduard mit ansehnlichen Kosten aus der Ferne verschrieben hatte. Man wollte versuchen, ob er sich leicht bewegen und lenken lasse.
Er war am Ufer des mittelsten Teiches nicht weit von einigen alten Eichbäumen angebunden, auf die man schon bei künftigen Anlagen gerechnet hatte. Hier sollte ein Landungsplatz angebracht, unter den Bäumen ein architektonischer Ruhesitz aufgeführt werden, wonach diejenigen, die über den See fahren, zu steuern hätten.
Wo wird man denn nun drüben die Landung am besten anlegen? fragte Eduard. Ich sollte denken, bei meinen Platanen.
Sie stehen ein wenig zu weit rechts, sagte der Hauptmann. Landet man weiter unten, so ist man dem Schlosse näher; doch muß man es überlegen.
Der Hauptmann stand schon im Hinterteile des Kahns und hatte ein Ruder ergriffen. Charlotte stieg ein, Eduard gleichfalls und faßte das

andre Ruder; aber als er eben im Abstoßen begriffen war, gedachte er Ottiliens, gedachte, daß ihn diese Wasserfahrt verspäten, wer weiß erst wann zurückführen würde. Er entschloß sich kurz und gut, sprang wieder ans Land, reichte dem Hauptmann das andre Ruder und eilte, sich flüchtig entschuldigend, nach Hause.

Dort vernahm er: Ottilie habe sich eingeschlossen, sie schreibe. Bei dem angenehmen Gefühle, daß sie für ihn etwas tue, empfand er das lebhafteste Mißbehagen, sie nicht gegenwärtig zu sehen. Seine Ungeduld vermehrte sich mit jedem Augenblicke. Er ging in dem großen Saale auf und ab, versuchte allerlei, und nichts vermochte seine Aufmerksamkeit zu fesseln. Sie wünschte er zu sehen, allein zu sehen, ehe noch Charlotte mit dem Hauptmann zurückkäme. Es ward Nacht, die Kerzen wurden angezündet.

Endlich trat sie herein, glänzend von Liebenswürdigkeit. Das Gefühl, etwas für den Freund getan zu haben, hatte ihr ganzes Wesen über sich selbst gehoben. Sie legte das Original und die Abschrift vor Eduard auf den Tisch. Wollen wir kollationieren? sagte sie lächelnd. Eduard wußte nicht, was er erwidern sollte. Er sah sie an, er besah die Abschrift. Die ersten Blätter waren mit der größten Sorgfalt, mit einer zarten weiblichen Hand geschrieben; dann schienen sich die Züge zu verändern, leichter und freier zu werden. Aber wie erstaunt war er, als er die letzten Seiten mit den Augen überlief: Um Gottes willen! rief er aus, was ist das? Das ist meine Hand! Er sah Ottilien an und wieder auf die Blätter; besonders der Schluß war ganz, als wenn er ihn selbst geschrieben hätte. Ottilie schwieg, aber sie blickte ihm mit der größten Zufriedenheit in die Augen. Eduard hob seine Arme empor: Du liebst mich! rief er aus; Ottilie, du liebst mich! Und sie hielten einander umfaßt. Wer das andere zuerst ergriffen, wäre nicht zu unterscheiden gewesen.

Von diesem Augenblick an war die Welt für Eduarden umgewendet, er nicht mehr, was er gewesen, die Welt nicht mehr, was sie gewesen. Sie standen voreinander, er hielt ihre Hände, sie sahen einander in die Augen, im Begriff, sich wieder zu umarmen.

Charlotte mit dem Hauptmann trat herein. Zu den Entschuldigungen eines längeren Außenbleibens lächelte Eduard heimlich. O wie viel zu früh kommt ihr! sagte er zu sich selbst.

Sie setzten sich zum Abendessen. Die Personen des heutigen Besuchs wurden beurteilt. Eduard, liebevoll aufgeregt, sprach gut von einem jeden, immer schonend, oft billigend. Charlotte, die nicht durchaus seiner Meinung war, bemerkte diese Stimmung und scherzte mit ihm, daß er, der sonst über die scheidende Gesellschaft immer das strengste Zungengericht ergehen lasse, heute so mild und nachsichtig sei.

Mit Feuer und herzlicher Überzeugung rief Eduard: Man muß nur Ein Wesen recht von Grund aus lieben, da kommen einem die übrigen alle liebenswürdig vor! Ottilie schlug die Augen nieder, und Charlotte sah vor sich hin.

Der Hauptmann nahm das Wort und sagte: Mit den Gefühlen der Hochachtung, der Verehrung ist es doch auch etwas Ähnliches. Man erkennt nur erst das Schätzenswerte in der Welt, wenn man solche Gesinnungen an Einem Gegenstande zu üben Gelegenheit findet.

Charlotte suchte bald in ihr Schlafzimmer zu gelangen, um sich der Erinnerung dessen zu überlassen, was diesen Abend zwischen ihr und dem Hauptmann vorgegangen war.

Als Eduard ans Ufer springend den Kahn vom Lande stieß, Gattin und Freund dem schwankenden Element selbst überantwortete, sah nunmehr Charlotte den Mann, um den sie im Stillen schon so viel gelitten hatte, in der Dämmerung vor sich sitzen und durch die Führung zweier Ruder das Fahrzeug in beliebiger Richtung fortbewegen. Sie empfand eine tiefe, selten gefühlte Traurigkeit. Das Kreisen des Kahns, das Plätschern der Ruder, der über den Wasserspiegel hinschauernde Windhauch, das Säuseln der Rohre, das letzte Schweben der Vögel, das Blinken und Widerblinken der ersten Sterne, alles hatte etwas Geisterhaftes in dieser allgemeinen Stille. Es schien ihr, der Freund führe sie weit weg, um sie auszusetzen, sie allein zu lassen. Eine wunderbare Bewegung war in ihrem Innern, und sie konnte nicht weinen.

Der Hauptmann beschrieb ihr unterdessen, wie nach seiner Absicht die Anlagen werden sollten. Er rühmte die guten Eigenschaften des Kahns, daß er sich leicht mit zwei Rudern von Einer Person bewegen und regieren lasse. Sie werde das selbst lernen, es sei eine angenehme

Empfindung, manchmal allein auf dem Wasser hinzuschwimmen und sein eigner Fähr- und Steuermann zu sein.
Bei diesen Worten fiel der Freundin die bevorstehende Trennung aufs Herz. Sagt er das mit Vorsatz? dachte sie bei sich selbst: Weiß er schon davon? vermutet ers? oder sagt er es zufällig, so daß er mir bewußtlos mein Schicksal vorausverkündigt? Es ergriff sie eine große Wehmut, eine Ungeduld; sie bat ihn, baldmöglichst zu landen und mit ihr nach dem Schlosse zurückzukehren.
Es war das erste Mal, daß der Hauptmann die Teiche befuhr, und ob er gleich im allgemeinen ihre Tiefe untersucht hatte, so waren ihm doch die einzelnen Stellen unbekannt. Dunkel fing es an zu werden, er richtete seinen Lauf dahin, wo er einen bequemen Ort zum Aussteigen vermutete und den Fußpfad nicht entfernt wußte, der nach dem Schlosse führte. Aber auch von dieser Bahn wurde er einigermaßen abgelenkt, als Charlotte mit einer Art von Ängstlichkeit den Wunsch wiederholte, bald am Lande zu sein. Er näherte sich mit erneuten Anstrengungen dem Ufer, aber leider fühlte er sich in einiger Entfernung davon angehalten; er hatte sich festgefahren, und seine Bemühungen, wieder loszukommen, waren vergebens. Was war zu tun? Ihm blieb nichts übrig, als in das Wasser zu steigen, das seicht genug war, und die Freundin an das Land zu tragen. Glücklich brachte er die liebe Bürde hinüber, stark genug, um nicht zu schwanken oder ihr einige Sorge zu geben, aber doch hatte sie ängstlich ihre Arme um seinen Hals geschlungen. Er hielt sie fest und drückte sie an sich. Erst auf einem Rasenabhang ließ er sie nieder, nicht ohne Bewegung und Verwirrung. Sie lag noch an seinem Halse; er schloß sie aufs neue in seine Arme und drückte einen lebhaften Kuß auf ihre Lippen; aber auch im Augenblick lag er zu ihren Füßen, drückte seinen Mund auf ihre Hand und rief: Charlotte, werden Sie mir vergeben?
Der Kuß, den der Freund gewagt, den sie ihm beinahe zurückgegeben, brachte Charlotten wieder zu sich selbst. Sie drückte seine Hand, aber sie hob ihn nicht auf. Doch indem sie sich zu ihm hinunterneigte und eine Hand auf seine Schultern legte, rief sie aus: Daß dieser Augenblick in unserm Leben Epoche mache, können wir nicht verhindern; aber daß sie unser wert sei, hängt von uns ab. Sie

müssen scheiden, lieber Freund, und Sie werden scheiden. Der Graf macht Anstalt, Ihr Schicksal zu verbessern; es freut und schmerzt mich. Ich wollte es verschweigen, bis es gewiß wäre; der Augenblick nötigt mich, dies Geheimnis zu entdecken. Nur insofern kann ich Ihnen, kann ich mir verzeihen, wenn wir den Mut haben, unsre Lage zu ändern, da es von uns nicht abhängt, unsre Gesinnung zu ändern. Sie hub ihn auf und ergriff seinen Arm, um sich darauf zu stützen, und so kamen sie stillschweigend nach dem Schlosse.

Nun aber stand sie in ihrem Schlafzimmer, wo sie sich als Gattin Eduards empfinden und betrachten mußte. Ihr kam bei diesen Widersprüchen ihr tüchtiger und durchs Leben mannigfaltig geübter Charakter zu Hülfe. Immer gewohnt, sich ihrer selbst bewußt zu sein, sich selbst zu gebieten, ward es ihr auch jetzt nicht schwer, durch ernste Betrachtung sich dem erwünschten Gleichgewichte zu nähern; ja sie mußte über sich selbst lächeln, indem sie des wunderlichen Nachtbesuches gedachte. Doch schnell ergriff sie eine seltsame Ahnung, ein freudig bängliches Erzittern, das in fromme Wünsche und Hoffnungen sich auflöste. Gerührt kniete sie nieder, sie wiederholte den Schwur, den sie Eduarden vor dem Altar getan. Freundschaft, Neigung, Entsagen gingen vor ihr in heitern Bildern vorüber. Sie fühlte sich innerlich wieder hergestellt. Bald ergreift sie eine süße Müdigkeit, und ruhig schläft sie ein.

DREIZEHNTES KAPITEL

Eduard von seiner Seite ist in einer ganz verschiedenen Stimmung. Zu schlafen denkt er so wenig, daß es ihm nicht einmal einfällt, sich auszuziehen. Die Abschrift des Dokuments küßt er tausendmal, den Anfang von Ottiliens kindlich schüchterner Hand; das Ende wagt er kaum zu küssen, weil er seine eigene Hand zu sehen glaubt. O daß es ein andres Dokument wäre! sagt er sich im Stillen; und doch ist es ihm auch so schon die schönste Versicherung, daß sein höchster Wunsch erfüllt sei. Bleibt es ja doch in seinen Händen, und wird er es nicht immerfort an sein Herz drücken, obgleich entstellt durch die Unterschrift eines Dritten!

Der abnehmende Mond steigt über den Wald hervor. Die warme Nacht lockt Eduarden ins Freie; er schweift umher, er ist der unruhigste und der glücklichste aller Sterblichen. Er wandelt durch die Gärten, sie sind ihm zu enge; er eilt auf das Feld, und es wird ihm zu weit. Nach dem Schlosse zieht es ihn zurück; er findet sich unter Ottiliens Fenster. Dort setzt er sich auf eine Terrassentreppe. Mauern und Riegel, sagt er zu sich selbst, trennen uns jetzt, aber unsre Herzen sind nicht getrennt. Stünde sie vor mir, in meine Arme würde sie fallen, ich in die ihrigen, und was bedarf es weiter als diese Gewißheit! Alles war still um ihn her, kein Lüftchen regte sich; so still wars, daß er das wühlende Arbeiten emsiger Tiere unter der Erde vernehmen konnte, denen Tag und Nacht gleich sind. Er hing ganz seinen glücklichen Träumen nach, schlief endlich ein und erwachte nicht eher wieder, als bis die Sonne mit herrlichem Blick heraufstieg und die frühsten Nebel gewältigte.

Nun fand er sich den ersten Wachenden in seinen Besitzungen. Die Arbeiter schienen ihm zu lange auszubleiben. Sie kamen; es schienen ihm ihrer zu wenig, und die vorgesetzte Tagesarbeit für seine Wünsche zu gering. Er fragte nach mehreren Arbeitern: man versprach sie und stellte sie im Laufe des Tages. Aber auch diese sind ihm nicht genug, um seine Vorsätze schleunig ausgeführt zu sehen. Das Schaffen macht ihm keine Freude mehr: es soll schon alles fertig sein, und für wen? Die Wege sollen gebahnt sein, damit Ottilie bequem sie gehen, die Sitze schon an Ort und Stelle, damit Ottilie dort ruhen könne. Auch an dem neuen Hause treibt er, was er kann: es soll an Ottiliens Geburtstage gerichtet werden. In Eduards Gesinnungen, wie in seinen Handlungen, ist kein Maß mehr. Das Bewußtsein, zu lieben und geliebt zu werden, treibt ihn ins Unendliche. Wie verändert ist ihm die Ansicht von allen Zimmern, von allen Umgebungen! Er findet sich in seinem eigenen Hause nicht mehr. Ottiliens Gegenwart verschlingt ihm alles: er ist ganz in ihr versunken; keine andre Betrachtung steigt vor ihm auf, kein Gewissen spricht ihm zu; alles, was in seiner Natur gebändigt war, bricht los, sein ganzes Wesen strömt gegen Ottilien.

Der Hauptmann beobachtet dieses leidenschaftliche Treiben und wünscht den traurigen Folgen zuvorzukommen. Alle diese Anlagen, die jetzt mit einem einseitigen Triebe übermäßig gefördert werden, hatte er auf ein ruhig freundliches Zusammenleben berechnet. Der

Verkauf des Vorwerks war durch ihn zustande gebracht, die erste Zahlung geschehen, Charlotte hatte sie der Abrede nach in ihre Kasse genommen. Aber sie muß gleich in der ersten Woche Ernst und Geduld und Ordnung mehr als sonst üben und im Auge haben: denn nach der übereilten Weise wird das Ausgesetzte nicht lange reichen.

Es war viel angefangen und viel zu tun. Wie soll er Charlotten in dieser Lage lassen! Sie beraten sich und kommen überein, man wolle die planmäßigen Arbeiten lieber selbst beschleunigen, zu dem Ende Gelder aufnehmen und zu deren Abtragung die Zahlungstermine anweisen, die vom Vorwerksverkauf zurückgeblieben waren. Es ließ sich fast ohne Verlust durch Zession der Gerechtsame tun: man hatte freiere Hand, man leistete, da alles im Gange, Arbeiter genug vorhanden waren, mehr auf einmal und gelangte gewiß und bald zum Zweck. Eduard stimmte gern bei, weil es mit seinen Absichten übereintraf.

Im innern Herzen beharrt indessen Charlotte bei dem, was sie bedacht und sich vorgesetzt, und männlich steht ihr der Freund mit gleichem Sinn zur Seite. Aber eben dadurch wird ihre Vertraulichkeit nur vermehrt. Sie erklären sich wechselseitig über Eduards Leidenschaft; sie beraten sich darüber. Charlotte schließt Ottilien näher an sich, beobachtet sie strenger, und je mehr sie ihr eigen Herz gewahr worden, desto tiefer blickt sie in das Herz des Mädchens. Sie sieht keine Rettung, als sie muß das Kind entfernen.

Nun scheint es ihr eine glückliche Fügung, daß Luciane ein so ausgezeichnetes Lob in der Pension erhalten: denn die Großtante, davon unterrichtet, will sie nun ein für allemal zu sich nehmen, sie um sich haben, sie in die Welt einführen. Ottilie konnte in die Pension zurückkehren; der Hauptmann entfernte sich, wohlversorgt; und alles stand wie vor wenigen Monaten, ja um so viel besser. Ihr eigenes Verhältnis hoffte Charlotte zu Eduard bald wieder herzustellen, und sie legte das alles so verständig bei sich zurecht, daß sie sich nur immer mehr in dem Wahn bestärkte: in einen frühern, beschränktern Zustand könne man zurückkehren, ein gewaltsam Entbundenes lasse sich wieder ins Enge bringen.

Eduard empfand indessen die Hindernisse sehr hoch, die man ihm in den Weg legte. Er bemerkte gar bald, daß man ihn und Ottilien auseinander hielt, daß man ihm erschwerte, sie allein zu sprechen, ja sich ihr zu nähern, außer in Gegenwart von mehreren; und indem er hierüber verdrießlich war, ward er es über manches andere. Konnte er Ottilien flüchtig sprechen, so war es nicht nur, sie seiner Liebe zu versichern, sondern sich auch über seine Gattin, über den Hauptmann zu beschweren. Er fühlte nicht, daß er selbst durch sein heftiges Treiben die Kasse zu erschöpfen auf dem Wege war; er tadelte bitter Charlotten und den Hauptmann, daß sie bei dem Geschäft gegen die erste Abrede handelten, und doch hatte er in die zweite Abrede gewilligt, ja er hatte sie selbst veranlaßt und notwendig gemacht.

Der Haß ist parteiisch, aber die Liebe ist es noch mehr. Auch Ottilie entfremdete sich einigermaßen von Charlotten und dem Hauptmann. Als Eduard sich einst gegen Ottilien über den letztern beklagte, daß er als Freund und in einem solchen Verhältnisse nicht ganz aufrichtig handle, versetzte Ottilie unbedachtsam: Es hat mir schon früher mißfallen, daß er nicht ganz redlich gegen Sie ist. Ich hörte ihn einmal zu Charlotten sagen: Wenn uns nur Eduard mit seiner Flötendudelei verschonte; es kann daraus nichts werden und ist für die Zuhörer so lästig. Sie können denken, wie mich das geschmerzt hat, da ich Sie so gern akkompagniere.

Kaum hatte sie es gesagt, als ihr schon der Geist zuflüsterte, daß sie hätte schweigen sollen; aber es war heraus. Eduards Gesichtszüge verwandelten sich. Nie hatte ihn etwas mehr verdrossen: er war in seinen liebsten Forderungen angegriffen, er war sich eines kindlichen Strebens ohne die mindeste Anmaßung bewußt. Was ihn unterhielt, was ihn erfreute, sollte doch mit Schonung von Freunden behandelt werden. Er dachte nicht, wie schrecklich es für einen Dritten sei, sich die Ohren durch ein unzulängliches Talent verletzen zu lassen. Er war beleidigt, wütend, um nicht wieder zu vergeben. Er fühlte sich von allen Pflichen losgesprochen.

Die Notwendigkeit, mit Ottilien zu sein, sie zu sehen, ihr etwas zuzuflüstern, ihr zu vertrauen, wuchs mit jedem Tag. Er entschloß sich, ihr zu schreiben, sie um einen geheimen Briefwechsel zu bitten. Das Streifchen Papier, worauf er dies lakonisch genug getan hatte, lag auf dem Schreibtisch und ward vom Zugwind heruntergeführt, als der Kammerdiener hereintrat, ihm die Haare zu kräuseln. Gewöhnlich, um die Hitze des Eisens zu versuchen, bückte sich dieser nach Papierschnitzeln auf der Erde; diesmal ergriff er das Billett, zwickte es eilig, und es war versengt. Eduard, den Mißgriff bemerkend, riß es ihm aus der Hand. Bald darauf setzte er sich hin, es noch einmal zu schreiben; es wollte nicht ganz so zum zweiten Mal aus der Feder. Er fühlte einiges Bedenken, einige Besorgnis, die er jedoch überwand. Ottilien wurde das Blättchen in die Hand gedrückt, den ersten Augenblick, wo er sich ihr nähern konnte.

Ottilie versäumte nicht, ihm zu antworten. Ungelesen steckte er das Zettelchen in die Weste, die, modisch kurz, es nicht gut verwahrte. Es schob sich heraus und fiel, ohne von ihm bemerkt zu werden, auf den Boden. Charlotte sah es und hob es auf, und reichte es ihm mit einem flüchtigen Überblick. Hier ist etwas von deiner Hand, sagte sie, das du vielleicht ungern verlörest.

Er war betroffen. Verstellt sie sich? dachte er. Ist sie den Inhalt des Blättchens gewahr worden, oder irrt sie sich an der Ähnlichkeit der Hände? Er hoffte, er dachte das letztre. Er war gewarnt, doppelt gewarnt, aber diese sonderbaren zufälligen Zeichen, durch die ein höheres Wesen mit uns zu sprechen scheint, waren seiner Leidenschaft unverständlich; vielmehr, indem sie ihn immer weiter führte, empfand er die Beschränkung, in der man ihn zu halten schien, immer unangenehmer. Die freundliche Geselligkeit verlor sich. Sein Herz war verschlossen, und wenn er mit Freund und Frau zusammenzusein genötigt war, so gelang es ihm nicht, seine frühere Neigung zu ihnen in seinem Busen wieder aufzufinden, zu beleben. Der stille Vorwurf, den er sich selbst hierüber machen mußte, war ihm unbequem, und er suchte sich durch eine Art von Humor zu helfen, der aber, weil er ohne Liebe war, auch der gewohnten Anmut ermangelte.

Über alle diese Prüfungen half Charlotten ihr inneres Gefühl hinweg. Sie war sich ihres ernsten Vorsatzes bewußt, auf eine so schöne, edle Neigung Verzicht zu tun.

Wie sehr wünscht sie, jenen beiden auch zu Hülfe zu kommen. Entfernung, fühlt sie wohl, wird nicht allein hinreichend sein, ein solches Übel zu heilen. Sie nimmt sich vor, die Sache gegen das gute

Kind zur Sprache zu bringen; aber sie vermag es nicht: die Erinnerung ihres eignen Schwankens steht ihr im Wege. Sie sucht sich darüber im allgemeinen auszudrücken; das Allgemeine paßt auch auf ihren eignen Zustand, den sie auszusprechen scheut. Ein jeder Wink, den sie Ottilien geben will, deutet zurück in ihr eignes Herz. Sie will warnen und fühlt, daß sie wohl selbst noch einer Warnung bedürfen könnte.

Schweigend hält sie daher die Liebenden noch immer auseinander, und die Sache wird dadurch nicht besser. Leise Andeutungen, die ihr manchmal entschlüpfen, wirken auf Ottilien nicht: denn Eduard hatte diese von Charlottens Neigung zum Hauptmann überzeugt, sie überzeugt, daß Charlotte selbst eine Scheidung wünsche, die er nun auf eine anständige Weise zu bewirken denke.

Ottilie, getragen durch das Gefühl ihrer Unschuld, auf dem Wege zu dem erwünschtesten Glück, lebt nur für Eduard. Durch die Liebe zu ihm in allem Guten gestärkt, um seinetwillen freudiger in ihrem Tun, aufgeschlossener gegen andre, findet sie sich in einem Himmel auf Erden.

So setzen alle zusammen, jeder auf seine Weise, das tägliche Leben fort, mit und ohne Nachdenken; alles scheint seinen gewöhnlichen Gang zu gehen, wie man auch in ungeheuren Fällen, wo alles auf dem Spiele steht, noch immer so fortlebt, als wenn von nichts die Rede wäre.

VIERZEHNTES KAPITEL

Von dem Grafen war indessen ein Brief an den Hauptmann angekommen, und zwar ein doppelter: einer zum Vorzeigen, der sehr schöne Aussichten in die Ferne darwies; der andre hingegen, der ein entschiedenes Anerbieten für die Gegenwart enthielt, eine bedeutende Hof- und Geschäftsstelle, den Charakter als Major, ansehnlichen Gehalt und andre Vorteile, sollte wegen verschiedener Nebenumstände noch geheimgehalten werden. Auch unterrichtete der Hauptmann seine Freunde nur von jenen Hoffnungen und verbarg, was so nahe bevorstand.

Indessen setzte er die gegenwärtigen Geschäfte lebhaft fort und machte in der Stille Einrichtungen, wie alles in seiner Abwesenheit ungehinderten Fortgang haben könnte. Es ist ihm nun selbst daran gelegen, daß für manches ein Termin bestimmt werde, daß Ottiliens Geburtstag manches beschleunige. Nun wirken die beiden Freunde, obschon ohne ausdrückliches Einverständnis, gern zusammen. Eduard ist nun recht zufrieden, daß man durch das Vorauserheben der Gelder die Kasse verstärkt hat; die ganze Anstalt rückt auf das rascheste vorwärts.

Die drei Teiche in einen See zu verwandeln, hätte jetzt der Hauptmann am liebsten ganz widerraten. Der untere Damm war zu verstärken, die mittlern abzutragen und die ganze Sache in mehr als einem Sinne wichtig und bedenklich. Beide Arbeiten aber, wie sie ineinanderwirken konnten, waren schon angefangen, und hier kam ein junger Architekt, ein ehemaliger Zögling des Hauptmanns, sehr erwünscht, der teils mit Anstellung tüchtiger Meister, teils mit Verdingen der Arbeit, wo sichs tun ließ, die Sache förderte und dem Werke Sicherheit und Dauer versprach; wobei sich der Hauptmann im Stillen freute, daß man seine Entfernung nicht fühlen würde. Denn er hatte den Grundsatz, aus einem übernommenen unvollendeten Geschäft nicht zu scheiden, bis er seine Stelle genugsam ersetzt sähe. Ja er verachtete diejenigen, die, um ihren Abgang fühlbar zu machen, erst noch Verwirrung in ihrem Kreise anrichten, indem sie als ungebildete Selbstler das zu zerstören wünschen, wobei sie nicht mehr fortwirken sollen.

So arbeitete man immer mit Anstrengung, um Ottiliens Geburtstag zu verherrlichen, ohne daß man es aussprach, oder sichs recht aufrichtig bekannte. Nach Charlottens obgleich neidlosen Gesinnungen konnte es doch kein entschiedenes Fest werden. Die Jugend Ottiliens, ihre Glücksumstände, das Verhältnis zur Familie berechtigten sie nicht, als Königin eines Tages zu erscheinen. Und Eduard wollte nicht davon gesprochen haben, weil alles wie von selbst entspringen, überraschen und natürlich erfreuen sollte.

Alle kamen daher stillschweigend in dem Vorwande überein, als wenn an diesem Tage, ohne weitere Beziehung, jenes Lusthaus gerichtet werden sollte, und bei diesem Anlaß konnte man dem Volke so wie den Freunden ein Fest ankündigen.

Eduards Neigung war aber grenzenlos. Wie er sich Ottilien zuzu-

eignen begehrte, so kannte er auch kein Maß des Hingebens, Schenkens, Versprechens. Zu einigen Gaben, die er Ottilien an diesem Tage verehren wollte, hatte ihm Charlotte viel zu ärmliche Vorschläge getan. Er sprach mit seinem Kammerdiener, der seine Garderobe besorgte und mit Handelsleuten und Modehändlern in beständigem Verhältnis blieb; dieser, nicht unbekannt sowohl mit den angenehmsten Gaben selbst als mit der besten Art, sie zu überreichen, bestellte sogleich in der Stadt den niedlichsten Koffer: mit rotem Saffian überzogen, mit Stahlnägeln beschlagen, und angefüllt mit Geschenken, einer solchen Schale würdig.
Noch einen andern Vorschlag tat er Eduarden. Es war ein kleines Feuerwerk vorhanden, das man immer abzubrennen versäumt hatte. Dies konnte man leicht verstärken und erweitern. Eduard ergriff den Gedanken, und jener versprach für die Ausführung zu sorgen. Die Sache sollte ein Geheimnis bleiben.
Der Hauptmann hatte unterdessen, je näher der Tag heranrückte, seine polizeilichen Einrichtungen getroffen, die er für so nötig hielt, wenn eine Masse Menschen zusammenberufen oder -gelockt wird. Ja sogar hatte er wegen des Bettelns und andrer Unbequemlichkeiten, wodurch die Anmut eines Festes gestört wird, durchaus Vorsorge genommen.
Eduard und sein Vertrauter dagegen beschäftigten sich vorzüglich mit dem Feuerwerk. Am mittelsten Teiche vor jenen großen Eichbäumen sollte es abgebrannt werden; gegenüber unter den Platanen sollte die Gesellschaft sich aufhalten, um die Wirkung aus gehöriger Ferne, die Abspiegelung im Wasser, und was auf dem Wasser selbst brennend zu schwimmen bestimmt war, mit Sicherheit und Bequemlichkeit anzuschauen.
Unter einem andern Vorwand ließ daher Eduard den Raum unter den Platanen von Gesträuch, Gras und Moos säubern, und nun erschien erst die Herrlichkeit des Baumwuchses sowohl an Höhe als Breite auf dem gereinigten Boden. Eduard empfand darüber die größte Freude. – Es war ungefähr um diese Jahrszeit, als ich sie pflanzte. Wie lange mag es her sein? sagte er zu sich selbst. – Sobald er nach Hause kam, schlug er in alten Tagebüchern nach, die sein Vater, besonders auf dem Lande, sehr ordentlich geführt hatte. Zwar

dieser Pflanzung konnte nicht darin erwähnt sein, aber eine andre häuslich wichtige Begebenheit an demselben Tage, deren sich Eduard noch wohl erinnerte, mußte notwendig darin angemerkt stehen. Er durchblättert einige Bände; der Umstand findet sich: aber wie erstaunt, wie erfreut ist Eduard, als er das wunderbarste Zusammentreffen bemerkt. Der Tag, das Jahr jener Baumpflanzung ist zugleich der Tag, das Jahr von Ottiliens Geburt.

FÜNFZEHNTES KAPITEL

Endlich leuchtete Eduarden der sehnlich erwartete Morgen, und nach und nach stellten viele Gäste sich ein: denn man hatte die Einladungen weit umhergeschickt, und manche, die das Legen des Grundsteins versäumt hatten, wovon man so viel Artiges erzählte, wollten diese zweite Feierlichkeit um so weniger verfehlen.

Vor Tafel erschienen die Zimmerleute mit Musik im Schloßhofe, ihren reichen Kranz tragend, der aus vielen stufenweise übereinander schwankenden Laub- und Blumenreifen zusammengesetzt war. Sie sprachen ihren Gruß und erbaten sich zur gewöhnlichen Ausschmückung seidene Tücher und Bänder von dem schönen Geschlecht. Indes die Herrschaft speiste, setzten sie ihren jauchzenden Zug weiter fort, und nachdem sie sich eine Zeitlang im Dorfe aufgehalten und daselbst Frauen und Mädchen gleichfalls um manches Band gebracht, so kamen sie endlich, begleitet und erwartet von einer großen Menge, auf die Höhe, wo das gerichtete Haus stand.

Charlotte hielt nach der Tafel die Gesellschaft einigermaßen zurück. Sie wollte keinen feierlichen förmlichen Zug, und man fand sich daher in einzelnen Partieen, ohne Rang und Ordnung, auf dem Platz gemächlich ein. Charlotte zögerte mit Ottilien und machte dadurch die Sache nicht besser: denn weil Ottilie wirklich die letzte war, die herantrat, so schien es, als wenn Trompeten und Pauken nur auf sie gewartet hätten, als wenn die Feierlichkeit bei ihrer Ankunft nun gleich beginnen müßte.

Dem Hause das rohe Ansehn zu nehmen, hatte man es mit grünem Reisig und Blumen, nach Angabe des Hauptmanns, architektonisch ausgeschmückt; allein ohne dessen Mitwissen hatte Eduard den

Architekten veranlaßt, in dem Gesims das Datum mit Blumen zu bezeichnen. Das mochte noch hingehen; allein zeitig genug langte der Hauptmann an, um zu verhindern, daß nicht auch der Name Ottiliens im Giebelfelde glänzte. Er wußte dieses Beginnen auf eine geschickte Weise abzulehnen und die schon fertigen Blumenbuchstaben beiseite zu bringen.

Der Kranz war aufgesteckt und weit umher in der Gegend sichtbar. Bunt flatterten die Bänder und Tücher in der Luft, und eine kurze Rede verscholl zum größten Teil im Winde. Die Feierlichkeit war zu Ende, der Tanz auf dem geebneten und mit Lauben umkreiseten Platze vor dem Gebäude sollte nun angehen. Ein schmucker Zimmergeselle führte Eduarden ein flinkes Bauernmädchen zu und forderte Ottilien auf, welche daneben stand. Die beiden Paare fanden sogleich ihre Nachfolger, und bald genug wechselte Eduard, indem er Ottilien ergriff und mit ihr die Runde machte. Die jüngere Gesellschaft mischte sich fröhlich in den Tanz des Volks, indes die Älteren beobachteten.

Sodann, ehe man sich auf den Spaziergängen zerstreute, ward abgeredet, daß man sich mit Untergang der Sonne bei den Platanen wieder versammeln wolle. Eduard fand sich zuerst ein, ordnete alles und nahm Abrede mit dem Kammerdiener, der auf der andern Seite, in Gesellschaft des Feuerwerkers, die Lusterscheinungen zu besorgen hatte.

Der Hauptmann bemerkte die dazu getroffenen Vorrichtungen nicht mit Vergnügen; er wollte wegen des zu erwartenden Andrangs der Zuschauer mit Eduard sprechen, als ihn derselbe etwas hastig bat, er möge ihm diesen Teil der Feierlichkeit doch allein überlassen. Schon hatte sich das Volk auf die oberwärts abgestochenen und vom Rasen entblößten Dämme gedrängt, wo das Erdreich uneben und unsicher war. Die Sonne ging unter, die Dämmerung trat ein, und in Erwartung größerer Dunkelheit wurde die Gesellschaft unter den Platanen mit Erfrischungen bedient. Man fand den Ort unvergleichlich und freute sich in Gedanken, künftig von hier die Aussicht auf einen weiten und so mannigfaltig begrenzten See zu genießen.

Ein ruhiger Abend, eine vollkommene Windstille versprachen das nächtliche Fest zu begünstigen, als auf einmal ein entsetzliches

Geschrei entstand. Große Schollen hatten sich vom Damme losgetrennt, man sah mehrere Menschen ins Wasser stürzen. Das Erdreich hatte nachgegeben unter dem Drängen und Treten der immer zunehmenden Menge. Jeder wollte den besten Platz haben, und nun konnte niemand vorwärts noch zurück.

Jeder sprang auf und hinzu, mehr um zu schauen als zu tun: denn was war da zu tun, wo niemand hinreichen konnte. Nebst einigen Entschlossenen eilte der Hauptmann, trieb sogleich die Menge von dem Damm herunter nach den Ufern, um den Hülfreichen freie Hand zu geben, welche die Versinkenden herauszuziehen suchten. Schon waren alle, teils durch eignes, teils durch fremdes Bestreben, wieder auf dem Trocknen, bis auf einen Knaben, der durch allzu ängstliches Bemühen, statt sich dem Damm zu nähern, sich davon entfernt hatte. Die Kräfte schienen ihn zu verlassen, nur einigemal kam noch eine Hand, ein Fuß in die Höhe. Unglücklicherweise war der Kahn auf der andern Seite, mit Feuerwerk gefüllt, nur langsam konnte man ihn ausladen, und die Hülfe verzögerte sich. Des Hauptmanns Enschluß war gefaßt, er warf die Oberkleider weg, aller Augen richteten sich auf ihn, und seine tüchtige kräftige Gestalt flößte jedermann Zutrauen ein; aber ein Schrei der Überraschung drang aus der Menge hervor, als er sich ins Wasser stürzte. Jedes Auge begleitete ihn, der als geschickter Schwimmer den Knaben bald erreichte und ihn, jedoch für tot, an den Damm brachte.

Indessen ruderte der Kahn herbei, der Hauptmann bestieg ihn und forschte genau von den Anwesenden, ob denn auch wirklich alle gerettet seien. Der Chirurgus kommt und übernimmt den totgeglaubten Knaben; Charlotte tritt hinzu, sie bittet den Hauptmann, nur für sich zu sorgen, nach dem Schlosse zurückzukehren und die Kleider zu wechseln. Er zaudert, bis ihm gesetzte, verständige Leute, die ganz nahe gegenwärtig gewesen, die selbst zur Rettung der einzelnen beigetragen, auf das heiligste versichern, daß alle gerettet seien.

Charlotte sieht ihn nach Hause gehen, sie denkt, daß Wein und Tee, und was sonst nötig wäre, verschlossen ist, daß in solchen Fällen die Menschen gewöhnlich verkehrt handeln; sie eilt durch die zerstreute Gesellschaft, die sich noch unter den Platanen befindet; Eduard ist beschäftigt, jedermann zuzureden, man soll bleiben; in kurzem ge-

denkt er das Zeichen zu geben, und das Feuerwerk soll beginnen; Charlotte tritt hinzu und bittet ihn, ein Vergnügen zu verschieben, das jetzt nicht am Platz sei, das in dem gegenwärtigen Augenblick nicht genossen werden könne; sie erinnert ihn, was man dem Geretteten und dem Retter schuldig sei. Der Chirurgus wird schon seine Pflicht tun, versetzte Eduard: er ist mit allem versehen, und unser Zudringen wäre nur eine hinderliche Teilnahme.
Charlotte bestand auf ihrem Sinne und winkte Ottilien, die sich sogleich zum Weggehn anschickte. Eduard ergriff ihre Hand und rief: Wir wollen diesen Tag nicht im Lazarett endigen! Zur barmherzigen Schwester ist sie zu gut. Auch ohne uns werden die Scheintoten erwachen und die Lebendigen sich abtrocknen.
Charlotte schwieg und ging. Einige folgten ihr, andere diesen; endlich wollte niemand der letzte sein, und so folgten alle. Eduard und Ottilie fanden sich allein unter den Platanen. Er bestand darauf, zu bleiben, so dringend, so ängstlich sie ihn auch bat, mit ihr nach dem Schlosse zurückzukehren. Nein, Ottilie! rief er: das Außerordentliche geschieht nicht auf glattem, gewöhnlichem Wege. Dieser überraschende Vorfall von heute Abend bringt uns schneller zusammen. Du bist die Meine! Ich habe dirs schon so oft gesagt und geschworen; wir wollen es nicht mehr sagen und schwören, nun soll es werden.
Der Kahn von der andern Seite schwamm herüber. Es war der Kammerdiener, der verlegen anfragte: was nunmehr mit dem Feuerwerk werden sollte. Brennt es ab! rief er ihm entgegen. Für dich allein war es bestellt, Ottilie, und nun sollst du es auch allein sehen! Erlaube mir, an deiner Seite sitzend, es mitzugenießen. Zärtlich bescheiden setzte er sich neben sie, ohne sie zu berühren.
Raketen rauschten auf, Kanonenschläge donnerten, Leuchtkugeln stiegen, Schwärmer schlängelten und platzten, Räder gischten, jedes erst einzeln, dann gepaart, dann alle zusammen, und immer gewaltsamer hintereinander und zusammen. Eduard, dessen Busen brannte, verfolgte mit lebhaft zufriedenem Blick diese feurigen Erscheinungen. Ottiliens zartem, aufgeregtem Gemüt war dieses rauschende, blitzende Entstehen und Verschwinden eher ängstlich als angenehm. Sie lehnte sich schüchtern an Eduard, dem diese

Annäherung, dieses Zutrauen das volle Gefühl gab, daß sie ihm ganz angehöre.

Die Nacht war kaum in ihre Rechte wieder eingetreten, als der Mond aufging und die Pfade der beiden Rückkehrenden beleuchtete. Eine Figur, den Hut in der Hand, vertrat ihnen den Weg und sprach sie um ein Almosen an, da er an diesem festlichen Tage versäumt worden sei. Der Mond schien ihm ins Gesicht, und Eduard erkannte die Züge jenes zudringlichen Bettlers. Aber so glücklich, wie er war, konnte er nicht ungehalten sein, konnte es ihm nicht einfallen, daß besonders für heute das Betteln höchlich verpönt worden. Er forschte nicht lange in der Tasche und gab ein Goldstück hin. Er hätte jeden gern glücklich gemacht, da sein Glück ohne Grenzen schien.

Zu Hause war indes alles erwünscht gelungen. Die Tätigkeit des Chirurgen, die Bereitschaft alles Nötigen, der Beistand Charlottens, alles wirkte zusammen, und der Knabe ward wieder zum Leben hergestellt. Die Gäste zerstreuten sich, sowohl, um noch etwas vom Feuerwerk aus der Ferne zu sehen, als auch um nach solchen verworrnen Szenen ihre ruhige Heimat wieder zu betreten.

Auch hatte der Hauptmann, geschwind umgekleidet, an der nötigen Vorsorge tätigen Anteil genommen; alles war beruhigt, und er fand sich mit Charlotten allein. Mit zutraulicher Freundlichkeit erklärte er nun, daß seine Abreise nahe bevorstehe. Sie hatte diesen Abend so viel erlebt, daß diese Entdeckung wenig Eindruck auf sie machte; sie hatte gesehen, wie der Freund sich aufopferte, wie er rettete und selbst gerettet war. Diese wunderbaren Ereignisse schienen ihr eine bedeutende Zukunft, aber keine unglückliche zu weissagen.

Eduarden, der mit Ottilien hereintrat, wurde die bevorstehende Abreise des Hauptmanns gleichfalls angekündigt. Er argwohnte, daß Charlotte früher um das Nähere gewußt habe, war aber viel zu sehr mit sich und seinen Absichten beschäftigt, als daß er es hätte übel empfinden sollen.

Im Gegenteil vernahm er aufmerksam und zufrieden die gute und ehrenvolle Lage, in die der Hauptmann versetzt werden sollte. Unbändig drangen seine geheimen Wünsche den Begebenheiten vor. Schon sah er jenen mit Charlotten verbunden, sich mit Ottilien. Man hätte ihm zu diesem Fest kein größeres Geschenk machen können.

Aber wie erstaunt war Ottilie, als sie auf ihr Zimmer trat und den köstlichen kleinen Koffer auf ihrem Tische fand. Sie säumte nicht, ihn zu eröffnen. Da zeigte sich alles so schön gepackt und geordnet, daß sie es nicht auseinanderzunehmen, ja kaum zu lüften wagte. Musselin, Batist, Seide, Schals und Spitzen wetteiferten an Feinheit, Zierlichkeit und Kostbarkeit. Auch war der Schmuck nicht vergessen. Sie begriff wohl die Absicht, sie mehr als einmal vom Kopf bis auf den Fuß zu kleiden: es war aber alles so kostbar und fremd, daß sie sichs in Gedanken nicht zuzueignen getraute.

SECHZEHNTES KAPITEL

Des andern Morgens war der Hauptmann verschwunden, und ein dankbar gefühltes Blatt an die Freunde von ihm zurückgeblieben. Er und Charlotte hatten abends vorher schon halben und einsilbigen Abschied genommen. Sie empfand eine ewige Trennung und ergab sich darein: denn in dem zweiten Briefe des Grafen, den ihr der Hauptmann zuletzt mitteilte, war auch von einer Aussicht auf eine vorteilhafte Heirat die Rede; und obgleich er diesem Punkt keine Aufmerksamkeit schenkte, so hielt sie doch die Sache schon für gewiß und entsagte ihm rein und völlig.

Dagegen glaubte sie nun auch die Gewalt, die sie über sich selbst ausgeübt, von andern fordern zu können. Ihr war es nicht unmöglich gewesen, andern sollte das gleiche möglich sein. In diesem Sinne begann sie das Gespräch mit ihrem Gemahl, um so mehr offen und zuversichtlich, als sie empfand, daß die Sache ein für allemal abgetan werden müsse.

Unser Freund hat uns verlassen, sagte sie: wir sind nun wieder gegen einander über wie vormals, und es käme nun wohl auf uns an, ob wir wieder völlig in den alten Zustand zurückkehren wollten.

Eduard, der nichts vernahm, als was seiner Leidenschaft schmeichelte, glaubte, daß Charlotte durch diese Worte den früheren Witwenstand bezeichnen und, obgleich auf unbestimmte Weise, zu einer Scheidung Hoffnung machen wolle. Er antwortete deshalb mit Lächeln: Warum nicht? Es käme nur darauf an, daß man sich verständigte.

Er fand sich daher gar sehr betrogen, als Charlotte versetzte: Auch Ottilien in eine andere Lage zu bringen, haben wir gegenwärtig nur zu wählen; denn es findet sich eine doppelte Gelegenheit, ihr Verhältnisse zu geben, die für sie wünschenswert sind. Sie kann in die Pension zurückkehren, da meine Tochter zur Großtante gezogen ist; sie kann in ein angesehenes Haus aufgenommen werden, um mit einer einzigen Tochter alle Vorteile einer standesmäßigen Erziehung zu genießen.

Indessen, versetzte Eduard ziemlich gefaßt, hat Ottilie sich in unserer freundlichen Gesellschaft so verwöhnt, daß ihr eine andre wohl schwerlich willkommen sein möchte.

Wir haben uns alle verwöhnt, sagte Charlotte, und du nicht zum letzten. Indessen ist es eine Epoche, die uns zur Besinnung auffordert, die uns ernstlich ermahnt, an das Beste sämtlicher Mitglieder unseres kleinen Zirkels zu denken und auch irgendeine Aufopferung nicht zu versagen.

Wenigstens finde ich es nicht billig, versetzte Eduard, daß Ottilie aufgeopfert werde, und das geschähe doch, wenn man sie gegenwärtig unter fremde Menschen hinunterstieße. Den Hauptmann hat sein gutes Geschick hier aufgesucht; wir dürfen ihn mit Ruhe, ja mit Behagen von uns wegscheiden lassen. Wer weiß, was Ottilien bevorsteht? warum sollten wir uns übereilen?

Was uns bevorsteht, ist ziemlich klar, versetzte Charlotte mit einiger Bewegung, und da sie die Absicht hatte, ein für allemal sich auszusprechen, fuhr sie fort: Du liebst Ottilien, du gewöhnst dich an sie. Neigung und Leidenschaft entspringt und nährt sich auch von ihrer Seite. Warum sollen wir nicht mit Worten aussprechen, was uns jede Stunde gesteht und bekennt? Sollen wir nicht so viel Vorsicht haben, uns zu fragen, was das werden wird?

Wenn man auch sogleich darauf nicht antworten kann, versetzte Eduard, der sich zusammennahm, so läßt sich doch soviel sagen, daß man eben alsdann sich am ersten entschließt, abzuwarten, was uns die Zukunft lehren wird, wenn man gerade nicht sagen kann, was aus einer Sache werden soll.

Hier vorauszusehen, versetzte Charlotte, bedarf es wohl keiner großen Weisheit, und soviel läßt sich auf alle Fälle gleich sagen, daß wir beide nicht mehr jung genug sind, um blindlings dahin zu gehen, wohin man nicht möchte oder nicht sollte. Niemand kann mehr für uns sorgen; wir müssen unsre eigenen Freunde sein, unsre eigenen Hofmeister. Niemand erwartet von uns, daß wir uns in ein Äußerstes verlieren werden, niemand erwartet, uns tadelnswert oder gar lächerlich zu finden.

Kannst du mirs verdenken, versetzte Eduard, der die offne, reine Sprache seiner Gattin nicht zu erwidern vermochte: kannst du mich schelten, wenn mir Ottiliens Glück am Herzen liegt? und nicht etwa ein künftiges, das immer nicht zu berechnen ist, sondern ein gegenwärtiges? Denke dir, aufrichtig und ohne Selbstbetrug, Ottilien aus unserer Gesellschaft gerissen und fremden Menschen untergeben – ich wenigstens fühle mich nicht grausam genug, ihr eine solche Veränderung zuzumuten.

Charlotte ward gar wohl die Entschlossenheit ihres Gemahls hinter seiner Verstellung gewahr. Erst jetzt fühlte sie, wie weit er sich von ihr entfernt hatte. Mit einiger Bewegung rief sie aus: Kann Ottilie glücklich sein, wenn sie uns entzweit! wenn sie mir einen Gatten, seinen Kindern einen Vater entreißt!

Für unsere Kinder, dächte ich, wäre gesorgt, sagte Eduard lächelnd und kalt; etwas freundlicher aber fügte er hinzu: Wer wird auch sogleich das Äußerste denken!

Das Äußerste liegt der Leidenschaft zu allernächst, bemerkte Charlotte. Lehne, solange es noch Zeit ist, den guten Rat nicht ab, nicht die Hülfe, die ich uns biete. In trüben Fällen muß derjenige wirken und helfen, der am klarsten sieht. Diesmal bin ichs. Lieber, liebster Eduard, laß mich gewähren! Kannst du mir zumuten, daß ich auf mein wohlerworbenes Glück, auf die schönsten Rechte, auf dich so geradehin Verzicht leisten soll?

Wer sagt das? versetzte Eduard mit einiger Verlegenheit.

Du selbst, versetzte Charlotte: indem du Ottilien in der Nähe behalten willst, gestehst du nicht alles zu, was daraus entspringen muß? Ich will nicht in dich dringen; aber wenn du dich nicht überwinden kannst, so wirst du wenigstens dich nicht lange mehr betrügen können.

Eduard fühlte, wie recht sie hatte. Ein ausgesprochenes Wort ist

fürchterlich, wenn es das auf einmal ausspricht, was das Herz lange sich erlaubt hat; und um nur für den Augenblick auszuweichen, erwiderte Eduard: Es ist mir ja noch nicht einmal klar, was du vorhast.
Meine Absicht war, versetzte Charlotte, mit dir die beiden Vorschläge zu überlegen. Beide haben viel Gutes. Die Pension würde Ottilien am gemäßesten sein, wenn ich betrachte, wie das Kind jetzt ist. Jene größere und weitere Lage verspricht aber mehr, wenn ich bedenke, was sie werden soll. Sie legte darauf umständlich ihrem Gemahl die beiden Verhältnisse dar und schloß mit den Worten: Was meine Meinung betrifft, so würde ich das Haus jener Dame der Pension vorziehen aus mehreren Ursachen, besonders aber auch, weil ich die Neigung, ja die Leidenschaft des jungen Mannes, den Ottilie dort für sich gewonnen, nicht vermehren will.
Eduard schien ihr Beifall zu geben, nur aber, um einigen Aufschub zu suchen. Charlotte, die darauf ausging, etwas Entscheidendes zu tun, ergriff sogleich die Gelegenheit, als Eduard nicht unmittelbar widersprach, die Abreise Ottiliens, zu der sie schon alles im Stillen vorbereitet hatte, auf die nächsten Tage festzusetzen.
Eduard schauderte; er hielt sich für verraten und die liebevolle Sprache seiner Frau für ausgedacht, künstlich und planmäßig, um ihn auf ewig von seinem Glücke zu trennen. Er schien ihr die Sache ganz zu überlassen; allein schon war innerlich sein Entschluß gefaßt. Um nur zu Atem zu kommen, um das bevorstehende unabsehliche Unheil der Entfernung Ottiliens abzuwenden, entschied er sich, sein Haus zu verlassen, und zwar nicht ganz ohne Vorbewußt Charlottens, die er jedoch durch die Einleitung zu täuschen verstand, daß er bei Ottiliens Abreise nicht gegenwärtig sein, ja sie von diesem Augenblick an nicht mehr sehen wolle. Charlotte, die gewonnen zu haben glaubte, tat ihm allen Vorschub. Er befahl seine Pferde, gab dem Kammerdiener die nötige Anweisung, was er einpacken und wie er ihm folgen solle, und so, wie schon im Stegreife, setzte er sich hin und schrieb.

Eduard an Charlotten

Das Übel, meine Liebe, das uns befallen hat, mag heilbar sein oder nicht – dies nur fühl ich: wenn ich im Augenblicke nicht verzweifeln soll, so muß ich Aufschub finden für mich, für uns alle. Indem ich mich aufopfre, kann ich fordern. Ich verlasse mein Haus und kehre nur unter günstigern, ruhigern Aussichten zurück. Du sollst es indessen besitzen, aber mit Ottilien. Bei dir will ich sie wissen, nicht unter fremden Menschen. Sorge für sie, behandle sie wie sonst, wie bisher, ja nur immer liebevoller, freundlicher und zarter. Ich verspreche, kein heimliches Verhältnis zu Ottilien zu suchen. Laßt mich lieber eine Zeitlang ganz unwissend, wie ihr lebt; ich will mir das Beste denken. Denkt auch so von mir. Nur, was ich dich bitte, auf das innigste, auf das lebhafteste: mache keinen Versuch, Ottilien sonst irgendwo unterzugeben, in neue Verhältnisse zu bringen. Außer dem Bezirk deines Schlosses, deines Parks, fremden Menschen anvertraut, gehört sie mir, und ich werde mich ihrer bemächtigen. Ehrst du aber meine Neigung, meine Wünsche, meine Schmerzen, schmeichelst du meinem Wahn, meinen Hoffnungen, so will ich auch der Genesung nicht widerstreben, wenn sie sich mir anbietet.

Diese letzte Wendung floß ihm aus der Feder, nicht aus dem Herzen. Ja, wie er sie auf dem Papier sah, fing er bitterlich zu weinen an. Er sollte auf irgend eine Weise dem Glück, ja dem Unglück, Ottilien zu lieben, entsagen! Jetzt erst fühlte er, was er tat. Er entfernte sich, ohne zu wissen, was daraus entstehen konnte. Er sollte sie wenigstens jetzt nicht wiedersehen; ob er sie je wiedersähe, welche Sicherheit konnte er sich darüber versprechen? Aber der Brief war geschrieben, die Pferde standen vor der Tür; jeden Augenblick mußte er fürchten, Ottilien irgendwo zu erblicken und zugleich seinen Entschluß vereitelt zu sehen. Er faßte sich, er dachte, daß es ihm doch möglich sei, jeden Augenblick zurückzukehren und durch die Entfernung gerade seinen Wünschen näherzukommen. Im Gegenteil stellte er sich Ottilien vor, aus dem Hause gedrängt, wenn er bliebe. Er siegelte den Brief, eilte die Treppe hinab und schwang sich aufs Pferd.

Als er beim Wirtshause vorbeiritt, sah er den Bettler in der Laube sitzen, den er gestern Nacht so reichlich beschenkt hatte. Dieser saß behaglich an seinem Mittagsmahle, stand auf und neigte sich ehrerbietig, ja anbetend vor Eduarden. Ebendiese Gestalt war ihm gestern erschienen, als er Ottilien am Arme führte; nun erinnerte sie ihn schmerzlich an die glücklichste Stunde seines Lebens. Seine Leiden vermehrten sich; das Gefühl dessen, was er zurückließ, war ihm unerträglich; nochmals blickte er nach dem Bettler: O du Beneidenswerter! rief er aus: du kannst noch am gestrigen Almosen zehren, und ich nicht mehr am gestrigen Glücke!

SIEBZEHNTES KAPITEL

Ottilie trat ans Fenster, als sie jemanden wegreiten hörte, und sah Eduarden noch im Rücken. Es kam ihr wunderbar vor, daß er das Haus verließ, ohne sie gesehen, ohne ihr einen Morgengruß geboten zu haben. Sie ward unruhig und immer nachdenklicher, als Charlotte sie auf einen weiten Spaziergang mit sich zog und von mancherlei Gegenständen sprach, aber des Gemahls, und wie es schien vorsätzlich, nicht erwähnte. Doppelt betroffen war sie daher, bei ihrer Zurückkunft den Tisch nur mit zwei Gedecken besetzt zu finden.

Wir vermissen ungern gering scheinende Gewohnheiten, aber schmerzlich empfinden wir erst ein solches Entbehren in bedeutenden Fällen. Eduard und der Hauptmann fehlten, Charlotte hatte seit langer Zeit zum ersten Mal den Tisch selbst angeordnet, und es wollte Ottilien scheinen, als wenn sie abgesetzt wäre. Die beiden Frauen saßen gegeneinander über; Charlotte sprach ganz unbefangen von der Anstellung des Hauptmanns und von der wenigen Hoffnung, ihn bald wiederzusehen. Das einzige tröstete Ottilien in ihrer Lage, daß sie glauben konnte, Eduard sei, um den Freund noch eine Strecke zu begleiten, ihm nachgeritten.

Allein, da sie von Tische aufstanden, sahen sie Eduards Reisewagen unter dem Fenster, und als Charlotte einigermaßen unwillig fragte, wer ihn hieher bestellt habe, so antwortete man ihr, es sei der Kammerdiener, der hier noch einiges aufpacken wolle. Ottilie brauchte ihre ganze Fassung, um ihre Verwunderung und ihren Schmerz zu verbergen.

Der Kammerdiener trat herein und verlangte noch einiges. Es war eine Mundtasse des Herrn, ein paar silberne Löffel und mancherlei, was Ottilien auf eine weitere Reise, auf ein längeres Außenbleiben zu deuten schien. Charlotte verwies ihm sein Begehren ganz trokken: sie verstehe nicht, was er damit sagen wolle; denn er habe ja alles, was sich auf den Herrn beziehe, selbst im Beschluß. Der gewandte Mann, dem es freilich nur darum zu tun war, Ottilien zu sprechen und sie deswegen unter irgendeinem Vorwande aus dem Zimmer zu locken, wußte sich zu entschuldigen und auf seinem Verlangen zu beharren, das ihm Ottilie auch zu gewähren wünschte; allein Charlotte lehnte es ab, der Kammerdiener mußte sich entfernen, und der Wagen rollte fort.

Es war für Ottilien ein schrecklicher Augenblick. Sie verstand es nicht, sie begriff es nicht; aber daß ihr Eduard auf geraume Zeit entrissen war, konnte sie fühlen. Charlotte fühlte den Zustand mit und ließ sie allein. Wir wagen nicht, ihren Schmerz, ihre Tränen zu schildern, sie litt unendlich. Sie bat nur Gott, daß er ihr nur über diesen Tag weghelfen möchte; sie überstand den Tag und die Nacht, und als sie sich wieder gefunden, glaubte sie, ein anderes Wesen anzutreffen.

Sie hatte sich nicht gefaßt, sich nicht ergeben, aber sie war, nach so großem Verluste, noch da und hatte noch mehr zu befürchten. Ihre nächste Sorge, nachdem das Bewußtsein wiedergekehrt, war sogleich: sie möchte nun, nach Entfernung der Männer, gleichfalls entfernt werden. Sie ahnte nichts von Eduards Drohungen, wodurch ihr der Aufenthalt neben Charlotten gesichert war; doch diente ihr das Betragen Charlottens zu einiger Beruhigung. Diese suchte das gute Kind zu beschäftigen und ließ sie nur selten, nur ungern von sich; und ob sie gleich wohl wußte, daß man mit Worten nicht viel gegen eine entschiedene Leidenschaft zu wirken vermag, so kannte sie doch die Macht der Besonnenheit, des Bewußtseins und brachte daher manches zwischen sich und Ottilien zur Sprache.

So war es für diese ein großer Trost, als jene gelegentlich, mit Bedacht und Vorsatz, die weise Betrachtung anstellte: Wie lebhaft ist, sagte sie, die Dankbarkeit derjenigen, denen wir mit Ruhe über leidenschaftliche Verlegenheiten hinaushelfen. Laß uns freudig und munter in das eingreifen, was die Männer unvollendet zurückgelassen haben; so bereiten wir uns die schönste Aussicht auf ihre Rückkehr, indem wir das, was ihr stürmendes, ungeduldiges Wesen zerstören möchte, durch unsre Mäßigung erhalten und fördern.

Da Sie von Mäßigung sprechen, liebe Tante, versetzte Ottilie, so kann ich nicht bergen, daß mir dabei die Unmäßigkeit der Männer, besonders was den Wein betrifft, einfällt. Wie oft hat es mich betrübt und geängstigt, wenn ich bemerken mußte, daß reiner Verstand, Klugheit, Schonung anderer, Anmut und Liebenswürdigkeit selbst für mehrere Stunden verloren gingen und oft statt alles des Guten, was ein trefflicher Mann hervorzubringen und zu gewähren vermag, Unheil und Verwirrung hereinzubrechen drohte. Wie oft mögen dadurch gewaltsame Entschließungen veranlaßt werden!
Charlotte gab ihr recht; doch setzte sie das Gespräch nicht fort: denn sie fühlte nur zu wohl, daß auch hier Ottilie bloß Eduarden wieder im Sinne hatte, der zwar nicht gewöhnlich, aber doch öfter, als es wünschenswert war, sein Vergnügen, seine Gesprächigkeit, seine Tätigkeit durch einen gelegentlichen Weingenuß zu steigern pflegte.
Hatte bei jener Äußerung Charlottens sich Ottilie die Männer, besonders Eduarden, wieder herandenken können, so war es ihr um desto auffallender, als Charlotte von einer bevorstehenden Heirat des Hauptmanns wie von einer ganz bekannten und gewissen Sache sprach, wodurch denn alles ein andres Ansehn gewann, als sie nach Eduards frühern Versicherungen sich vorstellen mochte. Durch alles dies vermehrte sich die Aufmerksamkeit Ottiliens auf jede Äußerung, jeden Wink, jede Handlung, jeden Schritt Charlottens. Ottilie war klug, scharfsinnig, argwöhnisch geworden, ohne es zu wissen.
Charlotte durchdrang indessen das einzelne ihrer ganzen Umgebung mit scharfem Blick und wirkte darin mit ihrer klaren Gewandtheit, wobei sie Ottilien beständig teilzunehmen nötigte. Sie zog ihren Haushalt, ohne Bänglichkeit, ins Enge; ja, wenn sie alles genau betrachtete, so hielt sie den leidenschaftlichen Vorfall für eine Art von glücklicher Schickung. Denn auf dem bisherigen Wege wäre man leicht ins Grenzenlose geraten und hätte den schönen Zustand reichlicher Glücksgüter, ohne sich zeitig genug zu besinnen, durch ein vordringliches Leben und Treiben, wo nicht zerstört, doch erschüttert.
Was von Parkanlagen im Gange war, störte sie nicht. Sie ließ vielmehr dasjenige fortsetzen, was zum Grunde künftiger Ausbildung liegen mußte; aber dabei hatte es auch sein Bewenden. Ihr zurück-

kehrender Gemahl sollte noch genug erfreuliche Beschäftigung finden.

Bei diesen Arbeiten und Vorsätzen konnte sie nicht genug das Verfahren des Architekten loben. Der See lag in kurzer Zeit ausgebreitet vor ihren Augen, und die neuentstandenen Ufer zierlich und mannigfaltig bepflanzt und beraset. An dem neuen Hause ward alle rauhe Arbeit vollbracht, was zur Erhaltung nötig war, besorgt, und dann machte sie einen Abschluß da, wo man mit Vergnügen wieder von vorn anfangen konnte. Dabei war sie ruhig und heiter; Ottilie schien es nur: denn in allem beobachtete sie nichts als Symptome, ob Eduard wohl bald erwartet werde, oder nicht. Nichts interessierte sie an allem als diese Betrachtung.

Willkommen war ihr daher eine Anstalt, zu der man die Bauerknaben versammelte, und die darauf abzielte, den weitläufig gewordenen Park immer rein zu erhalten. Eduard hatte schon den Gedanken gehegt. Man ließ den Knaben eine Art von heiterer Montierung machen, die sie in den Abendstunden anzogen, nachdem sie sich durchaus gereinigt und gesäubert hatten. Die Garderobe war im Schloß; dem verständigsten, genausten Knaben vertraute man die Aufsicht an; der Architekt leitete das Ganze, und ehe man sichs versah, so hatten die Knaben alle ein gewisses Geschick. Man fand an ihnen eine bequeme Dressur, und sie verrichteten ihr Geschäft nicht ohne eine Art von Manöver. Gewiß, wenn sie mit ihren Scharreisen, gestielten Messerklingen, Rechen, kleinen Spaten und Hacken und wedelartigen Besen einherzogen; wenn andre mit Körben hinterdrein kamen, um Unkraut und Steine beiseite zu schaffen; andre das hohe, große eiserne Walzenrad hinter sich herzogen – so gab es einen hübschen, erfreulichen Aufzug, in welchem der Architekt eine artige Folge von Stellungen und Tätigkeiten für den Fries eines Gartenhauses sich anmerkte; Ottilie hingegen sah darin nur eine Art von Parade, welche den rückkehrenden Hausherrn bald begrüßen sollte.

Dies gab ihr Mut und Lust, ihn mit etwas Ähnlichem zu empfangen. Man hatte zeither die Mädchen des Dorfes im Nähen, Stricken, Spinnen und andern weiblichen Arbeiten zu ermuntern gesucht. Auch diese Tugenden hatten zugenommen seit jenen Anstalten zu Reinlichkeit und Schönheit des Dorfes. Ottilie wirkte stets mit ein;

aber mehr zufällig, nach Gelegenheit und Neigung. Nun gedachte sie es vollständiger und folgerechter zu machen. Aber aus einer Anzahl Mädchen läßt sich kein Chor bilden wie aus einer Anzahl Knaben. Sie folgte ihrem guten Sinne, und ohne sichs ganz deutlich zu machen, suchte sie nichts als einem jeden Mädchen Anhänglichkeit an sein Haus, seine Eltern und seine Geschwister einzuflößen. Das gelang ihr mit vielen. Nur über ein kleines lebhaftes Mädchen wurde immer geklagt, daß sie ohne Geschick sei und im Hause nun ein für allemal nichts tun wolle. Ottilie konnte dem Mädchen nicht feind sein, denn ihr war es besonders freundlich. Zu ihr zog es sich, mit ihr ging und lief es, wenn sie es erlaubte. Da war es tätig, munter und unermüdet. Die Anhänglichkeit an eine schöne Herrin schien dem Kinde Bedürfnis zu sein. Anfänglich duldete Ottilie die Begleitung des Kindes; dann faßte sie selbst Neigung zu ihm; endlich trennten sie sich nicht mehr, und Nanni begleitete ihre Herrin überall hin.

Diese nahm öfters den Weg nach dem Garten und freute sich über das schöne Gedeihen. Die Beeren- und Kirschenzeit ging zu Ende, deren Spätlinge jedoch Nanni sich besonders schmecken ließ. Bei dem übrigen Obste, das für den Herbst eine so reichliche Ernte versprach, gedachte der Gärtner beständig des Herrn, und niemals ohne ihn herbeizuwünschen. Ottilie hörte dem guten alten Manne so gern zu. Er verstand sein Handwerk vollkommen und hörte nicht auf, ihr von Eduard vorzusprechen.

Als Ottilie sich freute, daß die Pfropfreiser dieses Frühjahr alle so gar schön gekommen, erwiderte der Gärtner bedenklich: Ich wünsche nur, daß der gute Herr viel Freude daran erleben möge. Wäre er diesen Herbst hier, so würde er sehen, was für köstliche Sorten noch von seinem Herrn Vater her im alten Schloßgarten stehen. Die jetzigen Herren Obstgärtner sind nicht so zuverlässig, als sonst die Kartäuser waren. In den Katalogen findet man wohl lauter honette Namen. Man pfropft und erzieht, und endlich, wenn sie Früchte tragen, so ist es nicht der Mühe wert, daß solche Bäume im Garten stehen.

Am wiederholtesten aber fragte der treue Diener, fast sooft er Ottilien sah, nach der Rückkunft des Herrn und nach dem Termin derselben. Und wenn Ottilie ihn nicht angeben konnte, so ließ ihr der gute Mann nicht ohne stille Betrübnis merken, daß er glaube, sie vertraue ihm nicht, und peinlich war ihr das Gefühl der Unwissenheit, das ihr auf diese Weise recht aufgedrungen ward. Doch konnte sie sich von diesen Rabatten und Beeten nicht trennen. Was sie zusammen zum Teil gesät, alles gepflanzt hatten, stand nun im völligen Flor; kaum bedurfte es noch einer Pflege, außer daß Nanni immer zum Gießen bereit war. Mit welchen Empfindungen betrachtete Ottilie die späteren Blumen, die sich erst anzeigten, deren Glanz und Fülle dereinst an Eduards Geburtstag, dessen Feier sie sich manchmal versprach, prangen, ihre Neigung und Dankbarkeit ausdrücken sollten. Doch war die Hoffnung, dieses Fest zu sehen, nicht immer gleich lebendig. Zweifel und Sorge umflüsterten stets die Seele des guten Mädchens.

Zu einer eigentlichen offnen Übereinstimmung mit Charlotten konnte es auch wohl nicht wieder gebracht werden. Denn freilich war der Zustand beider Frauen sehr verschieden. Wenn alles beim alten blieb, wenn man in das Gleis des gesetzmäßigen Lebens zurückkehrte, gewann Charlotte an gegenwärtigem Glück, und eine frohe Aussicht in die Zukunft öffnete sich ihr; Ottilie hingegen verlor alles, man kann wohl sagen alles: denn sie hatte zuerst Leben und Freude in Eduard gefunden, und in dem gegenwärtigen Zustande fühlte sie eine unendliche Leere, wovon sie früher kaum etwas geahnet hatte. Denn ein Herz, das sucht, fühlt wohl, daß ihm etwas mangle; ein Herz, das verloren hat, fühlt, daß es entbehre. Sehnsucht verwandelt sich in Unmut und Ungeduld, und ein weibliches Gemüt, zum Erwarten und Abwarten gewöhnt, möchte nun aus seinem Kreise herausschreiten, tätig werden, unternehmen und auch etwas für sein Glück tun.

Ottilie hatte Eduarden nicht entsagt. Wie konnte sie es auch, obgleich Charlotte klug genug, gegen ihr eigne Überzeugung, die Sache für bekannt annahm, und als entschieden voraussetzte, daß ein freundschaftliches ruhiges Verhältnis zwischen ihrem Gatten und Ottilien möglich sei. Wie oft aber lag diese nachts, wenn sie sich eingeschlossen, auf den Knieen vor dem eröffneten Koffer und betrachtete die Geburtstagsgeschenke, von denen sie noch nichts gebraucht, nichts zerschnitten, nichts gefertigt. Wie oft eilte das gute Mädchen mit Sonnenaufgang aus dem Hause, in dem sie sonst alle ihre Glückseligkeit gefunden hatte, ins Freie hinaus, in die Gegend, die sie sonst nicht ansprach. Auch auf dem Boden mochte sie nicht verweilen. Sie sprang in den Kahn und ruderte sich bis mitten in den See: dann zog sie eine Reisebeschreibung hervor, ließ sich von den bewegten Wellen schaukeln, las, träumte sich in die Fremde, und immer fand sie dort ihren Freund; seinem Herzen war sie noch immer nahe geblieben, er dem ihrigen.

ACHTZEHNTES KAPITEL

Daß jener wunderlich tätige Mann, den wir bereits kennen gelernt, daß Mittler, nachdem er von dem Unheil, das unter diesen Freunden ausgebrochen, Nachricht erhalten, obgleich kein Teil noch seine Hülfe angerufen, in diesem Falle seine Freundschaft, seine Geschicklichkeit zu beweisen, zu üben geneigt war, läßt sich denken. Doch schien es ihm rätlich, erst eine Weile zu zaudern: denn er wußte nur zu wohl, daß es schwerer sei, gebildeten Menschen bei sittlichen Verworrenheiten zu Hülfe zu kommen als ungebildeten. Er überließ sie deshalb eine Zeitlang sich selbst; allein zuletzt konnte er es nicht mehr aushalten und eilte, Eduarden aufzusuchen, dem er schon auf die Spur gekommen war.

Sein Weg führte ihn zu einem angenehmen Tal, dessen anmutig grünen, baumreichen Wiesengrund die Wasserfülle eines immer lebendigen Baches bald durchschlängelte, bald durchrauschte. Auf den sanften Anhöhen zogen sich fruchtbare Felder und wohlbestandene Obstpflanzungen hin. Die Dörfer lagen nicht zu nah aneinander, das Ganze hatte einen friedlichen Charakter, und die einzelnen Partien, wenn auch nicht zum Malen, schienen doch zum Leben vorzüglich geeignet zu sein.

Ein wohlerhaltenes Vorwerk mit einem reinlichen, bescheidenen Wohnhause, von Gärten umgeben, fiel ihm endlich in die Augen. Er vermutete, hier sei Eduards gegenwärtiger Aufenthalt, und er irrte nicht.

Von diesem einsamen Freunde können wir soviel sagen, daß er sich im Stillen dem Gefühl seiner Leidenschaft ganz überließ und dabei mancherlei Plane sich ausdachte, mancherlei Hoffnungen nährte. Er konnte sich nicht leugnen, daß er Ottilien hier zu sehen wünsche, daß er wünsche, sie hieher zu führen, zu locken, und was er sich sonst noch Erlaubtes und Unerlaubtes zu denken nicht verwehrte. Dann schwankte seine Einbildungskraft in allen Möglichkeiten herum. Sollte er sie hier nicht besitzen, nicht rechtmäßig besitzen können, so wollte er ihr den Besitz des Gutes zueignen. Hier sollte sie still für sich, unabhängig leben; sie sollte glücklich sein und, wenn ihn eine selbstquälerische Einbildungskraft noch weiter führte, vielleicht mit einem andern glücklich sein.

So verflossen ihm seine Tage in einem ewigen Schwanken zwischen Hoffnung und Schmerz, zwischen Tränen und Heiterkeit, zwischen Vorsätzen, Vorbereitungen und Verzweiflung. Der Anblick Mittlers überraschte ihn nicht. Er hatte dessen Ankunft längst erwartet, und so war er ihm auch halb willkommen. Glaubte er ihn von Charlotten gesendet, so hatte er sich schon auf allerlei Entschuldigungen und Verzögerungen und sodann auf entscheidendere Vorschläge bereitet; hoffte er nun aber von Ottilien wieder etwas zu vernehmen, so war ihm Mittler so lieb als ein himmlischer Bote.

Verdrießlich daher und verstimmt war Eduard, als er vernahm, Mittler komme nicht von dorther, sondern aus eignem Antriebe. Sein Herz verschloß sich, und das Gespräch wollte sich anfangs nicht einleiten. Doch wußte Mittler nur zu gut, daß ein liebevoll beschäftigtes Gemüt das dringende Bedürfnis hat, sich zu äußern, das, was in ihm vorgeht, vor einem Freunde auszuschütten, und ließ sich daher gefallen, nach einigem Hin- und Widerreden, diesmal aus seiner Rolle herauszugehen und statt des Vermittlers den Vertrauten zu spielen.

Als er hiernach, auf eine freundliche Weise, Eduarden wegen seines einsamen Lebens tadelte, erwiderte dieser: O ich wüßte nicht, wie ich meine Zeit angenehmer zubringen sollte! Immer bin ich mit ihr beschäftigt, immer in ihrer Nähe. Ich habe den unschätzbaren Vorteil, mir denken zu können, wo sich Ottilie befindet, wo sie geht, wo sie steht, wo sie ausruht. Ich sehe sie vor mir tun und handeln wie gewöhnlich, schaffen und vornehmen, freilich immer das, was mir am meisten schmeichelt. Dabei bleibt es aber nicht: denn wie kann ich fern von ihr glücklich sein! Nun arbeitet meine Phantasie durch, was Ottilie tun sollte, sich mir zu nähern. Ich schreibe süße, zutrauliche Briefe in ihrem Namen an mich; ich antworte ihr und verwahre die Blätter zusammen. Ich habe versprochen, keinen Schritt gegen sie zu tun, und das will ich halten. Aber was bindet sie, daß sie sich nicht zu mir wendet? Hat etwa Charlotte die Grausamkeit gehabt, Versprechen und Schwur von ihr zu fordern, daß sie mir nicht schreiben, keine Nachricht von sich geben wolle? Es ist natürlich, es ist wahrscheinlich, und doch finde ich es unerhört, unerträglich. Wenn sie mich liebt, wie ich glaube, wie ich weiß, warum entschließt sie sich nicht, warum wagt sie es nicht, zu fliehen und sich in meine Arme zu werfen? Sie sollte das, denke ich manchmal, sie könnte das. Wenn sich etwas auf dem Vorsaale regt, sehe ich gegen die Türe. Sie soll hereintreten! denk ich, hoff ich. Ach! und da das Mögliche unmöglich ist, bilde ich mir ein, das Unmögliche müsse möglich werden. Nachts, wenn ich aufwache, die Lampe einen unsichern Schein durch das Schlafzimmer wirft, da sollte ihre Gestalt, ihr Geist, eine Ahnung von ihr vorüberschweben, herantreten, mich ergreifen, nur einen Augenblick, daß ich eine Art von Versicherung hätte, sie denke mein, sie sei mein.

Eine einzige Freude bleibt mir noch. Da ich ihr nahe war, träumte ich nie von ihr; jetzt aber in der Ferne sind wir im Traume zusammen, und sonderbar genug, seit ich andre liebenswürdige Personen hier in der Nachbarschaft kennen gelernt, jetzt erst erscheint mir ihr Bild im Traum, als wenn sie mir sagen wollte: Siehe nur hin und her! du findest doch nichts Schöneres und Lieberes als mich. Und so mischt sich ihr Bild in jeden meiner Träume. Alles, was mir mit ihr begegnet, schiebt sich durch- und übereinander. Bald unterschreiben wir einen Kontrakt: da ist ihre Hand und die meinige, ihr Name und der meinige; beide löschen einander aus, beide verschlingen sich. Auch nicht ohne Schmerz sind diese wonnevollen Gaukeleien der Phantasie. Manchmal tut sie etwas, das die reine Idee beleidigt, die ich von ihr habe; dann fühl ich erst, wie sehr ich sie liebe, indem ich über alle Beschreibung geängstet bin. Manchmal neckt sie mich ganz gegen ihre Art und quält mich; aber sogleich verändert sich ihr Bild, ihr schönes rundes himmlisches Gesichtchen verlängert sich:

es ist eine andre. Aber ich bin doch gequält, unbefriedigt und zerrüttet.
Lächeln Sie nicht, lieber Mittler, oder lächeln Sie auch! O ich schäme mich nicht dieser Anhänglichkeit, dieser, wenn Sie wollen, törigen, rasenden Neigung. Nein, ich habe noch nie geliebt; jetzt erfahre ich erst, was das heißt. Bisher war alles in meinem Leben nur Vorspiel, nur Hinhalten, nur Zeitvertreib, nur Zeitverderb, bis ich sie kennen lernte, bis ich sie liebte und ganz und eigentlich liebte. Man hat mir, nicht gerade ins Gesicht, aber doch wohl im Rücken, den Vorwurf gemacht: ich pfusche, ich stümpere nur in den meisten Dingen. Es mag sein, aber ich hatte das noch nicht gefunden, worin ich mich als Meister zeigen kann. Ich will den sehen, der mich im Talent des Liebens übertrifft.
Zwar es ist ein jammervolles, ein schmerzen-, ein tränenreiches; aber ich finde es mir so natürlich, so eigen, daß ich es wohl schwerlich je wieder aufgebe.
Durch diese lebhaften herzlichen Äußerungen hatte sich Eduard wohl erleichtert, aber es war ihm auch auf einmal jeder einzelne Zug seines wunderlichen Zustandes deutlich vor die Augen getreten, daß er, vom schmerzlichen Widerstreit überwältigt, in Tränen ausbrach, die um so reicher flossen, als sein Herz durch Mitteilung weich geworden war.
Mittler, der sein rasches Naturell, seinen unerbittlichen Verstand um so weniger verleugnen konnte, als er sich durch diesen schmerzlichen Ausbruch der Leidenschaft Eduards weit von dem Ziel seiner Reise verschlagen sah, äußerte aufrichtig und derb seine Mißbilligung. Eduard – hieß es – solle sich ermannen, solle bedenken, was er seiner Manneswürde schuldig sei: solle nicht vergessen, daß dem Menschen zur höchsten Ehre gereiche, im Unglück sich zu fassen, den Schmerz mit Gleichmut und Anstand zu ertragen, um höchlich geschätzt, verehrt und als Muster aufgestellt zu werden.
Aufgeregt, durchdrungen von den peinlichsten Gefühlen, wie Eduard war, mußten ihm diese Worte hohl und nichtig vorkommen. Der Glückliche, der Behagliche hat gut reden, fuhr Eduard auf: aber schämen würde er sich, wenn er einsähe, wie unerträglich er dem Leidenden wird. Eine unendliche Geduld soll es geben, einen

unendlichen Schmerz will der starre Behagliche nicht anerkennen. Es gibt Fälle, ja es gibt deren! wo jeder Trost niederträchtig und Verzweiflung Pflicht ist. Verschmäht doch ein edler Grieche, der auch Helden zu schildern weiß, keineswegs, die seinigen bei schmerzlichem Drange weinen zu lassen. Selbst im Sprichwort sagt er: tränenreiche Männer sind gut. Verlasse mich jeder, der trocknen Herzens, trockner Augen ist! Ich verwünsche die Glücklichen, denen der Unglückliche nur zum Spektakel dienen soll. Er soll sich in der grausamsten Lage körperlicher und geistiger Bedrängnis noch edel gebärden, um ihren Beifall zu erhalten; und damit sie ihm beim Verscheiden noch applaudieren, wie ein Gladiator mit Anstand vor ihren Augen umkommen. Lieber Mittler, ich danke Ihnen für Ihren Besuch; aber Sie erzeigten mir eine große Liebe, wenn Sie sich im Garten, in der Gegend umsähen. Wir kommen wieder zusammen. Ich suche gefaßter und Ihnen ähnlicher zu werden.
Mittler mochte lieber einlenken als die Unterhaltung abbrechen, die er so leicht nicht wieder anknüpfen konnte. Auch Eduarden war es ganz gemäß, das Gespräch fortzusetzen, das ohnehin zu seinem Ziele abzulaufen strebte.
Freilich, sagte Eduard, hilft das Hin- und Widerdenken, das Hin- und Widerreden zu nichts; doch unter diesem Reden bin ich mich selbst erst gewahr worden, habe ich erst entschieden gefühlt, wozu ich mich entschließen sollte, wozu ich entschlossen bin. Ich sehe mein gegenwärtiges, mein zukünftiges Leben vor mir; nur zwischen Elend und Genuß habe ich zu wählen. Bewirken Sie, bester Mann, eine Scheidung, die so notwendig, die schon geschehen ist; schaffen Sie mir Charlottens Einwilligung. Ich will nicht weiter ausführen, warum ich glaube, daß sie zu erlangen sein wird. Gehen Sie hin, lieber Mann, beruhigen Sie uns alle, machen Sie uns glücklich!
Mittler stockte. Eduard fuhr fort: Mein Schicksal und Ottiliens ist nicht zu trennen, und wir werden nicht zugrunde gehen. Sehen Sie dieses Glas! Unsere Namenszüge sind darein geschnitten. Ein fröhlich Jubelnder warf es in die Luft: niemand sollte mehr daraus trinken; auf dem felsigen Boden sollte es zerschellen, aber es ward aufgefangen. Um hohen Preis habe ich es wieder eingehandelt, und ich trinke nun täglich daraus, um mich täglich zu überzeugen: daß alle

Verhältnisse unzerstörlich sind, die das Schicksal beschlossen hat. O wehe mir, rief Mittler, was muß ich nicht mit meinen Freunden für Geduld haben! Nun begegnet mir noch gar der Aberglaube, der mir als das Schädlichste, was bei den Menschen einkehren kann, verhaßt bleibt. Wir spielen mit Voraussagungen, Ahnungen und Träumen und machen dadurch das alltägliche Leben bedeutend. Aber wenn das Leben nun selbst bedeutend wird, wenn alles um uns sich bewegt und braust, dann wird das Gewitter durch jene Gespenster nur noch fürchterlicher.

Lassen Sie in dieser Ungewißheit des Lebens, rief Eduard, zwischen diesem Hoffen und Bangen dem bedürftigen Herzen doch nur eine Art von Leitstern, nach welchem es hinblicke, wenn es auch nicht darnach steuern kann.

Ich ließe mirs wohl gefallen, versetzte Mittler, wenn dabei nur einige Konsequenz zu hoffen wäre; aber ich habe immer gefunden: auf die warnenden Symptome achtet kein Mensch; auf die schmeichelnden und versprechenden allein ist die Aufmerksamkeit gerichtet, und der Glaube für sie ganz allein lebendig.

Da sich nun Mittler sogar in die dunklen Regionen geführt sah, in denen er sich immer unbehaglicher fühlte, je länger er darin verweilte, so nahm er den dringenden Wunsch Eduards, der ihn zu Charlotten gehen hieß, etwas williger auf. Denn was wollte er überhaupt Eduarden in diesem Augenblicke noch entgegensetzen? Zeit zu gewinnen, zu erforschen, wie es um die Frauen stehe, das war es, was ihm selbst nach seinen eignen Gesinnungen zu tun übrig blieb.

Er eilte zu Charlotten, die er wie sonst gefaßt und heiter fand. Sie unterrichtete ihn gern von allem, was vorgefallen war: denn aus Eduards Reden konnte er nur die Wirkung abnehmen. Er trat von seiner Seite behutsam heran, konnte es aber nicht über sich gewinnen, das Wort Scheidung auch nur im Vorbeigehen auszusprechen. Wie verwundert, erstaunt und, nach seiner Gesinnung, erheitert war er daher, als Charlotte ihm, in Gefolg so manches Unerfreulichen, endlich sagte: Ich muß glauben, ich muß hoffen, daß alles sich wieder geben, daß Eduard sich wieder nähern werde. Wie kann es auch wohl anders sein, da Sie mich guter Hoffnung finden.

Versteh ich Sie recht? fiel Mittler ein. – Vollkommen, versetzte

Charlotte. – Tausendmal gesegnet sei mir diese Nachricht! rief er, die Hände zusammenschlagend. Ich kenne die Stärke dieses Arguments auf ein männliches Gemüt. Wie viele Heiraten sah ich dadurch beschleunigt, befestigt, wieder hergestellt! Mehr als tausend Worte wirkt Eine solche gute Hoffnung, die fürwahr die beste Hoffnung ist, die wir haben können. Doch, fuhr er fort, was mich betrifft, so hätte ich alle Ursache, verdrießlich zu sein. In diesem Falle, sehe ich wohl, wird meiner Eigenliebe nicht geschmeichelt. Bei euch kann meine Tätigkeit keinen Dank verdienen. Ich komme mir vor wie jener Arzt, mein Freund, dem alle Kuren gelangen, die er um Gottes willen an Armen tat, der aber selten einen Reichen heilen konnte, der es gut bezahlen wollte. Glücklicherweise hilft sich hier die Sache von selbst, da meine Bemühungen, mein Zureden fruchtlos geblieben wären.

Charlotte verlangte nun von ihm, er solle die Nachricht Eduarden bringen, einen Brief von ihr mitnehmen und sehen, was zu tun, was herzustellen sei. Er wollte das nicht eingehen. Alles ist schon getan, rief er aus. Schreiben Sie! ein jeder Bote ist so gut als ich. Muß ich doch meine Schritte hinwenden, wo ich nötiger bin. Ich komme nur wieder, um Glück zu wünschen, ich komme zur Taufe.

Charlotte war diesmal, wie schon öfters, über Mittlern unzufrieden. Sein rasches Wesen brachte manches Gute hervor, aber seine Übereilung war Schuld an manchem Mißlingen. Niemand war abhängiger von augenblicklich vorgefaßten Meinungen als er.

Charlottens Bote kam zu Eduarden, der ihn mit halbem Schrecken empfing. Der Brief konnte ebenso gut für Nein als für Ja entscheiden. Er wagte lange nicht, ihn aufzubrechen, und wie stand er betroffen, als er das Blatt gelesen, versteinert bei folgender Stelle, womit es sich endigte:

Gedenke jener nächtlichen Stunden, in denen du deine Gattin abenteuerlich als Liebender besuchtest, sie unwiderstehlich an dich zogst, sie als eine Geliebte, als eine Braut in die Arme schlossest. Laß uns in dieser seltsamen Zufälligkeit eine Fügung des Himmels verehren, die für ein neues Band unserer Verhältnisse gesorgt hat, in dem Augenblick, da das Glück unsres Lebens auseinanderzufallen und zu verschwinden droht.

Was von dem Augenblick an in der Seele Eduards vorging, würde schwer zu schildern sein. In einem solchen Gedränge treten zuletzt alte Gewohnheiten, alte Neigungen wieder hervor, um die Zeit zu töten und den Lebensraum auszufüllen. Jagd und Krieg sind eine solche für den Edelmann immer bereite Aushülfe. Eduard sehnte sich nach äußerer Gefahr, um der innerlichen das Gleichgewicht zu halten. Er sehnte sich nach dem Untergang, weil ihm das Dasein unerträglich zu werden drohte; ja es war ihm ein Trost, zu denken, daß er nicht mehr sein werde und eben dadurch seine Geliebten, seine Freunde glücklich machen könne. Niemand stellte seinem Willen ein Hindernis entgegen, da er seinen Entschluß verheimlichte. Mit allen Förmlichkeiten setzte er sein Testament auf: es war ihm eine süße Empfindung, Ottilien das Gut vermachen zu können. Für Charlotten, für das Ungeborne, für den Hauptmann, für seine Dienerschaft war gesorgt. Der wieder ausgebrochne Krieg begünstigte sein Vorhaben. Militärische Halbheiten hatten ihm in seiner Jugend viel zu schaffen gemacht; er hatte deswegen den Dienst verlassen: nun war es ihm eine herrliche Empfindung, mit einem Feldherrn zu ziehen, von dem er sich sagen konnte: unter seiner Anführung ist der Tod wahrscheinlich und der Sieg gewiß.

Ottilie, nachdem auch ihr Charlottens Geheimnis bekannt geworden, betroffen wie Eduard, und mehr, ging in sich zurück. Sie hatte nichts weiter zu sagen. Hoffen konnte sie nicht, und wünschen durfte sie nicht. Einen Blick jedoch in ihr Inneres gewährt uns ihr Tagebuch, aus dem wir einiges mitzuteilen gedenken.

Zweiter Teil

ERSTES KAPITEL

Im gemeinen Leben begegnet uns oft, was wir in der Epopöe als Kunstgriff des Dichters zu rühmen pflegen, daß nämlich, wenn die Hauptfiguren sich entfernen, verbergen, sich der Untätigkeit hingeben, gleich sodann schon ein Zweiter, Dritter, bisher kaum Bemerkter den Platz füllt und, indem er seine ganze Tätigkeit äußert, uns gleichfalls der Aufmerksamkeit, der Teilnahme, ja des Lobes und Preises würdig erscheint.

So zeigte sich gleich nach der Entfernung des Hauptmanns und Eduards jener Architekt täglich bedeutender, von welchem die Anordnung und Ausführung so manches Unternehmens allein abhing, wobei er sich genau, verständig und tätig erwies und zugleich den Damen auf mancherlei Art beistand und in stillen langwierigen Stunden sie zu unterhalten wußte. Schon sein Äußeres war von der Art, daß es Zutrauen einflößte und Neigung erweckte. Ein Jüngling im vollen Sinne des Worts, wohlgebaut, schlank, eher ein wenig zu groß, bescheiden ohne ängstlich, zutraulich ohne zudringend zu sein. Freudig übernahm er jede Sorge und Bemühung, und weil er mit großer Leichtigkeit rechnete, so war ihm bald das ganze Hauswesen kein Geheimnis, und überallhin verbreitete sich sein günstiger Einfluß. Die Fremden ließ man ihn gewöhnlich empfangen, und er wußte einen unerwarteten Besuch entweder abzulehnen oder die Frauen wenigstens dergestalt darauf vorzubereiten, daß ihnen keine Unbequemlichkeit daraus entsprang.

Unter andern gab ihm eines Tags ein junger Rechtsgelehrter viel zu schaffen, der, von einem benachbarten Edelmann gesendet, eine Sache zur Sprache brachte, die, zwar von keiner sonderlichen Bedeutung, Charlotten dennoch innig berührte. Wir müssen dieses Vorfalls gedenken, weil er verschiedenen Dingen einen Anstoß gab, die sonst vielleicht lange geruht hätten.

Wir erinnern uns jener Veränderung, welche Charlotte mit dem Kirchhofe vorgenommen hatte. Die sämtlichen Monumente waren von ihrer Stelle gerückt und hatten an der Mauer, an dem Sockel der

Kirche Platz gefunden. Der übrige Raum war geebnet. Außer einem breiten Wege, der zur Kirche und an derselben vorbei zu dem jenseitigen Pförtchen führte, war das übrige alles mit verschiedenen Arten Klee besäet, der auf das schönste grünte und blühte. Nach einer gewissen Ordnung sollten vom Ende heran die neuen Gräber bestellt, doch der Platz jederzeit wieder verglichen und ebenfalls besät werden. Niemand konnte leugnen, daß diese Anstalt beim sonn- und festtägigen Kirchgang eine heitere und würdige Ansicht gewährte. Sogar der betagte und an alten Gewohnheiten haftende Geistliche, der anfänglich mit der Einrichtung nicht sonderlich zufrieden gewesen, hatte nunmehr seine Freude daran, wenn er unter den alten Linden, gleich Philemon, mit seiner Baucis vor der Hintertür ruhend, statt der holprigen Grabstätten einen schönen bunten Teppich vor sich sah; der noch überdies seinem Haushalt zugute kommen sollte, indem Charlotte die Nutzung dieses Fleckes der Pfarre zusichern lassen.

Allein deßungeachtet hatten schon manche Gemeindeglieder früher gemißbilligt, daß man die Bezeichnung der Stelle, wo ihre Vorfahren ruhten, aufgehoben und das Andenken dadurch gleichsam ausgelöscht: denn die wohlerhaltenen Monumente zeigen zwar an, wer begraben sei, aber nicht, wo er begraben sei; und auf das Wo komme es eigentlich an, wie viele behaupteten.

Von ebensolcher Gesinnung war eine benachbarte Familie, die sich und den Ihrigen einen Raum auf dieser allgemeinen Ruhestätte vor mehreren Jahren ausbedungen und dafür der Kirche eine kleine Stiftung zugewendet hatte. Nun war der junge Rechtsgelehrte abgesendet, um die Stiftung zu widerrufen und anzuzeigen, daß man nicht weiter zahlen werde, weil die Bedingung, unter welcher dieses bisher geschehen, einseitig aufgehoben und auf alle Vorstellungen und Widerreden nicht geachtet worden. Charlotte, die Urheberin dieser Veränderung, wollte den jungen Mann selbst sprechen, der zwar lebhaft, aber nicht allzu vorlaut seine und seines Prinzipals Gründe darlegte und der Gesellschaft manches zu denken gab.

Sie sehen, sprach er, nach einem kurzen Eingang, in welchem er seine Zudringlichkeit zu rechtfertigen wußte: Sie sehen, daß dem Geringsten wie dem Höchsten daran gelegen ist, den Ort zu bezeichnen, der die Seinigen aufbewahrt. Dem ärmsten Landmann, der ein Kind begräbt, ist es eine Art von Trost, ein schwaches hölzernes Kreuz auf das Grab zu stellen, es mit einem Kranze zu zieren, um wenigstens das Andenken so lange zu erhalten, als der Schmerz währt, wenn auch ein solches Merkzeichen, wie die Trauer selbst, durch die Zeit aufgehoben wird. Wohlhabende verwandeln diese Kreuze in eiserne, befestigen und schützen sie auf mancherlei Weise, und hier ist schon Dauer für mehrere Jahre. Doch weil auch diese endlich sinken und unscheinbar werden, so haben Begüterte nichts Angelegeneres, als einen Stein aufzurichten, der für mehrere Generationen zu dauern verspricht und von den Nachkommen erneut und aufgefrischt werden kann. Aber dieser Stein ist es nicht, der uns anzieht, sondern das darunter Enthaltene, das daneben der Erde Vertraute. Es ist nicht sowohl vom Andenken die Rede, als von der Person selbst, nicht von der Erinnerung, sondern von der Gegenwart. Ein geliebtes Abgeschiedenes umarme ich weit eher und inniger im Grabhügel als im Denkmal: denn dieses ist für sich eigentlich nur wenig; aber um dasselbe her sollen sich, wie um einen Markstein, Gatten, Verwandte, Freunde selbst nach ihrem Hinscheiden noch versammeln, und der Lebende soll das Recht behalten, Fremde umd Mißwollende auch von der Seite seiner geliebten Ruhenden abzuweisen und zu entfernen.

Ich halte deswegen dafür, daß mein Prinzipal völlig recht habe, die Stiftung zurückzunehmen; und dies ist noch billig genug, denn die Glieder der Familie sind auf eine Weise verletzt, wofür gar kein Ersatz zu denken ist. Sie sollen das schmerzlich süße Gefühl entbehren, ihren Geliebten ein Totenopfer zu bringen, die tröstliche Hoffnung, dereinst unmittelbar neben ihnen zu ruhen.

Die Sache ist nicht von der Bedeutung, versetzte Charlotte, daß man sich deshalb durch einen Rechtshandel beunruhigen sollte. Meine Anstalt reut mich so wenig, daß ich die Kirche gern wegen dessen, was ihr entgeht, entschädigen will. Nur muß ich Ihnen aufrichtig gestehen, Ihre Argumente haben mich nicht überzeugt. Das reine Gefühl einer endlichen allgemeinen Gleichheit, wenistens nach dem Tode, scheint mir beruhigender als dieses eigensinnige starre Fortsetzen unserer Persönlichkeiten, Anhänglichkeiten und Lebensverhältnisse. Und was sagen Sie hierzu? richtete sie ihre Frage an den Architekten.

Ich möchte, versetzte dieser, in einer solchen Sache weder streiten noch den Ausschlag geben. Lassen Sie mich das, was meiner Kunst, meiner Denkweise am nächsten liegt, bescheidentlich äußern. Seitdem wir nicht mehr so glücklich sind, die Reste eines geliebten Gegenstandes eingeurnt an unsere Brust zu drücken; da wir weder reich noch heiter genug sind, sie unversehrt in großen wohl ausgezierten Sarkophagen zu verwahren; ja da wir nicht einmal in den Kirchen mehr Platz für uns und für die Unsrigen finden, sondern hinaus ins Freie gewiesen sind – so haben wir alle Usache, die Art und Weise, die Sie, meine gnädige Frau, eingeleitet haben, zu billigen. Wenn die Glieder einer Gemeinde reihenweise nebeneinander liegen, so ruhen sie bei und unter den Ihrigen; und wenn die Erde uns einmal aufnehmen soll, so finde ich nichts natürlicher und reinlicher, als daß man die zufällig entstandenen, nach und nach zusammensinkenden Hügel ungesäumt vergleiche und so die Decke, indem alle sie tragen, einem jeden leichter gemacht werde.

Und ohne irgend ein Zeichen des Andenkens, ohne irgend etwas, das der Erinnerung entgegen käme, sollte das alles so vorübergehen? versetzte Ottilie.

Keineswegs! fuhr der Architekt fort: nicht vom Andenken, nur vom Platze soll man sich lossagen. Der Baukünstler, der Bildhauer sind höchlich interessiert, daß der Mensch von ihnen, von ihrer Kunst, von ihrer Hand eine Dauer seines Daseins erwarte; und deswegen wünschte ich gut gedachte, gut ausgeführte Monumente, nicht einzeln und zufällig ausgesät, sondern an einem Orte aufgestellt, wo sie sich Dauer versprechen können. Da selbst die Frommen und Hohen auf das Vorrecht Verzicht tun, in den Kirchen persönlich zu ruhen, so stelle man wenigstens dort, oder in schönen Hallen um die Begräbnisplätze, Denkzeichen, Denkschriften auf. Es gibt tausenderlei Formen, die man ihnen vorschreiben, tausenderlei Zieraten, womit man sie ausschmücken kann.

Wenn die Künstler so reich sind, versetzte Charlotte, so sagen Sie mir doch: wie kann man sich niemals aus der Form eines kleinlichen Obelisken, einer abgestutzten Säule und eines Aschenkrugs herausfinden? Anstatt der tausend Erfindungen, deren Sie sich rühmen, habe ich nur immer tausend Wiederholungen gesehen.

Das ist wohl bei uns so, entgegnete ihr der Architekt, aber nicht überall. Und überhaupt mag es mit der Erfindung und der schicklichen Anwendung eine eigne Sache sein. Besonders hat es in diesem Falle manche Schwierigkeit, einen ernsten Gegenstand zu erheitern und bei einem unerfreulichen nicht ins Unerfreuliche zu geraten. Was Entwürfe zu Monumenten aller Art betrifft, deren habe ich viele gesammelt und zeige sie gelegentlich; doch bleibt immer das schönste Denkmal des Menschen eigenes Bildnis. Dieses gibt mehr als irgend etwas anderes einen Begriff von dem, was er war; es ist der beste Text zu vielen oder wenigen Noten: nur müßte es aber auch in seiner besten Zeit gemacht sein, welches gewöhnlich versäumt wird. Niemand denkt daran, lebende Formen zu erhalten, und wenn es geschieht, so geschieht es auf unzulängliche Weise. Da wird ein Toter geschwind noch abgegossen und eine solche Maske auf einen Block gesetzt, und das heißt man eine Büste. Wie selten ist der Künstler imstande, sie völlig wieder zu beleben!

Sie haben, ohne es vielleicht zu wissen und zu wollen, versetzte Charlotte, dies Gespräch ganz zu meinen Gunsten gelenkt. Das Bild eines Menschen ist doch wohl unabhängig; überall, wo es steht, steht es für sich, und wir werden von ihm nicht verlangen, daß es die eigentliche Grabstätte bezeichne. Aber soll ich Ihnen eine wunderliche Empfindung bekennen? selbst gegen die Bildnisse habe ich eine Art von Abneigung: denn sie scheinen mir immer einen stillen Vorwurf zu machen; sie deuten auf etwas Entferntes, Abgeschiedenes und erinnern mich, wie schwer es sei, die Gegenwart recht zu ehren. Gedenkt man, wie viel Menschen man gesehen, gekannt, und gesteht sich, wie wenig wir ihnen, wie wenig sie uns gewesen, wie wird uns da zu Mute! Wir begegnen dem Geistreichen, ohne uns mit ihm zu unterhalten, dem Gelehrten, ohne von ihm zu lernen, dem Gereisten, ohne uns zu unterrichten, dem Liebevollen, ohne ihm etwas Angenehmes zu erzeigen.

Und leider ereignet sich dies nicht bloß mit den Vorübergehenden. Gesellschaften und Familien betragen sich so gegen ihre liebsten Glieder, Städte gegen ihre würdigsten Bürger, Völker gegen ihre

trefflichsten Fürsten, Nationen gegen ihre vorzüglichsten Menschen.
Ich hörte fragen, warum man von den Toten so unbewunden Gutes sage, von den Lebenden immer mit einer gewissen Vorsicht. Es wurde geantwortet: weil wir von jenen nichts zu befürchten haben, und diese uns noch irgendwo in den Weg kommen könnten. So unrein ist die Sorge für das Andenken der andern; es ist meist nur ein selbstischer Scherz, wenn es dagegen ein heiliger Ernst wäre, seine Verhältnisse gegen die Überbliebenen immer lebendig und tätig zu erhalten.

ZWEITES KAPITEL

Aufgeregt durch den Vorfall und die daran sich knüpfenden Gespräche, begab man sich des andern Tages nach dem Begräbnisplatz, zu dessen Verzierung und Erheiterung der Architekt manchen glücklichen Vorschlag tat. Allein auch auf die Kirche sollte sich seine Sorgfalt erstrecken, auf ein Gebäude, das gleich anfänglich seine Aufmerksamkeit an sich gezogen hatte.
Diese Kirche stand seit mehrern Jahrhunderten, nach deutscher Art und Kunst, in guten Maßen errichtet und auf eine glückliche Weise verziert. Man konnte wohl nachkommen, daß der Baumeister eines benachbarten Klosters mit Einsicht und Neigung sich auch an diesem kleineren Gebäude bewährt, und es wirkte noch immer ernst und angenehm auf den Betrachter, obgleich die innere neue Einrichtung zum protestantischen Gottesdienste ihm etwas von seiner Ruhe und Majestät genommen hatte.
Dem Architekten fiel es nicht schwer, sich von Charlotten eine mäßige Summe zu erbitten, wovon er das Äußere sowohl als das Innere im altertümlichen Sinne herzustellen und mit dem davorliegenden Auferstehungsfelde zur Übereinstimmung zu bringen gedachte. Er hatte selbst viel Handgeschick, und einige Arbeiter, die noch am Hausbau beschäftigt waren, wollte man gern so lange beibehalten, bis auch dieses fromme Werk vollendet wäre.
Man war nunmehr in dem Falle, das Gebäude selbst mit allen Umgebungen und Angebäuden zu untersuchen, und da zeigte sich zum größten Erstaunen und Vergnügen des Architekten eine wenig be-

merkte kleine Seitenkapelle von noch geistreichern und leichtern Maßen, von noch gefälligern und fleißigern Zieraten. Sie enthielt zugleich manchen geschnitzten und gemalten Rest jenes älteren Gottesdienstes, der mit mancherlei Gebild und Gerätschaft die verschiedenen Feste zu bezeichnen und jedes auf seine eigne Weise zu feiern wußte.

Der Architekt konnte nicht unterlassen, die Kapelle sogleich in seinen Plan mit hereinzuziehen und besonders diesen engen Raum als ein Denkmal voriger Zeiten und ihres Geschmacks wieder herzustellen. Er hatte sich die leeren Flächen nach seiner Neigung schon verziert gedacht und freute sich, dabei sein malerisches Talent zu üben; allein er machte seinen Hausgenossen fürs erste ein Geheimnis davon.

Vor allem andern zeigte er versprochenermaßen den Frauen die verschiedenen Nachbildungen und Entwürfe von alten Grabmonumenten, Gefäßen und andern dahin sich nähernden Dingen, und als man im Gespräch auf die einfachern Grabhügel der nordischen Völker zu reden kam, brachte er seine Sammlung von mancherlei Waffen und Gerätschaften, die darin gefunden worden, zur Ansicht. Er hatte alles sehr reinlich und tragbar in Schubladen und Fächern auf eingeschnittenen, mit Tuch überzogenen Brettern, so daß diese alten ernsten Dinge durch seine Behandlung etwas Putzhaftes annahmen und man mit Vergnügen darauf, wie auf die Kästchen eines Modehändlers, hinblickte. Und da er einmal im Vorzeigen war, da die Einsamkeit eine Unterhaltung forderte, so pflegte er jeden Abend mit einem Teil seiner Schätze hervorzutreten. Sie waren meistenteils deutschen Ursprungs: Brakteaten, Dickmünzen, Siegel, und was sonst sich noch anschließen mag. Alle diese Dinge richteten die Einbildungskraft gegen die ältere Zeit hin, und da er zuletzt mit den Anfängen des Drucks, Holzschnitten und den ältesten Kupfern seine Unterhaltung zierte, und die Kirche täglich auch, jenem Sinne gemäß, an Farbe und sonstiger Auszierung gleichsam der Vergangenheit entgegenwuchs, so mußte man sich beinahe selbst fragen: ob man denn wirklich in der neueren Zeit lebe, ob es nicht ein Traum sei, daß man nunmehr in ganz andern Sitten, Gewohnheiten, Lebensweisen und Überzeugungen verweile.

Auf solche Art vorbereitet, tat ein größeres Portefeuille, das er zuletzt herbeibrachte, die beste Wirkung, Es enthielt zwar meist nur umrissene Figuren, die aber, weil sie auf die Bilder selbst durchgezeichnet waren, ihren altertümlichen Charakter vollkommen erhalten hatten, und diesen, wie einnehmend fanden ihn die Beschauenden! Aus allen Gestalten blickte nur das reinste Dasein hervor, alle mußte man, wo nicht für edel, doch für gut ansprechen. Heitere Sammlung, willige Anerkennung eines Ehrwürdigen über uns, stille Hingebung in Liebe und Erwartung war auf allen Gesichtern, in allen Gebärden ausgedrückt. Der Greis mit dem kahlen Scheitel, der reichlockige Knabe, der muntere Jüngling, der ernste Mann, der verklärte Heilige, der schwebende Engel, alle schienen selig in einem unschuldigen Genügen, in einem frommen Erwarten. Das Gemeinste, was geschah, hatte einen Zug von himmlischem Leben, und eine gottesdienstliche Handlung schien ganz jeder Natur angemessen.
Nach einer solchen Region blicken wohl die meisten wie nach einem verschwundenen goldenen Zeitalter, nach einem verlorenen Paradiese hin. Nur vielleicht Ottilie war in dem Fall, sich unter ihresgleichen zu fühlen.
Wer hätte nun widerstehen können, als der Architekt sich erbot, nach dem Anlaß dieser Urbilder die Räume zwischen den Spitzbogen der Kapelle auszumalen und dadurch sein Andenken entschieden an einem Orte zu stiften, wo es ihm so gut gegangen war. Er erklärte sich hierüber mit einiger Wehmut: denn er konnte nach der Lage der Sache wohl einsehen, daß sein Aufenthalt in so vollkommener Gesellschaft nicht immer dauern könne, ja vielleicht bald abgebrochen werden müsse.
Übrigens waren diese Tage zwar nicht reich an Begebenheiten, doch voller Anlässe zu ernsthafter Unterhaltung. Wir nehmen daher Gelegenheit, von demjenigen, was Ottilie sich daraus in ihren Heften angemerkt, einiges mitzuteilen, wozu wir keinen schicklichern Übergang finden als durch ein Gleichnis, das sich uns beim Betrachten ihrer liebenswürdigen Blätter aufdringt.
Wir hören von einer besondern Einrichtung bei der englischen Marine. Sämtliche Tauwerke der königlichen Flotte, vom stärksten bis zum schwächsten, sind dergestalt gesponnen, daß ein roter Faden

durch das Ganze durchgeht, den man nicht herauswinden kann, ohne alles aufzulösen, und woran auch die kleinsten Stücke kenntlich sind, daß sie der Krone gehören.
Ebenso zieht sich durch Ottiliens Tagebuch ein Faden der Neigung und Anhänglichkeit, der alles verbindet und das Ganze bezeichnet. Dadurch werden diese Bemerkungen, Betrachtungen, ausgezogenen Sinnsprüche, und was sonst vorkommen mag, der Schreibenden ganz besonders eigen und für sie von Bedeutung. Selbst jede einzelne von uns ausgewählte und mitgeteilte Stelle gibt davon das entschiedenste Zeugnis.

Aus Ottiliens Tagebuche

Neben denen dereinst zu ruhen, die man liebt, ist die angenehmste Vorstellung, welche der Mensch haben kann, wenn er einmal über das Leben hinausdenkt. ›Zu den Seinigen versammelt werden‹ ist ein so herzlicher Ausdruck.
Es gibt mancherlei Denkmale und Merkzeichen, die uns Entfernte und Abgeschiedene näherbringen. Keins ist von der Bedeutung des Bildes. Die Unterhaltung mit einem geliebten Bilde, selbst wenn es unähnlich ist, hat was Reizendes, wie es manchmal etwas Reizendes hat, sich mit einem Freunde streiten. Man fühlt auf eine angenehme Weise, daß man zu zweien ist und doch nicht auseinander kann.
Man unterhält sich manchmal mit einem gegenwärtigen Menschen als mit einem Bilde. Er braucht nicht zu sprechen, uns nicht anzusehen, sich nicht mit uns zu beschäftigen: wir sehen ihn, wir fühlen unser Verhältnis zu ihm, ja sogar unsere Verhältnisse zu ihm können wachsen, ohne daß er etwas dazu tut, ohne daß er etwas davon empfindet, daß er sich eben bloß zu uns wie ein Bild verhält.
Man ist niemals mit einem Porträt zufrieden von Personen, die man kennt. Deswegen habe ich die Porträtmaler immer bedauert. Man verlangt so selten von den Leuten das Unmögliche, und gerade von diesen fordert mans. Sie sollen einem jeden sein Verhältnis zu den Personen, seine Neigung und Abneigung mit in ihr Bild aufnehmen; sie sollen nicht bloß darstellen, wie sie einen Menschen fassen, sondern wie jeder ihn fassen würde. Es nimmt mich nicht wunder, wenn solche Künstler nach und nach verstockt, gleichgültig und eigensin-

nig werden. Daraus möchte denn entstehen, was wollte, wenn man nur nicht gerade darüber die Abbildungen so mancher lieben und teuren Menschen entbehren müßte.
Es ist wohl wahr, die Sammlung des Architekten von Waffen und alten Gerätschaften, die nebst dem Körper mit hohen Erdhügeln und Felsenstücken zugedeckt waren, bezeugt uns, wie unnütz die Vorsorge des Menschen sei für die Erhaltung seiner Persönlichkeit nach dem Tode. Und so widersprechend sind wir! Der Architekt gesteht, selbst solche Grabhügel der Vorfahren geöffnet zu haben, und fährt dennoch fort, sich mit Denkmälern für die Nachkommen zu beschäftigen.
Warum soll man es aber so streng nehmen? Ist denn alles, was wir tun, für die Ewigkeit getan? Ziehen wir uns nicht morgens an, um uns abends wieder auszuziehen? Verreisen wir nicht, um wiederzukehren? Und warum sollten wir nicht wünschen, neben den Unsrigen zu ruhen, und wenn es auch nur für ein Jahrhundert wäre.
Wenn man die vielen versunkenen, die durch Kirchgänger abgetretenen Grabsteine, die über ihren Grabmälern selbst zusammengestürzten Kirchen erblickt, so kann einem das Leben nach dem Tode doch immer wie ein zweites Leben vorkommen, in das man nun im Bilde, in der Überschrift eintritt und länger darin verweilt, als in dem eigentlichen lebendigen Leben. Aber auch dieses Bild, dieses zweite Dasein verlischt früher oder später. Wie über die Menschen, so auch über die Denkmäler läßt sich die Zeit ihr Recht nicht nehmen.

DRITTES KAPITEL

Es ist eine so angenehme Empfindung, sich mit etwas zu beschäftigen, was man nur halb kann, daß niemand den Dilettanten schelten sollte, wenn er sich mit einer Kunst abgibt, die er nie lernen wird, noch den Künstler tadeln dürfte, wenn er, über die Grenze seiner Kunst hinaus, in einem benachbarten Felde sich zu ergehen Lust hat.
Mit so billigen Gesinnungen betrachten wir die Anstalten des Architekten zum Ausmalen der Kapelle. Die Farben waren bereitet, die Maße genommen, die Kartone gezeichnet; allen Anspruch auf

Erfindung hatte er aufgegeben; er hielt sich an seine Umrisse: nur die sitzenden und schwebenden Figuren geschickt auszuteilen, den Raum damit geschmackvoll auszuzieren, war seine Sorge.

Das Gerüste stand, die Arbeit ging vorwärts, und da schon einiges, was in die Augen fiel, erreicht war, konnte es ihm nicht zuwider sein, daß Charlotte mit Ottilien ihn besuchte. Die lebendigen Engelsgesichter, die lebhaften Gewänder auf dem blauen Himmelsgrunde erfreuten das Auge, indem ihr stilles frommes Wesen das Gemüt zur Sammlung berief und eine sehr zarte Wirkung hervorbrachte.

Die Frauen waren zu ihm aufs Gerüst gestiegen, und Ottilie bemerkte kaum, wie abgemessen leicht und bequem das alles zuging, als sich in ihr das durch frühern Unterricht Empfangene mit einmal zu entwickeln schien, sie nach Farbe und Pinsel griff und auf erhaltene Anweisung ein faltenreiches Gewand mit soviel Reinlichkeit als Geschicklichkeit anlegte.

Charlotte, welche gern sah, wenn Ottilie sich auf irgendeine Weise beschäftigte und zerstreute, ließ die beiden gewähren und ging, um ihren eigenen Gedanken nachzuhängen, um ihre Betrachtungen und Sorgen, die sie niemanden mitteilen konnte, für sich durchzuarbeiten.

Wenn gewöhnliche Menschen, durch gemeine Verlegenheiten des Tags zu einem leidenschaftlich ängstlichen Betragen aufgeregt, uns ein mitleidiges Lächeln abnötigen, so betrachten wir dagegen mit Ehrfurcht ein Gemüt, in welchem die Saat eines großen Schicksals ausgesäet worden, das die Entwicklung dieser Empfängnis abwarten muß und weder das Gute noch das Böse, weder das Glückliche noch das Unglückliche, was daraus entspringen soll, beschleunigen darf und kann.

Eduard hatte durch Charlottens Boten, den sie ihm in seine Einsamkeit gesendet, freundlich und teilnehmend, aber doch eher gefaßt und ernst als zutraulich und liebevoll, geantwortet. Kurz darauf war Eduard verschwunden, und seine Gattin konnte zu keiner Nachricht von ihm gelangen, bis sie endlich von ungefähr seinen Namen in den Zeitungen fand, wo er unter denen, die sich bei einer bedeutenden Kriegsgelegenheit hervorgetan hatten, mit Auszeichnung genannt war. Sie wußte nun, welchen Weg er genommen hatte, sie erfuhr, daß er großen Gefahren entronnen war; allein sie überzeugte sich zugleich, daß er größere aufsuchen würde, und sie konnte sich daraus nur allzusehr deuten, daß er in jedem Sinne schwerlich vom Äußersten würde zurückzuhalten sein. Sie trug diese Sorgen für sich allein immer in Gedanken und mochte sie hin und wider legen, wie sie wollte, so konnte sie doch bei keiner Ansicht Beruhigung finden.

Ottilie, von alledem nichts ahnend, hatte indessen zu jener Arbeit die größte Neigung gefaßt und von Charlotten gar leicht die Erlaubnis erhalten, regelmäßig darin fortfahren zu dürfen. Nun ging es rasch weiter, und der azurne Himmel war bald mit würdigen Bewohnern bevölkert. Durch eine anhaltende Übung gewannen Ottilie und der Architekt bei den letzten Bildern mehr Freiheit, sie wurden zusehends besser. Auch die Gesichter, welche dem Architekten zu malen allein überlassen war, zeigten nach und nach eine ganz besondere Eigenschaft: sie fingen sämtlich an, Ottilien zu gleichen. Die Nähe des schönes Kindes mußte wohl in die Seele des jungen Mannes, der noch keine natürliche oder künstlerische Physiognomie vorgefaßt hatte, einen so lebhaften Eindruck machen, daß ihm nach und nach, auf dem Wege vom Auge zur Hand, nichts verlorenging, ja daß beide zuletzt ganz gleichstimmig arbeiteten. Genug, eins der letzten Gesichtchen glückte vollkommen, so daß es schien, als wenn Ottilie selbst aus den himmlischen Räumen heruntersähe.

An dem Gewölbe war man fertig; die Wände hatte man sich vorgenommen einfach zu lassen und nur mit einer hellern bräunlichen Farbe zu überziehen; die zarten Säulen und künstlichen bildhauerischen Zieraten sollten sich durch eine dunklere auszeichnen. Aber wie in solchen Dingen immer eins zum andern führt, so wurden noch Blumen- und Fruchtgehänge beschlossen, welche Himmel und Erde gleichsam zusammenknüpfen sollten. Hier war nun Ottilie ganz in ihrem Felde. Die Gärten lieferten die schönsten Muster, und obschon die Kränze sehr reich ausgestattet wurden, so kam man doch früher, als man gedacht hatte, damit zustande.

Noch sah aber alles wüste und roh aus. Die Gerüste waren durcheinandergeschoben, die Bretter übereinandergeworfen, der ungleiche Fußboden durch mancherlei vergessene Farben noch mehr verunstaltet. Der Architekt erbat sich nunmehr, daß die Frauenzimmer ihm acht Tage Zeit lassen und bis dahin die Kapelle nicht betreten möchten. Endlich ersuchte er sie an einem schönen Abende, sich beiderseits dahin zu verfügen; doch wünschte er, sie nicht begleiten zu dürfen, und empfahl sich sogleich.

Was er uns auch für eine Überraschung zugedacht haben mag, sagte Charlotte, als er weggegangen war, so habe ich doch gegenwärtig keine Lust, hinunterzugehen. Du nimmst es wohl allein über dich und gibst mir Nachricht. Gewiß hat er etwas Angenehmes zustande gebracht. Ich werde es erst in deiner Beschreibung und dann gern in der Wirklichkeit genießen.

Ottilie, die wohl wußte, daß Charlotte sich in manchen Stücken in acht nahm, alle Gemütsbewegungen vermied und besonders nicht überrascht sein wollte, begab sich sogleich allein auf den Weg und sah sich unwillkürlich nach dem Architekten um, der aber nirgends erschien und sich mochte verborgen haben. Sie trat in die Kirche, die sie offen fand. Diese war schon früher fertig, gereinigt und eingeweiht. Sie trat zur Türe der Kapelle, deren schwere, mit Erz beschlagene Last sich leicht vor ihr auftat und sie in einem bekannten Raume mit einem unerwarteten Anblick überraschte.

Durch das einzige hohe Fenster fiel ein ernstes buntes Licht herein: denn es war von farbigen Gläsern anmutig zusammengesetzt. Das Ganze erhielt dadurch einen fremden Ton und bereitete zu einer eigenen Stimmung. Die Schönheit des Gewölbes und der Wände ward durch die Zierde des Fußbodens erhöht, der aus besonders geformten, nach einem schönen Muster gelegten, durch eine gegossene Gipsfläche verbundenen Ziegelsteinen bestand. Diese sowohl als die farbigen Scheiben hatte der Architekt heimlich bereiten lassen und konnte nun in kurzer Zeit alles zusammenfügen. Auch für Ruheplätze war gesorgt. Es hatten sich unter jenen kirchlichen Altertümern einige schöngeschnitzte Chorstühle vorgefunden, die nun gar schicklich an den Wänden angebracht umherstanden.

Ottilie freute sich der bekannten, ihr als ein unbekanntes Ganze entgegentretenden Teile. Sie stand, ging hin und wider, sah und besah; endlich setzte sie sich auf einen der Stühle, und es schien ihr, indem sie auf- und umherblickte, als wenn sie wäre und nicht wäre, als

wenn sie sich empfände und nicht empfände, als wenn dies alles vor ihr, sie vor sich selbst verschwinden sollte; und nur als die Sonne das bisher sehr lebhaft beschienene Fenster verließ, erwachte Ottilie vor sich selbst und eilte nach dem Schlosse.
Sie verbarg sich nicht, in welche sonderbare Epoche diese Überraschung gefallen sei. Es war der Abend vor Eduards Geburtstage. Diesen hatte sie freilich ganz anders zu feiern gehofft: wie sollte nicht alles zu diesem Feste geschmückt sein! Aber nunmehr stand der ganze herbstliche Blumenreichtum ungepflückt. Diese Sonnenblumen wendeten noch immer ihr Angesicht gen Himmel; diese Astern sahen noch immer still-bescheiden vor sich hin; und was allenfalls davon zu Kränzen gebunden war, hatte zum Muster gedient, einen Ort auszuschmücken, der, wenn er nicht bloß eine Künstlergrille bleiben, wenn er zu irgend etwas genutzt werden sollte, nur zu einer gemeinsamen Grabstätte geeignet schien.
Sie mußte sich dabei der geräuschvollen Geschäftigkeit erinnern, mit welcher Eduard ihr Geburtstagsfest gefeiert; sie mußte des neugerichteten Hauses gedenken, unter dessen Decke man sich so viel Freundliches versprach. Ja das Feuerwerk rauschte ihr wieder vor Augen und Ohren, je einsamer sie war, desto mehr vor der Einbildungskraft; aber sie fühlte sich auch nur um desto mehr allein. Sie lehnte sich nicht mehr auf seinen Arm und hatte keine Hoffnung, an ihm jemals wieder eine Stütze zu finden.

Aus Ottiliens Tagebuche

Eine Bemerkung des jungen Künstlers muß ich aufzeichnen: wie am Handwerker, so am bildenden Künstler kann man auf das deutlichste gewahr werden, daß der Mensch sich das am wenigsten zuzueignen vermag, was ihm ganz eigens angehört. Seine Werke verlassen ihn, so wie die Vögel das Nest, worin sie ausgebrütet worden.
Der Baukünstler vor allen hat hierin das wunderlichste Schicksal. Wie oft wendet er seinen ganzen Geist, seine ganze Neigung auf, um Räume hervorzubringen, von denen er sich selbst ausschließen muß. Die königlichen Säle sind ihm ihre Pracht schuldig, deren größte Wirkung er nicht mitgenießt. In den Tempeln zieht er eine Grenze

zwischen sich und dem Allerheiligsten; er darf die Stufen nicht mehr betreten, die er zur herzerhebenden Feierlichkeit gründete, so wie der Goldschmied die Monstranz nur von fern anbetet, deren Schmelz und Edelsteine er zusammengeordnet hat. Dem Reichen übergibt der Baumeister mit dem Schlüssel des Palastes alle Bequemlichkeit und Behäbigkeit, ohne irgend etwas davon mitzugenießen. Muß sich nicht allgemach auf diese Weise die Kunst von dem Künstler entfernen, wenn das Werk, wie ein ausgestattetes Kind, nicht mehr auf den Vater zurückwirkt? und wie sehr mußte die Kunst sich selbst befördern, als sie fast allein mit dem Öffentlichen, mit dem, was allen und also auch dem Künstler gehörte, sich zu beschäftigen bestimmt war!

Eine Vorstellung der alten Völker ist ernst und kann furchtbar scheinen. Sie dachten sich ihre Vorfahren in großen Höhlen ringsumher auf Thronen sitzend in stummer Unterhaltung. Dem Neuen, der hereintrat, wenn er würdig genug war, standen sie auf und neigten ihm einen Willkommen. Gestern, als ich in der Kapelle saß und meinem geschnitzten Stuhle gegenüber noch mehrere umhergestellt sah, erschien mir jener Gedanke gar freundlich und anmutig. Warum kannst du nicht sitzenbleiben? dachte ich bei mir selbst, still und in dich gekehrt sitzenbleiben, lange, lange, bis endlich die Freunde kämen, denen du aufstündest und ihren Platz mit freundlichem Neigen anwiesest. Die farbigen Scheiben machen den Tag zur ernsten Dämmerung, und jemand müßte eine ewige Lampe stiften, damit auch die Nacht nicht ganz finster bliebe.

Man mag sich stellen, wie man will, und man denkt sich immer sehend. Ich glaube, der Mensch träumt nur, damit er nicht aufhöre zu sehen. Es könnte wohl sein, daß das innere Licht einmal aus uns herausträte, so daß wir keines andern mehr bedürften.

Das Jahr klingt ab. Der Wind geht über die Stoppeln und findet nichts mehr zu bewegen; nur die roten Beeren jener schlanken Bäume scheinen uns noch an etwas Munteres erinnern zu wollen, so wie uns der Taktschlag des Dreschers den Gedanken erweckt, daß in der abgesichelten Ähre so viel Nährendes und Lebendiges verborgen liegt.

Wie seltsam mußte, nach solchen Ereignissen, nach diesem aufgedrungenen Gefühl von Vergänglichkeit und Hinschwinden, Ottilie durch die Nachricht getroffen werden, die ihr nicht länger verborgen bleiben konnte, daß Eduard sich dem wechselnden Kriegsglück überliefert habe. Es entging ihr leider keine von den Betrachtungen, die sie dabei zu machen Ursache hatte. Glücklicherweise kann der Mensch nur einen gewissen Grad des Unglücks fassen; was darüber hinausgeht, vernichtet ihn oder läßt ihn gleichgültig. Es gibt Lagen, in denen Furcht und Hoffnung eins werden, sich einander wechselseitig aufheben und in eine dunkle Fühllosigkeit verlieren. Wie könnten wir sonst die entfernten Geliebtesten in stündlicher Gefahr wissen und dennoch unser tägliches gewöhnliches Leben immer so forttreiben.

Es war daher, als wenn ein guter Geist für Ottilien gesorgt hätte, indem er auf einmal in diese Stille, in der sie einsam und unbeschäftigt zu versinken schien, ein wildes Heer hereinbrachte, das, indem es ihr von außen genug zu schaffen gab und sie aus sich selbst führte, zugleich in ihr das Gefühl eigener Kraft anregte.

Charlottens Tochter, Luciane, war kaum aus der Pension in die große Welt getreten, hatte kaum in dem Hause ihrer Tante sich von zahlreicher Gesellschaft umgeben gesehen, als ihr Gefallenwollen wirklich Gefallen erregte und ein junger, sehr reicher Mann gar bald eine heftige Neigung empfand, sie zu besitzen. Sein ansehnliches Vermögen gab ihm ein Recht, das Beste jeder Art sein eigen zu nennen, und es schien ihm nichts weiter abzugehen als eine vollkommene Frau, um die ihn die Welt so wie um das übrige zu beneiden hätte.

Diese Familienangelegenheit war es, welche Charlotten bisher sehr viel zu tun gab, der sie ihre ganze Überlegung, ihre Korrespondenz widmete, insofern diese nicht darauf gerichtet war, von Eduard nähere Nachricht zu erhalten; deswegen auch Ottilie mehr als sonst in der letzten Zeit allein blieb. Diese wußte zwar um die Ankunft Lucianens; im Hause hatte sie deshalb die nötigsten Vorkehrungen getroffen; allein so nahe stellte man sich den Besuch nicht vor. Man wollte vorher noch schreiben, abreden, näher bestimmen, als der Sturm auf einmal über das Schloß und Ottilien hereinbrach.

Angefahren kamen nun Kammerjungfern und Bediente, Brancards mit Koffern und Kisten; man glaubte schon eine doppelte und dreifache Herrschaft im Hause zu haben; aber nun erschienen erst die Gäste selbst: die Großtante mit Lucianen und einigen Freundinnen, der Bräutigam, gleichfalls nicht unbegleitet. Da lag das Vorhaus voll Vachen, Mantelsäcke und anderer ledernen Gehäuse. Mit Mühe sonderte man die vielen Kästchen und Futterale auseinander. Des Gepäckes und Geschleppes war kein Ende. Dazwischen regnete es mit Gewalt, woraus manche Unbequemlichkeit entstand. Diesem ungestümen Treiben begegnete Ottilie mit gleichmütiger Tätigkeit, ja ihr heiteres Geschick erschien im schönsten Glanze: denn sie hatte in kurzer Zeit alles untergebracht und angeordnet. Jedermann war logiert, jedermann nach seiner Art bequem, und glaubte gut bedient zu sein, weil er nicht gehindert war, sich selbst zu bedienen.
Nun hätten alle gern, nach einer höchst beschwerlichen Reise, einige Ruhe genossen; der Bräutigam hätte sich seiner Schwiegermutter gern genähert, um ihr seine Liebe, seinen guten Willen zu beteuern: aber Luciane konnte nicht rasten. Sie war nun einmal zu dem Glücke gelangt, ein Pferd besteigen zu dürfen. Der Bräutigam hatte schöne Pferde, und sogleich mußte man aufsitzen. Wetter und Wind, Regen und Sturm kamen nicht in Anschlag; es war, als wenn man nur lebte, um naß zu werden und sich wieder zu trocknen. Fiel es ihr ein, zu Fuße auszugehen, so fragte sie nicht, was für Kleider sie anhatte und wie sie beschuht war: sie mußte die Anlagen besichtigen, von denen sie vieles gehört hatte. Was nicht zu Pferde geschehen konnte, wurde zu Fuß durchrannt. Bald hatte sie alles gesehen und abgeurteilt. Bei der Schnelligkeit ihres Wesens war ihr nicht leicht zu widersprechen. Die Gesellschaft hatte manches zu leiden, am meisten aber die Kammermädchen, die mit Waschen und Bügeln, Auftrennen und Annähen nicht fertig werden konnten.
Kaum hatte sie das Haus und die Gegend erschöpft, als sie sich verpflichtet fühlte, rings in der Nachbarschaft Besuch abzulegen. Weil man sehr schnell ritt und fuhr, so reichte die Nachbarschaft ziemlich fern umher. Das Schloß ward mit Gegenbesuchen überschwemmt, und damit man sich ja nicht verfehlen möchte, wurden bald bestimmte Tage angesetzt.

Indessen Charlotte mit der Tante und dem Geschäftsträger des Bräutigams die innern Verhältnisse festzustellen bemüht war, und Ottilie mit ihren Untergebenen dafür zu sorgen wußte, daß es an nichts, bei so großem Zudrang, fehlen möchte, da denn Jäger und Gärtner, Fischer und Krämer in Bewegung gesetzt wurden, zeigte sich Luciane immer wie ein brennender Kometenkern, der einen langen Schweif nach sich zieht. Die gewöhnlichen Besuchsunterhaltungen dünkten ihr bald ganz unschmackhaft. Kaum daß sie den ältesten Personen eine Ruhe am Spieltisch gönnte; wer noch einigermaßen beweglich war – und wer ließ sich nicht durch ihre reizenden Zudringlichkeiten in Bewegung setzen? – mußte herbei, wo nicht zum Tanze, doch zum lebhaften Pfand-, Straf- und Vexierspiel. Und obgleich das alles, so wie hernach die Pfänderlösung, auf sie selbst berechnet war, so ging doch von der andern Seite niemand, besonders kein Mann, er mochte von einer Art sein, von welcher er wollte, ganz leer aus; ja es glückte ihr, einige ältere Personen von Bedeutung ganz für sich zu gewinnen, indem sie ihre eben einfallenden Geburts- und Namenstage ausgeforscht hatte und besonders feierte. Dabei kam ihr ein ganz eignes Geschick zustatten, so daß, indem alle sich begünstigt sahen, jeder sich für den am meisten Begünstigten hielt: eine Schwachheit, deren sich sogar der Älteste in der Gesellschaft am allermerklichsten schuldig machte.
Schien es bei ihr Plan zu sein, Männer, die etwas vorstellten, Rang, Ansehen, Ruhm oder sonst etwas Bedeutendes vor sich hatten, für sich zu gewinnen, Weisheit und Besonnenheit zuschanden zu machen und ihrem wilden, wunderlichen Wesen selbst bei der Bedächtlichkeit Gunst zu erwerben, so kam die Jugend doch dabei nicht zu kurz: jeder hatte sein Teil, seinen Tag, seine Stunde, in der sie ihn zu entzücken und zu fesseln wußte. So hatte sie den Architekten schon bald ins Auge gefaßt, der jedoch aus seinem schwarzen langlockigen Haar so unbefangen heraussah, so gerad und ruhig in der Entfernung stand, auf alle Fragen kurz und verständig antwortete, sich aber auf nichts weiter einzulassen geneigt schien, daß sie sich endlich einmal, halb unwillig halb listig, entschloß, ihn zum Helden des Tages zu machen und dadurch auch für ihren Hof zu gewinnen.
Nicht umsonst hatte sie so vieles Gepäcke mitgebracht, ja es war ihr

noch manches gefolgt. Sie hatte sich auf eine unendliche Abwechselung in Kleidern vorgesehen. Wenn es ihr Vergnügen machte, sich des Tags drei-, viermal umzuziehen und mit gewöhnlichen, in der Gesellschaft üblichen Kleidern vom Morgen bis in die Nacht zu wechseln, so erschien sie dazwischen wohl auch einmal im wirklichen Maskenkleid, als Bäuerin und Fischerin, als Fee und Blumenmädchen. Sie verschmähte nicht, sich als alte Frau zu verkleiden, um desto frischer ihr junges Gesicht aus der Kutte hervorzuzeigen; und wirklich verwirrte sie dadurch das Gegenwärtige und das Eingebildete dergestalt, daß man sich mit der Saalnixe verwandt und verschwägert zu sein glaubte.

Wozu sie aber die Verkleidungen hauptsächlich benutzte, waren pantomimische Stellungen und Tänze, in denen sie verschiedene Charaktere auszudrücken gewandt war. Ein Kavalier aus ihrem Gefolge hatte sich eingerichtet, auf dem Flügel ihre Gebärden mit der wenigen nötigen Musik zu begleiten; es bedurfte nur einer kurzen Abrede, und sie waren sogleich in Einstimmung.

Eines Tages, als man sie bei der Pause eines lebhaften Balls, auf ihren eigenen heimlichen Antrieb, gleichsam aus dem Stegereife zu einer solchen Darstellung aufgefordert hatte, schien sie verlegen und überrascht und ließ sich wider ihre Gewohnheit lange bitten. Sie zeigte sich unentschlossen, ließ die Wahl, bat wie ein Improvisator um einen Gegenstand, bis endlich jener Klavier spielende Gehülfe, mit dem es abgeredet sein mochte, sich an den Flügel setzte, einen Trauermarsch zu spielen anfing und sie aufforderte, jene Artemisia zu geben, welche sie so vortrefflich einstudiert habe. Sie ließ sich erbitten, und nach einer kurzen Abwesenheit erschien sie, bei den zärtlich traurigen Tönen des Totenmarsches, in Gestalt der königlichen Witwe, mit gemessenem Schritt, einen Aschenkrug vor sich hertragend. Hinter ihr brachte man eine große schwarze Tafel und in einer goldenen Reißfeder ein wohlzugeschnitztes Stück Kreide. Einer ihrer Verehrer und Adjutanten, dem sie etwas ins Ohr sagte, ging sogleich, den Architekten aufzufordern, zu nötigen und gewissermaßen herbeizuschieben, daß er als Baumeister das Grab des Mausolus zeichnen und also keineswegs einen Statisten, sondern einen ernstlich Mitspielenden vorstellen sollte. Wie verlegen der

Architekt auch äußerlich erschien – denn er machte in seiner ganz schwarzen knappen modernen Zivilgestalt einen wunderlichen Kontrast mit jenen Flören, Kreppen, Fransen, Schmelzen, Quasten und Kronen – so faßte er sich doch gleich innerlich, allein um so wunderlicher war es anzusehen. Mit dem größten Ernst stellte er sich vor die große Tafel, die von ein paar Pagen gehalten wurde, und zeichnete mit viel Bedacht und Genauigkeit ein Grabmal, das zwar eher einem longobardischen als einem karischen König wäre gemäß gewesen, aber doch in so schönen Verhältnissen, so ernst in seinen Teilen, so geistreich in seinen Zieraten, daß man es mit Vergnügen entstehen sah und, als es fertig war, bewunderte.
Er hatte sich in diesem ganzen Zeitraum fast nicht gegen die Königin gewendet, sondern seinem Geschäft alle Aufmerksamkeit gewidmet. Endlich, als er sich vor ihr neigte und andeutete, daß er nun ihre Befehle vollzogen zu haben glaube, hielt sie ihm noch die Urne hin und bezeichnete das Verlangen, diese oben auf dem Gipfel abgebildet zu sehen. Er tat es, obgleich ungern, weil sie zu dem Charakter seines übrigen Entwurfs nicht passen wollte. Was Lucianen betraf, so war sie endlich von ihrer Ungeduld erlöst: denn ihre Absicht war keineswegs, eine gewissenhafte Zeichnung von ihm zu haben. Hätte er mit wenigen Strichen nur hinskizziert, was etwa einem Monument ähnlich gesehen, und sich die übrige Zeit mit ihr abgegeben, so wäre das wohl dem Endzweck und ihren Wünschen gemäßer gewesen. Bei seinem Benehmen dagegen kam sie in die größte Verlegenheit: denn ob sie gleich in ihrem Schmerz, ihren Anordnungen und Andeutungen, ihrem Beifall über das nach und nach Entstehende ziemlich abzuwechseln suchte und sie ihn einigemal beinahe herumzerrte, um nur mit ihm in eine Art von Verhältnis zu kommen, so erwies er sich doch gar zu steif, dergestalt daß sie allzu oft ihre Zuflucht zur Urne nehmen, sie an ihr Herz drücken und zum Himmel schauen mußte, ja zuletzt, weil sich doch dergleichen Situationen immer steigern, mehr einer Witwe von Ephesus als einer Königin von Karien ähnlich sah. Die Vorstellung zog sich daher in die Länge; der Klavierspieler, der sonst Geduld genug hatte, wußte nicht mehr, in welchen Ton er ausweichen sollte. Er dankte Gott, als er die Urne auf der Pyramide stehn sah, und fiel unwillkürlich,

als die Königin ihren Dank ausdrücken wollte, in ein lustiges Thema; wodurch die Vorstellung zwar ihren Charakter verlor, die Gesellschaft jedoch völlig aufgeheitert wurde, die sich denn sogleich teilte, der Dame für ihren vortrefflichen Ausdruck und dem Architekten für seine künstliche und zierliche Zeichnung eine freudige Bewunderung zu beweisen.

Besonders der Bräutigam unterhielt sich mit dem Architekten. Es tut mir leid, sagte jener, daß die Zeichnung so vergänglich ist. Sie erlauben wenigstens, daß ich sie mir auf mein Zimmer bringen lasse und mich mit Ihnen darüber unterhalte. – Wenn es Ihnen Vergnügen macht, sagte der Architekt, so kann ich Ihnen sorgfältige Zeichnungen von dergleichen Gebäuden und Monumenten vorlegen, wovon dieses nur ein zufälliger flüchtiger Entwurf ist.

Ottilie stand nicht fern und trat zu den beiden. Versäumen Sie nicht, sagte sie zum Architekten, den Herrn Baron gelegentlich Ihre Sammlung sehn zu lassen: er ist ein Freund der Kunst und des Altertums; ich wünsche, das Sie sich näher kennen lernen.

Luciane kam herbeigefahren und fragte: Wovon ist die Rede?

Von einer Sammlung Kunstwerke, antwortete der Baron, welche dieser Herr besitzt und die er uns gelegentlich zeigen will.

Er mag sie nur gleich bringen, rief Luciane. Nicht wahr, Sie bringen sie gleich? setzte sie schmeichelnd hinzu, indem sie ihn mit beiden Händen freundlich anfaßte.

Es möchte jetzt der Zeitpunkt nicht sein, versetzte der Architekt.

Was! rief Luciane gebieterisch: Sie wollen dem Befehl Ihrer Königin nicht gehorchen? Dann legte sie sich auf ein neckisches Bitten.

Sein Sie nicht eigensinnig, sagte Ottilie halbleise.

Der Architekt entfernte sich mit einer Beugung, sie war weder bejahend noch verneinend.

Kaum war er fort, als Luciane sich mit einem Windspiel im Saale herumjagte. Ach! rief sie aus, indem sie zufällig an ihre Mutter stieß: wie bin ich nicht unglücklich! Ich habe meinen Affen nicht mitgenommen; man hat mir es abgeraten, es ist aber nur die Bequemlichkeit meiner Leute, die mich um dieses Vergnügen bringt. Ich will ihn aber nachkommen lassen, es soll mir jemand hin, ihn zu holen. Wenn ich nur sein Bildnis sehen könnte, so wäre ich schon vergnügt. Ich

will ihn aber gewiß auch malen lassen, und er soll mir nicht von der Seite kommen.
Vielleicht kann ich dich trösten, versetzte Charlotte, wenn ich dir aus der Bibliothek einen ganzen Band der wunderlichsten Affenbilder kommen lasse. Luciane schrie vor Freuden laut auf, und der Folioband wurde gebracht. Der Anblick dieser menschenähnlichen und durch den Künstler noch mehr vermenschlichten, abscheulichen Geschöpfe machte Lucianen die größte Freude. Ganz glücklich aber fühlte sie sich, bei einem jeden dieser Tiere die Ähnlichkeit mit bekannten Menschen zu finden. Sieht der nicht aus wie der Onkel? rief sie unbarmherzig: der wie der Galanteriehändler M–, der wie der Pfarrer S–, und dieser ist der Dings – der – leibhaftig. Im Grunde sind doch die Affen die eigentlichen Incroyables, und es ist unbegreiflich, wie man sie aus der besten Gesellschaft ausschließen mag.
Sie sagte das in der besten Gesellschaft, doch niemand nahm es ihr übel. Man war so gewohnt, ihrer Anmut vieles zu erlauben, daß man zuletzt ihrer Unart alles erlaubte.
Ottilie unterhielt sich indessen mit dem Bräutigam. Sie hoffte auf die Rückkunft des Architekten, dessen ernstere, geschmackvollere Sammlungen die Gesellschaft von diesem Affenwesen befreien sollten. In dieser Erwartung hatte sie sich mit dem Baron besprochen und ihn auf manches aufmerksam gemacht. Allein der Architekt blieb aus, und als er endlich wiederkam, verlor er sich unter der Gesellschaft, ohne etwas mitzubringen und ohne zu tun, als ob von etwas die Frage gewesen wäre. Ottilie ward einen Augenblick – wie soll mans nennen? – verdrießlich, ungehalten, betroffen; sie hatte ein gutes Wort an ihn gewendet, sie gönnte dem Bräutigam eine vergnügte Stunde nach seinem Sinne, der bei seiner unendlichen Liebe für Lucianen doch von ihrem Betragen zu leiden schien.
Die Affen mußten einer Kollation Platz machen. Gesellige Spiele, ja sogar noch Tänze, zuletzt ein freudeloses Herumsitzen und Wiederaufjagen einer schon gesunkenen Lust dauerten diesmal, wie sonst auch, weit über Mitternacht. Denn schon hatte sich Luciane gewöhnt, morgens nicht aus dem Bette und abends nicht ins Bette gelangen zu können.
Um diese Zeit finden sich in Ottiliens Tagebuch Ereignisse seltner

angemerkt, dagegen häufiger auf das Leben bezügliche und vom Leben abgezogene Maximen und Sentenzen. Weil aber die meisten derselben wohl nicht durch ihre eigene Reflexion entstanden sein können, so ist es wahrscheinlich, daß man ihr irgendeinen Heft mitgeteilt, aus dem sie sich, was ihr gemütlich war, ausgeschrieben. Manches Eigene von innigerem Bezug wird an dem roten Faden wohl zu erkennen sein.

Aus Ottiliens Tagebuche

Wir blicken so gern in die Zukunft, weil wir das Ungefähre, was sich in ihr hin- und herbewegt, durch stille Wünsche so gern zu unsern Gunsten heranleiten möchten.

Wir befinden uns nicht leicht in großer Gesellschaft, ohne zu denken: der Zufall, der so viele zusammenbringt, solle uns auch unsere Freunde herbeiführen.

Man mag noch so eingezogen leben, so wird man, ehe man sichs versieht, ein Schuldner oder ein Gläubiger.

Begegnet uns jemand, der uns Dank schuldig ist, gleich fällt es uns ein. Wie oft können wir jemand begegnen, dem wir Dank schuldig sind, ohne daran zu denken.

Sich mitzuteilen, ist Natur; Mitgeteiltes aufzunehmen, wie es gegeben wird, ist Bildung.

Niemand würde viel in Gesellschaften sprechen, wenn er sich bewußt wäre, wie oft er die andern mißversteht.

Man verändert fremde Reden beim Wiederholen wohl nur darum so sehr, weil man sie nicht verstanden hat.

Wer vor andern lange allein spricht, ohne den Zuhörern zu schmeicheln, erregt Widerwillen.

Jedes ausgesprochene Wort erregt den Gegensinn.

Widerspruch und Schmeichelei machen beide ein schlechtes Gespräch.

Die angenehmsten Gesellschaften sind die, in welchen eine heitere Ehrerbietung der Glieder gegeneinander obwaltet.

Durch nichts bezeichnen die Menschen mehr ihren Charakter als durch das, was sie lächerlich finden.

Das Lächerliche entspringt aus einem sittlichen Kontrast, der, auf

eine unschädliche Weise, für die Sinne in Verbindung gebracht wird.
Der sinnliche Mensch lacht oft, wo nichts zu lachen ist. Was ihn auch anregt, sein inneres Behagen kommt zum Vorschein.
Der Verständige findet fast alles lächerlich, der Vernünftige fast nichts.
Einem bejahrten Manne verdachte man, daß er sich noch um junge Frauenzimmer bemühte. Es ist das einzige Mittel, versetzte er, sich zu verjüngen, und das will doch jedermann.
Man läßt sich seine Mängel vorhalten, man läßt sich strafen, man leidet manches um ihrer willen mit Geduld; aber ungeduldig wird man, wenn man sie ablegen soll.
Gewisse Mängel sind notwendig zum Dasein des einzelnen. Es würde uns unangenehm sein, wenn alte Freunde gewisse Eigenheiten ablegten.
Man sagt: er stirbt bald, wenn einer etwas gegen seine Art und Weise tut.
Was für Mängel dürfen wir behalten, ja an uns kultivieren? Solche, die den andern eher schmeicheln als sie verletzen.
Die Leidenschaften sind Mängel oder Tugenden, nur gesteigerte.
Unsre Leidenschaften sind wahre Phönixe. Wie der alte verbrennt, steigt der neue sogleich wieder aus der Asche hervor.
Große Leidenschaften sind Krankheiten ohne Hoffnung. Was sie heilen könnte, macht sie erst recht gefährlich.
Die Leidenschaft erhöht und mildert sich durchs Bekennen. In nichts wäre die Mittelstraße vielleicht wünschenswerter als im Vertrauen und Verschweigen gegen die, die wir lieben.

FÜNFTES KAPITEL

So peitschte Luciane den Lebensrausch im geselligen Strudel immer vor sich her. Ihr Hofstaat vermehrte sich täglich, teils weil ihr Treiben so manchen anregte und anzog, teils weil sie sich andre durch Gefälligkeit und Wohltun zu verbinden wußte. Mitteilend war sie im höchsten Grade: denn da ihr durch die Neigung der Tante und des Bräutigams so viel Schönes und Köstliches auf einmal zugeflossen war, so schien sie nichts Eigenes zu besitzen und den Wert der

Dinge nicht zu kennen, die sich um sie gehäuft hatten. So zauderte sie nicht einen Augenblick, einen kostbaren Schal abzunehmen und ihn einem Frauenzimmer umzuhängen, das ihr gegen die übrigen zu ärmlich gekleidet schien, und sie tat das auf eine so neckische, geschickte Weise, daß niemand eine solche Gabe ablehnen konnte. Einer von ihrem Hofstaat hatte stets eine Börse und den Auftrag, in den Orten, wo sie einkehrten, sich nach den Ältesten und Kränksten zu erkundigen und ihren Zustand wenigstens für den Augenblick zu erleichtern. Dadurch entstand ihr in der ganzen Gegen ein Name von Vortrefflichkeit, der ihr doch auch manchmal unbequem ward, weil er allzuviel lästige Notleidende an sie heranzog.

Durch nichts aber vermehrte sie so sehr ihren Ruf, als durch ein auffallendes gutes, beharrliches Benehmen gegen einen unglücklichen jungen Mann, der die Gesellschaft floh, weil er, übrigens schön und wohlgebildet, seine rechte Hand, obgleich rühmlich, in der Schlacht verloren hatte. Diese Verstümmlung erregte ihm einen solchen Mißmut, es war ihm so verdrießlich, daß jede neue Bekanntschaft sich auch immer mit seinem Unfall bekannt machen sollte, daß er sich lieber versteckte, sich dem Lesen und andern Studien ergab und ein für allemal mit der Gesellschaft nichts wollte zu schaffen haben.

Das Dasein dieses jungen Mannes blieb ihr nicht verborgen. Er mußte herbei, erst in kleiner Gesellschaft, dann in größerer, dann in der größten. Sie benahm sich anmutiger gegen ihn als gegen irgend einen andern, besonders wußte sie durch zudringliche Dienstfertigkeit ihm seinen Verlust wert zu machen, indem sie geschäftig war, ihn zu ersetzen. Bei Tafel mußte er neben ihr seinen Platz nehmen, sie schnitt ihm vor, so daß er nur die Gabel gebrauchen durfte. Nahmen Ältere, Vornehmere ihm ihre Nachbarschaft weg, so erstreckte sie ihre Aufmerksamkeit über die ganze Tafel hin, und die eilenden Bedienten mußten das ersetzen, was ihm die Entfernung zu rauben drohte. Zuletzt munterte sie ihn auf, mit der linken Hand zu schreiben: er mußte alle seine Versuche an sie richten, und so stand sie, entfernt oder nah, immer mit ihm in Verhältnis. Der junge Mann wußte nicht, wie ihm geworden war, und wirklich fing er von diesem Augenblick ein neues Leben an.

Vielleicht sollte man denken, ein solches Betragen wäre dem Bräutigam mißfällig gewesen; allein es fand sich das Gegenteil. Er rechnete ihr diese Bemühungen zu großem Verdienst an und war um so mehr darüber ganz ruhig, als er ihre fast übertriebenen Eigenheiten kannte, wodurch sie alles, was im mindesten verfänglich schien, von sich abzulehnen wußte. Sie wollte mit jedermann nach Belieben umspringen, jeder war in Gefahr, von ihr einmal angestoßen, gezerrt oder sonst geneckt zu werden; niemand aber durfte sich gegen sie ein Gleiches erlauben, niemand sie nach Willkür berühren, niemand auch nur im entferntesten Sinne eine Freiheit, die sie sich nahm, erwidern; und so hielt sie die andern in den strengsten Grenzen der Sittlichkeit gegen sich, die sie gegen andere jeden Augenblick zu übertreten schien.

Überhaupt hätte man glauben können, es sei bei ihr Maxime gewesen, sich dem Lobe und dem Tadel, der Neigung und der Abneigung gleichmäßig auszusetzen. Denn wenn sie die Menschen auf mancherlei Weise für sich zu gewinnen suchte, so verdarb sie es wieder mit ihnen gewöhnlich durch eine böse Zunge, die niemanden schonte. So wurde kein Besuch in der Nachbarschaft abgelegt, nirgends sie und ihre Gesellschaft in Schlössern und Wohnungen freundlich aufgenommen, ohne daß sie bei der Rückkehr auf das ausgelassenste merken ließ, wie sie alle menschlichen Verhältnisse nur von der lächerlichen Seite zu nehmen geneigt sei. Da waren drei Brüder, welche unter lauter Komplimenten, wer zuerst heiraten sollte, das Alter übereilt hatte; hier eine kleine junge Frau mit einem großen alten Manne; dort umgekehrt ein kleiner munterer Mann und eine unbehülfliche Riesin. In dem einen Hause stolperte man bei jedem Schritt über ein Kind; das andre wollte ihr bei der größten Gesellschaft nicht voll erscheinen, weil keine Kinder gegenwärtig waren. Alte Gatten sollten sich nur schnell begraben lassen, damit doch wieder einmal jemand im Hause zum Lachen käme, da ihnen keine Noterben gegeben waren. Junge Eheleute sollten reisen, weil das Haushalten sie gar nicht kleide. Und wie mit den Personen, so machte sie es auch mit den Sachen, mit den Gebäuden wie mit dem Haus- und Tischgeräte. Besonders alle Wandverzierungen reizten sie zu lustigen Bemerkungen. Von dem ältesten Hautelisseteppich bis zu der neusten Papiertapete, vom ehrwürdigsten Familienbilde bis zum frivolsten neuen Kupferstich, eins wie das andre mußte leiden, eins wie das andre wurde durch ihre spöttischen Bemerkungen gleichsam aufgezehrt, so daß man sich hätte verwundern sollen, wie fünf Meilen umher irgend etwas nur noch existierte.

Eigentliche Bosheit war vielleicht nicht in diesem verneinenden Bestreben; ein selbstischer Mutwille mochte sie gewöhnlich anreizen: aber eine wahrhafte Bitterkeit hatte sich in ihrem Verhältnis zu Ottilien erzeugt. Auf die ruhige ununterbrochene Tätigkeit des lieben Kindes, die von jedermann bemerkt und gepriesen wurde, sah sie mit Verachtung herab; und als zur Sprache kam, wie sehr sich Ottilie der Gärten und der Treibhäuser annehme, spottete sie nicht allein darüber, indem sie, uneingedenk des tiefen Winters, in dem man lebte, sich zu verwundern schien, daß man weder Blumen noch Früchte gewahr werde; sondern sie ließ auch von nun an so viel Grünes, so viel Zweige, und was nur irgend keimte, herbeiholen und zur täglichen Zierde der Zimmer und des Tisches verschwenden, daß Ottilie und der Gärtner nicht wenig gekränkt waren, ihre Hoffnungen für das nächste Jahr und vielleicht auf längere Zeit zerstört zu sehen.

Ebensowenig gönnte sie Ottilien die Ruhe des häuslichen Ganges, worin sie sich mit Bequemlichkeit fortbewegte. Ottilie sollte mit auf die Lust- und Schlittenfahrten; sie sollte mit auf die Bälle, die in der Nachbarschaft veranstaltet wurden; sie sollte weder Schnee noch Kälte noch gewaltsame Nachtstürme scheuen, da ja so viel andre nicht davon stürben. Das zarte Kind litt nicht wenig darunter, aber Luciane gewann nichts dabei: denn obgleich Ottilie sehr einfach gekleidet ging, so war sie doch, oder so schien sie wenigstens immer den Männern die Schönste. Ein sanftes Anziehen versammelte alle Männer um sie her, sie mochte sich in den großen Räumen am ersten oder am letzten Platze befinden, ja der Bräutigam Lucianens selbst unterhielt sich oft mir ihr, und zwar um so mehr, als er in einer Angelegenheit, die ihn beschäftigte, ihren Rat, ihre Mitwirkung verlangte.

Er hatte den Architekten näher kennen lernen, bei Gelegenheit seiner Kunstsammlung viel über das Geschichtliche mit ihm gesprochen, in andern Fällen auch, besonders bei Betrachtung der Kapelle, sein Talent schätzen gelernt. Der Baron war jung, reich; er sammelte, er wollte bauen; seine Liebhaberei war lebhaft, seine Kenntnisse schwach; er glaubte in dem Architekten seinen Mann zu finden, mit dem er mehr als Einen Zweck zugleich erreichen könnte. Er hatte seiner Braut von dieser Absicht gesprochen; sie lobte ihn darum und war höchlich mit dem Vorschlag zufrieden, doch vielleicht mehr, um diesen jungen Mann Ottilien zu entziehen – denn sie glaubte so etwas von Neigung bei ihm zu bemerken – als daß sie gedacht hätte, sein Talent zu ihren Absichten zu benutzen. Denn ob er gleich bei ihren extemporierten Festen sich sehr tätig erwiesen und manche Ressourcen bei dieser und jener Anstalt dargeboten, so glaubte sie es doch immer selbst besser zu verstehen; und da ihre Erfindungen gewöhnlich gemein waren, so reichte, um sie auszuführen, die Geschicklichkeit eines gewandten Kammerdieners ebensogut hin als die des vorzüglichsten Künstlers. Weiter als zu einem Altar, worauf geopfert ward, und zu einer Bekränzung, es mochte nun ein gipsenes oder ein lebendes Haupt sein, konnte ihre Einbildungskraft sich nicht versteigen, wenn sie irgend jemand zum Geburts- und Ehrentage ein festliches Kompliment zu machen gedachte.

Ottilie konnte dem Bräutigam, der sich nach dem Verhältnis des Architekten zum Hause erkundigte, die beste Auskunft geben. Sie wußte, daß Charlotte sich schon früher nach einer Stelle für ihn umgetan hatte: denn wäre die Gesellschaft nicht gekommen, so hätte sich der junge Mann gleich nach Vollendung der Kapelle entfernt, weil alle Bauten den Winter über stillstehn sollten und mußten; und es war daher sehr erwünscht, wenn der geschickte Künstler durch einen neuen Gönner wieder genutzt und befördert wurde.

Das persönliche Verhältnis Ottiliens zum Architekten war ganz rein und unbefangen. Seine angenehme und tätige Gegenwart hatte sie, wie die Nähe eines ältern Bruders, unterhalten und erfreut. Ihre Empfindungen für ihn blieben auf der ruhigen, leidenschaftslosen Oberfläche der Blutsverwandtschaft: denn in ihrem Herzen war kein Raum mehr; es war von der Liebe zu Eduard ganz gedrängt ausgefüllt, und nur die Gottheit, die alles durchdringt, konnte dieses Herz zugleich mit ihm besitzen.

Indessen je tiefer der Winter sich senkte, je wilderes Wetter, je unzugänglicher die Wege, desto anziehender schien es, in so guter Gesellschaft die abnehmenden Tage zuzubringen. Nach kurzen Ebben überflutete die Menge von Zeit zu Zeit das Haus. Offiziere von entfernteren Garnisonen, die gebildeten zu ihrem großen Vorteil, die roheren zur Unbequemlichkeit der Gesellschaft, zogen sich herbei; am Zivilstande fehlte es auch nicht, und ganz unerwartet kamen eines Tages der Graf und die Baronesse zusammen angefahren.

Ihre Gegenwart schien erst einen wahren Hof zu bilden. Die Männer von Stand und Sitten umgaben den Grafen, und die Frauen ließen der Baronesse Gerechtigkeit widerfahren. Man verwunderte sich nicht lange, sie beide zusammen und so heiter zu sehen: denn man vernahm, des Grafen Gemahlin sei gestorben, und eine neue Verbindung werde geschlossen sein, sobald es die Schicklichkeit nur erlaube. Ottilie erinnerte sich jenes ersten Besuchs, jedes Worts, was über Ehestand und Scheidung, über Verbindung und Trennung, über Hoffnung, Erwartung, Entbehren und Entsagen gesprochen ward. Beide Personen, damals noch ganz ohne Aussichten, standen nun vor ihr, dem gehofften Glück so nahe, und ein unwillkürlicher Seufzer drang aus ihrem Herzen.

Luciane hörte kaum, daß der Graf ein Liebhaber von Musik sei, so wußte sie ein Konzert zu veranstalten; sie wollte sich dabei mit Gesang zur Guitarre hören lassen. Es geschah. Das Instrument spielte sie nicht ungeschickt, ihre Stimme war angenehm; was aber die Worte betraf, so verstand man sie so wenig, als wenn sonst eine deutsche Schöne zur Guitarre singt. Indes versicherte jedermann, sie habe mit viel Ausdruck gesungen, und sie konnte mit dem lauten Beifall zufrieden sein. Nur ein wunderliches Unglück begegnete bei dieser Gelegenheit. In der Gesellschaft befand sich ein Dichter, den sie auch besonders zu verbinden hoffte, weil sie einige Lieder von ihm an sie gerichtet wünschte und deshalb diesen Abend meist nur von seinen Liedern vortrug. Er war überhaupt, wie alle, höflich gegen sie, aber sie hatte mehr erwartet. Sie legte es ihm einigemal nahe, konnte aber weiter nichts von ihm vernehmen, bis sie endlich aus Ungeduld einen ihrer Hofleute an ihn schickte und sondieren ließ, ob er denn nicht entzückt gewesen sei, seine vortrefflichen Gedichte so vortrefflich vortragen zu hören. Meine Gedichte? versetzte dieser mit Erstaunen. Verzeihen Sie, mein Herr, fügte er hinzu: ich habe nichts als Vokale gehört, und die nicht einmal alle. Unterdessen ist es meine Schuldigkeit, mich für eine so liebenswürdige Intention dankbar zu erweisen. Der Hofmann schwieg und verschwieg. Der andre suchte sich durch einige wohltönende Komplimente aus der Sache zu ziehen. Sie ließ ihre Absicht nicht undeutlich merken, auch etwas eigens für sie Gedichtetes zu besitzen. Wenn es nicht allzu unfreundlich gewesen wäre, so hätte er ihr das Alphabet überreichen können, um sich daraus ein beliebiges Lobgedicht zu irgendeiner vorkommenden Melodie selbst einzubilden. Doch sollte sie nicht ohne Kränkung aus dieser Begebenheit scheiden. Kurze Zeit darauf erfuhr sie: er habe noch selbigen Abend einer von Ottiliens Lieblingsmelodien ein allerliebstes Gedicht unterlegt, das noch mehr als verbindlich sei.

Luciane, wie alle Menschen ihrer Art, die immer durcheinandermischen, was ihnen vorteilhaft und was ihnen nachteilig ist, wollte nun ihr Glück im Rezitieren versuchen. Ihr Gedächnis war gut, aber, wenn man aufrichtig reden sollte, ihr Vortrag geistlos und heftig, ohne leidenschaftlich zu sein. Sie rezitierte Balladen, Erzählungen, und was sonst in Deklamatorien vorzukommen pflegt. Dabei hatte sie die unglückliche Gewohnheit angenommen, das, was sie vortrug, mit Gesten zu begleiten, wodurch man das, was eigentlich episch und lyrisch ist, auf eine unangenehme Weise mit dem Dramatischen mehr verwirrt als verbindet.

Der Graf, ein einsichtsvoller Mann, der gar bald die Gesellschaft, ihre Neigungen, Leidenschaften und Unterhaltungen übersah, brachte Lucianen, glücklicher- oder unglücklicherweise, auf eine neue Art von Darstellung, die ihrer Persönlichkeit sehr gemäß war. Ich finde, sagte er, hier so manche wohlgestaltete Personen, denen es gewiß nicht fehlt, malerische Bewegungen und Stellungen nachzuahmen. Sollten sie es noch nicht versucht haben, wirkliche bekannte Gemälde vorzustellen? Eine solche Nachbildung, wenn sie auch manche mühsame Anordnung erfordert, bringt dagegen auch einen unglaublichen Reiz hervor.

Schnell ward Luciane gewahr, daß sie hier ganz in ihrem Fach sein würde. Ihr schöner Wuchs, ihr volle Gestalt, ihr regelmäßiges und doch bedeutendes Gesicht, ihre lichtbraunen Haarflechten, ihr schlanker Hals, alles war schon wie aufs Gemälde berechnet; und hätte sie nun gar gewußt, daß sie schöner aussah, wenn sie still stand, als wenn sie sich bewegte, indem ihr im letzten Falle manchmal etwas störendes Ungraziöses entschlüpfte, so hätte sie sich mit noch mehrerem Eifer dieser natürlichen Bildnerei ergeben.

Man suchte nun Kupferstiche nach berühmten Gemälden; man wählte zuerst den Belisar nach van Dyck. Ein großer und wohlgebauter Mann von gewissen Jahren sollte den sitzenden blinden General, der Architekt den vor ihm teilnehmend-traurig stehenden Krieger nachbilden, dem er wirklich etwas ähnlich sah. Luciane hatte sich, halb bescheiden, das junge Weibchen im Hintergrunde gewählt, das reichliche Almosen aus einem Beutel in die flache Hand zählt, indes eine Alte sie abzumahnen und ihr vorzustellen scheint, daß sie zuviel tue. Eine andre ihm wirklich Almosen reichende Frauensperson war nicht vergessen.

Mit diesen und andern Bildern beschäftigte man sich sehr ernstlich. Der Graf gab dem Architekten über die Art der Einrichtung einige Winke, der sogleich ein Theater dazu aufstellte und wegen der Beleuchtung die nötige Sorge trug. Man war schon tief in die Anstalten verwickelt, als man erst bemerkte, daß ein solches Unternehmen einen ansehnlichen Aufwand verlangte und daß auf dem Lande mitten im Winter gar manches Erfordernis abging. Deshalb ließ, damit ja nichts stocken möge, Luciane beinah ihre sämtliche Garderobe zerschneiden, um die verschiedenen Kostüme zu liefern, die jene Künstler willkürlich genug angegeben haben.

Der Abend kam herbei, und die Darstellung wurde vor einer großen Gesellschaft und zu allgemeinem Beifall ausgeführt. Eine bedeutende Musik spannte die Erwartung. Jener Belisar eröffnete die Bühne. Die Gestalten waren so passend, die Farben so glücklich ausgeteilt, die Beleuchtung so kunstreich, daß man fürwahr in einer andern Welt zu sein glaubte; nur daß die Gegenwart des Wirklichen statt des Scheins eine Art von ängstlicher Empfindung hervorbrachte.

Der Vorhang fiel und ward auf Verlangen mehr als einmal wieder aufgezogen. Ein musikalisches Zwischenspiel unterhielt die Gesellschaft, die man durch ein Bild höherer Art überraschen wollte. Es war die bekannte Vorstellung von Poussin: Ahasverus und Esther. Diesmal hatte sich Luciane besser bedacht. Sie entwickelte in der ohnmächtig hingesunkenen Königin alle ihre Reize und hatte sich klugerweise zu den umgebenden unterstützenden Mädchen lauter hübsche, wohlgebildete Figuren ausgesucht, worunter sich jedoch keine mit ihr auch nur im mindesten messen konnte. Ottilie blieb von diesem Bilde wie von den übrigen ausgeschlossen. Auf den goldnen Thron hatte sie, um den Zeus gleichen König vorzustellen, den rüstigsten und schönsten Mann der Gesellschaft gewählt, so daß dieses Bild wirklich eine unvergleichliche Vollkommenheit gewann.

Als drittes hatte man die sogenannte väterliche Ermahnung von Terburg gewählt, und wer kennt nicht den herrlichen Kupferstich unseres Wille von diesem Gemälde? Einen Fuß über den andern geschlagen, sitzt ein edler ritterlicher Vater und scheint seiner vor ihm stehenden Tochter ins Gewissen zu reden. Diese, eine herrliche Gestalt, im faltenreichen weißen Atlaskleide, wird zwar nur von hinten gesehen, aber ihr ganzes Wesen scheint anzudeuten, daß sie sich zusammennimmt. Daß jedoch die Ermahnung nicht heftig und beschämend sei, sieht man aus der Miene und Gebärde des Vaters; und was die Mutter betrifft, so scheint diese eine kleine Verlegenheit zu verbergen, indem sie in ein Glas Wein blickt, das sie eben auszuschlürfen im Begriff ist.

Bei dieser Gelegenheit nun sollte Luciane in ihrem höchsten Glanze erscheinen. Ihre Zöpfe, die Form ihres Kopfes, Hals und Nacken waren über alle Begriffe schön, und die Taille, von der bei den modernen antikisierenden Bekleidungen der Frauenzimmer wenig sichtbar wird, höchst zierlich, schlank und leicht, zeigte sich an ihr in dem älteren Kostüm äußerst vorteilhaft; und der Architekt hatte gesorgt, die reichen Falten des weißen Atlasses mit der künstlichsten Natur zu legen, so daß ganz ohne Frage diese lebendige Nachbildung weit über jenes Originalbildnis hinausreichte und ein allgemeines Entzücken erregte. Man konnte mit dem Wiederverlangen nicht endigen, und der ganz natürliche Wunsch, einem so schönen Wesen, das man genugsam von der Rückseite gesehen, auch ins Angesicht zu schauen, nahm dergestalt überhand, daß ein lustiger ungeduldiger

Vogel die Worte, die man manchmal an das Ende einer Seite zu schreiben pflegt: tournez s'il vous plaît, laut ausrief und eine allgemeine Beistimmung erregte. Die Darstellenden aber kannten ihren Vorteil zu gut und hatten den Sinn dieser Kunststücke zu wohl gefaßt, als daß sie dem allgemeinen Ruf hätten nachgeben sollen. Die beschämt scheinende Tochter blieb ruhig stehen, ohne den Zuschauern den Ausdruck ihres Angesichts zu gönnen; der Vater blieb in seiner ermahnenden Stellung sitzen, und die Mutter brachte Nase und Augen nicht aus dem durchsichtigen Glase, worin sich, ob sie gleich zu trinken schien, der Wein nicht verminderte. – Was sollen wir noch viel von kleinen Nachstücken sagen, wozu man niederländische Wirtshaus- und Jahrmarktsszenen gewählt hatte?

Der Graf und die Baronesse reisten ab und versprachen, in den ersten glücklichen Wochen ihrer nahen Verbindung wiederzukehren, und Charlotte hoffte nunmehr, nach zwei mühsam überstandenen Monaten, die übrige Gesellschaft gleichfalls loszuwerden. Sie war des Glücks ihrer Tochter gewiß, wenn bei dieser der erste Braut- und Jugendtaumel sich würde gelegt haben: denn der Bräutigam hielt sich für den glücklichsten Menschen von der Welt. Bei großem Vermögen und gemäßigter Sinnesart schien er auf eine wunderbare Weise von dem Vorzuge geschmeichelt, ein Frauenzimmer zu besitzen, das der ganzen Welt gefallen mußte. Er hatte einen so ganz eigenen Sinn, alles auf sie und erst durch sie auf sich zu beziehen, daß es ihm eine unangenehme Empfindung machte, wenn sich nicht gleich ein Neuankommender mit aller Aufmerksamkeit auf sie richtete und mit ihm, wie es wegen seiner guten Eigenschaften besonders von älteren Personen oft geschah, eine nähere Verbindung suchte, ohne sich sonderlich um sie zu bekümmern. Wegen des Architekten kam es bald zur Richtigkeit. Aufs Neujahr sollte ihm dieser folgen und das Karneval mit ihm in der Stadt zubringen, wo Luciane sich von der Wiederholung der so schön eingerichteten Gemälde, so wie von hundert andern Dingen, die größte Glückseligkeit versprach, um so mehr, als Tante und Bräutigam jeden Aufwand für gering zu achten schienen, der zu ihrem Vergnügen erfordert wurde.

Nun sollte man scheiden, aber das konnte nicht auf eine gewöhnliche Weise geschehen. Man scherzte einmal ziemlich laut, daß Charlottens Wintervorräte nun bald aufgezehrt seien, als der Ehrenmann, der den Belisar vorgestellt hatte und freilich reich genug war, von Lucianens Vorzügen hingerissen, denen er nun schon so lange huldigte, unbedachtsam ausrief: So lassen Sie es uns auf polnische Art halten! Kommen Sie nun und zehren mich auch auf, und so gehet es dann weiter in die Runde herum. Gesagt, getan: Luciane schlug ein. Den andern Tag war gepackt, und der Schwarm warf sich auf ein anderes Besitztum. Dort hatte man auch Raum genug, aber weniger Bequemlichkeit und Einrichtung. Daraus entstand manches Unschickliche, das erst Lucianen recht glücklich machte. Das Leben wurde immer wüster und wilder. Treibjagen im tiefsten Schnee, und was man sonst nur Unbequemes auffinden konnte, wurde veranstaltet. Frauen so wenig als Männer durften sich ausschließen, und so zog man, jagend und reitend, schlittenfahrend und lärmend, von einem Gute zum andern, bis man sich endlich der Residenz näherte; da denn die Nachrichten und Erzählungen, wie man sich bei Hofe und in der Stadt vergnüge, der Einbildungskraft eine andre Wendung gaben und Lucianen mit ihrer sämtlichen Begleitung, indem die Tante schon vorausgegangen war, unaufhaltsam in einen andern Lebenskreis hineinzogen.

Aus Ottiliens Tagebuche

Man nimmt in der Welt jeden, wofür er sich gibt; aber er muß sich auch für etwas geben. Man erträgt die Unbequemen lieber, als man die Unbedeutenden duldet.

Man kann der Gesellschaft alles aufdringen, nur nicht, was eine Folge hat.

Wir lernen die Menschen nicht kennen, wenn sie zu uns kommen; wir müssen zu ihnen gehen, um zu erfahren, wie es mit ihnen steht.

Ich finde es beinahe natürlich, daß wir an Besuchenden mancherlei auszusetzen haben, daß wir sogleich, wenn sie weg sind, über sie nicht zum liebevollsten urteilen: denn wir haben sozusagen ein Recht, sie nach unserm Maßstabe zu messen. Selbst verständige und billige Menschen enthalten sich in solchen Fällen kaum einer scharfen Zensur.

Wenn man dagegen bei andern gewesen ist und hat sie mit ihren

Umgebungen, Gewohnheiten, in ihren notwendigen, unausweichlichen Zuständen gesehen, wie sie um sich wirken oder wie sie sich fügen, so gehört schon Unverstand und böser Wille dazu, um das lächerlich zu finden, was uns in mehr als Einem Sinne ehrwürdig scheinen müßte.

Durch das, was wir Betragen und gute Sitten nennen, soll das erreicht werden, was außerdem nur durch Gewalt, oder auch nicht einmal durch Gewalt zu erreichen ist.

Der Umgang mit Frauen ist das Element guter Sitten.

Wie kann der Charakter, die Eigentümlichkeit des Menschen mit der Lebensart bestehen?

Das Eigentümliche müßte durch die Lebensart erst recht hervorgehoben werden. Das Bedeutende will jedermann, nur soll es nicht unbequem sein.

Die größten Vorteile im Leben überhaupt wie in der Gesellschaft hat ein gebildeter Soldat.

Rohe Kriegsleute gehen wenigstens nicht aus ihrem Charakter, und weil doch meist hinter der Stärke eine Gutmütigkeit verborgen liegt, so ist im Notfall auch mit ihnen auszukommen.

Niemand ist lästiger als ein täppischer Mensch vom Zivilstande. Von ihm könnte man die Feinheit fordern, da er sich mit nichts Rohem zu beschäftigen hat.

Wenn wir mit Menschen leben, die ein zartes Gefühl für das Schickliche haben, so wird es uns angst um ihretwillen, wenn etwas Ungeschicktes begegnet. So fühle ich immer für und mit Charlotten, wenn jemand mit dem Stuhle schaukelt, weil sie das in den Tod nicht leiden kann.

Es käme niemand mit der Brille auf der Nase in ein vertrauliches Gemach, wenn er wüßte, daß uns Frauen sogleich die Lust vergeht, ihn anzusehen und uns mit ihm zu unterhalten.

Zutraulichkeit an der Stelle der Ehrfurcht ist immer lächerlich. Es würde niemand den Hut ablegen, nachdem er kaum das Kompliment gemacht hat, wenn er wüßte, wie komisch das aussieht.

Es gibt kein äußeres Zeichen der Höflichkeit, das nicht einen tiefen sittlichen Grund hätte. Die rechte Erziehung wäre, welche dieses Zeichen und den Grund zugleich überlieferte.

Das Betragen ist ein Spiegel, in welchem jeder sein Bild zeigt.

Es gibt eine Höflichkeit des Herzens; sie ist der Liebe verwandt. Aus ihr entspringt die bequemste Höflichkeit des äußern Betragens.

Freiwillige Abhängigkeit ist der schönste Zustand, und wie wäre der möglich ohne Liebe.

Wir sind nie entfernter von unsern Wünschen, als wenn wir uns einbilden, das Gewünschte zu besitzen.

Niemand ist mehr Sklave, als der sich für frei hält, ohne es zu sein.

Es darf sich einer nur für frei erklären, so fühlt er sich den Augenblick als bedingt. Wagt er es, sich für bedingt zu erklären, so fühlt er sich frei.

Gegen große Vorzüge eines andern gibt es kein Rettungsmittel als die Liebe.

Es ist was Schreckliches um einen vorzüglichen Mann, auf den sich die Dummen was zugute tun.

Es gibt, sagt man, für den Kammerdiener keinen Helden. Das kommt aber bloß daher, weil der Held nur vom Helden anerkannt werden kann. Der Kammerdiener wird aber wahrscheinlich seinesgleichen zu schätzen wissen.

Es gibt keinen größern Trost für die Mittelmäßigkeit, als daß das Genie nicht unsterblich sei.

Die größten Menschen hängen immer mit ihrem Jahrhundert durch eine Schwachheit zusammen.

Man hält die Menschen gewöhnlich für gefährlicher, als sie sind.

Toren und gescheite Leute sind gleich unschädlich. Nur die Halbnarren und Halbweisen, das sind die gefährlichsten.

Man weicht der Welt nicht sicherer aus als durch die Kunst, und man verknüpft sich nicht sicherer mit ihr als durch die Kunst.

Selbst im Augenblick des höchsten Glücks und der höchsten Not bedürfen wir des Künstlers.

Die Kunst beschäftigt sich mit dem Schweren und Guten.

Das Schwierige leicht behandelt zu sehen, gibt uns das Anschauen des Unmöglichen.

Die Schwierigkeiten wachsen, je näher man dem Ziele kommt.

Säen ist nicht so beschwerlich als ernten.

Die große Unruhe, welche Charlotten durch diesen Besuch erwuchs, ward ihr dadurch vergütet, daß sie ihre Tochter völlig begreifen lernte, worin ihr die Bekanntschaft mit der Welt sehr zu Hülfe kam. Es war nicht zum ersten Mal, daß ihr ein so seltsamer Charakter begegnete, ob er ihr gleich noch niemals auf dieser Höhe erschien. Und doch hatte sie aus der Erfahrung, daß solche Pesonen, durchs Leben, durch mancherlei Ereignisse, durch elterliche Verhältnisse gebildet, eine sehr angenehme und liebenswürdige Reife erlangen können, indem die Selbstigkeit gemildert wird und die schwärmende Tätigkeit eine entschiedene Richtung erhält. Charlotte ließ als Mutter sich um desto eher eine für andere vielleicht unangenehme Erscheinung gefallen, als es Eltern wohl geziemt, da zu hoffen, wo Fremde nur zu genießen wünschen, oder wenigstens nicht belästigt sein wollen.

Auf eine eigne und unerwartete Weise jedoch sollte Charlotte nach ihrer Tochter Abreise getroffen werden, indem diese nicht sowohl durch das Tadelnswerte in ihrem Betragen als durch das, was man daran lobenswürdig hätte finden können, eine üble Nachrede hinter sich gelassen hatte. Luciane schien sichs zum Gesetz gemacht zu haben, nicht allein mit den Fröhlichen fröhlich, sondern auch mit den Traurigen traurig zu sein und, um den Geist des Widerspruchs recht zu üben, manchmal die Fröhlichen verdrießlich und die Traurigen heiter zu machen. In allen Familien, wo sie hinkam, erkundigte sie sich nach den Kranken und Schwachen, die nicht in Gesellschaft erscheinen konnten. Sie besuchte sie auf ihren Zimmern, machte den Arzt und drang einem jeden aus ihrer Reiseapotheke, die sie beständig im Wagen mit sich führte, energische Mittel auf; da denn eine solche Kur, wie sich vermuten läßt, gelang oder mißlang, wie es der Zufall herbeiführte.

In dieser Art von Wohltätigkeit war sie ganz grausam und ließ sich gar nicht einreden, weil sie fest überzeugt war, daß sie vortrefflich handle. Allein es mißriet ihr auch ein Versuch von der sittlichen Seite, und dieser war es, der Charlotten viel zu schaffen machte, weil er Folgen hatte und jedermann darüber sprach. Erst nach Lucianens Abreise hörte sie davon; Ottilie, die gerade jene Partie mitgemacht hatte, mußte ihr umständlich davon Rechenschaft geben. Eine der Töchter eines angesehenen Hauses hatte das Unglück gehabt, an dem Tode eines ihrer jüngeren Geschwister schuld zu sein, und sich darüber nicht beruhigen noch wiederfinden können. Sie lebte auf ihrem Zimmer beschäftigt und still und ertrug selbst den Anblick der Ihrigen nur, wenn sie einzeln kamen: denn sie argwohnte sogleich, wenn mehrere beisammen waren, daß man untereinander über sie und ihren Zustand reflektiere. Gegen jedes allein äußerte sie sich vernünftig und unterhielt sich stundenlang mit ihm.

Luciane hatte davon gehört und sich sogleich im Stillen vorgenommen, wenn sie in das Haus käme, gleichsam ein Wunder zu tun und das Frauenzimmer der Gesellschaft wiederzugeben. Sie betrug sich dabei vorsichtiger als sonst, wußte sich allein bei der Seelenkranken einzuführen und, soviel man merken konnte, durch Musik ihr Vertrauen zu gewinnen. Nur zuletzt versah sie es: denn eben weil sie Aufsehn erregen wollte, so brachte sie das schöne blasse Kind, das sie genug vorbereitet wähnte, eines Abends plötzlich in die bunte, glänzende Gesellschaft; und vielleicht wäre auch das noch gelungen, wenn nicht die Sozietät selbst, aus Neugierde und Apprehension, sich ungeschickt benommen, sich um die Kranke versammelt, sie wieder gemieden, sie durch Flüstern, Köpfezusammenstecken irre gemacht und aufgeregt hätte. Die zart Empfindende ertrug das nicht. Sie entwich unter fürchterlichem Schreien, das gleichsam ein Entsetzen vor einem eindringenden Ungeheuren auszudrücken schien. Erschreckt fuhr die Gesellschaft nach allen Seiten auseinander, und Ottilie war unter denen, welche die völlig Ohnmächtige wieder auf ihr Zimmer begleiteten.

Indessen hatte Luciane eine starke Strafrede nach ihrer Weise an die Gesellschaft gehalten, ohne im mindesten daran zu denken, daß sie allein alle Schuld habe, und ohne sich durch dieses und andres Mißlingen von ihrem Tun und Treiben abhalten zu lassen.

Der Zustand der Kranken war seit jener Zeit bedenklicher geworden, ja das Übel hatte sich so gesteigert, daß die Eltern das arme Kind nicht im Hause behalten konnten, sondern einer öffentlichen Anstalt überantworten mußten. Charlotten blieb nichts übrig, als durch ein besonders zartes Benehmen gegen jene Familie den von ihrer Tochter verursachten Schmerz einigermaßen zu lindern. Auf Ottilien hatte die Sache einen tiefen Eindruck gemacht; sie bedauerte das arme Mädchen um so mehr, als sie überzeugt war, wie sie auch gegen Charlotten nicht leugnete, daß bei einer konsequenten Behandlung die Kranke gewiß herzustellen gewesen wäre.

So kam auch, weil man sich gewöhnlich vom vergangenen Unangenehmen mehr als vom Angenehmen unterhält, ein kleines Mißverständnis zur Sprache, das Ottilien an dem Architekten irre gemacht hatte, als er jenen Abend seine Sammlung nicht vorzeigen wollte, ob sie ihn gleich so freundlich darum ersuchte. Es war ihr dieses abschlägige Betragen immer in der Seele geblieben, und sie wußte selbst nicht warum. Ihre Empfindungen waren sehr richtig: denn was ein Mädchen wie Ottilie verlangen kann, sollte ein Jüngling wie der Architekt nicht versagen. Dieser brachte jedoch auf ihre gelegentlichen leisen Vorwürfe ziemlich gültige Entschuldigungen zur Sprache.

Wenn Sie wüßten, sagte er, wie roh selbst gebildete Menschen sich gegen die schätzbarsten Kunstwerke verhalten, Sie würden mir verzeihen, wenn ich die meinigen nicht unter die Menge bringen mag. Niemand weiß eine Medaille am Rand anzufassen; sie betasten das schönste Gepräge, den reinsten Grund, lassen die köstlichsten Stücke zwischen dem Daumen und Zeigefinger hin- und hergehen, als wenn man Kunstformen auf diese Weise prüfte. Ohne daran zu denken, daß man ein großes Blatt mit zwei Händen anfassen müsse, greifen sie mit Einer Hand nach einem unschätzbaren Kupferstich, einer unersetzlichen Zeichnung, wie ein anmaßlicher Politiker eine Zeitung faßt und durch das Zerknittern des Papiers schon im voraus sein Urteil über die Weltbegebenheiten zu erkennen gibt. Niemand denkt daran, daß, wenn nur zwanzig Menschen mit einem Kunstwerke hintereinander ebenso verführen, der einundzwanzigste nicht mehr viel daran zu sehen hätte.

Habe ich Sie nicht auch manchmal, fragte Ottilie, in solche Verlegenheit gesetzt? habe ich nicht etwa Ihre Schätze, ohne es zu ahnen, gelegentlich einmal beschädigt?

Niemals, versetzte der Architekt: niemals! Ihnen wäre es unmöglich: das Schickliche ist mit Ihnen geboren.

Auf alle Fälle, versetzte Ottilie, wäre es nicht übel, wenn man künftig in das Büchlein von guten Sitten, nach den Kapiteln, wie man sich in Gesellschaft beim Essen und Trinken benehmen soll, ein recht umständliches einschöbe, wie man sich in Kunstsammlungen und Museen zu betragen habe.
Gewiß, versetzte der Architekt, würden alsdann Kustoden und Liebhaber ihre Seltenheiten fröhlicher mitteilen.
Ottilie hatte ihm schon lange verziehen; als er sich aber den Vorwurf sehr zu Herzen zu nehmen schien und immer aufs neue beteuerte, daß er gewiß gerne mitteile, gern für Freunde tätig sei, so empfand sie, daß sie sein zartes Gemüt verletzt habe, und fühlte sich als seine Schuldnerin. Nicht wohl konnte sie ihm daher eine Bitte rund abschlagen, die er in Gefolg dieses Gesprächs an sie tat, ob sie gleich, indem sie schnell ihr Gefühl zu Rate zog, nicht einsah, wie sie ihm seine Wünsche gewähren könne.
Die Sache verhielt sich also. Daß Ottilie durch Lucianens Eifersucht von den Gemäldedarstellungen ausgeschlossen worden, war ihm höchst empfindlich gewesen; daß Charlotte diesem glänzenden Teil der geselligen Unterhaltung nur unterbrochen beiwohnen können, weil sie sich nicht wohl befand, hatte er gleichfalls mit Bedauern bemerkt: nun wollte er sich nicht entfernen, ohne seine Dankbarkeit auch dadurch zu beweisen, daß er zur Ehre der einen und zur Unterhaltung der andern eine weit schönere Darstellung veranstaltete, als die bisherigen gewesen waren. Vielleicht kam hierzu, ihm selbst unbewußt, ein andrer geheimer Antrieb: es ward ihm so schwer, dieses Haus, diese Familie zu verlassen, ja es schien ihm unmöglich, von Ottiliens Augen zu scheiden, von deren ruhig freundlich gewogenen Blicken er die letzte Zeit fast ganz allein gelebt hatte.
Die Weihnachtsfeiertage nahten sich, und es wurde ihm auf einmal klar, daß eigentlich jene Gemäldedarstellungen durch runde Figuren von dem sogenannten Präsepe ausgegangen, von der frommen Vorstellung, die man in dieser heiligen Zeit der göttlichen Mutter und dem Kinde widmete, wie sie in ihrer scheinbaren Niedrigkeit erst von Hirten, bald darauf von Königen verehrt werden.
Er hatte sich die Möglichkeit eines solchen Bildes vollkommen vergegenwärtigt. Ein schöner frischer Knabe war gefunden; an Hirten

und Hirtinnen konnte es auch nicht fehlen; aber ohne Ottilien war die Sache nicht auszuführen. Der junge Mann hatte sie in seinem Sinne zur Mutter Gottes erhoben, und wenn sie es abschlug, so war bei ihm keine Frage, daß das Unternehmen fallen müsse. Ottilie, halb verlegen über seinen Antrag, wies ihn mit seiner Bitte an Charlotten. Diese erteilte ihm gern die Erlaubnis, und auch durch sie ward die Scheu Ottiliens, sich jener heiligen Gestalt anzumaßen, auf eine freundliche Weise überwunden. Der Architekt arbeitete Tag und Nacht, damit am Weihnachtsabend nichts fehlen möge.
Und zwar Tag und Nacht im eigentlichen Sinne. Er hatte ohnehin wenig Bedürfnisse, und Ottiliens Gegenwart schien ihm statt alles Labsals zu sein; indem er um ihretwillen arbeitete, war es, als wenn er keines Schlafs, indem er sich um sie beschäftigte, keiner Speise bedürfte. Zur feierlichen Abendstunde war deshalb alles fertig und bereit. Es war ihm möglich gewesen, wohltönende Blasinstrumente zu versammeln, welche die Einleitung machten und die gewünschte Stimmung hervorzubringen wußten. Als der Vorhang sich hob, war Charlotte wirklich überrascht. Das Bild, das sich ihr vorstellte, war so oft in der Welt wiederholt, daß man kaum einen neuen Eindruck davon erwarten sollte. Aber hier hatte die Wirklichkeit als Bild ihre besondern Vorzüge. Der ganze Raum war eher nächtlich als dämmernd, und doch nichts undeutlich im Einzelnen der Umgebung. Den unübertrefflichen Gedanken, daß alles Licht vom Kinde ausgehe, hatte der Künstler durch einen klugen Mechanismus der Beleuchtung auszuführen gewußt, der durch die beschatteten, nur von Streiflichtern erleuchteten Figuren im Vordergrunde zugedeckt wurde. Frohe Mädchen und Knaben standen umher; die frischen Gesichter scharf von unten beleuchtet. Auch an Engeln fehlte es nicht, deren eigener Schein von dem göttlichen verdunkelt, deren ätherischer Leib vor dem göttlich-menschlichen verdichtet und lichtsbedürftig schien.
Glücklicherweise war das Kind in der anmutigsten Stellung eingeschlafen, so daß nichts die Betrachtung störte, wenn der Blick auf der scheinbaren Mutter verweilte, die mit unendlicher Anmut einen Schleier aufgehoben hatte, um den verborgenen Schatz zu offenbaren. In diesem Augenblick schien das Bild festgehalten und erstarrt

zu sein. Physisch geblendet, geistig überrascht, schien das umgebende Volk sich eben bewegt zu haben, um die getroffnen Augen wegzuwenden, neugierig erfreut wieder hinzublinzen und mehr Verwunderung und Lust als Bewunderung und Verehrung anzuzeigen; obgleich diese auch nicht vergessen und einigen ältern Figuren der Ausdruck derselben übertragen war.

Ottiliens Gestalt, Gebärde, Miene, Blick übertraf aber alles, was je ein Maler dargestellt hat. Der gefühlvolle Kenner, der diese Erscheinung gesehen hätte, wäre in Furcht geraten, es möge sich nur irgend etwas bewegen, er wäre in Sorge gestanden, ob ihm jemals etwas wieder so gefallen könne. Unglücklicherweise war niemand da, der diese ganze Wirkung aufzufassen vermocht hätte. Der Architekt allein, der als langer, schlanker Hirt von der Seite über die Knieenden hereinsah, hatte, obgleich nicht in dem genauesten Standpunkt, noch den größten Genuß. Und wer beschreibt auch die Miene der neugeschaffenen Himmelskönigin? Die reinste Demut, das liebenswürdigste Gefühl von Bescheidenheit bei einer großen, unverdient erhaltenen Ehre, einem unbegreiflich unermeßlichen Glück bildete sich in ihren Zügen, sowohl indem sich ihre eigene Empfindung, als indem sich die Vorstellung ausdrückte, die sie sich von dem machen konnte, was sie spielte.

Charlotten erfreute das schöne Gebilde, doch wirkte hauptsächlich das Kind auf sie. Ihre Augen strömten von Tränen, und sie stellte sich auf das lebhafteste vor, daß sie ein ähnliches liebes Geschöpf bald auf ihrem Schoße zu hoffen habe.

Man hatte den Vorhang niedergelassen, teils um den Vorstellenden einige Erleichterung zu geben, teils eine Veränderung in dem Dargestellten anzubringen. Der Künstler hatte sich vorgenommen, das erste Nacht- und Niedrigkeitsbild in ein Tag- und Glorienbild zu verwandeln, und deswegen von allen Seiten eine unmäßige Erleuchtung vorbereitet, die in der Zwischenzeit angezündet wurde.

Ottilien war in ihrer halb theatralischen Lage bisher die größte Beruhigung gewesen, daß außer Charlotten und wenigen Hausgenossen niemand dieser frommen Kunstmummerei zugesehen. Sie wurde daher einigermaßen betroffen, als sie in der Zwischenzeit vernahm, es sei ein Fremder angekommen, im Saale von Charlotten freundlich begrüßt. Wer es war, konnte man ihr nicht sagen. Sie ergab sich darein, um keine Störung zu verursachen. Lichter und Lampen brannten, und eine ganz unendliche Hellung umgab sie. Der Vorhang ging auf, für die Zuschauenden ein überraschender Anblick: das ganze Bild war alles Licht, und statt des völlig aufgehobenen Schattens blieben nur die Farben übrig, die bei der klugen Auswahl eine liebliche Mäßigung hervorbrachten. Unter ihren langen Augenwimpern hervorblickend, bemerkte Ottilie eine Mannsperson neben Charlotten sitzend. Sie erkannte ihn nicht, aber sie glaubte die Stimme des Gehülfen aus der Pension zu hören. Eine wunderbare Empfindung ergriff sie. Wie vieles war begegnet, seitdem sie die Stimme dieses treuen Lehrers nicht vernommen! Wie im zackigen Blitz fuhr die Reihe ihrer Freuden und Leiden schnell vor ihrer Seele vorbei und regte die Frage auf: Darfst du ihm alles bekennen und gestehen? Und wie wenig wert bist du, unter dieser heiligen Gestalt vor ihm zu erscheinen, und wie seltsam muß es ihm vorkommen, dich, die er nur natürlich gesehen, als Maske zu erblicken? Mit einer Schnelligkeit, die keinesgleichen hat, wirkten Gefühl und Betrachtung in ihr gegeneinander. Ihr Herz war befangen, ihre Augen füllten sich mit Tränen, indem sie sich zwang, immerfort als ein starres Bild zu erscheinen; und wie froh war sie, als der Knabe sich zu regen anfing und der Künstler sich genötigt sah, das Zeichen zu geben, daß der Vorhang wieder fallen sollte.

Hatte das peinliche Gefühl, einem werten Freunde nicht entgegeneilen zu können, sich schon die letzten Augenblicke zu den übrigen Empfindungen Ottiliens gesellt, so war sie jetzt in noch größerer Verlegenheit. Sollte sie in diesem fremden Anzug und Schmuck ihm entgegengehn? sollte sie sich umkleiden? Sie wählte nicht, sie tat das letzte und suchte sich in der Zwischenzeit zusammenzunehmen, sich zu beruhigen, und war nur erst wieder mit sich selbst in Einstimmung, als sie endlich im gewohnten Kleide den Angekommenen begrüßte.

Insofern der Architekt seinen Gönnerinnen das Beste wünschte, war es ihm angenehm, da er doch endlich scheiden mußte, sie in der guten Gesellschaft des schätzbaren Gehülfen zu wissen; indem er jedoch ihre Gunst auf sich selbst bezog, empfand er es einigermaßen schmerzhaft, sich so bald und, wie es seiner Bescheidenheit dünken mochte, so gut, ja vollkommen ersetzt zu sehen. Er hatte noch immer gezaudert, nun aber drängte es ihn hinweg: denn was er sich nach seiner Entfernung mußte gefallen lassen, das wollte er wenigstens gegenwärtig nicht erleben.

Zu großer Erheiterung dieser halb traurigen Gefühle machten ihm die Damen beim Abschiede noch ein Geschenk mit einer Weste, an der er sie beide lange Zeit hatte stricken sehen, mit einem stillen Neid über den unbekannten Glücklichen, dem sie dereinst werden könnte. Eine solche Gabe ist die angenehmste, die ein liebender, verehrender Mann erhalten mag: denn wenn er dabei des unermüdeten Spiels der schönen Finger gedenkt, so kann er nicht umhin, sich zu schmeicheln, das Herz werde bei einer so anhaltenden Arbeit doch auch nicht ganz ohne Teilnahme geblieben sein.

Die Frauen hatten nun einen neuen Mann zu bewirten, dem sie wohlwollten und dem es bei ihnen wohl werden sollte. Das weibliche Geschlecht hegt ein eignes inneres unwandelbares Interesse, von dem sie nichts in der Welt abtrünnig macht; im äußern geselligen Verhältnis hingegen lassen sie sich gern und leicht durch den Mann bestimmen, der sie eben beschäftigt, und so durch Abweisen wie durch Empfänglichkeit, durch Beharren und Nachgiebigkeit führen sie eigentlich das Regiment, dem sich in der gesitteten Welt kein Mann zu entziehen wagt.

Hatte der Architekt, gleichsam nach eigener Lust und Belieben, seine Talente vor den Freundinnen zum Vergnügen und zu den Zwecken derselben geübt und bewiesen, war Beschäftigung und Unterhaltung in diesem Sinne und nach solchen Absichten eingerichtet: so machte sich in kurzer Zeit durch die Gegenwart des Gehülfen eine andere Lebensweise. Seine große Gabe war, gut zu sprechen und menschliche Verhältnisse, besonders in Bezug auf Bildung der Jugend, in der Unterredung zu behandeln. Und so entstand gegen die bisherige Art zu leben ein ziemlich fühlbarer Gegensatz, um so mehr, als der Gehülfe nicht ganz dasjenige billigte, womit man sich die Zeit über ausschließlich beschäftigt hatte.

Von dem lebendigen Gemälde, das ihn bei seiner Ankunft empfing, sprach er gar nicht. Als man ihm hingegen Kirche, Kapelle, und was sich darauf bezog, mit Zufriedenheit sehen ließ, konnte er seine Meinung, seine Gesinnungen darüber nicht zurückhalten. Was mich betrifft, sagte er, so will mir diese Annäherung, diese Vermischung des Heiligen zu und mit dem Sinnlichen keineswegs gefallen; nicht gefallen, daß man sich gewisse besondre Räume widmet, weihet und aufschmückt, um erst dabei ein Gefühl der Frömmigkeit zu hegen und zu unterhalten. Keine Umgebung, selbst die gemeinste nicht, soll in uns das Gefühl des Göttlichen stören, das uns überallhin begleiten und jede Stätte zu einem Tempel einweihen kann. Ich mag gern einen Hausgottesdienst in dem Saale gehalten sehen, wo man zu speisen, sich gesellig zu versammeln, mit Spiel und Tanz zu ergötzen pflegt. Das Höchste, das Vorzüglichste am Menschen ist gestaltlos, und man soll sich hüten, es anders als in edler Tat zu gestalten.

Charlotte, die seine Gesinnungen schon im ganzen kannte und sie noch mehr in kurzer Zeit erforschte, brachte ihn gleich in seinem Fache zur Tätigkeit, indem sie ihre Gartenknaben, welche der Architekt vor seiner Abreise eben gemustert hatte, in dem großen Saal aufmarschieren ließ; da sie sich denn in ihren heitern reinlichen Uniformen, mit gesetzlichen Bewegungen und einem natürlichen lebhaften Wesen, sehr gut ausnahmen. Der Gehülfe prüfte sie nach seiner Weise und hatte durch mancherlei Fragen und Wendungen gar bald die Gemütsarten und Fähigkeiten der Kinder zu Tage gebracht und, ohne daß es so schien, in Zeit von weniger als einer Stunde sie wirklich bedeutend unterrichtet und gefördert.

Wie machen Sie das nur? sagte Charlotte, indem die Knaben wegzogen. Ich habe sehr aufmerksam zugehört; es sind nichts als ganz bekannte Dinge vorgekommen, und doch wüßte ich nicht, wie ich es anfangen sollte, sie in so kurzer Zeit, bei so vielem Hin- und Widerreden, in solcher Folge zur Sprache zu bringen.

Vielleicht sollte man, versetzte der Gehülfe, aus den Vorteilen seines Handwerks ein Geheimnis machen. Doch kann ich Ihnen die ganz

einfache Maxime nicht verbergen, nach der man dieses und noch viel mehr zu leisten vermag. Fassen Sie einen Gegenstand, eine Materie, einen Begriff, wie man es nennen will; halten Sie ihn recht fest; machen Sie sich ihn in allen seinen Teilen recht deutlich, und dann wird es Ihnen leicht sein, gesprächsweise an einer Masse Kinder zu erfahren, was sich davon schon in ihnen entwickelt hat, was noch anzuregen, zu überliefern ist. Die Antworten auf Ihre Fragen mögen noch so ungehörig sein, mögen noch so sehr ins Weite gehen: wenn nur sodann Ihre Gegenfrage Geist und Sinn wieder hereinwärts zieht, wenn Sie sich nicht von Ihrem Standpunkte verrücken lassen, so müssen die Kinder zuletzt denken, begreifen, sich überzeugen nur von dem, was und wie es der Lehrende will. Sein größter Fehler ist der, wenn er sich von den Lernenden mit in die Weite reißen läßt, wenn er sie nicht auf dem Punkte festzuhalten weiß, den er eben jetzt behandelt. Machen Sie nächstens einen Versuch, und es wird zu Ihrer großen Unterhaltung dienen.
Das ist artig, sagte Charlotte: die gute Pädagogik ist also gerade das Umgekehrte von der guten Lebensart. In der Gesellschaft soll man auf nichts verweilen, und bei dem Unterrichte wäre das höchste Gebot, gegen alle Zerstreuung zu arbeiten.
Abwechselung ohne Zerstreuung wäre für Lehre und Leben der schönste Wahlspruch, wenn dieses löbliche Gleichgewicht nur so leicht zu erhalten wäre! sagte der Gehülfe und wollte weiter fortfahren, als ihn Charlotte aufrief, die Knaben nochmals zu betrachten, deren munterer Zug sich soeben über den Hof bewegte. Er bezeigte seine Zufriedenheit, daß man die Kinder in Uniform zu gehen anhalte. Männer – so sagte er – sollten von Jugend auf Uniform tragen, weil sie sich gewöhnen müssen, zusammen zu handeln, sich unter ihresgleichen zu verlieren, in Masse zu gehorchen und ins Ganze zu arbeiten. Auch befördert jede Art von Uniform einen militärischen Sinn, sowie ein knapperes, strackeres Betragen, und alle Knaben sind ja ohnehin geborne Soldaten: man sehe nur ihre Kampf- und Streitspiele, ihr Erstürmen und Erklettern.
So werden Sie mich dagegen nicht tadeln, versetzte Ottilie, daß ich meine Mädchen nicht überein kleide. Wenn ich sie Ihnen vorführe, hoffe ich, Sie durch ein buntes Gemisch zu ergötzen.

Ich billige das sehr, versetzte jener. Frauen sollten durchaus mannigfaltig gekleidet gehen; jede nach eigner Art und Weise, damit eine jede fühlen lernte, was ihr eigentlich gut stehe und wohl zieme. Eine wichtigere Ursache ist noch die: weil sie bestimmt sind, ihr ganzes Leben allein zu stehen und allein zu handeln.
Das scheint mir sehr paradox, versetzte Charlotte; sind wir doch fast niemals für uns.
O ja! versetzte der Gehülfe: in Absicht auf andere Frauen ganz gewiß. Man betrachte ein Frauenzimmer als Liebende, als Braut, als Frau, Hausfrau und Mutter, immer steht sie isoliert, immer ist sie allein und will allein sein. Ja die Eitle selbst ist in dem Falle. Jede Frau schließt die andre aus, ihrer Natur nach: denn von jeder wird alles gefordert, was dem ganzen Geschlechte zu leisten obliegt. Nicht so verhält es sich mit den Männern. Der Mann verlangt den Mann: er würde sich einen zweiten erschaffen, wenn es keinen gäbe; eine Frau könnte eine Ewigkeit leben, ohne daran zu denken, sich ihresgleichen hervorzubringen.
Man darf, sagte Charlotte, das Wahre nur wunderlich sagen, so scheint zuletzt das Wunderliche auch wahr. Wir wollen uns aus Ihren Bemerkungen das Beste herausnehmen und doch als Frauen mit Frauen zusammenhalten und auch gemeinsam wirken, um den Männern nicht allzu große Vorzüge über uns einzuräumen. Ja, Sie werden uns eine kleine Schadenfreude nicht übelnehmen, die wir künftig um desto lebhafter empfinden müssen, wenn sich die Herren untereinander auch nicht sonderlich vertragen.
Mit vieler Sorgfalt untersuchte der verständige Mann nunmehr die Art, wie Ottilie ihre kleinen Zöglinge behandelte, und bezeigte darüber seinen entschiedenen Beifall. Sehr richtig heben Sie, sagte er, Ihre Untergebenen nur zur nächsten Brauchbarkeit heran. Reinlichkeit veranlaßt die Kinder, mit Freuden etwas auf sich selbst zu halten, und alles ist gewonnen, wenn sie das, was sie tun, mit Munterkeit und Selbstgefühl zu leisten angeregt sind.
Übrigens fand er zu seiner großen Befriedigung nichts auf den Schein und nach außen getan, sondern alles nach innen und für die unerläßlichen Bedürfnisse. Mit wie wenig Worten, rief er aus, ließe

sich das ganze Erziehungsgeschäft aussprechen, wenn jemand Ohren hätte zu hören.
Mögen Sie es nicht mit mir versuchen? sagte freundlich Ottilie.
Recht gern, versetzte jener, nur müssen Sie mich nicht verraten. Man erziehe die Knaben zu Dienern und die Mädchen zu Müttern, so wird es überall wohl stehn.
Zu Müttern, versetzte Ottilie, das könnten die Frauen noch hingehen lassen, da sie sich, ohne Mütter zu sein, doch immer einrichten müssen, Wärterinnen zu werden; aber freilich zu Dienern würden sich unsre jungen Männer viel zu gut halten, da man jedem leicht ansehen kann, daß er sich zum Gebieten fähiger dünkt.
Deswegen wollen wir es ihnen verschweigen, sagte der Gehülfe. Man schmeichelt sich ins Leben hinein, aber das Leben schmeichelt uns nicht. Wieviel Menschen mögen denn das freiwillig zugestehen, was sie am Ende doch müssen? Lassen wir aber diese Betrachtungen, die uns hier nicht berühren.
Ich preise Sie glücklich, daß Sie bei Ihren Zöglingen ein richtiges Verfahren anwenden können. Wenn Ihre kleinsten Mädchen sich mit Puppen herumtragen und einige Läppchen für sie zusammenflicken; wenn ältere Geschwister alsdann für die jüngeren sorgen, und das Haus sich in sich selbst bedient und aufhilft: dann ist der weitere Schritt ins Leben nicht groß, und ein solches Mädchen findet bei ihrem Gatten, was sie bei ihren Eltern verließ.
Aber in den gebildeten Ständen ist die Aufgabe sehr verwickelt. Wir haben auf höhere, zartere, feinere, besonders auf gesellschaftliche Verhältnisse Rücksicht zu nehmen. Wir andern sollen daher unsre Zöglinge nach außen bilden; es ist notwendig, es ist unerläßlich und möchte recht gut sein, wenn man dabei nicht das Maß überschritte: denn indem man die Kinder für einen weiteren Kreis zu bilden gedenkt, treibt man sie leicht ins Grenzenlose, ohne im Auge zu behalten, was denn eigentlich die innere Natur fordert. Hier liegt die Aufgabe, welche mehr oder weniger von den Erziehern gelöst oder verfehlt wird.
Bei manchem, womit wir unsere Schülerinnen in der Pension ausstatten, wird mir bange, weil die Erfahrung mir sagt, von wie geringem Gebrauch es künftig sein werde. Was wird nicht gleich abge-

streift, was nicht gleich der Vergessenheit überantwortet, sobald ein Frauenzimmer sich im Stande der Hausfrau, der Mutter befindet! Indessen kann ich mir den frommen Wunsch nicht versagen, da ich mich einmal diesem Geschäft gewidmet habe, daß es mir dereinst in Gesellschaft einer treuen Gehülfin gelingen möge, an meinen Zöglingen dasjenige rein auszubilden, was sie bedürfen, wenn sie in das Feld eigener Tätigkeit und Selbständigkeit hinüberschreiten; daß ich mir sagen könnte: in diesem Sinne ist an ihnen die Erziehung vollendet. Freilich schließt sich eine andre immer wieder an, die beinahe mit jedem Jahre unsers Lebens, wo nicht von uns selbst, doch von den Umständen veranlaßt wird.

Wie wahr fand Ottilie diese Bemerkung! Was hatte nicht eine ungeahnete Leidenschaft im vergangenen Jahr an ihr erzogen! was sah sie nicht alles für Prüfungen vor sich schweben, wenn sie nur aufs Nächste, aufs Nächstkünftige hinblickte!

Der junge Mann hatte nicht ohne Vorbedacht einer Gehülfin, einer Gattin erwähnt: denn bei aller seiner Bescheidenheit konnte er nicht unterlassen, seine Absichten auf eine entfernte Weise anzudeuten; ja er war durch mancherlei Umstände und Vorfälle aufgeregt worden, bei diesem Besuch einige Schritte seinem Ziele näher zu tun.

Die Vorsteherin der Pension war bereits in Jahren, sie hatte sich unter ihren Mitarbeitern und Mitarbeiterinnen schon lange nach einer Person umgesehen, die eigentlich mit ihr in Gesellschaft träte, und zuletzt dem Gehülfen, dem sie zu vertrauen höchlich Ursache hatte, den Antrag getan: er solle mit ihr die Lehranstalt fortführen, darin als in dem Seinigen mitwirken und nach ihrem Tode als Erbe und einziger Besitzer eintreten. Die Hauptsache schien hiebei, daß er eine einstimmende Gattin finden müsse. Er hatte im Stillen Ottilien vor Augen und im Herzen; allein es regten sich mancherlei Zweifel, die wieder durch günstige Ereignisse einiges Gegengewicht erhielten. Luciane hatte die Pension verlassen: Ottilie konnte freier zurückkehren; von dem Verhältnisse zu Eduard hatte zwar etwas verlautet: allein man nahm die Sache, wie ähnliche Vorfälle mehr, gleichgültig auf, und selbst dieses Ereignis konnte zu Ottiliens Rückkehr beitragen. Doch wäre man zu keinem Entschluß gekommen, kein Schritt wäre geschehen, hätte nicht ein unvermuteter

Besuch auch hier eine besondere Anregung gegeben. Wie denn die Erscheinung von bedeutenden Menschen in irgend einem Kreise niemals ohne Folgen bleiben kann.
Der Graf und die Baronesse, welche so oft in den Fall kamen, über den Wert verschiedener Pensionen befragt zu werden, weil fast jedermann um die Erziehung seiner Kinder verlegen ist, hatten sich vorgenommen, diese besonders kennen zu lernen, von der so viel Gutes gesagt wurde, und konnten nunmehr in ihren neuen Verhältnissen zusammen eine solche Untersuchung anstellen. Allein die Baronesse beabsichtigte noch etwas anderes. Während ihres letzten Aufenthalts bei Charlotten hatte sie mit dieser alles umständlich durchgesprochen, was sich auf Eduarden und Ottilien bezog. Sie bestand aber- und abermals darauf: Ottilie müsse entfernt werden. Sie suchte Charlotten hiezu Mut einzusprechen, welche sich vor Eduards Drohungen noch immer fürchtete. Man sprach über die verschiedenen Auswege, und bei Gelegenheit der Pension war auch von der Neigung des Gehülfen die Rede, und die Baronesse entschloß sich um so mehr zu dem gedachten Besuch.
Sie kommt an, lernt den Gehülfen kennen, man beobachtet die Anstalt und spricht von Ottilien. Der Graf selbst unterhält sich gern über sie, indem er sie bei dem neulichen Besuch genauer kennen gelernt. Sie hatte sich ihm genähert, ja sie ward von ihm angezogen, weil sie durch sein gehaltvolles Gespräch dasjenige zu sehen und zu kennen glaubte, was ihr bisher ganz unbekannt geblieben war. Und wie sie in dem Umgange mit Eduard die Welt vergaß, so schien ihr an der Gegenwart des Grafen die Welt erst recht wünschenswert zu sein. Jede Anziehung ist wechselseitig. Der Graf empfand eine Neigung für Ottilien, daß er sie gern als seine Tochter betrachtete. Auch hier war sie der Baronesse, zum zweiten Mal und mehr als das erste Mal, im Wege. Wer weiß, was diese in Zeiten lebhafter Leidenschaft gegen sie angestiftet hätte; jetzt war es ihr genug, sie durch eine Verheiratung den Ehefrauen unschädlicher zu machen.
Sie regte daher den Gehülfen auf eine leise, doch wirksame Art klüglich an, daß er sich zu einer kleinen Exkursion auf das Schloß einrichten und seinen Planen und Wünschen, von denen er der Dame kein Geheimnis gemacht, sich ungesäumt nähern solle.

Mit vollkommner Beistimmung der Vorsteherin trat er daher seine Reise an und hegte in seinem Gemüt die besten Hoffnungen. Er weiß, Ottilie ist ihm nicht ungünstig; und wenn zwischen ihnen einiges Mißverhältnis des Standes war, so glich sich dieses gar leicht durch die Denkart der Zeit aus. Auch hatte die Baronesse ihm wohl fühlen lassen, daß Ottilie immer ein armes Mädchen bleibe. Mit einem reichen Hause verwandt zu sein, hieß es, kann niemanden helfen: denn man würde sich, selbst bei dem größten Vermögen, ein Gewissen daraus machen, denjenigen eine ansehnliche Summe zu entziehen, die dem näheren Grade nach ein vollkommneres Recht auf ein Besitztum zu haben scheinen. Und gewiß bleibt es wunderbar, daß der Mensch das große Vorrecht, nach seinem Tode noch über seine Habe zu disponieren, sehr selten zugunsten seiner Lieblinge gebraucht und, wie es scheint aus Achtung für das Herkommen, nur diejenigen begünstigt, die nach ihm sein Vermögen besitzen würden, wenn er auch selbst keinen Willen hätte.
Sein Gefühl setzte ihn auf der Reise Ottilien völlig gleich. Eine gute Aufnahme erhöhte seine Hoffnungen. Zwar fand er gegen sich Ottilien nicht ganz so offen wie sonst; aber sie war auch erwachsener, gebildeter und, wenn man will, im allgemeinen mitteilender, als er sie gekannt hatte. Vertraulich ließ man ihn in manches Einsicht nehmen, was sich besonders auf sein Fach bezog. Doch wenn er seinem Zwecke sich nähern wollte, so hielt ihn immer eine gewisse innere Scheu zurück.
Einst gab ihm jedoch Charlotte hierzu Gelegenheit, indem sie, in Beisein Ottiliens, zu ihm sagte: Nun, Sie haben alles, was in meinem Kreise heranwächst, so ziemlich geprüft; wie finden Sie denn Ottilien? Sie dürfen es wohl in ihrer Gegenwart aussprechen.
Der Gehülfe bezeichnete hierauf mit sehr viel Einsicht und ruhigem Ausdruck, wie er Ottilien in Absicht eines freieren Betragens, einer bequemeren Mitteilung, eines höheren Blicks in die weltlichen Dinge, der sich mehr in ihren Handlungen als in ihren Worten betätige, sehr zu ihrem Vorteil verändert finde; daß er aber doch glaube, es könne ihr sehr zum Nutzen gereichen, wenn sie auf einige Zeit in die Pension zurückkehre, um das in einer gewissen Folge gründlich und für immer sich zuzueignen, was die Welt nur stückweise

und eher zur Verwirrung als zur Befriedigung, ja manchmal nur allzu spät überliefere. Er wolle darüber nicht weitläufig sein: Ottilie wisse selbst am besten, aus was für zusammenhängenden Lehrvorträgen sie damals herausgerissen worden.

Ottilie konnte das nicht leugnen; aber sie konnte nicht gestehen, was sie bei diesen Worten empfand, weil sie sich es kaum selbst auszulegen wußte. Es schien ihr in der Welt nichts mehr unzusammenhängend, wenn sie an den geliebten Mann dachte, und sie begriff nicht, wie ohne ihn noch irgend etwas zusammenhängen könne.

Charlotte beantwortete den Antrag mit kluger Freundlichkeit. Sie sagte, daß sowohl sie als Ottilie eine Rückkehr nach der Pension längst gewünscht hätten. In dieser Zeit nur sei ihr die Gegenwart einer so lieben Freundin und Helferin unentbehrlich gewesen; doch wolle sie in der Folge nicht hinderlich sein, wenn es Ottiliens Wunsch bliebe, wieder auf so lange dorthin zurückzukehren, bis sie das Angefangene geendet und das Unterbrochene sich vollständig zugeeignet.

Der Gehülfe nahm diese Anerbietung freudig auf; Ottilie durfte nichts dagegen sagen, ob es ihr gleich vor dem Gedanken schauderte. Charlotte hingegen dachte Zeit zu gewinnen; sie hoffte, Eduard sollte sich erst als glücklicher Vater wieder finden und einfinden; dann, war sie überzeugt, würde sich alles geben und auch für Ottilien auf eine oder die andere Weise gesorgt werden.

Nach einem bedeutenden Gespräch, über welches alle Teilnehmenden nachzudenken haben, pflegt ein gewisser Stillstand einzutreten, der einer allgemeinen Verlegenheit ähnlich sieht. Man ging im Saale auf und ab, der Gehülfe blätterte in einigen Büchern und kam endlich an den Folioband, der noch von Lucianens Zeiten her liegen geblieben war. Als er sah, daß darin nur Affen enthalten waren, schlug er ihn gleich wieder zu. Dieser Vorfall mag jedoch zu einem Gespräch Anlaß gegeben haben, wovon wir die Spuren in Ottiliens Tagebuch finden.

Aus Ottiliens Tagebuche

Wie man es nur über das Herz bringen kann, die garstigen Affen so sorgfältig abzubilden. Man erniedrigt sich schon, wenn man sie nur

als Tiere betrachtet; man wird aber wirklich bösartiger, wenn man dem Reize folgt, bekannte Menschen unter dieser Maske aufzusuchen.
Es gehört durchaus eine gewisse Verschrobenheit dazu, um sich gern mit Karikaturen und Zerrbildern abzugeben. Unserm guten Gehülfen danke ichs, daß ich nicht mit der Naturgeschichte gequält worden bin: ich konnte mich mit den Würmern und Käfern niemals befreunden.
Diesmal gestand er mir, daß es ihm ebenso gehe. Von der Natur, sagte er, sollten wir nichts kennen, als was uns unmittelbar lebendig umgibt. Mit den Bäumen, die um uns blühen, grünen, Frucht tragen, mit jeder Staude, an der wir vorbeigehen, mit jedem Grashalm, über den wir hinwandeln, haben wir ein wahres Verhältnis, sie sind unsre echten Kompatrioten. Die Vögel, die auf unsern Zweigen hin und wider hüpfen, die in unserm Laube singen, gehören uns an, sie sprechen zu uns, von Jugend auf, und wir lernen ihre Sprache verstehen. Man frage sich, ob nicht ein jedes fremde, aus seiner Umgebung gerissene Geschöpf einen gewissen ängstlichen Eindruck auf uns macht, der nur durch Gewohnheit abgestumpft wird. Es gehört schon ein buntes, geräuschvolles Leben dazu, um Affen, Papageien und Mohren um sich zu ertragen.
Manchmal, wenn mich ein neugieriges Verlangen nach solchen abenteuerlichen Dingen anwandelte, habe ich den Reisenden beneidet, der solche Wunder mit andern Wundern in lebendiger alltäglicher Verbindung sieht. Aber auch er wird ein anderer Mensch. Es wandelt niemand ungestraft unter Palmen, und die Gesinnungen ändern sich gewiß in einem Lande, wo Elefanten und Tiger zu Hause sind.
Nur der Naturforscher ist verehrungswert, der uns das Fremdeste, Seltsamste mit seiner Lokalität, mit aller Nachbarschaft, jedesmal in dem eigensten Elemente zu schildern und darzustellen weiß. Wie gern möchte ich nur einmal Humboldten erzählen hören.
Ein Naturalienkabinett kann uns vorkommen wie eine ägyptische Grabstätte, wo die verschiedenen Tier- und Pflanzengötzen balsamiert umherstehen. Einer Priesterkaste geziemt es wohl, sich damit in geheimnisvollem Halbdunkel abzugeben; aber in den allgemeinen

Unterricht sollte dergleichen nicht einfließen, um so weniger, als etwas Näheres und Würdigeres sich dadurch leicht verdrängt sieht.
Ein Lehrer, der das Gefühl an einer einzigen guten Tat, an einem einzigen guten Gedicht erwecken kann, leistet mehr als einer, der uns ganze Reihen untergeordneter Naturbildungen der Gestalt und dem Namen nach überliefert: denn das ganze Resultat davon ist, was wir ohnedies wissen können, daß das Menschengebild am vorzüglichsten und einzigsten das Gleichnis der Gottheit an sich trägt.
Dem einzelnen bleibe die Freiheit, sich mit dem zu beschäftigen, was ihn anzieht, was ihm Freude macht, was ihm nützlich deucht; aber das eigentliche Studium der Menschheit ist der Mensch.

ACHTES KAPITEL

Es gibt wenig Menschen, die sich mit dem Nächstvergangenen zu beschäftigen wissen. Entweder das Gegenwärtige hält uns mit Gewalt an sich, oder wir verlieren uns in die Vergangenheit und suchen das völlig Verlorene, wie es nur möglich sein will, wieder hervorzurufen und herzustellen. Selbst in großen und reichen Familien, die ihren Vorfahren vieles schuldig sind, pflegt es so zu gehen, daß man des Großvaters mehr als des Vaters gedenkt.
Zu solchen Betrachtungen war unser Gehülfe aufgefordert, als er an einem der schönen Tage, an welchen der scheidende Winter den Frühling zu lügen pflegt, durch den großen alten Schloßgarten gegangen war und die hohen Lindenalleen, die regelmäßigen Anlagen, die sich von Eduards Vater herschrieben, bewundert hatte. Sie waren vortrefflich gediehen in dem Sinne desjenigen, der sie pflanzte, und nun, da sie erst anerkannt und genossen werden sollten, sprach niemand mehr von ihnen; man besuchte sie kaum und hatte Liebhaberei und Aufwand gegen eine andere Seite hin ins Freie und Weite gerichtet.
Er machte bei seiner Rückkehr Charlotten die Bemerkung, die sie nicht ungünstig aufnahm. Indem uns das Leben fortzieht, versetzte sie, glauben wir aus uns selbst zu handeln, unsre Tätigkeit, unsre Vergnügungen zu wählen; aber freilich, wenn wir es genau ansehen, so sind es nur die Plane, die Neigungen der Zeit, die wir mit auszuführen genötigt sind.

Gewiß, sagte der Gehülfe: und wer widersteht dem Strome seiner Umgebungen? Die Zeit rückt fort, und in ihr Gesinnungen, Meinungen, Vorurteile und Liebhabereien. Fällt die Jugend eines Sohnes gerade in die Zeit der Umwendung, so kann man versichert sein, daß er mit seinem Vater nichts gemein haben wird. Wenn dieser in einer Periode lebte, wo man Lust hatte, sich manches zuzueignen, dieses Eigentum zu sichern, zu beschränken, einzuengen und in der Absonderung von der Welt seinen Genuß zu befestigen, so wird jener sodann sich auszudehnen suchen, mitteilen, verbreiten und das Verschlossene eröffnen.

Ganze Zeiträume, versetzte Charlotte, gleichen diesem Vater und Sohn, den Sie schildern. Von jenen Zuständen, da jede kleine Stadt ihre Mauern und Gräben haben mußte, da man jeden Edelhof noch in einen Sumpf baute und die geringsten Schlösser nur durch eine Zugbrücke zugänglich waren, davon können wir uns kaum einen Begriff machen. Sogar größere Städte tragen jetzt ihre Wälle ab, die Gräben selbst fürstlicher Schlösser werden ausgefüllt, die Städte bilden nur große Flecken, und wenn man so auf Reisen das ansieht, sollte man glauben: der allgemeine Friede sei befestigt und das Goldne Zeitalter vor der Tür. Niemand glaubt sich in einem Garten behaglich, der nicht einem freien Lande ähnlich sieht; an Kunst, an Zwang soll nichts erinnern, wir wollen völlig frei und unbedingt Atem schöpfen. Haben Sie wohl einen Begriff, mein Freund, daß man aus diesem in einen andern, in den vorigen Zustand zurückkehren könne?

Warum nicht? versetzte der Gehülfe: jeder Zustand hat seine Beschwerlichkeit, der beschränkte sowohl als der losgebundene. Der letztere setzt Überfluß voraus und führt zur Verschwendung. Lassen Sie uns bei Ihrem Beispiel bleiben, das auffallend genug ist. Sobald der Mangel eintritt, sogleich ist die Selbstbeschränkung wiedergegeben. Menschen, die ihren Grund und Boden zu nutzen genötigt sind, führen schon wieder Mauern um ihre Gärten auf, damit sie ihrer Erzeugnisse sicher seien. Daraus entsteht nach und nach eine neue Ansicht der Dinge. Das Nützliche erhält wieder die Oberhand, und selbst der Vielbesitzende meint zuletzt auch, das alles nutzen zu müssen. Glauben Sie mir: es ist möglich, daß Ihr Sohn die sämtlichen Parkanlagen vernachlässigt und sich wieder hinter die ernsten Mauern und unter die hohen Linden seines Großvaters zurückzieht.

Charlotte war im Stillen erfreut, sich einen Sohn verkündigt zu hören, und verzieh dem Gehülfen deshalb die etwas unfreundliche Prophezeiung, wie es dereinst ihrem lieben schönen Park ergehen könne. Sie versetzte deshalb ganz freundlich: Wir sind beide noch nicht alt genug, um dergleichen Widersprüche mehrmals erlebt zu haben; allein wenn man sich in seine frühe Jugend zurückdenkt, sich erinnert, worüber man von älteren Personen klagen gehört, Länder und Städte mit in die Betrachtung aufnimmt, so möchte wohl gegen die Bemerkung nichts einzuwenden sein. Sollte man denn aber einem solchen Naturgang nichts entgegensetzen, sollte man Vater und Sohn, Eltern und Kinder nicht in Übereinstimmung bringen können? Sie haben mir freundlich einen Knaben geweissagt; müßte denn der gerade mit seinem Vater im Widerspruch stehen? zerstören, was seine Eltern erbaut haben, anstatt es zu vollenden und zu erheben, wenn er in demselben Sinne fortfährt?

Dazu gibt es auch wohl ein vernünftiges Mittel, versetzte der Gehülfe, das aber von den Menschen selten angewandt wird. Der Vater erhebe seinen Sohn zum Mitbesitzer, er lasse ihn mitbauen, -pflanzen, und erlaube ihm, wie sich selbst, eine unschädliche Willkür. Eine Tätigkeit läßt sich in die andre verweben, keine an die andre anstückeln. Ein junger Zweig verbindet sich mit einem alten Stamme gar leicht und gern, an den kein erwachsener Ast mehr anzufügen ist.

Es freute den Gehülfen, in dem Augenblick, da er Abschied zu nehmen sich genötigt sah, Charlotten zufälligerweise etwas Angenehmes gesagt und ihre Gunst aufs neue dadurch befestigt zu haben. Schon allzu lange war er von Hause weg; doch konnte er zur Rückreise sich nicht eher entschließen als nach völliger Überzeugung, er müsse die herannahende Epoche von Charlottens Niederkunft erst vorbeigehen lassen, bevor er wegen Ottiliens irgend eine Entscheidung hoffen könne. Er fügte sich deshalb in die Umstände und kehrte mit diesen Aussichten und Hoffnungen wieder zur Vorsteherin zurück.

Charlottens Niederkunft nahte heran. Sie hielt sich mehr in ihren Zimmern. Die Frauen, die sich um sie versammelt hatten, waren ihre geschlossene Gesellschaft. Ottilie besorgte das Hauswesen, indem sie kaum daran denken durfte, was sie tat. Sie hatte sich zwar völlig ergeben, sie wünschte für Charlotten, für das Kind, für Eduarden sich auch noch ferner auf das dienstlichste zu bemühen, aber sie sah nicht ein, wie es möglich werden wollte. Nichts konnte sie vor völliger Verworrenheit retten, als daß sie jeden Tag ihre Pflicht tat.
Ein Sohn war glücklich zur Welt gekommen, und die Frauen versicherten sämtlich, es sei der ganze leibhafte Vater. Nur Ottilie konnte es im Stillen nicht finden, als sie der Wöchnerin Glück wünschte und das Kind auf das herzlichste begrüßte. Schon bei den Anstalten zur Verheiratung ihrer Tochter war Charlotten die Abwesenheit ihres Gemahls höchst fühlbar gewesen; nun sollte der Vater auch bei der Geburt des Sohnes nicht gegenwärtig sein; er sollte den Namen nicht bestimmen, bei dem man ihn künftig rufen würde.
Der erste von allen Freunden, die sich glückwünschend sehen ließen, war Mittler, der seine Kundschafter ausgestellt hatte, um von diesem Ereignis sogleich Nachricht zu erhalten. Er fand sich ein, und zwar sehr behaglich. Kaum daß er seinen Triumph in Gegenwart Ottiliens verbarg, so sprach er sich gegen Charlotten laut aus, und war der Mann, alle Sorgen zu heben und alle augenblicklichen Hindernisse beiseitezubringen. Die Taufe sollte nicht lange aufgeschoben werden. Der alte Geistliche, mit einem Fuß schon im Grabe, sollte durch seinen Segen das Vergangene mit dem Zukünftigen zusammenknüpfen; Otto sollte das Kind heißen: es konnte keinen andern Namen führen als den Namen des Vaters und des Freundes.
Es bedurfte der entschiedenen Zudringlichkeit dieses Mannes, um die hunderterlei Bedenklichkeiten, das Widerreden, Zaudern, Stokken, Besser- oder Anderswissen, das Schwanken, Meinen, Um- und Wiedermeinen zu beseitigen; da gewöhnlich bei solchen Gelegenheiten aus einer gehobenen Bedenklichkeit immer wieder neue entstehen und, indem man alle Verhältnisse schonen will, immer der Fall eintritt, einige zu verletzen.
Alle Meldungsschreiben und Gevatterbriefe übernahm Mittler; sie sollten gleich ausgefertigt sein: denn ihm war selbst höchlich daran

gelegen, ein Glück, das er für die Familie so bedeutend hielt, auch der übrigen, mitunter mißwollenden und mißredenden Welt bekannt zu machen. Und freilich waren die bisherigen leidenschaftlichen Vorfälle dem Publikum nicht entgangen, das ohnehin in der Überzeugung steht, alles, was geschieht, geschehe nur dazu, damit es etwas zu reden habe.

Die Feier des Taufaktes sollte würdig, aber beschränkt und kurz sein. Man kam zusammen, Ottilie und Mittler sollten das Kind als Taufzeugen halten. Der alte Geistliche, unterstützt vom Kirchendiener, trat mit langsamen Schritten heran. Das Gebet war verrichtet, Ottilien das Kind auf die Arme gelegt, und als sie mit Neigung auf dasselbe heruntersah, erschrak sie nicht wenig an seinen offenen Augen: denn sie glaubte in ihre eigenen zu sehen, eine solche Übereinstimmung hätte jeden überraschen müssen. Mittler, der zunächst das Kind empfing, stutzte gleichfalls, indem er in der Bildung desselben eine so auffallende Ähnlichkeit, und zwar mit dem Hauptmann, erblickte, dergleichen ihm sonst noch nie vorgekommen war.

Die Schwäche des guten alten Geistlichen hatte ihn gehindert, die Taufhandlung mit mehrerem als der gewöhnlichen Liturgie zu begleiten. Mittler indessen, voll von dem Gegenstande, gedachte seiner frühern Amtsverrichtungen und hatte überhaupt die Art, sich sogleich in jedem Falle zu denken, wie er nun reden, wie er sich äußern würde. Diesmal konnte er sich um so weniger zurückhalten, als es nur eine kleine Gesellschaft von lauter Freunden war, die ihn umgab. Er fing daher an, gegen das Ende des Akts, mit Behaglichkeit sich an die Stelle des Geistlichen zu versetzen, in einer muntern Rede seine Patenpflichten und Hoffnungen zu äußern und um so mehr dabei zu verweilen, als er Charlottens Beifall in ihrer zufriedenen Miene zu erkennen glaubte.

Daß der gute alte Mann sich gern gesetzt hätte, entging dem rüstigen Redner, der noch viel weniger dachte, daß er ein größeres Übel hervorzubringen auf dem Wege war: denn nachdem er das Verhältnis eines jeden Anwesenden zum Kinde mit Nachdruck geschildert und Ottiliens Fassung dabei ziemlich auf die Probe gestellt hatte, so wandte er sich zuletzt gegen den Greis mit diesen Worten: Und Sie, mein würdiger Altvater, können nunmehr mit Simeon sprechen:

Herr, laß deinen Diener in Frieden fahren; denn meine Augen haben den Heiland dieses Hauses gesehen.
Nun war er im Zuge, recht glänzend zu schließen, aber er bemerkte bald, daß der Alte, dem er das Kind hinhielt, sich zwar erst gegen dasselbe zu neigen schien, nachher aber schnell zurücksank. Vom Fall kaum abgehalten, ward er in einen Sessel gebracht, und man mußte ihn, ungeachtet aller augenblicklichen Beihülfe, für tot ansprechen.
So unmittelbar Geburt und Tod, Sarg und Wiege nebeneinander zu sehen und zu denken, nicht bloß mit der Einbildungskraft, sondern mit den Augen diese ungeheuern Gegensätze zusammenzufassen, war für die Umstehenden eine schwere Aufgabe, je überraschender sie vorgelegt wurde. Ottilie allein betrachtete den Eingeschlummerten, der noch immer seine freundliche, einnehmende Miene behalten hatte, mit einer Art von Neid. Das Leben ihrer Seele war getötet, warum sollte der Körper noch erhalten werden?
Führten sie auf diese Weise gar manchmal die unerfreulichen Begebenheiten des Tags auf die Betrachtung der Vergänglichkeit, des Scheidens, des Verlierens, so waren ihr dagegen wundersame nächtliche Erscheinungen zum Trost gegeben, die ihr das Dasein des Geliebten versicherten und ihr eigenes befestigten und belebten. Wenn sie sich abends zur Ruhe gelegt und im süßen Gefühl noch zwischen Schlaf und Wachen schwebte, schien es ihr, als wenn sie in einen ganz hellen, doch mild erleuchteten Raum hineinblickte. In diesem sah sie Eduarden ganz deutlich, und zwar nicht gekleidet, wie sie ihn sonst gesehen, sondern im kriegerischen Anzug, jedesmal in einer andern Stellung, die aber vollkommen natürlich war und nichts Phantastisches an sich hatte: stehend, gehend, liegend, reitend. Die Gestalt, bis aufs kleinste ausgemalt, bewegte sich willig vor ihr, ohne daß sie das mindeste dazu tat, ohne daß sie wollte oder die Einbildungskraft anstrengte. Manchmal sah sie ihn auch umgeben, besonders von etwas Beweglichem, das dunkler war als der helle Grund; aber sie unterschied kaum Schattenbilder, die ihr zuweilen als Menschen, als Pferde, als Bäume und Gebirge vorkommen konnten. Gewöhnlich schlief sie über der Erscheinung ein, und wenn sie nach einer ruhigen Nacht morgens wieder erwachte, so war sie erquickt,

getröstet, sie fühlte sich überzeugt: Eduard lebe noch, sie stehe mit ihm noch in dem innigsten Verhältnis.

NEUNTES KAPITEL

Der Frühling war gekommen, später, aber auch rascher und freudiger als gewöhnlich. Ottilie fand nun im Garten die Frucht ihres Vorsehens: alles keimte, grünte und blühte zur rechten Zeit; manches, was hinter wohlangelegten Glashäusern und Beeten vorbereitet worden, trat nun sogleich der endlich von außen wirkenden Natur entgegen, und alles, was zu tun und zu besorgen war, blieb nicht bloß hoffnungsvolle Mühe wie bisher, sondern ward zum heitern Genusse.

An dem Gärtner aber hatte sie zu trösten über manche durch Lucianens Wildheit entstandene Lücke unter den Topfgewächsen, über die zerstörte Symmetrie mancher Baumkrone. Sie machte ihm Mut, daß sich das alles bald wieder herstellen werde; aber er hatte zu ein tiefes Gefühl, zu einen reinen Begriff von seinem Handwerk, als daß diese Trostgründe viel bei ihm hätten fruchten sollen. So wenig der Gärtner sich durch andere Liebhabereien und Neigungen zerstreuen darf, so wenig darf der ruhige Gang unterbrochen werden, den die Pflanze zur dauernden oder zur vorübergehenden Vollendung nimmt. Die Pflanze gleicht den eigensinnigen Menschen, von denen man alles erhalten kann, wenn man sie nach ihrer Art behandelt. Ein ruhiger Blick, eine stille Konsequenz, in jeder Jahrszeit, in jeder Stunde das ganz Gehörige zu tun, wird vielleicht von niemand mehr als vom Gärtner verlangt.

Diese Eigenschaften besaß der gute Mann in einem hohen Grade, deswegen auch Ottilie so gern mit ihm wirkte; aber sein eigentliches Talent konnte er schon einige Zeit nicht mehr mit Behaglichkeit ausüben. Denn ob er gleich alles, was die Baum- und Küchengärtnerei betraf, auch die Erfordernisse eines ältern Ziergartens, vollkommen zu leisten verstand – wie denn überhaupt einem vor dem andern dieses oder jenes gelingt – ob er schon in Behandlung der Orangerie, der Blumenzwiebeln, der Nelken- und Aurikelnstöcke die Natur selbst hätte herausfordern können: so waren ihm doch die neuen

Zierbäume und Modeblumen einigermaßen fremd geblieben, und er hatte vor dem unendlichen Felde der Botanik, das sich nach der Zeit auftat, und den darin herumsummenden fremden Namen eine Art von Scheu, die ihn verdrießlich machte. Was die Herrschaft voriges Jahr zu verschreiben angefangen, hielt er um so mehr für unnützen Aufwand und Verschwendung, als er gar manche kostbare Pflanze ausgehen sah und mit den Handelsgärtnern, die ihn, wie er glaubte, nicht redlich genug bedienten, in keinem sonderlichen Verhältnisse stand.

Er hatte sich darüber, nach mancherlei Versuchen, eine Art von Plan gemacht, in welchem ihn Ottilie um so mehr bestärkte, als er auf die Wiederkehr Eduards eigentlich gegründet war, dessen Abwesenheit man in diesem wie in manchem andern Falle täglich nachteiliger empfinden mußte.

Indem nun die Pflanzen immer mehr Wurzeln schlugen und Zweige trieben, fühlte sich auch Ottilie immer mehr an diese Räume gefesselt. Gerade vor einem Jahre trat sie als Fremdling, als ein unbedeutendes Wesen hier ein; wie viel hatte sie sich seit jener Zeit nicht erworben! aber leider wie viel hatte sie nicht auch seit jener Zeit wieder verloren! Sie war nie so reich und nie so arm gewesen. Das Gefühl von beidem wechselte augenblicklich miteinander ab, ja durchkreuzte sich aufs innigste, so daß sie sich nicht anders zu helfen wußte, als daß sie immer wieder das Nächste mit Anteil, ja mit Leidenschaft ergriff.

Daß alles, was Eduarden besonders lieb war, auch ihre Sorgfalt am stärksten an sich zog, läßt sich denken; ja warum sollte sie nicht hoffen, daß er selbst nun bald wiederkommen, daß er die fürsorgliche Dienstlichkeit, die sie dem Abwesenden geleistet, dankbar gegenwärtig bemerken werde.

Aber noch auf eine viel andre Weise war sie veranlaßt, für ihn zu wirken. Sie hatte vorzüglich die Sorge für das Kind übernommen, dessen unmittelbare Pflegerin sie um so mehr werden konnte, als man es keiner Amme zu übergeben, sondern mit Milch und Wasser aufzuziehen sich entschieden hatte. Es sollte in jener schönen Zeit der freien Luft genießen; und so trug sie es am liebsten selbst heraus, trug das schlafende, unbewußte zwischen Blumen und Blüten her, die dereinst seiner Kindheit so freundlich entgegenlachen sollten, zwischen jungen Sträuchen und Pflanzen, die mit ihm in die Höhe zu wachsen durch ihre Jugend bestimmt schienen. Wenn sie um sich her sah, so verbarg sie sich nicht, zu welchem großen, reichen Zustande das Kind geboren sei: denn fast alles, wohin das Auge blickte, sollte dereinst ihm gehören. Wie wünschenswert war es zu diesem allen, daß es vor den Augen des Vaters, der Mutter aufwüchse und eine erneute frohe Verbindung bestätigte.

Ottilie fühlte dies alles so rein, daß sie sichs als entschieden wirklich dachte und sich selbst dabei gar nicht empfand. Unter diesem klaren Himmel, bei diesem hellen Sonnenschein, ward es ihr auf einmal klar, daß ihre Liebe, um sich zu vollenden, völlig uneigennützig werden müsse; ja in manchen Augenblicken glaubte sie diese Höhe schon erreicht zu haben. Sie wünschte nur das Wohl ihres Freundes, sie glaubte sich fähig, ihm zu entsagen, sogar ihn niemals wiederzusehen, wenn sie ihn nur glücklich wisse. Aber ganz entschieden war sie für sich, niemals einem andern anzugehören.

Daß der Herbst ebenso herrlich würde wie der Frühling, dafür war gesorgt. Alle sogenannten Sommergewächse, alles, was im Herbst mit Blühen nicht enden kann und sich der Kälte noch keck entgegen entwickelt, Astern besonders, waren in der größten Mannigfaltigkeit gesät und sollten nun, überallhin verpflanzt, einen Sternhimmel über die Erde bilden.

Aus Ottiliens Tagebuche

Einen guten Gedanken, den wir gelesen, etwas Auffallendes, das wir gehört, tragen wir wohl in unser Tagebuch. Nähmen wir uns aber zugleich die Mühe, aus den Briefen unserer Freunde eigentümliche Bemerkungen, orginelle Ansichten, flüchtige geistreiche Worte auszuzeichnen, so würden wir sehr reich werden. Briefe hebt man auf, um sie nie wieder zu lesen; man zerstört sie zuletzt einmal aus Diskretion, und so verschwindet der schönste, unmittelbarste Lebenshauch unwiederbringlich für uns und andre. Ich nehme mir vor, dieses Versäumnis wieder gut zu machen.

So wiederholt sich denn abermals das Jahresmärchen von vorn. Wir

sind nun wieder, Gott sei Dank! an seinem artigsten Kapitel. Veilchen und Maiblumen sind wie Überschriften oder Vignetten dazu. Es macht uns immer einen angenehmen Eindruck, wenn wir sie in dem Buche des Lebens wieder aufschlagen.
Wir schelten die Armen, besonders die Unmündigen, wenn sie sich an den Straßen herumlegen und betteln. Bemerken wir nicht, daß sie gleich tätig sind, sobald es was zu tun gibt? Kaum entfaltet die Natur ihre freundlichen Schätze, so sind die Kinder dahinterher, um ein Gewerbe zu eröffnen; keines bettelt mehr, jedes reicht dir einen Strauß; es hat ihn gepflückt, ehe du vom Schlaf erwachtest, und das bittende sieht dich so freundlich an wie die Gabe. Niemand sieht erbärmlich aus, der sich einiges Recht fühlt, fordern zu dürfen.
Warum nur das Jahr manchmal so kurz, manchmal so lang ist, warum es so kurz scheint, und so lang in der Erinnerung! Mir ist es mit dem vergangenen so, und nirgends auffallender als im Garten, wie Vergängliches und Dauerndes ineinandergreift. Und doch ist nichts so flüchtig, das nicht eine Spur, das nicht seinesgleichen zurücklasse.
Man läßt sich den Winter auch gefallen. Man glaubt sich freier auszubreiten, wenn die Bäume so geisterhaft, so durchsichtig vor uns stehen. Sie sind nichts, aber sie decken auch nichts zu. Wie aber einmal Knospen und Blüten kommen, dann wird man ungeduldig, bis das volle Laub hervortritt, bis die Landschaft sich verkörpert und der Baum sich als eine Gestalt uns entgegendrängt.
Alles Vollkommene in seiner Art muß über seine Art hinausgehen, es muß etwas anderes, Unvergleichbares werden. In manchen Tönen ist die Nachtigall noch Vogel; dann steigt sie über ihre Klasse hinüber und scheint jedem Gefiederten andeuten zu wollen, was eigentlich singen heiße.
Ein Leben ohne Liebe, ohne die Nähe des Geliebten ist nur eine Comédie à tiroir, ein schlechtes Schubladenstück. Man schiebt eine nach der anderen heraus und wieder hinein und eilt zur folgenden. Alles, was auch Gutes und Bedeutendes vorkommt, hängt nur kümmerlich zusammen. Man muß überall von vorn anfangen und möchte überall enden.

Charlotte von ihrer Seite befindet sich munter und wohl. Sie freut sich an dem tüchtigen Knaben, dessen vielversprechende Gestalt ihr Auge und Gemüt stündlich beschäftigt. Sie erhält durch ihn einen neuen Bezug auf die Welt und auf den Besitz; ihre alte Tätigkeit regt sich wieder; sie erblickt, wo sie auch hinsieht, im vergangenen Jahre vieles getan und empfindet Freude am Getanen. Von einem eigenen Gefühl belebt, steigt sie zur Mooshütte mit Ottilien und dem Kinde, und indem sie dieses auf den kleinen Tisch, als auf einen häuslichen Altar, niederlegt und noch zwei Plätze leer sieht, gedenkt sie der vorigen Zeiten, und eine neue Hoffnung für sie und Ottilien dringt hervor.

Junge Frauenzimmer sehen sich bescheiden vielleicht nach diesem oder jenem Jüngling um, mit stiller Prüfung, ob sie ihn wohl zum Gatten wünschten; wer aber für eine Tochter oder einen weiblichen Zögling zu sorgen hat, schaut in einem weitern Kreis umher. So ging es auch in diesem Augenblick Charlotten, der eine Verbindung des Hauptmanns mit Ottilien nicht unmöglich schien, wie sie doch auch schon ehemals in dieser Hütte nebeneinander gesessen hatten. Ihr war nicht unbekannt geblieben, daß jene Aussicht auf eine vorteilhafte Heirat wieder verschwunden sei.

Charlotte stieg weiter, und Ottilie trug das Kind. Jene überließ sich mancherlei Betrachtungen. Auch auf dem festen Lande gibt es wohl Schiffbruch; sich davon auf das schnellste zu erholen und herzustellen, ist schön und preiswürdig. Ist doch das Leben nur auf Gewinn und Verlust berechnet. Wer macht nicht irgendeine Anlage und wird darin gestört! Wie oft schlägt man einen Weg ein und wird davon abgeleitet! Wie oft werden wir von einem scharf ins Auge gefaßten Ziel abgelenkt, um ein höheres zu erreichen! Der Reisende bricht unterwegs zu seinem höchsten Verdruß ein Rad und gelangt durch diesen unangenehmen Zufall zu den erfreulichsten Bekanntschaften und Verbindungen, die auf sein ganzes Leben Einfluß haben. Das Schicksal gewährt uns unsre Wünsche, aber auf seine Weise, um uns etwas über unsere Wünsche geben zu können.

Diese und ähnliche Betrachtungen waren es, unter denen Charlotte zum neuen Gebäude auf der Höhe gelangte, wo sie vollkommen be-

stätigt wurden. Denn die Umgebung war viel schöner, als man sichs hatte denken können. Alles störende Kleinliche war ringsumher entfernt; alles Gute der Landschaft, was die Natur, was die Zeit daran getan hatte, trat reinlich hervor und fiel ins Auge, und schon grünten die jungen Pflanzen, die bestimmt waren, einige Lücken auszufüllen und die abgesonderten Teile angenehm zu verbinden.
Das Haus selbst war nahezu bewohnbar; die Aussicht, besonders aus den obern Zimmern, höchst mannigfaltig. Je länger man sich umsah, desto mehr Schönes entdeckte man. Was mußten nicht hier die verschiedenen Tageszeiten, was Mond und Sonne für Wirkungen hervorbringen! Hier zu verweilen, war höchst wünschenswert, und wie schnell ward die Lust zu bauen und zu schaffen in Charlotten wieder erweckt, da sie alle grobe Arbeit getan fand. Ein Tischer, ein Tapezier, ein Maler, der mit Patronen und leichter Vergoldung sich zu helfen wußte: nur dieser bedurfte man, und in kurzer Zeit war das Gebäude im Stande. Keller und Küche wurden schnell eingerichtet: denn in der Entfernung vom Schlosse mußte man alle Bedürfnisse um sich versammeln. So wohnten die Frauenzimmer mit dem Kinde nun oben, und von diesem Aufenthalt, als von einem neuen Mittelpunkt, eröffneten sich ihnen unerwartete Spaziergänge. Sie genossen vergnüglich in einer höheren Region der freien frischen Luft bei dem schönsten Wetter.
Ottiliens liebster Weg, teils allein, teils mit dem Kinde, ging herunter nach den Platanen auf einem bequemen Fußsteig, der sodann zu dem Punkte leitete, wo einer der Kähne angebunden war, mit denen man überzufahren pflegte. Sie erfreute sich manchmal einer Wasserfahrt; allein ohne das Kind, weil Charlotte deshalb einige Besorgnis zeigte. Doch verfehlte sie nicht, täglich den Gärtner im Schloßgarten zu besuchen und an seiner Sorgfalt für die vielen Pflanzenzöglinge, die nun alle der freien Luft genossen, freundlich teilzunehmen.
In dieser schönen Zeit kam Charlotten der Besuch eines Engländers sehr gelegen, der Eduarden auf Reisen kennen gelernt, einigemal getroffen hatte und nunmehr neugierig war, die schönen Anlagen zu sehen, von denen er so viel Gutes erzählen hörte. Er brachte ein Empfehlungsschreiben vom Grafen mit und stellte zugleich einen stillen, aber sehr gefälligen Mann als seinen Begleiter vor. Indem er

nun bald mit Charlotten und Ottilien, bald mit Gärtnern und Jägern, öfters mit seinem Begleiter und manchmal allein die Gegend durchstrich, so konnte man seinen Bemerkungen wohl ansehen, daß er ein Liebhaber und Kenner solcher Anlagen war, der wohl auch manche dergleichen selbst ausgeführt hatte. Obgleich in Jahren, nahm er auf eine heitere Weise an allem teil, was dem Leben zur Zierde gereichen und es bedeutend machen kann.

In seiner Gegenwart genossen die Frauenzimmer erst vollkommen ihrer Umgebung. Sein geübtes Auge empfing jeden Effekt ganz frisch, und er hatte um so mehr Freude an dem Entstandenen, als er die Gegend vorher nicht gekannt und, was man daran getan, von dem, was die Natur geliefert, kaum zu unterscheiden wußte.

Man kann wohl sagen, daß durch seine Bemerkungen der Park wuchs und sich bereicherte. Schon zum voraus erkannte er, was die neuen heranstrebenden Pflanzungen versprachen. Keine Stelle blieb ihm unbemerkt, wo noch irgend eine Schönheit hervorzuheben oder anzubringen war. Hier deutete er auf eine Quelle, welche, gereinigt, die Zierde einer ganzen Buschpartie zu werden versprach; hier auf eine Höhle, die, ausgeräumt und erweitert, einen erwünschten Ruheplatz geben konnte, indessen man nur wenige Bäume zu fällen brauchte, um von ihr aus herrliche Felsenmassen aufgetürmt zu erblicken. Er wünschte den Bewohnern Glück, daß ihnen so manches nachzuarbeiten übrig blieb, und ersuchte sie, damit nicht zu eilen, sondern für folgende Jahre sich das Vergnügen des Schaffens und Einrichtens vorzubehalten.

Übrigens war er außer den geselligen Stunden keineswegs lästig: denn er beschäftigte sich die größte Zeit des Tags, die malerischen Aussichten des Parks in einer tragbaren dunklen Kammer aufzufangen und zu zeichnen, um dadurch sich und andern von seinen Reisen eine schöne Frucht zu gewinnen. Er hatte dieses, schon seit mehreren Jahren, in allen bedeutenden Gegenden getan und sich dadurch die angenehmste und interessanteste Sammlung verschafft. Ein großes Portefeuille, das er mit sich führte, zeigte er den Damen vor und unterhielt sie, teils durch das Bild, teils durch die Auslegung. Sie freuten sich, hier in ihrer Einsamkeit die Welt so bequem zu durchreisen, Ufer und Häfen, Berge, Seen und Flüsse, Städte,

Kastelle und manches andre Lokal, das in der Geschichte einen Namen hat, vor sich vorbeiziehen zu sehen.
Jede von beiden Frauen hatte ein besonderes Interesse: Charlotte das allgemeinere, gerade an dem, wo sich etwas historisch Merkwürdiges fand, während Ottilie sich vorzüglich bei den Gegenden aufhielt, wovon Eduard viel zu erzählen pflegte, wo er gern verweilt, wohin er öfters zurückgekehrt; denn jeder Mensch hat in der Nähe und in der Ferne gewisse örtliche Einzelheiten, die ihn anziehen, die ihm, seinem Charakter nach, um des ersten Eindrucks, gewisser Umstände, der Gewohnheit willen, besonders lieb und aufregend sind.
Sie fragte daher den Lord, wo es ihm denn am besten gefalle und wo er nun seine Wohnung aufschlagen würde, wenn er zu wählen hätte. Da wußte er denn mehr als Eine schöne Gegend vorzuzeigen, und was ihm dort widerfahren, um sie ihm lieb und wert zu machen, in seinem eigens akzentuierten Französisch gar behaglich mitzuteilen.
Auf die Frage hingegen, wo er sich denn jetzt gewöhnlich aufhalte, wohin er am liebsten zurückkehre, ließ er sich ganz unbewunden, doch den Frauen unerwartet, also vernehmen:
Ich habe mir nun angewöhnt, überall zu Hause zu sein, und finde zuletzt nichts bequemer, als daß andre für mich bauen, pflanzen und sich häuslich bemühen. Nach meinen eigenen Besitzungen sehne ich mich nicht zurück, teils aus politischen Ursachen, vorzüglich aber, weil mein Sohn, für den ich alles eigentlich getan und eingerichtet, dem ich es zu übergeben, mit dem ich es noch zu genießen hoffte, an allem keinen Teil nimmt, sondern nach Indien gegangen ist, um sein Leben dort, wie mancher andere, höher zu nutzen oder gar zu vergeuden.
Gewiß, wir machen viel zu viel vorarbeitenden Aufwand aufs Leben. Anstatt daß wir gleich anfingen, uns in einem mäßigen Zustand behaglich zu finden, so gehen wir immer mehr ins Breite, um es uns immer unbequemer zu machen. Wer genießt jetzt meine Gebäude, meinen Park, meine Gärten? Nicht ich, nicht einmal die Meinigen: fremde Gäste, Neugierige, unruhige Reisende.
Selbst bei vielen Mitteln sind wir immer nur halb und halb zu Hause, besonders auf dem Lande, wo uns manches Gewohnte der Stadt fehlt. Das Buch, das wir am eifrigsten wünschten, ist nicht zur Hand,

und gerade, was wir am meisten bedürften, ist vergessen. Wir richten uns immer häuslich ein, um wieder auszuziehen, und wenn wir es nicht mit Willen und Willkür tun, so wirken Verhältnisse, Leidenschaften, Zufälle, Notwendigkeit und was nicht alles.

Der Lord ahnete nicht, wie tief durch seine Betrachtungen die Freundinnen getroffen wurden. Und wie oft kommt nicht jeder in diese Gefahr, der eine allgemeine Betrachtung selbst in einer Gesellschaft, deren Verhältnisse ihm sonst bekannt sind, ausspricht. Charlotten war eine solche zufällige Verletzung, auch durch Wohlwollende und Gutmeinende, nichts Neues; und die Welt lag ohnehin so deutlich vor ihren Augen, daß sie keinen besondern Schmerz empfand, wenngleich jemand sie unbedachtsam und unvorsichtig nötigte, ihren Blick da- oder dorthin auf eine unerfreuliche Stelle zu richten. Ottilie hingegen, die in halbbewußter Jugend mehr ahnete als sah und ihren Blick wegwenden durfte, ja mußte von dem, was sie nicht sehen mochte und sollte, Ottilie ward durch diese traulichen Reden in den schrecklichsten Zustand versetzt: denn es zerriß mit Gewalt vor ihr der anmutige Schleier, und es schien ihr, als wenn alles, was bisher für Haus und Hof, für Garten, Park und die ganze Umgebung geschehen war, ganz eigentlich umsonst sei, weil der, dem es alles gehörte, es nicht genösse, weil auch der, wie der gegenwärtige Gast, zum Herumschweifen in der Welt, und zwar zu dem gefährlichsten, durch die Liebsten und Nächsten gedrängt worden. Sie hatte sich an Hören und Schweigen gewöhnt, aber sie saß diesmal in der peinlichsten Lage, die durch des Fremden weiteres Gespräch eher vermehrt als vermindert wurde, das er mit heiterer Eigenheit und Bedächtlichkeit fortsetzte.

Nun glaub ich, sagte er, auf dem rechten Wege zu sein, da ich mich immerfort als einen Reisenden betrachte, der vielem entsagt, um vieles zu genießen. Ich bin an den Wechsel gewöhnt, ja er wird mir Bedürfnis, wie man in der Oper immer wieder auf eine neue Dekoration wartet, gerade weil schon so viele dagewesen. Was ich mir von dem besten und dem schlechtesten Wirtshause versprechen darf, ist mir bekannt: es mag so gut oder so schlimm sein, als es will, nirgends find ich das Gewohnte, und am Ende läuft es auf eins hinaus, ganz von einer notwendigen Gewohnheit oder ganz von der willkürlichsten Zufälligkeit abzuhangen. Wenigstens habe ich jetzt nicht den Verdruß, daß etwas verlegt oder verloren ist, daß mir ein tägliches Wohnzimmer unbrauchbar wird, weil ich es muß reparieren lassen, daß man mir eine liebe Tasse zerbricht und es mir eine ganze Zeit aus keiner andern schmecken will. Alles dessen bin ich überhoben, und wenn mir das Haus über dem Kopf zu brennen anfängt, so pakken meine Leute gelassen ein und auf, und wir fahren zu Hofraum und Stadt hinaus. Und bei allen diesen Vorteilen, wenn ich es genau berechne, habe ich am Ende des Jahrs nicht mehr ausgegeben, als es mich zu Hause gekostet hätte.

Bei dieser Schilderung sah Ottilie nur Eduarden vor sich, wie er nun auch, mit Entbehren und Beschwerde, auf ungebahnten Straßen hinziehe, mit Gefahr und Not zu Felde liege und bei so viel Unbestand und Wagnis sich gewöhne, heimatlos und freundlos zu sein, alles wegzuwerfen, nur um nicht verlieren zu können. Glücklicherweise trennte sich die Gesellschaft für einige Zeit. Ottilie fand Raum, sich in der Einsamkeit auszuweinen. Gewaltsamer hatte sie kein dumpfer Schmerz ergriffen als diese Klarheit, die sie sich noch klarer zu machen strebte, wie man es zu tun pflegt, daß man sich selbst peinigt, wenn man einmal auf dem Wege ist, gepeinigt zu werden.

Der Zustand Eduards kam ihr so kümmerlich, so jämmerlich vor, daß sie sich entschloß, es koste was es wolle, zu seiner Wiedervereinigung mit Charlotten alles beizutragen, ihren Schmerz und ihre Liebe an irgendeinem stillen Orte zu verbergen und durch irgendeine Art von Tätigkeit zu betrügen.

Indessen hatte der Begleiter des Lords, ein verständiger ruhiger Mann und guter Beobachter, den Mißgriff in der Unterhaltung bemerkt und die Ähnlichkeit der Zustände seinem Freunde offenbart. Dieser wußte nichts von den Verhältnissen der Familie; allein jener, den eigentlich auf der Reise nichts mehr interessierte als die sonderbaren Ereignisse, welche durch natürliche und künstliche Verhältnisse, durch den Konflikt des Gesetzlichen und des Ungebändigten, des Verstandes und der Vernunft, der Leidenschaft und des Vorurteils hervorgebracht werden, jener hatte sich schon früher, und mehr noch im Hause selbst, mit allem bekannt gemacht, was vorgegangen war und noch vorging.

Dem Lord tat es leid, ohne daß er darüber verlegen gewesen wäre. Man müßte ganz in Gesellschaft schweigen, wenn man nicht manchmal in den Fall kommen sollte: denn nicht allein bedeutende Bemerkungen, sondern die trivialsten Äußerungen können auf eine so mißklingende Weise mit dem Interesse der Gegenwärtigen zusammentreffen. Wir wollen es heute Abend wieder gutmachen, sagte der Lord, und uns aller allgemeinen Gespräche enthalten. Geben Sie der Gesellschaft etwas von den vielen angenehmen und bedeutenden Anekdoten und Geschichten zu hören, womit Sie Ihr Portefeuille und Ihr Gedächtnis auf unserer Reise bereichert haben.
Allein auch mit dem besten Vorsatze gelang es den Fremden nicht, die Freunde diesmal mit einer unverfänglichen Unterhaltung zu erfreuen. Denn nachdem der Begleiter durch manche sonderbare, bedeutende, heitere, rührende, furchtbare Geschichten die Aufmerksamkeit erregt und die Teilnahme aufs höchste gespannt hatte, so dachte er mit einer zwar sonderbaren, aber sanfteren Begebenheit zu schließen und ahnete nicht, wie nahe diese seinen Zuhörern verwandt war.

Die wunderlichen Nachbarskinder

Novelle

Zwei Nachbarskinder von bedeutenden Häusern, Knabe und Mädchen, in verhältnismäßigem Alter, um dereinst Gatten zu werden, ließ man in dieser angenehmen Aussicht miteinander aufwachsen, und die beiderseitigen Eltern freuten sich einer künftigen Verbindung. Doch man bemerkte gar bald, daß die Absicht zu mißlingen schien, indem sich zwischen den beiden trefflichen Naturen ein sonderbarer Widerwille hervortat. Vielleicht waren sie einander zu ähnlich. Beide in sich selbst gewendet, deutlich in ihrem Wollen, fest in ihren Vorsätzen; jedes einzeln geliebt und geehrt von seinen Gespielen; immer Widersacher, wenn sie zusammen waren, immer aufbauend für sich allein, immer wechselsweise zerstörend, wo sie sich begegneten, nicht wetteifernd nach Einem Ziel, aber immer kämpfend um Einen Zweck; gutartig durchaus und liebenswürdig, und nur hassend, ja bösartig, indem sie sich aufeinander bezogen.
Dieses wunderliche Verhältnis zeigte sich schon bei kindischen

Spielen, es zeigte sich bei zunehmenden Jahren. Und wie die Knaben Krieg zu spielen, sich in Parteien zu sondern, einander Schlachten zu liefern pflegen, so stellte sich das trotzig-mutige Mädchen einst an die Spitze des einen Heers und focht gegen das andre mit solcher Gewalt und Erbitterung, daß dieses schimpflich wäre in die Flucht geschlagen worden, wenn ihr einzelner Widersacher sich nicht sehr brav gehalten und seine Gegnerin doch noch zuletzt entwaffnet und gefangen genommen hätte. Aber auch da noch wehrte sie sich so gewaltsam, daß er, um seine Augen zu erhalten und die Feindin doch nicht zu beschädigen, sein seidenes Halstuch abreißen und ihr die Hände damit auf den Rücken binden mußte.
Dies verzieh sie ihm nie, ja sie machte so heimliche Anstalten und Versuche, ihn zu beschädigen, daß die Eltern, die auf diese seltsamen Leidenschaften schon längst achtgehabt, sich miteinander verständigten und beschlossen, die beiden feindlichen Wesen zu trennen und jene lieblichen Hoffnungen aufzugeben.
Der Knabe tat sich in seinen neuen Verhältnissen bald hervor. Jede Art von Unterricht schlug bei ihm an. Gönner und eigene Neigung bestimmten ihn zum Soldatenstande. Überall, wo er sich fand, war er geliebt und geehrt. Seine tüchtige Natur schien nur zum Wohlsein, zum Behagen anderer zu wirken, und er war in sich, ohne deutliches Bewußtsein, recht glücklich, den einzigen Widersacher verloren zu haben, den die Natur ihm zugedacht hatte.
Das Mädchen dagegen trat auf einmal in einen veränderten Zustand. Ihre Jahre, eine zunehmende Bildung und mehr noch ein gewisses inneres Gefühl zogen sie von den heftigen Spielen hinweg, die sie bisher in Gesellschaft der Knaben auszuüben pflegte. Im ganzen schien ihr etwas zu fehlen: nichts war um sie herum, das wert gewesen wäre, ihren Haß zu erregen. Liebenswürdig hatte sie noch niemanden gefunden.
Ein junger Mann, älter als ihr ehemaliger nachbarlicher Widersacher, von Stand, Vermögen und Bedeutung, beliebt in der Gesellschaft, gesucht von Frauen, wendete ihr seine ganze Neigung zu. Es war das erste Mal, daß sich ein Freund, ein Liebhaber, ein Diener um sie bemühte. Der Vorzug, den er ihr vor vielen gab, die älter, gebildeter, glänzender und anspruchsreicher waren als sie, tat ihr gar zu wohl.

Seine fortgesetzte Aufmerksamkeit, ohne daß er zudringlich gewesen wäre, sein treuer Beistand bei verschiedenen unangenehmen Zufällen, sein gegen ihre Eltern zwar ausgesprochenes, doch ruhiges und nur hoffnungsvolles Werben, da sie freilich noch sehr jung war: das alles nahm sie für ihn ein, wozu die Gewohnheit, die äußern, nun von der Welt als bekannt angenommenen Verhältnisse das ihrige beitrugen. Sie war so oft Braut genannt worden, daß sie sich endlich selbst dafür hielt, und weder sie noch irgend jemand dachte daran, daß noch eine Prüfung nötig sei, als sie den Ring mit demjenigen wechselte, der so lange Zeit für ihren Bräutigam galt.
Der ruhige Gang, den die ganze Sache genommen hatte, war auch durch das Verlöbnis nicht beschleunigt worden. Man ließ eben von beiden Seiten alles so fortgewähren; man freute sich des Zusammenlebens und wollte die gute Jahreszeit durchaus noch als einen Frühling des künftigen ernsteren Lebens genießen.
Indessen hatte der Entfernte sich zum schönsten ausgebildet, eine verdiente Stufe seiner Lebensbestimmung erstiegen, und kam mit Urlaub, die Seinigen zu besuchen. Auf eine ganz natürliche, aber doch sonderbare Weise stand er seiner schönen Nachbarin abermals entgegen. Sie hatte in der letzten Zeit nur freundliche, bräutliche Familienempfindungen bei sich genährt, sie war mit allem, was sie umgab, in Übereinstimmung; sie glaubte glücklich zu sein, und war es auch auf gewisse Weise. Aber nun stand ihr zum ersten Mal seit langer Zeit wieder etwas entgegen: es war nicht hassenswert, sie war des Hasses unfähig geworden; ja der kindische Haß, der eigentlich nur ein dunkles Anerkennen des inneren Wertes gewesen, äußerte sich nun in frohem Erstaunen, erfreulichem Betrachten, gefälligem Eingestehen, halb willigem halb unwilligem und doch notwendigem Annahen, und das alles war wechselseitig. Eine lange Entfernung gab zu längeren Unterhaltungen Anlaß. Selbst jene kindische Unvernunft diente den Aufgeklärteren zu scherzhafter Erinnerung, und es war, als wenn man sich jenen neckischen Haß wenigstens durch eine freundschaftliche aufmerksame Behandlung vergüten müsse, als wenn jenes gewaltsame Verkennen nunmehr nicht ohne ein ausgesprochenes Anerkennen bleiben dürfe.
Von seiner Seite blieb alles in einem verständigen, wünschenswerten

Maß. Sein Stand, seine Verhältnisse, sein Streben, sein Ehrgeiz beschäftigten ihn so reichlich, daß er die Freundlichkeit der schönen Braut als eine dankenswerte Zugabe mit Behaglichkeit aufnahm, ohne sie deshalb in irgend einem Bezug auf sich zu betrachten oder sie ihrem Bräutigam zu mißgönnen, mit dem er übrigens in den besten Verhältnissen stand.

Bei ihr hingegen sah es ganz anders aus. Sie schien sich wie aus einem Traum erwacht. Der Kampf gegen ihren jungen Nachbar war die erste Leidenschaft gewesen, und dieser heftige Kampf war doch nur, unter der Form des Widerstrebens, eine heftige gleichsam angeborne Neigung. Auch kam es ihr in der Erinnerung nicht anders vor, als daß sie ihn immer geliebt habe. Sie lächelte über jenes feindliche Suchen mit den Waffen in der Hand; sie wollte sich des angenehmsten Gefühls erinnern, als er sie entwaffnete; sie bildete sich ein, die größte Seligkeit empfunden zu haben, da er sie band, und alles, was sie zu seinem Schaden und Verdruß unternommen hatte, kam ihr nur als unschuldiges Mittel vor, seine Aufmerksamkeit auf sich zu ziehen. Sie verwünschte jene Trennung, sie bejammerte den Schlaf, in den sie verfallen, sie verfluchte die schleppende, träumerische Gewohnheit, durch die ihr ein so unbedeutender Bräutigam hatte werden können; sie war verwandelt, doppelt verwandelt, vorwärts und rückwärts, wie man es nehmen will.

Hätte jemand ihre Empfindungen, die sie ganz geheim hielt, entwikkeln und mit ihr teilen können, so würde er sie nicht gescholten haben: denn freilich konnte der Bräutigam die Vergleichung mit dem Nachbar nicht aushalten, sobald man sie nebeneinander sah. Wenn man dem einen ein gewisses Zutrauen nicht versagen konnte, so erregte der andere das vollste Vertrauen; wenn man den einen gern zur Gesellschaft mochte, so wünschte man sich den andern zum Gefährten; und dachte man gar an höhere Teilnahme, an außerordentliche Fälle, so hätte man wohl an dem einen gezweifelt, wenn einem der andere vollkommene Gewißheit gab. Für solche Verhältnisse ist den Weibern ein besonderer Takt angeboren, und sie haben Ursache so wie Gelegenheit, ihn auszubilden.

Je mehr die schöne Braut solche Gesinnungen bei sich ganz heimlich nährte, je weniger nur irgend jemand dasjenige auszusprechen im

Fall war, was zugunsten des Bräutigams gelten konnte, was Verhältnisse, was Pflicht anzuraten und zu gebieten, ja was eine unabänderliche Notwendigkeit unwiderruflich zu fordern schien: desto mehr begünstigte das schöne Herz seine Einseitigkeit; und indem sie von der einen Seite durch Welt und Familie, Bräutigam und eigne Zusage unauflöslich gebunden war, von der andern der emporstrebende Jüngling gar kein Geheimnis von seinen Gesinnungen, Planen und Aussichten machte, sich nur als ein treuer und nicht einmal zärtlicher Bruder gegen sie bewies, und nun gar von seiner unmittelbaren Abreise die Rede war, so schien es, als ob ihr früher kindischer Geist mit allen seinen Tücken und Gewaltsamkeiten wieder erwachte und sich nun auf einer höheren Lebensstufe mit Unwillen rüstete, bedeutender und verderblicher zu wirken. Sie beschloß zu sterben, um den ehemals Gehaßten und nun so heftig Geliebten für seine Unteilnahme zu strafen und sich, indem sie ihn nicht besitzen sollte, wenigstens mit seiner Einbildungskraft, seiner Reue auf ewig zu vermählen. Er sollte ihr totes Bild nicht mehr loswerden, er sollte nicht aufhören, sich Vorwürfe zu machen, daß er ihre Gesinnungen nicht erkannt, nicht erforscht, nicht geschätzt habe.
Dieser seltsame Wahnsinn begleitete sie überall hin. Sie verbarg ihn unter allerlei Formen, und ob sie den Menschen gleich wunderlich vorkam, so war niemand aufmerksam oder klug genug, die innere wahre Ursache zu entdecken.
Indessen hatten sich Freunde, Verwandte, Bekannte in Anordnungen von mancherlei Festen erschöpft. Kaum verging ein Tag, daß nicht irgend etwas Neues und Unerwartetes angestellt worden wäre. Kaum war ein schöner Platz der Landschaft, den man nicht ausgeschmückt und zum Empfang vieler frohen Gäste bereitet hätte. Auch wollte unser junger Ankömmling noch vor seiner Abreise das Seinige tun und lud das junge Paar mit einem engeren Familienkreise zu einer Wasserlustfahrt. Man bestieg ein großes, schönes, wohlausgeschmücktes Schiff, eine der Jachten, die einen kleinen Saal und einige Zimmer anbieten und auf das Wasser die Bequemlichkeit des Landes überzutragen suchen.
Man fuhr auf dem großen Strome mit Musik dahin; die Gesellschaft hatte sich bei heißer Tageszeit in den untern Räumen versammelt,

um sich an Geistes- und Glücksspielen zu ergötzen. Der junge Wirt, der niemals untätig bleiben konnte, hatte sich ans Steuer gesetzt, den alten Schiffsmeister abzulösen, der an seiner Seite eingeschlafen war; und eben brauchte der Wachende alle seine Vorsicht, da er sich einer Stelle nahte, wo zwei Inseln das Flußbette verengten und, indem sie ihre flachen Kiesufer bald an der einen, bald an der andern Seite hereinstreckten, ein gefährliches Fahrwasser zubereiteten. Fast war der sorgsame und scharfblickende Steurer in Versuchung, den Meister zu wecken, aber er getraute sichs zu und fuhr gegen die Enge. In dem Augenblick erschien auf dem Verdeck seine schöne Feindin mit einem Blumenkranz in den Haaren. Sie nahm ihn ab und warf ihn auf den Steuernden. Nimm dies zum Andenken! rief sie aus. Störe mich nicht! rief er ihr entgegen, indem er den Kranz auffing: ich bedarf aller meiner Kräfte und meiner Aufmerksamkeit. Ich störe dich nicht weiter, rief sie: du siehst mich nicht wieder! Sie sprachs und eilte nach dem Vorderteil des Schiffs, von da sie ins Wasser sprang. Einige Stimmen riefen: Rettet! rettet! sie ertrinkt! Er war in der entsetzlichsten Verlegenheit. Über dem Lärm erwacht der alte Schiffsmeister, will das Ruder ergreifen, der jüngere es ihm übergeben; aber es ist keine Zeit, die Herrschaft zu wechseln: das Schiff strandet, und in eben dem Augenblick, die lästigsten Kleidungsstücke wegwerfend, stürzte er sich ins Wasser und schwamm der schönen Feindin nach.

Das Wasser ist ein freundliches Element für den, der damit bekannt ist und es zu behandeln weiß. Es trug ihn, und der geschickte Schwimmer beherrschte es. Bald hatte er die vor ihm fortgerissene Schöne erreicht; er faßte sie, wußte sie zu heben und zu tragen; beide wurden vom Strom gewaltsam fortgerissen, bis sie die Inseln, die Werder weit hinter sich hatten und der Fluß wieder breit und gemächlich zu fließen anfing. Nun erst ermannte, nun erholte er sich aus der ersten zudringenden Not, in der er ohne Besinnung nur mechanisch gehandelt; er blickte mit emporstrebendem Haupt umher und ruderte nach Vermögen einer flachen buschigten Stelle zu, die sich angenehm und gelegen in den Fluß verlief. Dort brachte er seine schöne Beute aufs Trockne; aber kein Lebenshauch war in ihr zu spüren. Er war in Verzweiflung, als ihm ein betretener Pfad, der durchs Gebüsch lief, in die Augen leuchtete. Er belud sich aufs neue mit der teuren Last, er erblickte bald eine einsame Wohnung und erreichte sie. Dort fand er gute Leute, ein junges Ehepaar. Das Unglück, die Not sprach sich geschwind aus. Was er nach einiger Besinnung forderte, ward geleistet. Ein lichtes Feuer brannte; wollne Decken wurden über ein Lager gebreitet; Pelze, Felle, und was Erwärmendes vorrätig war, schnell herbeigetragen. Hier überwand die Begierde zu retten jede andre Betrachtung. Nichts ward versäumt, den schönen halbstarren nackten Körper wieder ins Leben zu rufen. Es gelang. Sie schlug die Augen auf, sie erblickte den Freund, umschlang seinen Hals mit ihren himmlischen Armen. So blieb sie lange; ein Tränenstrom stürzte aus ihren Augen und vollendete ihre Genesung. Willst du mich verlassen, rief sie aus, da ich dich so wiederfinde? Niemals, rief er, niemals! und wußte nicht, was er sagte noch was er tat. Nur schone dich, rief er hinzu, schone dich! denke an dich um deinet- und meinetwillen.

Sie dachte nun an sich und bemerkte jetzt erst den Zustand, in dem sie war. Sie konnte sich vor ihrem Liebling, ihrem Retter nicht schämen; aber sie entließ ihn gern, damit er für sich sorgen möge: denn noch war, was ihn umgab, naß und triefend.

Die jungen Eheleute beredeten sich: er bot dem Jüngling und sie der Schönen das Hochzeitkleid an, das noch vollständig dahing, um ein Paar von Kopf zu Fuß und von innen heraus zu bekleiden. In kurzer Zeit waren die beiden Abenteurer nicht nur angezogen, sondern geputzt. Sie sahen allerliebst aus, staunten einander an, als sie zusammentraten, und fielen sich mit unmäßiger Leidenschaft, und doch halb lächelnd über die Vermummung, gewaltsam in die Arme. Die Kraft der Jugend und die Regsamkeit der Liebe stellten sie in wenigen Augenblicken völlig wieder her, und es fehlte nur die Musik, um sie zum Tanz aufzufordern.

Sich vom Wasser zur Erde, vom Tode zum Leben, aus dem Familienkreise in eine Wildnis, aus der Verzweiflung zum Entzücken, aus der Gleichgültigkeit zur Neigung, zur Leidenschaft gefunden zu haben, alles in einem Augenblick – der Kopf wäre nicht hinreichend, das zu fassen, er würde zerspringen oder sich verwirren. Hiebei muß das Herz das Beste tun, wenn eine solche Überraschung ertragen werden soll.

Ganz verloren eins ins andre, konnten sie erst nach einiger Zeit an die Angst, an die Sorgen der Zurückgelassenen denken, und fast konnten sie selbst nicht ohne Angst, ohne Sorge daran denken, wie sie jenen wieder begegnen wollten. Sollen wir fliehen? sollen wir uns verbergen? sagte der Jüngling. Wir wollen zusammenbleiben, sagte sie, indem sie an seinem Hals hing.

Der Landmann, der von ihnen die Geschichte des gestrandeten Schiffs vernommen hatte, eilte, ohne weiter zu fragen, nach dem Ufer. Das Fahrzeug kam glücklich einhergeschwommen; es war mit vieler Mühe losgebracht worden. Man fuhr aufs Ungewisse fort, in Hoffnung, die Verlornen wiederzufinden. Als daher der Landmann mit Rufen und Winken die Schiffenden aufmerksam machte, an eine Stelle lief, wo ein vorteilhafter Landungsplatz sich zeigte, und mit Winken und Rufen nicht aufhörte, wandte sich das Schiff nach dem Ufer, und welch ein Schauspiel ward es, da sie landeten! Die Eltern der beiden Verlobten drängten sich zuerst ans Ufer; den liebenden Bräutigam hatte fast die Besinnung verlassen. Kaum hatten sie vernommen, daß die lieben Kinder gerettet seien, so traten diese in ihrer sonderbaren Verkleidung aus dem Busch hervor. Man erkannte sie nicht eher, als bis sie ganz herangetreten waren. Wen seh ich? riefen die Mütter. Was seh ich? riefen die Väter. Die Geretteten warfen sich vor ihnen nieder. Eure Kinder! riefen sie aus: ein Paar. Verzeiht! rief das Mädchen. Gebt uns euren Segen! rief der Jüngling. Gebt uns euren Segen! riefen beide, da alle Welt staunend verstummte. Euren Segen! ertönte es zum drittenmal, und wer hätte den versagen können?

ELFTES KAPITEL

Der Erzählende machte eine Pause, oder hatte vielmehr schon geendigt, als er bemerken mußte, daß Charlotte höchst bewegt sei; ja sie stand auf und verließ mit einer stummen Entschuldigung das Zimmer: denn die Geschichte war ihr bekannt. Diese Begebenheit hatte sich mit dem Hauptmann und einer Nachbarin wirklich zugetragen, zwar nicht ganz, wie sie der Engländer erzählte, doch war sie in den

Hauptzügen nicht entstellt, nur im einzelnen mehr ausgebildet und ausgeschmückt, wie es dergleichen Geschichten zu gehen pflegt, wenn sie erst durch den Mund der Menge und sodann durch die Phantasie eines geist- und geschmackreichen Erzählers durchgehen. Es bleibt zuletzt meist alles und nichts, wie es war.

Ottilie folgte Charlotten, wie es die beiden Fremden selbst verlangten, und nun kam der Lord an die Reihe, zu bemerken, daß vielleicht abermals ein Fehler begangen, etwas dem Hause Bekanntes oder gar Verwandtes erzählt worden. Wir müssen uns hüten, fuhr er fort, daß wir nicht noch mehr Übles stiften. Für das viele Gute und Angenehme, das wir hier genossen, scheinen wir den Bewohnerinnen wenig Glück zu bringen; wir wollen uns auf eine schickliche Weise zu empfehlen suchen.

Ich muß gestehen, versetzte der Begleiter, daß mich hier noch etwas anderes festhält, ohne dessen Aufklärung und nähere Kenntnis ich dieses Haus nicht gern verlassen möchte. Sie waren gestern, Mylord, als wir mit der tragbaren dunklen Kammer durch den Park zogen, viel zu beschäftigt, sich einen wahrhaft malerischen Standpunkt auszuwählen, als daß Sie hätten bemerken sollen, was nebenher vorging. Sie lenkten vom Hauptwege ab, um zu einem wenig besuchten Platze am See zu gelangen, der Ihnen ein reizendes Gegenüber anbot. Ottilie, die uns begleitete, stand an, zu folgen, und bat, sich auf dem Kahne dorthin begeben zu dürfen. Ich setzte mich mit ihr ein und hatte meine Freude an der Gewandtheit der schönen Schifferin. Ich versicherte ihr, daß ich seit der Schweiz, wo auch die reizendsten Mädchen die Stelle des Fährmanns vertreten, nicht so angenehm sei über die Wellen geschaukelt worden; konnte mich aber nicht enthalten, sie zu fragen, warum sie eigentlich abgelehnt, jenen Seitenweg zu machen: denn wirklich war in ihrem Ausweichen eine Art von ängstlicher Verlegenheit. Wenn Sie mich nicht auslachen wollen, versetzte sie freundlich, so kann ich Ihnen darüber wohl einige Auskunft geben, obgleich selbst für mich dabei ein Geheimnis obwaltet. Ich habe jenen Nebenweg niemals betreten, ohne daß mich ein ganz eigener Schauder überfallen hätte, den ich sonst nirgends empfinde und den ich mir nicht zu erklären weiß. Ich vermeide daher lieber, mich einer solchen Empfindung auszusetzen, um so mehr, als sich

gleich darauf ein Kopfweh an der linken Seite einstellt, woran ich sonst auch manchmal leide. – Wir landeten, Ottilie unterhielt sich mit Ihnen, und ich untersuchte indes die Stelle, die sie mir aus der Ferne deutlich angegeben hatte. Aber wie groß war meine Verwunderung, als ich eine sehr deutliche Spur von Steinkohlen entdeckte, die mich überzeugt, man würde bei einigem Nachgraben vielleicht ein ergiebiges Lager in der Tiefe finden.
Verzeihen Sie, Mylord: ich sehe Sie lächeln und weiß recht gut, daß Sie mir meine leidenschaftliche Aufmerksamkeit auf diese Dinge, an die Sie keinen Glauben haben, nur als weiser Mann und als Freund nachsehen; aber es ist mir unmöglich, von hier zu scheiden, ohne das schöne Kind auch die Pendelschwingungen versuchen zu lassen.
Es konnte niemals fehlen, wenn die Sache zur Sprache kam, daß der Lord nicht seine Gründe dagegen abermals wiederholte, welche der Begleiter bescheiden und geduldig aufnahm, aber doch zuletzt bei seiner Meinung, bei seinen Wünschen verharrte. Auch er gab wiederholt zu erkennen, daß man deswegen, weil solche Versuche nicht jedermann gelängen, die Sache nicht aufgeben, ja vielmehr nur desto ernsthafter und gründlicher untersuchen müßte; da sich gewiß noch manche Bezüge und Verwandtschaften unorganischer Wesen untereinander, organischer gegen sie und abermals untereinander, offenbaren würden, die uns gegenwärtig verborgen seien.
Er hatte seinen Apparat von goldnen Ringen, Markasiten und andern metallischen Substanzen, den er in einem schönen Kästchen immer bei sich führte, schon ausgebreitet und ließ nun Metalle, an Fäden schwebend, über liegende Metalle zum Versuche nieder. Ich gönne Ihnen die Schadenfreude, Mylord, sagte er dabei, die ich auf Ihrem Gesichte lese, daß sich bei mir und für mich nichts bewegen will. Meine Operation ist aber auch nur ein Vorwand. Wenn die Damen zurückkehren, sollen sie neugierig werden, was wir Wunderliches hier beginnen.
Die Frauenzimmer kamen zurück. Charlotte verstand sogleich, was vorging. Ich habe manches von diesen Dingen gehört, sagte sie, aber niemals eine Wirkung gesehen. Da Sie alles so hübsch bereit haben, lassen Sie mich versuchen, ob es mir nicht auch anschlägt.
Sie nahm den Faden in die Hand; und da es ihr ernst war, hielt sie

ihn stet und ohne Gemütsbewegung; allein auch nicht das mindeste Schwanken war zu bemerken. Darauf ward Ottilie veranlaßt. Sie hielt den Pendel noch ruhiger, unbefangener, unbewußter über die unterliegenden Metalle. Aber in dem Augenblicke ward das schwebende wie in einem entschiedenen Wirbel fortgerissen und drehte sich, je nachdem man die Unterlage wechselte, bald nach der einen, bald nach der andern Seite, jetzt in Kreisen, jetzt in Ellipsen, oder nahm seinen Schwung in graden Linien, wie es der Begleiter nur erwarten konnte, ja über alle seine Erwartung.

Der Lord selbst stutzte einigermaßen, aber der andere konnte vor Lust und Begierde gar nicht enden und bat immer um Wiederholung und Vermannigfaltigung der Versuche. Ottilie war gefällig genug, sich in sein Verlangen zu finden, bis sie ihn zuletzt freundlich ersuchte, er möge sie entlassen, weil ihr Kopfweh sich wieder einstelle. Er, darüber verwundert, ja entzückt, versicherte ihr mit Enthusiasmus, daß er sie von diesem Übel völlig heilen wolle, wenn sie sich seiner Kurart anvertraue. Man war einen Augenblick ungewiß; Charlotte aber, die geschwind begriff, wovon die Rede sei, lehnte den wohlgesinnten Antrag ab, weil sie nicht gemeint war, in ihrer Umgebung etwas zuzulassen, wovor sie immerfort eine starke Apprehension gefühlt hatte.

Die Fremden hatten sich entfernt und, ungeachtet man von ihnen auf eine sonderbare Weise berührt worden war, doch den Wunsch zurückgelassen, daß man sie irgendwo wieder antreffen möchte. Charlotte benutzte nunmehr die schönen Tage, um in der Nachbarschaft ihre Gegenbesuche zu enden, womit sie kaum fertig werden konnte, indem sich die ganze Landschaft umher, einige wahrhaft teilnehmend, andre bloß der Gewohnheit wegen, bisher fleißig um sie bekümmert hatten. Zu Hause belebte sie der Anblick des Kindes; es war gewiß jeder Liebe, jeder Sorgfalt wert. Man sah in ihm ein wunderbares, ja ein Wunder-Kind, höchst erfreulich dem Anblick, an Größe, Ebenmaß, Stärke und Gesundheit, und was noch mehr in Verwunderung setzte, war jene doppelte Ähnlichkeit, die sich immer mehr entwickelte. Den Gesichtszügen und der ganzen Form nach glich das Kind immer mehr dem Hauptmann, die Augen ließen sich immer weniger von Ottiliens Augen unterscheiden.

Durch diese sonderbare Verwandtschaft und vielleicht noch mehr durch das schöne Gefühl der Frauen geleitet, welche das Kind eines geliebten Mannes, auch von einer andern, mit zärtlicher Neigung umfangen, ward Ottilie dem heranwachsenden Geschöpf so viel als eine Mutter, oder vielmehr eine andre Art von Mutter. Entfernte sich Charlotte, so blieb Ottilie mit dem Kinde und der Wärterin allein. Nanni hatte sich seit einiger Zeit, eifersüchtig auf den Knaben, dem ihre Herrin alle Neigung zuzuwenden schien, trotzig von ihr entfernt und war zu ihren Eltern zurückgekehrt. Ottilie fuhr fort, das Kind in die freie Luft zu tragen, und gewöhnte sich an immer weitere Spaziergänge. Sie hatte das Milchfläschchen bei sich, um dem Kinde, wenn es nötig, seine Nahrung zu reichen. Selten unterließ sie dabei, ein Buch mitzunehmen, und so bildete sie, das Kind auf dem Arm, lesend und wandelnd, eine gar anmutige Penserosa.

ZWÖLFTES KAPITEL

Der Hauptzweck des Feldzugs war erreicht, und Eduard, mit Ehrenzeichen geschmückt, rühmlich entlassen. Er begab sich sogleich wieder auf jenes kleine Gut, wo er genaue Nachrichten von den Seinigen fand, die er, ohne daß sie es bemerkten und wußten, scharf hatte beobachten lassen. Sein stiller Aufenthalt blickte ihm aufs freundlichste entgegen: denn man hatte indessen nach seiner Anordnung manches eingerichtet, gebessert und gefördert, so daß die Anlagen und Umgebungen, was ihnen an Weite und Breite fehlte, durch das Innere und zunächst Genießbare ersetzten.

Eduard, durch einen rascheren Lebensgang an entschiedenere Schritte gewöhnt, nahm sich nunmehr vor, dasjenige auszuführen, was er lange genug zu überdenken Zeit gehabt hatte. Vor allen Dingen berief er den Major. Die Freude des Wiedersehens war groß. Jugendfreundschaften, wie Blutsverwandtschaften, haben den bedeutenden Vorteil, daß ihnen Irrungen und Mißverständnisse, von welcher Art sie auch seien, niemals von Grund aus schaden und die alten Verhältnisse sich nach einiger Zeit wieder herstellen.

Zum frohen Empfang erkundigte sich Eduard nach dem Zustande des Freundes und vernahm, wie vollkommen nach seinen Wünschen ihn das Glück begünstigt habe. Halb scherzend vertraulich fragte Eduard sodann, ob nicht auch eine schöne Verbindung im Werke sei. Der Freund verneinte es, mit bedeutendem Ernst.

Ich kann und darf nicht hinterhaltig sein, fuhr Eduard fort: ich muß dir meine Gesinnungen und Vorsätze sogleich entdecken. Du kennst meine Leidenschaft für Ottilien und hast längst begriffen, daß sie es ist, die mich in diesen Feldzug gestürzt hat. Ich leugne nicht, daß ich gewünscht hatte, ein Leben loszuwerden, das mir ohne sie nichts weiter nütze war; allein zugleich muß ich dir gestehen, daß ich es nicht über mich gewinnen konnte, vollkommen zu verzweifeln. Das Glück mit ihr war so schön, so wünschenswert, daß es mir unmöglich blieb, völlig Verzicht darauf zu tun. So manche tröstliche Ahnung, so manches heitere Zeichen hatte mich in dem Glauben, in dem Wahn bestärkt, Ottilie könne die Meine werden. Ein Glas, mit unserm Namenszug bezeichnet, bei der Grundsteinlegung in die Lüfte geworfen, ging nicht zu Trümmern; es ward aufgefangen und ist wieder in meinen Händen. So will ich mich denn selbst, rief ich mir zu, als ich an diesem einsamen Orte so viel zweifelhafte Stunden verlebt hatte: mich selbst will ich an die Stelle des Glases zum Zeichen machen, ob unsre Verbindung möglich sei oder nicht. Ich gehe hin und suche den Tod, nicht als ein Rasender, sondern als einer, der zu leben hofft. Ottilie soll der Preis sein, um den ich kämpfe; sie soll es sein, die ich hinter jeder feindlichen Schlachtordnung, in jeder Verschanzung, in jeder belagerten Festung zu gewinnen, zu erobern hoffe. Ich will Wunder tun, mit dem Wunsche, verschont zu bleiben, im Sinne, Ottilien zu gewinnen, nicht sie zu verlieren. Diese Gefühle haben mich geleitet, sie haben mir durch alle Gefahren beigestanden; aber nun finde ich mich auch wie einen, der zu seinem Ziele gelangt ist, der alle Hindernisse überwunden hat, dem nun nichts mehr im Wege steht. Ottilie ist mein, und was noch zwischen diesem Gedanken und der Ausführung liegt, kann ich nur für nichtsbedeutend ansehen.

Du löschest, versetzte der Major, mit wenig Zügen alles aus, was man dir entgegensetzen könnte und sollte; und doch muß es wiederholt werden. Das Verhältnis zu deiner Frau in seinem ganzen Werte dir zurückzurufen, überlasse ich dir selbst; aber du bist es ihr, du bist es dir schuldig, dich hierüber nicht zu verdunkeln. Wie kann ich aber nur gedenken, daß euch ein Sohn gegeben ist, ohne zugleich auszusprechen, daß ihr einander auf immer angehört, daß ihr um dieses Wesens willen schuldig seid, vereint zu leben, damit ihr vereint für seine Erziehung und für sein künftiges Wohl sorgen möget.

Es ist bloß ein Dünkel der Eltern, versetzte Eduard, wenn sie sich einbilden, daß ihr Dasein für die Kinder so nötig sei. Alles, was lebt, findet Nahrung und Beihülfe, und wenn der Sohn nach dem frühen Tode des Vaters keine so bequeme, so begünstigte Jugend hat, so gewinnt er vielleicht eben deswegen an schnellerer Bildung für die Welt, durch zeitiges Anerkennen, daß er sich in andere schicken muß; was wir denn doch früher oder später alle lernen müssen. Und hievon ist ja die Rede gar nicht: wir sind reich genug, um mehrere Kinder zu versorgen, und es ist keineswegs Pflicht noch Wohltat, auf Ein Haupt so viele Güter zu häufen.

Als der Major mit einigen Zügen Charlottens Wert und Eduards lange bestandenes Verhältnis zu ihr anzudeuten gedachte, fiel ihm Eduard hastig in die Rede: Wir haben eine Torheit begangen, die ich nur allzu wohl einsehe. Wer in einem gewissen Alter frühere Jugendwünsche und -hoffnungen realisieren will, betrügt sich immer: denn jedes Jahrzehnt des Menschen hat sein eigenes Glück, seine eigenen Hoffnungen und Aussichten. Wehe dem Menschen, der vorwärts oder rückwärts zu greifen durch Umstände oder durch Wahn veranlaßt wird! Wir haben eine Torheit begangen; soll sie es denn fürs ganze Leben sein? Sollen wir uns, aus irgendeiner Art von Bedenklichkeit, dasjenige versagen, was uns die Sitten der Zeit nicht absprechen? In wie vielen Dingen nimmt der Mensch seinen Vorsatz, seine Tat zurück, und hier gerade sollte es nicht geschehen, wo vom Ganzen und nicht vom einzelnen, wo nicht von dieser oder jener Bedingung des Lebens, wo vom ganzen Komplex des Lebens die Rede ist!

Der Major verfehlte nicht, auf eine ebenso geschickte als nachdrückliche Weise Eduarden die verschiedenen Bezüge zu seiner Gemahlin, zu den Familien, zu der Welt, zu seinen Besitzungen vorzustellen; aber es gelang ihm nicht, irgend eine Teilnahme zu erregen.

Alles dieses, mein Freund, erwiderte Eduard, ist mir vor der Seele vorbeigegangen, mitten im Gewühl der Schlacht, wenn die Erde vom anhaltenden Donner bebte, wenn die Kugeln sausten und pfiffen, rechts und links die Gefährten niederfielen, mein Pferd getroffen, mein Hut durchlöchert ward; es hat mir vorgeschwebt beim stillen nächtlichen Feuer unter dem gestirnten Gewölbe des Himmels. Dann traten mir alle meine Verbindungen vor die Seele; ich habe sie durchgedacht, durchgefühlt; ich habe mir zugeeignet, ich habe mich abgefunden, zu wiederholten Malen, und nun für immer.

In solchen Augenblicken, wie kann ich dirs verschweigen, warst auch du mir gegenwärtig, auch du gehörtest in meinen Kreis; und gehören wir denn nicht schon so lange zueinander? Wenn ich dir etwas schuldig geworden, so komme ich jetzt in den Fall, dir es mit Zinsen abzutragen; wenn du mir je etwas schuldig geworden, so siehst du dich nun imstande, mir es zu vergelten. Ich weiß, du liebst Charlotten, und sie verdient es; ich weiß, du bist ihr nicht gleichgültig, und warum sollte sie deinen Wert nicht erkennen! Nimm sie von meiner Hand! führe mir Ottilien zu! und wir sind die glücklichsten Menschen auf der Erde.

Eben weil du mich mit so hohen Gaben bestechen willst, versetzte der Major, muß ich desto vorsichtiger, desto strenger sein. Anstatt daß dieser Vorschlag, den ich still verehre, die Sache erleichtern möchte, erschwert er sie vielmehr. Es ist, wie von dir, nun auch von mir die Rede, und so wie von dem Schicksal, so auch von dem guten Namen, von der Ehre zweier Männer, die, bis jetzt unbescholten, durch diese wunderliche Handlung, wenn wir sie auch nicht anders nennen wollen, in Gefahr kommen, vor der Welt in einem höchst seltsamen Lichte zu erscheinen.

Eben daß wir unbescholten sind, versetzte Eduard, gibt uns das Recht, uns auch einmal schelten zu lassen. Wer sich sein ganzes Leben als einen zuverlässigen Mann bewiesen, der macht eine Handlung zuverlässig, die bei andern zweideutig erscheinen würde. Was mich betrifft, ich fühle mich durch die letzten Prüfungen, die ich mir auferlegt, durch die schwierigen, gefahrvollen Taten, die ich für andere getan, berechtigt, auch etwas für mich zu tun. Was dich und Charlotten betrifft, so sei es der Zukunft anheimgegeben; mich aber wirst du, wird niemand von meinem Vorsatze zurückhalten.

Will man mir die Hand bieten, so bin ich auch wieder zu allem erbötig; will man mich mir selbst überlassen, oder mir wohl gar entgegen sein: so muß ein Extrem entstehen, es werde auch, wie es wolle.
Der Major hielt es für seine Pflicht, dem Vorsatz Eduards so lange als möglich Widerstand zu leisten, und er bediente sich nun gegen seinen Freund einer klugen Wendung, indem er nachzugeben schien und nur die Form, den Geschäftsgang zur Sprache brachte, durch welchen man diese Trennung, diese Verbindungen erreichen sollte. Da trat denn so manches Unerfreuliche, Beschwerliche, Unschickliche hervor, daß sich Eduard in die schlimmste Laune versetzt fühlte.
Ich sehe wohl, rief dieser endlich: nicht allein von Feinden, sondern auch von Freunden muß, was man wünscht, erstürmt werden. Das, was ich will, was mir unentbehrlich ist, halte ich fest im Auge; ich werde es ergreifen, und gewiß bald und behende. Dergleichen Verhältnisse, weiß ich wohl, heben sich nicht auf und bilden sich nicht, ohne daß manches falle, was steht, ohne daß manches weiche, was zu beharren Lust hat. Durch Überlegung wird so etwas nicht geendet; vor dem Verstande sind alle Rechte gleich, und auf die steigende Waagschale läßt sich immer wieder ein Gegengewicht legen. Entschließe dich also, mein Freund, für mich, für dich zu handeln, für mich, für dich diese Zustände zu entwirren, aufzulösen, zu verknüpfen. Laß dich durch keine Betrachtungen abhalten; wir haben die Welt ohnehin schon von uns reden machen, sie wird noch einmal von uns reden, uns sodann, wie alles übrige, was aufhört neu zu sein, vergessen und uns gewähren lassen, wie wir können, ohne weitern Teil an uns zu nehmen.
Der Major hatte keinen andern Ausweg und mußte endlich zugeben, daß Eduard ein für allemal die Sache als etwas Bekanntes und Vorausgesetztes behandelte, daß er, wie alles anzustellen sei, im einzelnen durchsprach und sich über die Zukunft auf das heiterste, sogar in Scherzen erging.
Dann wieder ernsthaft und nachdenklich, fuhr er fort: Wollten wir uns der Hoffnung, der Erwartung überlassen, daß alles sich von selbst wieder finden, daß der Zufall uns leiten und begünstigen solle, so wäre dies ein sträflicher Selbstbetrug. Auf diese Weise können wir uns unmöglich retten, unsre allseitige Ruhe nicht wiederherstellen;

und wie sollte ich mich trösten können, da ich unschuldig die Schuld an allem bin! Durch meine Zudringlichkeit habe ich Charlotten vermocht, dich ins Haus zu nehmen, und auch Ottilie ist nur in Gefolg von dieser Veränderung bei uns eingetreten. Wir sind nicht mehr Herr über das, was daraus entsprungen ist, aber wir sind Herr, es unschädlich zu machen, die Verhältnisse zu unserm Glücke zu leiten. Magst du die Augen von den schönen und freundlichen Aussichten abwenden, die ich uns eröffne, magst du mir, magst du uns allen ein trauriges Entsagen gebieten, insofern du dirs möglich denkst, insofern es möglich wäre: ist denn nicht auch alsdann, wenn wir uns vornehmen, in die alten Zustände zurückzukehren, manches Unschickliche, Unbequeme, Verdrießliche zu übertragen, ohne daß irgend etwas Gutes, etwas Heiteres daraus entspränge? Würde der glückliche Zustand, in dem du dich befindest, dir wohl Freude machen, wenn du gehindert wärst, mich zu besuchen, mit mir zu leben? Und nach dem, was vorgegangen ist, würde es doch immer peinlich sein. Charlotte und ich würden mit allem unserm Vermögen uns nur in einer traurigen Lage befinden. Und wenn du mit andern Weltmenschen glauben magst, daß Jahre, daß Entfernung solche Empfindungen abstumpfen, so tief eingegrabene Züge auslöschen: so ist ja eben von diesen Jahren die Rede, die man nicht in Schmerz und Entbehren, sondern in Freude und Behagen zubringen will. Und nun zuletzt noch das Wichtigste auszusprechen: wenn wir auch, unserm äußern und innern Zustande nach, das allenfalls abwarten könnten – was soll aus Ottilien werden, die unser Haus verlassen, in der Gesellschaft unserer Vorsorge entbehren und sich in der verruchten kalten Welt jämmerlich herumdrücken müßte! Male mir einen Zustand, worin Ottilie ohne mich, ohne uns glücklich sein könnte, dann sollst du ein Argument ausgesprochen haben, das stärker ist als jedes andre, das ich, wenn ichs auch nicht zugeben, mich ihm nicht ergeben kann, dennoch recht gern aufs neue in Betrachtung und Überlegung ziehen will.
Diese Aufgabe war so leicht nicht zu lösen, wenigstens fiel dem Freunde hierauf keine hinlängliche Antwort ein, und es blieb ihm nichts übrig, als wiederholt einzuschärfen, wie wichtig, wie bedenklich und in manchem Sinne gefährlich das ganze Unternehmen sei,

und daß man wenigstens, wie es anzugreifen wäre, auf das ernstlichste zu bedenken habe. Eduard ließ sichs gefallen, doch nur unter der Bedingung, daß ihn der Freund nicht eher verlassen wolle, als bis sie über die Sache völlig einig geworden und die ersten Schritte getan seien.

DREIZEHNTES KAPITEL

Völlig fremde und gegeneinander gleichgültige Menschen, wenn sie eine Zeitlang zusammen leben, kehren ihr Inneres wechselseitig heraus, und es muß eine gewisse Vertraulichkeit entstehen. Um so mehr läßt sich erwarten, daß unsern beiden Freunden, indem sie wieder nebeneinander wohnten, täglich und stündlich zusammen umgingen, gegenseitig nichts verborgen blieb. Sie wiederholten das Andenken ihrer früheren Zustände, und der Major verhehlte nicht, daß Charlotte Eduarden, als er von Reisen zurückgekommen, Ottilien zugedacht, daß sie ihm das schöne Kind in der Folge zu vermählen gemeint habe. Eduard, bis zur Verwirrung entzückt über diese Entdeckung, sprach ohne Rückhalt von der gegenseitigen Neigung Charlottens und des Majors, die er, weil es ihm gerade bequem und günstig war, mit lebhaften Farben ausmalte.

Ganz leugnen konnte der Major nicht und nicht ganz eingestehen; aber Eduard befestigte, bestimmte sich nur mehr. Er dachte sich alles nicht als möglich, sondern als schon geschehen. Alle Teile brauchten nur in das zu willigen, was sie wünschten; eine Scheidung war gewiß zu erlangen; eine baldige Verbindung sollte folgen, und Eduard wollte mit Ottilien reisen.

Unter allem, was die Einbildungskraft sich Angenehmes ausmalt, ist vielleicht nichts Reizenderes, als wenn Liebende, wenn junge Gatten ihr neues, frisches Verhältnis in einer neuen, frischen Welt zu genießen und einen dauernden Bund an so viel wechselnden Zuständen zu prüfen und zu bestätigen hoffen. Der Major und Charlotte sollten unterdessen unbeschränkte Vollmacht haben, alles, was sich auf Besitz, Vermögen und die irdischen wünschenswerten Einrichtungen bezieht, dergestalt zu ordnen und nach Recht und Billigkeit einzuleiten, daß alle Teile zufrieden sein könnten. Worauf jedoch Eduard am allermeisten zu fußen, wovon er sich den größten Vorteil zu versprechen schien, war dies: Da das Kind bei der Mutter bleiben sollte, so würde der Major den Knaben erziehen, ihn nach seinen Einsichten leiten, seine Fähigkeiten entwickeln können. Nicht umsonst hatte man ihm dann in der Taufe ihren beiderseitigen Namen Otto gegeben.

Das alles war bei Eduarden so fertig geworden, daß er keinen Tag länger anstehen mochte, der Ausführung näherzutreten. Sie gelangten auf ihrem Wege nach dem Gute zu einer kleinen Stadt, in der Eduard ein Haus besaß, wo er verweilen und die Rückkunft des Majors abwarten wollte. Doch konnte er sich nicht überwinden, daselbst sogleich abzusteigen, und begleitete den Freund noch durch den Ort. Sie waren beide zu Pferde, und in bedeutendem Gespräch verwickelt ritten sie zusammen weiter.

Auf einmal erblickten sie in der Ferne das neue Haus auf der Höhe, dessen rote Ziegeln sie zum ersten Mal blinken sahen. Eduarden ergreift eine unwiderstehliche Sehnsucht; es soll noch diesen Abend alles abgetan sein. In einem ganz nahen Dorfe will er sich verborgen halten; der Major soll die Sache Charlotten dringend vorstellen, ihre Vorsicht überraschen und durch den unerwarteten Antrag sie zu freier Eröffnung ihrer Gesinnung nötigen. Denn Eduard, der seine Wünsche auf sie übergetragen hatte, glaubte nicht anders, als daß er ihren entschiedenen Wünschen entgegenkomme, und hoffte eine so schnelle Einwilligung von ihr, weil er keinen andern Willen haben konnte.

Er sah den glücklichen Ausgang freudig vor Augen, und damit dieser dem Lauernden schnell verkündigt würde, sollten einige Kanonenschläge losgebrannt werden und, wäre es Nacht geworden, einige Raketen steigen.

Der Major ritt nach dem Schlosse zu. Er fand Charlotten nicht, sondern erfuhr vielmehr, daß sie gegenwärtig oben auf dem neuen Gebäude wohne, jetzt aber einen Besuch in der Nachbarschaft ablege, von welchem sie heute wahrscheinlich nicht so bald nach Hause komme. Er ging in das Wirtshaus zurück, wohin er sein Pferd gestellt hatte.

Eduard indessen, von unüberwindlicher Ungeduld getrieben, schlich aus seinem Hinterhalte durch einsame Pfade, nur Jägern und

Fischern bekannt, nach seinem Park und fand sich gegen Abend im Gebüsch in der Nachbarschaft des Sees, dessen Spiegel er zum ersten Mal vollkommen und rein erblickte.

Ottilie hatte diesen Nachmittag einen Spaziergang an den See gemacht. Sie trug das Kind und las im Gehen nach ihrer Gewohnheit. So gelangte sie zu den Eichen bei der Überfahrt. Der Knabe war eingeschlafen; sie setzte sich, legte ihn neben sich nieder und fuhr fort zu lesen. Das Buch war eins von denen, die ein zartes Gemüt an sich ziehen und nicht wieder loslassen. Sie vergaß Zeit und Stunde und dachte nicht, daß sie zu Lande noch einen weiten Rückweg nach dem neuen Gebäude habe; aber sie saß versenkt in ihr Buch, in sich selbst, so liebenswürdig anzusehen, daß die Bäume, die Sträuche ringsumher hätten belebt, mit Augen begabt sein sollen, um sie zu bewundern und sich an ihr zu erfreuen. Und eben fiel ein rötliches Streiflicht der sinkenden Sonne hinter ihr her und vergoldete Wange und Schulter.

Eduard, dem es bisher gelungen war, unbemerkt so weit vorzudringen, der seinen Park leer, die Gegend einsam fand, wagte sich immer weiter. Endlich bricht er durch das Gebüsch bei den Eichen; er sieht Ottilien, sie ihn; er fliegt auf sie zu und liegt zu ihren Füßen. Nach einer langen stummen Pause, in der sich beide zu fassen suchen, erklärt er ihr mit wenig Worten, warum und wie er hiehergekommen. Er habe den Major an Charlotten abgesendet, ihr gemeinsames Schicksal werde vielleicht in diesem Augenblick entschieden. Nie habe er an ihrer Liebe gezweifelt, sie gewiß auch nie an der seinigen. Er bitte sie um ihre Einwilligung. Sie zauderte, er beschwur sie; er wollte seine alten Rechte geltend machen und sie in seine Arme schließen; sie deutete auf das Kind hin.

Eduard erblickt es und staunt. Großer Gott! ruft er aus: wenn ich Ursache hätte, an meiner Frau, an meinem Freunde zu zweifeln, so würde diese Gestalt fürchterlich gegen sie zeugen. Ist dies nicht die Bildung des Majors? Solch ein Gleichen habe ich nie gesehen.

Nicht doch! versetzte Ottilie: alle Welt sagt, es gleiche mir. Wär es möglich? versetzte Eduard, und in dem Augenblick schlug das Kind die Augen auf, zwei große, schwarze, durchdringende Augen, tief und freundlich. Der Knabe sah die Welt schon so verständig an; er schien die beiden zu kennen, die vor ihm standen. Eduard warf sich bei dem Kinde nieder, er kniete zweimal vor Ottilien. Du bists! rief er aus: deine Augen sinds. Ach! aber laß mich nur in die deinigen schaun. Laß mich einen Schleier werfen über jene unselige Stunde, die diesem Wesen das Dasein gab. Soll ich deine reine Seele mit dem unglücklichen Gedanken erschrecken, daß Mann und Frau entfremdet sich einander ans Herz drücken und einen gesetzlichen Bund durch lebhafte Wünsche entheiligen können! Oder ja, da wir einmal so weit sind, da mein Verhältnis zu Charlotten getrennt werden muß, da du die Meinige sein wirst, warum soll ich es nicht sagen! Warum soll ich das harte Wort nicht aussprechen: dies Kind ist aus einem doppelten Ehbruch erzeugt! es trennt mich von meiner Gattin und meine Gattin von mir, wie es uns hätte verbinden sollen. Mag es denn gegen mich zeugen, mögen diese herrlichen Augen den deinigen sagen, daß ich in den Armen einer andern dir gehörte; mögest du fühlen, Ottilie, recht fühlen, daß ich jenen Fehler, jenes Verbrechen nur in deinen Armen abbüßen kann!

Horch! rief er aus, indem er aufsprang und einen Schuß zu hören glaubte, als das Zeichen, das der Major geben sollte. Es war ein Jäger, der im benachbarten Gebirg geschossen hatte. Es erfolgte nichts weiter; Eduard war ungeduldig.

Nun erst sah Ottilie, daß die Sonne sich hinter die Berge gesenkt hatte. Noch zuletzt blinkte sie von den Fenstern des obern Gebäudes zurück. Entferne dich, Eduard! rief Ottilie. So lange haben wir entbehrt, so lange geduldet. Bedenke, was wir beide Charlotten schuldig sind. Sie muß unser Schicksal entscheiden, laß uns ihr nicht vorgreifen. Ich bin die Deine, wenn sie es vergönnt; wo nicht, so muß ich dir entsagen. Da du die Entscheidung so nah glaubst, so laß uns erwarten. Geh in das Dorf zurück, wo der Major dich vermutet. Wie manches kann vorkommen, das eine Erklärung fordert. Ist es wahrscheinlich, daß ein roher Kanonenschlag dir den Erfolg seiner Unterhandlungen verkünde? Vielleicht sucht er dich auf in diesem Augenblick. Er hat Charlotten nicht getroffen, das weiß ich: er kann ihr entgegengegangen sein, denn man wußte, wo sie hin war. Wie vielerlei Fälle sind möglich! Laß mich! Jetzt muß sie kommen. Sie erwartet mich mit dem Kinde dort oben.

Ottilie sprach in Hast. Sie rief sich alle Möglichkeiten zusammen. Sie war glücklich in Eduards Nähe, und fühlte, daß sie ihn jetzt entfernen müsse. Ich bitte, ich beschwöre dich, Geliebter! rief sie aus: kehre zurück und erwarte den Major! Ich gehorche deinen Befehlen, rief Eduard, indem er sie erst leidenschaftlich anblickte und sie dann fest in seine Arme schloß. Sie umschlang ihn mit den ihrigen und drückte ihn auf das zärtlichste an ihre Brust. Die Hoffnung fuhr wie ein Stern, der vom Himmel fällt, über ihre Häupter weg. Sie wähnten, sie glaubten einander anzugehören; sie wechselten zum ersten Mal entschiedene, freie Küsse und trennten sich gewaltsam und schmerzlich.

Die Sonne war untergegangen, und es dämmerte schon und duftete feucht um den See. Ottilie stand verwirrt und bewegt; sie sah nach dem Berghause hinüber und glaubte Charlottens weißes Kleid auf dem Altan zu sehen. Der Umweg war groß am See hin; sie kannte Charlottens ungeduldiges Harren nach dem Kinde. Die Platanen sieht sie gegen sich über, nur ein Wasserraum trennt sie von dem Pfade, der sogleich zu dem Gebäude hinaufführt. Mit Gedanken ist sie schon drüben, wie mit den Augen. Die Bedenklichkeit, mit dem Kinde sich aufs Wasser zu wagen, verschwindet in diesem Drange. Sie eilt nach dem Kahn, sie fühlt nicht, daß ihr Herz pocht, daß ihre Füße schwanken, daß ihr die Sinne zu vergehen drohn.

Sie springt in den Kahn, ergreift das Ruder und stößt ab. Sie muß Gewalt brauchen, sie wiederholt den Stoß, der Kahn schwankt und gleitet eine Strecke seewärts. Auf dem linken Arme das Kind, in der linken Hand das Buch, in der rechten das Ruder, schwankt auch sie und fällt in den Kahn. Das Ruder entfährt ihr nach der einen Seite und, wie sie sich erhalten will, Kind und Buch nach der andern, alles ins Wasser. Sie ergreift noch des Kindes Gewand; aber ihre unbequeme Lage hindert sie selbst am Aufstehen. Die freie rechte Hand ist nicht hinreichend, sich umzuwenden, sich aufzurichten; endlich gelingts, sie zieht das Kind aus dem Wasser, aber seine Augen sind geschlossen, es hat aufgehört zu atmen.

In dem Augenblicke kehrt ihre ganze Besonnenheit zurück, aber um desto größer ist ihr Schmerz. Der Kahn treibt fast in der Mitte des Sees, das Ruder schwimmt fern, sie erblickt niemanden am Ufer, und

auch was hätte es ihr geholfen, jemanden zu sehen! Von allem abgesondert, schwebt sie auf dem treulosen unzugänglichen Elemente. Sie sucht Hülfe bei sich selbst. So oft hatte sie von Rettung der Ertrunkenen gehört. Noch am Abend ihres Geburtstags hatte sie es erlebt. Sie entkleidet das Kind und trocknets mit ihrem Musselingewand. Sie reißt ihren Busen auf und zeigt ihn zum ersten Mal dem freien Himmel; zum ersten Mal drückt sie ein Lebendiges an ihre reine nackte Brust, ach! und kein Lebendiges. Die kalten Glieder des unglücklichen Geschöpfs verkälteten ihren Busen bis ins innerste Herz. Unendliche Tränen entquellen ihren Augen und erteilen der Oberfläche des Erstarrten einen Schein von Wärm' und Leben. Sie läßt nicht nach, sie überhüllt es mit ihrem Schal, und durch Streicheln, Andrücken, Anhauchen, Küssen, Tränen glaubt sie jene Hülfsmittel zu ersetzen, die ihr in dieser Abgeschnittenheit versagt sind.
Alles vergebens! Ohne Bewegung liegt das Kind in ihren Armen, ohne Bewegung steht der Kahn auf der Wasserfläche; aber auch hier läßt ihr schönes Gemüt sie nicht hülflos. Sie wendet sich nach oben. Knieend sinkt sie in dem Kahne nieder und hebt das erstarrte Kind mit beiden Armen über ihre unschuldige Brust, die an Weiße und leider auch an Kälte dem Marmor gleicht. Mit feuchtem Blick sieht sie empor und ruft Hülfe von daher, wo ein zartes Herz die größte Fülle zu finden hofft, wenn es überall mangelt.
Auch wendet sie sich nicht vergebens zu den Sternen, die schon einzeln hervorzublinken anfangen. Ein sanfter Wind erhebt sich und treibt den Kahn nach den Platanen.

VIERZEHNTES KAPITEL

Sie eilt nach dem neuen Gebäude, sie ruft den Chirurgus hervor, sie übergibt ihm das Kind. Der auf alles gefaßte Mann behandelt den zarten Leichnam stufenweise nach gewohnter Art. Ottilie steht ihm in allem bei; sie schafft, sie bringt, sie sorgt, zwar wie in einer andern Welt wandelnd: denn das höchste Unglück wie das höchste Glück verändert die Ansicht aller Gegenstände; und nur, als nach allen durchgegangenen Versuchen der wackere Mann den Kopf schüttelt, auf ihre hoffnungsvollen Fragen erst schweigend, dann mit einem leisen Nein antwortet, verläßt sie das Schlafzimmer Charlottens, worin dies alles geschehen, und kaum hat sie das Wohnzimmer betreten, so fällt sie, ohne den Sofa erreichen zu können, erschöpft aufs Angesicht über den Teppich hin.

Eben hört man Charlotten vorfahren. Der Chirurg bittet die Umstehenden dringend, zurückzubleiben, er will ihr entgegen, sie vorbereiten; aber schon betritt sie ihr Zimmer. Sie findet Ottilien an der Erde, und ein Mädchen des Hauses stürzt ihr mit Geschrei und Weinen entgegen. Der Chirurg tritt herein, und sie erfährt alles auf einmal. Wie sollte sie aber jede Hoffnung mit einmal aufgeben! Der erfahrne, kunstreiche, kluge Mann bittet sie nur, das Kind nicht zu sehen; er entfernt sich, sie mit neuen Anstalten zu täuschen. Sie hat sich auf ihren Sofa gesetzt, Ottilie liegt noch an der Erde, aber an der Freundin Knie' herangehoben, über die ihr schönes Haupt hingesenkt ist. Der ärztliche Freund geht ab und zu; er scheint sich um das Kind zu bemühen, er bemüht sich um die Frauen. So kommt die Mitternacht herbei, die Totenstille wird immer tiefer. Charlotte verbirgt sichs nicht mehr, daß das Kind nie wieder ins Leben zurückkehre; sie verlangt, es zu sehen. Man hat es in warme wollne Tücher reinlich eingehüllt, in einen Korb gelegt, den man neben sie auf den Sofa setzt; nur das Gesichtchen ist frei; ruhig und schön liegt es da.

Von dem Unfall war das Dorf bald erregt worden, und die Kunde sogleich bis nach dem Gasthof erschollen. Der Major hatte sich die bekannten Wege hinaufbegeben; er ging um das Haus herum, und indem er einen Bedienten anhielt, der in dem Angebäude etwas zu holen lief, verschaffte er sich nähere Nachricht und ließ den Chirurgen herausrufen. Dieser kam, erstaunt über die Erscheinung seines alten Gönners, berichtete ihm die gegenwärtige Lage und übernahm es, Charlotten auf seinen Anblick vorzubereiten. Er ging hinein, fing ein ableitendes Gespräch an und führte die Einbildungskraft von einem Gegenstand auf den andern, bis er endlich den Freund Charlotten vergegenwärtigte, dessen gewisse Teilnahme, dessen Nähe dem Geiste, der Gesinnung nach, die er denn bald in eine wirkliche übergehen ließ. Genug, sie erfuhr, der Freund stehe vor der Tür, er wisse alles und wünsche eingelassen zu werden.

Der Major trat herein; ihn begrüßte Charlotte mit einem schmerzlichen Lächeln. Er stand vor ihr. Sie hub die grünseidne Decke auf, die den Leichnam verbarg, und bei dem dunklen Schein einer Kerze erblickte er, nicht ohne geheimes Grausen, sein erstarrtes Ebenbild. Charlotte deutete auf einen Stuhl, und so saßen sie gegeneinander über, schweigend, die Nacht hindurch. Ottilie lag noch ruhig auf den Knien Charlottens; sie atmete sanft; sie schlief, oder sie schien zu schlafen.

Der Morgen dämmerte, das Licht verlosch, beide Freunde schienen aus einem dumpfen Traum zu erwachen. Charlotte blickte den Major an und sagte gefaßt: Erklären Sie mir, mein Freund, durch welche Schickung kommen Sie hieher, um teil an dieser Trauerszene zu nehmen?

Es ist hier, antwortete der Major ganz leise, wie sie gefragt hatte – als wenn sie Ottilien nicht aufwecken wollten –, es ist hier nicht Zeit und Ort, zurückzuhalten, Einleitungen zu machen und sachte heranzutreten. Der Fall, in dem ich Sie finde, ist so ungeheuer, daß das Bedeutende selbst, weshalb ich komme, dagegen seinen Wert verliert.

Er gestand ihr darauf, ganz ruhig und einfach, den Zweck seiner Sendung, insofern Eduard ihn abgeschickt hatte; den Zweck seines Kommens, insofern sein freier Wille, sein eigenes Interesse dabei war. Er trug beides sehr zart, doch aufrichtig vor; Charlotte hörte gelassen zu und schien weder darüber zu staunen, noch unwillig zu sein.

Als der Major geendigt hatte, antwortete Charlotte mit ganz leiser Stimme, so daß er genötigt war, seinen Stuhl heranzurücken: In einem Falle, wie dieser ist, habe ich mich noch nie befunden; aber in ähnlichen habe ich mir immer gesagt: wie wird es morgen sein? Ich fühle recht wohl, daß das Los von mehreren jetzt in meinen Händen liegt; und was ich zu tun habe, ist bei mir außer Zweifel und bald ausgesprochen. Ich willige in die Scheidung. Ich hätte mich früher dazu entschließen sollen; durch mein Zaudern, mein Widerstreben habe ich das Kind getötet. Es sind gewisse Dinge, die sich das Schicksal hartnäckig vornimmt. Vergebens, daß Vernunft und Tugend, Pflicht und alles Heilige sich ihm in den Weg stellen; es soll etwas geschehen, was ihm recht ist, was uns nicht recht scheint; und so greift es zuletzt durch, wir mögen uns gebärden, wie wir wollen. Doch was sag ich! Eigentlich will das Schicksal meinen eigenen Wunsch, meinen eigenen Vorsatz, gegen die ich unbedachtsam gehandelt, wieder in den Weg bringen. Habe ich nicht selbst schon Ottilien und Eduarden mir als das schicklichste Paar zusammengedacht? Habe ich nicht selbst beide einander zu nähern gesucht? Waren Sie nicht selbst, mein Freund, Mitwisser dieses Plans? Und warum konnt ich den Eigensinn eines Mannes nicht von wahrer Liebe unterscheiden? Warum nahm ich seine Hand an, da ich als Freundin ihn und eine andre Gattin glücklich gemacht hätte? Und betrachten Sie nur diese unglückliche Schlummernde! Ich zittere vor dem Augenblicke, wenn sie aus ihrem halben Totenschlafe zum Bewußtsein erwacht. Wie soll sie leben, wie soll sie sich trösten, wenn sie nicht hoffen kann, durch ihre Liebe Eduarden das zu ersetzen, was sie ihm als Werkzeug des wunderbarsten Zufalls geraubt hat? Und sie kann ihm alles wiedergeben, nach der Neigung, nach der Leidenschaft, mit der sie ihn liebt. Vermag die Liebe alles zu dulden, so vermag sie noch viel mehr alles zu ersetzen. An mich darf in diesem Augenblick nicht gedacht werden.

Entfernen Sie sich in der Stille, lieber Major. Sagen Sie Eduarden, daß ich in die Scheidung willige, daß ich ihm, Ihnen, Mittlern die ganze Sache einzuleiten überlasse; daß ich um meine künftige Lage unbekümmert bin und es in jedem Sinne sein kann. Ich will jedes Papier unterschreiben, das man mir bringt; aber man verlange nur nicht von mir, daß ich mitwirke, daß ich bedenke, daß ich berate.

Der Major stand auf. Sie reichte ihm ihre Hand über Ottilien weg. Er drückte seine Lippen auf diese liebe Hand. Und für mich, was darf ich hoffen? lispelte er leise.

Lassen Sie mich Ihnen die Antwort schuldig bleiben, versetzte Charlotte. Wir haben nicht verschuldet, unglücklich zu werden; aber auch nicht verdient, zusammen glücklich zu sein.

Der Major entfernte sich, Charlotten tief im Herzen beklagend, ohne jedoch das arme abgeschiedene Kind bedauern zu können. Ein solches Opfer schien ihm nötig zu ihrem allseitigen Glück. Er dachte sich Ottilien mit einem eignen Kind auf dem Arm, als den vollkommensten Ersatz für das, was sie Eduarden geraubt; er dachte sich einen Sohn auf dem Schoße, der mit mehrerem Recht sein Ebenbild trüge, als der abgeschiedene.

So schmeichelnde Hoffnungen und Bilder gingen ihm durch die Seele, als er auf dem Rückwege nach dem Gasthofe Eduarden fand, der die ganze Nacht im Freien den Major erwartet hatte, da ihm kein Feuerzeichen, kein Donnerlaut ein glückliches Gelingen verkünden wollte. Er wußte bereits von dem Unglück, und auch er, anstatt das arme Geschöpf zu bedauern, sah diesen Fall, ohne sichs ganz gestehen zu wollen, als eine Fügung an, wodurch jedes Hindernis an seinem Glück auf Einmal beseitigt wäre. Gar leicht ließ er sich daher durch den Major bewegen, der ihm schnell den Entschluß seiner Gattin verkündigte, wieder nach jenem Dorfe und sodann nach der kleinen Stadt zurückzukehren, wo sie das Nächste überlegen und einleiten wollten.

Charlotte saß, nachdem der Major sie verlassen hatte, nur wenige Minuten in ihre Betrachtungen versenkt: denn sogleich richtete Ottilie sich auf, ihre Freundin mit großen Augen anblickend. Erst erhob sie sich von dem Schoße, dann von der Erde und stand vor Charlotten.

Zum zweiten Mal – so begann das herrliche Kind mit einem unüberwindlichen anmutigen Ernst – zum zweiten Mal widerfährt mir dasselbige. Du sagtest mir einst: es begegne den Menschen in ihrem Leben oft Ähnliches auf ähnliche Weise, und immer in bedeutenden Augenblicken. Ich finde nun die Bemerkung wahr, und bin gedrungen, dir ein Bekenntnis zu machen. Kurz nach meiner Mutter Tode, als ein kleines Kind, hatte ich meinen Schemel an dich gerückt: du saßest auf dem Sofa wie jetzt; mein Haupt lag auf deinen Knien, ich schlief nicht, ich wachte nicht; ich schlummerte. Ich vernahm alles, was um mich vorging, besonders alle Reden sehr deutlich; und doch konnte ich mich nicht regen, mich nicht äußern und, wenn ich auch gewollt hätte, nicht andeuten, daß ich meiner selbst mich bewußt fühlte. Damals sprachst du mit einer Freundin über mich: du bedauertest mein Schicksal, als eine arme Waise in der Welt geblieben zu sein; du schildertest meine abhängige Lage, und wie mißlich es um mich stehen könne, wenn nicht ein besondrer Glücksstern über mich walte. Ich faßte alles wohl und genau, vielleicht zu streng, was du für mich zu wünschen, was du von mir zu fordern schienst. Ich machte mir nach meinen beschränkten Einsichten hierüber Gesetze; nach diesen habe ich lange gelebt, nach ihnen war mein Tun und Lassen eingerichtet, zu der Zeit, da du mich liebtest, für mich sorgtest, da du mich in dein Haus aufnahmest, und auch noch eine Zeit hernach.

Aber ich bin aus meiner Bahn geschritten, ich habe meine Gesetze gebrochen, ich habe sogar das Gefühl derselben verloren, und nach einem schrecklichen Ereignis klärst du mich wieder über meinen Zustand auf, der jammervoller ist als der erste. Auf deinem Schoße ruhend, halb erstarrt, wie aus einer fremden Welt, vernehm ich abermals deine leise Stimme über meinem Ohr; ich vernehme, wie es mit mir selbst aussieht; ich schaudere über mich selbst; aber wie damals habe ich auch diesmal in meinem halben Totenschlaf mir meine neue Bahn vorgezeichnet.

Ich bin entschlossen, wie ichs war, und wozu ich entschlossen bin, mußt du gleich erfahren. Eduards werd ich nie! Auf eine schreckliche Weise hat Gott mir die Augen geöffnet, in welchem Verbrechen ich befangen bin. Ich will es büßen; und niemand gedenke mich von meinem Vorsatz abzubringen! Darnach, Liebe, Beste, nimm deine Maßregeln. Laß den Major zurückkommen; schreibe ihm, daß keine Schritte geschehen. Wie ängstlich war mir, daß ich mich nicht rühren und regen konnte, als er ging. Ich wollte auffahren, aufschreien: du solltest ihn nicht mit so frevelhaften Hoffnungen entlassen.

Charlotte sah Ottiliens Zustand, sie empfand ihn; aber sie hoffte, durch Zeit und Vorstellungen etwas über sie zu gewinnen. Doch als sie einige Worte aussprach, die auf eine Zukunft, auf eine Milderung des Schmerzes, auf Hoffnung deuteten – Nein! rief Ottilie mit Erhebung: sucht mich nicht zu bewegen, nicht zu hintergehen! In dem Augenblick, in dem ich erfahre, du habest in die Scheidung gewilligt, büße ich in demselbigen See mein Vergehen, mein Verbrechen.

FÜNFZEHNTES KAPITEL

Wenn sich in einem glücklichen, friedlichen Zusammenleben Verwandte, Freunde, Hausgenossen, mehr als nötig und billig ist, von dem unterhalten, was geschieht oder geschehen soll; wenn sie sich einander ihre Vorsätze, Unternehmungen, Beschäftigungen wiederholt mitteilen und, ohne gerade wechselseitigen Rat anzunehmen, doch immer das ganze Leben gleichsam ratschlagend behandeln: so findet man dagegen in wichtigen Momenten, eben da, wo es scheinen sollte, der Mensch bedürfe fremden Beistandes, fremder Bestätigung am allermeisten, daß sich die einzelnen auf sich selbst zurückziehen, jedes für sich zu handeln, jedes auf seine Weise zu wirken strebt, und, indem man sich einander die einzelnen Mittel verbirgt, nur erst der Ausgang, die Zwecke, das Erreichte wieder zum Gemeingut werden.

Nach so viel wundervollen und unglücklichen Ereignissen war denn auch ein gewisser stiller Ernst über die Freundinnen gekommen, der sich in einer liebenswürdigen Schonung äußerte. Ganz in der Stille hatte Charlotte das Kind nach der Kapelle gesendet. Es ruhte dort als das erste Opfer eines ahnungsvollen Verhängnisses.

Charlotte kehrte sich, soviel es ihr möglich war, gegen das Leben zurück, und hier fand sie Ottilien zuerst, die ihres Beistandes bedurfte. Sie beschäftigte sich vorzüglich mit ihr, ohne es jedoch merken zu lassen. Sie wußte, wie sehr das himmlische Kind Eduarden liebte; sie hatte nach und nach die Szene, die dem Unglück vorhergegangen war, herausgeforscht und jeden Umstand, teils von Ottilien selbst, teils durch Briefe des Majors erfahren.

Ottilie von ihrer Seite erleichterte Charlotten sehr das augenblickliche Leben. Sie war offen, ja gesprächig, aber niemals war von dem Gegenwärtigen oder kurz Vergangenen die Rede. Sie hatte stets aufgemerkt, stets beobachtet, sie wußte viel; das kam jetzt alles zum Vorschein. Sie unterhielt, sie zerstreute Charlotten, die noch immer die stille Hoffnung nährte, ein ihr so wertes Paar verbunden zu sehen.

Allein bei Ottilien hing es anders zusammen. Sie hatte das Geheimnis ihres Lebensganges der Freundin entdeckt; sie war von ihrer frühen Einschränkung, von ihrer Dienstbarkeit entbunden. Durch ihre Reue, durch ihren Entschluß fühlte sie sich auch befreit von der Last jenes Vergehens, jenes Mißgeschicks. Sie bedurfte keiner Gewalt mehr über sich selbst; sie hatte sich in der Tiefe ihres Herzens nur

unter der Bedingung des völligen Entsagens verziehen, und diese Bedingung war für alle Zukunft unerläßlich.
So verfloß einige Zeit, und Charlotte fühlte, wie sehr Haus und Park, Seen, Felsen- und Baumgruppen nur traurige Empfindungen täglich in ihnen beiden erneuerten. Daß man den Ort verändern müsse, war allzu deutlich; wie es geschehen solle, nicht so leicht zu entscheiden.
Sollten die beiden Frauen zusammenbleiben? Eduards früherer Wille schien es zu gebieten, seine Erklärung, seine Drohung es nötig zu machen: allein wie war es zu verkennen, daß beide Frauen, mit allem guten Willen, mit aller Vernunft, mit aller Anstrengung, sich in einer peinlichen Lage nebeneinander befanden. Ihre Unterhaltungen waren vermeidend. Manchmal mochte man gern etwas nur halb verstehen, öfters wurde aber doch ein Ausdruck, wo nicht durch den Verstand, wenigstens durch die Empfindung, mißdeutet. Man fürchtete sich zu verletzen, und gerade die Furcht war am ersten verletzbar und verletzte am ersten.
Wollte man den Ort verändern und sich zugleich, wenigstens auf einige Zeit, voneinander trennen, so trat die alte Frage wieder hervor: wo sich Ottilie hinbegeben solle? Jenes große reiche Haus hatte vergebliche Versuche gemacht, einer hoffnungsvollen Erbtochter unterhaltende und wetteifernde Gespielinnen zu verschaffen. Schon bei der letzten Anwesenheit der Baronesse, und neuerlich durch Briefe, war Charlotte aufgefordert worden, Ottilien dorthin zu senden; jetzt brachte sie es abermals zur Sprache. Ottilie verweigerte aber ausdrücklich, dahin zu gehen, wo sie dasjenige finden würde, was man große Welt zu nennen pflegt.
Lassen Sie mich, liebe Tante, sagte sie, damit ich nicht eingeschränkt und eigensinnig erscheine, dasjenige aussprechen, was zu verschweigen, zu verbergen in einem andern Falle Pflicht wäre. Ein seltsam unglücklicher Mensch, und wenn er auch schuldlos wäre, ist auf eine fürchterliche Weise gezeichnet. Seine Gegenwart erregt in allen, die ihn sehen, die ihn gewahr werden, eine Art von Entsetzen. Jeder will das Ungeheure ihm ansehen, was ihm auferlegt ward; jeder ist neugierig und ängstlich zugleich. So bleibt ein Haus, eine Stadt, worin eine ungeheure Tat geschehen, jedem furchtbar, der sie

betritt. Dort leuchtet das Licht des Tages nicht so hell, und die Sterne scheinen ihren Glanz zu verlieren.
Wie groß, und doch vielleicht zu entschuldigen, ist gegen solche Unglückliche die Indiskretion der Menschen, ihre alberne Zudringlichkeit und ungeschickte Gutmütigkeit. Verzeihen Sie mir, daß ich so rede; aber ich habe unglaublich mit jenem armen Mädchen gelitten, als es Luciane aus den verborgenen Zimmern des Hauses hervorzog, sich freundlich mit ihm beschäftigte, es in der besten Absicht zu Spiel und Tanz nötigen wollte. Als das arme Kind, bange und immer bänger, zuletzt floh und in Ohnmacht sank, ich es in meine Arme faßte, die Gesellschaft erschreckt, aufgeregt und jeder erst recht neugierig auf die Unglückselige ward: da dachte ich nicht, daß mir ein gleiches Schicksal bevorstehe; aber mein Mitgefühl, so wahr und lebhaft, ist noch lebendig. Jetzt kann ich mein Mitleiden gegen mich selbst wenden und mich hüten, daß ich nicht zu ähnlichen Auftritten Anlaß gebe.
Du wirst aber, liebes Kind, versetzte Charlotte, dem Anblick der Menschen dich nirgends entziehen können. Klöster haben wir nicht, in denen sonst eine Freistatt für solche Gefühle zu finden war.
Die Einsamkeit macht nicht die Freistatt, liebe Tante, versetzte Ottilie. Die schätzenswerteste Freistatt ist da zu suchen, wo wir tätig sein können. Alle Büßungen, alle Entbehrungen sind keineswegs geeignet, uns einem ahnungsvollen Geschick zu entziehen, wenn es uns zu verfolgen entschieden ist. Nur wenn ich im müßigen Zustande der Welt zu Schau dienen soll, dann ist sie mir widerwärtig und ängstigt mich. Findet man mich aber freudig bei der Arbeit, unermüdet in meiner Pflicht, dann kann ich die Blicke eines jeden aushalten, weil ich die göttlichen nicht zu scheuen brauche.
Ich müßte mich sehr irren, versetzte Charlotte, wenn deine Neigung dich nicht zur Pension zurückzöge.
Ja, versetzte Ottilie, ich leugne es nicht: ich denke es mir als eine glückliche Bestimmung, andre auf dem gewöhnlichen Wege zu erziehen, wenn wir auf dem sonderbarsten erzogen worden. Und sehen wir nicht in der Geschichte, daß Menschen, die wegen großer sittlicher Unfälle sich in die Wüsten zurückzogen, dort keineswegs, wie sie hofften, verborgen und gedeckt waren? Sie wurden zurück-

gerufen in die Welt, um die Verirrten auf den rechten Weg zu führen; und wer konnte es besser als die in den Irrgängen des Lebens schon Eingeweihten! Sie wurden berufen, den Unglücklichen beizustehen; und wer vermochte das eher als sie, denen kein irdisches Unheil mehr begegnen konnte!

Du wählst eine sonderbare Bestimmung, versetzte Charlotte. Ich will dir nicht widerstreben: es mag sein, wenn auch nur, wie ich hoffe, auf kurze Zeit.

Wie sehr danke ich Ihnen, sagte Ottilie, daß Sie mir diesen Versuch, diese Erfahrung gönnen wollen. Schmeichle ich mir nicht zu sehr, so soll es mir glücken. An jenem Orte will ich mich erinnern, wie manche Prüfungen ich ausgestanden, und wie klein, wie nichtig sie waren gegen die, die ich nachher erfahren mußte. Wie heiter werde ich die Verlegenheiten der jungen Aufschößlinge betrachten, bei ihren kindlichen Schmerzen lächeln und sie mit leiser Hand aus allen kleinen Verirrungen herausführen. Der Glückliche ist nicht geeignet, Glücklichen vorzustehen: es liegt in der menschlichen Natur, immer mehr von sich und von andern zu fordern, je mehr man empfangen hat. Nur der Unglückliche, der sich erholt, weiß für sich und andre das Gefühl zu nähren, daß auch ein mäßiges Gute mit Entzükken genossen werden soll.

Laß mich gegen deinen Vorsatz, sagte Charlotte zuletzt nach einigem Bedenken, noch einen Einwurf anführen, der mir der wichtigste scheint. Es ist nicht von dir, es ist von einem Dritten die Rede. Die Gesinnungen des guten, vernünftigen, frommen Gehülfen sind dir bekannt; auf dem Wege, den du gehst, wirst du ihm jeden Tag werter und unentbehrlicher sein. Da er schon jetzt, seinem Gefühl nach, nicht gern ohne dich leben mag, so wird er auch künftig, wenn er einmal deine Mitwirkung gewohnt ist, ohne dich sein Geschäft nicht mehr verwalten können. Du wirst ihm anfangs darin beistehen, um es ihm hernach zu verleiden.

Das Geschick ist nicht sanft mit mir verfahren, versetzte Ottilie; und wer mich liebt, hat vielleicht nicht viel Besseres zu erwarten. So gut und verständig als der Freund ist, ebenso, hoffe ich, wird sich in ihm auch die Empfindung eines reinen Verhältnisses zu mir entwickeln; er wird in mir eine geweihte Person erblicken, die nur dadurch ein un-

geheures Übel für sich und andre vielleicht aufzuwiegen vermag, wenn sie sich dem Heiligen widmet, das uns unsichtbar umgebend allein gegen die ungeheuren zudringenden Mächte beschirmen kann.
Charlotte nahm alles, was das liebe Kind so herzlich geäußert, zur stillen Überlegung. Sie hatte verschiedentlich, obgleich auf das leiseste, angeforscht, ob nicht eine Annäherung Ottiliens zu Eduard denkbar sei; aber auch nur die leiseste Erwähnung, die mindeste Hoffnung, der kleinste Verdacht schien Ottilien aufs tiefste zu rühren; ja sie sprach sich einst, da sie es nicht umgehen konnte, hierüber ganz deutlich aus.
Wenn dein Entschluß, entgegnete ihr Charlotte, Eduarden zu entsagen, so fest und unveränderlich ist, so hüte dich nur vor der Gefahr des Wiedersehens. In der Entfernung von dem geliebten Gegenstande scheinen wir, je lebhafter unsere Neigung ist, desto mehr Herr von uns selbst zu werden, indem wir die ganze Gewalt der Leidenschaft, wie sie sich nach außen erstreckte, nach innen wenden; aber wie bald, wie geschwind sind wir aus diesem Irrtum gerissen, wenn dasjenige, was wir entbehren zu können glaubten, auf einmal wieder als unentbehrlich vor unsern Augen steht. Tue jetzt, was du deinen Zuständen am gemäßesten hältst; prüfe dich, ja verändre lieber deinen gegenwärtigen Entschluß: aber aus dir selbst, aus freiem, wollendem Herzen. Laß dich nicht zufällig, nicht durch Überraschung in die vorigen Verhältnisse wieder hineinziehen: dann gibt es erst einen Zwiespalt im Gemüt, der unerträglich ist. Wie gesagt, ehe du diesen Schritt tust, ehe du dich von mir entfernst und ein neues Leben anfängst, das dich wer weiß auf welche Wege leitet, so bedenke noch einmal, ob du denn wirklich für alle Zukunft Eduarden entsagen kannst. Hast du dich aber hierzu bestimmt, so schließen wir einen Bund, daß du dich mit ihm nicht einlassen willst, selbst nicht in eine Unterredung, wenn er dich aufsuchen, wenn er sich zu dir drängen sollte. Ottilie besann sich nicht einen Augenblick, sie gab Charlotten das Wort, das sie sich schon selbst gegeben hatte.
Nun aber schwebte Charlotten immer noch jene Drohung Eduards vor der Seele, daß er Ottilien nur so lange entsagen könne, als sie sich von Charlotten nicht trennte. Es hatten sich zwar seit der Zeit die Umstände so verändert, es war so mancherlei vorgefallen, daß jenes

vom Augenblick ihm abgedrungene Wort gegen die folgenden Ereignisse für aufgehoben zu achten war; dennoch wollte sie auch im entferntesten Sinne weder etwas wagen, noch etwas vornehmen, das ihn verletzen könnte, und so sollte Mittler in diesem Falle Eduards Gesinnungen erforschen.

Mittler hatte seit dem Tode des Kindes Charlotten öfters, obgleich nur auf Augenblicke, besucht. Dieser Unfall, der ihm die Wiedervereinigung beider Gatten höchst unwahrscheinlich machte, wirkte gewaltsam auf ihn; aber immer nach seiner Sinnesweise hoffend und strebend, freute er sich nun im Stillen über den Entschluß Ottiliens. Er vertraute der lindernden vorüberziehenden Zeit, dachte noch immer die beiden Gatten zusammenzuhalten und sah diese leidenschaftlichen Bewegungen nur als Prüfungen ehelicher Liebe und Treue an.

Charlotte hatte gleich anfangs den Major von Ottiliens erster Erklärung schriftlich unterrichtet, ihn auf das inständigste gebeten, Eduarden dahin zu vermögen, daß keine weiteren Schritte geschähen, daß man sich ruhig verhalte, daß man abwarte, ob das Gemüt des schönen Kindes sich wieder herstelle. Auch von den spätern Ereignissen und Gesinnungen hatte sie das Nötige mitgeteilt, und nun war freilich Mittlern die schwierige Aufgabe übertragen, auf eine Veränderung des Zustandes Eduarden vorzubereiten. Mittler aber, wohl wissend, daß man das Geschehene sich eher gefallen läßt, als daß man in ein noch zu Geschehendes einwilligt, überredete Charlotten: es sei das beste, Ottilien gleich nach der Pension zu schicken.

Deshalb wurden, sobald er weg war, Anstalten zur Reise gemacht. Ottilie packte zusammen, aber Charlotte sah wohl, daß sie weder das schöne Köfferchen noch irgend etwas daraus mitzunehmen sich anschickte. Die Freundin schwieg und ließ das schweigende Kind gewähren. Der Tag der Abreise kam herbei; Charlottens Wagen sollte Ottilien den ersten Tag bis in ein bekanntes Nachtquartier, den zweiten bis in die Pension bringen; Nanni sollte sie begleiten und ihre Dienerin bleiben. Das leidenschaftliche Mädchen hatte sich gleich nach dem Tode des Kindes wieder an Ottilien zurückgefunden und hing nun an ihr wie sonst durch Natur und Neigung; ja sie schien, durch unterhaltende Redseligkeit, das bisher Versäumte wieder nachbringen und sich ihrer geliebten Herrin völlig widmen zu wollen. Ganz außer sich war sie nun über das Glück, mitzureisen, fremde Gegenden zu sehen, da sie noch niemals außer ihrem Geburtsort gewesen, und rannte vom Schlosse ins Dorf, zu ihren Eltern, Verwandten, um ihr Glück zu verkündigen und Abschied zu nehmen. Unglücklicherweise traf sie dabei in die Zimmer der Maserkranken und empfand sogleich die Folgen der Ansteckung. Man wollte die Reise nicht aufschieben; Ottilie drang selbst darauf: sie hatte den Weg schon gemacht, sie kannte die Wirtsleute, bei denen sie einkehren sollte, der Kutscher vom Schlosse führte sie; es war nichts zu besorgen.

Charlotte widersetzte sich nicht; auch sie eilte schon in Gedanken aus diesen Umgebungen weg, nur wollte sie noch die Zimmer, die Ottilie im Schloß bewohnt hatte, wieder für Eduarden einrichten, gerade so, wie sie vor der Ankunft des Hauptmanns gewesen. Die Hoffnung, ein altes Glück wiederherzustellen, flammt immer einmal wieder in dem Menschen auf, und Charlotte war zu solchen Hoffnungen abermals berechtigt, ja genötigt.

SECHZEHNTES KAPITEL

Als Mittler gekommen war, sich mit Eduarden über die Sache zu unterhalten, fand er ihn allein, den Kopf in die rechte Hand gelehnt, den Arm auf den Tisch gestemmt. Er schien sehr zu leiden. Plagt Ihr Kopfweh Sie wieder? fragte Mittler. Es plagt mich, versetzte jener; und doch kann ich es nicht hassen: denn es erinnert mich an Ottilien. Vielleicht leidet auch sie jetzt, denk ich, auf ihren linken Arm gestützt, und leidet wohl mehr als ich. Und warum soll ich es nicht tragen, wie sie? Diese Schmerzen sind mir heilsam, sind mir, ich kann beinah sagen, wünschenswert: denn nur mächtiger, deutlicher, lebhafter schwebt mir das Bild ihrer Geduld, von allen ihren übrigen Vorzügen begleitet, vor der Seele; nur im Leiden empfinden wir recht vollkommen alle die großen Eigenschaften, die nötig sind, um es zu ertragen.

Als Mittler den Freund in diesem Grade resigniert fand, hielt er mit seinem Anbringen nicht zurück, das er jedoch stufenweise, wie der

Gedanke bei den Frauen entsprungen, wie er nach und nach zum Vorsatz gereift war, historisch vortrug. Eduard äußerte sich kaum dagegen. Aus dem wenigen, was er sagte, schien hervorzugehen, daß er jenen alles überlasse; sein gegenwärtiger Schmerz schien ihn gegen alles gleichgültig gemacht zu haben.

Kaum aber war er allein, so stand er auf und ging in dem Zimmer hin und wider. Er fühlte seinen Schmerz nicht mehr, er war ganz außer sich beschäftigt. Schon unter Mittlers Erzählung hatte die Einbildungskraft des Liebenden sich lebhaft ergangen. Er sah Ottilien, allein oder so gut als allein, auf wohlbekanntem Wege, in einem gewohnten Wirtshause, dessen Zimmer er so oft betreten; er dachte, er überlegte, oder vielmehr er dachte, er überlegte nicht: er wünschte, er wollte nur. Er mußte sie sehn, sie sprechen. Wozu, warum, was daraus entstehen sollte? davon konnte die Rede nicht sein. Er widerstand nicht, er mußte.

Der Kammerdiener ward ins Vertrauen gezogen und erforschte sogleich Tag und Stunde, wann Ottilie reisen würde. Der Morgen brach an; Eduard säumte nicht, unbegleitet sich zu Pferde dahin zu begeben, wo Ottilie übernachten sollte. Er kam nur allzuzeitig dort an; die überraschte Wirtin empfing ihn mit Freuden: sie war ihm ein großes Familienglück schuldig geworden. Er hatte ihrem Sohn, der als Soldat sich sehr brav gehalten, ein Ehrenzeichen verschafft, indem er dessen Tat, wobei er allein gegenwärtig gewesen, heraushob, mit Eifer bis vor den Feldherrn brachte und die Hindernisse einiger Mißwollenden überwand. Sie wußte nicht, was sie ihm alles zuliebe tun sollte. Sie räumte schnell in ihrer Putzstube, die freilich auch zugleich Garderobe und Vorratskammer war, möglichst zusammen; allein er kündigte ihr die Ankunft eines Frauenzimmers an, die hier hereinziehen sollte, und ließ für sich eine Kammer hinten auf dem Gange notdürftig einrichten. Der Wirtin erschien die Sache geheimnisvoll, und es war ihr angenehm, ihrem Gönner, der sich dabei sehr interessiert und tätig zeigte, etwas Gefälliges zu erweisen. Und er, mit welcher Empfindung brachte er die lange Zeit bis zum Abend hin! Er betrachtete das Zimmer ringsumher, in dem er sie sehen sollte; es schien ihm in seiner ganzen häuslichen Seltsamkeit ein himmlischer Aufenthalt. Was dachte er sich nicht alles aus: ob er

Ottilien überraschen, ob er sie vorbereiten sollte! Endlich gewann die letzte Meinung Oberhand; er setzte sich hin und schrieb. Dies Blatt sollte sie empfangen:

Eduard an Ottilien

Indem du diesen Brief liesest, Geliebteste, bin ich in deiner Nähe. Du mußt nicht erschrecken, dich nicht entsetzen; du hast von mir nichts zu befürchten. Ich werde mich nicht zu dir drängen. Du siehst mich nicht eher, als du es erlaubst.

Bedenke vorher deine Lage, die meinige. Wie sehr danke ich dir, daß du keinen entscheidenden Schritt zu tun vorhast; aber bedeutend genug ist er: tu ihn nicht! Hier, auf einer Art von Scheideweg, überlege nochmals: kannst du mein sein, willst du mein sein? O du erzeigst uns allen eine große Wohltat und mir eine überschwängliche. Laß mich dich wiedersehen, dich mit Freuden wiedersehen. Laß mich die schöne Frage mündlich tun, und beantworte sie mir mit deinem schönen Selbst. An meine Brust, Ottilie! hieher, wo du manchmal geruht hast und wo du immer hingehörst!

Indem er schrieb, ergriff ihn das Gefühl, sein Höchstersehntes nahe sich, es werde nun gleich gegenwärtig sein. Zu dieser Türe wird sie hereintreten, diesen Brief wird sie lesen, wirklich wird sie wie sonst vor mir dastehen, deren Erscheinung ich mir so oft herbeisehnte. Wird sie noch dieselbe sein? Hat sich ihre Gestalt, haben sich ihre Gesinnungen verändert? Er hielt die Feder noch in der Hand, er wollte schreiben, wie er dachte; aber der Wagen rollte in den Hof. Mit flüchtiger Feder setzte er noch hinzu:

Ich höre dich kommen. Auf einen Augenblick leb wohl!

Er faltete den Brief, überschrieb ihn; zum Siegeln war es zu spät. Er sprang in die Kammer, durch die er nachher auf den Gang zu gelangen wußte, und augenblicks fiel ihm ein, daß er die Uhr mit dem Petschaft noch auf dem Tisch gelassen. Sie sollte diese nicht zuerst sehen; er sprang zurück und holte sie glücklich weg. Vom Vorsaal her vernahm er schon die Wirtin, die auf das Zimmer losging, um es dem Gast anzuweisen. Er eilte gegen die Kammertür, aber sie war zugefahren. Den Schlüssel hatte er beim Hineinspringen heruntergeworfen, der lag inwendig; das Schloß war zugeschnappt, und er stund gebannt. Heftig drängte er an der Türe; sie gab nicht nach. O wie hätte er gewünscht, als ein Geist durch die Spalten zu schlüpfen! Vergebens! Er verbarg sein Gesicht an den Türpfosten. Ottilie trat herein, die Wirtin, als sie ihn erblickte, zurück. Auch Ottilien konnte er nicht einen Augenblick verborgen bleiben. Er wendete sich gegen sie, und so standen die Liebenden abermals auf die seltsamste Weise gegeneinander. Sie sah ihn ruhig und ernsthaft an, ohne vor- oder zurückzugehen, und als er eine Bewegung machte, sich ihr zu nähern, trat sie einige Schritte zurück bis an den Tisch. Auch er trat wieder zurück. Ottilie, rief er aus, laß mich das furchtbare Schweigen brechen! Sind wir nur Schatten, die einander gegenüberstehen? Aber vor allen Dingen höre! es ist Zufall, daß du mich gleich jetzt hier findest. Neben dir liegt ein Brief, der dich vorbereiten sollte. Lies, ich bitte dich, lies ihn! und dann beschließe, was du kannst.

Sie blickte herab auf den Brief, und nach einigem Besinnen nahm sie ihn auf, erbrach und las ihn. Ohne die Miene zu verändern, hatte sie ihn gelesen, und so legte sie ihn leise weg; dann drückte sie die flachen, in die Höhe gehobenen Hände zusammen, führte sie gegen die Brust, indem sie sich nur wenig vorwärts neigte, und sah den dringend Fordernden mit einem solchen Blick an, daß er von allem abzustehen genötigt war, was er verlangen oder wünschen mochte. Diese Bewegung zerriß ihm das Herz. Er konnte den Anblick, er konnte die Stellung Ottiliens nicht ertragen. Es sah völlig aus, als würde sie in die Kniee sinken, wenn er beharrte. Er eilte verzweifelnd zur Tür hinaus und schickte die Wirtin zu der Einsamen.

Er ging auf dem Vorsaal auf und ab. Es war Nacht geworden, im Zimmer blieb es stille. Endlich trat die Wirtin heraus und zog den Schlüssel ab. Die gute Frau war gerührt, war verlegen, sie wußte nicht, was sie tun sollte. Zuletzt im Weggehen bot sie den Schlüssel Eduarden an, der ihn ablehnte. Sie ließ das Licht stehen und entfernte sich.

Eduard im tiefsten Kummer warf sich auf Ottiliens Schwelle, die er mit seinen Tränen benetzte. Jammervoller brachten kaum jemals in solcher Nähe Liebende eine Nacht zu.

Der Tag brach an; der Kutscher trieb, die Wirtin schloß auf und trat in das Zimmer. Sie fand Ottilien angekleidet eingeschlafen, sie ging zurück und winkte Eduarden mit einem teilnehmenden Lächeln. Beide traten vor die Schlafende; aber auch diesen Anblick vermochte Eduard nicht auszuhalten. Die Wirtin wagte nicht, das ruhende Kind zu wecken, sie setzte sich gegenüber. Endlich schlug Ottilie die schönen Augen auf und richtete sich auf ihre Füße. Sie lehnt das Frühstück ab, und nun tritt Eduard vor sie. Er bittet sie inständig, nur ein Wort zu reden, ihren Willen zu erklären: er wolle allen ihren Willen, schwört er; aber sie schweigt. Nochmals fragt er sie liebevoll und dringend, ob sie ihm angehören wolle? Wie lieblich bewegt sie, mit niedergeschlagenen Augen, ihr Haupt zu einem sanften Nein. Er fragt, ob sie nach der Pension wolle? Gleichgültig verneint sie das. Aber als er fragt, ob er sie zu Charlotten zurückführen dürfe? bejaht sie's mit einem getrosten Neigen des Hauptes. Er eilt ans Fenster, dem Kutscher Befehle zu geben; aber hinter ihm weg ist sie, wie der Blitz zur Stube hinaus, die Treppe hinab, in dem Wagen. Der Kutscher nimmt den Weg nach dem Schlosse zurück; Eduard folgt zu Pferde in einiger Entfernung.

SIEBZEHNTES KAPITEL

Wie höchst überrascht war Charlotte, als sie Ottilien vorfahren und Eduarden zu Pferde sogleich in den Schloßhof hereinsprengen sah. Sie eilte bis zur Türschwelle: Ottilie steigt aus und nähert sich mit Eduarden. Mit Eifer und Gewalt faßt sie die Hände beider Ehegatten, drückt sie zusammen und eilt auf ihr Zimmer. Eduard wirft sich Charlotten um den Hals und zerfließt in Tränen; er kann sich nicht erklären, bittet, Geduld mit ihm zu haben, Ottilien beizustehen, ihr zu helfen. Charlotte eilt auf Ottiliens Zimmer, und ihr schaudert, da sie hineintritt: es war schon ganz ausgeräumt, nur die leeren Wände standen da. Es erschien so weitläufig als unerfreulich. Man hatte alles weggetragen, nur das Köfferchen, unschlüssig, wo man es hinstellen sollte, in der Mitte des Zimmers stehen gelassen. Ottilie lag auf dem Boden, Arm und Haupt über den Koffer gestreckt. Charlotte bemüht sich um sie, fragt, was vorgegangen, und erhält keine Antwort.

Sie läßt ihr Mädchen, das mit Erquickungen kommt, bei Ottilien und eilt zu Eduarden. Sie findet ihn im Saal; auch er belehrt sie nicht. Er wirft sich vor ihr nieder, er badet ihre Hände in Tränen, er flieht auf sein Zimmer, und als sie ihm nachfolgen will, begegnet ihr der Kammerdiener, der sie aufklärt, soweit er vermag. Das übrige denkt sie sich zusammen, und dann sogleich mit Entschlossenheit an das, was der Augenblick fordert. Ottiliens Zimmer ist aufs baldigste wieder eingerichtet. Eduard hat die seinigen angetroffen, bis auf das letzte Papier, wie er sie verlassen.

Die Dreie scheinen sich wieder gegeneinander zu finden; aber Ottilie fährt fort zu schweigen, und Eduard vermag nichts, als seine Gattin um Geduld zu bitten, die ihm selbst zu fehlen scheint. Charlotte sendet Boten an Mittlern und an den Major. Jener war nicht anzutreffen; dieser kommt. Gegen ihn schüttet Eduard sein Herz aus, ihm gesteht er jeden kleinsten Umstand, und so erfährt Charlotte, was begegnet, was die Lage so sonderbar verändert, was die Gemüter aufgeregt.

Sie spricht aufs liebevollste mit ihrem Gemahl. Sie weiß keine andere Bitte zu tun als nur, daß man das Kind gegenwärtig nicht bestürmen möge. Eduard fühlt den Wert, die Liebe, die Vernunft seiner Gattin; aber seine Neigung beherrscht ihn ausschließlich. Charlotte macht ihm Hoffnung, verspricht ihm, in die Scheidung zu willigen. Er traut nicht; er ist so krank, daß ihn Hoffnung und Glaube abwechselnd verlassen; er dringt in Charlotten, sie soll dem Major ihre Hand zusagen; eine Art von wahnsinnigem Unmut hat ihn ergriffen. Charlotte, ihn zu besänftigen, ihn zu erhalten, tut, was er fordert. Sie sagt dem Major ihre Hand zu, auf den Fall, daß Ottilie sich mit Eduarden verbinden wolle, jedoch unter ausdrücklicher Bedingung, daß die beiden Männer für den Augenblick zusammen eine Reise machen. Der Major hat für seinen Hof ein auswärtiges Geschäft, und Eduard verspricht, ihn zu begleiten. Man macht Anstalten, und man beruhigt sich einigermaßen, indem wenigstens etwas geschieht.

Unterdessen kann man bemerken, daß Ottilie kaum Speise noch Trank zu sich nimmt, indem sie immerfort bei ihrem Schweigen verharrt. Man redet ihr zu, sie wird ängstlich; man unterläßt es. Denn haben wir nicht meistenteils die Schwäche, daß wir jemanden auch

zu seinem Besten nicht gern quälen mögen? Charlotte sann alle Mittel durch, endlich geriet sie auf den Gedanken, jenen Gehülfen aus der Pension kommen zu lassen, der über Ottilien viel vermochte, der wegen ihres unvermuteten Außenbleibens sich sehr freundlich geäußert, aber keine Antwort erhalten hatte.
Man spricht, um Ottilien nicht zu überraschen, von diesem Vorsatz in ihrer Gegenwart. Sie scheint nicht einzustimmen, sie bedenkt sich; endlich scheint ein Entschluß in ihr zu reifen, sie eilt nach ihrem Zimmer und sendet noch vor Abend an die Versammelten folgendes Schreiben:

Ottilie den Freunden

Warum soll ich ausdrücklich sagen, meine Geliebten, was sich von selbst versteht? Ich bin aus meiner Bahn geschritten, und ich soll nicht wieder hinein. Ein feindseliger Dämon, der Macht über mich gewonnen, scheint mich von außen zu hindern, hätte ich mich auch mit mir selbst wieder zur Einigkeit gefunden.
Ganz rein war mein Vorsatz, Eduarden zu entsagen, mich von ihm zu entfernen. Ihm hofft ich nicht wieder zu begegnen. Es ist anders geworden; er stand selbst gegen seinen eigenen Willen vor mir. Mein Versprechen, mich mit ihm in keine Unterredung einzulassen, habe ich vielleicht zu buchstäblich genommen und gedeutet. Nach Gefühl und Gewissen des Augenblicks schwieg ich, verstummt ich vor dem Freunde, und nun habe ich nichts mehr zu sagen. Ein strenges Ordensgelübde, welches den, der es mit Überlegung eingeht, vielleicht unbequem ängstiget, habe ich zufällig, vom Gefühl gedrungen, über mich genommen. Laßt mich darin beharren, solange mir das Herz gebietet. Beruft keine Mittelsperson! Dringt nicht in mich, daß ich reden, daß ich mehr Speise und Trank genießen soll, als ich höchstens bedarf. Helft mir durch Nachsicht und Geduld über diese Zeit hinweg. Ich bin jung, die Jugend stellt sich unversehens wieder her. Duldet mich in eurer Gegenwart, erfreut mich durch eure Liebe, belehrt mich durch eure Unterhaltung! aber mein Innres überlaßt mir selbst.

Die längst vorbereitete Abreise der Männer unterblieb, weil jenes auswärtige Geschäft des Majors sich verzögerte: wie erwünscht für Eduard! Nun durch Ottiliens Blatt aufs neue angeregt, durch ihre trostvollen, hoffnunggebenden Worte wieder ermutigt und zu standhaftem Ausharren berechtigt, erklärte er auf einmal: er werde sich nicht entfernen. Wie töricht! rief er aus, das Unentbehrlichste, Notwendigste vorsätzlich, voreilig wegzuwerfen, das, wenn uns auch der Verlust bedroht, vielleicht noch zu erhalten wäre. Und was soll es heißen? Doch nur, daß der Mensch ja scheine, wollen, wählen zu können. So habe ich oft, beherrscht von solchem albernen Dünkel, Stunden, ja Tage zu früh mich von Freunden losgerissen, um nur nicht von dem letzten unausweichlichen Termin entschieden gezwungen zu werden. Diesmal aber will ich bleiben. Warum soll ich mich entfernen? Ist sie nicht schon von mir entfernt? Es fällt mir nicht ein, ihre Hand zu fassen, sie an mein Herz zu drücken; sogar darf ich es nicht denken, es schaudert mir. Sie hat sich nicht von mir weg-, sie hat sich über mich weggehoben.

Und so blieb er, wie er wollte, wie er mußte. Aber auch dem Behagen glich nichts, wenn er sich mit ihr zusammenfand. Und so war auch ihr dieselbe Empfindung geblieben; auch sie konnte sich dieser seligen Notwendigkeit nicht entziehen. Nach wie vor übten sie eine unbeschreibliche, fast magische Anziehungskraft gegeneinander aus. Sie wohnten unter Einem Dache; aber selbst ohne gerade aneinander zu denken, mit andern Dingen beschäftigt, von der Gesellschaft hin- und hergezogen, näherten sie sich einander. Fanden sie sich in Einem Saale, so dauerte es nicht lange, und sie standen, sie saßen nebeneinander. Nur die nächste Nähe konnte sie beruhigen, aber auch völlig beruhigen, und diese Nähe war genug; nicht eines Blickes, nicht eines Wortes, keiner Gebärde, keiner Berührung bedurfte es, nur des reinen Zusammenseins. Dann waren es nicht zwei Menschen, es war nur Ein Mensch im bewußtlosen vollkommnen Behagen, mit sich selbst zufrieden und mit der Welt. Ja, hätte man eins von beiden am letzten Ende der Wohnung festgehalten, das andere hätte sich nach und nach von selbst, ohne Vorsatz, zu ihm hinbewegt. Das Leben war ihnen ein Rätsel, dessen Auflösung sie nur miteinander fanden.

Ottilie war durchaus heiter und gelassen, so daß man sich über sie völlig beruhigen konnte. Sie entfernte sich wenig aus der Gesellschaft, nur hatte sie es erlangt, allein zu speisen. Niemand als Nanni bediente sie.

Was einem jeden Menschen gewöhnlich begegnet, wiederholt sich mehr, als man glaubt, weil seine Natur hiezu die nächste Bestimmung gibt. Charakter, Individualität, Neigung, Richtung, Örtlichkeit, Umgebungen und Gewohnheiten bilden zusammen ein Ganzes, in welchem jeder Mensch, wie in einem Elemente, in einer Atmosphäre, schwimmt, worin es ihm allein bequem und behaglich ist. Und so finden wir die Menschen, über deren Veränderlichkeit so viele Klage geführt wird, nach vielen Jahren zu unserm Erstaunen unverändert, und nach äußern und innern unendlichen Anregungen unveränderlich.

So bewegte sich auch in dem täglichen Zusammenleben unserer Freunde fast alles wieder in dem alten Gleise. Noch immer äußerte Ottilie stillschweigend durch manche Gefälligkeit ihr zuvorkommendes Wesen; und so jedes nach seiner Art. Auf diese Weise zeigte sich der häusliche Zirkel als ein Scheinbild des vorigen Lebens, und der Wahn, als ob noch alles beim alten sei, war verzeihlich.

Die herbstlichen Tage, an Länge jenen Frühlingstagen gleich, riefen die Gesellschaft um ebendie Stunde aus dem Freien ins Haus zurück. Der Schmuck an Früchten und Blumen, der dieser Zeit eigen ist, ließ glauben, als wenn es der Herbst jenes ersten Frühlings wäre: die Zwischenzeit war ins Vergessen gefallen. Denn nun blühten die Blumen, dergleichen man in jenen ersten Tagen auch gesät hatte; nun reiften Früchte an den Bäumen, die man damals blühen gesehen.

Der Major ging ab und zu; auch Mittler ließ sich öfter sehen. Die Abendsitzungen waren meistens regelmäßig. Eduard las gewöhnlich; lebhafter, gefühlvoller, besser, ja sogar heiterer, wenn man will, als jemals. Es war, als wenn er, so gut durch Fröhlichkeit als durch Gefühl, Ottiliens Erstarren wieder beleben, ihr Schweigen wieder auflösen wollte. Er setzte sich wie vormals, daß sie ihm ins Buch sehen konnte, ja er ward unruhig, zerstreut, wenn sie nicht hineinsah, wenn er nicht gewiß war, daß sie seinen Worten mit ihren Augen folgte.

Jedes unerfreuliche unbequeme Gefühl der mittleren Zeit war ausgelöscht. Keines trug mehr dem andern etwas nach; jede Art von

Bitterkeit war verschwunden. Der Major begleitete mit der Violine das Klavierspiel Charlottens, so wie Eduards Flöte mit Ottiliens Behandlung des Saiteninstruments wieder wie vormals zusammentraf. So rückte man dem Geburtstage Eduards näher, dessen Feier man vor einem Jahre nicht erreicht hatte. Er sollte ohne Festlichkeit in stillem, freundlichem Behagen diesmal gefeiert werden. So war man, halb stillschweigend, halb ausdrücklich, miteinander übereingekommen. Doch je näher diese Epoche heranrückte, vermehrte sich das Feierliche in Ottiliens Wesen, das man bisher mehr empfunden als bemerkt hatte. Sie schien im Garten oft die Blumen zu mustern; sie hatte dem Gärtner angedeutet, die Sommergewächse aller Art zu schonen, und sich besonders bei den Astern aufgehalten, die gerade dieses Jahr in unmäßiger Menge blühten.

ACHTZEHNTES KAPITEL

Das Bedeutendste jedoch, was die Freunde mit stiller Aufmerksamkeit beobachteten, war, daß Ottilie den Koffer zum ersten Mal ausgepackt und daraus verschiedenes gewählt und abgeschnitten hatte, was zu einem einzigen, aber ganzen und vollen Anzug hinreichte. Als sie das übrige mit Beihülfe Nannis wieder einpacken wollte, konnte sie kaum damit zustande kommen; der Raum war übervoll, obgleich schon ein Teil herausgenommen war. Das junge habgierige Mädchen konnte sich nicht satt sehen, besonders da sie auch für alle kleineren Stücke des Anzugs gesorgt fand. Schuhe, Strümpfe, Strumpfbänder mit Devisen, Handschuhe und so manches andere war noch übrig. Sie bat Ottilien, ihr nur etwas davon zu schenken. Diese verweigerte es; zog aber sogleich die Schublade einer Kommode heraus und ließ das Kind wählen, das hastig und ungeschickt zugriff und mit der Beute gleich davonlief, um den übrigen Hausgenossen ihr Glück zu verkünden und vorzuzeigen.

Zuletzt gelang es Ottilien, alles sorgfältig wieder einzuschichten; sie öffnete hierauf ein verborgenes Fach, das im Deckel angebracht war. Dort hatte sie kleine Zettelchen und Briefe Eduards, mancherlei aufgetrocknete Blumenerinnerungen früherer Spaziergänge, eine Locke ihres Geliebten und was sonst noch verborgen. Noch eins fügte sie hinzu – es war das Porträt ihres Vaters – und verschloß das Ganze, worauf sie den zarten Schlüssel an dem goldnen Kettchen wieder um den Hals an ihre Brust hing.

Mancherlei Hoffnungen waren indes in dem Herzen der Freunde rege geworden. Charlotte war überzeugt, Ottilie werde auf jenen Tag wieder zu sprechen anfangen: denn sie hatte bisher eine heimliche Geschäftigkeit bewiesen, eine Art von heiterer Selbstzufriedenheit, ein Lächeln, wie es demjenigen auf dem Gesichte schwebt, der Geliebten etwas Gutes und Erfreuliches verbirgt. Niemand wußte, daß Ottilie gar manche Stunde in großer Schwachheit hinbrachte, aus der sie sich nur für die Zeiten, wo sie erschien, durch Geisteskraft emporhielt.

Mittler hatte sich diese Zeit öfter sehen lassen und war länger geblieben als sonst gewöhnlich. Der hartnäckige Mann wußte nur zu wohl, daß es einen gewissen Moment gibt, wo allein das Eisen zu schmieden ist. Ottiliens Schweigen so wie ihre Weigerung legte er zu seinen Gunsten aus. Es war bisher kein Schritt zu Scheidung der Gatten geschehen; er hoffte das Schicksal des guten Mädchens auf irgendeine andere günstige Weise zu bestimmen; er horchte, er gab nach, er gab zu verstehen und führte sich nach seiner Weise klug genug auf.

Allein überwältigt war er stets, sobald er Anlaß fand, sein Räsonnement über Materien zu äußern, denen er eine große Wichtigkeit beilegte. Er lebte viel in sich, und wenn er mit andern war, so verhielt er sich gewöhnlich nur handelnd gegen sie. Brach nun einmal unter Freunden seine Rede los, wie wir schon öfter gesehen haben, so rollte sie ohne Rücksicht fort, verletzte oder heilte, nutzte oder schadete, wie es sich gerade fügen mochte.

Den Abend vor Eduards Geburtstage saßen Charlotte und der Major, Eduarden, der ausgeritten war, erwartend, beisammen; Mittler ging im Zimmer auf und ab; Ottilie war auf dem ihrigen geblieben, den morgenden Schmuck auseinanderlegend und ihrem Mädchen manches andeutend, welches sie vollkommen verstand und die stummen Anordnungen geschickt befolgte.

Mittler war gerade auf eine seiner Lieblingsmaterien gekommen. Er pflegte gern zu behaupten, daß sowohl bei der Erziehung der Kinder als bei der Leitung der Völker nichts ungeschickter und barbarischer sei als Verbote, als verbietende Gesetze und Anordnungen. Der Mensch ist von Hause aus tätig, sagte er, und wenn man ihm zu gebieten versteht, so fährt er gleich dahinter her, handelt und richtet aus. Ich für meine Person mag lieber in meinem Kreise Fehler und Gebrechen so lange dulden, bis ich die entgegengesetzte Tugend gebieten kann, als daß ich den Fehler loswürde und nichts Rechtes an seiner Stelle sähe. Der Mensch tut recht gern das Gute, das Zweckmäßige, wenn er nur dazu kommen kann; er tut es, damit er was zu tun hat, und sinnt darüber nicht weiter nach als über alberne Streiche, die er aus Müßiggang und Langerweile vornimmt.

Wie verdrießlich ist mirs oft, mit anzuhören, wie man die Zehn Gebote in der Kinderlehre wiederholen läßt. Das vierte ist noch ein ganz hübsches, vernünftiges gebietendes Gebot: Du sollst Vater und Mutter ehren. Wenn sich das die Kinder recht in den Sinn schreiben, so haben sie den ganzen Tag daran auszuüben. Nun aber das fünfte, was soll man dazu sagen? Du sollst nicht töten. Als wenn irgendein Mensch im mindesten Lust hätte, den andern totzuschlagen! Man haßt einen, man erzürnt sich, man übereilt sich, und in Gefolg von dem und manchem andern kann es wohl kommen, daß man gelegentlich einen totschlägt. Aber ist es nicht eine barbarische Anstalt, den Kindern Mord und Totschlag zu verbieten? Wenn es hieße: sorge für des andern Leben, entferne, was ihm schädlich sein kann, rette ihn mit deiner eigenen Gefahr; wenn du ihn beschädigst, denke, daß du dich selbst beschädigst – das sind Gebote, wie sie unter gebildeten, vernünftigen Völkern statthaben, und die man bei der Katechismuslehre nur kümmerlich in dem ›Was ist das‹ nachschleppt.

Und nun gar das sechste, das finde ich ganz abscheulich! Was? die Neugierde vorahnender Kinder auf gefährliche Mysterien reizen, ihre Einbildungskraft zu wunderlichen Bildern und Vorstellungen aufregen, die gerade das, was man entfernen will, mit Gewalt heranbringen! Weit besser wäre es, daß dergleichen von einem heimlichen Gericht willkürlich bestraft würde, als daß man vor Kirch- und Gemeinde davon plappern läßt.

In dem Augenblick trat Ottilie herein – Du sollst nicht ehebrechen, fuhr Mittler fort: wie grob, wie unanständig! Klänge es nicht ganz anders, wenn es hieße: Du sollst Ehrfurcht haben vor der ehelichen Verbindung; wo du Gatten siehst, die sich lieben, sollst du dich darüber freuen und teil daran nehmen wie an dem Glück eines heitern Tages. Sollte sich irgend in ihrem Verhältnis etwas trüben, so sollst du suchen, es aufzuklären: du sollst suchen, sie zu begütigen, sie zu besänftigen, ihnen ihre wechselseitigen Vorteile deutlich zu machen, und mit schöner Uneigennützigkeit das Wohl der andern fördern, indem du ihnen fühlbar machst, was für ein Glück aus jeder Pflicht und besonders aus dieser entspringt, welche Mann und Weib unauflöslich verbindet.

Charlotte saß wie auf Kohlen, und der Zustand war ihr um so ängstlicher, als sie überzeugt war, daß Mittler nicht wußte, was und wo ers sagte, und ehe sie ihn noch unterbrechen konnte, sah sie schon Ottilien, deren Gestalt sich verwandelt hatte, aus dem Zimmer gehen.

Sie erlassen uns wohl das siebente Gebot, sagte Charlotte mit erzwungenem Lächeln. Alle die übrigen, versetzte Mittler, wenn ich nur das rette, worauf die andern beruhen.

Mit entsetzlichem Schrei hereinstürzend rief Nanni: Sie stirbt! Das Fräulein stirbt! Kommen Sie! kommen Sie!

Als Ottilie nach ihrem Zimmer schwankend zurückgekommen war, lag der morgende Schmuck auf mehreren Stühlen völlig ausgebreitet, und das Mädchen, das betrachtend und bewundernd daran hin- und herging, rief jubelnd aus: Sehen Sie nur, liebstes Fräulein, das ist ein Brautschmuck, ganz Ihrer wert!

Ottilie vernahm diese Worte und sank auf den Sofa. Nanni sieht ihre Herrin erblassen, erstarren; sie läuft zu Charlotten; man kommt. Der ärztliche Hausfreund eilt herbei; es scheint ihm nur eine Erschöpfung. Er läßt etwas Kraftbrühe bringen; Ottilie weist sie mit Abscheu weg, ja sie fällt fast in Zuckungen, als man die Tasse dem Munde nähert. Er fragt mit Ernst und Hast, wie es ihm der Umstand eingab: was Ottilie heute genossen habe? Das Mädchen stockt; er wiederholt seine Frage, das Mädchen bekennt, Ottilie habe nichts genossen.

Nanni erscheint ihm ängstlicher als billig. Er reißt sie in ein Nebenzimmer, Charlotte folgt, das Mädchen wirft sich auf die Knie, sie gesteht, daß Ottilie schon lange so gut wie nichts genieße. Auf Andringen Ottiliens habe sie die Speisen an ihrer Statt genossen; verschwiegen habe sie es wegen bittender und drohender Gebärden ihrer Gebieterin, und auch, setzte sie unschuldig hinzu: weil es ihr gar so gut geschmeckt.

Der Major und Mittler kamen heran, sie fanden Charlotten tätig in Gesellschaft des Arztes. Das bleiche himmlische Kind saß, sich selbst bewußt wie es schien, in der Ecke des Sofas. Man bittet sie, sich niederzulegen; sie verweigerts, winkt aber, daß man das Köfferchen herbeibringe. Sie setzt ihre Füße darauf und findet sich in einer halb liegenden bequemen Stellung. Sie scheint Abschied nehmen zu wollen, ihre Gebärden drücken den Umstehenden die zarteste Anhänglichkeit aus, Liebe, Dankbarkeit, Abbitte und das herzlichste Lebewohl.

Eduard, der vom Pferde steigt, vernimmt den Zustand, er stürzt in das Zimmer, er wirft sich an ihre Seite nieder, faßt ihre Hand und überschwemmt sie mit stummen Tränen. So bleibt er lange. Endlich ruft er aus: Soll ich deine Stimme nicht wieder hören? wirst du nicht mit einem Wort für mich ins Leben zurückkehren? Gut, gut! ich folge dir hinüber: da werden wir mit andern Sprachen reden!

Sie drückt ihm kräftig die Hand, sie blickt ihn lebevoll und liebevoll an, und nach einem tiefen Atemzug, nach einer himmlischen stummen Bewegung der Lippen: Versprich mir zu leben! ruft sie aus, mit holder zärtlicher Anstrengung, doch gleich sinkt sie zurück. Ich versprech es! rief er ihr entgegen, doch er rief es ihr nur nach; sie war schon abgeschieden.

Nach einer tränenvollen Nacht fiel die Sorge, die geliebten Reste zu bestatten, Charlotten anheim. Der Major und Mittler standen ihr bei. Eduards Zustand war zu bejammern. Wie er sich aus seiner Verzweiflung nur hervorheben und einigermaßen besinnen konnte, bestand er darauf: Ottilie sollte nicht aus dem Schlosse gebracht, sie sollte gewartet, gepflegt, als eine Lebende behandelt werden: denn sie sei nicht tot, sie könne nicht tot sein. Man tat ihm seinen Willen, insofern man wenigstens das unterließ, was er verboten hatte. Er verlangte nicht, sie zu sehen.

Noch ein anderer Schreck ergriff, noch eine andere Sorge beschäftigte die Freunde. Nanni, von dem Arzt heftig gescholten, durch Drohungen zum Bekenntnis genötigt und nach dem Bekenntnis mit Vorwürfen überhäuft, war entflohen. Nach langem Suchen fand man sie wieder; sie schien außer sich zu sein. Ihre Eltern nahmen sie zu sich. Die beste Begegnung schien nicht anzuschlagen, man mußte sie einsperren, weil sie wieder zu entfliehen drohte.

Stufenweise gelang es, Eduarden der heftigsten Verzweiflung zu entreißen, aber nur zu seinem Unglück: denn es ward ihm deutlich, es ward ihm gewiß, daß er das Glück seines Lebens für immer verloren habe. Man wagte es, ihm vorzustellen, daß Ottilie, in jener Kapelle beigesetzt, noch immer unter den Lebendigen bleiben und einer freundlichen stillen Wohnung nicht entbehren würde. Es fiel schwer, seine Einwilligung zu erhalten, und nur unter der Bedingung, daß sie im offenen Sarge hinausgetragen und in dem Gewölbe allenfalls nur mit einem Glasdeckel zugedeckt und eine immerbrennende Lampe gestiftet werden sollte, ließ er sichs zuletzt gefallen und schien sich in alles ergeben zu haben.

Man kleidete den holden Körper in jenen Schmuck, den sie sich selbst vorbereitet hatte; man setzte ihr einen Kranz von Asterblumen auf das Haupt, die wie traurige Gestirne ahnungsvoll glänzten. Die Bahre, die Kirche, die Kapelle zu schmücken, wurden alle Gärten ihres Schmucks beraubt. Sie lagen verödet, als wenn bereits der Winter alle Freude aus den Beeten weggetilgt hätte. Beim frühsten Morgen wurde sie im offnen Sarge aus dem Schloß getragen, und die aufgehende Sonne rötete nochmals das himmlische Gesicht. Die Begleitenden drängten sich um die Träger, niemand wollte vorausgehn, niemand folgen, jedermann sie umgeben, jedermann noch zum letzten Male ihre Gegenwart genießen. Knaben, Männer und Frauen, keins blieb ungerührt. Untröstlich waren die Mädchen, die ihren Verlust am unmittelbarsten empfanden.

Nanni fehlte. Man hatte sie zurückgehalten, oder vielmehr man hatte ihr den Tag und die Stunde des Begräbnisses verheimlicht. Man bewachte sie bei ihren Eltern in einer Kammer, die nach dem Garten ging. Als sie aber die Glocken läuten hörte, ward sie nur allzubald inne, was vorging, und da ihre Wächterin, aus Neugierde den Zug zu sehen, sie verließ, entkam sie zum Fenster hinaus auf einen Gang und von da, weil sie alle Türen verschlossen fand, auf den Oberboden.

Eben schwankte der Zug den reinlichen, mit Blättern bestreuten Weg durchs Dorf hin. Nanni sah ihre Gebieterin deutlich unter sich, deutlicher, vollständiger, schöner als alle, die dem Zuge folgten. Überirdisch, wie auf Wolken oder Wogen getragen, schien sie ihrer Dienerin zu winken, und diese, verworren, schwankend, taumelnd, stürzte hinab.

Auseinander fuhr die Menge mit einem entsetzlichen Schrei nach allen Seiten. Vom Drängen und Getümmel waren die Träger genötigt, die Bahre niederzusetzen. Das Kind lag ganz nahe daran; es schien an allen Gliedern zerschmettert. Man hob es auf; und zufällig oder aus besonderer Fügung lehnte man es über die Leiche, ja es schien selbst noch mit dem letzten Lebensrest seine geliebte Herrin erreichen zu wollen. Kaum aber hatten ihre schlotternden Glieder Ottiliens Gewand, ihre kraftlosen Finger Ottiliens gefaltete Hände berührt, als das Mädchen aufsprang, Arme und Augen zuerst gen Himmel erhob, dann auf die Knie vor dem Sarge niederstürzte und andächtig entzückt zu der Herrin hinaufstaunte.

Endlich sprang sie wie begeistert auf und rief mit heiliger Freude: Ja, sie hat mir vergeben! Was mir kein Mensch, was ich mir selbst nicht vergeben konnte, vergibt mir Gott durch ihren Blick, ihre Gebärde, ihren Mund. Nun ruht sie wieder so still und sanft; aber ihr habt gesehen, wie sie sich aufrichtete und mit entfalteten Händen mich segnete, wie sie mich freundlich anblickte! Ihr habt es alle gehört, ihr seid Zeugen, daß sie zu mir sagte: Dir ist vergeben! – Ich bin nun keine Mörderin mehr unter euch; sie hat mir verziehen, Gott hat mir verziehen, und niemand kann mir mehr etwas anhaben.

Umhergedrängt stand die Menge; sie waren erstaunt, sie horchten und sahen hin und wider, und kaum wußte jemand, was er beginnen sollte. Tragt sie nun zur Ruhe! sagte das Mädchen: sie hat das Ihrige getan und gelitten und kann nicht mehr unter uns wohnen. Die Bahre bewegte sich weiter, Nanni folgte zuerst, und man gelangte zur Kirche, zur Kapelle.

So stand nun der Sarg Ottiliens, zu ihren Häupten der Sarg des Kindes, zu ihren Füßen das Köfferchen, in ein starkes eichenes Behältnis eingeschlossen. Man hatte für eine Wächterin gesorgt, welche in der ersten Zeit des Leichnams wahrnehmen sollte, der unter seiner Glasdecke gar liebenswürdig dalag. Aber Nanni wollte sich dieses Amt nicht nehmen lassen; sie wollte allein, ohne Gesellin bleiben und der zum ersten Mal angezündeten Lampe fleißig warten. Sie verlangte dies so eifrig und hartnäckig, daß man ihr nachgab, um ein größeres Gemütsübel, das sich befürchten ließ, zu verhüten.

Aber sie blieb nicht lange allein: denn gleich mit sinkender Nacht, als das schwebende Licht, sein volles Recht ausübend, einen helleren Schein verbreitete, öffnete sich die Türe, und es trat der Architekt in die Kapelle, deren fromm verzierte Wände bei so mildem Schimmer altertümlicher und ahnungsvoller, als er je hätte glauben können, ihm entgegendrangen.

Nanni saß an der einen Seite des Sarges. Sie erkannte ihn gleich; aber schweigend deutete sie auf die verblichene Herrin. Und so stand er auf der andern Seite in jugendlicher Kraft und Anmut, auf sich selbst zurückgewiesen, starr, in sich gekehrt, mit niedergesenkten Armen, gefalteten, mitleidig gerungenen Händen, Haupt und Blick nach der Entseelten hingeneigt.

Schon einmal hatte er so vor Belisar gestanden. Unwillkürlich geriet er jetzt in die gleiche Stellung; und wie natürlich war sie auch diesmal! Auch hier war etwas unschätzbar Würdiges von seiner Höhe herabgestürzt; und wenn dort Tapferkeit, Klugheit, Macht, Rang und Vermögen in einem Manne als unwiederbringlich verloren bedauert wurden, wenn Eigenschaften, die der Nation, dem Fürsten in entscheidenden Momenten unentbehrlich sind, nicht geschätzt, vielmehr verworfen und ausgestoßen worden, so waren hier so viel andere stille Tugenden, von der Natur erst kurz aus ihren gehaltreichen Tiefen hervorgerufen, durch ihre gleichgültige Hand schnell wieder ausgetilgt: seltene, schöne, liebenswürdige Tugenden, deren friedliche Einwirkung die bedürftige Welt zu jeder Zeit mit wonnevollem Genügen umfängt und mit sehnsüchtiger Trauer vermißt.

Der Jüngling schwieg, auch das Mädchen eine Zeitlang; als sie ihm aber die Tränen häufig aus dem Auge quellen sah, als er sich im Schmerz ganz aufzulösen schien, sprach sie mit so viel Wahrheit und Kraft, mit so viel Wohlwollen und Sicherheit ihm zu, daß er, über den Fluß ihrer Rede erstaunt, sich zu fassen vermochte, und seine schöne Freundin ihm in einer höhern Region lebend und wirkend vorschwebte. Seine Tränen trockneten, seine Schmerzen linderten sich; knieend nahm er von Ottilien, mit einem herzlichen Händedruck von Nanni Abschied, und noch in der Nacht ritt er vom Orte weg, ohne weiter jemand gesehen zu haben.

Der Wundarzt war die Nacht über, ohne des Mädchens Wissen, in der Kirche geblieben und fand, als er sie des Morgens besuchte, sie heiter und getrosten Mutes. Er war auf mancherlei Verirrungen gefaßt: er dachte schon, sie werde ihm von nächtlichen Unterredungen mit Ottilien und von andern solchen Erscheinungen sprechen; aber sie war natürlich, ruhig und sich völlig selbst bewußt. Sie erinnerte sich vollkommen aller früheren Zeiten, aller Zustände mit großer Genauigkeit, und nichts in ihren Reden schritt aus dem gewöhnlichen Gange des Wahren und Wirklichen heraus, als nur die Begebenheit beim Leichenbegängnis, die sie mit Freudigkeit oft wiederholte: wie Ottilie sich aufgerichtet, sie gesegnet, ihr verziehen und sie dadurch für immer beruhigt habe.

Der fortdauernd schöne, mehr schlaf- als todähnliche Zustand Ottiliens zog mehrere Menschen herbei. Die Bewohner und Anwohner wollten sie noch sehen, und jeder mochte gern aus Nannis Munde das Unglaubliche hören; manche, um darüber zu spotten, die meisten, um daran zu zweifeln, und wenige, um sich glaubend dagegen zu verhalten.

Jedes Bedürfnis, dessen wirkliche Befriedigung versagt ist, nötigt zum Glauben. Die vor den Augen aller Welt zerschmetterte Nanni war durch Berührung des frommen Körpers wieder gesund geworden: warum sollte nicht auch ein ähnliches Glück hier andern bereitet sein? Zärtliche Mütter brachten zuerst heimlich ihre Kinder, die von irgendeinem Übel behaftet waren, und sie glaubten eine plötzliche Besserung zu spüren. Das Zutrauen vermehrte sich, und zuletzt war niemand so alt und so schwach, der sich nicht an dieser Stelle eine Erquickung und Erleichterung gesucht hätte. Der Zudrang wuchs, und man sah sich genötigt, die Kapelle, ja außer den Stunden des Gottesdienstes die Kirche zu verschließen.

Eduard wagte sich nicht wieder zu der Abgeschiedenen. Er lebte nur vor sich hin, er schien keine Träne mehr zu haben, keines Schmerzes weiter fähig zu sein. Seine Teilnahme an der Unterhaltung, sein Genuß von Speis' und Trank vermindert sich mit jedem Tage. Nur noch einige Erquickung scheint er aus dem Glase zu schlürfen, das ihm freilich kein wahrhafter Prophet gewesen. Er betrachtet noch immer gern die verschlungenen Namenszüge, und sein ernst-heiterer Blick dabei scheint anzudeuten, daß er auch jetzt noch auf eine Vereinigung hoffe. Und wie den Glücklichen jeder Nebenumstand zu begünstigen, jedes Ungefähr mit emporzuheben scheint, so mögen sich auch gern die kleinsten Vorfälle zur Kränkung, zum Verderben des Unglücklichen vereinigen. Denn eines Tages, als Eduard das geliebte Glas zum Munde brachte, entfernte er es mit Entsetzen wieder: es war dasselbe und nicht dasselbe; er vermißt ein kleines Kennzeichen. Man dringt in den Kammerdiener, und dieser muß gestehen: das echte Glas sei unlängst zerbrochen, und ein gleiches, auch aus Eduards Jugendzeit, untergeschoben worden. Eduard kann nicht zürnen, sein Schicksal ist ausgesprochen durch die Tat: wie soll ihn das Gleichnis rühren? Aber doch drückt es ihn tief. Der Trank scheint ihm von nun an zu widerstehen; er scheint sich mit Vorsatz der Speise, des Gesprächs zu enthalten.

Aber von Zeit zu Zeit überfällt ihn eine Unruhe. Er verlangt wieder etwas zu genießen, er fängt wieder an zu sprechen. Ach! sagte er einmal zu dem Major, der ihm wenig von der Seite kam: was bin ich unglücklich, daß mein ganzes Bestreben nur immer eine Nachahmung, ein falsches Bemühen bleibt! Was ihr Seligkeit gewesen, wird mir Pein; und doch, um dieser Seligkeit willen, bin ich genötigt, diese Pein zu übernehmen. Ich muß ihr nach, auf diesem Wege nach: aber meine Natur hält mich zurück und mein Versprechen. Es ist eine schreckliche Aufgabe, das Unnachahmliche nachzuahmen. Ich fühle wohl, Bester, es gehört Genie zu allem, auch zum Märtyrertum.

Was sollen wir, bei diesem hoffnungslosen Zustande, der ehegattlichen, freundschaftlichen, ärztlichen Bemühungen gedenken, in welchen sich Eduards Angehörige eine Zeitlang hin- und herwogten. Endlich fand man ihn tot. Mittler machte zuerst diese traurige Entdeckung. Er berief den Arzt und beobachtete, nach seiner gewöhnlichen Fassung, genau die Umstände, in denen man den Verblichenen angetroffen hatte. Charlotte stürzte herbei: ein Verdacht des Selbstmordes regte sich in ihr; sie wollte sich, sie wollte die andern einer unverzeihlichen Unvorsichtigkeit anklagen. Doch der Arzt aus natürlichen und Mittler aus sittlichen Gründen wußten sie bald vom Gegenteil zu überzeugen. Ganz deutlich war Eduard von seinem Ende überrascht worden. Er hatte, was er bisher sorgfältig zu verbergen pflegte, das ihm von Ottilien übrig Gebliebene, in einem stillen Augenblick, vor sich aus einem Kästchen, aus einer Brieftasche ausgebreitet: eine Locke, Blumen, in glücklicher Stunde gepflückt, alle Blättchen, die sie ihm geschrieben, von jenem ersten an, das ihm seine Gattin so zufällig-ahnungsreich übergeben hatte. Das alles konnte er nicht einer ungefähren Entdeckung mit Willen preisgeben. Und so lag denn auch dieses vor kurzem zu unendlicher Bewegung aufgeregte Herz in unstörbarer Ruhe; und wie er in Gedanken an die Heilige eingeschlafen war, so konnte man wohl ihn selig nennen. Charlotte gab ihm seinen Platz neben Ottilien und verordnete, daß niemand weiter in diesem Gewölbe beigesetzt werde. Unter dieser Bedingung machte sie für Kirche und Schule, für den Geistlichen und den Schullehrer ansehnliche Stiftungen.

So ruhen die Liebenden nebeneinander. Friede schwebt über ihrer Stätte, heitere verwandte Engelsbilder schauen vom Gewölbe auf sie herab, und welch ein freundlicher Augenblick wird es sein, wenn sie dereinst wieder zusammen erwachen.

»Ungebundene Sitten«, zumal der Ehe, fand Goethe bei der internationalen vornehmen Gesellschaft in den böhmischen Bädern, wo er seit Schillers Tod fast regelmäßig den Sommer zubrachte, aber auch bei der jungen Generation der deutschen Romantiker, die er nun wieder an sich herankommen ließ; ja was jene Oberschicht der »großen Welt« gedankenlos lebte, wurde von einzelnen dieser romantischen Geistigen bewußt zum Grundsatz erhoben. Schon zu Ende 1805 gab Goethe seiner »Stella« den tragischen Abschluß: die Ehe zu dritt, womit er 1776 dies »Schauspiel für Liebende«, ein lebenbejahendes Gegenstück zum »Werther«, enden zu lassen gewagt, hätte leicht als Vorbild jener »Ehen à quatre« erscheinen können, denen Friedrich Schlegel inzwischen das Wort geredet hatte. Vollends nach der deutschen Niederlage von 1806, die Goethe als eine Prüfung der Nation ansah, schärfte er seine sittlichen Ansprüche. »In den unsichersten Augenblicken« des Krieges hatte er selber sein Zusammenleben mit Christiane durch die Eheschließung förmlich besiegelt – »wenn alle Bande sich auflösen, wird man auf die häuslichen zurückverwiesen«. Und im Karlsbader Sommer 1807 setzte er den sächsischen Oberhofprediger Reinhard in Verwunderung durch seine strengen Grundsätze »in Bezug auf die Ehe«.
Zu Ende eben dieses Jahres aber führte »mächtiges Überraschen«, die Wiederbegegnung mit der nun achtzehnjährigen Minna Herzlieb, ihn selbst in einen Konflikt: »Gewohnheit, Neigung, Freundschaft steigerte sich zu Liebe und Leidenschaft, die, wie alles Absolute, was in die bedingte Welt tritt, vielen verderblich zu werden drohte. In solchen Epochen jedoch erscheint die Dichtkunst erhöhend und mildernd.« Doch seine Empfindung war mit den Liebes-Sonetten, die damals entstanden, nicht erschöpft: auch bei der »Pandora« schwebt ihm das geliebte Wesen vor; und mit den kunstreichen Versen dieses Dramas gleichzeitig erwächst die Prosadichtung der »Wahlverwandtschaften«. Anfangs, und wohl schon seit längerem, waren die »Wahlverwandten« als eine der kleinen Erzählungen geplant, welche der Roman »Wilhelm Meisters Wanderjahre«, im Sinn des Nebentitels »Die Entsagenden«, vereinigen sollte. Nun aber, unter dem Anhauch der nah vorbeigestreiften Gefahr und genährt mit dem »schmerzlichen Gefühl der Entbehrung«, entwickelte dieser Keim sich zu einem eigenen großen Ganzen. Während der Karlsbader Kur im Juni und Juli 1808 diktierte Goethe den Ersten Teil und den Schluß des Zweiten. Im April 1809 nahm er die Arbeit wieder vor und wandte das Frühjahr und fast den ganzen Sommer, in Jena streng abgeschieden, mit sorgfältigem Kürzen, Feilen, Umschreiben an die Vollendung, wobei er sich zur Eile dadurch nötigte, daß er seit Ende Juli bereits drucken ließ. Am 4. Oktober 1809 las er den letzten Revisionsbogen, und noch in der Herbstmesse konnten die zwei Bände erscheinen.

In Cottas »Morgenblatt« hatte Goethe zuvor die »Wahlverwandtschaften« angekündigt: »(Der Verfasser) mochte bemerkt haben, daß man in der Naturlehre sich oft ethischer Gleichnisse bedient, um etwas von dem Kreise menschlichen Wesens weit Entferntes näher heranzubringen; und so hat er auch wohl in einem sittlichen Falle eine chemische Gleichnisrede zu ihrem geistigen Ursprunge zurückführen mögen, um so mehr, als doch überall nur Eine Natur ist, und auch durch das Reich der heitern Vernunftfreiheit die Spuren trüber leidenschaftlicher Notwendigkeit sich unaufhaltsam hindurchziehen, die nur durch eine höhere Hand, und vielleicht auch nicht in diesem Leben, völlig auszulöschen sind.« Die Schlußworte deuten auf einen tragischen Ausgang, und als tragischen Roman hat Goethe das Werk auch angesehen. Tragik ist ihm der unbedingte Widerspruch zwischen Freiheit und Notwendigkeit, ein unaufhebbares Mißverhältnis von Wollen und Sollen. Der Ausdruck »Wahlverwandtschaften« bezeichnet hier die naturgesetzliche, alle bestehenden Verbindungen sprengende Anziehung zwischen Menschen. Dieses Sollen der Natur wird aber durchkreuzt von dem Sollen der Vernunft, wie es im Sittengesetz erscheint. Je nachdem der Mensch bewußt sich auf die eine oder die andere Seite stellt, gibt es auch zweierlei Wollen; somit zwei Arten jenes Konflikts. Beide sind in den »Wahlverwandtschaften« dargestellt. Der Hauptmann und Charlotte entscheiden in »Vernunftfreiheit«, sie folgen – nach einem Kampf, der mehr oder weniger »hinter die Szene verlegt« ist – dem Gesetz ihres Gewissens. Ottilie, aus der Kraft ihrer Seele, löst sich von der Verstrickung, in die sie hineingezogen wurde, ja vom Irdischen überhaupt, und erhebt sich zu jenem Frieden, welcher »mehr als Vernunft beseliget«. Eduard jedoch, die innere Stimme zu übertönen gewöhnt, meint frei zu handeln und im vollen, im gottgewollten Einklang mit der Stimme der Natur, wenn er sich seiner Leidenschaft überläßt. Er ist eine jener »problematischen Naturen, die keiner Lage gewachsen sind, in der sie sich befinden, und denen keine genug tut«. Sein maß- und hemmungsloses Ungestüm reicht immerhin so weit, das Wirken und Planen der anderen zunichte zu machen. So ist er es, der die äußeren Geschehnisse am stärksten bestimmt; er ist die interessante, die moderne Gestalt; denn diese Art des Wollens erkannte der Dichter als den »Gott der neuern Zeit«. So will denn Eduard auch nicht einsehen, weshalb die Ehe, die er ernstlos geschlossen hat, nicht, nach der Lehre des weltläufigen Grafen, zu lösen sein sollte. Die Ehe überhaupt erscheint ihm als eine zweckhafte Einrichtung, deren Dauer sich nach dem jeweiligen Erfolg bemißt. Dem steht entgegen die Ehe als unverbrüchliches Sakrament, als der heilige Stand fürs Leben beschworener Treue. So nahm Goethe sie, darnach handelte er sein Lebelang; dort, wo es ihn die stärkste Überwindung kostete, half ihm der mäßigende Sinn der Frau, von welcher die Charlotte des Romans den Namen und manche Züge trägt.

Die Unverletzlichkeit der Ehe wird in den »Wahlverwandtschaften« auch mit lauten Worten gepredigt, von jenem einstigen Pfarrer, den sein Name zum Mittler berufen zu haben scheint. Aus ihm redet freilich, mit einem heftigen Naturell versetzt, nur der »unerbittliche Verstand«, dessen rechthaberische Logik immer unrecht behält vor dem Leben. Tragisch ist, wie Goethe sagt, das »nicht zu Vermittelnde«; darum kann »Mittler« nur scheitern. Er weiß mit dem gewöhnlichen Lauf der Dinge so genau Bescheid, daß er das Außerordentliche gar nicht mehr gewahr wird. Zu »tragischer Ironie« muß er das Unheil, das er abwenden möchte, herbeiführen. So tötet er, gefühl- und ahnungslos, Ottilie.

An ihr, des Dichters »geliebter Tochter«, wird erst im Unglück die höchste Schönheit und Größe der Seele offenbar. Von der unschuldig Schuldigen geht jene »innige wahre Katharsis (›aussöhnende Abrundung‹)« aus, die Goethe an der antiken Tragödie als »unerläßlich zum Abschluß« jedes »vollkommenen Dichtwerks« erkannt hatte. Ottilie zieht Eduard entsühnend hinan, der schon durch die Neigung zu ihr veredelt erscheint, und liebenswürdig, ja rührend in seiner Kindlichkeit. Goethe selbst erklärte gelegentlich, er könne den Eduard »nicht leiden«, und fand ihn doch wieder »ganz unschätzbar, weil er unbedingt liebt«. Bereits im Erzählen steht er mit ähnlich zwiespältigem Gefühl neben seinem Geschöpf, an dem er, ein letztes Mal, die »poetische Selbstbuße« vollzieht: »Niemand verkennt an diesem Roman eine tief leidenschaftliche Wunde, die im Heilen sich zu schließen scheut, ein Herz, das zu genesen fürchtet.« Die gesteigerte Gestalt Eduards darf man freilich so wenig mit Goethe selbst gleichsetzen, als etwa Minna Herzlieb mit Ottilie. Es ist in den »Wahlverwandtschaften« »kein Strich enthalten, der nicht erlebt, aber kein Strich so wie er erlebt worden«.

In einem anderen, nicht nur künstlerischen Sinne jedoch nennt Goethe seinen Eduard »wahr«: »man findet in den höheren Ständen Leute genug, bei denen, wie bei ihm, der Eigensinn an die Stelle des Charakters tritt.« Das klingt gesellschaftskritisch; und in der Tat bezeichnete der Dichter ausdrücklich als seine Absicht in diesem Roman, »soziale Verhältnisse und die Konflikte derselben symbolisch gefaßt darzustellen«. *Soziale Verhältnisse* – die Ehe, als die Grundlage unserer Gesellschaft; das Sittengesetz allgemein und die Stellung des einzelnen zu ihm; die Ordnung der Stände und Klassen. Immer, auch wenn er den Adel schildert, ist es Goethe um den Bürger zu tun. Als er, zunächst gesprächsweise, den Satz des »Gehülfen« formuliert, »daß die Männer zum Dienen, die Weiber zu Müttern gezogen werden müßten«, da fügt er hinzu: »Das jetzige Unglück der Welt rühre doch meist davon her, daß sich alles zu Herren gebildet habe. Dies sei vom Mittelstand ausgegangen; vom Kaufmann, der reich, vom Bürger, der sich gebildet ...« Es ist genau der Fall des Wilhelm aus den »Lehrjahren«; und in dem Gegenmittel einheitlicher Erziehung kündigt sich bereits die »Pädagogische Provinz« der »Wanderjahre« an. – *Symbolisch gefaßt* – das heißt hier: ins Enge gezogen; wenige Personen, deren jede über sich hinausweist. »Es gibt keine Individuen«, sagte Goethe im Dezember 1806 zu Riemer, »... nämlich (jedes) Individuum ist Repräsentant einer ganzen Gattung«. So vertritt in diesem Roman der einzelne stets auch seinen Stand, seinen Beruf, seine Generation. Der abgeschliffenen Denkweise der Älteren – orthodox in Mittler, liberal im Grafen, skeptisch im Lord – steht ermutigend eine Jugend gegenüber, welche ihrerseits in Pietät den Ahnherren und der Vorzeit zugetan ist und allem Geheimnis von Natur und Kunst; lauter Bürgerliche, doch die sich früh »zum Dienen« bestimmt haben: der Erzieher, der Rechtsgelehrte, der Naturforscher, der Architekt. Ernst, still und sicher heben sie sich einzeln, fast einsam ab gegen den modischen Schwarm, der um Luciane wirbelt. Und diese Gegensätze sämtlich, wie auch die Fragen um Artung, Wachstum, Zucht, wiederholen sich – wiederum symbolisch – vor den Pflanzen im Garten, den Bäumen des Parks.

Goethe erklärte damals, er ziehe die Romanform jetzt jeder anderen vor, »weil einen dabei alles begünstigt, was beim Theater dem Autor nur zum Nachteil gereicht«. In den »Wahlverwandtschaften« weiß er die Mittel beider Gattungen zu nutzen: Einheit des Ortes, mit dessen Bedeutsamkeit wir auf Schritt und Tritt vertraut werden; geringe äußere Handlung, reiche Innenwelt; wohl abgestimmte Dialoge, und daneben immer der Erzähler, bereit, die verborgensten Schliche des Intellekts bloßzulegen, den leisesten Hauch des Herzens vernehmlich zu machen. Ein grausam folgerechter Ablauf, durch die Schilderung der Parkanlagen und Bauten künstlerisch verzögert zugleich und getrieben: denn diese Arbeiten selbst schreiten mit der Handlung vor, und indem sie den äußeren Zustand befestigen, während der innere sich immer tiefer aushöhlt, steigern sie unsere Bangigkeit. Dazwischen Kühnheiten wie die nächtliche Szene der Gatten und ihres »doppelten Ehebruchs«. Hier und auch sonst an Höhepunkten treffen wir jene »Verwirrung der Gefühle« an, die Goethe bei Kleist bemerkt hat; es ist modern romantisches Empfinden, das er den Menschen seines Zeitbildes mitgibt. Das Gewebe der Motive ist mit der äußersten Kunst angelegt, was um so deutlicher wird, wenn da oder dort ein füllender, ein deckender Faden fehlt. Die große Form hält alles zusammen: wie im »Werther« sind es zwei Teile, durch einen Abschied getrennt; im ersten die aufsteigende, im zweiten die fallende Handlung; beide ganz gleich an Umfang und Kapitelzahl, der strengen Gesetzlichkeit des Geschehens gemäß; im Ton wie Dur und moll gegeneinander abgesetzt. Nicht nur der Jahreslauf der Natur wiederholt sich bedeutungsvoll – auch Situationen, Gesten, Worte kehren, nur im Innern verwandelt, wieder. Kein Lied, kein lyrischer Laut dringt, wie sonst bei Goethe, lösend oder lindernd herein. Die Ironie des vorwissenden Erzählers ist, anders als in den »Lehrjahren«, bitter getönt; unter seinen schonenden Umschreibungen bebt es schmerzlich. Und durch die ganze Dichtung zieht sich die leise Klage, der still-beharrliche Protest gegen eine gleichgültige und liebelose Welt.

Goethe hat dieses Buch, worein mehr versenkt ist, »als irgend jemand bei einmaligem Lesen aufzunehmen imstande wäre«, »als ein Zirkular an seine Freunde« gedacht: »Ich weiß, zu wem ich eigentlich gesprochen habe.« Und nur in diesem Kreise wurde es zunächst erkannt. Bei der Menge machte es wohl eine gewisse Sensation, erlitt aber, als »unsittlich«, lange die törichtesten Mißdeutungen. Wie es gemeint sei, hat Goethe spät gegen einen Jüngeren, den katholischen Geistlichen und Pädagogen Zauper, ausgesprochen: »Das Publikum lernt niemals begreifen, daß der wahre Poet eigentlich doch nur... das Verderbliche der Tat, das Gefährliche der Gesinnung an den Folgen nachzuweisen trachtet... Wer nicht seinen eigenen Beichtvater macht, kann diese Art Bußpredigt nicht vernehmen. – Der sehr einfache Text dieses weitläufigen Büchleins sind die Worte Christi: ›Wer ein Weib ansieht, ihrer zu begehren pp.‹ Ich weiß nicht, ob irgend jemand sie in dieser Paraphrase wieder erkannt hat. Dem eigentlichen Sinne des Dichters gemäß war folgende Erfahrung: Eine sehr schöne, liebenswürdige junge Frau gestand ihm: sie habe die ›Wahlverwandtschaften‹ gelesen und nicht verstanden; sie habe sie nicht wieder gelesen und verstehe sie jetzt...«

Wahlverwandtschaften: der Ausdruck ist geprägt von dem schwedischen Chemiker Torbern Olof Bergmann (1735–1784) im Titel seines Werkes »De attractionibus electivis« (1775), deutsch zuerst in der Übersetzung von Heinrich Tabor (1785).
Erster Teil. S. 14. Mütterchen: Eduards erste Frau. – S. 15. Ottilie: beziehungsvoll benannt nach einer elsässischen Heiligen (Odilie, vgl. DuW 11. Buch). – S. 18. im Fall: im Gefahren-, im Notfall. – S. 22. vergleichen: ausgleichen, einebnen. – S. 25. aufrege: in Bewegung setze. – S. 26. Humor: Laune, Stimmung. – S. 28. mit der Magnetnadel: statt mittels des Meßtischs – einfachste, während militärischer Operationen übliche Form der Geländevermessung. – Schraffieren: Stricheln, zur Bezeichnung von Bodenerhebungen auf Landkarten. – laviert: mit Wasserfarbe schattiert oder mit Tusche nachgezogen; illuminiert: ausgemalt. – S. 31. macht sich... ein Geschäft: macht sich zu schaffen. – S. 32. stöckisch: ohne Antwort zu geben, verstockt. – S. 33. topographische Karte: Lagekarte; trigonometrische Messungen: Feldvermessungen, bei denen die Berechnungen durch Aufteilung in Dreiecke (Trigone), Trapeze usw. angestellt werden. – Folge: Folgerichtigkeit, Zusammenhang. – S. 34. Repositur: Ablage, Registratur. – S. 35. Anstalten: Einrichtungen. – solcher Fall: s. Zweiter Teil, zehntes Kapitel. – S. 37. Narciß: Jüngling der antiken Sage, der sich am Wasser in sein Spiegelbild verliebte; Folie: Glanzplättchen unter Spiegeln. – kürzlich: in Kürze. – S. 39. Sozietäten: Gesellschaftskreise. – S. 40. Kabinett: Sammlung mit Experimentiergerät; Kunstausdrücke: Fachausdrücke. – S. 41. refraktär: im Zustand der Reaktionsträgheit; ein Ausdruck aus den Naturwissenschaften des 18. Jahrhunderts. – S. 44. auf den Schein: um Kenntnisse vorzutäuschen. – überparlierten und überexponierten: übertrafen im freien Sprechen und im schriftlichen Aufsatz. – S. 46. Schlafe: Schläfe. – S. 49. anzupassen: herzurichten, zuzurichten. – erhöhten: gaben erhöhte Wirkung, hoben. – S. 50. Karl I. von England: regierte seit 1625, meist ohne oder gegen das Parlament;

im Verlauf der hieraus entstandenen Bürgerkriege fiel er in die Hände der Gegner; das von Cromwell beherrschte »Rumpfparlament« verurteilte ihn zum Tode (1649). – S. 51. Kostbarkeit...: Wert des wenigen vorhandenen... – S. 52. Polizei: hier noch allgemein: Aufsicht über Ordnung und Sitte. – S. 54. bestreichen: mit dem Blick (ursprünglich: mit Geschossen) treffen, erreichen. – ausgesetzt: in den Ausgaben vorgesehen. – Beschluß: Schlüsselgewalt, Verwahrung; Zettel: Kostenzettel, Rechnungen. – S. 56. chronometrische: genauer Zeitmessung dienende (mit Sekundeneinteilung). – Ingrediens: Bestandteil einer Mischung oder Verbindung. – S. 59. umgangen: umschritten. – S. 65. Gewerke: Handwerke. – S. 66. Köcher: rollenförmiges Behältnis. – S. 70. der Aufsatz: der (»aufgesetzte«) Entwurf. – S. 75. Konsistorien: oberste evangelische Kirchenbehörden. – S. 77. auszuwirken: zu erwirken, zu erreichen. – prädestiniert: für einander bestimmt – S. 79. besaß sich: hatte sich in der Gewalt. – S. 80. aufgeregt: angeregt, angereizt. – S. 81. Sarmaten: Polen. – S. 82. Enakskinder: Riesenkinder. – S. 83. seiner Frauen: (ältere Form) seiner Frau. – S. 84. antizipierte: nahm in Gedanken vorweg. – S. 85. abnehmen: entnehmen, erkennen. – S. 87. kollationieren: (auf Fehler hin) vergleichen. – S. 89. bewußtlos: unbewußt. – S. 90. ein andres Dokument: der Ehevertrag. – S. 91. gewältigte: bewältigte, überwältigte. – mehreren: weiteren. – S. 92. Zession der Gerechtsame: Abtretung der Eigentumsrechte (an die Gläubiger). – S. 95. Charakter als Major: Majorsrang ohne Pflichten. – S. 96. Verdingen: gegen festen Preis vergeben. – Selbstler: Egoist. – S. 102. Entdeckung: vertrauliche Mitteilung. – S. 106. Einleitung: vorbeugende Gesprächswendung. – Stegreife: hier fast noch im eigentlichen Sinne: Steigbügel. – S. 107. Im Gegenteil: andrerseits, hingegen. – S. 111. rauhe Arbeit: Rohbau, vor dem Verputz. – Manöver: einheitliche Handgriffe, Schritte, Wendungen. – S. 112. Kartäuser: Mönchsorden mit strenger Regel, benannt nach dem Ursprungsort La Chartreuse bei Grenoble, widmete sich besonders dem Feld- und Gartenbau. – S. 115. Heiterkeit: ungetrübte, reine Gemütsstimmung. – S. 117. peinlichsten: schmerzlichsten, quälendsten. – S. 118. ein edler Grieche: Homer. – Spektakel: Schauspiel. – S. 120. fiel... ein: unterbrach. – jener Arzt: Jung-Stilling (vgl. DuW 9., 10., 16. Buch). – S. 121. Geliebten: die geliebten Menschen.

Zweiter Teil. S. 122. Epopöe: erzählendes Heldengedicht, Epos. – S. 123. Anstalt: Einrichtung, Anordnung. – Philemon... Baucis: friedfertiges Greisenpaar antiker Dichtung. – Prinzipal: Auftraggeber. – S. 127. wenn... dagegen: während... doch. – Aufgeregt: lebhaft angeregt. – deutscher Art und Kunst: Goethe zitiert hier Herder, in dessen Blättern »Von deutscher Art und Kunst« 1773 sein Aufsatz »Von deutscher Baukunst« erschienen war. – nachkommen: folgern, verfolgen, ermitteln, herausbekommen. – Auferstehungsfeld: Friedhof. – S. 128. Brakteaten... Dickmünzen: dünne, einseitig, und dicke, doppelseitig geprägte Münzen. – S. 129. Portefeuille: Mappe (für Kunstblätter). – Das Gemeinste: das Alltäglichste. – S. 130. ein roter Faden: die Vergleichung ist durch Goethe sprichwörtlich geworden. – S. 131. Überschrift: Grabschrift. – billigen: gerechten, gemäßigten, objektiven. – Kartone: maßstäbliche Vorzeichnungen, die der Maler auf die Bildfläche überträgt. – S. 133. bei keiner Ansicht: (noch mit der deutlichen Vorstellung des Ansehens; heute formelhaft) in keiner Hinsicht, in keinem Betracht, von keiner Seite. – azurne: blau wie der Lasurstein (lapis lazuli), aus dem die Malfarbe Aquamarin gewonnen wird. – vorgefaßt: als Muster, Vorbild, Ideal sich eingeprägt. – S. 136. Schmelz: Email, auf Gold oder Silber aufgetragene Farben, die im Feuer zu durchsichtiger Schicht zusammenschmelzen. – S. 138. Brancards: Tragbahren, Packwagen. – Vachen: aufschnallbare Lederbehälter. – S. 139. einfallen: in diese Zeit fallen. – vor sich: für sich, zu eigen. – S. 140. Saalnixe: aus dem Wiener Singspiel »Das Donauweibchen« von Ferdinand Kauer (1751–1831). – Der im »Mausoleum« den königlichen Gatten Mausolus betrauernden Artemisia wird die vielberufene »Witwe von Ephesus« gegenübergestellt, die sich in der Gruft des jüngst bestatteten Gemahls einem Soldaten hingab und diesem sogar den Leichnam zu einer frechen Täuschung überließ. – S. 141. Schmelzen: schwarze Sternchen, Perlen, Röhrchen und Steine aus kalziniertem Blei oder Zinn (Jett). – karischen: von Karien in Kleinasien. – S. 143. Incroyables: »die Unglaublichen« – selbstgewählter Spottname der Pariser Modestutzer zur Zeit der Direktorial-Regierung (1795 ff.). – Kollation: Imbiß. – S. 144. was ihr gemütlich war: was ihr Gemüt ansprach, berührte, was sie anmutete. – S. 145. Mitteilend: freigebig. – S. 147. Komplimente: höfliche Umstände, Rücksichten. – Noterben: förmlich eingesetzte oder mit dem Pflichtteil zu bedenkende Erben. – Hautelisseteppich: Bildteppich, Gobelin. – S. 149. extemporierten: aus dem Stegreif entworfenen, improvisierten; Ressourcen: Beiträge, Hilfen, rettende Einfälle; gemein: herkömmlich, durchschnittlich. – S. 152. Belisar: oströmischer Feldherr im 6. Jahrh., Besieger der Vandalen und der Ostgoten, dann angeblich von dem undankbaren Justinian eingekerkert und geblendet; van Dyck: Antonis, 1599–1641, berühmter niederländischer Maler. – S. 153. Poussin: Nicolas, 1594–1665, französischer Landschafts- und Historienmaler. – Ahasverus und Esther: vgl. das Buch Esther im Alten Testament. – Terburg: Gerard Terborch, um 1617–1681, niederländischer Maler; Wille: Johann Georg (1715–1808) Kupferstecher. – S. 154. tournez ...: bitte umwenden! – S. 155. auf polnische Art: auf gemeinsame Kosten. – S. 158. einreden: hereinreden. – S. 159. Apprehension: Besorgnis, Befangenheit. – S. 160. anmaßlicher Politiker: einer, der sich anmaßt, Politiker zu sein, Kannegießer. – S. 161. Kustoden: Oberaufseher von Museen und Kunstsammlungen. – Präsepe: Krippe. – S. 165. gegenwärtig: anwesend. – S. 172. in Absicht: hinsichtlich, betreffend. – S. 174. Kompatrioten: Landsleute, Mitbürger. – Humboldten: Alexander von Humboldt (1769–1859), der führende Naturforscher und -schilderer seiner Zeit; Goethe schrieb dem Freund am Tage nach der völligen Beendigung der »Wahlverwandtschaften«: »Sie werden gewiß freundlich aufnehmen, daß darin Ihr Name von schönen Lippen ausgesprochen wird. Das, was Sie uns geleistet haben, geht so weit über die Prose hinaus, daß die Poesie sich wohl anmaßen darf, Sie bei Leibesleben unter ihre Heroen aufzunehmen.« – S. 178. gehobenen: behobenen, beseitigten. – Meldungsschreiben: Geburts- und Taufanzeigen; Gevatterbriefe: briefliche Bitten um Patenschaft. – S. 179. beschränkt: auf wenige Teilnehmer. – Simeon: Luk. 2, 25 ff. – S. 181. Vorsehen: Vorsorge. – S. 182. nach der Zeit: mit der Zeit. – S. 184. Comédie à tiroir: »Schubladenstück«, planlose Folge äußerlicher Szenen. – S. 186. Tischer: mundartlich für »Tischler«; Patronen: Schablonen. – S. 187. dunklen Kammer: Dunkelkammer (camera obscura), deren man sich damals bediente, um scharfe Vorlagen zum Zeichnen und Malen zu erhalten. – S. 188. Lokal: Örtlichkeit. – eigens: eigentümlich, besonders. – S. 194. entwickeln: entwirren, klarlegen. – S. 195. überzutragen: zu übertragen, hinüberzutragen. – S. 196. Geistesspiele: Rätsel, Denkaufgaben usw. – Wirt: Gastgeber. – Werder: Inseln oder Halbinseln in Flüssen. – S. 199. stand an: zögerte, nahm Anstand. – S. 200. Pendelschwingungen: derartige Versuche hatte der schwindelhafte »Metallspürer« Campetti angestellt; sie waren aber auch ernsthaft behandelt worden, z. B. von dem romantischen Physiker Ritter (1776–1810), den Goethe schätzte. – Markasiten: Eisen- und Schwefelkies. – S. 201. wovon die Rede sei: vom »tierischen (›animalischen‹) Magnetismus«, nach dem Begründer Franz Mesmer (1733–1815) auch Mesmerismus genannt, einem heftig umstrittenen hypnotischen Heilverfahren. – gemeint: gesonnen, gewillt; Apprehension: Schauder, Abneigung. – S. 202. Penserosa: die Sinnende, beliebter Gegenstand der Malerei. – S. 207. übertragen: ertragen, auf sich nehmen. – S. 219. Mißgeschicks: Unglücks (heute in der Bedeutung abgeschwächt). – S. 225. besorgen: befürchten. – S. 226. Putzstube: gute Stube. – S. 234. Anzug: Bekleidung von Kopf zu Fuß. – Devisen: Denk-, Wahlsprüche. – S. 235. jenen Tag: Eduards Geburtstag. – S. 241. häufig: reichlich, in Menge. – S. 242. mehrere: weitere, mehr.

Walter Benjamin
Goethes Wahlverwandtschaften

I

> Wer blind wählet, dem schlägt Opferdampf
> In die Augen.
>
> *Klopstock*

Die vorliegende Literatur über Dichtungen legt es nahe, Ausführlichkeit in dergleichen Untersuchungen mehr auf Rechnung eines philologischen als eines kritischen Interesses zu setzen. Leicht könnte daher die folgende, auch im einzelnen eingehende Darlegung der Wahlverwandtschaften über die Absicht irre führen, in der sie gegeben wird. Sie könnte als Kommentar erscheinen; gemeint jedoch ist sie als Kritik. Die Kritik sucht den Wahrheitsgehalt eines Kunstwerks, der Kommentar seinen Sachgehalt. Das Verhältnis der beiden bestimmt jenes Grundgesetz des Schrifttums, demzufolge der Wahrheitsgehalt eines Werkes, je bedeutender es ist, desto unscheinbarer und inniger an seinen Sachgehalt gebunden ist. Wenn sich demnach als die dauernden gerade jene Werke erweisen, deren Wahrheit am tiefsten ihrem Sachgehalt eingesenkt ist, so stehen im Verlaufe dieser Dauer die Realien dem Betrachtendem im Werk desto deutlicher vor Augen, je mehr sie in der Welt absterben. Damit aber tritt der Erscheinung nach Sachgehalt und Wahrheitsgehalt, in der Frühzeit des Werkes geeint, auseinander mit seiner Dauer, weil der letzte immer gleich verborgen sich hält, wenn der erste hervordringt. Mehr und mehr wird für jeden späteren Kritiker die Deutung des Auffallenden und Befremdenden, des Sachgehaltes, demnach zur Vorbedingung. Man darf ihn mit dem Paläographen vor einem Pergamente vergleichen, dessen verblichener Text überdeckt wird von den Zügen einer kräftigern Schrift, die auf ihn sich bezieht. Wie der Paläograph mit dem Lesen der letztern beginnen müßte, so der Kritiker mit dem Kommentieren. Und mit einem Schlag entspringt ihm daraus ein unschätzbares Kriterium seines Urteils: nun erst kann er die kritische Grundfrage stellen, ob der Schein des Wahrheitsgehaltes dem Sachgehalt oder das Leben des Sachgehaltes dem Wahrheitsgehalt zu verdanken sei. Denn indem sie im Werk auseinandertreten, entscheiden sie über seine Unsterblichkeit. In diesem

Sinne bereitet die Geschichte der Werke ihre Kritik vor und daher vermehrt die historische Distanz deren Gewalt. Will man, um eines Gleichnisses willen, das wachsende Werk als den flammenden Scheiterhaufen ansehn, so steht davor der Kommentator wie der Chemiker, der Kritiker gleich dem Alchimisten. Wo jenem Holz und Asche allein die Gegenstände seiner Analyse bleiben, bewahrt für diesen nur die Flamme selbst ein Rätsel: das des Lebendigen. So fragt der Kritiker nach der Wahrheit, deren lebendige Flamme fortbrennt über den schweren Scheitern des Gewesenen und der leichten Asche des Erlebten.

Dem Dichter wie dem Publikum seiner Zeit wird sich nicht zwar das Dasein, wohl aber die Bedeutung der Realien im Werke zumeist verbergen. Weil aber nur von ihrem Grunde das Ewige des Werkes sich abhebt, umfaßt jede zeitgenössische Kritik, so hoch sie auch stehen mag, in ihm mehr die bewegende als die ruhende Wahrheit, mehr das zeitliche Wirken als das ewige Sein. Doch wie wertvoll immer Realien für die Deutung des Werkes sein mögen – kaum braucht es gesagt zu werden, daß das Goethesche Schaffen nicht wie das eines Pindar sich betrachten läßt. Vielmehr war gewiß nie eine Zeit, der mehr als Goethes der Gedanke fremd gewesen ist, daß die wesentlichsten Inhalte des Daseins in der Dingwelt sich auszuprägen, ja ohne solche Ausprägung sich nicht zu erfüllen vermögen. Kants kritisches Werk und Basedows Elementarwerk, das eine dem Sinn, das andere der Anschauung der damaligen Erfahrung gewidmet, geben auf sehr verschiedene, doch gleichermaßen bündige Weise Zeugnis von der Armseligkeit ihrer Sachgehalte. In diesem bestimmenden Zuge der deutschen – wenn nicht der gesamteuropäischen – Aufklärung darf eine unerläßliche Vorbedingung des Kantischen Lebenswerks einerseits, des Goetheschen Schaffens andererseits erblickt werden. Denn genau um die Zeit, da Kants Werk vollendet und die Wegekarte durch den kahlen Wald des Wirklichen entworfen war, begann das Goethesche Suchen nach den Samen ewigen Wachstums. Es kam jene Richtung des Klassizismus, welche weniger das Ethische und Historische zu erfassen suchte als das Mythische und Philologische. Nicht auf die werdenden Ideen, sondern auf die geformten Gehalte, wie sie Leben und Sprache verwahrten, ging ihr Denken. Nach Herder und Schiller nahmen Goethe und Wilhelm von Humboldt die Führung. Wenn der erneuerte Sachgehalt, der in Goethes Altersdichtungen vorlag, seinen Zeitgenossen entging, wo er nicht wie im Divan sich betonte, so kam dies, ganz im Gegensatz zur entsprechenden Erscheinung im antiken Leben, daher, daß selbst das Suchen nach einem solchen denselben fremd war.

Wie klar in den erhabensten Geistern der Aufklärung die Ahnung des Gehalts oder die Einsicht in die Sache war, wie unfähig dennoch selbst sie, zur Anschauung des Sachgehalts sich zu erheben, wird angesichts der Ehe zwingend deutlich. An ihr als einer der strengsten und sachlichsten Ausprägungen menschlichen Lebensgehalts bekundet zugleich am frühesten, in den Goetheschen Wahlverwandtschaften, sich des Dichters neue, auf synthetische Anschauung der Sachgehalte hingewendete Betrachtung. Kants Definition der Ehe aus der »Metaphysik der Sitten«, deren einzig als Exempel rigoroser Schablone oder als Kuriosum der senilen Spätzeit hin und wieder gedacht wird, ist das erhabenste Produkt einer ratio, welche, unbestechlich treu sich selber, in den Sachverhalt unendlich tiefer eindringt, als gefühlvolles Vernünfteln tut. Zwar bleibt der Sachgehalt selbst, welcher allein philosophischer Anschauung – genauer: philosophischer Erfahrung – sich ergibt, beiden verschlossen, aber wo das eine ins Bodenlose führt, trifft die andere genau auf den Grund, wo die wahre Erkenntnis sich bildet. Sie erklärt demnach die Ehe als »die Verbindung zweier Personen verschiedenen Geschlechts zum lebenswierigen wechselseitigen Besitz ihrer Geschlechtseigenschaften. – Der Zweck Kinder zu erzeugen und zu erziehen mag immer ein Zweck der Natur sein, zu welchem sich die Neigung der Geschlechter gegeneinander einpflanzte; aber daß der Mensch, der sich verehelicht, diesen Zweck sich vorsetzen müsse, wird zur Rechtmäßigkeit dieser seiner Verbindung nicht erfordert; denn sonst würde, wenn das Kinderzeugen aufhört, die Ehe sich zugleich von selbst auflösen«. Freilich war es der ungeheuerste Irrtum des Philosophen, daß er meinte, aus dieser Definition, die er von der Natur der Ehe gab, ihre sittliche Möglichkeit, ja Notwendigkeit durch Ableitung darlegen und dergestalt ihre rechtliche Wirklichkeit bestätigen zu können. Ableitbar aus der sachlichen Natur der Ehe wäre ersichtlich nur ihre Verworfenheit – und darauf läuft es bei Kant unversehens hinaus. Allein das ist ja das Entscheidende, daß niemals ableitbar ihr Gehalt sich zur Sache verhält, sondern daß er als das Siegel erfaßt werden muß, das sie darstellt. Wie die Form eines Siegels unableitbar ist aus dem Stoff des Wachses, unableitbar aus dem Zweck des Verschlusses, unableitbar sogar aus dem Petschaft, wo konkav ist, was dort konvex, wie es erfaßbar erst demjenigen ist, der jemals die Erfahrung des Siegelns hatte und evident erst dem, der den Namen kennt, den die Initialen nur andeuten, so ist abzuleiten der Gehalt der Sache weder aus der Einsicht in ihren Bestand, noch durch die Erkundung ihrer Bestimmung, noch selbst aus der Ahnung des Gehalts, sondern erfaßbar allein in der philosophischen Erfahrung ihrer göttlichen Prägung, evident allein der seligen Anschauung des göttlichen Namens. Dergestalt fällt zuletzt die vollendete Einsicht in den Sachgehalt der beständigen Dinge mit derjenigen in ihren Wahrheitsgehalt zusammen. Der Wahrheitsgehalt erweist sich als solcher des Sachgehalts. Dennoch ist ihre Unterscheidung – und mit ihr die von Kommentar und von Kritik der Werke – nicht müßig, sofern Unmittelbarkeit zu erstreben nirgends verworrener als hier, wo das Studium der Sache und ihrer Bestimmung wie die Ahnung ihres Gehalts einer jeden Erfahrung vorherzugehen haben. In solcher sachlichen Bestimmung der Ehe ist Kants Thesis vollendet und im Bewußtsein ihrer Ahnungslosigkeit erhaben. Oder vergißt man, über seine Sätze belustigt, was ihnen vorhergeht? Der Beginn jenes Paragraphen lautet: »Geschlechtsgemeinschaft (commercium sexuale) ist der wechselseitige Gebrauch, den ein Mensch von eines andern Geschlechtsorganen und -vermögen macht (usus membrorum et facultatum sexualium alterius), und entweder ein natürlicher (wodurch seinesgleichen erzeugt werden kann) oder unnatürlicher Gebrauch und dieser entweder an einer Person ebendesselben Geschlechts oder einem Tier von einer anderen als der Menschengattung«. So Kant. Hält man diesem Abschnitt der »Metaphysik der Sitten« Mozarts Zauberflöte zur Seite, so scheinen die extremsten und zugleich die tiefsten Anschauungen sich darzustellen, die das Zeitalter von der Ehe besaß. Denn die Zauberflöte hat, soweit überhaupt einer

Oper das möglich ist, gerade die eheliche Liebe zu ihrem Thema. Dies scheint selbst Cohen, mit dessen später Schrift über Mozarts Operntexte sich die beiden genannten Werke in einem so würdigen Geiste begegnen, nicht durchaus erkannt zu haben. Weniger das Sehnen der Liebenden als die Standhaftigkeit der Gatten ist der Inhalt der Oper. Es ist nicht nur, einander zu gewinnen, daß sie Feuer und Wasser durchschreiten sollen, sondern um auf immer vereinigt zu bleiben. Hier ist, so sehr der Geist der Freimaurerei alle sachlichen Bindungen auflösen mußte, die Ahnung des Gehalts zum reinsten Ausdruck im Gefühl der Treue gekommen.
Ist wirklich Goethe in den Wahlverwandtschaften dem Sachgehalt der Ehe näher als Kant und Mozart? Leugnen müßte man es schlechtweg, wollte man ernsthaft, im Gefolge der ganzen Goethephilologie, Mittlers Worte darüber für solche des Dichters nehmen. Nichts erlaubt diese Annahme, allzuvieles erklärt sie. Suchte doch der schwindelnde Blick einen Anhalt in dieser Welt, die wie in Strudeln kreisend versinkt. Da waren nur die Worte des verkniffenen Polterers, die man froh war nehmen zu können wie man sie fand. »Wer mir den Ehstand angreift, rief er aus, wer mir durch Wort, ja durch Tat diesen Grund aller sittlichen Gesellschaft untergräbt, der hat es mit mir zu tun; oder wenn ich sein nicht Herr werden kann, habe ich nichts mit ihm zu tun. Die Ehe ist der Anfang und der Gipfel aller Kultur. Sie macht den Rohen mild, und der Gebildetste hat keine bessere Gelegenheit, seine Milde zu beweisen. Unauflöslich muß sie sein, denn sie bringt so vieles Glück, daß alles einzelne Unglück dagegen gar nicht zu rechnen ist. Und was will man von Unglück reden? Ungeduld ist es, die den Menschen von Zeit zu Zeit anfällt, und dann beliebt er, sich unglücklich zu finden. Lasse man den Augenblick vorübergehen, und man wird sich glücklich preisen, daß ein so lange Bestandnes noch besteht. Sich zu trennen, gibt's gar keinen hinlänglichen Grund. Der menschliche Zustand ist so hoch in Leiden und Freuden gesetzt, daß gar nicht berechnet werden kann, was ein Paar Gatten einander schuldig werden. Es ist eine unendliche Schuld, die nur durch die Ewigkeit abgetragen werden kann. Unbequem mag es manchmal sein, das glaub ich wohl, und das ist eben recht. Sind wir nicht auch mit dem Gewissen verheiratet, das wir oft

gerne los sein möchten, weil es unbequemer ist, als uns je ein Mann oder eine Frau werden könnte?« Hier hätte nun selbst denen, die den Pferdefuß des Sittenstrengen nicht sahen, zu denken geben müssen, daß nicht einmal Goethe, der oft skrupellos genug sich erwiesen hat, wenn es galt, den Bedenklichen heimzuleuchten, auf die Worte Mittlers zu deuten verfallen ist. Vielmehr ist es höchst bezeichnend, daß jene Philosophie der Ehe einer zum besten gibt, der ehelos selber lebend als der tiefststehende unter allen Männern des Kreises erscheint. Wo irgend bei wichtigen Anlässen er seiner Rede den Lauf läßt, ist sie fehl am Ort, sei es bei der Taufe des Neugeborenen, sei es beim letzten Weilen der Ottilie mit den Freunden. Und wird dort das Abgeschmackte in ihr hinreichend an den Wirkungen fühlbar, so hat nach seiner berühmten Apologie der Ehe Goethe geschlossen: »So sprach er lebhaft und hätte wohl noch lange fortgesprochen«. Unbeschränkt läßt sich in der Tat solche Rede verfolgen, die, um mit Kant zu sprechen, ein »ekelhafter Mischmasch« ist, »zusammengestoppelt« aus haltlosen humanitären Maximen und trüben, trügerischen Rechtsinstinkten. Niemandem sollte das Unreine darin entgehen, jene Gleichgültigkeit gegen die Wahrheit im Leben der Gatten. Alles läuft auf den Anspruch der Satzung hinaus. Doch hat in Wahrheit die Ehe niemals im Recht die Rechtfertigung, das wäre als Institution, sondern einzig als ein Ausdruck für das Bestehen der Liebe, die ihn von Natur im Tode eher suchte als im Leben. Dem Dichter jedoch blieb in diesem Werk die Ausprägung der Rechtsnorm unerläßlich. Wollte er doch nicht, wie Mittler, die Ehe begründen, vielmehr jene Kräfte zeigen, welche im Verfall aus ihr hervorgehn. Dieses aber sind freilich die mythischen Gewalten des Rechts und die Ehe ist in ihnen nur Vollstreckung eines Unterganges, den sie nicht verhängt. Denn nur darum ist ihre Auflösung verderblich, weil nicht höchste Mächte sie erwirken. Und allein in diesem aufgestörten Unheil liegt das unentrinnbar Grauenvolle des Vollzugs. Damit aber rührte Goethe in der Tat an den sachlichen Gehalt der Ehe. Denn wenn auch unverbildet diesen darzutun in seinem Sinne nicht lag, so bleibt die Einsicht in das untergehende Verhältnis gewaltig genug. Im Untergange erst wird es das rechtliche als das Mittler es hochhält. Goethe aber fiel es, wiewohl er von dem moralischen Bestande dieser Bindung eine reine Einsicht gewiß nie gewonnen, doch nicht bei, die Ehe im Eherecht zu begründen. Es ist die Moralität der Ehe für ihn im tiefsten und verschwiegenen Grunde am wenigsten zweifelsfrei gewesen. Was er im Gegensatz zu ihr an der Lebensform des Grafen und der Baronesse darzulegen wünscht, ist das Unmoralische nicht so sehr als das Nichtige. Dies eben bezeugt sich darin, daß sie weder der sittlichen Natur ihres gegenwärtigen Verhältnisses sich bewußt sind, noch der rechtlichen derjenigen, aus denen sie getreten sind. – Der Gegenstand der Wahlverwandtschaften ist nicht die Ehe. Nirgends wären ihre sittlichen Gewalten darin zu suchen. Von Anfang an sind sie im Verschwinden, wie der Strand unter Wassern zur Flutzeit. Kein sittliches Problem ist hier die Ehe und auch kein soziales. Sie ist keine bürgerliche Lebensform. In ihrer Auflösung wird alles Humane zur Erscheinung und das Mythische verbleibt allein als Wesen.

Dem widerspricht freilich der Augenschein. Nach ihm ist eine höhere Geistigkeit in keiner Ehe denkbar als in der, wo selber der Verfall es nicht vermag, die Sitte der Betroffenen zu mindern. Aber im Bereich der Gesittung ist das Edle an ein Verhältnis der Person zur Äußerung gebunden. Es steht, wo nicht die edle Äußerung jener gemäß, der Adel in Frage. Und dieses Gesetz, dessen Geltung man freilich unbeschränkt nicht ohne großen Irrtum nennen dürfte, erstreckt sich über den Bereich der Gesittung hinaus. Gibt es ohne Frage Äußerungsbereiche, deren Inhalte unangesehen dessen gelten, der sie ausprägt, ja sind dies die höchsten, so bleibt jene bindende Bedingung unverbrüchlich für das Gebiet der Freiheit im weitesten Sinne. Ihm gehört die individuelle Ausprägung des Schicklichen, ihm die individuelle Ausprägung des Geistes an: alles dasjenige, was Bildung genannt wird. Die bekunden die Vertrauten vor allem. Ist das wahrhaft ihrer Lage gemäß? Weniger Zögern möchte Freiheit, weniger Schweigen möchte Klarheit, weniger Nachsicht die Entscheidung bringen. So wahrt Bildung ihren Wert nur da, wo ihr freisteht, daß sie sich bekunde. Dies erweist auch sonst die Handlung deutlich.

Ihre Träger sind, als gebildete Menschen, fast frei vom Aberglauben. Wenn er bei Eduard hin und wieder hervortritt, so anfangs nur in der liebenswerteren Form eines Hangens an den glücklichen Vorzeichen, während einzig der banalere Charakter Mittlers, trotz dem selbstgenügsamen Gebaren, Spuren jener eigentlich abergläubischen Angst vor den bösen Omen erblicken läßt. Ihn als einzigen hält nicht die fromme sondern abergläubische Scheu davor zurück, Friedhofsgrund wie anderen zu betreten, indessen den Freunden weder dort zu lustwandeln anstößig, noch zu schalten verboten scheint. Ohne Bedenken, ja ohne Rücksicht werden die Grabsteine an der Kirchenmauer aufgereiht und der geebnete Grund, den ein Fußpfad durchzieht, bleibt zur Kleesaat dem Geistlichen überlassen. Keine bündigere Lösung vom Herkommen ist denkbar, als die von den Gräbern der Ahnen vollzogene, die im Sinne nicht nur des Mythos sondern der Religion den Boden unter den Füßen der Lebenden gründen. Wohin führt ihre Freiheit die Handelnden? Weit entfernt, neue Einsichten zu erschließen, macht sie sie blind gegen dasjenige, was Wirkliches dem Gefürchteten einwohnt. Und dies daher, weil sie ihnen ungemäß ist. Nur die strenge Bindung an ein Ritual, die Aberglaube einzig heißen darf, wo sie ihrem Zusammenhange entrissen rudimentär überdauert, kann jenen Menschen Halt gegen die Natur versprechen, in der sie leben. Geladen, wie nur mythische Natur es ist, mit übermenschlichen Kräften, tritt sie drohend ins Spiel. Wessen Macht, wenn nicht ihre, ruft den Geistlichen hinab, welcher auf dem Totenacker seinen Klee baute? Wer, wenn nicht sie, stellt den verschönten Schauplatz in ein fahles Licht? Denn ein solches durchwaltet – eigentlicher oder umschriebener verstanden – die ganze Landschaft. An keiner Stelle erscheint sie im Sonnenlicht. Und niemals, soviel auch vom Gute gesprochen wird, ist von seinen Saaten die Rede oder von ländlichen Geschäften, die nicht der Zierde, sondern dem Unterhalt dienten. Die einzige Andeutung derart – Aussicht auf die Weinlese – führt vom Schauplatz der Handlung fort auf das Gut der Baronin. Desto deutlicher spricht die magnetische Kraft des Erdinnern. Von ihr hat in der Farbenlehre – um dieselbe Zeit möglicherweise – Goethe gesagt, daß die Natur dem Aufmerksamen »nirgends tot noch stumm; ja dem starren Erdkörper hat sie einen Vertrauten zugegeben, ein Metall, an dessen kleinsten Teilen wir dasjenige, was in der ganzen Masse vorgeht, gewahr werden soll-

ten«. Mit dieser Kraft haben Goethes Menschen Gemeinschaft und im Spiel mit dem Unten gefallen sie sich wie in ihrem Spiel mit dem Oben. Und doch, was sind zuletzt ihre unermüdlichen Anstalten zu dessen Verschönerung anderes als der Wandel von Kulissen einer tragischen Szene. So manifestiert sich ironisch eine verborgene Macht in dem Dasein der Landedelleute.
Ihren Ausdruck trägt wie das Tellurische so das Gewässer. Nirgends verleugnet der See seine unheilvolle Natur unter der toten Fläche des Spiegels. Von dem »dämonisch-schauerlichen Schicksal, das um den Lustsee waltet«, spricht bezeichnend eine ältere Kritik. Das Wasser als das chaotische Element des Lebens droht hier nicht in wüstem Wogen, das dem Menschen den Untergang bringt, sondern in der rätselhaften Stille, die ihn zu Grunde gehn läßt. Die Liebenden gehen, soweit Schicksal waltet, zu Grunde. Sie verfallen, wo sie den Segen des festen Grundes verschmähen, dem Unergründlichen, das im stehenden Gewässer vorweltlich erscheint. Buchstäblich sieht man dessen alte Macht sie beschwören. Denn zuletzt läuft jene Vereinigung der Wasser, wie sie schrittweis festem Lande Abbruch tut, auf die Wiederherstellung des einstigen Bergsees hinaus, der sich in der Gegend befand. In alledem ist die Natur es selbst, die unter Menschenhänden übermenschlich sich regt. In der Tat: sogar der Wind, »der den Kahn nach den Platanen treibt«, »erhebt sich« – wie der Rezensent der »Kirchenzeitung« höhnisch mutmaßt – »wahrscheinlich auf Befehl der Sterne«.
Die Menschen selber müssen Naturgewalt bekunden. Denn sie sind ihr nirgends entwachsen. Ihnen gegenüber macht dies die besondere Begründung jener allgemeinern Erkenntnis aus, nach welcher die Gestalten keiner Dichtung je der sittlichen Beurteilung unterworfen sein können. Und zwar nicht, weil sie, wie die von Menschen, alle Menscheneinsicht überstiege. Vielmehr untersagen bereits die Grundlagen solcher Beurteilung deren Beziehung auf Gestalten unwidersprechlich. Die Moralphilosophie hat es stringent zu erweisen, daß die erdichtete Person immer zu arm und zu reich ist, sittlichem Urteil zu unterstehen. Vollziehbar ist es nur an Menschen. Von ihnen unterscheidet die Gestalten des Romans, daß sie völlig der Natur verhaftet sind. Und nicht sittlich über sie zu befinden, sondern das

Geschehn moralisch zu erfassen, ist geboten. Töricht bleibt, wie Solger, später auch Bielschowsky es getan, ein verschwommenes sittliches Geschmacksurteil, das sich nie hervorwagen dürfte, da an Tag zu legen, wo es noch am ersten den Beifall erhaschen kann. Die Figur des Eduard tut es niemand zu Dank. Aber wieviel tiefer als jene sieht Cohen, dem es – nach den Darlegungen seiner »Ästhetik« – sinnlos gilt, Eduards Erscheinung in dem Ganzen des Romans zu isolieren. Dessen Unzuverlässigkeit, ja Roheit ist der Ausdruck flüchtiger Verzweiflung in einem verlorenen Leben. Er erscheint »in der ganzen Disposition dieser Verbindung genauso, wie er sich selbst« Charlotten gegenüber »bezeichnet: ›Denn eigentlich hänge ich doch nur von Dir ab‹. Er ist der Spielball, nicht zwar für die Launen, die Charlotte überhaupt nicht hat, aber für das Endziel der Wahlverwandtschaften, auf das ihre zentrale Natur mit ihrem festen Schwerpunkt aus allen Schwankungen heraus hinstrebt«. Von Anfang an stehen die Gestalten unter dem Banne von Wahlverwandtschaften. Aber ihre wundersamen Regungen begründen, nach Goethes tiefer, ahnungsvoller Anschauung, nicht ein inniggeistiges Zusammenstimmen der Wesen, sondern einzig die besondere Harmonie der tiefern natürlichen Schichten. Diese nämlich sind mit der leisen Verfehltheit gemeint, die jenen Fügungen ohne Ausnahme anhaftet. Wohl paßt Ottilie sich Eduards Flötenspiel an, aber es ist falsch. Wohl duldet Eduard lesend bei Ottilie, was er Charlotten verwehrte, aber es ist eine Unsitte. Wohl fühlt er sich wunderbar von ihr unterhalten, aber sie schweigt. Wohl leiden selbst die beiden gemeinsam, aber es ist nur ein Kopfschmerz. Nicht natürlich sind diese Gestalten, denn Naturkinder sind – in einem fabelhaften oder wirklichen Naturzustande – Menschen. Sie jedoch unterstehen auf der Höhe der Bildung den Kräften, welche jene als bewältigt ausgibt, ob sie auch stets sich machtlos erweisen mag, sie niederzuhalten. Für das Schickliche ließen sie ihnen Gefühl, für das Sittliche haben sie es verloren. Nicht ein Urteil über ihr Handeln ist hier gemeint, sondern eines über ihre Sprache. Denn fühlend doch taub, sehend doch stumm gehen sie ihren Weg. Taub gegen Gott und stumm gegen die Welt. Rechenschaft mißlingt ihnen nicht durch ihr Handeln sondern durch ihr Sein. Sie verstummen.

Nichts bindet den Menschen so sehr an die Sprache wie sein Name. Kaum in irgendeiner Literatur aber wird es eine Erzählung vom Umfang der Wahlverwandtschaften geben, in der so wenige Namen sich finden. Diese Kargheit der Namengebung ist einer Deutung außer jener landläufigen fähig, die da auf die Goethesche Neigung zu typischem Gestalten verweist. Sie gehört vielmehr innigst zum Wesen einer Ordnung, deren Glieder unter einem namenlosen Gesetze dahinleben, einem Verhängnis, das ihre Welt mit dem matten Licht der Sonnenfinsternis erfüllt. Alle Namen, bis auf den des Mittler, sind bloße Taufnamen. In diesem ist keine Spielerei, mithin keine Anspielung des Dichters zu sehen, sondern eine Wendung, die das Wesen des Trägers unvergleichlich sicher bezeichnet. Er hat als ein Mann zu gelten, dessen Selbstliebe keine Abstraktion von den Andeutungen gestattet, die ihm in seinem Namen gegeben scheinen und der ihn damit entwürdigt. Sechs Namen finden sich außer dem seinen in der Erzählung: Eduard, Otto, Ottilie, Charlotte, Luciane und Nanny. Von diesen ist aber der erste gleichsam unecht. Er ist willkürlich, seines Klanges wegen gewählt worden, ein Zug, in dem durchaus eine Analogie zum Versetzen der Grabsteine erblickt werden darf. Auch schließt sich eine Vorbedeutung an den Doppelnamen, denn es sind seine Initialen E und O, die eins der Gläser aus des Grafen Jugendzeit zum Pfande seines Liebesglücks bestimmen.
Nie ist die Fülle vorverkündender und paralleler Züge im Roman den Kritikern entgangen. Sie gilt als nächstgelegner Ausdruck seiner Art schon längst für genugsam gewürdigt. Dennoch scheint – von seiner Deutung völlig abgesehn – wie tief er das gesamte Werk durchdringt, nie voll erfaßt. Erst wenn dies aufgehellt im Blickfeld steht wird klar, daß weder ein bizarrer Hang des Autors, noch gar bloße Spannungssteigerung darinnen liegt. Dann erst tritt auch genauer an den Tag, was diese Züge allermeist enthalten. Es ist eine Todessymbolik. »Daß es zu bösen Häusern hinaus gehn muß, sieht man ja gleich im Anfang« heißt es mit einer seltsamen Redewendung bei Goethe. (Sie ist möglicherweise astrologischen Ursprungs; das Grimmsche Wörterbuch kennt sie nicht.) Bei anderer Gelegenheit hat der Dichter auf das Gefühl der »Bangigkeit« hingewiesen, das mit dem moralischen Verfall in den Wahlverwandtschaften beim Le-

ser sich einfinden soll. Auch daß Goethe Gewicht darauf legte, »wie rasch und unaufhaltsam er die Katastrophe herbeigeführt« wird berichtet. In den verborgensten Zügen ist das ganze Werk von jener Symbolik durchwebt. Ihre Sprache aber nimmt allein das Gefühl, dem sie vertraut ist, mühelos in sich auf, wo der gegenständlichen Auffassung des Lesers nur erlesene Schönheiten sich bieten. An wenigen Stellen hat Goethe auch ihr einen Hinweis gegeben und dies sind im Ganzen die einzigen geblieben, die bemerkt wurden. Sie schließen sich alle an die Episode vom kristallnen Becher an, der, zum Zerschellen bestimmt, im Wurfe aufgefangen und erhalten wird. Es ist das Bauopfer, das bei der Einweihung des Hauses zurückgewiesen wird, das Ottiliens Sterbehaus ist. Aber auch hier wahrt Goethe das verborgene Verfahren, da er aus dem freudigen Überschwang die Gebärde herleitet, welche dieses Zeremonial vollzieht. Deutlicher ist eine Gräbermahnung in den freimaurerisch gestimmten Worten der Grundsteinlegung enthalten: »Es ist ein ernstes Geschäft und unsere Einladung ist ernsthaft: denn diese Feierlichkeit wird in der Tiefe begangen. Hier innerhalb dieses engen ausgegrabenen Raumes erweisen Sie uns die Ehre, als Zeugen unsers geheimnisvollen Geschäftes zu erscheinen.« Aus der freudig begrüßten Erhaltung des Bechers geht das große Motiv der Verblendung hervor. Gerade dieses Zeichen des verschmähten Opfers sucht mit allen Mitteln Eduard sich zu sichern. Um hohen Preis bringt er es nach dem Feste an sich. Sehr mit Grund heißt es in einer alten Besprechung: »Aber seltsam und schauerlich! Wie die nicht beachteten Vorbedeutungen alle eintreffen, so wird diese eine beachtete trügerisch befunden.« Und an solchen unbeachteten fehlt es in der Tat nicht. Die drei ersten Kapitel des zweiten Teils sind ganz erfüllt von Zurüstungen und Gesprächen um das Grab. Merkwürdig ist im Verlaufe der letzteren die frivole, ja banale Deutung des de mortuis nihil nisi bene. »Ich hörte fragen, warum man von den Toten so unbewunden Gutes sage, von den Lebenden immer mit einer gewissen Vorsicht. Es wurde geantwortet: weil wir von jenen nichts zu befürchten haben und diese uns noch irgendwo in den Weg kommen könnten.« Wie scheint auch hier ironisch sich ein Schicksal zu verraten, durch das die Redende, Charlotte, es erfährt, wie strenge ihr zwei Verstorbene den Weg vertreten. Tage, die auf den Tod vordeuten, sind die drei, auf welche das Geburtstagsfest der Freunde fällt. Wie die Grundsteinlegung an Charlottens, so muß auch das Richtfest an Ottiliens Geburtstag unter unglücklichen Zeichen sich vollziehen. Dem Wohnhaus ist kein Segen verheißen. Friedlich aber weiht an Eduards Geburtstag seine Freundin das vollführte Grabhaus. Ganz eigen wird gegen ihr Verhältnis zur entstehenden Kapelle, deren Bestimmung freilich noch unausgesprochen ist, das der Luciane zu dem Grabmal des Mausolos gestellt. Mächtig bewegt den Erbauer Ottiliens Wesen, unvermögend bleibt Lucianens Bemühen bei verwandtem Anlaß seinen Anteil zu wecken. Dabei ist das Spiel am Tage und der Ernst geheim. Solche verborgene doch entdeckt darum nur um so schlagendere Gleichheit liegt auch in dem Motiv der Kästchen vor. Dem Geschenk an Ottilie, das den Stoff ihres Totengewandes enthält, entspricht des Architekten Behältnis mit den Funden aus Vorzeitgräbern. Von »Handelsleuten und Modehändlern« ist das eine erstanden, von dem andern heißt es, daß sein Inhalt durch die Anordnung »etwas Putzhaftes« annahm, daß »man mit Vergnügen darauf, wie auf die Kästchen eines Modehändlers hinblickte.«.

Auch das dergestalt einander Entsprechende – im Genannten immer Todessymbole – ist nicht leichthin, wie es R. M. Meyer versucht, durch die Typik Goethescher Gestaltung zu erklären. Vielmehr ist erst dann die Betrachtung am Ziel, wenn sie als schicksalhaft jene Typik erkennt. Denn die »ewige Wiederkunft alles Gleichen«, wie es vor dem innerlichst verschiednen Fühlen starr sich durchsetzt, ist das Zeichen des Schicksals, mag es nun im Leben Vieler sich gleichen oder in dem Einzelner sich wiederholen. Zweimal bietet Eduard dem Geschick sein Opfer an: im Kelch das erste Mal, danach – wenn auch nicht mehr willig – im eignen Leben. Diesen Zusammenhang erkennt er selbst. »Ein Glas mit unserm Namenszug bezeichnet, bei der Grundsteinlegung in die Lüfte geworfen, ging nicht zu Trümmern; es ward aufgefangen und ist wieder in meinen Händen. So will ich mich denn selbst, rief ich mir zu, als ich an diesem einsamen Ort so viel zweifelhafte Stunden verlebt hatte, mich selbst will ich an die Stelle des Glases zum Zeichen machen, ob unsere Verbindung möglich sei oder nicht. Ich gehe hin und suche den Tod, nicht als ein Rasender, sondern als einer der zu leben hofft.« Auch in der Zeichnung des Krieges, in den er sich wirft, hat man jene Neigung zum Typus als Kunstprinzip wiedergefunden. Aber selbst hier ließe sich fragen, ob nicht auch deswegen diesen Goethe so allgemein behandelt hat, weil der verhaßte gegen Napoleon ihm vorschwebte. Wie dem auch sei: nicht ein Kunstprinzip allein, sondern ein Motiv des schicksalhaften Seins vor allem ist in jener Typik zu erfassen. Diese schicksalhafte Art des Daseins, die in einem einzigen Zusammenhang von Schuld und Sühne lebende Naturen umschließt, hat der Dichter durch das Werk hin entfaltet. Sie aber ist nicht, wie Gundolf meint, der des Pflanzendaseins zu vergleichen. Kein genauerer Gegensatz zu ihr ist denkbar. Nein, nicht »nach Analogie des Verhältnisses von Keim, Blüte und Frucht ist auch Goethes Gesetzesbegriff, sein Schicksal- und Charakterbegriff in den Wahlverwandtschaften zu denken«. Goethes so wenig wie irgendein anderer, der stichhaltig wäre. Denn Schicksal (ein anderes ist es mit dem Charakter) betrifft das Leben unschuldiger Pflanzen nicht. Nichts ist diesem ferner. Unaufhaltsam dagegen entfaltet es sich im verschuldeten Leben. Schicksal ist der Schuldzusammenhang von Lebendigem. So hat es Zelter in diesem Werke berührt, wenn er, die »Mitschuldigen« damit vergleichend, von dem Lustspiel bemerkt: »doch ist es eben darum von keiner angenehmen Wirkung, weil es vor jede Tür tritt, weil es die Guten mittrifft, und so habe ich es mit den Wahlverwandtschaften verglichen, wo auch die Besten was zu verheimlichen haben und sich selber anklagen müssen nicht auf dem rechten Weg zu sein.« Sichrer kann das Schicksalhafte nicht bezeichnet werden. Und so erscheint es in den Wahlverwandtschaften: als die Schuld, die am Leben sich forterbt. »Charlotte wird von einem Sohne entbunden. Das Kind ist aus der Lüge geboren. Zum Zeichen dessen trägt es die Züge des Hauptmanns und Ottiliens. Es ist als Geschöpf der Lüge zum Tode verurteilt. Denn nur die Wahrheit ist wesenhaft. Die Schuld an seinem Tode muß auf die fallen, die ihre Schuld an seiner innerlich unwahren Existenz nicht durch Selbstüberwindung gesühnt haben. Das sind Ottilie und Eduard. – So ungefähr wird das naturphilosophisch-ethische Schema gelautet haben, das Goethe sich für die

Schlußkapitel entwarf.« Soviel ist an dieser Vermutung Bielschowskys unumstößlich: daß es ganz der Schicksalsordnung entspricht, wenn das Kind, das neugeboren in sie eintritt, nicht die alte Zerrissenheit entsühnt, sondern deren Schuld ererbend vergehen muß. Nicht von sittlicher ist hier die Rede – wie könnte das Kind sie erwerben – sondern von natürlicher, in die Menschen nicht durch Entschluß und Handlung, sondern durch Säumen und Feiern geraten. Wenn sie, nicht des Menschlichen achtend, der Naturmacht verfallen, dann zieht das natürliche Leben, das im Menschen sich die Unschuld nicht länger bewahrt als es an ein höheres sich bindet, dieses hinab. Mit dem Schwinden des übernatürlichen Lebens im Menschen wird sein natürliches Schuld, ohne daß es im Handeln gegen die Sittlichkeit fehle. Denn nun steht es in dem Verband des bloßen Lebens, der am Menschen als Schuld sich bekundet. Dem Unglück, das sie über ihn heraufbeschwört, entgeht er nicht. Wie jede Regung in ihm neue Schuld, wird jede seiner Taten Unheil auf ihn ziehen. Dies nimmt in jenem alten Märchenstoff vom Überlästigen der Dichter auf, in dem der Glückliche, der allzu reichlich gibt, das Fatum unauflöslich an sich fesselt. Auch dies das Gebaren des Verblendeten.

Ist der Mensch auf diese Stufe gesunken, so gewinnt selbst Leben scheinbar toter Dinge Macht. Sehr mit Recht hat Gundolf auf die Bedeutung des Dinghaften im Geschehen hingewiesen. Ist doch ein Kriterium der mythischen Welt jene Einbeziehung sämtlicher Sachen ins Leben. Unter ihnen war von jeher die erste das Haus. So rückt hier im Maße wie das Haus vollendet wird das Schicksal nah. Grundsteinlegung, Richtfest und Bewohnung bezeichnen ebenso viele Stufen des Unterganges. Einsam, ohne Blick auf Siedelungen liegt das Haus, und fast unausgestattet wird es bezogen. Auf seinem Altan erscheint, indes sie abwesend ist, Charlotte, in weißem Kleide, der Freundin. Auch der Mühle im schattigen Waldgrund ist zu gedenken, wo zum ersten Male die Freunde sich im Freien versammelt haben. Die Mühle ist ein altes Symbol der Unterwelt. Mag sein, daß es aus der auflösenden und verwandelnden Natur des Mahlens sich herschreibt.

Notwendig müssen in diesem Kreis die Gewalten obsiegen, die im-

Zerfallen der Ehe an Tag treten. Denn es sind eben jene des Schicksals. Die Ehe scheint ein Geschick, mächtiger als die Wahl, der die Liebenden nachhängen. »Ausdauern soll man da, wo uns mehr das Geschick als die Wahl hingestellt. Bei einem Volke, einer Stadt, einem Fürsten, einem Freunde, einem Weibe festhalten, darauf Alles beziehen, deshalb Alles wirken, Alles entbehren und dulden, das wird geschätzt«. So faßt Goethe in dem Aufsatz über Winckelmann den in Rede stehenden Gegensatz. Vom Geschick her ermessen ist jede Wahl »blind« und führt blindlings ins Unheil. Ihr steht mächtig genug die verletzte Satzung entgegen, um zur Sühne der gestörten Ehe das Opfer zu fordern. Unter der mythischen Urform des Opfers also erfüllt sich die Todessymbolik in diesem Geschick. Dazu vorbestimmt ist Ottilie. Als eine Versöhnerin »steht Ottilie da in dem herrlichen« (lebenden) »Bilde; sie ist die Schmerzenreiche, die Betrübte, der das Schwert durch die Seele dringt« sagt Abeken in der vom Dichter so bewunderten Besprechung. Ähnlich Solgers gleich gemächlicher und von Goethe gleich geachteter Versuch. »Sie ist ja das wahre Kind der Natur und ihr Opfer zugleich.« Beiden Rezensenten mußte doch der Gehalt des Vorgangs völlig entgehen, weil sie nicht vom Ganzen der Darstellung, sondern von dem Wesen der Heldin ausgingen. Nur im ersten Falle gibt sich das Verscheiden der Ottilie unverkennbar als Opferhandlung. Daß ihr Tod – wenn nicht im Sinn des Dichters so gewiß in dem entschiedeneren seines Werks – ein mythisches Opfer ist, erweist ein Doppeltes zur Evidenz. Zunächst: es ist dem Sinn der Romanform nicht allein entgegen, den Entschluß, aus dem Ottiliens tiefstes Wesen wie sonst nirgends spräche, ganz in Dunkelheit zu hüllen, nein, auch dem Ton der Dichtung scheint es fremd, wie unvermittelt, fast brutal sein Werk an Tag tritt. Sodann: was jene Dunkelheit verbirgt, geht deutlich doch aus allem Übrigen hervor – die Möglichkeit, ja die Notwendigkeit des Opfers nach den tiefsten Intentionen dieses Romans. Also nicht allein als »Opfer des Geschicks« fällt Ottilie – geschweige daß sie wahrhaft selbst »sich opfert« – sondern unerbittlicher, genauer, als das Opfer zur Entsühnung der Schuldigen. Die Sühne nämlich ist im Sinne der mythischen Welt, die der Dichter beschwört, seit jeher der Tod der Unschuldigen. Daher stirbt Ottilie, wundertätige Gebeine hinterlassend, trotz ihres Freitods als Märtyrerin.

Nirgends ist zwar das Mythische der höchste Sachgehalt, überall aber ein strenger Hinweis auf diesen. Als solchen hat es Goethe zur Grundlage seines Romans gemacht. Das Mythische ist der Sachgehalt dieses Buches: als ein mythisches Schattenspiel in Kostümen des Goetheschen Zeitalters erscheint sein Inhalt. Es liegt nahe, an eine so befremdende Auffassung dasjenige zu halten, was Goethe über sein Werk gedacht hat. Nicht als ob mit des Dichters Äußerungen der Kritik ihre Bahn vorgezeichnet sein müßte; doch je mehr sie sich von diesen entfernt, desto weniger wird sie der Aufgabe sich entziehen wollen, auch sie aus den gleichen verborgenen Ressorts wie das Werk zu verstehen. Das einzige Prinzip für ein solches Verständnis freilich kann darin nicht liegen. Biographisches nämlich, das in Kommentar und Kritik gar nicht eingeht, hat hier seine Stelle. Goethes Auslassungen über diese Dichtung sind mitbestimmt durch das Streben, zeitgenössischen Urteilen zu begegnen. Daher wäre ein Blick auf diese angezeigt, auch wenn nicht ein viel näheres Interesse, als dieser Hinweis es bezeichnet, die Betrachtung an sie weisen würde. Unter den Stimmen der Zeitgenossen wiegen wenig diejenigen – meist anonymer Beurteiler – die das Werk mit der konventionellen Achtung begrüßen, die schon damals jedem Goetheschen geschuldet wurde. Wichtig sind die ausgeprägten Sätze, wie sie unterm Namen einzelner hervorragender Berichterstatter erhalten sind. Sie sind darum nicht untypisch. Vielmehr gab es gerade unter ihren Schreibern am ersten solche, die das auszusprechen wagten, was Geringere nur aus Achtung vor dem Dichter nicht bekennen wollten. Dieser hat nichtsdestoweniger die Gesinnung seines Publikums gefühlt und aus bittrer, unverfälschter Rückerinnerung gemahnt er 1827 Zeltern, daß es, wie er sich wohl erinnern werde, gegen seine Wahlverwandtschaften sich »wie gegen das Kleid des Nessus gebärdet« habe. Kopfscheu, dumpf, wie geschlagen stand es vor einem Werke, in dem es nur die Hilfe aus den Wirrnissen des eignen Lebens suchen zu sollen meinte, ohne selbstlos in das Wesen eines fremden sich versenken zu wollen. Hierfür ist das Urteil in Frau von Staëls »De l'Allemagne«

repräsentativ. Es lautet: »On ne saurait nier qu'il n'y ait dans ce livre... une profonde connaissance du cœur humain, mais une connaissance décourageante; la vie y est représentée comme une chose assez indifférente, de quelque manière qu'on la passe; triste quand on l'approfondit, assez agréable quand on l'esquive, susceptible de maladies morales qu'il faut guérir si l'on peut, et dont il faut mourir si l'on n'en peut guérir.« Nachdrücklicher scheint etwas Ähnliches mit Wielands lakonischer Wendung bezeichnet zu sein – sie ist einem Brief entnommen, dessen Adressatin unbekannt ist –: »ich gestehe Ihnen, meine Freundin, daß ich dieses wirklich schauerliche Werk nicht ohne warmen Anteil zu nehmen gelesen habe.« Die sachlichen Motive einer Ablehnung, die dem gemäßigten Befremden kaum bewußt sein mochten, treten kraß in dem Verdikt der kirchlichen Partei zutage. Den begabteren Fanatikern in ihr konnten die offenkundigen paganischen Tendenzen in dem Werke nicht entgehen. Denn wiewohl der Dichter jenen finstern Mächten alles Glück der Liebenden zum Opfer gab, vermißte ein untrüglicher Instinkt das Göttlich-Transzendente des Vollzugs. Konnte doch ihr Untergang in diesem Dasein nicht genügen – was verbürgte, daß sie in einem höheren nicht triumphierten? Ja schien nicht eben dies Goethe in den Schlußworten andeuten zu wollen? Eine »Himmelfahrt der bösen Lust« nennt daher F. H. Jacobi den Roman. In seiner evangelischen Kirchenzeitung gab Hengstenberg noch ein Jahr vor Goethes Tode wohl die breiteste Kritik von allen. Seine aufgestachelte Empfindung, welcher keinerlei Esprit zur Hilfe kommt, bot ein Muster hämischer Polemik dar. Weit jedoch bleibt dies alles hinter Werner zurück. Zacharias Werner, dem im Augenblick seiner Bekehrung am wenigsten der Spürsinn für die düstern Ritualtendenzen dieses Ablaufs fehlen konnte, sandte an Goethe – gleichzeitig mit der Nachricht von dieser – sein Sonett »Die Wahlverwandtschaften« – eine Prosa, der in Brief und Gedicht noch nach hundert Jahren der Expressionismus nichts Arrivierteres an die Seite zu setzen hätte. Spät genug merkte Goethe, woran er war und ließ dieses denkwürdige Schreiben den Schluß des Briefwechsels bilden. Das beiliegende Sonett lautet:

Vorbei an Gräbern und an Leichensteinen
Die schön vermummt die sichre Beut' erwarten
Hin schlängelt sich der Weg nach Edens Garten
Wo Jordan sich und Acheron vereinen.

Erbaut auf Triebsand will getürmt erscheinen
Jerusalem; allein die gräßlich zarten
Meernixe, die sechstausend Jahr schon harrten,
Lechzen im See, durch Opfer sich zu reinen.

Da kommt ein heilig freches Kind gegangen,
Des Heiles Engel trägts, den Sohn der Sünden,
Der See schlingt alles! Weh uns! – Es war Scherz!

Will Helios die Erde denn entzünden?
Er glüht ja nur sie liebend zu umfangen!
Du darfst den Halbgott lieben, zitternd Herz!

Eins scheint gerade aus dergleichen tollem, würdelosen Lob und Tadel zu erhellen: daß der mythische Gehalt des Werkes den Zeitgenossen Goethes nicht der Einsicht, aber dem Gefühl nach gegenwärtig war. Dem ist heute anders, da die hundertjährige Tradition ihr Werk vollzogen und die Möglichkeit ursprünglicher Erkenntnis fast verschüttet hat. Wird doch, wenn ein Werk von Goethe heute seinen Leser fremd anmutet oder feindlich, bald benommenes Schweigen sich dessen bemächtigen und den wahren Eindruck ersticken. – Mit unverhohlener Freude begrüßte Goethe die beiden, die solchem Urteil entgegen, wenn auch schwächlich, sich hören ließen. Solger war der eine, Abeken der andere. Was die wohlmeinenden Worte des Letzteren betrifft, so ruhte Goethe nicht eher, bis die Form einer Kritik ihnen verliehen war, in der sie an sichtbarer Stelle erschienen. Denn in ihnen fand er das Humane betont, das die Dichtung so planvoll zur Schau stellt. Niemandem scheint es mehr den Blick auf den Grundgehalt getrübt zu haben, als Wilhelm von Humboldt: »Schicksal und innere Notwendigkeit vermisse ich vor allen Dingen darin« urteilt er seltsam genug.

Dem Streit der Meinungen nicht schweigend zu folgen, hatte Goethe einen doppelten Anlaß. Er hatte sein Werk zu verteidigen – das war der eine. Er hatte dessen Geheimnis zu wahren – das war der andere. Beide wirken zusammen, um seiner Erklärung einen ganz anderen Charakter zu geben als jenen der Deutung. Sie hat einen apologetischen und mystifizierenden Zug, welche sich trefflich in ihrem Hauptstück vereinigen. Man könnte es die Fabel von der Entsagung nennen. An ihr fand Goethe den gegebenen Halt, dem Wissen tiefern Zugang zu versagen. Zugleich war sie auch als Erwiderung auf so manchen philiströsen Angriff zu verwenden. So hat sie Goethe in dem Gespräch verlautbart, das durch Riemers Überlieferung fürder das traditionelle Bild von dem Roman bestimmte. Dort sagt er: der Kampf des Sittlichen mit der Neigung ist »hinter die Szene verlegt und man sieht, daß er vorgegangen sein müsse. Die Menschen betragen sich wie vornehme Leute, die bei allem innern Zwiespalt doch das äußere Decorum behaupten. – Der Kampf des Sittlichen eignet sich niemals zu einer ästhetischen Darstellung. Denn entweder siegt das Sittliche oder es wird überwunden. Im erstern Falle weiß man nicht, was und warum es dargestellt worden; im andern ist es schmählich, das mit anzusehen; denn am Ende muß doch irgendein Moment dem Sinnlichen das Übergewicht über das Sittliche geben, und eben dieses Moment gibt der Zuschauer gerade nicht zu, sondern verlangt ein noch schlagenderes, das der Dritte immer wieder eludiert, je sittlicher er selbst ist. – In solchen Darstellungen muß stets das Sinnliche Herr werden; aber bestraft durch das Schicksal, d.h. durch die sittliche Natur, die sich durch den Tod ihre Freiheit salviert. – So muß der Werther sich erschießen, nachdem er die Sinnlichkeit Herr über sich werden lassen. So muß Ottilie *καρτερ*ieren und Eduard desgleichen, nachdem sie ihrer Neigung freien Lauf gelassen. Nun feiert erst das Sittliche seinen Triumph.« Auf diese zweideutigen Sätze wie auch sonst auf jeden Drakonismus, den er im Gespräch hierüber zu betonen liebte, mochte Goethe pochen, da dem rechtlichen Vergehen in der Verletzung der Ehe, der mythischen Verschuldung, ihre Sühne mit dem Untergang der Helden so reichlich verliehen war. Nur daß dies in Wahrheit nicht Sühne aus der Verletzung, sondern Erlösung aus der Verstrickung der Ehe war. Nur daß allen jenen Worten zum Trotz zwischen Pflicht und Neigung ein Kampf weder sichtbar noch heimlich sich abspielt. Nur daß niemals triumphierend hier das Sittliche, sondern einzig und allein im Unterliegen lebt. So liegt der moralische Gehalt dieses Werkes in viel tiefern Schichten als es Goethes Worte vermuten lassen. Ihre Ausflüchte sind weder möglich noch nötig. Denn nicht allein unzulänglich sind seine Erörterungen in ihrem Gegensatz zwischen Sinnlichem und Sittlichem, sondern offenkundig unhaltbar in ihrer Ausschließung des innern ethischen Kampfes als eines Gegenstandes dichterischen Bildens. Was bliebe anders wohl vom Drama, vom Roman selbst übrig? Wie aber auch moralisch der Gehalt dieser Dichtung sich fassen lasse – ein fabula docet enthält sie nicht und in der matten Mahnung zur Entsagung, mit welcher die gelehrige Kritik seit jeher ihre Abgründe und Gipfel nivellierte, ist sie von fern nicht berührt. Zudem ist von Mézières bereits mit Recht auf die epikuräische Tendenz, die Goethe dieser Haltung leiht, verwiesen worden. Daher trifft viel tiefer das Geständnis aus dem »Briefwechsel mit einem Kinde«, und nur widerstrebend läßt man von der Wahrscheinlichkeit sich überzeugen, daß Bettina, der dieser Roman in vieler Hinsicht fern stand, es erdichtet hat. Dort steht, er habe sich »hier die Aufgabe gemacht, in diesem einen erfundenen Geschick wie in einer Grabesurne die Tränen für manches Versäumte zu sammeln«. Man nennt aber das, dem man entsagte, nicht Versäumtes. So ist denn wohl nicht Entsagung in so manch einem Verhältnis seines Lebens das erste in Goethe gewesen sondern die Versäumnis. Und als er die Unwiederbringlichkeit des Versäumten, die Unwiederbringlichkeit aus Versäumnis erkannte, da erst mag ihm die Entsagung sich ergeben haben und ist nur der letzte Versuch, Verlorenes im Gefühl noch zu umfangen. Das mag auch Minna Herzlieb gegolten haben.

Das Verständnis der Wahlverwandtschaften aus des Dichters eigenen Worten darüber erschließen zu wollen, ist vergebene Mühe. Gerade sie sind ja dazu bestimmt, der Kritik den Zugang zu verlegen. Dafür aber ist der letzte Grund nicht die Neigung Torheit abzuwehren. Vielmehr liegt er eben in dem Streben, alles jenes unvermerkt zu lassen, was des Dichters eigene Erklärung verleugnet. Der Technik des Romans einerseits, dem Kreise der Motive andererseits war ihr Geheimnis zu wahren. Der Bereich poetischer Technik bildet die Grenze zwischen einer oberen, freiliegenden und einer tieferen, verborgenen Schichtung der Werke. Was der Dichter als seine Technik bewußt hat, was auch schon der zeitgenössischen Kritik grundsätzlich erkennbar als solche, berührt zwar die Realien im Sachgehalt, bildet aber die Grenze gegen ihren Wahrheitsgehalt, der weder dem Dichter noch der Kritik seiner Tage restlos bewußt sein kann. In der Technik, welche – zum Unterschied von der Form – nicht durch den Wahrheitsgehalt, sondern durch die Sachgehalte allein entscheidend bestimmt wird, sind diese notwendig bemerkbar. Denn dem Dichter ist die Darstellung der Sachgehalte das Rätsel, dessen Lösung er in der Technik zu suchen hat. So konnte Goethe sich durch die Technik der Betonung der mythischen Mächte in seinem Werke versichern. Welche letzte Bedeutung sie haben, mußte ihm wie dem Zeitgeist entgehn. Diese Technik aber suchte der Dichter als sein Kunstgeheimnis zu hüten. Hierauf scheint es anzuspielen, wenn er sagt, er habe den Roman nach einer Idee gearbeitet. Diese darf als technische begriffen werden. Anders wäre kaum der Zusatz verständlich, der den Wert von solchem Vorgehn in Frage stellt. Sehr wohl aber ist begreiflich, daß dem Dichter die unendliche Subtilität, die die Fülle der Beziehung in dem Buch verbarg, einmal zweifelhaft erscheinen konnte. »Ich hoffe, Sie sollen meine alte Art und Weise darin finden. Ich habe viel hineingelegt, manches hineinversteckt. Möge auch Ihnen dies offenbare Geheimnis zur Freude gereichen.« So schreibt Goethe an Zelter. Im gleichen Sinne pocht er auf den Satz, daß in dem Werke mehr enthalten sei »als irgend jemand bei einmaligem Lesen aufzunehmen imstande wäre«. Deutlicher als alles spricht aber die Vernichtung der Entwürfe. Denn es möchte schwerlich Zufall sein, daß von diesen nicht einmal ein Bruchstück aufbehalten blieb. Vielmehr hat der Dichter offenbar ganz vorsätzlich alles dasjenige zerstört, was die durchaus konstruktive Technik des Werkes gezeigt hätte. – Ist das Dasein der Sachgehalte dergestalt versteckt, so verbirgt ihr Wesen sich selbst. Alle mythische Bedeutung sucht Geheimnis. Daher konnte gerade von diesem Werk Goethe selbstgewiß sagen, das Gedichtete behaupte sein Recht wie das Geschehene. Solches Recht wird hier in der Tat, in dem sarkastischen Sinne des Satzes, nicht der Dichtung sondern dem Gedichteten verdankt – der mythischen Stoffschicht des Werkes. In diesem Bewußtsein durfte Goethe unnahbar, zwar nicht über, jedoch in seinem Werke verharren, gemäß den Worten, welche Humboldts kritische Sätze beschließen: »Ihm aber darf man so etwas nicht sagen. Er hat keine Freiheit über seine eigenen Sachen und wird stumm, wenn man im Mindesten tadelt.« So steht Goethe im Alter aller Kritik gegenüber: als Olympier. Nicht im Sinne des leeren epitheton ornans oder schön erscheinender Gestalt, den die Neuern ihm geben. Dieses Wort – Jean Paul wird es zugeschrieben – bezeichnet die dunkle, in sich selbst versunkene, mythische Natur, die in sprachloser Starre dem Goetheschen Künstlertum innewohnt. Als Olympier hat er den Grundbau des Werkes gelegt und mit kargen Worten das Gewölbe geschlossen.

In dessen Dämmerung trifft der Blick auf das, was am verborgensten in Goethe ruht. Solche Züge und Zusammenhänge, die im Lichte der alltäglichen Betrachtung sich nicht zeigen, werden klar. Und wiederum ist es allein durch sie, wenn mehr und mehr der paradoxe Schein von der vorangegangenen Deutung schwindet. So erscheint ein Urgrund Goetheschen Forschens in Natur nur hier. Dieses Studium beruht auf bald naivem, bald auch wohl bedachterem Doppelsinn in dem Naturbegriff. Er bezeichnet nämlich bei Goethe sowohl die Sphäre der wahrnehmbaren Erscheinungen wie auch die der anschaubaren Urbilder. Niemals hat doch Goethe Rechenschaft von dieser Synthesis erbringen können. Vergebens suchen seine Forschungen statt philosophischer Ergründung den Erweis für die Identität der beiden Sphären empirisch durch Experimente zu führen. Da er die »wahre« Natur nicht begrifflich bestimmte, ist er ins fruchtbare Zentrum einer Anschauung niemals gedrungen, die ihn die Gegenwart »wahrer« Natur als Urphänomen in ihren Erscheinungen suchen hieß, wie er in den Kunstwerken sie voraussetzte. Solger gewahrt diesen Zusammenhang, der insbesondere gerade zwischen den Wahlverwandtschaften und Goethescher Naturforschung besteht, wie ihn auch die Selbstanzeige betont. Bei ihm heißt es: »Die Farbenlehre hat mich … gewissermaßen überrascht. Weiß Gott, wie ich mir vorher gar keine bestimmte Erwartung davon gebildet hatte; meistens glaubte ich bloße Experimente darin zu finden. Nun ist es ein Buch, worin die Natur lebendig, menschlich und umgänglich geworden ist. Mich dünkt, es gibt auch den Wahlverwandtschaften einiges Licht.« Die Entstehung der Farbenlehre ist auch zeitlich der des Romans benachbart. Goethes Forschungen im Magnetismus vollends greifen deutlich in das Werk selbst ein. Diese Einsicht in Natur, an der der Dichter die Bewährung seiner Werke stets vollziehen zu können glaubte, vollendete seine Gleichgültigkeit gegen Kritik. Ihrer bedurfte es nicht. Die Natur der Urphänomene war der Maßstab, ablesbar jeden Werkes Verhältnis zu ihr. Aber auf Grund jenes Doppelsinns im Naturbegriff wurde zu oft aus den Urphänomenen als Urbild die Natur als das Vorbild. Niemals wäre diese Ansicht mächtig geworden, wenn – in Auflösung der gedachten Äquivokation – es sich Goethe erschlossen hätte, daß adäquat im Bereich der Kunst allein die Urphänomene – als Ideale – sich der Anschauung darstellen, während in der Wissenschaft die Idee sie vertritt, die den Gegenstand der Wahrnehmung zu bestrahlen, doch in der Anschauung nie zu wandeln vermag. Die Urphänomene liegen der Kunst nicht vor, sie stehen in ihr. Von Rechts wegen können sie niemals Maßstäbe abgeben. Scheint bereits in dieser Kontamination des reinen und empirischen Bereichs die sinnliche Natur den höchsten Ort zu fordern, so triumphiert ihr mythisches Gesicht in der Gesamterscheinung ihres Seins. Es ist für Goethe nur das Chaos der Symbole. Als solche nämlich treten bei ihm ihre Urphänomene, in Gemeinschaft mit den andern auf, wie so deutlich unter den Gedichten das Buch »Gott und Welt« es vorstellt. Nirgends hat der Dichter je versucht, eine Hierarchie der Urphänomene zu begründen. Seinem Geiste stellt die Fülle ihrer Formen nicht anders sich dar als dem Ohre die verworrne Tonwelt. In dieses Gleichnis mag erlaubt sein, eine Schilderung, die er von ihr bietet, zu wenden, weil sie selbst so deutlich wie nur weniges den Geist, in dem er die Natur betrachtet, kund gibt. »Man schließe das Auge, man öffne, man schärfe das Ohr, und vom leisesten Hauch bis zum wildesten Geräusch, vom einfachsten Klang bis zur höchsten Zusammenstimmung, von dem heftigsten leidenschaftlichen Schrei bis zum sanftesten Worte der

Vernunft ist es nur die Natur, die spricht, ihr Dasein, ihre Kraft, ihr Leben und ihre Verhältnisse offenbart, so daß ein Blinder, dem das unendlich Sichtbare versagt ist, im Hörbaren ein unendlich Lebendiges fassen kann.« Wenn im extremsten Sinne also selbst die »Worte der Vernunft« zum Habe der Natur geschlagen werden, was Wunder, wenn für Goethe der Gedanke niemals ganz das Reich der Urphänomene durchleuchtete. Damit aber beraubte er sich der Möglichkeit Grenzen zu ziehen. Unterscheidungslos verfällt das Dasein dem Begriffe der Natur, der ins Monströse wächst, wie das Fragment von 1780 lehrt. Und zu den Sätzen dieses Bruchstücks – »der Natur« – hat Goethe noch im späten Alter sich bekannt. Ihr Schlußwort lautet: »Sie hat mich hereingestellt, sie wird mich auch herausführen. Ich vertraue mich ihr. Sie mag mit mir schalten; sie wird ihr Werk nicht hassen. Ich sprach nicht von ihr; nein, was wahr ist und was falsch ist, Alles hat sie gesprochen. Alles ist ihre Schuld, Alles ist ihr Verdienst.« In dieser Weltbetrachtung ist das Chaos. Denn darein mündet zuletzt das Leben des Mythos, welches ohne Herrscher oder Grenzen sich selbst als die einzige Macht im Bereiche des Seienden einsetzt.

Die Abkehr von aller Kritik und die Idololatrie der Natur sind die mythischen Lebensformen im Dasein des Künstlers. Daß sie in Goethe eine höchste Prägnanz erhalten, dies wird man im Namen des Olympiers bedeutet sehn dürfen. Er bezeichnet zugleich im mythischen Wesen das Lichte. Aber ein Dunkles entspricht ihm, das aufs Schwerste das Dasein des Menschen beschattet hat. Davon lassen sich Spuren in »Wahrheit und Dichtung« erkennen. Doch das wenigste drang in Goethes Bekenntnis durch. Einzig der Begriff des Dämonischen steht, wie ein unabgeschliffener Monolith, in ihrer Ebene. Mit ihm leitete Goethe den letzten Abschnitt des autobiographischen Werkes ein. »Man hat im Verlaufe dieses biographischen Vortrags umständlich gesehen, wie das Kind, der Knabe, der Jüngling sich auf verschiedenen Wegen dem Übersinnlichen zu nähern gesucht; erst mit Neigung nach einer natürlichen Religion hingeblickt, dann mit Liebe sich an eine positive festgeschlossen; ferner durch Zusammenziehung in sich selbst seine eignen Kräfte versucht und sich endlich dem allgemeinen Glauben freudig hingegeben. Als er in den Zwischenräumen dieser Regionen hin und wieder wanderte, suchte, sich umsah, begegnete ihm manches, was zu keiner von allen gehören mochte, und er glaubte mehr und mehr einzusehen, daß es besser sei, den Gedanken von dem Ungeheuren, Unfaßlichen abzuwenden. – Er glaubte in der Natur, der belebten und unbelebten, der beseelten und unbeseelten, etwas zu entdecken, das sich nur in Widersprüchen manifestierte und deshalb unter keinen Begriff, noch viel weniger unter ein Wort gefaßt werden könnte. Es war nicht göttlich, denn es schien unvernünftig; nicht menschlich, denn es hatte keinen Verstand; nicht teuflisch, denn es war wohltätig; nicht englisch, denn es ließ oft Schadenfreude merken. Es glich dem Zufall, denn es bewies keine Folge; es ähnelte der Vorsehung, denn es deutete auf Zusammenhang. Alles, was uns begrenzt, schien für dasselbe durchdringbar; es schien mit den notwendigen Elementen unsres Daseins willkürlich zu schalten; es zog die Zeit zusammen und dehnte den Raum aus. Nur im Unmöglichen schien es sich zu gefallen und das Mögliche mit Verachtung von sich zu stoßen. – Dieses Wesen, das zwischen alle übrigen hineinzutreten, sie zu sondern, sie zu verbinden schien, nannte ich dämonisch, nach dem Beispiel der Alten und Derer, die etwas Ähnliches gewahrt hatten. Ich suchte mich vor diesem furchtbaren Wesen zu retten«. Es bedarf kaum des Hinweises, daß in diesen Worten, nach mehr als fünfunddreißig Jahren, die gleiche Erfahrung unfaßbarer Naturzweideutigkeit sich kundtut, wie in dem berühmten Fragmente. Die Idee des Dämonischen, die abschließend noch im Egmont-Zitat von »Wahrheit und Dichtung«, anführend in der ersten Stanze der »Orphischen Urworte« sich findet, begleitet Goethes Anschauung sein Leben lang. Sie ist es, die in der Schicksalsidee der Wahlverwandtschaften hervortritt, und wenn es noch zwischen beiden der Vermittlung bedürfte, so fehlt auch sie, die seit Jahrtausenden den Ring beschließt, bei Goethe nicht. Greifbar weisen die Urworte, andeutend die Lebenserinnerungen auf die Astrologie als den Kanon des mythischen Denkens. Mit der Hindeutung aufs Dämonische schließt, mit der aufs Astrologische beginnt »Wahrheit und Dichtung«. Und nicht gänzlich scheint dies Leben astrologischer Betrachtung entzogen. Goethes Horoskop, wie es halb spielend und halb ernst Bolls »Stern-

glaube und Sterndeutung« gestellt hat, verweist von seiner Seite auf die Trübung dieses Daseins. »Auch daß der Aszendent dem Saturn dicht folgt und dabei in dem schlimmen Skorpion liegt, wirft einige Schatten auf dieses Leben; mindestens eine gewisse Verschlossenheit wird das als ›rätselhaft‹ geltende Tierkreiszeichen, im Verein mit dem versteckten Wesen des Saturn, im höheren Lebensalter verursachen; aber auch« – und dies weist auf das Folgende voraus – »als ein auf der Erde kriechendes Tierkreiswesen, in dem der ›erdige Planet‹ Saturn steht, jene starke Diesseitigkeit, die sich ›in derber Liebeslust mit klammernden Organen‹ an die Erde hält.«
»Ich suchte mich vor diesem furchtbaren Wesen zu retten.« Den Umgang der dämonischen Kräfte erkauft die mythische Menschheit mit Angst. Sie hat aus Goethe oft unverkennbar gesprochen. Ihre Manifestationen sind aus der anekdotischen Vereinzelung, in der fast widerwillig von den Biographen ihrer gedacht wird, in das Licht einer Betrachtung zu stellen, die freilich schreckhaft deutlich die Gewalt uralter Mächte in dem Leben dieses Mannes zeigt, der doch nicht ohne sie zum größten Dichter seines Volkes geworden ist. Die Angst vorm Tod, die jede andere einschließt, ist die lauteste. Denn er bedroht die gestaltlose Panarchie des natürlichen Lebens am meisten, die den Bannkreis des Mythos bildet. Die Abneigung des Dichters gegen den Tod und gegen alles, was ihn bezeichnet, trägt ganz die Züge äußerster Superstition. Es ist bekannt, daß bei ihm niemand je von Todesfällen reden durfte, weniger bekannt, daß er niemals ans Sterbebette seiner Frau getreten ist. Seine Briefe bekunden dem Tode des eigenen Sohnes gegenüber dieselbe Gesinnung. Nichts bezeichnender als jenes Schreiben, in dem er Zeltern den Verlust vermeldet und seine wahrhaft dämonische Schlußformel: »Und so, über Gräber, vorwärts!« In diesem Sinne setzt die Wahrheit der Worte, die man dem Sterbenden in den Mund gelegt hat, sich durch. Darinnen hält die mythische Lebendigkeit zuletzt dem nahen Dunkel ihren ohnmächtigen Lichtwunsch entgegen. Auch wurzelte in ihr der beispiellose Selbstkultus der letzten Lebensjahrzehnte. »Wahrheit und Dichtung«, die »Tag- und Jahreshefte«, die Herausgabe des Briefwechsels mit Schiller, die Sorge für denjenigen mit Zelter sind ebenso viele Bemühungen, den Tod zu vereiteln. Noch kla-

rer spricht die heidnische Besorgnis, welche statt als Hoffnung die Unsterblichkeit zu hüten als ein Pfand sie fordert, aus alledem, was er vom Fortbestand der Seele sagt. Wie die Unsterblichkeitsidee des Mythos selbst als ein »Nicht-Sterben-Können« aufgezeigt ward, so ist sie auch im Goetheschen Gedanken nicht der Zug der Seele in das Heimatreich, sondern eine Flucht vom Grenzenlosen her ins Grenzenlose. Vor allem das Gespräch nach Wielands Tod, das Falk überliefert, will die Unsterblichkeit naturgemäß und auch, wie zur Betonung des Unmenschlichen in ihr, nur großen Geistern eigentlichst zugebilligt wissen.

Kein Gefühl ist reicher an Varianten als die Angst. Zur Todesangst gesellt sich die vorm Leben, wie zum Grundton seine zahllosen Obertöne. Auch das barocke Spiel der Lebensangst vernachlässigt, verschweigt die Tradition. Ihr gilt es eine Norm in Goethe aufzustellen und dabei ist sie weit davon entfernt, den Kampf der Lebensformen, den er in sich austrug, zu gewahren. Zu tief hat Goethe ihn in sich verschlossen. Daher die Einsamkeit in seinem Leben und, bald schmerzlich und bald trotzig, das Verstummen. Gervinus hat in seiner Schrift »Über den Goetheschen Briefwechsel« in der Schilderung der Weimarer Frühzeit gezeigt, wie bald sich das einstellt. Am ersten und am sichersten von allen hat er die Aufmerksamkeit auf diese Phänomene im Goetheschen Leben gelenkt; er vielleicht als einziger hat ihre Bedeutung geahnt, wie irrig er auch über ihren Wert geurteilt habe. So entgeht ihm weder das schweigende Insichversunkensein der Spätzeit noch ihr ins Paradoxe gesteigerter Anteil an den Sachgehalten des eignen Lebens. Aus beiden aber spricht die Lebensangst: die Angst vor seiner Macht und Breite aus dem Sinnen, die Angst vor seiner Flucht aus dem Umfassen. Gervinus bestimmt in seiner Schrift den Wendepunkt, der das Schaffen des alten Goethe von dem der früheren Perioden trennt und er setzt ihn in das Jahr 1797, in die Zeit der projektierten italienischen Reise. In einem gleichzeitigen Schreiben an Schiller handelt Goethe von Gegenständen, die ohne »ganz poetisch« zu sein, eine gewisse poetische Stimmung in ihm erweckt hätten. Er sagt: »Ich habe daher die Gegenstände, die einen solchen Effekt hervorbringen, genau betrachtet und zu meiner Verwunderung bemerkt, daß sie eigentlich symbolisch sind.« Das Symbolische aber ist das, worin die unauflösliche und notwendige Bindung eines Wahrheitsgehaltes an einen Sachgehalt erscheint. »Wenn man«, so heißt es in dem gleichen Brief, »künftig bei weitern Fortschritten der Reise nicht sowohl aufs Merkwürdige, sondern aufs Bedeutende seine Aufmerksamkeit richtete, so müßte man für sich und andere doch zuletzt eine schöne Ernte gewinnen. Ich will es erst noch hier versuchen, was ich Symbolisches bemerken kann, besonders aber an fremden Orten, die ich zum ersten Mal sehe, mich üben. Gelänge das, so müßte man ohne die Erfahrung in die Breite verfolgen zu wollen, doch wenn man auf jedem Platz, in jedem Moment, soweit es einem vergönnt wäre, in die Tiefe ginge, noch immer genug Beute aus bekannten Ländern und Gegenden davon tragen.« »Man darf« – so schließt Gervinus an – »wohl sagen, daß dies in seinen spätern poetischen Produkten fast durchgängig der Fall ist und daß er darin Erfahrungen, die er ehedem in sinnlicher Breite, wie es die Kunst verlangt, vorgeführt hatte, nach einer gewissen geistigen Tiefe mißt, wobei er sich oft ins Bodenlose verliert. Schiller durchschaut diese so mysteriös verhüllte neue Erfahrung sehr scharf ... eine poetische Forderung ohne eine poetische Stimmung und ohne poetischen Gegenstand scheine sein Fall zu sein. In der Tat komme es hier viel weniger auf den Gegenstand an, als auf das Gemüt, ob ihm der Gegenstand etwas bedeuten solle.« (Und nichts ist kennzeichnender für den Klassizismus als dieses Streben in dem gleichen Satz das Symbol zu erfassen und zu relativieren.) »Das Gemüt sei es, das hier die Grenze steckt, und das Gemeine und Geistreiche kann er auch hier wie überall nur in der Behandlung, nicht in der Wahl des Stoffes finden. Was ihm jene beiden Plätze waren, meint er, wäre ihm in aufgeregter Stimmung jede Straße, Brücke usw. gewesen. Wenn Schiller die unternehmbaren Folgen dieser neuen Betrachtungsweise in Goethe hätte ahnen können, so würde er ihn schwerlich ermuntert haben, sich ihr ganz zu überlassen, weil durch eine solche Ansicht der Gegenstände in das Einzelne eine Welt gelegt werde ... Denn so ist es gleich die nächste Folge, daß Goethe anfängt, sich Reisebündel von Akten anzulegen, worin er alle öffentlichen Papiere, Zeitungen, Wochenblätter, Predigtauszüge, Komödienzettel, Verordnungen, Preiscourante usw.

einheftet, seine Bemerkungen hinzufügt, diese mit der Stimme der Gesellschaft vergleicht, seine eigene Meinung mit dieser berichtigt, die neue Belehrung wieder ad acta nimmt und so Materialien für einen künftigen Gebrauch zu erhalten hofft!! Dies bereitet schon völlig zu der später ganz ins Lächerliche entwickelten Bedeutsamkeit vor, mit der er auf Tagebücher und Notizen die höchsten Stücke hält, mit der er jede elendeste Sache mit pathetischer Weisheitsmiene betrachtet. Seitdem ist ihm jede Medaille, die man ihm schenkt, und jeder Granitstein, den er verschenkt, ein Gegenstand von höchster Wichtigkeit; und wenn er Steinsalz bohrt, das Friedrich der Große trotz aller Befehle nicht hatte auffinden können, so sieht er ich weiß nicht welche Wunder dabei und schickt seinem Freunde Zelter eine symbolische Messerspitze voll davon nach Berlin. Es gibt nichts Bezeichnenderes für diese seine spätere Sinnesart, die sein steigendes Alter stets mehr ausbildete, als daß er es sich zum Grundsatze macht, dem alten nil admirari mit Eifer zu widersprechen, Alles vielmehr zu bewundern, Alles ›bedeutend, wundersam, incalculabel‹ zu finden!« An dieser Haltung, die Gervinus so unübertrefflich, ohne Übertreibung, malt, hat zwar Bewunderung Anteil aber auch die Angst. Der Mensch erstarrt im Chaos der Symbole und verliert die Freiheit, die den Alten nicht bekannt war. Er gerät im Handeln unter Zeichen und Orakel. In Goethes Leben haben sie nicht gefehlt. Solch ein Zeichen wies den Weg nach Weimar: Ja, in »Wahrheit und Dichtung« hat er erzählt, wie er auf einer Wanderung, zwiespältig über seinen Ruf zu Dichtung oder Malkunst, ein Orakel eingesetzt. Die Angst vor Verantwortung ist die geistigste unter allen, denen Goethe durch sein Wesen verhaftet war. Sie ist ein Grund der konservativen Gesinnung, die er Politischem, Gesellschaftlichem und im Alter auch wohl Literarischem entgegenbrachte. Sie ist die Wurzel der Versäumnis in seinem erotischen Leben. Daß sie auch seine Auslegung der Wahlverwandtschaften bestimmte ist gewiß. Denn gerade diese Dichtung wirft ein Licht in solche Gründe seines eigenen Lebens, die, weil sie sein Bekenntnis nicht verrät, auch einer Tradition verborgen blieben, die sich von dessen Bann noch nicht befreit hat. Nicht aber darf dies mythische Bewußtsein mit der trivialen Floskel angesprochen werden, unter der man oft ein Tragisches im Leben des Olympiers sich gefiel zu erkennen. Tragisches gibt es allein im Dasein der dramatischen, d.h. der sich darstellenden Person, niemals in dem eines Menschen. Am allerwenigsten aber in dem quietistischen eines Goethe, in dem kaum darstellende Momente sich finden. So gilt es auch für dieses Leben wie für jedes menschliche nicht die Freiheit des tragischen Helden im Tode, sondern die Erlösung im ewigen Leben.

II

> Drum da gehäuft sind rings, um Klarheit,
> Die Gipfel der Zeit,
> Und die Liebsten nahe wohnen, ermattend auf
> Getrenntesten Bergen,
> So gieb unschuldig Wasser,
> O Fittige gieb uns, treuesten Sinns
> Hinüberzugehn und wiederzukehren.
>
> *Hölderlin*

Wenn jedes Werk so wie die Wahlverwandtschaften des Autors Leben und sein Wesen aufzuklären vermag, so verfehlt die übliche Betrachtung dieses um so mehr, je näher sie sich daran zu halten glaubt. Denn mag nur selten eine Klassikerausgabe versäumen, in ihrer Einleitung es zu betonen, daß gerade ihr Gehalt wie kaum ein anderer aus des Dichters Leben einzig und allein verständlich sei, so enthält dies Urteil im Grunde schon das *πρῶτον ψεῦδος* der Methode, die in dem schablonierten Wesensbild und leerem oder unfaßlichem Erleben das Werden seines Werks im Dichter darzustellen sucht. Dies *πρῶτον ψεῦδος* in fast aller neuern Philologie, d.h. in solcher, die noch nicht durch Wort- und Sacherforschung sich bestimmt, ist, von dem Wesen und vom Leben ausgehend die Dichtung als Produkt aus jenen wenn nicht abzuleiten, so doch müßigem Verständnis näher zu bringen. Insofern aber fraglos angezeigt ist, am Sichern, Nachprüfbaren die Erkenntnis aufzubauen, muß überall, wo sich die Einsicht auf Gehalt und Wesen richtet, das Werk durchaus im Vordergrunde stehn. Denn nirgends liegen diese dauerhafter, geprägter, faßlicher zutage als in ihm. Daß sie selbst da noch schwer genug und vielen niemals zugänglich erscheinen, mag für diese letztern Grund genug sein, statt auf der genauen Einsicht in das Werk auf Personal- und Relationserforschung das Studium der Kunstgeschichte zu begründen, vermag jedoch den Urteilenden nicht zu bewegen, ihnen Glauben zu schenken oder gar zu folgen. Vielmehr wird dieser sich gegenwärtig halten, daß der einzige rationale Zusammenhang zwischen Schaffendem und Werk in dem Zeugnis besteht, das dieses von jenem ablegt. Vom Wesen eines Menschen gibt es nicht allein Wissen nur durch seine Äußerungen, zu denen in diesem Sinn auch die Werke gehören – nein, es bestimmt sich allererst durch jene. Werke sind unableitbar wie Taten und jede Betrachtung, die im ganzen diesen Satz zugestände, um ihm im einzelnen zu widerstreben, hat den Anspruch auf Gehalt verloren.

Was derart der banalen Darstellung entgeht, ist nicht allein die Einsicht in Wert und Art der Werke, sondern gleichermaßen diejenige in das Wesen und das Leben ihres Autors. Vom Wesen des Verfassers zunächst wird nach dessen Totalität, seiner »Natur«, jede Erkenntnis durch die vernachlässigte Deutung der Werke vereitelt. Denn ist auch diese nicht imstande, von dem Wesen eine letzte und vollkommene Anschauung zu geben, welche aus Gründen sogar stets undenkbar ist, so bleibt, wo von dem Werke abgesehen wird, das Wesen vollends unergründlich. Aber auch die Einsicht in das Leben des Schaffenden verschließt sich der herkömmlichen Methode der Biographik. Klarheit über das theoretische Verhältnis von Wesen und Werk ist die Grundbedingung jeder Anschauung von seinem Leben. Für sie ist bisher so wenig geschehen, daß allgemein die psychologischen Begriffe für ihre besten Einsichtsmittel gelten, während doch nirgends so wie hier Verzicht auf jede Ahnung wahren Sachverhalts zu leisten ist, solange diese termini im Schwange gehen. So viel nämlich läßt sich behaupten, daß der Primat des Biographischen im Lebensbilde eines Schaffenden, d.h. die Darstellung des Lebens als die eines menschlichen mit jener doppelten Betonung des Entscheidenden und für den Menschen Unentscheidbaren der Sittlichkeit nur da sich fände, wo Wissen um die Unergründlichkeit des Ursprungs jedes Werk, sowohl dem Wert wie dem Gehalt nach es umgrenzend, vom letzten Sinne seines Lebens ausschließt. Denn wenn das große Werk auch nicht in dem gemeinen Dasein sich heranbildet, ja wenn es sogar Bürgschaft seiner Reinheit ist, so ist es doch zuletzt nur eines unter seinen andern Elementen. Und nur ganz fragmentarisch kann es so das Leben eines Bildners mehr dem Werden als dem Gehalte nach verdeutlichen. Die gänzliche Unsicherheit über die Bedeutung, die Werke in dem Leben eines Menschen haben können, hat dazu geführt, dem Leben Schaffender besondere Arten ihm vorbehaltenen und in ihm allein gerechtfertigten Inhalts zu-

zuordnen. Ein solches soll nicht von den sittlichen Maximen nur emanzipiert, nein es soll höherer Legitimität teilhaft und der Einsicht deutlicher offen sein. Was Wunder, daß für solche Meinung jeder echte Lebensinhalt, wie er auch in den Werken stets hervortritt, sehr gering wiegt. Vielleicht hat sie sich niemals deutlicher als Goethe gegenüber dargestellt.

In dieser Auffassung, das Leben Schaffender verfüge über autonome Inhalte, berührt sich die triviale Denkgewohnheit so genau mit einer sehr viel tieferen, daß die Annahme erlaubt ist, die erste sei nur eine Deformierung dieser letzten und ursprünglichen, welche jüngst wieder ans Licht trat. Wenn nämlich der herkömmlichen Anschauung Werk, Wesen und Leben gleich bestimmungslos sich vermengen, so spricht jene ausdrücklich Einheit diesen dreien zu. Sie konstruiert damit die Erscheinung des mythischen Heros. Denn im Bereich des Mythos bilden in der Tat das Wesen, Werk und Leben jene Einheit, die ihnen sonst allein im Sinn des laxen Literators zukommt. Dort ist das Wesen Dämon und das Leben Schicksal und das Werk, das nur die beiden ausprägt, lebende Gestalt. Dort hält es zugleich den Grund des Wesens in sich und den Inhalt des Lebens. Die kanonische Form des mythischen Lebens ist eben das des Heros. In ihm ist das Pragmatische zugleich symbolisch, in ihm allein mit andern Worten gleicherweise die Symbolgestalt und mit ihr der Symbolgehalt des menschlichen Lebens adäquat der Einsicht gegeben. Aber dieses menschliche Leben ist vielmehr das übermenschliche und daher nicht nur in dem Dasein der Gestalt, entscheidender vielmehr im Wesen des Gehalts vom eigentlich menschlichen unterschieden. Denn während die verborgene Symbolik dieses letzten bindend gleich sehr auf Individualem wie auf dem Menschlichen des Lebenden beruht, erreicht die offenkundige des Heroenlebens weder die Sphäre individueller Sonderart noch jene der moralischen Einzigkeit. Vom Individuum scheidet den Heros der Typus, die, wenn auch übermenschliche, Norm; von der moralischen Einzigkeit der Verantwortung die Rolle des Stellvertreters. Denn er ist nicht allein vor seinem Gott, sondern der Stellvertreter der Menschheit vor ihren Göttern. Mythischer Natur ist alle Stellvertretung im moralischen Bereich vom vaterländischen »Einer für alle« bis zu dem

Opfertode des Erlösers. – Typik und Stellvertretung im Heroenleben gipfeln in dem Begriff seiner Aufgabe. Deren Gegenwart und evidente Symbolik unterscheidet das übermenschliche Leben vom menschlichen. Sie kennzeichnet Orpheus, der in den Hades steigt, nicht minder als den Herakles der zwölf Aufgaben: den mythischen Sänger wie den mythischen Helden. Für diese Symbolik fließt eine der mächtigsten Quellen aus dem Astralmythos: im übermenschlichen Typus des Erlösers vertritt der Heros die Menschheit durch sein Werk am Sternenhimmel. Ihm gelten die orphischen Urworte: sein Dämon ist es, der sonnenhaft, seine Tyche, die wechselnd wie der Mond, sein Schicksal, das unentrinnbar gleich der astralen Anagke, sogar der Eros nicht – Elpis allein weist über sie hinaus. So ist es denn kein Zufall, daß der Dichter auf die Elpis stieß, als er das menschlich Nahe in den andern Worten suchte, daß unter allen sie allein keiner Erklärung bedürftig gefunden wurde – kein Zufall aber auch, daß nicht sie, vielmehr der starre Kanon der vier übrigen das Schema für den »Goethe« Gundolfs dargeboten. Demnach ist die Methodenfrage an die Biographik weniger doktrinär, als diese ihre Deduktion vermuten ließe. Denn es ist ja in dem Buche Gundolfs versucht worden, als ein mythisches das Leben Goethes darzustellen. Und diese Auffassung erfordert die Beachtung nicht allein, weil Mythisches im Dasein dieses Mannes lebt, erfordert sie gedoppelt vielmehr bei Betrachtung eines Werkes, auf das sie seiner mythischen Momente wegen sich berufen könnte. Gelingt ihr nämlich diesen Anspruch zu erhärten, so bedeutet das, die Abhebung der Schicht, in der der Sinn jenes Romans selbständig waltet, sei unmöglich. Wo solch gesonderter Bereich nicht nachzuweisen, da kann es sich nicht um Dichtung, sondern allein um deren Vorläufer, das magische Schrifttum handeln. Daher ist jede eingehende Betrachtung eines Goetheschen Werkes, ganz besonders aber die der Wahlverwandtschaften, von der Zurückweisung dieses Versuches abhängig. Mit ihr ist zugleich die Einsicht in einen Lichtkern des erlösenden Gehalts gewiesen, der jener Einstellung wie überall auch in den Wahlverwandtschaften entgangen ist.

Der Kanon, welcher dem Leben des Halbgotts entspricht, erscheint

in einer eigentümlichen Verschiebung in der Auffassung, die die Georgesche Schule vom Dichter bekundet. Ihm nämlich wird, gleich dem Heros, sein Werk als Aufgabe von ihr zugesprochen und somit sein Mandat als göttliches betrachtet. Von Gott aber kommen dem Menschen nicht Aufgaben sondern einzig Forderungen, und daher ist vor Gott kein Sonderwert dem dichterischen Leben zuzuschreiben. Wie denn übrigens der Begriff der Aufgabe auch vom Dichter aus betrachtet unangemessen ist. Dichtung im eigentlichen Sinn entsteht erst da, wo das Wort vom Banne auch der größten Aufgabe sich frei macht. Nicht von Gott steigt solche Dichtung nieder, sondern aus dem Unergründlichen der Seele empor; sie hat am tiefsten Selbst des Menschen Anteil. Weil ihre Sendung jenem Kreise unmittelbar von Gott zu stammen scheint, so wird von ihm dem Dichter nicht allein der unverletzliche, jedoch nur relative Rang in seinem Volke zugebilligt, sondern eine völlig problematische Suprematie als Mensch schlechthin und somit seinem Leben vor Gott, dem er als Übermensch gewachsen scheint. Der Dichter aber ist eine nicht etwa grad- sondern artmäßig vorläufigere Erscheinung menschlichen Wesens als der Heilige. Denn im Wesen des Dichters bestimmt sich ein Verhältnis des Individuums zur Volksgemeinschaft, in dem des Heiligen das Verhältnis des Menschen zu Gott.
Zu der heroisierenden Ansicht vom Dichter findet sich in den Betrachtungen des Kreises, wie sie Gundolfs Buch fundieren, höchst verwirrend und verhängnisvoll ein zweiter nicht geringerer Irrtum aus dem Abgrund der gedankenlosen Sprachverwirrung. Wenn auch dem der Titel eines Dichters als des Schöpfers wohl nicht angehört, so ist er doch bereits in jedem Geiste ihm verfallen, der jenen Ton des Metaphorischen darin, Gemahnung an den wahren Schöpfer, nicht vernimmt. Und in der Tat ist der Künstler weniger der Urgrund oder Schöpfer als der Ursprung oder Bildner und sicherlich sein Werk um keinen Preis sein Geschöpf, vielmehr sein Gebilde. Zwar hat auch das Gebilde Leben, nicht das Geschöpf allein. Aber was den bestimmenden Unterschied zwischen beiden begründet: nur das Leben des Geschöpfes, niemals das des Gebildeten hat Anteil, hemmungslosen Anteil an der Intention der Erlösung. Wie immer also die Gleichnisrede vom Schöpfertume eines Künstlers sprechen mag,

ihre eigenste virtus, die der Ursache nämlich, vermag Schöpfung nicht an seinen Werken, sondern an Geschöpfen einzig und allein zu entfalten. Daher führt jener unbesonnene Sprachgebrauch, der an dem Worte »Schöpfer« sich erbaut, ganz von selbst dahin, vom Künstler nicht die Werke, sondern das Leben für dessen eigenstes Produkt zu halten. Während aber im Leben des Heros kraft dessen völliger symbolischer Erhelltheit das völlig Gestaltete, dessen Gestalt der Kampf ist, sich darstellt, findet sich im Leben des Dichters nicht nur eine eindeutige Aufgabe so wenig wie in irgendeinem menschlichen, sondern ebensowenig ein eindeutiger und klar erweisbarer Kampf. Da dennoch die Gestalt beschworen werden soll, so bietet jenseits der lebendigen im Kampf nur die erstarrende im Schrifttum sich dar. So vollendet sich ein Dogma, das das Werk, welches es zum Leben verzauberte, durch nicht weniger verführerisches Irren als Leben wieder zum Werk erstarren läßt und das die vielberufene »Gestalt« des Dichters als einen Zwitter von Heros und Schöpfer zu fassen vermeint, an dem sich nichts mehr unterscheiden, doch von dem sich mit dem Schein des Tiefsinns alles behaupten läßt.
Das gedankenloseste Dogma des Goethekults, das blasseste Bekenntnis der Adepten: daß unter allen Goetheschen Werken das größte sein Leben sei – Gundolfs »Goethe« hat es aufgenommen. Goethes Leben wird demnach nicht von dem der Werke streng geschieden. Wie der Dichter in einem Bilde von klarer Paradoxie die Farben die Taten und Leiden des Lichts genannt hat, so macht Gundolf in einer höchst getrübten Anschauung zu solchem Licht, das letzten Endes nicht von anderer Art als seine Farben, seine Werke sein würde, das Goethesche Leben. Diese Einstellung leistet ihm zweierlei: sie entfernt jeden moralischen Begriff aus dem Gesichtskreis und erreicht zugleich, indem sie dem Heros die Gestalt, die ihm als Sieger zukommt, als Schöpfer zuspricht, die Schicht des blasphemischen Tiefsinns. So heißt es von den Wahlverwandtschaften, daß darin Goethe »Gottes gesetzliches Verfahren nachsann«. Aber das Leben des Menschen, und sei es das des Schaffenden, ist niemals das des Schöpfers. Genausowenig läßt es sich als das des Heros, das sich selber die Gestalt gibt, deuten. In solchem Sinne

kommentiert es Gundolf. Denn nicht mit der treuen Gesinnung des Biographen wird der Sachgehalt dieses Lebens auch, und gerade, um des darin Nichtverstandenen willen erfaßt, nicht in der großen Bescheidung echter Biographik als das Archiv selbst unentzifferbarer Dokumente dieses Dasein, sondern offenbar liegen sollen Sachgehalt und Wahrheitsgehalt und wie im Heroenleben einander entsprechen. Offenbar jedoch liegt der Sachgehalt des Lebens allein und sein Wahrheitsgehalt ist verborgen. Wohl lassen der einzelne Zug, die einzelne Beziehung sich aufhellen, nicht aber die Totalität, es sei denn auch sie werde nur in einer endlichen Beziehung ergriffen. Denn an sich ist sie unendlich. Daher gibt es im Bereich der Biographik weder Kommentar noch Kritik. In der Verletzung dieses Grundsatzes begegnen sich auf seltsame Weise zwei Bücher, die übrigens Antipoden der Goetheliteratur genannt werden dürften: das Werk von Gundolf und die Darstellung von Baumgartner. Wo die letztere geradenwegs die Ergründung des Wahrheitsgehalts unternimmt, ohne den Ort seines Vergrabenseins auch nur zu ahnen, und daher die kritischen Ausfälle ohne Maß häufen muß, versenkt sich Gundolf in die Welt der Sachgehalte des Goetheschen Lebens, in denen er doch nur vorgeblich dessen Wahrheitsgehalt darstellen kann. Denn menschliches Leben läßt sich nicht nach Analogie eines Kunstwerks betrachten. Gundolfs quellenkritisches Prinzip jedoch bekundet die Entschlossenheit zu solcher Entstellung grundsätzlich. Wenn durchweg in der Rangordnung der Quellen die Werke an die erste Stelle gerückt, der Brief, geschweige denn das Gespräch dahinter zurückgestellt werden, so ist diese Einstellung lediglich daraus erklärbar, daß das Leben selbst als Werk angesehen wird. Denn einzig einem solchen gegenüber besitzt der Kommentar aus seinesgleichen höhern Wert als der aus irgendwelchen andern Quellen. Aber dies nur darum, weil durch den Begriff des Werkes eine eigene und streng umgrenzte Sphäre festgelegt wird, in die des Dichters Leben nicht einzudringen vermag. Wenn jene Reihenfolge fernerhin vielleicht die Trennung von ursprünglich schriftlich und anfangs mündlich Überliefertem versuchen sollte, so ist auch dieses nur der eigentlichen Geschichte Lebensfrage, indes die Biographik auch bei dem höchsten Anspruch auf Gehalt sich an die Breite eines Menschenlebens halten muß. Zwar weist am Eingang seines Buches der Verfasser das biographische Interesse von sich ab, doch soll die Würdelosigkeit, die oft der neuern Biographik eignet, es nicht vergessen machen, daß ihr ein Kanon von Begriffen zugrunde liegt, ohne den jede historische Betrachtung eines Menschen zuletzt der Gegenstandslosigkeit verfällt. Kein Wunder also, daß mit der innern Unform dieses Buchs ein formloser Typus des Dichters sich bildet, der an das Denkmal gemahnt, das Bettina entwarf und in dem die ungeheuren Formen des Verehrten ins Gestaltlose, Mannweibliche zerfließen. Diese Monumentalität ist erlogen und – in Gundolfs eigener Sprache zu reden – es zeigt sich, daß das Bild, das aus dem kraftlosen Logos hervorgeht, dem nicht so unähnlich ist, das der maßlose Eros schuf.

Nur die beharrliche Verfolgung seiner Methodik kommt gegen die chimärische Natur dieses Werkes auf. Vergebene Mühe ohne diese Waffe mit den Einzelheiten es aufzunehmen. Denn eine beinah undurchdringliche Terminologie ist deren Panzer. Es erweist sich in ihr die für alle Erkenntnis fundamentale Bedeutung im Verhältnis von Mythos und Wahrheit. Dieses Verhältnis ist das der gegenseitigen Ausschließung. Es gibt keine Wahrheit, denn es gibt keine Eindeutigkeit und also nicht einmal Irrtum im Mythos. Da es aber ebensowenig Wahrheit über ihn geben kann (denn es gibt Wahrheit nur in den Sachen, wie denn Sachlichkeit in der Wahrheit liegt) so gibt es, was den Geist des Mythos angeht, von ihm einzig und allein eine Erkenntnis. Und wo Gegenwart der Wahrheit möglich sein soll, kann sie das allein unter der Bedingung der Erkenntnis des Mythos, nämlich der Erkenntnis von seiner vernichtenden Indifferenz gegen die Wahrheit. Darum hebt in Griechenland die eigentliche Kunst, die eigentliche Philosophie – zum Unterschiede von ihrem uneigentlichen Stadium, dem theurgischen – mit dem Ausgang des Mythos an, weil die erste nicht minder und die zweite nicht mehr als die andere auf Wahrheit beruht. So unergründlich aber ist die Verwirrung, die mit der Identifizierung von Wahrheit und Mythos gestiftet wird, daß mit ihrer verborgenen Wirksamkeit diese erste Entstellung fast jeden einzelnen Satz des Gundolfschen Werkes vor allem kritischen Argwohn sicherzustellen droht. Und doch besteht die ganze Kunst des Kritikers hier in nichts anderem, als, ein zweiter Gulliver, ein einziges dieser Zwergensätzchen trotz seiner zappelnden Sophismen aufzugreifen und es in aller Ruhe zu betrachten. »Nur« in der Ehe »vereinten sich ... all die Anziehungen und Abstoßungen, die sich ergeben aus der Spannung des Menschen zwischen Natur und Kultur, aus dieser seiner Doppeltheit: daß er mit seinem Blut an das Tier, mit seiner Seele an die Gottheit grenzt ... Nur in der Ehe wird die schicksalhafte und triebhafte Vereinigung oder Trennung zweier Menschen ... durch die Zeugung des legitimen Kindes heidnisch gesprochen ein Mysterium, christlich gesprochen ein Sakrament. Die Ehe ist nicht nur ein animalischer Akt, sondern auch ein magischer, ein Zauber.« Eine Darlegung, die der blutrünstige Mystizismus des Ausdrucks allein von der Denkart einer Knallbonboneinlage unterscheidet. Wie sicher steht dagegen die Kantische Erklärung, deren strenger Hinweis auf das natürliche Moment der Ehe – Sexualität – dem Logos seines göttlichen – der Treue – nicht den Weg verlegt. Dem wahrhaft Göttlichen eignet nämlich der Logos, es begründet das Leben nicht ohne die Wahrheit, den Ritus nicht ohne die Theologie. Dagegen ist das Gemeinsame aller heidnischen Anschauung der Primat des Kultus vor der Lehre, die am sichersten darin sich heidnisch zeigt, daß sie einzig und allein Esoterik ist. Gundolfs »Goethe«, dies ungefüge Postament der eigenen Statuette, weist in jedem Sinn den Eingeweihten einer Esoterik aus, der nur aus Langmut das Bemühen der Philosophie um ein Geheimnis duldet, dessen Schlüssel er in Händen hält. Doch keine Denkart ist verhängnisvoller als die, welche selbst dasjenige, was dem Mythos zu entwachsen begonnen, verwirrend in denselben zurückbiegt, und die freilich durch die eben hiermit aufgedrungene Versenkung ins Monströse alsbald jeden Verstand gewarnt hätte, dem nicht der Aufenthalt in der Wildnis der Tropen eben recht ist, in einem Urwald, wo sich die Worte als plappernde Affen von Bombast zu Bombast schwingen, um nur den Grund nicht berühren zu müssen, der es verrät, daß sie nicht stehn können, nämlich den Logos, wo sie stehen und Rede stehn sollten. Den aber meiden sie mit soviel Anschein, weil allem, selbst erschlichenem mythischen Denken gegenüber die Frage nach der Wahrheit darin zunichte wird. Diesem nämlich verschlägt es nichts, die blinde Erdschicht bloßen Sachgehalts für den Wahrheitsgehalt in Goethes Werk zu nehmen, und statt aus einer Vorstellung wie der des Schicksals durch Erkenntnis wahrhaften Gehalt zu läutern, wird er verdorben indem Sentimentalität mit ihrer Witterung sich in jene einfühlt. So erscheint mit der erlogenen Monumentalität des Goetheschen Bildes die gefälschte Legalität seiner Erkenntnis, und die Untersuchung ihres Logos stößt mit der Einsicht in ihre methodische Gebrechlichkeit auf ihre sprachliche Anmaßung und damit ins Zentrum. Ihre Begriffe sind Namen, ihre Urteile Formeln. Denn in ihr hat gerade die Sprache, der doch sonst der ärmste Schlucker nicht völlig den Strahl ihrer ratio zu ersticken vermag, eine Finsternis, die sie allein erhellen könnte, zu verbreiten. Damit muß der letzte Glaube an die Überlegenheit dieses Werkes über die Goetheliteratur der ältern Schulen schwinden, als deren rechtmäßigen und größeren Nachfolger die eingeschüchterte Philologie nicht allein um des eigenen schlechten Gewissens, sondern auch um der Unmöglichkeit willen, an ihren Stammbegriffen es zu messen, es gelten ließ. Doch der philosophischen Betrachtung entzieht auch die beinah unergründliche Verkehrung seiner Denkart ein Bestreben nicht, das selbst dann sich richten würde, wenn es nicht den verworfenen Schein des Gelingens trüge.

Wo immer eine Einsicht in Goethes Leben und Werk in Frage steht, da kann – so sichtbar Mythisches sich auch in ihnen bekunden mag – dies nicht den Erkenntnisgrund bilden. Wenn es jedoch sehr wohl im einzelnen ein Gegenstand der Betrachtung sein mag, so ist dagegen, wo es sich ums Wesen und um die Wahrheit im Werk und Leben handelt, die Einsicht in den Mythos auch in gegenständlicher Beziehung nicht die letzte. Denn in dessen Bereich repräsentiert sich vollständig weder Goethes Leben noch auch irgendeines seiner Werke. Ist dies, soweit das Leben in Frage steht, schlechthin durch seine menschliche Natur verbürgt, so lehren es die Werke im einzelnen, sofern ein Kampf, der im Leben verheimlicht ward, in deren spätesten sich bekundet. Und nur in ihnen trifft man Mythisches auch im Gehalt, nicht allein in den Stoffen an. Sie vermögen im Zusammenhange dieses Lebens wohl als gültiges Zeugnis seines letzten Ablaufs angesehen zu werden. Ihre bezeugende Kraft gilt nicht allein und nicht im tiefsten der mythischen Welt im Dasein Goethes. Es ist in ihm ein Ringen um die Lösung aus deren Umklammerung und dieses Ringen nicht weniger als das Wesen jener Welt ist in dem Goetheschen Romane bezeugt. In der ungeheuern Grunderfahrung von den mythischen Mächten, daß Versöhnung mit ihnen nicht zu gewinnen sei, es sei denn durch die Stetigkeit des Opfers, hat sich Goethe gegen dieselben aufgeworfen. War es der ständig erneuerte, in innerer Verzagtheit, doch mit eisernem Willen unternommene Versuch seines Mannesalters, jenen mythischen Ordnungen überall da sich zu untergeben, wo sie noch herrschen, ja an seinem Teil ihre Herrschaft zu festigen, wie nur immer ein Diener der Machthaber dies tut, so brach nach der letzten und schwersten Unterwerfung, zu der er sich vermochte, nach der Kapitulation in seinem mehr als dreißigjährigen Kampf gegen die Ehe, die ihm als Sinnbild mythischer Verhaftung drohend schien, dieser Versuch zusammen und ein Jahr nach seiner Eheschließung, die in Tagen schicksalhaften Drängens sich ihm aufgenötigt hatte, begann er die Wahlverwandtschaften, mit welchen er den ständig mächtiger in seinem spätern Werk entfalteten Protest gegen jene Welt einlegte, mit der sein Mannesalter den Pakt geschlossen hatte. Die Wahlverwandtschaften sind in diesem Werk eine Wende. Es beginnt mit ihnen die letzte Reihe seiner Hervorbringungen, von deren keiner mehr er sich ganz abzulösen vermocht hat, weil bis ans Ende ihr Herzschlag in ihm lebendig blieb. So versteht sich das Ergreifende in der Tagebucheintragung von 1820, daß er die »Wahlverwandtschaften zu lesen angefangen«, so auch die sprachlose Ironie einer Szene, die Heinrich Laube überliefert: »Eine Dame äußerte gegen Goethe über die Wahlverwandtschaften: Ich kann dieses Buch durchaus nicht billigen, Herr von Goethe; es ist wirklich unmoralisch und ich empfehle es keinem Frauenzimmer. – Darauf hat Goethe eine Weile ganz ernsthaft geschwiegen und endlich mit vieler Innigkeit gesagt: Das tut mir leid, es ist doch mein bestes Buch.« Jene letzte Reihe der Werke bezeugt und begleitet die Läuterung, welche keine Befreiung mehr sein durfte. Vielleicht weil seine Jugend aus der Not des Lebens oft allzu behende Flucht ins Feld der Dichtkunst ergriffen hatte, hat das Alter in furchtbar strafender Ironie Dichtung als Gebieterin über sein Leben gestellt. Goethe beugte sein Leben unter die Ordnungen, die es zur Gelegenheit seiner Dichtung machten. Diese moralische Bewandtnis hat es mit seiner Kontemplation der Sachgehalte im späten Alter. Die drei großen Dokumente solcher maskierten Buße wurden Wahrheit und Dichtung, der westöstliche Divan und der zweite Teil des Faust. Die Historisierung seines Lebens, wie sie Wahrheit und Dichtung zuerst, später den Tag- und Jahresheften zufiel, hatte zu bewahrheiten und zu erdichten, wie sehr dieses Leben Urphänomen eines poetisch gehaltvollen, des Lebens voller Stoffe und Gelegenheiten für »den Dichter« gewesen sei. Gelegenheit der Poesie, von welcher hier die Rede ist, ist nicht nur etwas anderes als das Erlebnis, das die neuere Konvention der dichterischen Erfindung zum Grunde legt, sondern das genaue Gegenteil davon. Was sich durch die Literaturgeschichten als die Phrase forterbt, die Goethesche Poesie sei »Gelegenheitsdichtung« gewesen, meint: Erlebnisdichtung und hat damit, was die letzten und größten Werke betrifft, das Gegenteil von der Wahrheit gesagt. Denn die Gelegenheit gibt den Gehalt und das Erlebnis hinterläßt nur ein Gefühl. Verwandt und ähnlich dem Verhältnis dieser beiden ist das der Worte Genius und Genie. Im Munde der Modernen läuft das letztere auf einen Titel hinaus, der, wie sie sich auch stellen mögen, nie sich eignen wird, das Verhältnis eines Menschen zur Kunst als ein wesentliches zu treffen. Das gelingt dem Worte Genius und die Hölderlinschen Verse verbürgen es: »Sind denn nicht dir bekannt viele Lebendigen? / Geht auf Wahrem dein Fuß nicht, wie auf Teppichen? / Drum, mein Genius! tritt nur / Baar ins Leben und sorge nicht! / Was geschiehet, es sei alles gelegen dir!« Genau das ist die antike Berufung des Dichters, welcher von Pindar bis Meleager, von den isthmischen Spielen bis zu einer Liebesstunde, nur verschieden hohe, als solche aber stets würdige Gelegenheiten für seinen Gesang fand, den auf Erlebnisse zu gründen ihm daher nicht beifallen konnte. So ist denn der Erlebnisbegriff nichts anderes als die Umschreibung jener auch vom sublimsten, weil immer noch gleich feigen Philisterium ersehnten Folgenlosigkeit des Gesangs, welcher, der Beziehung auf Wahrheit beraubt, die schlafende Verantwortung nicht zu wecken vermag. Goethe war im Alter tief genug in das Wesen der Poesie eingedrungen, um schauernd jede Gelegenheit des Gesanges in der Welt, die ihn umgab, zu vermissen und doch jenen Teppich des Wahren einzig beschreiten zu wollen. Spät stand er an der Schwelle der deutschen Romantik. Ihm war der Zugang zur Religion in Form irgendeiner Bekehrung, der Hinwendung zu einer Gemeinschaft nicht erlaubt, wie er Hölderlin nicht erlaubt war. Sie verabscheute Goethe bei den Frühromantikern. Aber die Gesetze, denen jene in der Bekehrung und damit im Erlöschen ihres Lebens vergeblich zu genügen suchten, entfachten in Goethe, der ihnen gleichfalls sich unterwerfen mußte, die allerhöchste Flamme seines Lebens. Die Schlacken jeder Leidenschaft verbrannten in ihr, und so vermochte er im Briefwechsel bis an sein Lebensende die Liebe zu Marianne so schmerzlich nahe sich zu halten, daß mehr als ein Jahrzehnt nach jener Zeit, in welcher sich ihre Neigung erklärte, jenes vielleicht gewaltigste Gedicht des Divan entstehen konnte: »Nicht mehr auf Seidenblatt / Schreib' ich symmetrische Reime«. Und das späteste Phänomen solcher dem Leben, ja zuletzt der Lebensdauer gebietenden Dichtung war der Abschluß des Faust. Sind in der Reihe dieser Alterswerke das erste die Wahlverwandtschaften, so muß bereits in ihnen, wie dunkel darin der Mythos auch walte, eine reinere Verheißung sichtbar sein. Aber einer Betrachtung wie der Gundolfschen wird sie sich nicht erschließen. Sie so wenig wie die der übrigen Autoren gibt sich Rechenschaft von der Novelle, von den »wunderlichen Nachbarskindern«.

Die Wahlverwandtschaften selbst sind anfänglich als Novelle im Kreise der Wanderjahre geplant worden, doch drängte sie ihr Wachstum aus ihm heraus. Aber die Spuren des ursprünglichen Formgedankens haben sich trotz allem erhalten, was das Werk zum Roman werden ließ. Nur die völlige Meisterschaft Goethes, welche darin auf einem Gipfel sich zeigt, wußte es zu verhindern, daß die eingeborne novellistische Tendenz die Romanform zerbrochen hätte. Mit Gewalt erscheint der Zwiespalt gebändigt und die Einheit erreicht, indem er die Form des Romans durch die der Novelle gleichsam veredelt. Der bezwingende Kunstgriff, der dies vermochte und der sich gleich gebieterisch von seiten des Gehalts her aufdrang, liegt darin, daß der Dichter die Teilnahme des Lesers in das Zentrum des Geschehens selbst hineinzurufen verzichtet. Indem nämlich dieses der unmittelbaren Intention des Lesers so durchaus unzugänglich bleibt, wie es am deutlichsten der unvermutete Tod der Ottilie beleuchtet, verrät sich der Einfluß der Novellenform auf die des Romans und gerade in der Darstellung dieses Todes auch am ehesten ein Bruch, wenn zuletzt jenes Zentrum, das in der Novelle sich bleibend verschließt, mit verdoppelter Kraft sich bemerkbar macht. Der gleichen Formtendenz mag angehören, worauf schon R. M. Meyer hingewiesen hat, daß die Erzählung gerne Gruppen stellt. Und zwar ist deren Bildlichkeit grundsätzlich unmalerisch; sie darf plastisch, vielleicht stereoskopisch genannt werden. Auch sie erscheint novellistisch. Denn wenn der Roman wie ein Maelstrom den Leser unwiderstehlich in sein Inneres zieht, drängt die Novelle auf den Abstand hin, drängt aus ihrem Zauberkreise jedweden Lebenden hinaus. Darin sind die Wahlverwandtschaften trotz ihrer Breite novellistisch geblieben. Sie sind an Nachhaltigkeit des Ausdrucks nicht der in ihnen enthaltenen eigentlichen Novelle überlegen. In ihnen ist eine Grenzform geschaffen, und durch diese stehn sie von andern Romanen weiter entfernt als jene unter sich. Im »Meister und in den Wahlverwandtschaften wird der künstlerische Stil durchaus dadurch bestimmt, daß wir überall den Erzähler fühlen. Es fehlt hier der formal-künstlerische Realismus ..., der die Ereignisse und Menschen auf sich selber stellt, so daß sie, wie von der Bühne, nur als ein unmittelbares Dasein wirken; vielmehr, sie sind wirklich eine ›Erzählung‹, die von dem dahinter stehenden, fühlbaren Erzähler getragen wird ... die Goetheschen Romane laufen innerhalb der Kategorien des ›Erzählers‹ ab«. »Vorgetragen« nennt Simmel sie ein andermal. Wie immer diese Erscheinung, die ihm nicht mehr analysierbar erscheint, für den Wilhelm Meister sich erklären mag, in den Wahlverwandtschaften rührt sie daher, daß Goethe sich mit Eifersucht es vorbehält, im Lebenskreise seiner Dichtung ganz allein zu walten. Eben dergleichen Schranken gegen den Leser kennzeichnen die klassische Form der Novelle, Boccaccio gibt den seinigen einen Rahmen, Cervantes schreibt ihnen eine Vorrede. So sehr sich also in den Wahlverwandtschaften die Form des Romans selbst betont, eben

diese Betonung und dieses Übermaß von Typus und Kontur verrät sie als novellistisch.
Nichts konnte den Rest von Zweideutigkeit der ihr verbleibt unscheinbarer machen, als die Einfügung einer Novelle, die, je mehr das Hauptwerk gegen sie als gegen ein reines Vorbild ihrer Art sich abhob, desto ähnlicher es einem eigentlichen Roman erscheinen lassen mußte. Darauf beruht die Bedeutung, welche für die Komposition den »wunderlichen Nachbarskindern« eignet, die als eine Musternovelle, selbst wo sich die Betrachtung auf die Form beschränkt, zu gelten haben. Auch hat nicht minder, ja gewissermaßen mehr noch als den Roman, Goethe sie als exemplarisch hinstellen wollen. Denn obwohl des Ereignisses, von dem sie berichtet, im Roman selbst als eines wirklichen gedacht wird, ist die Erzählung dennoch als Novelle bezeichnet. Sie soll als »Novelle« ebenso entschieden wie das Hauptwerk als »Ein Roman« gelten. Aufs deutlichste tritt an ihr die gedachte Gesetzmäßigkeit ihrer Form, die Unberührbarkeit des Zentrums, will sagen das Geheimnis als ein Wesenszug hervor. Denn Geheimnis ist in ihr die Katastrophe, als das lebendige Prinzip der Erzählung in die Mitte versetzt, während im Roman ihre Bedeutung, als die des abschließenden Geschehens, phänomenal bleibt. Die belebende Kraft dieser Katastrophe ist, wiewohl so manches im Roman ihr entspricht, so schwer zu ergründen, daß für die ungeleitete Betrachtung die Novelle nicht weniger selbständig, doch auch kaum minder rätselhaft erscheint als »Die pilgernde Törin«. Und doch waltet in dieser Novelle das helle Licht. Alles steht, scharf umrissen, von Anfang an auf der Spitze. Es ist der Tag der Entscheidung, der in den dämmerhaften Hades des Romans hereinscheint. So ist denn die Novelle prosaischer als der Roman. In einer Prosa höhern Grades tritt sie ihm entgegen. Dem entspricht die echte Anonymität in ihren Gestalten und die halbe, unentschiedene in denen des Romans.
Während im Leben der letztern eine Zurückgezogenheit waltet, die die verbürgte Freiheit ihres Tuns vollendet, treten die Gestalten der Novelle von allen Seiten eng umschränkt von ihrer Mitwelt, ihren Angehörigen, auf. Ja wenn Ottilie dort auf das Drängen des Geliebten mit dem väterlichen Medaillon sich sogar der Erinnerung an die

Heimat entäußert, um ganz der Liebe geweiht zu sein, so fühlen sich hier selbst die Vereinten von dem elterlichen Segen nicht unabhängig. Dies Wenige bezeichnet die Paare im tiefsten. Denn gewiß ist, daß die Liebenden aus der Bindung des Elternhauses mündig heraustreten, aber nicht minder, daß sie dessen innerliche Macht wandeln, indem, sollte selbst ein jeder für sich darinnen verharren, der andere ihn mit seiner Liebe darüber hinausträgt. Gibt es anders überhaupt für Liebende ein Zeichen, so dies, daß für einander nicht allein der Abgrund des Geschlechts, sondern auch jener der Familie sich geschlossen hat. Damit solche liebende Anschauung giltig sei, darf sie dem Anblick, gar dem Wissen von Eltern nicht schwachmütig sich entziehen, wie es Eduard gegen Ottilie tut. Die Kraft der Liebenden triumphiert darin, daß sie sogar die volle Gegenwart der Eltern beim Geliebten überblendet. Wie sehr sie fähig sind, in ihrer Strahlung aus allen Bindungen einander zu lösen, das ist in der Novelle durch das Bild der Gewänder gesagt, in denen die Kinder von ihren Eltern kaum mehr erkannt werden. Nicht zu diesen allein, auch zu der übrigen Mitwelt treten die Liebenden der Novelle in ein Verhältnis. Und während für die Gestalten des Romans die Unabhängigkeit nur um so strenger die zeitliche und örtliche Verfallenheit ans Schicksal besiegelt, birgt es den andern die unschätzbarste Gewähr, daß mit dem Höhepunkt der eigenen Not den Fahrtgenossen die Gefahr droht zu scheitern. Es spricht daraus, daß selbst das Äußerste die beiden nicht aus dem Kreis der Ihrigen ausstößt, indes die formvollendete Lebensart der Romanfiguren nichts dawider vermag, daß, bis das Opfer fällt, ein jeder Augenblick sie unerbittlicher aus der Gemeinschaft der Friedlichen ausschließt. Ihren Frieden erkaufen die Liebenden in der Novelle nicht durch das Opfer. Daß der Todessprung des Mädchens jene Meinung nicht hat, ist aufs zarteste und genaueste vom Dichter bedeutet. Denn nur dies ist die geheime Intention, aus der sie den Kranz dem Knaben zuwirft: es auszusprechen, daß sie nicht »in Schönheit sterben«, im Tode nicht wie Geopferte bekränzt sein will. Der Knabe, wie er nur fürs Steuern Augen hat, bezeugt von seiner Seite, daß er nicht, sei's wissend oder ahnungslos, an dem Vollzug, als wäre er ein Opfer, seinen Teil hat. Weil diese Menschen nicht um einer falsch erfaßten Freiheit willen alles wagen, fällt unter ihnen kein Opfer, sondern in ihnen die Entscheidung. In der Tat ist Freiheit so deutlich aus des Jünglings rettendem Entschluß entfernt wie Schicksal. Das chimärische Freiheitsstreben ist es, das über die Gestalten des Romans das Schicksal heraufbeschwört. Die Liebenden in der Novelle stehen jenseits von beiden und ihre mutige Entschließung genügt, ein Schicksal zu zerreißen, das sich über ihnen ballen, und eine Freiheit zu durchschauen, die sie in das Nichts der Wahl herabziehn wollte. Dies ist in den Sekunden der Entscheidung der Sinn ihres Handelns. Beide tauchen hinab in den lebendigen Strom, dessen segensreiche Gewalt nicht minder groß in diesem Geschehen erscheint, als die todbringende Macht der stehenden Gewässer im andern. Durch eine Episode des letzteren erhellt auch die befremdliche Vermummung in die vorgefundenen Hochzeitskleider sich völlig. Dort nämlich nennt Nanny das für Ottilie bereitliegende Totenhemd ihr Brautgewand. So ist es denn wohl erlaubt, demgemäß den seltsamen Zug der Novelle auszulegen und – auch ohne vielleicht auffindbare mythische Analogien – die Brautgewänder dieser Liebenden als umgewandelte und nunmehr todgefeite Sterbekleider zu erkennen. Die gänzliche Geborgenheit des Daseins, das zuletzt sich ihnen eröffnet, ist auch sonst bezeichnet. Nicht allein indem die Gewandung sie den Freunden verbirgt, sondern vor allem durch das große Bild des am Orte ihrer Vereinigung landenden Schiffes wird das Gefühl erregt, daß sie kein Schicksal mehr haben und da stehen, wohin die andern einmal gelangen sollen.

Mit alledem darf als unumstößlich gewiß betrachtet werden, daß im Bau der Wahlverwandtschaften dieser Novelle eine beherrschende Bedeutung zukommt. Wenn auch erst in dem vollen Licht der Haupterzählung all ihre Einzelheiten sich erschließen, bekunden die genannten unverkennbar: den mythischen Motiven des Romans entsprechen jene der Novelle als Motive der Erlösung. Also darf, wenn im Roman das Mythische als Thesis angesprochen wird, in der Novelle die Antithesis gesehen werden. Hierauf deutet ihr Titel. »Wunderlich« nämlich müssen jene Nachbarskinder am meisten den Romangestalten scheinen, die sich denn auch mit tiefverletztem Gefühl von ihnen abwenden. Eine Verletzung, die Goethe, der geheimen und vielleicht in vielem sogar ihm verborgenen Bewandtnis der Novelle gemäß, auf äußerliche Weise motivierte, ohne ihr damit die innere Bedeutung zu nehmen. Während schwächer und stummer, doch in voller Lebensgröße jene Gestalten im Blick des Lesers verharren, verschwinden die Vereinten der Novelle unter dem Bogen einer letzten rhetorischen Frage gleichsam in der unendlich fernen Perspektive. Sollte nicht in der Bereitschaft zum Entfernen und Verschwinden Seligkeit, die Seligkeit im Kleinen angedeutet sein, die Goethe später zum einzigen Motiv der »Neuen Melusine« gemacht hat?

III

> Eh ihr den leib ergreift auf diesem sterne
> Erfind ich euch den traum bei ewigen sternen.
>
> *George*

Der Anstoß, den an jeder Kunstkritik unter dem Vorwand, sie trete dem Werk zu nahe, diejenigen nehmen, welche nicht das Nachbild ihrer eigenliebenden Verträumtheiten in ihr finden, bezeugt so viel Unwissenheit von dem Wesen der Kunst, daß eine Zeit, der deren streng bestimmter Ursprung mehr und mehr lebendig wird, ihm keine Widerlegung schuldet. Dennoch ist ein Bild, das der Empfindsamkeit den bündigsten Bescheid erteilt, vielleicht erlaubt. Man setze, daß man einen Menschen kennen lerne, der schön und anziehend ist, aber verschlossen, weil er ein Geheimnis mit sich trägt. Es wäre verwerflich, in ihn dringen zu wollen. Wohl aber ist es erlaubt zu forschen, ob er Geschwister habe und ob deren Wesen vielleicht das Rätselhafte des Fremden in etwas erkläre. Ganz so forscht die Kritik nach Geschwistern des Kunstwerks. Und alle echten Werke haben ihre Geschwister im Bereiche der Philosophie. Sind doch eben jene die Gestalten, in welchen das Ideal ihres Problems erscheint. – Die Ganzheit der Philosophie, ihr System, ist von höherer Mächtigkeit als der Inbegriff ihrer sämtlichen Probleme es fordern kann, weil die Einheit in der Lösung ihrer aller nicht erfragbar ist. Wäre nämlich die Einheit in der Lösung aller Probleme selbst erfragbar, so würde alsbald mit Hinsicht auf die Frage, welche sie erfragt, die neue sich einstellen, worin die Einheit ihrer Beantwortung mit der von allen übrigen beruhe. Daraus folgt, daß es keine Frage gibt, welche die Einheit der Philosophie erfragend umspannt. Den Begriff dieser nichtexistenten Frage, welche die Einheit der Philosophie erfragt, bezeichnet in der Philosophie das Ideal des Problems. Wenn aber auch das System in keinem Sinne erfragbar ist, so gibt es doch Gebilde, die, ohne Frage zu sein, zum Ideal des Problems die tiefste Affinität haben. Es sind die Kunstwerke. Nicht mit der Philosophie selbst konkurriert das Kunstwerk, es tritt lediglich zu ihr ins genaueste Verhältnis durch seine Verwandtschaft mit dem Ideal des Problems. Und zwar kann, einer Gesetzlichkeit nach, die im Wesen des Ideals überhaupt gründet, dieses einzig in einer Vielheit sich darstellen. Nicht aber in einer Vielheit von Problemen erscheint das Ideal des Problems. Vielmehr liegt es vergraben in jener der Werke und seine Förderung ist das Geschäft der Kritik. Sie läßt im Kunstwerk das Ideal des Problems in Erscheinung, in eine seiner Erscheinungen treten. Denn das, was sie zuletzt in jenem aufweist, ist die virtuelle Formulierbarkeit seines Wahrheitsgehalts als höchsten philosophischen Problems; wovor sie aber, wie aus Ehrfurcht vor dem Werk, gleich sehr jedoch aus Achtung vor der Wahrheit innehält, das ist eben diese Formulierung selbst. Wäre doch jene Formulierbarkeit allein, wenn das System erfragbar wäre, einzulösen und würde damit aus einer Erscheinung des Ideals sich in den nie gegebenen Bestand des Ideals selbst verwandeln. So aber sagt sie einzig, daß die Wahrheit in einem Werke zwar nicht als erfragt, doch als erfordert sich erkennen würde. Wenn es also erlaubt ist zu sagen, alles Schöne beziehe sich irgendwie auf das Wahre und sein virtueller Ort in der Philosophie sei bestimmbar, so heißt dies, in jedem wahren Kunstwerk lasse eine Erscheinung von dem Ideal des Problems sich auffinden. Daraus ergibt sich, daß von dort an, wo die Betrachtung von den Grundlagen des Romans zur Anschauung seiner Vollkommenheit sich erhebt, die Philosophie statt des Mythos sie zu führen berufen ist. –

Damit tritt die Gestalt der Ottilie hervor. Scheint doch in dieser am sichtbarsten der Roman der mythischen Welt zu entwachsen. Denn wenn sie auch als Opfer dunkler Mächte fällt, so ist's doch eben ihre Unschuld, welche sie, der alten Forderung gemäß, die vom Geopferten Untadeligkeit verlangt, zu diesem furchtbaren Geschick bestimmt. Zwar stellt in dieser Mädchengestalt nicht die Keuschheit, soweit sie aus der Geistigkeit entspringen mag, sich dar – vielmehr begründet solche Unberührbarkeit bei der Luciane nahezu einen Tadel – jedoch ihr ganz natürliches Gebaren macht trotz vollkommener Passivität, die der Ottilie im Erotischen sowie in jeder anderen Sphäre eignet, diese bis zur Entrücktheit unnahbar. In seiner aufdringlichen Art sagt auch das Wernersche Sonett es an: die Keuschheit dieses Kindes hütet kein Bewußtsein. Aber ist ihr Verdienst nicht nur um so größer? Wie tief sie im natürlichen Wesen des Mädchens gründet, stellt Goethe in den Bildern dar, in denen er sie mit dem Christusknaben und mit Charlottens totem Kind im Arme zeigt. Zu beiden kommt Ottilie ohne Gatten. Jedoch der Dichter hat noch mehr hiermit gesagt. Denn das »lebende« Bild, das die Anmut und die aller Sittenstrenge überlegene Reinheit der Gottesmutter darstellt, ist eben das künstliche. Dasjenige, das die Natur nur wenig später bietet, zeigt den toten Knaben. Und gerade dies enthüllt das wahre Wesen jener Keuschheit, deren sakrale Unfruchtbarkeit an sich selbst in nichts über der unreinen Verworrenheit der Sexualität steht, die die zerfallenen Gatten zueinander führt und deren Recht allein darin waltet, eine Vereinigung hintanzuhalten, in der sich Mann und Frau verlieren müßten. In Ottiliens Erscheinung aber beansprucht diese Keuschheit bei weitem mehr. Sie ruft den Schein einer Unschuld des natürlichen Lebens hervor. Die heidnische wenn auch nicht mythische Idee dieser Unschuld verdankt zumindest ihre äußerste und folgenreichste Formulierung im Ideal der Jungfräulichkeit dem Christentum. Wenn die Gründe einer mythischen Urschuld im bloßen Lebenstrieb der Sexualität zu suchen sind, so sieht der christliche Gedanke ihren Widerpart, wo jener am meisten von drastischem Ausdruck entfernt ist: im Leben der Jungfrau. Aber diese klare wenn auch nicht klar bewußte Intention schließt einen folgenschweren Irrtum ein. Zwar gibt es, wie eine natürliche Schuld, so eine natürliche Unschuld des Lebens. Diese letztere aber ist nicht an die Sexualität – und sei es verneinend – sondern einzig an ihren Gegenpol den – gleichermaßen natürlichen – Geist gebunden. Wie das sexuelle Leben des Menschen der Ausdruck einer natürlichen Schuld werden kann, so sein geistiges, bezogen auf die Einheit seiner gleichviel wie beschaffenen Individualität, der Ausdruck einer natürlichen Unschuld. Diese Einheit individualen geistigen Lebens ist der Charakter. Die Eindeutigkeit als sein konstitutives Wesensmoment unterscheidet ihn vom Dämonischen aller rein sexuellen Phänomene. Einem Menschen einen komplizierten Charakter zusprechen kann nur heißen, ihm, sei es wahrheitsgemäß, sei es zu Unrecht, den Charakter absprechen, indessen für jede Erscheinung des bloßen sexuellen Lebens das Siegel ihrer Erkenntnis die Einsicht in die Zweideutigkeit ihrer Natur bleibt. Dies erweist sich auch an der Jungfräulichkeit. Vor allem liegt die Zweideutigkeit ihrer Unberührtheit zu Tage. Denn eben das, was als das Zeichen innerer Reinheit gedacht wird, ist der Begierde das Willkommenste. Aber auch die Unschuld der Unwissenheit ist zweideutig. Denn auf ihrem Grunde geht die Neigung unversehens in die als sündhaft gedachte Begierde über. Und eben diese Zweideutigkeit kehrt höchst bezeichnender Weise in dem christlichen Symbol der Unschuld, in der Lilie, wieder. Die strengen Linien des Gewächses, das Weiß des Blütenkelches verbinden sich mit den betäubend süßen, kaum mehr vegetabilen Düften. Diese gefährliche Magie der Unschuld hat der Dichter der Ottilie mitgegeben und sie ist aufs engste dem Opfer verwandt, das ihr Tod zelebriert. Denn eben indem sie dergestalt unschuldig erscheint, verläßt sie nicht den Bannkreis seines Vollzugs. Nicht Reinheit sondern deren Schein verbreitet sich mit solcher Unschuld über ihre Gestalt. Es ist die Unberührbarkeit des Scheins, die sie dem Geliebten entrückt. Dergleichen scheinhafte Natur ist auch im Wesen der Charlotte angedeutet, das völlig rein und unanfechtbar nur erscheint, während in Wahrheit die Untreue gegen den Freund es entstellt. Selbst in ihrer Erscheinung als Mutter und Hausfrau, in der Passivität ihr wenig ansteht, mutet sie schemenhaft an. Und doch stellt sich nur um den Preis dieser Unbestimmtheit in ihr das Adlige dar. Ottilien, welche unter Schemen der einzige Schein ist, ist sie demnach im tiefsten nicht unähnlich. Wie es denn überhaupt unerläßlich für die Einsicht in dieses Werk ist, seinen Schlüssel nicht im Gegensatz der vier Partner sondern in dem zu suchen, worin sie gleichermaßen von den Liebenden der Novelle sich unterscheiden. Die Gestalten der Haupterzählung haben ihren Gegensatz weniger als Einzelne denn als Paare.

Hat an jener echten natürlichen Unschuld, welche gleich wenig mit der zweideutigen Unberührtheit zu schaffen hat wie mit der seligen Schuldlosigkeit, das Wesen der Ottilie seinen Anteil? Hat sie Charakter? Ist ihre Natur, nicht so dank eigener Offenherzigkeit als kraft des freien und erschlossenen Ausdrucks, klar vor Augen? Das Gegenteil von all dem bezeichnet sie. Sie ist verschlossen – mehr als das, all ihr Tun und Sagen vermag nicht, ihrer Verschlossenheit sie zu entäußern. Pflanzenhaftes Stummsein, wie es so groß aus dem Daphne-Motiv der flehend gehobenen Hände spricht, liegt über ihrem Dasein und verdunkelt es noch in den äußersten Nöten, die sonst bei jedem es ins helle Licht setzen. Ihr Entschluß zum Sterben bleibt nicht nur vor den Freunden bis zuletzt geheim, er scheint in seiner völligen Verborgenheit auch für sie selbst unfaßbar sich zu bilden. Und dies rührt an die Wurzel seiner Moralität. Denn wenn irgendwo, so zeigt sich im Entschluß die moralische Welt vom Sprachgeist erhellt. Kein sittlicher Entschluß kann ohne sprachliche Gestalt, und strenggenommen ohne darin Gegenstand der Mitteilung geworden zu sein, ins Leben treten. Daher wird, in dem vollkommenen Schweigen der Ottilie, die Moralität des Todeswillens, welcher sie beseelt, fragwürdig. Ihm liegt in Wahrheit kein Entschluß zugrunde sondern ein Trieb. Daher ist nicht, wie sie es zweideutig auszusprechen scheint, ihr Sterben heilig. Wenn sie aus ihrer »Bahn« geschritten sich erkennt, so kann dies Wort in Wahrheit einzig heißen, daß nur der Tod sie vor dem innern Untergange bewahren kann. Und so ist er wohl Sühne im Sinne des Schicksals, nicht jedoch die heilige Entsühnung, welche nie der freie, sondern nur der göttlich über ihn verhängte Tod dem Menschen werden kann. Ottiliens ist, wie ihre Unberührtheit, nur der letzte Ausweg der Seele, welche vor dem Verfallensein entflieht. In ihrem Todestriebe spricht die Sehnsucht nach Ruhe. Wie gänzlich er Natürlichem in ihr entspringt, hat Goethe nicht zu bezeichnen verfehlt. Wenn Ottilie stirbt indem sie sich die Nahrung entzieht, so hat er im Roman es ausgesprochen, wie sehr ihr auch in glücklicheren Zeiten oft Speise widerstanden hat. Nicht so sehr darum ist das Dasein der Ottilie, das Gundolf heilig nennt, ein ungeheiligtes, weil sie, im Scheinen und im Werden schicksalhafter Gewalt bis zum Tod unterworfen, entscheidungslos ihr Leben dahinlebt. Dieses ihr schuldig-schuldloses Verweilen im Raume des Schicksals leiht ihr vor flüchtigen Blicken das Tragische. So kann Gundolf von dem »Pathos dieses Werkes« sprechen »nicht minder tragisch erhaben und erschütternd als das, aus dem der Sophokleische Ödipus stammt«. Vor ihm schon ähnlich François-Poncet in seinem schalen aufgeschwemmten Buche über die »affinités électives«. Und doch ist dies das falscheste Urteil.

Denn im tragischen Worte des Helden ist der Grat der Entscheidung erstiegen, unter dem Schuld und Unschuld des Mythos sich als Abgrund verschlingen. Jenseits von Verschuldung und Unschuld ist das Diesseits von Gut und Böse gegründet, das dem Helden allein, doch niemals dem zagenden Mädchen erreichbar ist. Darum ist es leeres Reden, ihre »tragische Läuterung« zu rühmen. Untragischer kann nichts ersonnen werden als dieses trauervolle Ende.
Aber nicht allein darin gibt sich der sprachlose Trieb zu erkennen; haltlos erscheint auch ihr Leben, wenn es der Lichtkreis moralischer Ordnungen trifft. Doch nur gänzliche Anteillosigkeit an dieser Dichtung scheint dafür dem Kritiker Augen gelassen zu haben. So blieb es dem hausbacknen Verstand Julian Schmidts vorbehalten, die Frage zu stellen, die doch dem Unbefangenen am ersten dem Geschehen gegenüber sich einstellen müßte. »Es wäre nichts dagegen zu sagen gewesen, wenn die Leidenschaft stärker gewesen wäre als das Gewissen, aber wie begreift sich dies Verstummen des Gewissens?« »Ottilie begeht eine Schuld, sie empfindet sie später sehr tief, tiefer als nötig; aber wie geht es zu, daß sie es nicht vorher empfindet? ... Wie ist es möglich, daß eine so wohl geschaffene und so wohl erzogene Seele wie Ottilie sein soll, nicht empfindet, daß sie durch die Art ihres Benehmens gegen Eduard ein Unrecht an Charlotte, ihrer Wohltäterin begeht?« Keine Einsicht in die innersten Zusammenhänge des Romans kann das plane Recht dieser Frage entkräften. Das Verkennen ihrer zwingenden Natur läßt das Wesen des Romans im Dunklen. Denn dies Schweigen der moralischen Stimme ist nicht, wie die gedämpfte Sprache der Affekte, als ein Zug der Individualität zu fassen. Es ist keine Bestimmung innerhalb der Grenzen menschlichen Wesens. Mit diesem Schweigen hat verzehrend im Herzen des edelsten Wesens sich der Schein angesiedelt. Und seltsam gemahnt das an die Schweigsamkeit Minna Herzliebs, welche geisteskrank im Alter gestorben ist. Alle sprachlose Klarheit des Handelns ist scheinhaft und in Wahrheit ist das Innere so sich Bewahrender ihnen selbst nicht weniger als andern verdunkelt. In ihrem Tagebuch allein scheint zuletzt sich noch Ottiliens menschliches Leben zu regen. Ist doch all ihr sprachbegabtes Dasein mehr und mehr in diesen stummen Niederschriften zu suchen. Doch auch sie

bauen nur das Denkmal für eine Erstorbene. Ihr Offenbaren von Geheimnissen, welche der Tod allein entsiegeln dürfte, gewöhnt an den Gedanken ihres Hinscheidens; und sie deuten auch, indem sie jene Schweigsamkeit der Lebenden bekunden, auf ihr völliges Verstummen voraus. Sogar in ihre geistige, entrückte Stimmung dringt das Scheinhafte, das in dem Leben der Schreiberin waltet. Denn wenn es die Gefahr des Tagebuches überhaupt ist, allzufrühe die Keime der Erinnerung in der Seele aufzudecken und das Reifen ihrer Früchte zu vereiteln, so muß sie notwendig verhängnisvoll dort werden, wo in ihm allein das geistige Leben sich ausspricht. Und doch stammt zuletzt alle Kraft verinnerlichten Daseins aus Erinnerung. Erst sie verbürgt der Liebe ihre Seele. Die atmet in dem Goetheschen Erinnern: »Ach, Du warst in abgelebten Zeiten / Meine Schwester oder meine Frau«. Und wie in solchem Bunde selbst die Schönheit als Erinnerung sich überdauert, so ist sie auch im Blühen wesenlos ohne diese. Das bezeugen die Worte des Platonischen Phaedrus: »Wer nun erst frisch von der Weihe kommt und einer von denen ist, die dort im Jenseits viel erschauten, der, wenn er ein göttliches Antlitz, welches die Schönheit wohl nachbildet oder eine Körpergestalt erblickt, wird zunächst, der damals erlebten Bedrängnis gedenkend, von Bestürzung befallen, dann aber recht zu ihr hintretend, erkennt er ihr Wesen und verehrt sie wie einen Gott, denn die Erinnerung zur Idee der Schönheit erhoben schaut diese wiederum neben der Besonnenheit auf heiligem Boden stehend.«
Ottiliens Dasein weckt solche Erinnerung nicht, in ihm bleibt wirklich Schönheit das Erste und Wesentliche. All ihr günstiger »Eindruck geht nur aus der Erscheinung hervor; trotz der zahlreichen Tagebuchblätter bleibt ihr inneres Wesen verschlossen, verschlossener als irgendeine weibliche Figur Heinrich von Kleists«. In dieser Einsicht begegnet sich Julian Schmidt mit einer alten Kritik, die mit sonderbarer Bestimmtheit sagt: »Diese Ottilie ist nicht ein echtes Kind von des Dichters Geiste, sondern sündhafter Weise erzeugt, in doppelter Erinnerung an Mignon und an ein altes Bild von Masaccio oder Giotto«. In der Tat sind in Ottiliens Gestalt die Grenzen der Epik gegen die Malerei überschritten. Denn die Erscheinung des Schönen als des wesentlichen Gehaltes in einem Lebendigen liegt

jenseits des epischen Stoffkreises. Und doch steht sie im Zentrum des Romans. Denn es ist nicht zu viel gesagt, wenn man die Überzeugung von Ottiliens Schönheit als Grundbedingung für den Anteil am Roman bezeichnet. Diese Schönheit darf, solange seine Welt Bestand hat, nicht verschwinden: der Sarg, in dem das Mädchen ruht, wird nicht geschlossen. Sehr weit hat Goethe sich in diesem Werk von dem berühmten Homerischen Vorbild für die epische Darstellung der Schönheit entfernt. Denn nicht allein zeigt selbst die Helena in ihrem Spott gegen Paris sich entschiedner, als je in ihren Worten die Ottilie, sondern vor allem in der Darstellung von deren Schönheit ist Goethe nicht der berühmten Regel gefolgt, die aus den bewundernden Reden der auf der Mauer versammelten Greise entnommen wurde. Jene auszeichnenden Epitheta, welche, selbst gegen die Gesetze der Romanform, der Ottilie verliehen werden, dienen nur, sie aus der epischen Ebene herauszurücken, in welcher der Dichter waltet und eine fremde Lebendigkeit ihr mitzuteilen, für die er nicht verantwortlich ist. Je ferner sie dergestalt der Homerischen Helena steht desto näher der Goetheschen. In zweideutiger Unschuld und scheinhafter Schönheit wie sie, steht sie wie sie in Erwartung des sühnenden Todes. Und Beschwörung ist auch bei ihrer Erscheinung im Spiel.
Der episodischen Gestalt der Griechin gegenüber wahrte Goethe die vollkommene Meisterschaft, da er in der Form dramatischer Darstellung selbst die Beschwörung durchleuchtete – wie wohl in diesem Sinne es am allerwenigsten ein Zufall scheint, daß jene Szene, in der Faust von Persephone die Helena erbitten sollte, nie geschrieben wurde. In den Wahlverwandtschaften aber ragen die dämonischen Prinzipien der Beschwörung in das dichterische Bilden selbst mitten hinein. Beschworen nämlich wird stets nur ein Schein, in Ottilien die lebendige Schönheit, welche stark, geheimnisvoll und ungeläutert als »Stoff« in gewaltigstem Sinne sich aufdrängte. So bestätigt sich das Hadeshafte, das der Dichter dem Geschehn verleiht: vor dem tiefen Grunde seiner Dichtergabe steht er wie Odysseus mit dem nackten Schwerte vor der Grube voll Blut und wie dieser wehrt er den durstigen Schatten, um nur jene zu dulden, deren karge Rede er sucht. Sie ist ein Zeichen ihres geisterhaften Ursprungs. Er ist es, der

das eigentümlich Durchscheinende, mitunter Preziöse in Anlage und Ausführung hervorbringt. Jene Formelhaftigkeit, welche vor allem im Aufbau des zweiten Teiles sich findet, der zuletzt nach Vollendung der Grundkonzeption bedeutend erweitert wurde, tritt doch angedeutet auch im Stil, in seinen zahllosen Parallelismen, Komparativen und Einschränkungen hervor, wie sie der späten Goetheschen Schreibart nah liegen. In diesem Sinne äußert Görres gegen Arnim, daß in den Wahlverwandtschaften manches ihm »wie gebohnt und nicht wie geschnitzt« vorkäme. Ein Wort, das zumal auf die Maximen der Lebensweisheit seine Anwendung finden möchte. Problematischer noch sind die Züge, welche überhaupt nicht der rein rezeptiven Intention sich erschließen können: jene Korrespondenzen, welche einzig einer vom Ästhetischen ganz abgekehrten, philologisch forschenden Betrachtung sich erschließen. Ganz gewiß greift in solchen die Darstellung ins Bereich beschwörender Formeln hinüber. Daher fehlt ihr so oft die letzte Augenblicklichkeit und Endgültigkeit der künstlerischen Belebung: die Form. In dem Roman baut diese nicht sowohl Gestalten, welche oft genug aus eigener Machtvollkommenheit formlos als mythische sich einsetzen, auf, als daß sie zaghaft, gleichsam arabeskenhaft um jene spielend, vollendet und mit höchstem Recht sie auflöst. Als Ausdruck inhärenter Problematik mag man die Wirkung des Romans ansehn. Es unterscheidet ihn von andern, die das beste Teil, wenn auch nicht stets die höchste Stufe ihrer Wirkung im unbefangenen Gefühl des Lesers finden, daß er auf dieses höchst verwirrend wirken muß. Ein trüber Einfluß, der sich in verwandten Gemütern bis zu schwärmerischem Anteil und in fremderen zu widerstrebender Verstörtheit steigern mag, war ihm von jeher eigen und nur die unbestechliche Vernunft, in deren Schutz das Herz der ungeheueren, beschwornen Schönheit dieses Werks sich überlassen darf, ist ihm gewachsen.

Beschwörung will das negative Gegenbild der Schöpfung sein. Auch sie behauptet aus dem Nichts die Welt hervorzubringen. Mit beiden hat das Kunstwerk nichts gemein. Nicht aus dem Nichts tritt es hervor sondern aus dem Chaos. Ihm jedoch wird es nicht, wie nach dem Idealismus der Emanationslehre die geschaffene Welt es tut, sich entringen. Künstlerisches Schaffen »macht« nichts aus dem Chaos, durchdringt es nicht; genauso wenig wird, wie Beschwörung dies und Wahrheit tut, aus Elementen jenes Chaos Schein sich mischen lassen. Dies bewirkt die Formel. Form jedoch verzaubert es auf einen Augenblick zur Welt. Daher darf kein Kunstwerk gänzlich ungebannt lebendig scheinen ohne bloßer Schein zu werden und aufzuhören Kunstwerk zu sein. Das in ihm wogende Leben muß erstarrt und wie in einem Augenblick gebannt erscheinen. Dies in ihm Wesende ist bloße Schönheit, bloße Harmonie, die das Chaos – und in Wahrheit eben nur dieses, nicht die Welt – durchflutet, im Durchfluten aber zu beleben nur scheint. Was diesem Schein Einhalt gebietet, die Bewegung bannt und der Harmonie ins Wort fällt ist das Ausdruckslose. Jenes Leben gründet das Geheimnis, dies Erstarren den Gehalt im Werke. Wie die Unterbrechung durch das gebietende Wort es vermag aus der Ausflucht eines Weibes die Wahrheit gerad da herauszuholen, wo sie unterbricht, so zwingt das Ausdruckslose die zitternde Harmonie einzuhalten und verewigt durch seinen Einspruch ihr Beben. In dieser Verewigung muß sich das Schöne verantworten, aber nun scheint es in eben dieser Verantwortung unterbrochen und so hat es denn die Ewigkeit seines Gehalts eben von Gnaden jenes Einspruchs. Das Ausdruckslose ist die kritische Gewalt, welche Schein vom Wesen in der Kunst zwar zu trennen nicht vermag, aber ihnen verwehrt, sich zu mischen. Diese Gewalt hat es als moralisches Wort. Im Ausdruckslosen erscheint die erhabne Gewalt des Wahren, wie es nach Gesetzen der moralischen Welt die Sprache der wirklichen bestimmt. Dieses nämlich zerschlägt was in allem schönen Schein als die Erbschaft des Chaos noch überdauert: die falsche, irrende Totalität – die absolute. Dieses erst vollendet das Werk, welches es zum Stückwerk zerschlägt, zum Fragmente der wahren Welt, zum Torso eines Symbols. Eine Kategorie der Sprache und Kunst, nicht des Werkes oder der Gattungen, ist das Ausdruckslose strenger nicht definierbar, als durch eine Stelle aus Hölderlins Anmerkungen zum Ödipus, welche in ihrer über die Theorie der Tragödie hinaus für jene der Kunst schlechthin grundlegenden Bedeutung noch nicht erkannt zu sein scheint. Sie lautet: »Der tragische Transport ist nemlich eigentlich leer, und der ungebundenste. –

Dadurch wird in der rhythmischen Aufeinanderfolge der Vorstellungen, worin der Transport sich darstellt, das, was man im Sylbenmaasse Cäsur heißt, das reine Wort, die gegenrhythmische Unterbrechung notwendig, um nemlich dem reißenden Wechsel der Vorstellungen, auf seinem Summum, so zu begegnen, daß alsdann nicht mehr der Wechsel der Vorstellung, sondern die Vorstellung selber erscheint«. Die »abendländische Junonische Nüchternheit«, die Hölderlin einige Jahre bevor er dies schrieb als fast unerreichbares Ziel aller deutschen Kunstübung vorstellte, ist nur eine andere Bezeichnung jener Cäsur, in der mit der Harmonie zugleich jeder Ausdruck sich legt, um einer innerhalb aller Kunstmittel ausdruckslosen Gewalt Raum zu geben. Solche Gewalt ist kaum je deutlicher geworden als in der griechischen Tragödie einer-, der Hölderlinschen Hymnik andrerseits. In der Tragödie als Verstummen des Helden, in der Hymne als Einspruch im Rhythmus vernehmbar. Ja, man könnte jenen Rhythmus nicht genauer bezeichnen als mit der Aussage, daß etwas jenseits des Dichters der Dichtung ins Wort fällt. Hier liegt der Grund »warum eine Hymne selten (und mit ganzem Recht vielleicht niemals) ›schön‹ genannt werden wird«. Tritt in jener Lyrik das Ausdruckslose, so in Goethescher die Schönheit bis zur Grenze dessen hervor, was im Kunstwerk sich fassen läßt. Was jenseits dieser Grenze sich bewegt ist Ausgeburt des Wahnsinns in der einen, ist beschworene Erscheinung in der andern Richtung. Und in dieser darf die deutsche Dichtung keinen Schritt über Goethe hinaus wagen, ohne gnadenlos einer Scheinwelt anheimzufallen, deren lokkendste Bilder Rudolf Borchardt hervorrief. Fehlen doch selbst im Werk seines Meisters nicht Zeugnisse, daß es nicht immer der seinem Genius nächsten Versuchung entging, den Schein zu beschwören.

So gedenkt er der Arbeit am Roman denn gelegentlich mit den Worten: »Man findet sich schon glücklich genug, wenn man sich in dieser bewegten Zeit in die Tiefe der stillen Leidenschaften flüchten kann«. Wenn hier der Gegensatz bewegter Fläche und der stillen Tiefe nur flüchtig an ein Wasser gemahnen mag, so findet ausgesprochner solch Vergleich bei Zelter sich. In einem Briefe vom Romane handelnd schreibt er Goethe: »Dazu eignet sich endlich noch eine Schreibart, welche wie das klare Element beschaffen ist, dessen flinke Bewohner durcheinanderschwimmen, blinkelnd oder dunkelnd auf und ab fahren, ohne sich zu verirren oder zu verlieren«. Was so in Zelters nie genug geschätzter Weise ausgesprochen, verdeutlicht wie der formelhaft gebannte Stil des Dichters verwandt dem bannenden Reflex im Wasser ist. Und über die Stilistik hinaus weist es auf die Bedeutung jenes »Lustsees« und endlich auf den Sinngehalt des ganzen Werks. Wie nämlich zweideutig die scheinhafte Seele sich darin zeigt, mit unschuldiger Klarheit verlockend und in tiefste Dunkelheit hinunterführend, so ist auch das Wasser dieser sonderbaren Magie teilhaftig. Denn einerseits ist es das Schwarze, Dunkle, Unergründliche, andrerseits aber das Spiegelnde, Klare und Klärende. Die Macht dieser Zweideutigkeit, die schon ein Thema des »Fischers« gewesen war, ist im Wesen der Leidenschaft in den Wahlverwandtschaften herrschend geworden. Wenn sie so in ihr Zentrum hineinführt, weist sie andrerseits wieder zurück auf den mythischen Ursprung ihres Bildes vom schönen Leben und erlaubt mit vollendeter Klarheit es zu erkennen. »In dem Elemente, dem die Göttin« – Aphrodite – »entstieg, scheint die Schönheit recht eigentlich heimisch zu sein. An strömenden Flüssen und Quellen wird sie gepriesen; Schönfließ heißt eine der Okeaniden; unter den Nereiden tritt die schöne Gestalt der Galatea hervor und zahlreich entstammen den Göttern des Meeres schönfüßige Töchter. Das bewegliche Element, wie es zunächst den Fuß der Schreitenden umspült, benetzt Schönheit spendend die Füße der Göttinnen, und die silberfüßige Thetis bleibt für alle Zeiten das Vorbild, nach welchem die dichterische Phantasie der Griechen diesen Körperteil ihrer Gebilde zeichnet... Keinem Manne oder mannhaft gedachten Gotte legt Hesiod Schönheit bei; auch bezeichnet sie hier noch keinerlei inneren Wert. Sie erscheint ganz vorwiegend an die äußere Gestalt des Weibes, an Aphrodite und die okeanischen Lebensformen gebunden.« Wenn so – nach Walters »Ästhetik im Altertum« – der Ursprung eines bloßen schönen Lebens gemäß den Weisungen des Mythos in der Welt harmonisch-chaoshaften Wogens liegt, so hat ein tieferes Gefühl die Herkunft der Ottilie dort gesucht. Wo Hengstenberg gehässig eines »nymphenartigen Essens« der Ottilie, Werner tastend seiner »gräßlichen zarten Meernixe« gedenkt, da hat Bettina unvergeßlich sicher den innersten Zusammenhang berührt: »Du bist in sie verliebt, Goethe, es hat mir schon lange geahnt; jene Venus ist dem brausenden Meer Deiner Leidenschaft entstiegen, und nachdem sie eine Saat von Tränenperlen ausgesäet, da verschwindet sie wieder in überirdischem Glanz«.

Mit der Scheinhaftigkeit, die Ottiliens Schönheit bestimmt, bedroht Wesenlosigkeit noch die Rettung, die die Freunde aus ihren Kämpfen gewinnen. Denn ist die Schönheit scheinhaft, so ist es auch die Versöhnung, die sie mythisch in Leben und Sterben verheißt. Ihre Opferung wäre umsonst wie ihr Blühen, ihr Versöhnen ein Schein der Versöhnung. Wahre Versöhnung gibt es in der Tat nur mit Gott. Während in ihr der Einzelne mit ihm sich versöhnt und nur dadurch mit den Menschen sich aussöhnt, ist es der scheinhaften Versöhnung eigen, jene untereinander aussöhnen und nur dadurch mit Gott versöhnen zu wollen. Von neuem trifft dies Verhältnis scheinhafter Versöhnung zu wahren auf den Gegensatz von Roman und Novelle. Denn darauf will ja zuletzt der wunderliche Streit hinaus, der die Liebenden in ihrer Jugend befängt, daß ihre Liebe, weil sie um wahrer Versöhnung willen das Leben wagt, sie erlangt und mit ihr den Frieden, in dem ihr Liebesbund dauert. Weil nämlich wahre Versöhnung mit Gott keinem gelingt, der nicht in ihr – soviel an ihm ist – alles vernichtet, um erst vor Gottes versöhntem Antlitz es wieder erstanden zu finden, darum bezeichnet ein todesmutiger Sprung jenen Augenblick, da sie – ein jeder ganz für sich allein vor Gott – um der Versöhnung willen sich einsetzen. Und in solcher Versöhnungsbereitschaft erst ausgesöhnt gewinnen sie sich. Denn die Versöhnung, die ganz überweltlich und kaum fürs Kunstwerk gegenständlich ist, hat in der Aussöhnung der Mitmenschen ihre weltliche Spiegelung. Wie sehr bleibt gegen sie die adlige Nachsicht, jene Duldung und Zartheit zurück, die doch zuletzt den Abstand nur wachsen macht, in dem die Romangestalten sich wissen. Denn weil sie den offenen Streit, dessen Übermaß selbst in der Gewalttat eines Mädchens Goethe darzustellen sich nicht scheute, stets vermeiden, muß die Aussöhnung ihnen fern bleiben. So viel Leiden, so wenig Kampf. Daher das Schweigen aller Affekte. Sie treten niemals als Feindschaft, Rachsucht, Neid nach außen, aber sie leben auch nicht als Klage,

Scham und Verzweiflung im Innern. Denn wie ließe mit dem verzweifelten Handeln der Verschmähten sich das Opfer der Ottilie vergleichen, welches in Gottes Hand nicht das teuerste Gut, sondern die schwerste Bürde legt und seinen Ratschluß vorwegnimmt. So fehlt alles Vernichtende wahrer Versöhnung durchaus ihrem Schein, wie denn selbst, soweit möglich, von der Todesart der Ottilie alles Schmerzhafte und Gewaltsame fernbleibt. Und nicht hiermit allein verhängt eine unfromme Vorsicht die drohende Friedlosigkeit über die allzu Friedfertigen. Denn was hundertfach der Dichter verschweigt, geht doch einfach genug aus dem Gange des Ganzen hervor: daß nach sittlichen Gesetzen die Leidenschaft all ihr Recht und ihr Glück verliert, wo sie den Pakt mit dem bürgerlichen, dem reichlichen, dem gesicherten Leben sucht. Dies ist die Kluft, über die vergebens der Dichter auf dem schmalen Stege reiner menschlicher Gesittung mit nachtwandlerischer Sicherheit seine Gestalten schreiten lassen will. Jene edle Bändigung und Beherrschung vermag nicht die Klarheit zu ersetzen, die der Dichter gewiß so von sich selber zu entfernen wußte wie von ihnen. (Hier ist Stifter sein vollendeter Epigone.) In der stummen Befangenheit, welche diese Menschen in dem Umkreis menschlicher, ja bürgerlicher Sitte einschließt und dort das Leben der Leidenschaft für sie zu retten hofft, liegt das dunkle Vergehen, welches seine dunkle Sühne fordert. Sie flüchten im Grunde vor dem Spruche des Rechts, das über sie noch Gewalt hat. Sind sie dem Anschein nach ihm durch adliges Wesen enthoben, so vermag sie in Wirklichkeit nur das Opfer zu retten. Daher wird nicht der Friede ihnen zuteil, den die Harmonie ihnen leihen soll; ihre Lebenskunst Goethescher Schule macht die Schwüle nur dumpfer. Denn hier regiert die Stille vor dem Sturm, in der Novelle aber das Gewitter und der Friede. Während Liebe die Versöhnten geleitet, bleibt als Schein der Versöhnung nur die Schönheit bei den andern zurück.

Den wahrhaft Liebenden ist Schönheit des Geliebten nicht entscheidend. Wenn sie es war, die erstmals sie zueinander hinzog, werden über größern Herrlichkeiten sie ihrer immer wieder vergessen, um bis ans Ende freilich im Gedenken immer wieder ihrer inne zu werden. Anders die Leidenschaft. Jedes, auch das flüchtigste Schwinden der Schönheit macht sie verzweifeln. Denn nur der Liebe heißt die Schöne das teuerste Gut, für die Leidenschaft ist dies die Schönste. Leidenschaftlich ist denn auch die Mißbilligung, mit der die Freunde von der Novelle sich abwenden. Ist ihnen die Preisgabe der Schönheit doch unerträglich. Jene Wildheit, die das Mädchen entstellt, ist es auch nicht die leere, verderbliche der Luciane, sondern die drängende, heilsame eines edlern Geschöpfs, soviel Anmut mit ihr sich paart, sie genügt, ein befremdendes Wesen ihr mitzugeben, des kanonischen Ausdrucks der Schönheit sie zu berauben. Dieses Mädchen ist nicht wesentlich schön, Ottilie ist es. Auf seine Weise ist es selbst Eduard, nicht umsonst rühmt man die Schönheit dieses Paares. Goethe selbst aber wandte nicht nur – und über die Grenzen der Kunst hinaus – die erdenkliche Macht seiner Gaben auf, diese Schönheit zu bannen, sondern mit leichtester Hand legt er's nahe genug, die Welt dieser sanften, verschleierten Schönheit als die Mitte der Dichtung zu ahnen. Im Namen der Ottilie wies er auf die Heilige, der als Schutzpatronin Augenleidender auf dem Odilienberg im Schwarzwald ein Kloster gestiftet war. Er nennt sie einen »Augentrost« der Männer die sie sehen, ja man darf in ihrem Namen auch des milden Lichtes sich erinnern, das die Wohltat kranker Augen und die Heimat allen Scheines in ihr selbst ist. Dem stellte er den Glanz, der schmerzhaft strahlt, im Namen und in der Erscheinung der Luciane, und ihren sonnenhaften, weiten Lebenskreis dem mondhaft-heimlichen Ottiliens gegenüber. Wie er aber deren Sanftmut nicht allein Lucianens falsche Wildheit, sondern auch die rechte jener Liebenden zur Seite gibt, so ist der milde Schimmer ihres Wesens mitteninne gestellt zwischen das feindliche Glänzen und das nüchterne Licht. Der rasende Angriff, von dem die Novelle erzählt, war gegen das Augenlicht des Geliebten gerichtet; nicht strenger konnte die Gesinnung dieser Liebe die abhold allem Schein ist angedeutet werden. Die Leidenschaft bleibt in dessen Bannkreis gefangen und den Entbrennenden vermag sie an sich selbst nicht einmal in der Treue Halt zu leihen. Der Schönheit unter jedem Schein verfallen, wie sie ist, muß ihr Chaotisches verheerend ausbrechen, fände nicht ein geistigeres Element sich zu ihr, welches den Schein zu sänftigen vermöchte. Es ist die Neigung.

In der Neigung löst der Mensch von der Leidenschaft sich ab. Es ist das Wesensgesetz, welches diese wie jede Ablösung aus der Sphäre des Scheins und den Übergang zum Reiche des Wesens bestimmt, daß allmählich, ja selbst unter einer letzten und äußersten Steigerung des Scheins sich die Wandlung vollzieht. So scheint auch im Heraustreten der Neigung die Leidenschaft mehr noch als früher und völlig zur Liebe zu werden. Leidenschaft und Neigung sind die Elemente aller scheinhaften Liebe, die nicht im Versagen des Gefühls, sondern einzig in seiner Ohnmacht von der wahren sich unterschieden zeigt. Und so muß es denn ausgesprochen werden, daß nicht die wahre Liebe es ist, die in Ottilie und Eduard herrscht. Die Liebe wird vollkommen nur wo sie über ihre Natur erhoben durch Gottes Walten gerettet wird. So ist das dunkle Ende der Liebe, deren Dämon Eros ist, nicht ein nacktes Scheitern, sondern die wahrhafte Einlösung der tiefsten Unvollkommenheit, welche der Natur des Menschen selber eignet. Denn sie ist's, welche die Vollendung der Liebe ihm wehrt. Darum tritt in alles Lieben, was nur sie bestimmt, die Neigung als das eigentliche Werk des *Ἔρως θάνατος*: das Eingeständnis, daß der Mensch nicht lieben könne. Während in aller geretteten, wahren Liebe die Leidenschaft secundiert wie die Neigung bleibt, macht deren Geschichte und der Übergang der einen in die andere das Wesen des Eros. Freilich führt nicht ein Tadel der Liebenden, wie Bielschowsky ihn wagt, darauf hin. Dennoch läßt selbst sein banaler Ton die Wahrheit nicht verkennen. Nachdem er nämlich die Unart, ja die zügellose Selbstsucht des Liebhabers angedeutet, heißt es von Ottiliens unbeirrter Liebe weiter: »Es mag im Leben hie und da eine solche abnorme Erscheinung anzutreffen sein. Aber dann zucken wir die Achseln und sagen: wir verstehen es nicht. Eine solche Erklärung, gegenüber einer dichterischen Erfindung abgegeben, ist ihre schwerste Verurteilung. In der Dichtung wollen und müssen wir verstehen. Denn der Dichter ist Schöpfer. Er schafft die Seelen«. Inwiefern dies zuzugeben sei, wird gewiß höchst problematisch bleiben. Unverkennbar aber ist, daß jene Goetheschen Gestalten nicht geschaffen, noch auch rein gebildet, sondern eher gebannt erscheinen können. Daher eben stammt die Art von Dunkel, welche Kunstgebilden fremd und dem allein, der dessen Wesen in dem

Schein kennt, zu ergründen ist. Denn der Schein ist in dieser Dichtung nicht sowohl dargestellt, als in ihrer Darstellung selber. Darum allein kann er so viel bedeuten, darum allein bedeutet sie so viel. Bündiger enthüllt den Bruch jener Liebe dies, daß jedwede in sich gewachsne Herr dieser Welt werden muß: sei es in ihrem natürlichen Ausgang, dem gemeinsamen – nämlich streng gleichzeitigen – Tode, sei es in ihrer übernatürlichen Dauer, der Ehe. Dies hat Goethe in der Novelle ausgesprochen, da der Augenblick der gemeinsamen Todesbereitschaft durch göttlichen Willen das neue Leben den Liebenden schenkt, auf das alte Rechte ihren Anspruch verlieren. Hier zeigt er das Leben der beiden gerettet in eben dem Sinne, in dem es den Frommen die Ehe bewahrt; in diesem Paare hat er die Macht wahrer Liebe dargestellt, die in religiöser Form auszusprechen er sich verwehrte. Demgegenüber steht im Roman in diesem Lebensbereich das zwiefache Scheitern. Während die einen, vereinsamt, dahinsterben, bleibt den Überlebenden die Ehe versagt. Der Schluß beläßt den Hauptmann und Charlotten wie die Schatten in der Vorhölle. Weil in keinem der Paare der Dichter die wahre Liebe konnte walten lassen, welche diese Welt hätte sprengen müssen, gab er unscheinbar aber unverkennbar in den Gestalten der Novelle ihr Wahrzeichen seinem Werke mit.

Über schwankende Liebe macht die Rechtsnorm sich Herr. Die Ehe zwischen Eduard und Charlotte bringt, noch verfallend, jener den Tod, weil in ihr – und sei's in mythischer Entstellung – die Größe der Entscheidung eingebettet liegt, welcher die Wahl niemals gewachsen ist. Und so spricht über sie der Titel des Romans das Urteil; Goethen halb unbewußt, wie es scheint. Denn in der Selbstanzeige sucht er den Begriff der Wahl für das sittliche Denken zu retten. »Es scheint, daß der Verfasser seine fortgesetzten physikalischen Arbeiten zu diesem seltsamen Titel veranlaßten. Er mochte bemerkt haben, daß man in der Naturlehre sich sehr oft ethischer Gleichnisse bedient, um etwas von dem Kreise menschlichen Wissens weit Entferntes näher heranzubringen; und so hat er auch wohl, in einem sittlichen Falle, eine chemische Gleichnisrede zu ihrem geistigen Ursprunge zurückführen mögen, um so mehr, als doch überall nur Eine Natur ist und auch durch das Reich der heitern Vernunftfreiheit die Spuren trüber leidenschaftlicher Notwendigkeit sich unaufhaltsam hindurchziehen, die nur durch eine höhere Hand, und vielleicht auch nicht in diesem Leben, völlig auszulöschen sind.« Aber deutlicher als diese Sätze, die vergeblich Gottes Reich, wo die Liebenden wohnen, in dem der heiteren Vernunftfreiheit zu suchen scheinen, spricht das bloße Wort. »Verwandtschaft« ist an und für sich bereits das denkbar reinste, um nächste menschliche Verbundenheit sowohl nach Wert als auch nach Gründen zu bezeichnen. Und in der Ehe wird es stark genug, buchstäblich auch sein Metaphorisches zu machen. Weder vermag das durch die Wahl verstärkt zu werden, noch wäre insbesondere das Geistige solcher Verwandtschaft auf die Wahl gegründet. Diese rebellische Anmaßung aber beweist am unwidersprechlichsten der Doppelsinn des Wortes, das nicht abläßt, mit dem im Akt Ergriffnen zugleich den Wahlakt selber zu bedeuten. Allein in jedem Falle da Verwandtschaft zum Gegenstand einer Entschließung wird, schreitet die über die Stufe der Wahl zur Entscheidung hinüber. Diese annihiliert die Wahl, um die Treue zu stiften: nur die Entscheidung, nicht die Wahl ist im Buche des Lebens verzeichnet. Denn Wahl ist natürlich und mag sogar den Elementen eignen; die Entscheidung ist transzendent. – Weil jener Liebe noch das höchste Recht nicht zukommt, nur darum also eignet dieser Ehe noch die größere Macht. Doch niemals hat der untergehenden der Dichter im mindesten ein eigenes Recht zusprechen wollen. Die Ehe kann in keinem Sinne Zentrum des Romans sein. Darüber hat, wie ungezählte andre, auch Hebbel in vollkommenem Irrtum sich befunden, wenn er sagt: »In Goethes Wahlverwandtschaften ist doch eine Seite abstrakt geblieben, es ist nämlich die unermeßliche Bedeutung der Ehe für Staat und Menschheit wohl räsonnierend angedeutet, aber nicht im Ring der Darstellung zur Anschauung gebracht worden, was gleichwohl möglich gewesen wäre und den Eindruck des ganzen Werkes noch sehr verstärkt hätte«. Und früher schon im Vorwort zur »Maria Magdalene«: »Wie Goethe, der durchaus Künstler, großer Künstler war, in den Wahlverwandtschaften einen solchen Verstoß gegen die innere Form begehen konnte, daß er, einem zerstreuten Zergliederer nicht unähnlich, der statt eines wirklichen Körpers ein Automat auf das anatomische Theater brächte, eine von Haus aus nichtige, ja unsittliche Ehe, wie die zwischen Eduard und Charlotte, zum Mittelpunkt seiner Darstellung machte und dies Verhältnis behandelte und benützte, als ob es ein ganz entgegengesetztes, ein vollkommen berechtigtes wäre, wüßte ich mir nicht zu erklären«. Abgesehen davon, daß die Ehe im Geschehen nicht die Mitte ist, sondern Mittel – so wie Hebbel sie erfaßt, hat Goethe nicht und so wollte er sie nicht erscheinen lassen. Denn zu tief wird er empfunden haben, daß »von Haus aus« gar nichts über sie gesagt werden, ihre Sittlichkeit allein als Treue, nur als Untreue ihre Unsittlichkeit sich erweisen könnte. Geschweige, daß etwa die Leidenschaft ihre Grundlage bilden könnte. Platt, doch nicht falsch sagt der Jesuit Baumgartner: »Sie lieben sich, aber ohne jene Leidenschaft, welche für krankhafte und empfindsame Gemüter den einzigen Reiz des Lebens ausmacht«. Aber darum nicht weniger ist die eheliche Treue bedingt. Bedingt in dem doppelten Sinne: durchs notwendig wie durchs hinreichend Bedingende. Jenes liegt in dem Fundamente der Entscheidung. Sie ist gewiß nicht willkürlicher darum, weil die Leidenschaft nicht ihr Kriterium ist. Vielmehr steht dies nur um so unzweideutiger und strenger in dem Charakter der Erfahrung vor ihr. Nur diejenige Erfahrung nämlich vermag die Entscheidung zu tragen, welche, jenseits alles späteren Geschehens und Vergleichens, wesensmäßig dem Erfahrenden sich einmalig zeigt und einzig, während jeder Versuch aufs Erlebnis Entscheidung zu gründen früher oder später den aufrechten Menschen mißlingt. Ist diese notwendige Bedingung ehelicher Treue gegeben, dann heißt Pflichterfüllung ihre hinreichende. Nur wenn von beiden eine frei vom Zweifel ob sie da war bleiben kann, läßt sich der Grund des Bruchs der Ehe sagen. Nur dann ist klar, ob er »von Hause aus« notwendig ist, ob noch durch Umkehr eine Rettung zu erhoffen steht. Und hiermit gibt sich jene Vorgeschichte, die Goethe dem Roman ersonnen hat, als Zeugnis des untrüglichsten Gefühls. Früher schon haben sich Eduard und Charlotte geliebt, doch des ungeachtet beide ein nichtiges Ehebündnis geschlossen, bevor sie einander sich vereinten. Nur auf diese einzige Weise vielleicht konnte in der Schwebe bleiben, worin im Leben beider Gatten der Fehltritt liegt: ob in der frühern Unschlüssigkeit, ob in der gegenwärtigen Untreue. Denn die Hoffnung mußte Goethe erhalten, daß schon einmal siegreicher Bindung auch nun zu dauern bestimmt sei. Daß aber dann nicht als rechtliche Form noch auch als bürgerliche diese Ehe dem Schein, der sie verführt, begegnen könne, ist schwerlich dem Dichter entgangen. Nur im Sinne der Religion wäre dies ihr gegeben, in dem »schlechtere« Ehen als sie ihren unantastbaren Bestand haben. Demnach ist ganz besonders tief das Mißlingen aller Einungsversuche dadurch motiviert, daß diese von einem Manne ausgehen, welcher mit der Weihe des Geistlichen selber die Macht und das Recht abgelegt hat, die allein solche rechtfertigen können. Doch da ihnen Vereinigung nicht mehr vergönnt, bleibt am Ende die Frage siegreich, die entschuldigend alles begleitet: war das nicht nur die Befreiung aus von Anfang verfehltem Beginnen? Wie dem nun sei – diese Menschen sind aus der Bahn der Ehe gerissen, um unter andern Gesetzen ihr Wesen zu finden.

Heiler als Leidenschaft doch nicht hilfreicher führt auch Neigung nur dem Untergang die entgegen, die der ersten entsagen. Aber nicht die Einsamen richtet sie zugrunde wie jene. Unzertrennlich geleitet sie die Liebenden hinab, ausgesöhnt erreichen sie das Ende. Auf diesem letzten Weg wenden sie einer Schönheit sich zu, die nicht mehr dem Schein verhaftet ist, und sie stehen im Bereich der Musik. »Aussöhnung« hat Goethe jenes dritte Gedicht der »Trilogie« genannt, in welchem die Leidenschaft zur Ruhe geht. Es ist »das Doppelglück der Töne wie der Liebe«, das hier, keineswegs als Krönung, sondern als erste schwache Ahnung, als fast noch hoffnungsloser Morgenschimmer den Gequälten leuchtet. Die Musik kennt ja die Aussöhnung in der Liebe und aus diesem Grunde trägt das letzte Gedicht der Trilogie als einziges eine Widmung, während der »Elegie« in ihrem Motto wie in ihrem Ende das »Laßt mich allein« der Leidenschaft entfährt. Versöhnung aber, die im Weltlichen blieb, mußte schon dadurch als Schein sich enthüllen und wohl dem Leidenschaftlichen, dem er endlich sich trübte. »Die hehre Welt, wie schwindet sie den Sinnen!« »Da schwebt hervor Musik mit Engelsschwingen« und nun verspricht der Schein erst ganz zu weichen, nun erst die Trübung ersehnt und vollkommen zu werden. »Das Auge netzt sich, fühlt im höhern Sehnen / Den Götterwert der Töne wie der Tränen.« Diese Tränen, die beim Hören der Musik das Auge füllen, entziehen ihm die sichtbare Welt. Damit ist jener tiefe Zusammenhang angedeutet, welcher Hermann Cohen, der im Sinn des greisen Goethe vielleicht besser als nur einer all der Interpreten fühlte, in einer flüchtigen Bemerkung geleitet zu haben scheint. »Nur der Lyriker, der in Goethe zur Vollendung kommt, nur der Mann, der Tränen sät, die Tränen der unendlichen Liebe, nur er konnte dem Roman diese Einheitlichkeit stiften.« Freilich ist das nicht mehr als eben erahnt, auch führt von hier kein Weg die Deutung weiter. Denn dies vermag nur die Erkenntnis, daß jene »unendliche« Liebe weit weniger ist als die schlichte, von der man sagt, daß sie über den Tod hinaus dauert, daß es die Neigung ist, die in den Tod führt. Aber darin wirkt ihr Wesen und kündigt wenn man so will die Einheitlichkeit des Romans sich an, daß die Neigung, wie die Verschleierung des Bildes durch Tränen in der Musik, so in der Aussöhnung den Untergang des Scheins durch die Rührung hervorruft. Eben die Rührung nämlich ist jener Übergang, in welchem der Schein – der Schein der Schönheit als der Schein der Versöhnung – noch einmal am süßesten dämmert vor dem Vergehen. Sprachlich können weder Humor noch Tragik die Schönheit fassen, in einer Aura durchsichtiger Klarheit vermag sie nicht zu erscheinen. Deren genauester Gegensatz ist die Rührung. Weder Schuld noch Unschuld, weder Natur noch Jenseits gelten ihr streng unterschieden. In dieser Sphäre erscheint Ottilie, dieser Schleier muß über ihrer Schönheit liegen. Denn die Tränen der Rührung, in welchen der Blick sich verschleiert, sind zugleich der eigenste Schleier der Schönheit selbst. Aber Rührung ist nur der Schein der Versöhnung. Und wie ist gerade jene trügerische Harmonie in dem Flötenspiele der Liebenden unbeständig und rührend. Von Musik ist ihre Welt ganz verlassen. Wie denn der Schein, dem die Rührung verbunden ist, so mächtig nur in denen werden kann, die, wie Goethe, nicht von Ursprung an durch Musik im Innersten berührt und vor der Gewalt lebender Schönheit gefeit sind. Ihr Wesenhaftes zu erretten ist das Ringen Goethes. Darinnen trübt der Schein dieser Schönheit sich mehr und mehr, wie die Durchsichtigkeit einer Flüssigkeit in der Erschütterung, in der sie Kristalle bildet. Denn nicht die kleine Rührung, die sich selbst genießt, die große der Erschütterung allein ist es, in welcher der Schein der Versöhnung den schönen überwindet und mit ihm zuletzt sich selbst. Die tränenvolle Klage: das ist Rührung. Und wie dem tränenlosen Wehgeschrei so gibt auch ihr der Raum der dionysischen Erschütterung Resonanz. »Trauer und Schmerz im Dionysischen als die Tränen, die dem steten Untergang alles Lebens geweint werden, bilden die sanfte Ekstase; es ist ›das Leben der Zikade, die ohne Speise und Trank singt, bis sie stirbt‹.« So Bernoulli zum hunderteinundvierzigsten Kapitel des »Mutterrechts«, wo Bachofen von der Zikade handelt, dem Tiere, das ursprünglich nur der dunklen Erde eigen vom mythischen Tiefsinn der Griechen in den Verband der uranischen Sinnbilder hinaufgehoben ward. Was anders meinte Goethes Sinnen um Ottiliens Lebensausgang?

Je tiefer die Rührung sich versteht, desto mehr ist sie Übergang; ein Ende bedeutet sie niemals für den wahren Dichter. Eben das will es besagen, wenn die Erschüttterung sich als ihr bestes Teil zeigt und dasselbe meint, obzwar in sonderbarer Beziehung, Goethe, wenn er in der Nachlese zur Poetik des Aristoteles sagt: »Wer nun auf dem Wege einer wahrhaft sittlichen innern Ausbildung fortschreitet, wird empfinden und gestehn, daß Tragödien und tragische Romane den Geist keineswegs beschwichtigen, sondern das Gemüt und das was wir das Herz nennen, in Unruhe versetzen und einem vagen unbestimmten Zustande entgegenführen; diesen liebt die Jugend und ist daher für solche Produktionen leidenschaftlich eingenommen«. Übergang aber wird die Rührung aus der verworrenen Ahnung »auf dem Weg einer wahrhaft sittlichen ... Ausbildung« nur zu dem einzig objektiven Gegenstande der Erschütterung sein, zum Erhabenen. Eben dieser Übergang ist es, der im Untergang des Scheines sich vollzieht. Jener Schein, der in Ottiliens Schönheit sich darstellt, ist der untergehende. Denn es ist nicht so zu verstehen, als führe äußere Not und Gewalt den Untergang der Ottilie herauf, sondern in der Art ihres Scheins selbst liegt es begründet, daß er verlöschen muß, daß er es bald muß. Ein ganz anderer ist er als der triumphierende blendender Schönheit, der Lucianens ist oder Lucifers. Und während der Gestalt der Goetheschen Helena und der berühmteren der Mona Lisa aus dem Streit dieser beiden Arten des Scheins das Rätsel ihrer Herrlichkeit entstammt, ist die Ottiliens nur durchwaltet von dem einen Schein, der verlischt. In jede ihrer Regungen und Gesten hat der Dichter dies gelegt, um zuletzt, am düstersten und zartesten zugleich, in ihrem Tagebuche mehr und mehr das Dasein einer Schwindenden sie führen zu lassen. Also nicht der Schein der Schönheit schlechthin, der sich zwiefach erweist, ist in Ottilie erschienen, sondern allein jener eine ihr eigene vergehende. Aber freilich erschließt der die Einsicht im schönen Schein überhaupt und gibt erst darin sich selbt zu erkennen. Daher sieht jede Anschauung, die die Gestalt der Ottilie erfaßt, vor sich die alte Frage erstehen, ob Schönheit Schein sei.

Alles wesentlich Schöne ist stets und wesenhaft aber in unendlich verschiedenen Graden dem Schein verbunden. Ihre höchste Intensität erreicht diese Verbindung im manifest Lebendigen und zwar gerade hier deutlich polar in triumphierendem und verlöschendem Schein. Alles Lebendige nämlich ist, je höher sein Leben geartet desto mehr, dem Bereiche des wesentlich Schönen enthoben und in seiner Gestalt bekundet demnach dieses wesentlich Schöne sich am meisten als Schein. Schönes Leben, Wesentlich-Schönes und scheinhafte Schönheit, diese drei sind identisch. In diesem Sinne hängt gerade die Platonische Theorie des Schönen mit dem noch älteren Problem des Scheins darin zusammen, daß sie, nach dem Symposion, zunächst auf die leiblich lebendige Schönheit sich richtet. Wenn dennoch dieses Problem in der Platonischen Spekulation latent bleibt, so liegt es daran, daß dem Platon als Griechen die Schönheit mindestens ebenso wesentlich im Jüngling sich darstellt als im Mädchen, die Fülle des Lebens aber im Weiblichen größer ist als im Männlichen. Ein Moment des Scheins jedoch bleibt noch im Unlebendigsten erhalten, für den Fall, daß es wesentlich schön ist. Und dies ist der Fall aller Kunstwerke – unter ihnen am mindesten der Musik. Demnach bleibt in aller Schönheit der Kunst jener Schein, will sagen jenes Streifen und Grenzen ans Leben noch wohnen und sie ist ohne diesen nicht möglich. Nicht aber umfaßt derselbe ihr Wesen. Dieses weist vielmehr tiefer hinab auf dasjenige, was am Kunstwerk im Gegensatze zum Schein als das Ausdruckslose bezeichnet werden darf, außerhalb dieses Gegensatzes aber in der Kunst weder vorkommt, noch eindeutig benannt werden kann.

Zum Schein nämlich steht das Ausdruckslose, wiewohl im Gegensatz, doch in derart notwendigem Verhältnis, daß eben das Schöne, ob auch selber nicht Schein, aufhört ein wesentlich Schönes zu sein, wenn der Schein von ihm schwindet. Denn dieser gehört ihm zu als die Hülle und als das Wesensgesetz der Schönheit zeigt sich somit, daß sie als solche nur im Verhüllten erscheint. Nicht also ist, wie banale Philosopheme lehren, die Schönheit selbst Schein. Vielmehr enthält die berühmte Formel, wie sie zuletzt in äußerster Verflachung Solger entwickelte, es sei Schönheit die sichtbar gewordene Wahrheit, die grundsätzlichste Entstellung dieses großen Gegenstandes. Auch hätte Simmel dies Theorem nicht so läßlich aus Goetheschen Sätzen, die sich dem Philosophen oft durch alles andere empfehlen als ihren Wortlaut, entnehmen dürfen. Diese Formel, die, da Wahrheit doch an sich nicht sichtbar ist und nur auf einem ihr nicht eigenen Zuge ihr Sichtbarwerden beruhen könnte, die Schönheit zu einem Schein macht, läuft zuletzt, ganz abgesehen von ihrem Mangel an Methodik und Vernunft, auf philosophisches Barbarentum hinaus. Denn nichts anderes bedeutet es, wenn der Gedanke, es ließe sich die Wahrheit des Schönen enthüllen, in ihr genährt wird. Nicht Schein, nicht Hülle für ein anderes ist die Schönheit. Sie selbst ist nicht Erscheinung, sondern durchaus Wesen, ein solches freilich, welches wesenhaft sich selbst gleich nur unter der Verhüllung bleibt. Mag daher Schein sonst überall Trug sein – der schöne Schein ist die Hülle vor dem notwendig Verhülltesten. Denn weder die Hülle noch der verhüllte Gegenstand ist das Schöne, sondern dies ist der Gegenstand in seiner Hülle. Enthüllt aber würde er unendlich unscheinbar sich erweisen. Hier gründet die uralte Anschauung, daß in der Enthüllung das Verhüllte sich verwandelt, daß es »sich selbst gleich« nur unter der Verhüllung bleiben wird. Also wird allem Schönen gegenüber die Idee der Enthüllung zu der der Unenthüllbarkeit. Sie ist die Idee der Kunstkritik. Die Kunstkritik hat nicht die Hülle zu heben, vielmehr durch deren genaueste Erkenntnis als Hülle erst zur wahren Anschauung des Schönen sich zu erheben. Zu der Anschauung, die der sogenannten Einfühlung niemals und nur unvollkommen einer reineren Betrachtung des Naiven sich eröffnen wird: zur Anschauung des Schönen als Geheimnis. Niemals noch wurde ein wahres Kunstwerk erfaßt, denn wo es unausweichlich als Geheimnis sich darstellte. Nicht anders nämlich ist jener Gegenstand zu bezeichnen, dem im letzten die Hülle wesentlich ist. Weil nur das Schöne und außer ihm nichts verhüllend und verhüllt wesentlich zu sein vermag, liegt im Geheimnis der göttliche Seinsgrund der Schönheit. So ist denn der Schein in ihr eben dies: nicht die überflüssige Verhüllung der Dinge an sich, sondern die notwendige von Dingen für uns. Göttlich notwendig ist solche Verhüllung zu Zeiten, wie denn göttlich bedingt ist, daß, zur Unzeit enthüllt, in nichts jenes Unscheinbare sich verflüchtigt, womit Offenbarung die Geheimnisse ablöst. Kants Lehre, daß ein Relationscharakter die Grundlage der Schönheit sei, setzt demnach in einer sehr viel höhern Sphäre als der psychologischen siegreich ihre methodischen Tendenzen durch. Alle Schönheit hält wie die Offenbarung geschichtsphilosophische Ordnungen in sich. Denn sie macht nicht die Idee sichtbar, sondern deren Geheimnis.

Um jener Einheit willen, die Hülle und Verhülltes in ihr bilden, kann sie wesentlich da allein gelten, wo die Zweiheit von Nacktheit und Verhüllung noch nicht besteht: in der Kunst und in den Erscheinungen der bloßen Natur. Je deutlicher hingegen diese Zweiheit sich ausspricht, um zuletzt im Menschen sich aufs höchste zu bekräftigen, desto mehr wird es klar: in der hüllenlosen Nacktheit ist das wesentlich Schöne gewichen und im nackten Körper des Menschen ist ein Sein über aller Schönheit erreicht – das Erhabene, und ein Werk über allen Gebilden – das des Schöpfers. Damit erschließt sich die letzte jener rettenden Korrespondenzen, in denen mit unvergleichlich strenger Genauigkeit die zart gebildete Novelle dem Roman entspricht. Wenn dort der Jüngling die Geliebte entblößt, so ist es nicht um der Lust, es ist um des Lebens willen. Er betrachtet nicht ihren nackten Körper und gerade darum nimmt er seine Hoheit wahr. Der Dichter wählt nicht müßige Worte, wenn er sagt: »Hier überwand die Begierde zu retten jede andere Betrachtung«. Denn in der Liebe vermag nicht Betrachtung zu herrschen. Nicht dem Willen zum Glück, wie es ungebrochen nur flüchtig in den seltensten Akten der Kontemplation, in der »halkyonischen« Stille der Seele verweilt, ist die Liebe entsprungen. Ihr Ursprung ist die Ahnung des seligen

Lebens. Wie aber die Liebe als bitterste Leidenschaft sich selbst vereitelt, wo in ihr die vita contemplativa dennoch die mächtigste, die Anschauung der Herrlichsten ersehnter als die Vereinigung mit der Geliebten ist, das stellen die Wahlverwandtschaften im Schicksal Eduards und der Ottilie dar. Dergestalt ist kein Zug der Novelle vergeblich. Sie ist der Freiheit und Notwendigkeit nach, die sie dem Roman gegenüber zeigt, dem Bild im Dunkel eines Münsters vergleichbar, das dies selber darstellt und so mitten im Innern eine Anschauung vom Orte mitteilt, die sich sonst versagt. Sie bringt damit zugleich den Abglanz des hellen, ja des nüchternen Tages hinein. Und wenn diese Nüchternheit heilig scheint, so ist das Wunderlichste, daß sie es vielleicht nur Goethen nicht ist. Denn seine Dichtung bleibt dem Innenraum im verschleierten Lichte zugewendet, das in bunten Scheiben sich bricht. Kurz nach ihrer Vollendung schreibt er an Zelter: »Wo Ihnen auch mein neuer Roman begegnet, nehmen Sie ihn freundlich auf. Ich bin überzeugt, daß Sie der durchsichtige und undurchsichtige Schleier nicht verhindern wird, bis auf die eigentlich intentionierte Gestalt hineinzusehen«. Dies Wort vom Schleier war ihm mehr als Bild – es ist die Hülle, welche immer wieder ihn bewegen mußte, wo er um Einsicht in die Schönheit rang. Drei Gestalten seines Lebenswerks sind diesem Ringen, das wie kein anderes ihn erschütterte, entwachsen: Mignon, Ottilie, Helena. »So laßt mich scheinen bis ich werde / Zieht mir das weiße Kleid nicht aus! / Ich eile von der schönen Erde / Hinab in jenes feste Haus. / Dort ruh ich eine kleine Stille / Dann öffnet sich der frische Blick / Ich lasse dann die reine Hülle / Den Gürtel und den Kranz zurück.« Und auch Helena läßt sie zurück: »Kleid und Schleier bleiben ihm in den Armen«. Goethe kennt, was über den Trug dieses Scheins gefabelt wurde. Er läßt den Faust mahnen: »Halte fest, was dir von allem übrig blieb. / Das Kleid, laß es nicht los. Da zupfen schon / Dämonen an den Zipfeln, möchten gern / Zur Unterwelt es reißen. Halte fest! / Die Göttin ist's nicht mehr, die du verlorst / Doch göttlich ist's«. Unterschieden von diesen aber bleibt die Hülle von Ottilie als ihr lebendiger Leib. Nur mit ihr spricht sich klar das Gesetz aus, das gebrochner an den andern sich kundgibt: Je mehr das Leben entweicht, desto mehr alle scheinhafte Schönheit, die ja am Lebendigen einzig zu haften vermag, bis im gänzlichen Ende des einen auch die andere vergehn muß. Unenthüllbar ist also nichts Sterbliches. Wenn daher den äußersten Grad solcher Unenthüllbarkeit wahrheitsgemäß die Maximen und Reflektionen mit dem tiefen Worte bezeichnen: »Die Schönheit kann nie über sich selbst deutlich werden« so bleibt doch Gott, vor dem kein Geheimnis und alles Leben ist. Als Leiche erscheint uns der Mensch und als Liebe sein Leben, wenn sie vor Gott sind. Daher hat der Tod Macht zu entblößen wie die Liebe. Unenthüllbar ist nur die Natur, die ein Geheimnis verwahrt, so lange Gott sie bestehn läßt. Entdeckt wird die Wahrheit im Wesen der Sprache. Es entblößt sich der menschliche Körper, ein Zeichen, daß der Mensch selbst vor Gott tritt. – Dem Tod muß die Schönheit verfallen, die nicht in der Liebe sich preisgibt. Ottilie kennt ihren Todesweg. Weil sie im Innersten ihres jungen Lebens ihn vorgezeichnet erkennt, ist sie – nicht im Tun sondern im Wesen – die jugendhafteste aller Gestalten, die Goethe geschaffen. Wohl verleiht das Alter die Bereitschaft zum Sterben, Jugend aber ist Todesbereitschaft. Wie verborgen hat doch Goethe von Charlotte es ausgesagt, daß sie »gern leben mochte«. Nie hat in einem Werk er der Jugend gegeben, was er in Ottilien ihr zugestand: das ganze Leben wie es aus seiner eigenen Dauer seinen eigenen Tod hat. Ja man darf sagen, daß er in Wahrheit, wenn für irgend etwas, gerade hierfür blind war. Wenn dennoch Ottiliens Dasein in dem Pathos, das von allen andern es unterscheidet, auf das Leben der Jugend hinweist, so konnte nur durch das Geschick ihrer Schönheit Goethe mit diesem Anblick, dem sein Wesen sich verweigerte, ausgesöhnt werden. Hierauf gibt es einen eigenartigen und gewissermaßen quellenmäßigen Hinweis. Im Mai 1809 richtete Bettina an Goethe einen Brief, der den Aufstand der Tiroler berührt und in dem es heißt: »Ja Goethe, während diesem hat es sich ganz anders in mir gestaltet ... düstre Hallen, die prophetische Monumente gewaltiger Todeshelden umschließen, sind der Mittelpunkt meiner schweren Ahnungen ... Ach vereine Dich doch mit mir« der Tiroler »zu gedenken ... es ist des Dichters Ruhm, daß er den Helden die Unsterblichkeit sichere!« Im August desselben Jahres schrieb Goethe die letzte Fassung des dritten Kapitels aus dem zweiten Teil der Wahlverwandtschaften, wo es im Ta-

gebuch der Ottilie heißt: »Eine Vorstellung der alten Völker ist ernst und kann furchtbar scheinen. Sie dachten sich ihre Vorfahren in großen Höhlen, ringsumher auf Thronen sitzend, in stummer Unterhaltung. Dem Neuen, der hereintrat, wenn er würdig genug war, standen sie auf und neigten ihm einen Willkommen. Gestern, als ich in der Kapelle saß und meinem geschnitzten Stuhle gegenüber noch mehrere umhergestellt sah, erschien mir jener Gedanke gar freundlich und anmutig. Warum kannst du nicht sitzen blieben? dachte ich bei mir selbst, still und in dich gekehrt sitzen bleiben, lange, lange, bis endlich die Freunde kämen, denen du aufstündest und ihren Platz mit freundlichem Neigen anwiesest«. Es liegt nahe, diese Anspielung auf Walhall als unbewußte oder wissentliche Erinnerung an die Briefstelle Bettinens zu verstehen. Denn die Stimmungsverwandtschaft jener kurzen Sätze ist auffallend, auffallend bei Goethe der Gedanke an Walhall, auffallend endlich, wie unvermittelt er in die Aufzeichnung der Ottilie eingeführt ist. Wäre es nicht ein Hinweis darauf, daß Goethe sich Bettinens heldisches Gebaren in jenen sanftern Worten der Ottilie näher brachte?
Man ermesse nach alledem, ob es Wahrheit ist oder eitel Mystifikation, wenn Gundolf mit gespieltem Freisinn behauptet: »Die Gestalt Ottiliens ist weder der Hauptgehalt, noch das eigentliche Problem der Wahlverwandtschaften« und ob es einen Sinn gibt, wenn er hinzufügt: »aber ohne den Augenblick, da Goethe das geschaut, was im Werk als Ottilie erscheint, wäre wohl weder der Gehalt verdichtet noch das Problem so gestaltet worden«. Denn was ist in alledem klar, wenn nicht eins: daß die Gestalt, ja der Name der Ottilie es ist, der Goethe an diese Welt bannte, um wahrhaft eine Vergehende zu erretten, eine Geliebte in ihr zu erlösen. Sulpiz Boisserée hat er es gestanden, der mit den wunderbaren Worten es festgehalten hat, in denen er dank der innigsten Anschauung von dem Dichter zugleich tiefer auf das Geheimnis seines Werkes hinweist als er ahnen mochte. »Unterwegs kamen wir dann auf die Wahlverwandtschaften zu sprechen. Er legte Gewicht darauf, wie rasch und unaufhaltsam er die Katastrophe herbeigeführt. Die Sterne waren aufgegangen; er sprach von seinem Verhältnis zur Ottilie, wie er sie lieb gehabt und wie sie ihn unglücklich gemacht. Er wurde zuletzt fast rätselhaft ahndungs-

voll in seinen Reden. – Dazwischen sagte er dann wohl einen heitern Vers. So kamen wir müde, gereizt, halb ahndungsvoll, halb schläfrig im schönsten Sternenlicht . . . nach Heidelberg.« Wenn es dem Berichtenden nicht entgangen ist, wie mit dem Aufgang der Sterne Goethes Gedanken auf sein Werk sich hinlenkten, so hat er selbst wohl kaum gewußt – wovon doch seine Sprache Zeugnis ablegt – wie über Stimmung erhaben der Augenblick war und wie deutlich die Mahnung der Sterne. In ihr bestand als Erfahrung was längst als Erlebnis verweht war. Denn unter dem Symbol des Sterns war einst Goethe die Hoffnung erschienen, die er für die Liebenden fassen mußte. Jener Satz, der, mit Hölderlin zu reden, die Cäsur des Werkes enthält und in dem, da die Umschlungenen ihr Ende besiegeln, alles inne hält, lautet: »Die Hoffnung fuhr wie ein Stern, der vom Himmel fällt, über ihre Häupter weg«. Sie gewahren sie freilich nicht und nicht deutlicher konnte gesagt werden, daß die letzte Hoffnung niemals dem eine ist, der sie hegt, sondern jenen allein, für die sie gehegt wird. Damit tritt denn der innerste Grund für die »Haltung des Erzählers« zutage. Er allein ist's, der im Gefühle der Hoffnung den Sinn des Geschehens erfüllen kann, ganz so wie Dante die Hoffnungslosigkeit der Liebenden in sich selber aufnimmt, wenn er nach den Worten der Francesca da Rimini fällt »als fiele eine Leiche«. Jene paradoxeste, flüchtigste Hoffnung taucht zuletzt aus dem Schein der Versöhnung, wie im Maß, da die Sonne verlischt, im Dämmer der Abendstern aufgeht, der die Nacht überdauert. Dessen Schimmer gibt freilich die Venus. Und auf solchem geringsten beruht alle Hoffnung, auch die reichste kommt nur aus ihm. So rechtfertigt am Ende die Hoffnung den Schein der Versöhnung und der Satz des Platon, widersinnig sei es, den Schein des Guten zu wollen, erleidet seine einzige Ausnahme. Denn der Schein der Versöhnung darf, ja er soll gewollt werden: er allein ist das Haus der äußersten Hoffnung. So entringt sie sich ihm zuletzt und nur wie eine zitternde Frage klingt jenes »wie schön« am Ende des Buches den Toten nach, die, wenn je, nicht in einer schönen Welt wir erwachen hoffen, sondern in einer seligen. Elpis bleibt das letzte der Urworte: der Gewißheit des Segens, den in der Novelle die Liebenden heimtragen, erwidert die Hoffnung auf Erlösung, die wir für alle Toten hegen. Sie ist das einzige Recht des Unsterblichkeitglaubens, der sich nie am eigenen Dasein entzünden darf. Doch gerade dieser Hoffnung wegen sind jene christlich-mystischen Momente fehl am Ort, die sich am Ende – ganz anders wie bei den Romantikern – aus dem Bestreben alles Mythische der Grundschicht zu veredeln, eingefunden haben. Nicht also dies nazarenische Wesen, sondern das Symbol des über die Liebenden herabfahrenden Sterns ist die gemäße Ausdrucksform dessen, was vom Mysterium im genauen Sinn dem Werke einwohnt. Das Mysterium ist im Dramatischen dasjenige Moment, in dem dieses aus dem Bereiche der ihm eigenen Sprache in einen höheren und ihr nicht erreichbaren hineinragt. Es kann daher niemals in Worten, sondern einzig und allein in der Darstellung zum Ausdruck kommen, es ist das »Dramatische« im strengsten Verstande. Ein analoges Moment der Darstellung ist in den Wahlverwandtschaften der fallende Stern. Zu ihrer epischen Grundlage im Mythischen, ihrer lyrischen Breite in Leidenschaft und Neigung, tritt ihre dramatische Krönung im Mysterium der Hoffnung. Schließt eigentliche Mysterien die Musik, so bleibt dies freilich eine stumme Welt, aus welcher niemals ihr Erklingen steigen wird. Doch welcher ist es zugeeignet, wenn nicht dieser, der es mehr als Aussöhnung verspricht: die Erlösung. Das ist in jene »Tafel« gezeichnet, die George über Beethovens Geburtshaus in Bonn gesetzt hat:

> Eh ihr zum kampf erstarkt auf eurem sterne
> Sing ich euch streit und sieg von oberen sternen.
> Eh ihr den leib ergreift auf diesem sterne
> Erfind ich euch den traum bei ewigen sternen.

Erhabner Ironie scheint dies »Eh ihr den leib ergreift« bestimmt zu sein. Jene Liebenden ergreifen ihn nie – was tut es, wenn sie nie zum Kampf erstarkten? Nur um der Hoffnungslosen willen ist uns die Hoffnung gegeben.

Johann Wolfgang Goethe, Wahlverwandtschaften
Zweite Auflage 1982 in der Insel-Bibliothek

Walter Benjamin, Goethes Wahlverwandtschaften

Satz: Gesetzt in der Garamond
Druck: Nomos-Verlagsgesellschaft, Baden-Baden
Papier: 70 g Daunendruckpapier
von der Papierfabrik Scheufelen, Lenningen
Die beiden Einbandarten:
Fadengeheftet und flexibel gebunden in Feincanvas
der Vereinigten Kaliko, Bamberg
und in rotem Ziegenleder
von der Buchbinderei Lachenmaier, Reutlingen
Ausstattung: Max Bartholl und Rolf Staudt
Printed in Germany